志在飞 著

我的大学

SPM 南方传媒 | 广东人民出版社
· 广州 ·

图书在版编目（CIP）数据

我的大学 / 志在飞著. —广州：广东人民出版社，2024.1
ISBN 978-7-218-17387-0

Ⅰ.①我… Ⅱ.①志… Ⅲ.①长篇小说—中国—当代
Ⅳ.①I247.5

中国国家版本馆CIP数据核字（2024）第018593号

WO DE DAXUE

我 的 大 学

志在飞 著

出 版 人：肖风华

责任编辑：钱飞遥 寇 毅
责任技编：吴彦斌

出版发行：广东人民出版社
地 址：广州市越秀区大沙头四马路10号（邮政编码：510199）
电 话：（020）85716809（总编室）
传 真：（020）83289585
网 址：http://www.gdpph.com
印 刷：广州市豪威彩色印务有限公司
开 本：787毫米×1092毫米 1/16
印 张：44.25 字 数：608千
版 次：2024年1月第1版
印 次：2024年1月第1次印刷
定 价：88.00元

如发现印装质量问题，影响阅读，请与出版社（020-87712513）联系调换。
售书热线：（020）87717307

目录

CONTENTS

1

2

8

引 子

流失的时光，飘在风里

想你的人，聚会中等你

白天黑夜思念

天南地北寻觅

风华过往，日月交替

喧哗世界改变了你

难忘的校园，青涩的记忆

自古多情两分离

行走千万里

分手时眼含泪，书写永恒传奇

温柔的阳光，洒满大地

想你的人，聚会中等你

繁华的街景

写不出曾经

依然执着彼岸的美丽

岁月难掩内心私语

共同的风景，流淌在血液里

春光明媚，杨柳依依

我们在等你

你若来我们在，那时蔷薇遍地

这首《我们在等你》的歌曲，在水电委培班大学同学聚会时，成了主题曲。

一转眼，大学毕业20年了。

水电委培班的同学，在班长文道政和其他班干部的策划下，聚集到了母校水电学院。老班长张克工刚回国，一下飞机马上赶过来了。

班主任杜丽娟老师退休后住在上海，也特意赶过来参加聚会。

同学们从四面八方赶到水电学院，在405教室聚会。

清点人数时，全班38人，只有三个同学联系不上，没有来，其他都到齐了。

20年，同学们从青涩的学生时代走过，在社会上摸爬滚打，美丽的青春不再，但一见面，当年青春火热的气势扑面而来，生命里最年轻的岁月，在每个人的心中奔腾、汹涌。

许多同学，都是毕业后第一次见面。见面时相互拥抱、高兴地跳跃。

肖奕琴、黄亚男、曾晓娅几位女同学变化不是太大，穿着打扮也很时尚。

王姗姗也来了，她更显得娇弱、惹人怜爱，这是大家没想到的。

文道政、张克工、刘贵北、肖子钢、陈凯等同学，样子看起来，挺精神的……

张克工谈恋爱被学校发现，勒令从水电学院退学后，在清江市办起了裁缝厂，后来直接到了深圳，办裁缝厂挣了第一桶金，转行搞房地产，可谓财运亨通。

曾晓娅毕业后，是第一个去深圳工作的，后来在老班长张克工的公司当了财务总监。那样子看起来，给人感觉是不缺钱花。

黄亚男与陈凯回到原单位转了干，结了婚。黄亚男当上市水利局副局长。陈凯调到市电力公司，在办公室当主任。

肖子钢毕业后与肖奕琴结了婚，调到肖家洞水电站一起工作，当了车间主任。肖奕琴却是肖家洞水电站的副站长，工作上直接管肖子钢。

文道政毕业回到南方山区，凭着自己的能力，参加全国招考干部（公务员）考试，被录取。投身参与修建了一座水电站，让千家万户点上了电灯，实现了自己在大学的梦想……现在是南方山区水电公司的负责人，正组织在南方山区修建第二座中型水电站。

…………

20年，同学们或转干、考干、当上国家职工，或干其他，都在各行各业有所成就，大都摸爬滚打、成家立业，一定有许多要说的话。

大家谈论大学时的友谊，谈论大学里发生的故事，悄悄话说个不停。

王姗姗有点孤单，她与张克工谈恋爱被学校发现后，提前回到原单位参与招工，不久与本单位一职工结了婚，但很快就离了婚，到现在一直没嫁。所以，看起来，她有点不合群。

大家打趣张克工，王姗姗的脸一下子红了。

同学们都在询问水电一班的梅雅静和刘西凤，询问张伟和刘闯。

杜老师笑笑，告诉大家。

毕业后不久，梅雅静考到美国麻省理工学院深造，后来去了澳大利亚某大学教书。梅校长退休后，一起去了澳大利亚。

文道政听杜老师这么说，眼眶有些湿润。走进大学那一天，就是梅雅静借钱给文道政交学费，梦想，让他们的心紧紧相连，现实又让他们不得不分离。毕业后，文道政忙于改变自己的命运，想在南方山区干出一番事业来，可是不久得知，梅雅静考去了美国，至今也没有取得任何联系……

刘西凤与刘闯结婚后，婚姻不幸福，离婚了。刘西凤仍然在某市水利局上班，晋升为副高级工程师，独自陪着女儿长大。

刘闯离职下海经商，有人说他赚了大钱，也有人说他亏光了全部家当，还有人说他多次嫖娼、打架被抓，反正至今不知去向，下落不明。

水电一班的班长张伟，毕业后在一家银行驻深圳办事处工作，后来回内地当了市级银行的副行长。不过，他当市长的父亲因贪污被抓，成了腐败分子。

············

同学们问文道政，怎么克服困难在南方山区修建水电站，后来就怎么当上了南方山区水电公司的负责人，还成为全省的先进个人、劳模。

文道政自豪而漫不经心地说："大学的梦想，一直鼓励我走下去！"

张克工不无感慨地说："文道政坚持自己的梦想，他才是我们学习的榜样！"

杜丽娟老师接着说："大学，造就有梦想的学生！文道政有一颗强大的心！"

文道政一听，就有点当年在大学当班长的味道，说："我大学的梦想，就是在南方山区修建一座水电站，让千家万户点上电灯！"

大家齐声说："你的梦想，实现了！"

哈哈哈……大家举起了手中的茶杯，齐声说："干杯！"

"上大学时，杜老师不准我们谈恋爱，没想到吧，我们班倒成功了两对。"陈凯笑着大声说。

杜老师笑笑，说："你们这些淘气鬼，管得住吗？"

肖子钢说："'情报处长'肖明管得最严，不过，也没有发现。"

杜老师看了一眼文道政，说："真是惋惜，梅雅静今天没有来。"

黄亚男会意，马上说："是不是很遗憾？文道政和梅雅静这一对没成？！"

杜老师笑笑，微微点点头，说："是呀，多可惜呀！"

同学们见杜老师这么说，笑起来，说："原来，杜老师是支持我们谈恋爱的？"

杜老师抿着嘴，微笑着说："我可没有说过！"

大家一听，又笑起来。

这时，曾晓娅直接走到文道政面前，大声说："文道政，你那时为什么不理我？"

文道政一听，用手摸着头，一时不知怎么回答，微笑着望着她。

陈凯马上接上口，大声说："那时，有梅雅静在呀！"

曾晓娅笑着，红着脸走开……

是啊，无论是幸福，还是悲伤，我们都憧憬过未来的美好，呵护着心中的梦想。因为太执着、太坚守，而忽略了人生的缤纷。

在聚会的笑声里，文道政的思维一下子回到那个时代、那个校园……

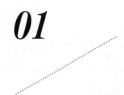

01

文道政挑着行李，从火车站检票出站。

站外就是文道政从来没有见过的热闹和繁华，但文道政没有时间和心情来慢慢欣赏，就先向站外的民警问路。

大学入学通知书上写得清楚，从火车站坐7路再转4路公交车抵达学校。

眼前就是公交车停车坪。民警上身穿着雪白的公安制服，下身穿着蓝色的长裤，扎着一条宽宽的皮带，威风凛凛地拿戴着白手套的手朝停车坪一指，让文道政去停车坪里坐公交车。

还要二十多分钟才有始发车呢，文道政站在边上看着火车站的热闹，人流不断，叫卖声不断。马路上的车川流不息，各种车辆都有。自行车更是多得不得了了，清脆的铃声像一首首音乐。

公交车的门打开，乘务员拿起扫帚清扫留在车厢里的垃圾。

文道政走过去，准备先上车。

这是文道政第一次坐公共汽车，他的眼睛在车身上扫了好几眼，确定是不是要乘坐这个"大家伙"去学校，会不会弄错呢。

7路公交车十几米长，在车头、车腰和车尾上分别开有三张门，而且车的中腰部分还是用黄色的帆布连接起来的，两排透明的玻璃窗擦得干干净净，可以看见窗子里面的人。

一会儿，公交车里的卫生弄完了。

穿着制服的公交车司机上了车，每张车门的一侧都坐着一个售票的女子。

文道政还想细看呢，只见前门处的售票员催促乘客上车动作快点。

文道政赶紧拎着行李，三两步上了车。

始发站，车上有座位。

文道政看了看，找个靠窗的单座坐下来，行李就放在了脚边。

刚坐稳，售票员就拿着票夹子走过来，歪头看了看一身土里土气的文道政，问他到哪一站，文道政回答说水电学院，售票员说一角二分钱到侯家塘换乘4路。

售票员说着不太标准的普通话，文道政没听明白，但他知道这是要买车票，就拿出两角钱递给售票员。售票员找了八分零钱给文道政，又从票夹子上扯了两张六分的薄薄纸片递给文道政。

文道政接过来低头一看，是车票。

公交车马上开车了，但没走多远就停下来了，有的上，有的下。

一路上，走走停停好多回。乘客们，也上上下下好多次。

文道政脑子里记着下一站是侯家塘的站名，反复确认过后，这才在售票员的提示下，在侯家塘下了公交车，原地站着等4路公交车转乘。

道路边公交站台的人特别多，过路的公交车也多，文道政要坐的4路公交车走了五六趟，每一辆车都是满满的乘客，他没有办法挤上去。

文道政决定靠边一点站着，看人家怎么上车的。可人家都是拿头和一边膀子朝人与人之间扎进去，身子直抖，就拱进去，少不得还会把力气不够的人给挤了出来。

文道政拿着这么多行李，根本挤不进去。

来了一辆乘客少一点的车，文道政终于挤上去了，这就快十一点了。

4路公交车只收四分钱车票，开了三站就停在水电学院大门口的公交站台。

文道政这回不用人提醒，眼一直瞅着车窗外，一看见远处校牌"水电学院"几个字，赶紧拿着行李下车。

文道政心想，早知道只有这么近，挑着行李走，早都走到了。

文道政挑着行李站在学院门口。校门既不高大也不雄伟，只是简简单单、普普通通的一张拱形大门。但对于文道政来说，这就是最好看的地方了，特别是挂在左边的木牌，醒目地写着"水电学院"四个大字，这证明他一切的努力，一切的奔波都得到了回报，都是值得的。

文道政把行李挑到传达室窗外，拿出通知单递给传达室里值班的李老头看，这时，他瞅见墙上挂着一只有洗脸盆那么大的圆鼓鼓的大钟，正好是十一点半。

文道政抬起手瞧了一眼手腕上的手表，也是十一点半。

传达室看门的李老头手上拿着刚到的报纸，吃惊地看着文道政这个"土包子"手腕上有一块那么闪亮的手表，张开的嘴就合不拢了，只是木愣地将通知单还到文道政手上。

文道政接回通知单收好，这时他突然觉得送他离开家乡到省城读大学的父亲文世远，好像就在不远处看着他。

文道政心里一闪，初到一个陌生城市的怯怯感，就消失了六七分，心里有了踏实、心安的感觉。

看门的李老头仿佛才意识到文道政担着行李走进校园，从传达室窗口伸出头，大声说："站住，……你干什么的？"

文道政小声地说："我是来读书的。"

李老头有些不解地问："来读书的，开学都一个多月了，你才来，你哪个班？"

文道政放下行李，又从口袋里掏出通知书，递给李老头。

李老头接过通知书，戴上老花眼镜，小声念道："水电委培班。"

文道政重复着说："是呀，水电委培班。"

李老头摘下眼镜，将通知书递给文道政，大声问道："这个时候才来上学，只怕除名了！"

文道政笑着说："我向学校请了假的。"

李老头将手头上的报纸往桌上一放，歪着头瞧了一眼文道政，问道："你向谁请了假？"

文道政认真地将通知书折好放回口袋里，这才微笑地望着李老头，说："我向梅校长请了假！"

李老头一听梅校长，这才释怀般地笑了笑，说："向梅校长请了假？呵呵，那好。梅校长在教师楼315房，走进去向右第一栋楼。"

听了李老头的指点，文道政将行李换了一个肩，朝校园内走去。

开学这么久了，文道政挑着行李走进学校大门，他感觉到了不少学生都在用异样的目光看着他。文道政知道自己穿得很土气，希望大家不要再盯着他看了，于是两眼就看着前方的地面，一个劲地朝前走。

文道政一米七五的个子，方型脸，浓眉大眼，身穿一件父亲文世远给他的浅色短袖衬衣，一条深色裤，脚上穿着一双塑料凉鞋。经过一大一晚的劳累奔波，文道政知道自己的模样应该是不那么"光彩照人"了。

"请问校长室在哪？"文道政在一栋大楼前小声地向一位路过的男同学问。

"校长室？你找谁？"那个男同学扬了扬眉头，反问道。

"我……我是新生，刚来报到！"文道政说。

"新生，怎么才来，开学都一个多月了！"男同学望着他说。

"是的，我请了假！"文道政又解释。

"哦，就是前面这栋的三楼！"男同学将手一指，头也不回地走开了。

"谢谢……"文道政确定自己方向没错，赶紧表示感谢。

新生应该去哪儿报到，文道政不知道。但自己晚到了三十多天，李老头指点了校长室，他就奔校长室而去，而且除了去校长室询问，他真不知道自己该往哪里去报到。

文道政挑着行李上了三楼，他朝左边瞧了瞧，又朝右边瞧了瞧，不确定自己应该向哪一边走，于是向右走了几步，去瞧门上有没有字，结果刚好看到门上挂着的小木牌上写着"校长室"三个字。

文道政这才想起来看门上的编号，果然是315室。

顺利地找到校长室，文道政反而紧张了起来，他想起自己刚下火车，还没洗脸漱口换衣服呢，也管不得那么多了。文道政将行李放在走廊上，稍微整理一下衣角，带着微笑去轻轻敲门。

文道政正轻轻敲门，这时，校长室的门打开，走出一个女生。

女生披着一头搭肩长发，身着一件白色衬衣，一条浅蓝色裙子，脚上穿着一双白色的皮凉鞋。

文道政仔细看着她，她有一副高额角，一双美丽的大眼睛，高高的鼻梁，白皙的皮肤，小巧的嘴。后来才知道她叫梅雅静，是梅校长的独生女儿。

她见到文道政在校长室前站着，赶忙问："你找谁？"

文道政微笑着说："我找梅校长！"

梅雅静露出一口洁白整齐的牙齿，略有些淘气地大声叫道：

"梅校长，有学生找你！"

梅校长听了，抬头看看门，但门外的阳光衬在文道政身后，使正在专注办公的梅校长，只看清了一个清秀的男生身形。

梅校长随和地说："请进！"

梅雅静听父亲说请进，这才将文道政迎进梅校长办公室。

梅校长消瘦，着短袖衬衣，戴一副眼镜，正埋头批阅文件。

梅校长办公室简单朴素，办公桌上放着一沓文件，一个白色茶杯。后一排是书架，书架上摆满了书，墙壁上还挂着一幅字：

"为中华之崛起而读书！"

文道政走向前，小声问："请问您是梅校长吗？"

梅校长抬起头，将眼镜摘下来，说："是，我是，……请问你是哪位同学？"

文道政赶紧回答："我叫文道政，是水电委培班的学生！"

梅校长一听，爽朗地笑了笑，说："啊，文道政，你就是那个给我发电报请假的民办老师呀！"

说着，梅校长也搁下手中的笔，站起身从办公桌后朝文道政走了过来，握着文道政的手说："欢迎你来我们学校读书！"

梅校长的手掌温暖有力，文道政握着梅校长的手激动得都不知该说什么好了，脸红红的。

梅校长一松开文道政的手，文道政立马就侧身蹲下，从行李包里往外翻东西。东西藏得很深，并且还被缝在了行李包内的口袋里。

文道政将缝线撕开，掏出一个手帕包，这才扭身走了一步，站到梅校长面前。

文道政翻东西时，梅校长和梅雅静看到文道政这些举动，也不知他想干什么，但也都沉默着等待，现在文道政将手里的东西郑重地拿出来，左手托着，右手就将手帕包打开了。

手帕里包着文道政家凑起来的学费，厚厚的钞票上还用一条绳子拦腰扎着，文道政也不再解开绳子了，直接就将一沓十元的钞票递给了梅校长，说："梅校长，这是我交的学费。"

梅校长平时并没收过学费，但文道政将手帕里包的学费交给梅校长，他的眼睛里突地就是热浪一涌，记忆恍惚就飘回了过去。

梅校长年轻时候考上清华大学，去读书时，母亲就是将生活费用一条手帕包好，再用一条绳子捆起来，再缝进了他的行李袋中。

梅校长到学校交费时也就是这么小心翼翼地拿出来。现在，梅校长看到文道政的举动，心中既感慨又格外亲切，因此拍拍文道政的肩膀说："小伙子，努力读书，别辜负你家人对你的期望。"

文道政的手还托着手帕里包着的钱呢，梅校长不接，文道政也拿不定主意现在该怎么办，只好微笑地望着梅校长点点头。

梅校长笑了笑，补充说："学校有专门收学费的财务室"，这才侧过脸对梅雅静说，"你带文道政同学去报到缴费。"

梅雅静特别文静，她听了后微微点了点头，说："好。文同学，我叫梅雅静，我现在带你去缴费报到！"

文道政初入学校，就接触到了如此平易近人的校长，独到异乡的不安感便消散了许多，于是边说谢谢校长，边心存感激地望着梅校长笑。

梅雅静觉得文道政怎么有点傻傻的呢，便弯下腰准备替文道政提行李。

文道政赶紧弯腰将行李从梅雅静的手边拿开，又一把将行李担到肩上，这才在梅校长的注视下，跟着梅雅静走出校长室，下楼去了。

文道政跟梅雅静来到一楼，将行李放在走廊上，这才跟着梅雅静到了收费窗口。

窗口里的收费员将刚清点好的餐票递给窗口的一位同学，这才朝外又看了一眼，就看见窗口外站的是梅雅静，立刻笑得一朵花似的。

梅雅静也礼貌地笑了笑，这才告诉文道政在这儿缴纳学费，文道政又从口袋里将手帕包掏出来，连手帕一起递给了收费员。

收费员觉得奇怪，看了看梅雅静，问："缴学费？怎么他这个时候才来上学呢？"

文道政继续耐心解释："我向校长请了假的！"

收费员这才将视线挪回到文道政脸上，继续问："你哪个班？"

文道政认真地说："我，……水电委培班！"

收费员的嘴角不自觉地撇了撇："噢，自费生呵，那我得翻翻文件，看看你要交多少学费！"

文道政不明白地问："通知书上不写着，学费400元吗？"

收费员又看了一眼等在一旁的梅雅静，向文道政问道："你是国家干部吗？"

文道政摇摇头，说："不是。"

收费员又问："你是国家正式职工吗？"

文道政听了，觉得有些莫名其妙，摇摇头说："也不是。"

收费员这才说："你看啊，你一不是国家干部，二不是国家正式职工，你的学费就得交600元！"

听了这话，文道政心里一慌，他没有接收费员的话，只是扭脸望了一眼站在身边的梅雅静。梅雅静也不明白这其中有什么差别，也就没说什么。

文道政嘟囔着说："通知书上写明了是400元呀？"

收费员有些不耐烦了，说："我知道，国家干部和国家正式职工，交400元学费，可你一不是国家干部，二不是国家正式职工，按规定，自费生要多交200元培训费！"

文道政呆住了，他口袋里并没有这200块钱，他有些不自在地说："这……"

收费员看了看手表，示意她下班还有事，要马上离开呢，大声说："你有没有钱交，快点哦，等下我就得去银行办事了。"

文道政："这……"

02

学校的主教学楼，是欧式建筑。

教学楼还是苏联专家当年设计建造的，红砖墙，红色的琉璃瓦，欧罗巴式的圆弧形窗户，玻璃窗特别高，浅蓝色的油漆已经斑驳。

教学楼像堵高墙在校园里呈"一"字排开，一楼的正中间是大门。一楼靠左、靠右分别是两间大型梯阶教室，可以供学生们上大课。

中厅的台阶上楼，二楼以上的中厅两侧都是走廊，走廊左右两侧全是教室。楼栋共五层高，约莫有三十间教室。

位于四楼的405教室，就是水电委培班的教室。

此刻，这里正迎来一场"急风暴雨"般的训话。

训话的主角是个中年妇女，她姓杜，叫杜丽娟，就是水电委培班的班主任。

杜老师中等身材，黝黑色皮肤，一身运动装，正穿着一双洗白了的白网球鞋，看上去是精致的，而且还是非常矫健的模样。杜老师还是水电学院的体育老师。

405教室里，总共坐了37个大一的新生，其中只有8个女生。

教室最后一排还空着个座位，那是给文道政留的。

杜老师站在讲台上，黑亮的大眼睛此时显得锐利，她将目光落到同学们身上，缓缓地一个个看过去，好像在谁身上都能看出点挨批的名堂。

"不管是谁，只要发现谈恋爱，就开除！这是学校的纪律。"杜老师一字一顿地说，那声音十分严厉，十分刺耳。

谈恋爱的同学或许有，但肯定不会是全班。这样一说，好似全班的同学都在谈恋爱，所有的同学都犯了错一般勾着头，盯着桌面上的桌纹看。

杜老师并没期望有谁勇敢地站出来承认，再说承认了也并不是什么好事，她只是希望同学们以学习为重，其他事情都可以收敛一点，不要生出什么事来。

于是，她把目光从班长张克工身上移到陈凯身上，又移到肖子钢身上，……8个女生更是一个也不落下，肖奕琴、黄亚男、王姗姗、曾晓娅……

杜丽娟希望自己的目光能像熨斗，将一件件皱巴巴不那么光鲜的衣服熨服帖了，重新焕发出光彩来。

"作为你们的班主任老师，我这是以大姐姐的身份跟你们讲……"杜老师说着，看着大家。

"我不准你们谈恋爱，是真心为你们好，大家要珍惜学习机会。十年'文革'我们失去得太多太多了，现在要争分夺秒，要为中华之崛起而读书。我们读过《半夜鸡叫》这篇文章。《半夜鸡叫》的作者高玉宝，他自幼家境贫寒，只读过一个月书，但是，他靠努力，从一个文盲成长为一个作家，写了多少优秀的文学作品啊。我们一定要有他那种读书的劲头。"

等杜丽娟话音一落，张克工冷不丁接了一句："杜老师，你大声点说吧，后面的同学都听不清。"

杜老师看了看张克工，清清喉咙大声说："高玉宝的故事，你们都听说了吗？"

这时候，同学们多数都抬起了头，看着杜丽娟，回答："听说了！"

杜丽娟就觉得自己苦口婆心讲了半天是有效果的。

"你们是学生，是来学习的，不是来谈恋爱的！要想谈恋爱，你们回家去谈！你们回家谈恋爱没人管。这来上学刚一个月，就那么三三两两、男男女女走在一起，不要以为我不知道。有时间不在教室里读书，专门去钻小树林……不像话！"

杜老师这么一说，没谈恋爱的同学就放松了些，有的同学小声笑起来。

杜丽娟的耳朵特别灵，大声问："谁在笑？你们觉得这好笑吗？住在学校外面的张老头家里的鸡跑出来不见了，他打着手电筒到学校里来找，结果到围墙附近一看，鸡没找到，看到两个学生抱在一起……不像话，真的太不像话！"

同学们看到杜丽娟气急的样子，又觉得是不是太大惊小怪了，忍不住哈哈哈笑起来。

"还笑，你们想一想，你们都是想尽一切办法争取来读书的，现在有机会上了大学，怎么还不好好读书呢？家里人有多大的盼望，有的还是参加了工作又来读书的，你们当初不知道珍惜读书的机会，大学没考上，这还是要来上大学，才大一，开学才一个多月，就有人开始带头谈恋爱。这都是些什么人呀，莫不是想被学校捉到了开除？唉，真是气死我了！"

杜丽娟每一句都讲在点子上，句句扎心，顿时就让教室里鸦雀无声。

讲这些，同学们当然没有说话的份，只好继续沉默着挨训，那些刚谈了恋爱的和正准备谈恋爱的，一时都觉得心里后怕，没谈恋爱的暗暗想着真不能被开除呀。

这是杜丽娟训人的专场，同学们不吭声了，她还是继续反复强调："土地不肥沃，能怪种子不好吗？公费班是'正规军'，是专业队员，水电委培班只算是'民兵'、业余队员，要是你们读书不发狠，学不出好成绩，将来能怪我吗？以前我上山下乡，当过工农兵学员，那时候读书的条件真的差，现在我想尽办法尽力带好这个班，让你们静下心来，多学点本事，多读点书。"

同学们在家里，多数人的父母也不见得这样严厉规劝什么，现在杜老师说得真诚恳切，个个都把头压得低低的，有没有犯错的都变得心情沉重起来。

陈凯同学平时马大哈，也没关注身边的同学们什么动静，现在被训了半天，怎么看也看不出杜老师是在警告谁，于是就说：

"杜老师，你说我们班有人谈恋爱，究竟是谁呀？"

有同学也接上了这话："是呀，是谁呢？"

杜丽娟扫了大家一眼，没有说谁的名字，因为一旦将事实圈出来，面临的就只能是学校的处理了。

杜丽娟自我解嘲地说："今天我就不点名了。但从今往后再发现谁在谈恋爱，我就不客气，你们记得，男生女生走在一起说说笑笑也要注意点。"

男同学女同学一起走路聊天也可能触雷，这也要求得太过火了吧，但同学们谁也不好就这点与杜老师理论，只好无奈地互相张望两眼，用小眼神里的不满来传递自己的意愿。

下课铃声响了，走廊里瞬间热闹起来，其他班同学开始走出教室，上卫生间的，聊天的，一溜小跑下楼去了，走廊上吵吵闹闹。

杜丽娟还想说点什么，但她听着越发热闹起来的走廊，想着说什么同学们也不见得能听清，于是收了收嗓子，只吐出了两个字："下课。"

这两个字都听见了，杜丽娟还没离开呢，多数同学就走出教室去了，各间教室里的人都出来了，一下子，下楼的台阶上就拥堵起来，汇集的水流在向楼下流动。女生们将书本捧在胸前，并排走着，聊聊笑笑。不少男同学是背的黄布书包，质朴而光荣的样子。

同学们一走出教学楼，就像禁闭笼中的鸟放飞了，马上都阳光灿烂起来。

水电委培班的同学们也汇入了下楼的人流，一直走出了教学楼，不由自主地扭头看看，杜老师并没在视线之中，大家这才能松了口气，觉得可以自由表达了。

陈凯还是围绕着挨训的主题展开倾诉，说："杜老师天天将《半夜鸡叫》的高玉宝挂在嘴上，干脆叫她'高老师'好了。"

男生看看陈凯，苦笑着打哈哈，说："哈，'高老师'？挺形象的嘛。"

陈凯说："你们讲，'高老师'怎么会发这么大脾气呢？是谁激怒了她？"

肖子钢马上接一句，说："听说是梅校长批评了杜老师，说她如果干不好班主任，就下到食堂去当管理员。"

张克工望着大家，不解地说："啊？这么严重？梅校长是这么说的？你们可别说杜老师的坏话。"

陈凯还是觉得委屈，叹息着说："现在男生女生在一起走也不行了，那些公费生怎么就可以男生女生一起走？"

水电委培班的女生们刚刚被教训了个饱，此时心里也都还萦绕不散，一边走着，到了人少的地方，一边就不约而同地也聊起了课堂里的话题，但又说不出个所以然。

黄亚男干脆说："这样讲，那最好是男生都不要跟女生说话。"

曾晓娅补充了一句："对呀，干脆男生一个学校，女生一个学校！"

"对，直接分为男子大学和女子大学。"黄亚男也觉得这是个治标又治本的好办法。

曾晓娅看了看在她右侧沉默着的女生肖奕琴，问道："肖姑妈，你说呢？"

肖奕琴颇为不屑，认真地说："你们也别说得这么难听，杜老师还不是为我们好啊？"

"好是好，但也管得太变态了吧。"曾晓娅对肖奕琴的态度表示不满。

王姗姗听了，就故意岔开话："古时候，女子无才便是德，我们裹了小脚躲在家里织布也好。"

大家听了这话，又觉得现如今的女子可以读书工作，有这么多自由平等，再怎么也比古代的小女子爽气啊，再看看王姗姗说话间故意飞起的眉眼和翘起的兰花指，顿时笑得喘不过气来……

杜老师阴着脸，从教学楼走出来，正碰上学生处肖明处长。

肖明处长从部队情报部门转业到水电学院，任学生处处长，工作十分负责，但对学生特别凶，学生们都称他为"情报处长"。他对水电委培班的学生更是严加管理。

梅校长告诉他，水电委培班只要有情况，就要及时向他报告。

杜老师只要见到肖明处长，就觉得特别不踏实，心里咯噔一声，想想班上有同学恋爱的事，还不知道肖处长知不知道呢，要是知道了，就怕肖处长又向梅校长打小报告。

于是，杜老师赔着笑，主动走向前去跟肖明处长打招呼。

"肖处长，我刚刚训斥了学生。对于我们水电委培班呀，就是要严上加严，对那些不读书、不服从管理的、谈恋爱的学生，干脆开除！"

"开除学生？这得梅校长亲自同意吧？"肖明皱了皱眉头，显然很不高兴，"梅校长说，现在正百废待兴，水电系统极缺人才，我们学校要加大人才培养力度，对水电委培班要严加管理，严加教育，严加呵护。不是说开除就开除。"

杜丽娟见肖处长这么说，心里立时放松了，赶紧转口说："呵，我也没说就要开除学生呢。"

肖处长见杜丽娟做了转弯，还是不依不饶，但还是缓了缓口气补充："你刚才不是说要开除水电委培班的学生吗？我跟你说呀，梅校长那是把学生看得跟自己儿女一样重要。以后你可不能随便说开除学生。"

杜丽娟见肖处长对于水电委培班可能有谈恋爱现象似乎不知道，心里略略放了点心，赶紧赔笑说："嗯，我知道呢。我只是吓唬吓唬学生，我们当老师的都是把学生当自己的儿女。"

肖明见杜丽娟这么说，也就没什么好继续强调了，于是点了点头，就走开了。

杜丽娟见肖处长走开了，心里松的那口气这时又提了上来，想想万一班上有谁谈恋爱被学校捉到了，那就不是亲生儿女了，说不定就真开除了，这个问题还是要强抓，还是要落到实处，千万不能掉以轻心。

杜丽娟这么想着，一时又拿不出有效的办法，于是心里不高兴，脸上也就一副不高兴的样子走到教师楼的一楼。

03

站在一楼走廊上的梅雅静一扭头，看见杜老师正一脸不高兴地走过来，赶紧礼貌地大声叫道："杜老师，您好！"

杜丽娟回转神思，才发现自己已经走到了收费窗口边，看看是梅雅静在叫她呢，就堆上了笑脸，亲切地说："是雅静哟，你在这干什么？"

梅雅静见杜老师笑了，也就扭头望一眼文道政，示意着说：

"文同学，杜老师是你班主任。"

文道政站在一边正在为交学费的事不知所措呢，听梅雅静介绍，赶紧抬起头来看杜老师，并叫了一声："杜老师好！"

这声音落了，文道政看清楚眼前的杜老师原来是个穿运动装的女老师。

杜丽娟不明白地看看文道政，又问梅雅静："这是谁呀？"

梅雅静这才解释说："这是你们班新来的学生，他叫文道政。"

杜丽娟望了一眼文道政，说："文道政？……啊，文道政，你怎么这个时候才来报到呀！我还以为你不读了呢？"

梅雅静知道，杜老师明明是知道文道政请假的情况，估计是一时忘了，便替文道政回答，说："文道政同学向学校请了假！"

杜丽娟听了，倒不好说什么。这时，收费窗口里面大声叫道："外面的同学，200元培训费你到底有没有啊，我要走了啊。"

文道政又急又羞，口袋里没钱，却又不能不交，在这陌生的城市里甚至无处可以筹借，便血往脑门子上涌，脸憋得红红的。

文道政一急，他将父亲戴在他手上的手表摘下来，送到收费窗口，说：

"我……身上只有这个！"

收费员大声吼道："我这里不是当铺！"

收费员将他的手表递出来。

文道政想着他还有20元的生活费，他冲动地将手伸进裤兜，将身上仅有的20元钱掏了出来递进交费窗口，嗫嚅地说："……我，我身上真的只有这20元钱了！"

"哎，要交200元呢，你20元怎么行，未必是你的钱大些呀！"隔着窗口看里面的收费员只能看见半张脸，但很明显，那半张脸上全是恼怒。

文道政担心交不齐学费，报不了到，大学读不成了。

他不由自主地扭头望了望梅雅静，又望了望杜老师，这眼神说不上是绝望，是期待，还是恼怒。

恼怒什么，文道政说不出来，也许只是单纯地恼怒学费怎么能这么贵呢，他实实在在是没有钱呀。

文道政收回眼神，用手抓了抓头，觉得自己现在像干了坏事被捉到现场。

杜丽娟听见收费员阴阳怪气的声音，走过去伸头朝窗口里面大声说："收租婆，就知道钱钱钱，你大声吼个什么？好好说不行啊！他，怎么了？"

收费员见是杜老师在窗外，收了态度，笑着委屈地说："杜老师呀，你不知道呢，这个文同学他只拿了20块钱，要来交学费。"

"20块钱？怎么可能嘛！20块钱读什么书？真是乱弹琴！"杜老师看了看穿得挺磕碜的文道政，觉得他迟到了这么久，居然还只带20块钱来学校报到，简直就是胡闹，而这个文道政居然还是她杜丽娟班上的学生，于是心情又跌到谷底，转过身，皱着眉看着文道政，眼里全是不高兴。

"文道政，你不知道读书要交学费啊？带20块钱你来读什么书？干脆回家得了！"杜老师甩下这句话，转身就走开了。

杜丽娟的话太难听，无理无情又冰冷，文道政听了，心情一下子掉进了冰窖。

难道大学的老师就是这个样子？自己也是老师，平时对学生那么好，特别是对贫困学生，更是由衷地帮助与支持，堂堂的大学老师都这样的态度对待他，他忍不住就觉得骨头里发冷，对大学的美好感觉，瞬即就消失了。

梅雅静看见杜老师过来，本想着把文道政交给杜老师，她就完成任务，没想到杜老师训完两句，什么也不管，径直离开了。

杜老师怎么对文道政说这些话呢，太不可思议了。

梅雅静提起的脚又在原点落了下来，只是望着杜老师的背影不自觉地摇了摇头，又回过头来望着文道政。

收费员见杜老师不管了，又再次追问："你还交不交学费了？我这就走了哦！没时间跟你磨叽啊！"

一分钱难倒英雄汉，况且还差180元。现在文道政为钱急得都要冒眼泪了，不管情况如何，也不管人家如何待他，他是来读书的，也还是希望能顺利地入学，就这样扛着行李回家去，那肯定是不行的。

想到这，文道政又看了一眼梅雅静，这才下定决心似的又将头凑近窗口，满脸乞求地赔着笑脸说："老师，我没带那么多钱，这200元我能不能晚一点交？"

收费员听了这话，瞪了文道政一眼，很不耐烦地说："财务有规章制度，欠费入学，没有这规矩。"

收费员料定文道政没有钱可以交了，于是说完话就将文道政交的400元钱扔出窗口，伸头将收费窗的小门合拢，准备关上了。

文道政一见窗口要关，急得赶紧用手抵住。

收费员心里那个烦啊，气呼呼就打开窗口，极不耐烦地吼道："你，你要干什么？"

窗敲开了，文道政伏在窗口边，可怜巴巴地望着收费员：

"我……我交学费。"

收费员把手伸到文道政眼前："钱呢？你给我钱呀。"

文道政看着那锐利的指甲几乎要戳到脸上来了，忙向后让了让，将手中的400元钱递过去，说："我……没有那么多钱……"

收费员知道文道政是交不上钱了，但又不许她关窗口，气就不打一处来，那种市侩破落户骂街的本质就飙了出来，她把玻璃窗上的小木门一甩，小门就"砰"地撞到窗框上，又弹了个半开，只听收费员拉开嗓门就骂了起来："你是屎壳郎进驴槽，冒充大料豆。屎壳郎，知道吗？你没钱交学费，来读什么书呢？不晓得回去种田啊，没钱读书就是种田的命！"

噼里啪啦，一顿乱骂一气呵成，骂完收工，收费员"啪"的一声又将收费窗户给关上了。

屋漏偏逢连夜雨，无钱悲惨鬼都欺。

文道政的喉咙里咯吱一声，咽下了一口气，也咽下了一汪泪。

文道政不敢抬眼看梅雅静，也不再对读大学抱有希望了，因为他凑不齐200元，又被收费员如此羞辱，于是他低着头去摸行李，但他泪水模糊，看不清绑行李的绳子在哪，泪水就吧嗒吧嗒地滴在行李包上……

这一切不过几分钟的工夫，梅雅静站在一边，看着文道政因为缺学费而惶然，向收费员乞求了又乞求，然后绝望和悲伤。

梅雅静第一眼看到文道政就印象不错，特别是看到文道政从行李包里掏出被手帕包好又系上绳子的学费时，她一样被感动了。

梅校长一直有一个心结，想当年，他的母亲在他考上大学去学校读书时，就是这样将学费包得严严实实，然后用一条绳子系绑着。

梅校长那时家里困难，交个学费都要东凑西借，母亲生怕他在路途上将学费丢了……等到梅校长大学毕业，他的母亲却离开了人世。

梅校长一辈子的痛，是没有报答母亲……

每当梅雅静听到梅校长说起这段往事，梅雅静都会流下伤痛的泪水。

就在眼前，文道政在她面前，躬下身去摸摸索索从行李包里掏出那包被手帕严严实实包好又系上绳子的学费，看到如此相似的一幕，她一下子惊呆了……

　　现在看到文道政遇到困难和羞辱，她的眼眶里也蓄满了酸楚的泪水，还蓄着悲哀和愤怒。

　　梅雅静拍着收费窗口，大声说："你等等，不要走！"

　　文道政听到梅雅静拍窗，并大声说话，立刻抬起头来，但他没留意到眼里还满是泪水，所以他看到的梅雅静是浮在泪光里，朦朦胧胧的。

　　文道政看到那个模糊浮动的影子对他说："你在这里等着，我一会儿就来！"

　　梅雅静转身，快步向楼上跑去。

　　梅雅静跑开，文道政视线里一空，这才发觉楼外那明晃晃的天色涌进了泪光里，像他在清水湾的清水河里游泳，隔着透亮的水波望见了蓝天中的太阳。

　　梅雅静是一路小跑上楼的，那轻捷如小鹿的脚步声由近至远，消失在楼梯间，一须臾的希望之光，便系住了文道政脆弱的神经线。

　　一会儿，有脚步声由远及近，文道政早已抹干了泪水，重新又燃起了希望，眼睛死盯盯地望着楼梯间，可是脚步声下来，却并不是梅雅静。

　　倒是三三两两的行人，偶尔看一眼收费窗外站着的文道政和他放在走廊上的行李。

　　文道政无视这些注目礼，他的心里只有两个人是此际最重要的，一个是跑到楼上的梅雅静，一个是等在窗内的收费员。

　　站了一会儿，文道政担心收费员从别的出口离开了，于是又去敲窗口，看是不是有人应。

　　收费员当然知道梅雅静是校长千金，梅雅静不管，她想怎么样都可以。梅雅静却叫她等一等，这不免让收费员有点慌，她想起了刚刚那样恶毒地咒骂文道政，便有点后悔。这下听到有人敲窗口，以为是梅雅静下楼了，便笑眯眯地打开收费窗，朝窗外一张望，却只有文道政那张焦急的脸。

收费员的脾气上来了，又大声吼道："敲什么敲！"

文道政执着地看着收费员，赔着小心说："你再等等，别走啊。"

收费员气坏了，发着脾气说："她要再不来，你就没戏了，我马上走。"

文道政听了心里一冷，想想的确也是，现在梅雅静是他唯一的希望。

文道政突然想起杜老师，刚才管收费员叫"收租婆"，觉得真是形象，就和地主老财一个级别嘛，穷苦的人在她们眼里算什么呀！想到这，文道政嘴角浮起了一丝冷笑。

收费员在等梅雅静，这回并没把窗全关上，一瞅正好瞧到文道政在冷笑，便气恼地说："笑什么笑？200块都凑不齐，你有什么好笑的！"

提到钱，这是文道政的硬伤，他没资格笑别人。

文道政收住冷笑，又把眼光投向了楼梯间。

文道政无比焦急，渴望听到梅雅静走下楼的脚步声，他充满了希望，除了偶尔瞅一眼收费窗口，就是侧耳细听着楼梯的任何响动，眼睛也盯着楼梯口那一个方向。

梅雅静悄无声息地出现了，她红着脸，可能是找父亲借到了钱的激动，也可能是刚刚轻手轻脚下楼想逗一下文道政的小得意，可她一出现在楼梯口，看见了文道政那揪心的眼神，她的小淘气就烟消云散了。她大声说："文同学，这钱借给你！"

文道政想到了，梅雅静真的找梅校长借到了钱。

文道政没想到，梅雅静真的为他这么一个陌生的南方山区农村的同学，借来了学费，将他从绝境里挽救了出来！

文道政望着梅雅静，这笔钱是他急需的，但他不敢接钱，他也不知该说什么，该怎么说。

惊喜、感恩、激动，兼而有之。

梅雅静看着文道政那呆模样，笑着说："你倒是接着啊！"

文道政望着钱，还是没伸手。

梅雅静干脆把钱递到文道政手里，说："借给你，干吗不接。"

"你们还磨叽什么，学费交不交！"收费员看到梅雅静给文道政送来了钱，就把嘴角歪着，似乎觉得梅雅静不应该这么帮文道政。

文道政伸出手，接过钱，递进收费窗口。

收费员的手飞快地闪了一下，钱就被她夺进去了。

文道政看了一眼收费员正一张一张点着拾元的钞票呢，这才扭回头朝梅雅静感激地说："我一定尽早还你。"

梅雅静笑着点了点头，说："是还给我爸。"

"嗯，谢谢你们！"文道政找不出更合适的话来表达感激之情。

收费员"啪"的一声就将单据拍在了收费窗口的小台子上，大声说："这是收据，你收好喽！"

文道政拿着那张缴费单，望着准备关窗的收费员，诚恳地说："老师，谢谢你。"

收费员没搭理他，而是朝梅雅静笑了一笑，就将收费窗口关上了。

文道政长长地出一口气，感觉大学校园的生活，这才是真正地开始了。想一想如果今天没遇到梅雅静的话，一切又会是什么结局呢。想想，文道政打了个冷噤。

梅雅静望着文道政七分俊朗三分土气的打扮，觉得他的土气几分有趣，可这话她不能说出来，便莫名地自己笑了笑。

"好事做到底，我送你吧！"梅雅静指了指楼外。

文道政将收据折叠整齐了放进口袋，这才弯腰挑起行李，跟在梅雅静后面走出了教师楼。他们外形上的差异和文道政挑的那担行李，又引来了不少学生的目光。

04

校园是最朝气蓬勃的地方，也是最单纯快乐的地方。

林荫道两旁种下的香樟树也不知道是活了几十年还是几百年，那枝丫粗壮，绿叶葱茏，伸出强大的臂膀。枝叶将人行道都遮盖住，大学校园就显得格外清幽与质朴。

秋日穿过密密的樟叶，将细碎如金的阳光投到道路上，又顺着树冠描绘出典雅的丰姿。

在教学楼之间的小花园，种满了花木，各种叫不出名字的树和花在花园里，生机勃勃。

文道政还注意到，一个偌大的操坪就在人行道的左侧下方。

原来水电学院地处黄家岭，地势起伏，许多设施并不是建在同一个平面上，看上去各种楼栋和设施都像是码在凹凸不平的地方。但操坪很大，看上去有足球场、篮球场、羽毛球场、跑道……

这秋是清爽的，略有些热气也被树叶们消散了，枝丫掩映下，三三两两的大学生走在人行道上，不少人正坐在路边的石凳上看书。

这时，水电委培班的女生们从教学楼涌出来，走在一起，大家都在不约而同地谈论杜老师那番言论。

梅雅静正领着文道政朝宿舍楼走，刚转进林荫道，就正碰上了水电委培班的女生们。

"黄亚男！"梅雅静冲着一个女生的背影喊。

黄亚男回过头，一看是梅雅静，就停下来等她。

文道政顺着梅雅静的目光朝黄亚男看，见她剪着一头短发，中等身材，大大咧咧的，皮肤挺白皙的，又有一双笑得很好看的眼睛。

梅雅静见女生们都停下来在等她，于是眯着眼对大家都笑了笑。

女生们和梅雅静打完招呼，一个个都望着文道政。

文道政见到这个场面，这时便不知道自己该怎么办了。

梅雅静回头指了指文道政，介绍说："哎，我给你们介绍下，这是你们水电委培班的新同学，叫文道政。"

文道政突然小声对梅雅静说："就叫我文同学吧。"

梅雅静一听，忍不住就先笑起来。

黄亚男并不知道文道政说了什么，只看见梅雅静突然笑了，也就笑着冲文道政点了点头，黄亚男身边的女同学们有的招呼，有的也只是笑一笑，表示个礼貌。

文道政赶紧将行李换了一边肩膀，腾出右手来朝同学们挥了挥，充分体现了一下打招呼的认真态度。

曾晓娅这时站在女生们身后，文道政还看不到她呢，只听到黄亚男背后一个女生在大声说："哇，好高大英俊啊！"

这一惊呼，半开玩笑半认真，但说的是实情，文道政这长相应该是很不错的，可这么一嚷嚷，文道政脸上就挂不住了，一时间眼神都不知道该看哪，脸上火烧似的。

女生们见曾晓娅的夸张让文道政尴尬起来，忍不住都笑起来。这时梅雅静也就跟上了女生们的队伍并排着肩膀，边聊边走。文道政还是跟在梅雅静身后，或者看看两边的景色，或者低头看着脚下的路，慢慢地朝宿舍区走。

身后的同学们笑得欢，前面走着的几个水电一班的男生，耳朵可灵了，听到身后的女生们笑得热闹，就减慢了速度，待女生们走近了，这才发现梅雅静也在其中。

水电一班的班长张伟和男生刘闯，停下来给梅雅静打招呼，又朝梅雅静身后挑行李的男生文道政看了看。

张伟这才问道:"梅雅静,这谁呀?干吗小跟班似的挑着行李跟着你?"

梅雅静听张伟这样说,脸就红了,说:"这是水电委培班新来的同学,叫文道政。"

文道政听到梅雅静提到他的名字,就抬起头朝张伟他们笑了笑。

张伟望了一眼文道政,嘴角动了一下,没说什么,就跟上水电一班男同学们的步子走到前面了。

文道政也不知道张伟那算是笑了呢,还是没笑,感觉有点怪。

刘闯也盯着文道政多看了几眼,这才跟上张伟的步伐,俩人耳语起来。

张伟突然回过头,冲梅雅静大声说:"你记得,下午到教室出黑板报啊。"

梅雅静正和黄亚男聊天,随口就答道:"好的,记得!"

路两旁的树之间放有麻石圆凳和圆形石桌,有的坐了几个同学在聊天,有的石桌上蹦跳着几只胆大的麻雀。

文道政心想,这麻雀虽然长得跟乡下的麻雀一个样,但它们毕竟是城市的麻雀,而他是独自飞进这陌生的城市来的。

文道政有一搭没一搭地想着,偶尔看看在前面与黄亚男聊得热络的梅雅静,偶尔又抬起头看一看路两旁高大古老的香樟树,心想就算是在乡下,他也没有一次见到过这么多棵香樟树在一起啊。

"刚才,杜老师大发脾气,给我们上了一堂严肃的政治课。"黄亚男突然换了话题说。

梅雅静想起了杜老师的态度,若有所思地说:"是吗?难怪哟,我说刚才杜老师那样子怎么怪怪的。"

"杜老师说,要我们向高玉宝学习,要为中华之崛起读书,不准谈恋爱,男生和女生今后不能走在一起!"黄亚男义愤填膺地说。

梅雅静一听就忍不住笑了:"这叫什么事啊!啊……哈哈哈。"

校园的操坪很大，足球场是泥土地面，有的地面踩得光秃秃，有的小半边却长满了大片小片的杂草。一条五六米宽的跑道环绕着偌大个足球场。

足球场隔着林荫道相对的另一侧是篮球场，文道政默然数了数，居然有16个篮球场——校园真大啊！

文道政边走边看，对大学里的一切，他都感到无比的新鲜。

经过教师家属区路口时，梅雅静要往家里走了，这才交代文道政跟着黄亚男往学生宿舍方向去，她刚给黄亚男都说过了情况。

一群同学都朝梅雅静挥了挥手说再见，不少女生的眼里泛着羡慕的光泽。

文道政也向梅雅静挥挥手，然后才跟着黄亚男和曾晓娅往寝室走。

梅雅静走了，文道政心里就感觉有点不踏实，但想想，梅雅静帮他也够多的，剩下的事他自己可以搞定。于是定了定神，担着行李又跟在了黄亚男的身后。

"文道政，右边那栋北舍是男生宿舍，我们女生宿舍在左边呢。"转过一道弯，黄亚男回头对文道政说。

文道政抬头一看，前面有并排着的两幢房屋：南舍、北舍。

文道政跟着黄亚男，沿着操坪边的林荫道一直走到男生宿舍门外，黄亚男这才对文道政说："学生宿舍有两处，新区在东头。这边旧区有南舍、北舍两栋，左面的南舍是女生宿舍，这栋就是北舍了，是男生宿舍。据说我们水电委培班的所有男生都住在北舍一楼了，你到一楼去找班长问下，看你是住哪间寝室吧！"黄亚男把情况说明清楚。

黄亚男语速快，机关枪似的一下子就讲完了。文道政就只听了个重点：到一楼去找水电委培班的班长。

文道政站在宿舍楼门口，见这栋宿舍楼像是从"地下"长上来的。三楼才与操坪是同一个平面，一、二楼还在"地下"呢。

女生们经过北舍径直就走过去了，黄亚男犹豫了一下，还是停了下来，她伸手扯了扯曾晓娅。曾晓娅也就留下来陪黄亚男。

黄亚男朝林荫道深远处眺望了一下，想等到有水电委培班的男生回宿舍，就可以将文道政带去宿舍里登记入住，可望了好几眼，还是没一张熟悉面孔。

文道政见黄亚男说了走，却又留下来帮他找人，觉得下个楼找班长并不难，于是冲黄亚男说："你告诉我了，到一楼寝室去问嘛，我自己去。"

黄亚男抬头望了文道政一眼，说："要是班长他们打饭去了，万一没在呢？"

文道政见同学们都拿着饭盆从宿舍楼里往外走，想着黄亚男和曾晓娅也可能要去打饭了，就说："那我在这里等，没事，你们去吧。"

黄亚男觉得奇怪，便睁大了眼睛看文道政："你认识我们班的同学？"

文道政脸有点发热，有些歉意地说："等寝室有人了，我再去问吧。"

黄亚男这才说："不行，梅雅静刚把你交给我时，说过让我帮你找到班长。"

文道政不知道几个女生在前面聊天，话题还涉及了自己，梅雅静真细心。文道政颇有些感动，又不知道要怎么回答黄亚男，于是就"啊？"了一声……

"我叫黄亚男，是水电委培班的生活委员，你也是我们班的同学，带你去找班长是应该的，况且我也正要去男生寝室有点事。"

听黄亚男这么说，文道政也就找不到理由拒绝了，说："那，好吧！"

黄亚男等了一会儿还没见水电委培班的男生，觉得这么等，回头食堂就该关门了，于是让曾晓娅先回宿舍去拿饭盒打饭，自己便领着文道政往男生宿舍走。

水电委培班男生在一楼宿舍。

俩人往楼里走，与从宿舍往食堂赶的男同学们相错而过，不少男同学都冲黄亚男多瞧上两眼。黄亚男将头扭过一边，冲文道政说："水电学院因地而建，男生宿舍在一楼，其实是负二楼，有两层楼在'海平面'以下。"

文道政愕然，随口说："海平面？"

黄亚男看着文道政挑着行李在人流中左让右让，行李一晃一悠，看上去就像走得跌跌撞撞似的，忍不住就笑起来，然后才说："是呀，我们现在进宿舍楼就是三楼，奔负二楼而去，你说不是'海平面'么？哈哈。"

哦，原来是这么个说法！文道政也跟着笑起来。

男生宿舍的门卫是个戴眼镜的老头，他一见有个苗条秀丽的女生进了男生宿舍楼，身边还有一个挑着行李的男生，赶紧就从传达室窗里伸出了头，追问要找什么人。

黄亚男这还是头一回进男生宿舍楼，只好赔了一张笑脸跟张老头好好说，说她是水电委培班的生活委员，送水电委培班的新生来宿舍楼入住。

张老头听了黄亚男的话，又抬头看文道政，奇怪地说："怎么这么晚才来学校啊！"

文道政礼貌地朝张老头笑了笑，说开学前就向校长请过假了的。

张老头听了，只"哦"了一声，便将头缩回传达室窗口，忙自己的活去了。

文道政跟着黄亚男到了一楼，准备一间间寝室去问，但多数寝室都关了门打饭去了，黄亚男领着文道政朝楼道的另一侧走过去，见115室的门敞开着。

黄亚男就敲了敲门框准备开口问，结果男生们一回头，黄亚男发现他们正是水电委培班的男生。

05

一楼本身就是容易潮湿的楼层，况且这还是负二层，虽然号称"一楼"，事实上也就是个阴暗潮湿的地下室。况且这男生寝室又向来是"懒汉"如云的所在，楼道里一点也不干净整齐。

墙上有春天发的霉斑，在秋高气爽里结成了许多异型图案，除了几个堆满了的垃圾桶，过道地面上也满是纸屑、扑克牌和露了趾头被扔掉的臭袜子。

黄亚男敲门框的动静不大，寝室里还没有意识有女同学来访，文道政越过黄亚男的侧边，就往寝室门里打量……

115室按进门的方向，左右两边各架了四张高低架子床，一共八个铺位，多数床上都堆着没有折叠的被子，各色的花被面被被单的素色边衬着，像一堆花花绿绿的稀泥。

文道政扫了一眼，看见其中还有一张床上并没有铺盖，只是堆了些日用品。这张床不会刚好是留给自己的吧，文道政心想。

寝室正中间分两排放着八张课桌，显然是一桌一床一人的配置，但那配套的八张木头椅子却都没在原位上，而是七七八八的散落在寝室各处。那些日常使用的口杯、热水瓶、书籍，还有扑克牌在桌面、床头、床上到处搁着，怎一个"乱"字形容得尽。

几个男生正埋头吃饭呢，黄亚男都走到门里边了，他们才抬起头来看，一看进来的是女生，顿时就像做贼被捉了现场似的，连话也说不圆了。

这时间，不少打了饭菜的同学都端着饭盆回宿舍来了，楼道里又热闹起来，呼的喝的拿钥匙开门的，三三两两从楼梯间里下到走廊里来。

"行李，让让，让让！"有人嫌文道政的行李占了地方，大声叫道。

文道政赶紧将才下肩的行李又拧到了手上，人就随着黄亚男想往寝室里走，谁知道自己还是拦着了门，文道政一脚就踩在了门边一个空汽水瓶上，身子没站稳，便拧着行李包往前一冲，本来都隔了几步远的黄亚男被文道政这包行李扫中了，同时被文道政扫中了的，还有在身后挤他，想挤进寝室门来的刘贵北。

"哎呀，你谁呀？"刘贵北气急败坏地看着被打翻在地的饭碗，拿右手指着文道政问。

文道政松开手中的行李，及时抓到了门边第一张床的架子，这才避免了摔倒在地上，因此也显得狼狈不堪。

黄亚男扶住书桌，生气地扭回头，大声叫道："谁呀？不好好走路，这么缺德？"

刘贵北抬眼睛便看见是黄亚男，从来没有过的反应快，就扭头朝门外走廊看，然后又回过身来一脸委屈地给黄亚男说：

"水电一班的刘闯，他从后面撞了我，现在跑掉了！"

正坐在窗口的床边吃饭的张克工放下饭盆，站起身来："他这是搞什么鬼。"

刘贵北蹲下身子捡起饭盆，心疼地瞧着倒在地面上的米饭和肉片，对文道政说："老子好不容易舍得买了一回肉片，还被你打翻了。"

文道政从没想过会是这样的姿态出现在同学们面前，满心愧疚地说："对不起，对不起，我赔，我赔……"

"黄亚男，这谁呀？"张克工看着还在捡拾行李的文道政。

黄亚男指了指文道政，换了口气说："这是文道政呀，水电委培班的新同学，我送他来宿舍。"

文道政赶紧停止了收拾行李，先站直起身，向大家鞠躬，不好意思地说："同学们好，不好意思……"

"新同学啊？哎，别客气了……欢迎，欢迎。"张克工打断了文道政想说的抱歉，同时拿眼睛余光朝其他两个男同学扫了一下，于是寝室里的男生们就都站起来鼓掌了："欢迎，欢迎！"

张克工问："哎，叫什么名字啊？"

"文道政！"黄亚男回了一声，这才冲文道政说，"这就是我们班班长张克工。"

看上去，张克工的年龄比文道政要大许多，而且也显得比其他同学都更成熟，方圆型的脸庞黑黝黝的，除了些微皱纹，还有些豆点儿似的黑痣。

张克工很快迎到了文道政眼前来了，从文道政手上接过行李，放到了那张空铺上，说："这是你的床。"

黄亚男看了看手腕上的表，说："文道政，你到寝室了，我得赶紧走了。"

陈凯不甘沉默，放下刚拿起的筷子，冲黄亚男叫道："你也别这么快又走呀，说一说，今天'高老师'为什么发这么大脾气！"

黄亚男一头雾水，问："高老师？谁是高老师？"

寝室里几个知情者都哈哈大笑起来，文道政也是不明白，但他还是决定陪着大家一起，微笑地看着陈凯，跟黄亚男一起等着解答。

陈凯得意地解释说："这都不知道，就是杜老师呀。"

黄亚男有些不解，问道："杜老师，她怎么一下子变成高老师了？"

刘贵北边将地上的饭菜收拾到垃圾桶里去，便头也不抬地说："杜老师天天将高玉宝挂在嘴上，不就成了'高老师'吗？哈哈哈……"

黄亚男听了刘贵北的话，细一想想，果然还挺形象的，就乐起来，说："你们这么损，可别叫'高老师'听到……"话说一半，突然发现自己也是叫的"高老师"，忍不住地打起了哈哈。

男同学们并不知道黄亚男这是失口了，也就继续追问："'高老师'为什么发这么大脾气，黄亚男你知道吗？"

黄亚男还是知道一点情况的，但她不好细说，也不想自己来突破这个话题，于是便打了个马虎眼，拖长口气说："你想知道啊？估计就都是你们男生惹的祸呗！哈哈哈……"

黄亚男说着转身就走了，并不给同学们继续追问的机会。

张克工看到黄亚男真走了，便转过脸看文道政，给文道政介绍这间寝室里的几位室友。

张克工介绍说："这小子是陈凯，你刚撞翻的那是刘贵北。"

刘贵北在班上年龄最大，二十七岁了，他皮肤黝黑，下巴上有一粒黑痣，张克工介绍刘贵北时，刘贵北也在看着文道政，他想到其实是自己从身后扑到了文道政，也不好说什么，就不好意思责怪他，于是他反而冲文道政说："文道政，你还没吃饭吧，我去给你打饭。"

张克工便对刘贵北说："那你快去，文道政肯定没吃饭，晚了食堂就没什么菜了。"

文道政也不好意思，于是跟刘贵北争起来，都抢着要去食堂打饭。刘贵北就笑着说："你刚来，还不知道食堂在哪呢，再争没饭吃了。"

刘贵北这么一说，文道政想想也是，于是松开了拽着刘贵北的手，也不好再说什么，刘贵北拍了拍文道政的肩，拿上两个饭盆就走出寝室去食堂了。

文道政打开行李，将物件都找地方放好，该铺的床得铺上，该挂的毛巾得挂起来。文道政想了想毛巾，突然记起毛巾里还裹着鸡蛋呢，赶紧就从行李中将毛巾包小心翼翼地取出来，打开摊在床面。还好，因为收拾得挺妥帖，多数鸡蛋都还没挤破，文道政看了觉得挺满意，就喊同学们都来尝尝他从家乡带的鸡蛋。

陈凯近水楼台，走过来就先拿了一个。

张克工也拿了一个鸡蛋，在桌上一敲，再压着鸡蛋在桌面上轻轻地滚了一滚，鸡蛋壳便细细的碾碎了纹。张克工左手拿着鸡蛋轻轻转动，右手拿住鸡蛋边皮一剥一拽，鸡蛋壳就完整地掉下来，幼滑的鸡蛋泛着瓷白的光，一股新鲜美味暴露出来。

见陈凯和张克工拿了鸡蛋，同学们这才都围了过来，各拿上一个鸡蛋。

陈凯将鸡蛋大头砸了砸，然后一块块地剥鸡蛋壳，剥得坑坑洼洼的。

张克工正鼓圆眼睛在咽鸡蛋黄呢，看见陈凯这笨手样子，差一点就笑呛了。

张克工笑着说："你怎么搞的？"。

陈凯没在意，拿着剥得坑洼的鸡蛋一口放进了嘴里，扭头朝文道政说："文道政，你家的鸡蛋真好吃，你家是农村的吧？这鸡蛋带着农村泥土的芳香啊！"

同学们一听，都笑起来。

张克工打着哈哈反问："难道还有鸡蛋带着城市水泥的芳香？"

陈凯故作神秘，告诉说："你不知道现在城里的鸡都是笼养的吗？喂食喂水都关在笼子里，从不放出来！"

张克工听了就觉得好笑，说："吹牛皮，那样的笼养鸡，不是自己找食吃，一天到晚不走动，又吃不到山虫碎草的，鸡肉、鸡蛋能好吃吗？"

陈凯笑笑，说："那等我吃过了再来告诉你啊。"

文道政也是第一次听说有"笼养鸡"一说，听室友们争论这样的话题，就只能埋头清理行李了，他正低头铺床单，张克工指着旁边一张桌子，示意文道政看。

文道政也就明白这张桌子是属于自己的。

文道政从折叠的棉絮里取出学习用品，都放进了桌子的抽屉里。张克工边看文道政收拾，边回到自己的书桌前继续吃饭。

这时，刘贵北帮文道政打饭回来，把饭盒递给文道政。文道政就将特地留在一边的鸡蛋递给了刘贵北，并感激地冲刘贵北说："谢谢！"

刘贵北挥了挥手，一手端着自己的饭，一手握着那个鸡蛋，就在旁边的空位上坐下准备吃饭了。

同学们都用勺子在舀饭吃，刘贵北递过来的饭盒里是没有放勺子。文道政就从自己的行李中拿出一双亲手做的楠竹筷子来，这才坐下吃饭。

张克工到底是班长，想的事就更多些，望着文道政说："文道政，你书还没有领吧，下午我陪你去领书。"

文道政含着饭，不好开口说什么，就"嗯嗯"着点了点头。

陈凯倒不介意文道政吃饭顾不上聊天，接着就问：

"文道政，你一个月多少钱工资啊？"

陈凯说得清楚，可文道政听得含糊，于是文道政就略有些不解地望着陈凯，等陈凯继续说明。

"你不是在当老师吗？"

陈凯这么一说，文道政听明白了，旁边所有的同学也都听清楚了，大家也就一齐转过脸来，都望着文道政。

文道政笑了笑，说："我当老师时，月工资20元。"

听文道政这么一说，大家就七嘴八舌议论起来，陈凯表示不怎么可信，问道："20元？！怎么这么少呢？"

张克工也觉得吃惊："才20块钱一个月，那吃伙食的钱也不够啊！……人民教师真可敬！"

陈凯这时想想自己，又有些小炫耀了，高兴地说："还好，我还是好一点，毕竟是国家正式职工，每个月好歹都有48元，还有各种补贴。"

张克工听了这话，觉得陈凯不该这样讲，便顶了一句："你不就是仗着你有一个当水电局长的爸爸吗？如果不是来读大学之前弄个突击招工，你能带职带工资来读书吗？"

陈凯没听出张克工语气里的意思，只管打着哈哈说："你们不都是拿国家工资来读书吗？又不是只我一个，班上8个国家干部职工，不都是国家在交的学费，我们带工资读书，比那些正规考上大学的可省心多了呢！"

张克工听了也无语，于是说："可不是吗？大家能来读大学多不容易，咱们可要对得起国家发的工资呀！"

于是，陈凯又与文道政聊起天来，才知道文道政到学校来读书，是辞了工作的，而且作为民办教师，文道政也不可能带职位读大学，因此文道政只是一个自费生。

张克工毕竟还是老成些，就问陈凯："哎，陈凯，你怎么说话的，自费生怎么了？'高老师'今天可说了，咱们都要好好珍惜读书的机会。"

刘贵北接着补了一句："自费生不过就是读完书，还得自己找工作。哎，也的确是麻烦……"

陈凯想了想，又说："老子要是自费生，老子也不怕，老子家里条件不差，交点学费不是问题，毕业后一样招工招干。文道政，你当老师，不拿工资来读书真是傻。"

文道政笑了笑："我来读书，是辞去了工作的。"

大家一听，都没吭声了。

文道政吃完饭，跟着刘贵北去洗漱间洗干净了碗，这才将碗还给刘贵北。

回到寝室里一看，不少同学们都已经躺到床上在睡午觉了。

文道政小声地问刘贵北下午是什么课，刘贵北说是基础物理，于是文道政就找他借笔记看看。

刘贵北将笔记本递给文道政，自己就睡下了。

文道政默默地下定决心，要将所有的课程都补上来，怎么辛苦都可以……

06

二十世纪八十年代初，改革的春风吹暖神州大地的每一个角落，仿佛朝夕之间，广大农村的村村寨寨就都在新政的实施中，发生了翻天覆地的变化。

南方山区的农村，也在这场"及时雨"中，开始了广泛的家庭联产承包责任制。出集体工，拿集体工分，等待年终结算的日子过去了。大块大块农田被分割成小块，分给不同家庭来承包，连绵不断的青山也被划成一块块，拉绳勘界，归属到了各家各户。

集体农场里栽种的果树一时还没进行分配，可短短的几个晚上，那些果实累累的果树也难逃劫难，被移植到了各家各户的门前屋后。

文道政出生在东宁县石镇清水湾村，全家七口人，从所在清水湾村分得四亩水稻田，三亩耕地，七十亩丘陵荒山，还有一头水牛，一间牛栏。

全国已经恢复高考两年了，可是，这特大的好消息传到偏远的南方山区，并没有引起足够的重视。这一年。文道政读完高二就高中毕业了。

恢复高考前两年，整个县都"剃光头"。

文道政头一次参加高考也是名落孙山。

第二次读书，就是高二班里的复读生了。

可是，连续复读了两年，还是竹篮打水一场空。

文道政心理压力特别大，但他却有不考上大学不罢休的勇气。

高考分数一公布，他便打听复读的事。

在父亲文世远的鼓励下，文道政很快又进入第三年的复读。

刚刚恢复高考几年时间，在城里能考上几个大学生都是破天荒无比光荣的事，何况是在南方山区东宁县这样特别偏僻的山区。

这是一条谁也没走过的路，只能摸着石头过河，慢慢地寻找脉络。

在长久的沉默之后，全镇结束了三年的"潜伏"，终于有两个学生顺利地考进了大学的校园。其中有一个，刚好就是在文道政邻村小学当民办教师的刘国庆，他考上了省城的大学。

一时间，方圆百里都在传颂这位光宗耀祖的民办教师。

这改革开放之后第一个响当当的新闻人物，被家长们拿着一再鼓励和教育自己的孩子，将来也像刘国庆老师一样，考上大学，当上国家干部。

"你看人家刘老师，考上大学，吃上国家粮了！"

"刘老师脱掉草鞋，穿上皮鞋，当上国家干部了！"

"刘老师才是响当当的人才，是咱们镇的状元郎！"

…………

文道政的父亲文世远，在石镇当副书记，分管文化教育工作。

眼见石镇有人考上了大学，给全镇人民争了光，特意组织人到考上大学的同学家去慰问，首先就到了刘家村刘国庆家里。

刘家村子里早就得知了消息，村支部书记带着许多村民在村口迎接文副书记，然后带着大队人马敲锣打鼓地去刘国庆家。

刘家村的支书脸上有光，在村里摆了好几桌酒宴，招待石镇领导一行。

文世远看到瘦弱斯文的刘国庆，就像是看着自家的兄弟一般，特别激动，见他家底寒薄，妻子又体弱多病，于是将自己平时勤俭节省下来的工资钱，封了个大红包塞给了刘国庆……

文世远慰问回来，心情特别高兴，希望自己的儿子文道政也能很快考上大学。文世远在镇里当国家干部，忙得不着家。文道政的母亲在农村务农，里里外外，也忙得从没有歇息时间。

为了搞好学习，文道政在离家里几十里地的学校寄宿复读。

文道政连考三年没考上大学，文世远感到脸上没光，但横下一条心，一定要送儿子复读，鼓励他一定要考上大学，为他挣面子，为全镇争光。

文家是农村半边户，高中一个学期的学杂费30多块钱，全靠文世远的工资。到了开学，文母总是挑着一担满满的稻谷去学校帮文道政交伙食。

每周六下午，文道政从学校回家，文母就赶紧给文道政改善伙食，等周日下午文道政要去学校了，文母常会塞几个煮好的鸡蛋给文道政，又将卖了种在地里的青菜积攒的零钱，也悄悄地塞在文道政的书包里。

文祖父、文祖母见文道政读书都读瘦了，特别心疼，就将亲友们年节里来探望他们时送的糕点，省出来一些拿给文道政。

弟弟妹妹读小学，正是嘴馋的时候，偶尔见到文道政在吃祖父祖母给的零食，就哭着闹着也要。

手心手背都是肉，文祖父、文祖母不给吧不忍，给也没有多的给了，只好轻言细语地哄着他们，说：

"哥哥在外头读书都饿瘦了，你们让着哥哥啊，以后家里好吃的都留给你们！"

其实，家里有什么好吃的呢？说实在的，农村承包责任制后，不再饿肚子了。但在湘南农村，每餐有白米饭，有青菜叶子吃就很不错了。

最好吃的东西，也就是能吃上家里养的母鸡生的鸡蛋，那也舍不得吃，还得省了下来，拿到集市去卖了换油盐呢。

文道政在中学复读，学习成绩虽有所提升，但是英语，对他来说，简直是"云山雾绕"，永远是理不清的麻纱。

也难怪，生活在偏僻山区学校的文道政，从小学到初中毕业还不知道英语为何物，读高二时学校才开设英语课。

同学们学英语很调侃，什么"三块油喂给猫吃""哈卵，过来摸你，好大一坨"。为了记单词，剪了好多的纸片，放在身上，随时拿出来读和背。

老师讲得辛苦，但不少同学到高中毕业时，还默写不全26个英文字母。还有的同学，将英语与汉语拼音混淆，分不清。

有个同学讲了个笑话：他在家里读英语，读到"B"时，他母亲骂他讲痞话。他再不敢读"B"。课堂上老师要他背26个字母。他从"A"背到"Z"，中间就是不背"B"。老师问他，为什么不背"B"。他说，他母亲说那是痞话。老师一听，也笑起来，就说，这个是英语的"B"，不是骂痞话。

高考英语时，只做选择题和判断题。

英语老师说，全部选"B"，总有几个是对的，就是这样靠运气来考试。

文道政连考三年，都没考上，就是英语在拖后腿。

石镇的人谈论高考时，总会将全镇参加高考的学生拿出来对比分析，说到石镇的副书记文世远的儿子文道政时，大家都摇着头，说他是一块没有开窍的顽石。

《红楼梦》里青埂峰无稽崖下那块石头，是女娲补天余下的。那块石头后来通了灵，被癞头和尚和跛足道人带下凡，成了贾宝玉口中的通灵宝玉。贾宝玉由此享尽人间的荣华富贵，也遭遇人世间的悲凉和凄惨。

在人们的心中，三年都考不上的文道政，成了一块放在水中泡不发，用锤子也敲不烂的顽石，是茅厕里的顽石，又臭又硬的石头。

在常人的眼里，文道政再复读也没有用，只是浪费时间和金钱。

文世远听了这些话感到脸上无光，感觉有无数双手在指着他，无数张嘴在咒骂他，他不敢听这些议论，也不敢到人多的地方去，甚至回家也拐着弯走小路，不敢走大路，怕碰见熟人。

回到家，见文道政正好帮着母亲挑水浇菜，文世远将身上的包往桌子一掷，大发脾气。他跑过去抢了文道政肩上的水桶，往地上一砸，大声骂道："没用的家伙，谁让你干活的？"

文道政望望父亲，又望望母亲。

文母知道，不该让文道政帮她干活，就堆着笑对文世远说："道政学习辛苦了，放松放松。"

文世远大声骂道："就像你，死猪一样的脑筋！"

文母出生在旧社会，没有读书，大字不识几个，吃了没有文化的苦。但文道政每年读书，特别是复读，她还是全力支持的。

文道政在学校吃的粮食，都是文母自己责任田种的，也是她亲自挑到学校去的。

一听文世远骂她，文母心里逼着一口气，大声说："儿子读书，我也出了力。"

文世远一听妻子反驳他，顿时火冒三丈，大声吼道："你懂什么？你让儿子考不上大学，跟你一辈子当农民？"

文母望着文世远，又看看文道政，哭泣着说："当农民，也要人！"

文世远听文母这么说，冲过去一掌将文母推倒在地，大声骂道："你个死女人，诅咒我儿子考不上大学？"

文母四脚朝天地倒在地上，脸上身上全是泥水，哭泣着爬也爬不起来。

文道政看到父母为了他吵架，母亲被推倒在地，也不敢去扶起，蹲在地上嘤嘤地哭起来……

又是一年开学了。

文世远坚信，真诚所致，石头也会开花。为儿子读书，他不惜代价。

复读的学费由文世远提供，他用一条手帕包着一叠十元的钞票，交到文道政手中。文道政小心翼翼地放到书包里。

去学校那天，文母挑着一担满满的稻谷，去学校帮文道政交粮食。一路走，汗水湿透了她的衣服。文道政跟在后面，看到母亲的衣服湿透了，也感到母亲在喘着粗气。

在路边一棵大樟树下休息了一会儿，文道政要替母亲挑一程，文母坚决不让，生怕累着了儿子，她弯下腰将扁担压在肩上，憋住气缓缓地站起来。

后来，文道政换了一所高中复读，将交稻谷换成了交粮票……

周六下午，文道政从学校回家，文母就赶紧给文道政改善伙食，在水田里抓了几条泥鳅，一直养在水桶里，文母上街买了一块豆腐，一起煮汤给文道政补脑。

农村承包责任制当年，文母担心一个人对责任田管不过来，晚上翻来覆去睡不着，就一个爬起来，干脆借着月色半夜到责任田里去干活。

文世远在石镇当干部，家里分了一条牛，但没有男人犁田。这时，只有找娘家的哥哥来帮忙。耕田平整了，播种育秧也担心，怕稻种烂在田里不发芽。

文母边做边问老农，试探着完成自己的春耕。

布谷鸟声声里，文世远从石镇里叫来几个好友，帮忙插秧。

给文母最大的感受是，不再像出集体工那时候，家里年年超支。

责任制第二年，家里有了一些余粮。

这样，文道政再读书，文母也就不发愁了。

祖父文高山已过七十岁高龄，体弱多病，手上的青筋鼓着，身体清瘦得如岩隙里生长的没有营养和水分的枯树。文高山老了，丧失了劳动能力，只能帮闲做点小活。他挑着一担畚箕去放牛，水牛在满山上吃草，他顺便将牛粪捡回来。

农家牛粪是个宝，和上谷壳做成一个个粪球，砸到墙壁上，等到牛粪干了，冬天烧火取暖，就是上好的燃料。

文高山还是个民间艺人，年轻时吹拉弹唱，样样都行。

在文道政的屋前，有一块坪，大樟树下摆着几张凳子，常围着一群村民。

村民们端着饭碗，穿过村寨来听文高山讲"古情"。

文高山讲的"古情"，书上找不到，都是他走南闯北经历过的故事。

文高山讲了一会儿，大家笑喷了饭，笑痛了肚子。

文高山能吹一口好唢呐，农村做红白喜事，总少不了他。

这时，文道政的弟弟去拿来唢呐，让祖父吹一曲。文高山就吹起了《百鸟朝凤》，大家合着唢呐的节奏，唱起来，一天的娱乐活动算结束了。

这两年，文高山身体虚，吹不动唢呐，改成了拉二胡。

俗话说，二胡两条线，牵着鼻子教不变。可是，一把二胡，在文高山的手里，随手一拉，美丽的音乐泉水般涌出……村民们在耕种之余，听到这种二胡声，疲惫没有了，闹心的事也没有了，心情都在快乐中陶醉。

文祖母十五岁的时候，就嫁到了文家。

年轻时，有一张美丽的脸和一头长过膝而乌黑发亮的头发。

文祖母常常给孙子们讲，祖父文高山给她梳头时，她要爬到楼梯上去站着，一头长发流水般倾泻下来，像一匹黑色的绸缎。

文高山拿着梳子，从上而下缓缓梳下来，好像打理一件珍贵的艺术品。

现在，文祖母老了，但满头的头发却一直光亮乌黑。

文祖母还有一绝技，她会武功。

文祖母的祖父曾是湘军头目曾国藩手下的将军，自然是会武功。到了文祖母的父母这一代，家族才衰败下来。

文祖母从六岁开始到十二岁，跟着他的祖父偷偷学得一手武功，长拳、北腿、大刀、长棒都会一点，还懂一点气功。

文道政小时候多病，文祖母便教他练武健身，将一身的武功传给他。文祖母教文道政站桩、打拳，还教他练习气功。每天早上，文道政起床，她便督促他练习一套南拳。文道政练习时，她站在一边，纠正他的动作，教育他做人的道理。

文道政也是从六岁开始，一直练武到十二岁。这是文道政一辈子受用的技艺。

文祖母一辈子从没离开家乡，但她的胸怀特别开阔，希望文道政能走出大山，能干一番对人民有益的事。因此，文世远让文道政不停地复读高考，文祖母总是第一个站出来支持……

这时，文母从山上回来，挑着一担湿毛柴，满身的汗水，衣服都湿透了。她远远的一眼，就看见儿子文道政回来了，心理特别高兴，便喊道："道政回来了！"

文道政正拿着祖父祖母给的半块饼干在吃，见母亲回来，忙赶到小路上去迎接，顺手将饼干叼到嘴里，就先伸手帮母亲接过肩上的柴。

"你莫动，我来！"文母说着，不肯让文道政动手。

文道政嘴里叼着饼干出不了声，就"呜呜"地抗议着，从母亲肩上把柴卸了下来，换到自己肩上，挑到房屋前的空坪上。

这时，文道政嘴里的饼干也咽得差不多了，才笑着同母亲说起话来，又接过文母递过的柴刀，将捆柴的藤条割断，将湿柴火散开在坪地里晒着。

文母心情格外好，看到儿子文道政帮手做事，就站在坪里等文道政散开柴，才一起往屋门口走。又抬手将斗笠从头上取下来丢在凳子上，这才走到窗户边竹竿旁，取下脸帕在脸盆的水里浸泡一下，拧干后抹了抹脸上、颈脖上的汗珠，口里说：

"道政回来了，正好今天又是过节，干脆咱家杀只鸡！"

"呵，杀鸡了——哦喔！"弟弟妹妹正为吃饼的事，心里猫抓似的不痛快呢，见有鸡肉吃了，又高兴起来，冲着坪外大声叫喊道。

"咕咕咕……过来吃谷了！"文祖母抓了一抓谷子撒在墙角边喂鸡，十几只鸡发猛冲地就跑了过来，低头猛啄，丝毫感觉不到危险的临近。

文道政心里馋着想吃，又舍不得母亲杀鸡，于是转身朝鸡群看了看。

鸡群里只有两三只公鸡了，过年的时候还要吃呢，就想制止母亲。

文母右手拿着一个捞鱼用的捞鱼网，左手朝文道政摆了摆，示意他不要出声，然后小心地朝鸡群靠近，一伸网，就罩住了一只老母鸡。

这才回过身子来，朝文道政笑，说："这只鸡下了好久的蛋，就快要停产了，还不如先炖了它！"

文母这样说，文道政似乎也就找到了吃鸡的充足理由，于是不再作声，只是帮着文祖母到厨房去烧开水。

文母麻利地将鸡头往翅膀后一压，将咽喉处的细毛拔干净，就抄起锋利的菜刀朝坪边上过去。

弟弟很主动地揣了一只调了盐水的大碗，屁颠屁颠地跟在母亲身后。

文母拿刀在鸡脖子上一抹，拿刀的手就捏住正在乱抖的鸡脚倒提了起来，鸡血朝放在地面上的白瓷碗流，一会就流了半碗。

文母交代弟弟赶紧把鸡血送进屋去，把筷子顺着搅一搅，搁着。

这时文祖母把水也烧开端了出来，文母将刚抽搐两下才断了气的老母鸡放进木桶里，一锅开水淋了一半下去。

文道政蹲下身，拿根棍子将鸡翻了翻，这才挑出鸡脚尖捏住，拽住滚烫的老母鸡拖出来放在坪边的麻石板上，和妹妹一起帮着将鸡毛拔下来。

文母从厨房里出来，肩上挑着一担空水桶，手上拿着脸盆，脸盆里还有菜刀，喊妹妹将拔光了毛的鸡放进脸盆里装着，要下清水河边去。

文道政赶紧抢过水桶挑在肩上，文祖母看见了，不肯让读书回来的孙子干活。把文道政肩上的水桶拿下来，让妹妹挑。

文道政见妹妹没长大，还没有水桶高，不忍心。祖母将系水桶的绳子打了一个结，压在妹妹的肩膀上。

母亲见文祖母这样做，什么也没说。

妹妹挑着跟她一样高的水桶，每走一步，水桶碰到了地面，发出"咔咔"的响声。她歪歪扭扭地走着，不时用眼睛看一眼哥哥文道政。

祖母站在门口，目送着文母带着孩子一起去清水河边。

拐过弯，文道政赶紧接过妹妹肩上的水桶，挑在自己的肩上……

天都黑了，饭菜上桌了。这时，带关的门"吱呀"一响，走进一个人，那是文道政的父亲文世远回家了。

只要没有工作能走开，文世远几乎每周六晚上都会赶回家。

单位离家里30多里，文世远走得飞快，徒步回来也得一两个小时，如果能搭上顺风的拖拉机，就会回来得早一些。

文世远是回来看看父母和妻子儿女，更重要的是，他还要问问儿子文道政的学习情况呢。

今天是过节，出门早，半路上又搭了一段顺风的手握拖拉机，因此，文世远回得比平时早一些，天黑居然赶到了饭点。

文世远见煤油灯下厨房里热气腾腾，满满的笼着香味，心情就更加好起来。

他先向父母问安，然后一步跨到灶台边，口里说："好香啊！"

文道政正坐在灶前烧火，赶紧抬头叫了一声阿爸。文世远笑着点了点头。

此刻，文母脸上的笑意更深了，她一边把菜往碗里装，一边说："今天过节，杀只鸡给你们补补，真好！我还怕你回来晚了呢……"

文世远就拍了拍斜挎在腰间的包，笑着说："我带了一瓶酒，正好陪阿爸喝点！"

文母朝鼓鼓的挎包看了一眼，说："那好，娃也可以喝两口！"

"那不行，娃还是个学生呢！"文世远说完，就先回房间去放包。

文道政只管低头烧火，没有吭声。

吃晚饭时，文祖母直接就夹住了鸡腿，往文道政碗里一放。

妹妹的眼神就跟着鸡腿，一起进到文道政碗里来了。

文道政也不肯自己吃，就夹起鸡腿放进妹妹碗里。

祖母刚想制止，妹妹用手拿着鸡腿就跑开了，站到门边去啃了起来。

祖母忍不住笑着说："你个馋鬼投胎的，这是给你哥哥补一补，哥哥要考大学呢！"说着，又赶紧翻出另一条鸡腿夹给文道政。

文道政看了看弟弟，又看了看祖母，最后用筷子戳开鸡腿，自己留下半边腿肉，另半边连着骨头的，就夹给了弟弟。

弟弟做了个鬼脸，于是一屋里就传满了笑声。

文世远看着文道政的举动，满意地笑了一下，然后端起小酒盅陪着文祖父慢慢喝酒，说了一阵，仍旧是憋不住地谈论起了考上大学的刘国庆。说刘老师边工作边学习，是多么地发奋读书，要文道政向他学习，这次复读一定要考上大学，走出山区，当上国家干部，吃上国家粮。

文世远说这些，文母没敢插嘴。她没有喝酒，一碗白米饭端在手上，筷子只夹了一些白菜和辣椒放在碗里，几口将碗里米饭吃完，进厨房忙活去了。

文祖母听到儿子文世远鼓励儿子的话，说："我相信，我孙子会有出息！"

文道政听到父亲的话，下意识地连咽饭的声音都小了，他慢慢地扒着碗里的饭粒，低下头朝桌下看了一眼，在煤油灯昏暗的光线里什么也看不清，可文道政看见了自己脚上的布鞋尖尖有一个小洞，估计很快就会钻出一个脚指头了。

文道政吃完晚饭，文母不让他收拾洗涮了，于是回到自己的房间继续学习。

借着淡淡的月光，他在书桌上找到了火柴，可是，由于火柴受了潮，他划了几次都没有划燃，火柴棒子已经秃了头，文道政只好扔掉，又重新抽出一根，在嘴边呵了一口热气，一划，居然一次就点燃了。

文道政将火苗凑向窗台上的煤油灯，点亮，这时屋子里其他地方都还暗暗的，但书桌前已经有了一团暖暖的光……

07

功夫不负有心人。

文道政果然不负众望，高考考上了，而且通过体检，填了高考志愿。

清水湾全村人都围到了文道政的家门前来祝贺、看热闹。

村里最有学问的长者伍阿爹说："这是刺窝里长出了直竹笋。"

这也让文世远在镇领导和同事们面前，大大地光荣了一把。

大家看见文道政瘦高的个子，戴了一副近视眼镜，就知道他读书花了多大的力气，也有人说，文道政是文曲星下凡，本就是个读书人的样子。

文祖父在坪里吹起了欢快的唢呐，那声音高昂、欢快、优雅。

七月、八月，都在快乐的时光里度过了。

到了八月中下旬，文家人多少有些心慌了起来，都快到开学时间了，可是，文道政的大学录取通知书还没有来。

很快，进入九月份。

文道政看见村里的小学生都挎着简易书包去学校了，他在家里一分钟都坐不住，每天都跑到村部去问好几次通知书到没到。

有时干脆就早早地等在村口小溪边的石头上，等着穿绿色服装的邮递员的到来，真是望眼欲穿。

可是邮递员来了，他满怀希望地一问，邮递员又说没有他的信。

文道政一边伸手要去邮递员的绿挎包里翻找，一边焦急地询问邮递员是不是搞错了，是不是放在邮局忘记带了。邮递员退了几步，仍然摇了摇头，说："你天天这样守候，我早记住你的名字了，真的没有任何信件。"

全家人由欢喜，变成焦急。

文世远也焦虑起来了。

文祖父急得上火了，文世远才想起不能等了，一定去县文化教育局打听消息。

正好，文世远去县里开会，顺便去县文化教育局，在招生办查到了结果，文道政没有被录取！是因为有人举报文道政的祖父文高山思想不过关，曾经救过一个老地主，这样政审就卡下来了。

文世远一看结果，头一偏，就晕倒在地。

文化教育局的工作人员也束手无策，只能掐文世远的人中，把他掐醒来，看他失魂落魄的样子，又泡杯热茶，让他在那坐了一阵子。

文世远半天才回过神来，低着头一路流着眼泪回家。

文世远垂头丧气回到家。文祖父和文祖母看见他那副失魂落魄的样子，赶忙走过来问怎么回事。

文世远痛苦地摇摇头，像个傻子，一言不发。

再问，文世远感叹地说："是不是家里的祖坟风水不好啊，文道政考上了大学，都没有被大学录取。"

"为什么不录取呢？明明考上了！"文祖母愤怒地问。

"听说是眼睛问题，视力太差了！"文世远说着，拿眼睛看了看一旁呆坐着的父亲文高山，有些话说不出来嘴，于是痛苦的泪水又涌了出来。

就在这时，文道政和母亲从田里干活回来，见家里气氛不对，忙问："什么情况？"

文世远摇摇头，痛苦地走开了。

文祖父和文祖母抹着眼泪跟文道政说他没有被大学录取。

文道政一听，像后脑被人猛击一棒，瞬间变成木头一般，不动也不出声了。

文祖父和文祖母不停地叫唤，又按压文道政的手心。

文道政清醒过来，睁开双眼，两腿一软，就坐到了地上哭起来。

等文道政停住哭，文母似乎才明白发生了什么事，手里的东西一扔，就跑过来抱着文道政，两母子号啕大哭起来。

两母子这一哭，全家人都哭起来了。

就近的邻居站到了文家房子外远远的地方，看着这一家人痛哭不止，甚至不敢进来问为什么。

有希望而被破灭，比从来没抱过希望要残酷太多。

这种从殷切地盼望出发，到达喜悦的顶峰，再跌到粉身碎骨的伤，一家人整个九月、十月都没有了笑声，甚至感觉头都抬不起来了。

弟弟妹妹在外面开心地玩，一靠近家门，就都收敛了笑面，低头顺着墙根往屋里走，像犯了错怕挨打的孩子，不敢弄出一点动静来惹人看见。

文祖父因此一病不起，不久，就在悲伤郁闷中去世了……

多年以来，文世远的工作都是兢兢业业，从来小心谨慎，赢得大家一致的尊敬和赞赏，可是文道政考上大学都没被录取，这么不讲道理、这么不公的事落在自己身上，文世远的情绪和期望一落千丈，除了哀叹命运不公，除了过度悲伤，文世远的工作热情也掉到了冰点，于是，在工作中造成了一些失误，得罪了领导。

在接下来的工作调整中，文世远不仅没当上石镇的一把手，还挨了处分，连降两级，被调到县水电局下辖的一个小水电站，当了一名分管行政工作的副站长。

文祖父逝世后，文祖母只要听到"大学"两个字，就泪流满面。

也有许久没见文母的笑脸了，她日渐憔悴，但文母还是鼓励文道政的弟弟妹妹，一定要好好学习，考上大学。

在别人看来，读书将眼睛读近视了，再好的成绩大学也不会录取。

文世远知道个中缘由，便不让文道政再去复读了，而是听从同事的推荐，装模作样地去找老中医给文道政拿了治近视的药方子，让文道政吃了一段时间，说能让视力恢复。

文道政情绪是秋霜打过的瓜苗，悲伤、无望、愁绪满怀，又无处倾吐，他整日间低着头，像干了一件对不起人的错事一样。

文母怕文道政想不开，怕他变成傻子，天天陪在他身边，出去干活也会交代文祖母盯着他，怕出现什么意外。

在农村，戴着一副眼镜当农民，那只能是一个笑柄，因此家里也不让文道政去地里当帮手了。

文道政考上大学时人尽皆知，无数贺喜声不请自来。这没有被大学录取，瞬间就变成别人家的反面教材。

文道政不敢出门，甚至文母都觉得，时常有村民们指着他们的背在告诉自己的孩子，千万不要读书读瞎了眼睛，没有考上大学再回家种田，会被别人笑话。

悲伤的日子仿佛没有尽头，但事实上，所有的故事都会有自己的破局。悲伤是毫无益处的，只有挣扎着站起来，才能让人家看到自己的存在。

文世远毕竟是坎坷里走过来的人，岁月如刀，他看得也不少了。被贬到山区小水电站工作不久，文世远远离了镇领导的岗位，才慢慢放宽了心态，意识到儿子没大学读是"一失"，而自己被贬是"二失"，再颓废下去，恐怕水电站副站长也会没他的份了。

儿子成为一个笑话，他自己何尝不是。儿子成为笑话是不得已，而自己被贬，完全是自找的。于是，在同事们的鼓励声中，在领导的要求下，文世远慢慢又恢复了状态，也开始鼓励家里人要恢复状态。

家里还有两个孩子嘛，考上大学是迟早的事，考不上大学，也一样得活下去，同样要活得好好的。

十月初，东宁县发出突击招考民办教师的通知。

镇里的老同事知道后，赶了二十里地跑到水电站去通知文世远，高兴地说："全县缺小学老师，只要文道政考上民办老师，马上可以去上班了。"

刘国庆就是从民办老师的岗位上考上大学的，当民办老师也挺好，毕竟是文化人，总比戴着眼镜种田强。

东宁县严重缺乡村教师，县文化教育局统一出题，并派人下到各考点监考。这次考试来得很快，准备的时间很短，刚受过一次打击，这次家里人也不敢抱什么太大的希望，只是默默地准备，甚至不敢告诫文道政要认真考。

等考完了，全家也只是静静地等待消息。

然而，这次是一个落实了的好消息。

文道政以全县第一名的好成绩考上了民办教师。成绩公布的第二天，就光荣地走上了人民教师岗位，成了拿工资吃饭的人。这为文家在石镇、在村里都挽回了不少面子，也使日子变得有生气起来，文家重新开始了生活的盼头。

按石镇的规定，家附近学校缺老师的就近分配，这样吃住方面都可以有照应，也不用辛苦奔波，对于长远来说是有益处的。可是，文道政投入繁忙的教学中，还是感觉有一种声音在远方呼唤他，那是一种悸动的新鲜的感觉，但那声音来自何处呢，文道政不知道……

按照传统，民办教师是按集体出工拿工分，相当于一个主要劳力每年所得。农村承包责任制后，县里对民办教师的管理就有些混乱，对于以往可以拿到手的集体工分，自然就没有了，县里也没有办法，但到文道政上岗的这个冬天，民办老师的待遇问题刚好得到了暂时解决。

文道政的工资分两部分发放，一部分国家支付每月20元工资，另一部分从村集体的经济收入中支付每月5元。

清水湾村没有集体经济，拿不出钱来支付这5元工资，只有欠着，因此文道政从来都没有拿到过集体的那一部分工资。

据说，后来过了很多年，也没有哪个民办老师从清水湾村领到过"集体经济部分"的工资。

文道政当上了老师，从一个学生的身份退出来，再投入到一个老师的身份，知识不是问题，问题是教学方法。

文道政走上教师岗位了，他得学着当老师，学着与小学生们相处，与同事们相处，这让他的日子忙碌而充实，心情也就渐渐地恢复。

随着文世远和文道政这两父子的工作状态好转，这一家人，便慢慢地抛开了旧伤痕，又渐渐地有了欢笑和希望。

久违的欢笑声，又在文家门前的坪里传开了。

村里的人也过来，坐在大樟树下，谈论农家收成。

夜幕降临了，天空繁星点点。

这时，一颗颗流星在天空划过，拖着长长的尾巴，像一条条闪光的丝带，画出一条耀眼的弧线。夜空格外灿烂，格外耀眼。

文祖母看到流星，大声地说："吉兆！"

文祖母说完，带头跪在地上，向上天祈祷，许愿。

村民们都跟着跪下。

文道政也被祖母拉着，一起跪在地上……

一种熟悉的光

划过眼前，划过天空

一种前世的笑容

架起七彩的虹

流星雨，灿烂的风采

自由的风，满天星星相拥

一种迷人的亮

划过眼前，划过天空

一种纯洁的浪漫

温润岁月的梦

流星雨，生命的辉煌

温暖的爱，我们心心与共

正当文道政开始得心应手的教学生，做出了一点成绩，得到了家长和孩子的认同，得到文化教育局的重视时，文世远所在的小水电站接到了县水电局的电话通知：省里水电学院要在全省水电系统招收一批大专自费生，水电系统的职工和子弟都可以报名参加考试，只要能考上，学费都由县水电局支出，毕业后，也安排在水电系统工作。

文世远问明白了，这可就是免费读大学啊。文世远想，文道政去年能考上大学，今年再考一次，在职工和子弟中要通过，应该容易吧。

文世远通知文道政时，文道政刚从教室里出来，一大群孩子围着他，文老师长文老师短地叫得亲热，要和他一起去坪里打篮球。

文世远把他从孩子堆里叫出来，一起站到远远的地方，才跟文道政说起考水电学院的事。

文道政听了，沉默着，但很快，像远方有希望的声音召唤着，他的心向往着。

文世远说先不要声张，你先去考，考上了录取好再说吧。

文道政点点头。

文世远告诉文道政说："水电学院也是大学，而且学费有县里公家出，难道你还想在村里教一辈子书？考上水电学院，学了知识技术回来，我们南方山区水电资源丰富，可以在家乡搞个水电站，有了电，千家万户都可以点上电灯。"

文世远是个要强的人，他说这话时，眼里充满了希望。

文道政也有一股牛劲，听了父亲的话，心中充满梦想。

有机会去省城读大学，文道政当然不会放过。

入学指标全县只有一个，全县水电系统300人参加考试。

文世远一直站在考场外等文道政，他感觉这一次，甚至比上一次高考更重要。

文道政走出考场，文世远赶紧迎上去。

文道政感觉自己考得不错，于是，晚上回家就偷偷先告诉了母亲。

文母质疑似的看着文道政，也不知道该怎么说。

文道政顿了顿，说暂时先不要告诉弟弟妹妹，也不告诉祖母。

文母点了点头，眼泪不知不觉地涌了出来。

水电学院的考试放榜出来，东宁县的第一名是文道政，而且随着放榜，文道政不久就接到了水电学院的录取通知书。

文世远每天都在盯着放榜，正好这天在县水电局办事，一早就站到人事科去等，一拿到通知书就往回赶，只在石镇停留了一小会儿，把录取通知书给原来的老同事看了看，这就搭了半程拖拉机赶回家。

文道政正布置同学们写作文呢，看见父亲在教室外冲他挥手，他心里怦怦乱跳着跑出了教室。他激动地接过父亲手里的通知书，就给了父亲一个满满的拥抱，这是很多年以来文道政第一次拥抱父亲。

文世远撑了一天的激动，这下也撑不住了，高兴的眼泪哗地就淌了下来，他悄悄地偏过头用手擦着。

一放学，父子俩赶紧回家。

文祖母正疑惑这不是周末，父子俩怎么同时回家来。

文母心里明白些，边用围裙擦着手，边就从厨房里小跑出来，她一脸热切地看着文道政，看到父子俩激动而喜悦的表情，她什么都不问，但什么也都明白了，于是缓下步子走近文道政，接过文道政递过来的通知书仔细地瞧。

弟弟妹妹这时也放学回来了，文母拿着通知书一挥，只简略地讲："哥哥考上大学了！录取了，水电学院！"

两个小家伙一听，撒腿就朝外跑，一边跑一边喊："我哥哥考上大学了，录取了，录取了！"

不到半个小时，文家的门里门外就站满村里的亲戚朋友和邻居，文家人身上就挂满了羡慕的眼光。

大家细细地看着文世远手里那张盖有红印公章的纸。文祖母到此刻才意识到自己不是在做梦，于是小心翼翼地接过这张决定文道政命运的通知书，转过身，对着中堂上文祖父的遗像念念有词："道政的爷爷，你孙子文道政他考上大学，接到通知书了，是你保佑的他吧。你要是多活一年，多好啊。你孙子有大学读了啊……"

在文祖母的絮叨声里，全家人都沉默起来，一口刚刚舒缓的气，又被捏得伤感，泪水哗哗地落下来。

妹妹没掉泪，她只是觉得出了口气，只是觉得骄傲和开心，于是她大声地嚷道："你们哭什么啊，哥哥可以上大学，全村这是头一个呢。"

她这一嚷，弟弟也就嚷开了："妈妈，我们要杀鸡吃，我要吃鸡腿，我也要考上大学。"

村里有关系好的就进屋来恭喜，而平时那些光指着文家人的背说闲话的人，便郁闷地撇了撇嘴，离开了。

小儿子说的话，文世远爱听。

文世远等小儿子坐到凳子上，抹干眼泪笑了起来，全家这才抹干眼泪，笑着招呼看热闹的邻居们，向他们解释文道政如何参加县里的考试，又如何考上第一名，被录取了……

不久，文道政欣喜而又忐忑地跨进省会清江市，走进水电学院的大门。

文道政到达大学校园比正常开学，晚了整整一个月的时间。

文道政虽然只是民办教师，但要离开教师队伍，也必须要经过学区批准，并且必须有另一位老师来接替他的工作，所以，他一直等待县文化教育局安排另一位老师，来接手他负责任教的五年级班。

这是文道政最焦虑的一个多月，他一边给学生上课，一边心里着急。一方面心里舍不下已建立了深厚感情和信任度的学生，另一方面又特别害怕自己迟迟没到大学报到，会被学校除名。

情急之中，文道政给水电学院的校长，连拍了两份请假的加急电报。

文世远还是不放心，又特地给水电学院的校长办打电话，强调文道政当民办教师的职责所在，文化教育局已经批准了，但要等到接班的老师，所以仍会要稍晚一点，请学院支持和理解。

文道政所在的村小学离村子不远，设有五个班，分别是一至五年级。共有三个老师。一名校长兼一二年级班主任，李老师管三、四年级，文道政管五年级毕业班的学生，老师们在任课上又互相交叉。这个村小，还有瑶族、壮族、土家族等少数民族学生。

文道政担任五年级毕业班的班主任，但整个三、四、五年级的语文，五年级的数学和一、二年级的体育课都在他身上，每周都是满满的课程，其他老师也都是满满的课程，所以他想脱身离开也是没办法。

在二十世纪八十年代的偏僻山区农村，初中毕业都算是文化人了，如果考不上初中，不要说读大学为实现"四个现代化"贡献力量，那就只能回家当脸朝黄土背朝天的农民，永远和吃国家粮无缘了。除了已经辍学的初中生和家里没送去上学的少数孩子，更多的家长还是希望孩子能多读些书。像文家，也就寄托了许多希望在文道政身上。

文道政现在带的三、四、五年级班的语文，他悉心探索，认真备课，在教学上下了苦功夫，所以几个班的语文成绩一直保持在良好的水平，特别是四年级班的作文成绩提高特别快，全班的语文成绩都非常优秀，数学成绩也是一个月一个样儿地提升。

四月初，县文化教育局组织了全县"学习张海迪"征文大赛，文道政就从任教的四年级班，抽选了五位同学的作文参加镇里的作文选拔赛，五位同学都进入了镇前十名，都被推送去参加了全县的作文竞赛，捧回了县作文比赛的一、二等奖杯。

一时间，文道政就大大扬了名，东宁县文化教育局将文道政的作文教学树为典型和榜样，县文化教育局长亲自带队来清水湾村小听文道政的作文课，并带走了文道政的作文教案，在全县教育系统会议上传阅。

初出江湖，已经锋芒毕露。

当文道政要去省城读大学的消息被分管文化教育的于副书记得知后，他第一时间就来找文道政谈话。石镇想好好培养文道政，学生们也离不开文道政，文道政要是去念大学走了，对哪方面来说都是个损失。

于副书记告诉文道政，民办教师转为正式公办教师后，待遇就稳定了，那是一辈子的"铁饭碗"，只要有指标，石镇第一个考虑的是文道政。

文道政看到石镇副书记亲访，心里不安，心想就是可以转公办老师，那也不是一朝一夕的事，自己还是想圆大学梦。

文道政不肯，文家全家人也都不肯让文道政留下来当民办教师，读大学是一定要去的，况且他还是村子里第一个大学生呢。

于是文道政也不接应于副书记的话，只是沉默，于副书记只能惋惜地叹了一口气，说至少要安排了接任老师，文道政才能离岗。

整个七、八月，文家都是振奋和喜悦的，弟弟妹妹都要求文道政在暑假里给他们补习功课，文母和文祖母去哪里干活都想带上文道政当帮手了。但临到快开学了，接手教学的老师却还是没能落实下来。

文道政刚从高中学校连续三年复读出来，就到小学任教，他年轻，活力无限，而且教学方法又颇得同学们喜欢，因此各个班的同学都希望自己是文道政的学生。

开学不久，刚升到五年级的同学们听说文道政要去省城读大学，不能再教他们了，都有被抛弃的感觉，特别是文道政接手后才把成绩赶上来的几名学生，更是觉得绝望了，因此班里同学个个暗暗地流泪。

情绪激烈的学生就开始旷课了，文道政去做家访，学生家长也无奈，说自家小孩子一听别的老师讲课就打瞌睡，就是喜欢文道政才肯继续念书的，眼见成绩也有了起色，现在文道政要走，孩子说宁愿留在家里放牛打柴，也不去学校读书了。

文道政从开学起，就收好自己心里的事，不停地给同学们做鼓励好好学习的工作，并召开了家长会，请家长们做好孩子的思想工作，对于老师来说念大学是重要的，同学们更加应该努力读书，争取也考进大学。

悲痛般的气氛在学生幼小的心灵无法抹去。上作文课，一名女生给文道政写了封信，文道政读着就落泪了。

可是箭在弦上，文道政已经不能再犹豫了。

从头一年考上大学不被录取，这更激发了他珍惜学习机会的心，民办教师不是他的终极理想，他一直期望自己能走更远的路，见更多的人和事，有更大的能力，做一番大事业，因此，他现在必须狠下心离开这些学生，离开这个偏僻的南方山区去省城长见识，学本事。

父亲文世远开导过他，说五年级班的学生，也只在小学里读一年书就毕业了。离别是痛苦的，但离别是迟早的。

离别的日子越来越近，时常有同学从家里拿来鸡蛋，提来大米，甚至捉来鸡鸭送给文道政。实在推不掉的，文道政就在房间的一角堆放着，还将各种礼物都编上号，写上学生的名字，一直到他离开学校时才托校长一一交还给同学们。

文道政能做的，就是站在校门外给学校和同学们深深地鞠了一躬，含着眼泪说了声："谢谢你们，再见！"

来清水湾村小接替文道政教学的是位年轻的民办教师，也是与文道政同年考上民办教师资格的，她叫赵艳，她这次临时调过来一年，也是因为教学成绩优秀，来保文道政这个班的升学质量的。

文道政与赵艳参加全县民办教师招考，分别是第一名和第二名。因此在县进修学校进行民办教师几天的资格培训时，双方都留下了好印象。赵艳的教学能力也非常优秀的，被县文化教育局领导划定为可以重点培养的对象。

这次石镇临时请求县教育部门调动人手，县里就考虑到赵艳所在的学校还有两位老教师的教学能力也非常优秀，但去清水湾小学教书必须住校，那两位老教师去清水湾村小代课，就会顾不上自己的家庭和孩子，因此只能调动赵艳，而且县领导也确信赵艳有能力让清水湾村小的五年级班"红旗不倒"。

文道政与赵艳交接教学情况和学生情况时，特别感动，他也觉得将这一班孩子交给赵艳老师，他是能够放心的。

回到家里，文道政这才挑着文母和文祖母早已帮他收拾好的行李出发。

文世远特意从三十里外的水电站赶回家来送他。

在家千日好，出门时时难。说要离开也容易，真到了要出发的时候，文祖母和文母仿佛才发现文道政一下子就变成了成年人，要独自远行了，多少不放心，多少舍不得，都化成了热泪，化成了在村口的一再眺望。

告别了文祖母和文母，文道政在父亲的陪同下走完了那条弯弯曲曲出山的路，又一同走了二十多里的简易公路。

文世远在石镇汽车站，送文道政上了去东宁县城的长途汽车。

文道政走上车，行李放在行李架上。

文世远也跟着坐到车上，一定要共同等待发车。

文道政看到父亲的头发白了，脸上的皱纹深深地镶进了额头。眼里再没有早几年风风火火的劲头。在等车的时候，文世远眯着眼睛，打了个盹，发出了震耳的呼噜声。车里的人都笑起来。

文世远醒来，用手抹掉流出来的口水，问道："发车了吗？"

座位上坐满了人，司机发动了车。

文世远站起来，突然从手腕子上摘下手表，给文道政戴上，才转过身下车，说："你戴上它，用得着！"

文世远下了车，站在一旁，眼里湿润着向文道政挥手。

文道政看着父亲那微微发胖苍老的身体，在车窗外慢慢消失……

长途车抵达县城，转眼到了东宁火车站。

文道政下了车，走过路口对面去火车站购票，他可以搭乘经过省城的绿皮火车，开始人生的第一次远行。

不久就黄昏了，但离火车来的时间还早。北上到省城的列车只有一趟，而且是晚上十一点半的过路车，文道政买好票，也不敢离火车站远了，就找个清静的大树下坐下来，拿出文母装在行李里的鸡蛋吃了两个，又拿出文世远给的水壶，倒了两盖子水喝。

因为东宁县偏僻，车次少，即使是半夜上车，乘客也还是很多。

文道政第一次坐火车，跟着人潮挤上火车，举目四顾，简直无处存身，于是就靠列车连接处的厕所边站着。

车厢狭窄，乘客太多，虽然已是初秋，也还是让人感觉无比的闷热。一种让人窒息的感觉，使拥挤的人群都在喘着粗气。

列车开得不快，而且经停所有的小站，每站之间约莫一小时的距离，开了半晚上，陆续下掉一些乘客，这才使车厢里稍微松动一点，文道政挪了挪酸麻的脚，将放在洗脸池上方的行李拿下来。

要出远门，文世远让儿子在行李外包了一层他从水电站带回来的黄色帆布，再打绑捆结实，现在来看，真是非常的明智。

文道政挑了处稍干净的地方，将行李小心地放在地面上，然后就可以坐在行李上面休息一阵。火车一路上呼啸，在铁轨上有节奏地颠簸，几百公里的远方，半夜上车，天亮就能抵达，真是神奇。

文道政坐到行李上以后，心里放松了些，闭上眼睛，这才感到火车是一匹奔腾的"铁马"，有了些诗意和远方的味道。

文道政闭着眼睛，默默地记着停过的每一个小站，站名他在上火车前就背诵下来，生怕坐过头，就不知道路在何方了。

就在这半梦半醒之间，乘客们一夜平安地度过。文道政觉得自己一直很清醒，又觉得自己好像有一阵两阵是睡着了的，等他睁开眼睛，看到列车外的天空蒙蒙的雾色，笼着窗外的田野——天已经开始明亮了。

文道政也不敢再闭着眼睛睡，就站起身来活动一下胳膊和腿脚，在原地走上几步，然后远远地瞅着车窗，看窗外的风景。

上午九点，列车里的广播打破了一宿的寂静，开始报站，说列车半小时后抵达省城火车站。文道政抬头朝列车顶上发出声音的位置瞧了两眼，他知道，有更多的神奇会在前方等着他。

…………

文道政从回忆中醒过来，回到了现实。

他如今在大学水电学院，是真正走在大学的校园里……

09

午休时间一过，同学们就从宿舍楼里走出来，拐过一个大弯，穿过林荫大道向教学楼走去，汇成一股年轻学子的河流。

文道政跟着张克工和刘贵北一起走进教学楼，上楼梯。

楼梯两边是水泥扶手，地板上刷有绿色地板漆。文道政看了看四周，感觉自己正走在羡慕已久的大学生群里，心里特别地高兴。

这时，文道政在学生中看到梅雅静和一个女生正说说笑笑呢。突然，上午碰见过面的那个男生从一旁走过来，刘贵北小声示意文道政说："那是水电一班的班长张伟。"

张伟和刘闯从旁边穿插过来，刚好走在女生们的后面，又正好是在文道政的前头。可梅雅静不经意地回过头朝后看，却一眼看到了文道政，便含着笑在原地站着，想等着文道政跟上来。

梅雅静身边那女生叫刘西凤，也不知道梅雅静怎么突然停下了，于是也站住脚，微笑着向后张望。

刘西凤有着一般女生没有的好身材，一看就是跳舞的那种苗条柔软的身段。

张伟正想同梅雅静打招呼，见梅雅静的目光却在自己身后，嘴张了张，没出声，便不停步地和刘闯绕过梅雅静继续朝前走开了。

梅雅静见文道政走近，笑起来，说："文同学，都安排好了吗？"

文道政的笑里充满了感激，点点头说："谢谢，都安排好了！"

梅雅静这才随着文道政的步子转回身继续向前走，轻声说："那就好。你耽误了一个月的课，以后学习上有什么问题可以找我啊，我们同一个系，同一个专业，你别不好意思呵。"

文道政一听，赶紧说："那一定是要多请教的，请多关照！"

说着，随着同学就一起到了四楼，梅雅静挥了挥手，向右边的走廊走去，进了水电一班的教室。

文道政并不知道自己的教室在哪，于是紧跟着舍友们向走廊左侧走，走到405教室，才走进去。

刚才，梅雅静主动停下来等文道政打招呼，同学们见了都用异样的目光望着文道政，现在和梅雅静分开走了，刘贵北这才拍了拍文道政的肩说："文道政，你才到学校，怎么就与校花这么熟呢？她可是梅校长的千金！"

文道政听了，便故意说："这……我不知道啊！"

张克工笑了笑，说："不知道？我看你们像是老朋友了啊！你真是深藏不露！"

文道政用手抓着头，有点不好意思说："我是上午才认识她啊。"

刘贵北听了有些羡慕，就嚷着说："呀，你刚来学校就认识了梅雅静？真是奇迹。"

陈凯离开宿舍晚一点，但他走得快，这时听到刘贵北高声说话，赶紧从后面插过来，大声问："有什么奇迹？什么奇迹？"

刘贵北瞧了陈凯一眼，说："什么奇迹？陈凯，你总是说你跟梅雅静熟，人家文道政那才叫一个熟呢，他来学校还不到一天，就跟梅雅静很——熟——了——"刘贵北拉长了腔调。

陈凯瞟了一眼文道政，显然不相信，又扭脸冲刘贵北说："是吗？你怎么知道的，尽吹牛。"

刘贵北斜了陈凯一眼，笃定地说："刚才可是我们亲眼所见。"

"我们"两个字，刘贵北咬得很重，但陈凯还有点不相信，便直接问文道政："你与梅雅静熟？我才不相信。她那么清高，会跟一个不起眼的自费生熟？"说着，陈凯又拿眼睛看张克工。

刘贵北见陈凯不信，就更想跟他抬杠了，说："陈凯，你别假清高了，你常说你爸与梅校长是同学，怎么不见你去梅校长家里玩！你才吹牛吧。"

刘贵北这么说，陈凯就有点恼了，大声说道："你们不相信，我爸还和梅校长照过相呢！他们是短训班的同学！"

刘贵北不识相，也不看陈凯的脸色，继续说："短期培训班算什么？最多十天半个月，我还以为是清华大学的同学呢。"

陈凯还来不及辩驳，大家就已经走进了教室。

文道政他们几个走进教室，405教室里几乎已经坐满了同学，正有说有笑，天南海北地聊着，一见进来了生面孔，同学们的注意力就吸引了过来。

张克工拍了拍文道政的肩，示意他站一下，然后自己走到讲台边，大声说："大家静一下，我来介绍个新同学，这是文道政，我们班新来的，呃，男生。"

语句突然这么一停顿，味道就完全变了，同学们哈哈哈笑起来。

陈凯的恼火还没消停呢，就说："一个大男人站在眼前，我们难道还不知道他是男生吗？"

"哈哈哈……"同学们就笑得更厉害了，这便让文道政有点害羞，他只好对大家点点头，鞠躬表示打了招呼。

陈凯唯恐天下不乱，添油加醋地说："现在，我们有请新来的男生，文道政发表演讲，大家欢迎。"

陈凯会捉弄人，这让文道政是措手不及，可教室里的同学们都在欢笑鼓掌，张克工也就鼓励文道政上台讲几句，毕竟他迟到的时间也太长了。

文道政听张克工这么一说，也就只好走到讲台边，略有些紧张地望着同学们，这时，文道政才发现前排的座位上坐着黄亚男和曾晓娅。

由于先前已经接触过，因此两个女生都用鼓励的眼神望着文道政，希望他不负众望。

站到讲台上，此际又能说什么呢，客套话文道政也说不来。文道政想了想上午在梅校长办公室里看到的挂在墙上的横幅，便清了清喉，说："我到大学来，是为中华之崛起而读书！"

这个演讲太强大了，同学们一听，不少人便有笑喷了的感觉，但还是给了热烈的掌声。

张克工见文道政的演讲居然只有一句话，也觉得意外，见文道政讲完了，同学们又是笑又是鼓掌，便指给文道政看，教室最后一排还有一个座，让文道政去坐下来。

文道政朝空座看了一眼，同桌便是刘贵北。

文道政上大学的第一堂课是基础物理课，基础物理老师叫陈威，是一个戴眼镜的中年男人。刘贵北歪着头小声说："陈威老师是下放知青，工农兵大学生，他讲的课我们几乎都听不懂。"

听了一会儿课，刘贵北听不懂，就找文道政说话。可文道政还是想把课听懂的，于是便没搭理刘贵北，而是认真地听陈威老师讲课。

刘贵北推了一下文道政的手臂，问道："当小学老师不好吗？你怎么要来自费读大学？"

文道政头也没回，直接说："我来学知识，为中华之崛起而读书！"

刘贵北一听这话，忍不住就笑出了声。

文道政前排，坐着班长张克工。

张克工听到笑声就扭回头看了一眼刘贵北。

刘贵北赶紧收了笑脸，装出一副正在认真听课的样子。

坐下来几分钟，刘贵北又将头朝文道政那边探过去。

刘贵北小声地问："那你谈了女朋友吗？"

文道政听是听到了刘贵北问他，但文道政不吭声，想一门心思听课。

刘贵北见文道政不理他，便自言自语地说："没谈女朋友最好，我们班8个女生，个个漂亮……对了，你跟梅雅静究竟什么关系？"

文道政见他不停地问，也不想理他，但见提到梅雅静了，似乎不解释一下又不好，便说："没有什么关系。"

刘贵北见一提梅雅静就有了回应，便加紧追问："没有什么关系？你来第一天就跟梅雅静熟了，怎么会没有什么关系呢，你这也不肯告诉我，是不相信我吧。"

文道政本想只说一遍的，见刘贵北这样重复地问，只好又补一句："是真的没啥关系。"

刘贵北还是不放过文道政，直接说："你要是跟梅雅静好上了，那当然没得说。但是，'高老师'今天说了，我们班不准谈恋爱，发现谁谈恋爱，就会开除谁。"

谈恋爱这事，跟文道政完全不搭界，于是文道政笑了笑，没再回应刘贵北，一心看着老师在讲习物理公式。

突然，陈老师转过身，望着同学们。

陈威老师已经开始提问的环节了："导体为什么会导电？"

陈威老师环顾教室，教室里鸦雀无声，同学们不一定是回答不出，但却没有人主动举手。

陈威老师顺手从讲台上拿起了座次表，走下了讲台。

陈威老师会点谁回答，谁也不知道，同学们都紧张起来，有些同学勾起身子，似乎希望陈威老师会把他们当成透明的一般。

陈老师走过了身边，身后的同学们便开始交头接耳。

陈威朝教室后排慢慢走，在他眼前的同学们纷纷低下头，做出正在认真沉思的样子。

文道政第一次上课，还没弄清教室里的状况，但他看见陈威老师朝后排走过来，就迎着陈威老师的目光，礼貌地微笑了一下。

陈威老师看见文道政自信满满的微笑，干脆就拿教鞭一指，让文道政来回答问题，同时又问："你叫什么名字？座次表上没有你！"

抽到了文道政，教室里的气氛顿时缓和下来，同学们哈哈哈的笑出声来，也有人为陈威老师报上了文道政的名字。

陈威皱了皱眉头："有什么好笑？你们笑什么？那，文道政！你来回答。"

文道政第一天来上课，不及防就被老师给抽到回答问题了，他只好站起身来，望了望前几排正扭头看着他的同学们，倒有些腼腆起来，但高中复读三年，基础很牢固，他清了清嗓子，答道："因为金属带有电子，自由散漫的电子，在电磁的作用下，向一个方向流动，产生电流……"

文道政答题时，陈威老师已经转过身在朝讲台的方向走了，听到文道政说完，陈威老师就大声问："文道政同学回答正确吗？"

同学们都不出声。陈威看了看文道政身边，刘贵北正走神呢，就问道："刘贵北，你上课经常走神，你说说看，文道政回答得对不对？"

刘贵北哪里知道文道政回答得对不对啊，但点到了名他就赶紧站起来，同学们看着他那发蒙的样子都大笑了。

刘贵北没有笑，他站了两秒才回答："我想，他是对的！"

陈威没想到刘贵北会给个这样的回答，就继续追问："那他到底对不对！"

刘贵北心里没底，于是改口说："我不知道！"

陈威有些气恼地看着刘贵北，批评地说："文道政同学回答基本正确！刘贵北，你为什么就不能认真学习呢？"

同学们没听陈威继续说，就都扭过身来朝文道政热烈鼓掌。

黄亚男朝文道政伸出了大拇指，曾晓娅也冲文道政点了点头……文道政见自己的回答，得到了老师的肯定和同学们的鼓励，心里乐开了花。

一堂课结束，同学们纷纷站起来活动身体，或者朝教室外走去。

黄亚男这时候就笑着朝文道政走过来，将一小叠餐票放在文道政的课桌上，说："这是我去帮你领的20元伙食费。"

文道政一听，感激不尽，就赶紧掏出口袋里唯一的20元钱，要交给黄亚男。

黄亚男缩回手摇了摇，笑着说："不用，不用，这是学校发的餐票，每人每个月都是20元。"

文道政听说是学校免费提供的，心里松了一口气，感慨地说："啊，这么多，抵我当民办老师一个月工资。"

黄亚男并不知道文道政的经济情况，就解释说："这是学校对大学生的关心。学生家庭困难的，还可以申请奖学金。"

文道政边向黄亚男道谢，边心想这就是读大学和读中学不一样的地方呵。

他朝走回座位的黄亚男的背影看了一眼，却看到曾晓娅正站在黄亚男一旁微笑地望着文道政。

文道政笑了一笑，这才低下头来看课桌上放着的那一叠饭票。

学校的饭票是黄色和绿色的薄塑料片制作，菜票的面值有五分、一角、一角伍分、二角，米饭票是一两、二两、三两。

文道政研究完餐票，这才将餐票小心翼翼地放回口袋里，他心里特别高兴，既然学校有餐票发放，那他上大学的各种费用就容易解决了。

几堂课下来，随着下课时间，晚餐的时间也就到了。

学校的学生多，食堂也格外的大，文道政从来没见过这么大的食堂，跟着同学们一走进去，很快便不知方向了，就跟紧了同学们，看他们往哪儿走，他就往哪儿走。

学生食堂共二十个窗口，每个窗口里都在白色的墙上写着偌大的一个阿拉伯数字："1，2，3……"

墙上还挂着一块小黑板，黑板上用白粉笔写着菜式供同学们选择。

文道政看了看，有辣椒炒肉、白菜、萝卜……

文道政跟着同学们一起排队打好了饭菜，便和肖子钢、刘贵北、陈凯几个男生一起围着桌子吃饭，也没注意到此时梅雅静也打好了饭走过来，正好在文道政身后站住了。

文道政看同学们的视线落在自己身后，他回头看见梅雅静正四处张望找座位呢。

文道政赶紧站起来，将座位让给梅雅静坐。

梅雅静笑了笑，这才看见一桌几个都是水电委培班的男生，便觉得坐这儿不太好意思，于是冲文道政摇了摇头，说让文道政自己坐。

文道政只好自己坐下来继续吃饭，但他看着梅雅静站在这边还在找座位。

"文同学，上课听得懂吗？"梅雅静问了一句。

文道政的脸腾地一下就红了，说："还好，听得懂。"

这时，黄亚男和曾晓娅也端着饭朝这边走过来，看见了梅雅静，黄亚男就随口问："梅雅静，你今天也在食堂吃饭。"

梅雅静回头应了一声，说她家爸妈出差了，所以她只能来吃食堂。

食堂里正是用餐高峰时间，一时要找几个座位也不容易，于是三个女生就站着多聊了几句。

坐一边吃着饭的男同学们要让座位也不合适，要这么坐着也不太好意思。

于是，她们也就三三两两的搭着说个话，来来去去一聊，话题居然又转到了文道政身上。

梅雅静便又转向文道政，说："你这么高大，要多吃点，学习任务重。"

黄亚男和曾晓娅见梅雅静这么关心文道政，相互看了一眼，嘴角就显出笑意来。

肖奕琴瞧着同学们都在这一处，也走过来，正好瞧着梅雅静在对文道政说话，便没吱声。

男生们顾忌比较少，就都笑了起来。

这一笑不打紧，可梅雅静马上就感觉自己说话失态了，赶紧转换话题又聊了两句，这时，旁桌的几个女生吃完饭端起饭缸就离开了。

黄亚男立刻拽了梅雅静一把，几个女生就占住了旁桌，坐下来吃饭。

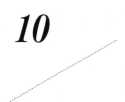

10

405教室，被两前两后四盏日光灯照得如同白昼。

这时间，所有的同学都坐在教室里上晚自习。

刘贵北告诉文道政，说他自己的成绩不好，跟不上班，班里刚成立了一个补课小组，对班上学习基础差的同学进行补课。

每晚在一楼的洗漱间补习两小时，让他也一起参加。

文道政一听，是在一楼的洗漱间补习，就觉得特别奇怪，但想想自己也是缺了不少课，如果有机会能一起补补课，倒还是不错，虽然洗漱间环境不好，那也只能将就了。

正想着呢，张克工回过头来说："文道政，你打篮球吗？"

文道政在小学当老师的时候，兼了三个班的体育老师，会打一点点的篮球，于是他冲张克工点了点头。张克工一见文道政点头，就高兴了，马上邀请文道政参加班级篮球队。

张克工从座位上站起身，走上讲台，大声宣布："同学们静一静。我们班的篮球队从今天起就成立了，我现在报一下成员名单，张克工、肖子钢、刘贵北……文道政。我们从明天早晨起就要开始训练……球队成员听着了啊，不许迟到。"

等张克工一说完，同学们就拍着桌子大呼："篮球队，太棒了，咱们水电委培班必胜，必胜！"

教室里正热闹着，教室的门一推开，杜老师走了进来。

陈凯眼尖，马上在后面悄声说："'高老师'来了。"

他边上的几位同学听到，忍不住都笑起来。

陈凯没料到的是，这话也被杜老师听到了，只见她微笑着说："我是要同学们多向高玉宝同志学习，你们就叫我'高老师'啊？"说着，杜老师自己也忍不住笑起来，陈凯和同学们正紧张呢，见杜丽娟老师并没有恼火生气的意思，就松了一口气，笑得更欢了。

杜丽娟抬起双手，朝下压了压，示意同学们安静，然后接着说："我是为大家好，对大家严格一点。大家就是要有高玉宝同志的学习态度和学习精神。如果这对你们有好处，大家叫我'高老师'，我也情愿。"

同学们听了这话，觉得挺感动的，就为杜老师鼓起掌来。

杜丽娟收住笑，依旧用手朝下压了压，示意安静，这才认真地说："下面我给大家布置一个工作。我们班评助学金。学校给了5个名额，你们先自己评评，家里特别困难的同学也可以主动提出申请。生活委员黄亚男同学收集一下情况，过后集体讨论。"

杜丽娟说着，班上就开始议论纷纷了。

文道政正在想助学金是怎么回事，要什么条件才行，自己家算不算困难，刘贵北在一旁似乎就看出了他的心事，悄声说："你应该申请，不要有什么顾虑，就这些同学，评谁不是评啊。"

文道政有些脸红，局促地不知道该怎么说："我……"

杜老师看教室里热闹得开了锅似的，便让大家静静，说："评助学金的事，班干部组织评，请张克工、肖奕琴、黄亚男三位负责。"

同学们听到评助学金，并不在意，还在说个不停。

杜老师让大家安静，接着说："过一段时间，学校要开展篮球比赛活动，各个年级都会循环比赛，情况虽然已经口头告诉了各个班，但大部分班级还没有开始行动。"

村老师话一落音，就有人大声说："我们班也组织篮球队！"

杜老师一听，立即说："说得对，我们班也要赶紧成立篮球队，参加比赛。昨天张克工提交的名单我看了，刚才来时，听到添了一个文道政，我觉得非常好。"

有人又在说："我们会赢！"

杜老师听了，微微一笑，说："不是说赢就能赢的，从明天起，早晨六点准时起床训练。"

听到"早晨六点"四个字，同学们都发出了"啊"的声音。

篮球队员们更有人说："啊，这么早呀？"

杜丽娟听见，顿了一下，才说："这一点困难就那么为难，那还有什么必要参加比赛呢？既然有人叫苦，那你们训练，我带头，看谁起不来床！"

听到杜老师说要带头起早床，队员们这下可无语了："好……哎，起早床喽！"

杜老师是学校的体育老师，水电委培班能打赢比赛，当然对她是个大的支持，也是她的荣誉。

凌晨，文道政已经醒来过三次了，惦着要起早床，就睡得不踏实，再说，刘贵北睡那么沉，鼾声也很大，有些吵人。

六点准时，班长张克工开的闹铃便畅快地“丁零”闹起来，张克工翻身坐起，还没有下床，就开嗓子叫醒室友们，这才下床去敲隔壁几间寝室的门。

几分钟之后，楼道里就响起了稀疏的拖鞋声，同学们趿着拖鞋匆忙用冷水漱漱口，抹把脸，就穿着“农业学大寨”的运动背心和运动短裤，换上黄色解放鞋，出发。

先收拾完的几个便轻轻关上寝室的门，朝操场方向走去，校园的路灯还亮着。

同学们到了操场一看，虽说天空才鱼肚白，但已有几个别班的同学在晨跑了。

文道政迅速加入了跑步的行列，听到身后有脚步声越来越近，扭头一看，见梅雅静穿着一件紧身的运动服在跑步，长头发在背上左右飘荡……

梅雅静看见文道政，点了点头算是打招呼。

文道政便笑着说：“生命在于运动，你真是做得好！”

梅雅静已经跑了两圈了，便在文道政身边站住，问文道政怎么这么早到操场来，也是跑步么。文道政解释说，是杜老师要求同学们早晨六点起床训练。

梅雅静一听就笑了，说：“你们这是要参加篮球比赛吧，我们班也成立了球队，他们训练的积极性还没上来，看来也要加油了。”

说着，梅雅静招了招手，便迈开步子，又顺着跑道向前奔去。

文道政看见梅雅静离开了，这四周一望，倒是瞧见杜老师正和几个女生已经到了篮球场。文道政赶紧朝杜老师那边跑过去。

文道政看见了张克工，又看见了肖奕琴、黄亚男、曾晓娅，还有一个穿着一件红色衬衫的女生，文道政不认识，刘贵北自动补充了一句，说：“最旁边那个穿红色衬衫的女生叫王姗姗。"

文道政跑过去，大声叫道："杜老师早！"

杜丽娟那天对文道政印象不太好，这会儿看到文道政走到了眼前向她问好了，才看了一眼文道政，仿佛刚认识似的，说："早。"

这时，其他寝室的几个男队员都跑了过来，大声叫："杜老师早。"

杜丽娟有些不高兴，问："你们比女生都到得晚，队员们都到齐了吗？"

张克工点了一下人数，报告杜老师说："到齐了。"

杜丽娟从王姗姗手中接过球，在手中转了转，这才跟同学们讲解如何运球，如何打配合。

会打篮球的同学有些不耐烦听，不太会打球的倒是围在杜丽娟身边认真听着。

杜丽娟见有的同学不耐烦，讲完这些，才说："那我提个问题，你们来回答——打篮球的关键是什么？"

同学们怔住了，都望着杜老师，不知道要如何回答才算对。

"投球得分！"文道政大声说。

文道政教过体育，得分是重点，这个他还是知道的。

杜老师意外地望了一眼文道政，又环顾了一眼大家，说："说得对，就是投球得分。"

接着，杜老师示意围着她的人散开，然后运球到篮筐下，矫健地做了一个三步跨投篮的动作，篮球很干脆地进了。

三步跨篮，完美的动作，这是一个体育老师的素质。于是大家赶紧鼓起掌来。

肖子钢赞道："'高老师'不愧是体育专业毕业的，一投就中。"

体育专业？这可是大部分同学都不知道的，现在知道了，对于训练也就更有了信心，对杜丽娟也就更加服气了。

杜老师什么都没说，直管拿起篮球朝张克工扔去，大声说："那赶紧开始训练吧！"

篮球队的成员们在杜老师的指点下，迅速站位，积极奔跑、抢球、拍球、传球、投球，场上格外激烈。杜老师见同学们运动了下，便接过球，一个一个喂球，让同学们跑起来，一个一个跑起来三步跨投。

肖子钢三步跨投中了。张克工三步跨投中了。女生们站在球场外鼓掌。

这时，轮到文道政。文道政不愿意三步跨，站在远远的地方一投，球进了。

女生们鼓掌、呐喊。

杜老师望着文道政，没有作声。

文道政打球时，突然想起，在清水湾小学上体育课：

篮球场是一个黄泥土操坪，球场上却没有篮球架。篮球圈却钉在一棵苦楝树的树干上。小学生们不知道跨投，也不知道擦边球。只有站在远远的地方，向球圈里投。时间久了，小学生们将篮球很远投进篮，十分准。

文道政站在球场边，见自己教的学生远投特别准，笑着望着大家玩球。

文道政见球滚落到自己脚边，捡起来，也举手一投，篮球不偏不倚，正好投进篮筐内……

同学们的奔跑，积极性非常高的，奔跑、跨步、投篮、进球的准头也非常棒。

文道政已经跑出一身热汗了，接到球刚准备传出去，却看到了梅雅静又绕着操场跑了过来，于是猛跑几步，跳跃、投篮、一气呵成，球进了！

杜老师始终站在场边点评和指导，大声说："肖子钢，你投球时，手要抬高一点……哎哎哎，文道政，你不知道要三步跨吗？你那么远投球，投得中吗？"

杜老师正叫呢，文道政投出的球已经穿过篮筐，进了。

文道政望着杜老师，大声说："能投中！"

文道政一说，同学们忍不住就都笑了起来。

杜老师见文道政这么说，特别反感，便望着文道政说："你能投中，碰运气罢了，要不，你再来投一个试试。"

张克工听了，赶紧拾起滚走的球，传给文道政。

文道政还站在刚刚投球那个位置呢，这手接到球，便攒足了劲来一个远投。篮球在半空中划出一条弧线，刚好落到了篮筐之上，滴溜溜在篮筐上转，也不落进篮筐里去。

同学们都张着嘴望着篮球，等待最后的结局。

时间看上去很长，实际上也很短。篮球就在筐上转了两圈多，还是往里一斜，滚进了筐中心——球进了。

大家这时才扭回头看杜老师。

杜老师看到文道政又投中了，心里非常惊讶佩服，但还是半笑半真地哼了一句："真是瞎猫碰到了死耗子。"

大家听不出杜丽娟对文道政的不满，只当是一句笑话，便都鼓掌笑了起来。

杜老师看了看腕上的手表，说："时间也不早了，你们继续练一会儿再散，我先去收拾收拾，等下要上课了！"说着，杜老师就离开了。

女同学们有一部分跟着杜老师离开，还有一部分留了下来，继续看球。

"文道政，你是碰的运气吗？要不要再试试？"

文道政不置可否地笑了笑，因为他平时就这样投球，也不知道是运气，还是真的可以一投就中，便不好说什么。

张克工拿着球走了过来，认真地说："试试吧，如果你的运气有那么好，我们班的比赛就胜算多一点。"

和同学们一起打球，并没有什么输赢面子可言，不过是玩一把，没什么不好意思的。于是，文道政点了点头，就按同学们指定的地方站好，并从张克工手中接过了球。

陈凯到篮筐下去捡球，其他同学都在两边报数……

文道政远远地投出一个球，进了，继续投，又中了。

同学们报数的声音越来越大："七！八！九！……"

张克工朝文道政走过来，拍了拍文道政的肩，"文老师，你真是神了啊？"

梅雅静看见文道政投球，站在旁边微笑着，心里也默数着投中的数字，直到文道政投完了才高兴地离开。

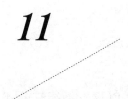

11

教室里，黄亚男的声音盖过一切："还有需要申请助学金的同学吗？请将填好的表交上来。"

刘贵北看了看犹豫不决的文道政，从他的桌上将填好了的表格一下扯出来，在空中摇了摇，冲黄亚男说："这里还有一张呢！"

"你？"黄亚男奇怪地看着刘贵北。

"不，不是我，是他！"刘贵北指了指在一旁垂着头的文道政。

陈凯从刘贵北手中接过文道政的表格，看了看，才递给黄亚男。

黄亚男接了表，看了几眼，这才归总放到一起。

没想到陈凯这时又调侃地说："文道政，人民教师还需要申请助学金吗？助学金应该给班上最困难的同学。"

刘贵北听了这话，立马就鸣不平，大声说："陈少爷啊，你别乱说。你不了解，文道政家在偏僻的南方山区，学费都交不起，家里怎么不能算特别困难。"

陈凯家里经济条件好，哪里能理解什么叫困难，于是说："他再困难，也比没参加工作的同学好吧。"

黄亚男听了，觉得陈凯这话几乎没合理性，于是制止道："你们别说了，班委会肯定要平衡考虑的，最后由杜老师审核后才上报学生处。"

这也就是说，同学们怎么申请，怎么通过，并不代表就一定是，再争论也没有太多意义了。

文道政始终没有吭声。

陈凯这样一嚷，不少同学就都觉得文道政没有理由评助学金。

张克工作为班长，就将自己的判断说出来："相对来说，文道政的条件应该不差，谁说文道政交不起学费？他要是交不起学费怎么来上学？"

张克工一说，肖子钢也想了想，就直率地问："文道政，你是真的交不起学费吗？"

陈凯耸了耸肩膀，笑道："有什么好问的，文道政不可能交不起学费！"

陈凯这么一说，几乎全班同学都扭转头望着文道政。文道政羞得无地自容，也不知道要怎么解释自己的情况，只好羞愧地低下了头。

文道政低头不语，陈凯便颇得意地拉长语气说："家里条件本来不错还申请助学金，就想着要占国家的便宜。"

黄亚男也补充了一句："陈少爷，助学金由班干部来评，你是班干部吗？这样给同学的家庭情况定性，你了解文道政家吗？"

王姗姗看着文道政低垂的头，怎么都不像要冒领助学金的人，将正欲开口的陈凯堵了回去，说："陈少爷，助学金就是支持困难同学的。谁有困难都可以申请。你陈少爷也可以申请呀，说那么多废话干什么？"

肖奕琴看了看文道政，总觉得文道政有苦难言，就制止说："陈少爷，你在乱说什么？你懂得民间疾苦长什么样啊？谁家里条件好不好，是你说了算的？学校不会深入调查，了解清楚？"

陈凯见几个女生和班干部都冲自己来，解释道："肖姑妈，我是怕你们不知道呢，我这样的人，哪里会去占国家的便宜！"

张克工听了大家七嘴八舌的讨论，心想的确也不能就这样马虎地给文道政下定论，还是要研究讨论再说，便站起来说："国家的便宜是不能随便占。助学金肯定会公开、公平、公正地评出来，谁家里真正困难，谁就有资格得到助学金，你们别操心了，班干部跟我到教室外面来一下吧。其他同学继续晚自习。"

都快下晚自习了，张克工和班干部才回到教室里，他走上讲台，大声宣布："经班委会讨论，我班提交的申请助学金名单有以下同学：曾晓娅……"

这时特别紧张，文道政的头低下去了，但耳朵却在仔细听着，名单听完，却没有自己的名字。刘贵北用手肘推文道政，说："你没评上。"

文道政想想自己还欠梅雅静学费呢，现在申请助学金又没希望，挺失望的，但他还是笑笑说："没关系，这证明班上有许多比我更困难的同学。"

肖奕琴站起来说："这五位同学相对来说，家里条件更差一些。我们也是经多方摸底，调查了解过的。"

陈凯特别尖着耳朵听了，没有文道政，这才满意地说："这就对了，果然是比较合理。"

张克工又向教室里的同学们征询了一下意见，见大家都说没意见，这才拿着名单去找杜老师了。

张克工一走，剩下的这几分钟，同学们也不想自习了，就开始议论。

肖子钢大声说："我们班是个自费生班，困难的同学特别多，只有5个名额太少了，学校应该多给一些名额。"

黄亚男笑了笑，解释说："你以为容易啊，5个名额还是争取来的，我们享受了公费班一样的待遇，别再贪心了。"

陈凯把眼睛瞧向天花板，故意说："反正我不会申请，多少名额也与我无关。"

刘贵北就觉得陈凯这样有些损人，大声驳斥说："陈少爷，你这是万事不求人，家里条件好，事不关己。"

陈凯白了刘贵北一眼，笑道："哈哈，我可从来不给班里添麻烦。"

黄亚男听见，便泼了陈凯一勺冷水，说道："陈少爷，上课睡觉，迟到早退，什么事没有你，你倒好意思说自己不添麻烦？"

王姗姗赶紧"补刀"说："陈少爷，你原来不是白菜一样干净啊，平时怎么不拿镜子照照自己。"

刘贵北这一口气总算匀净了，讥笑陈凯道："是呀，先管好自己，才管别人吧。可不能只管着别人！"

说完这话，刘贵北就准备下晚自习回寝室了。

这时，教室的门打开了，杜老师跟着张克工走进了教室。

同学们一见杜老师，站起身来了的，也就都坐下了。

杜老师往讲台上一站，直接就进入了主题："同学们，经过大家评选，产生了符合条件的助学金名单，但是在这里，我提议增加一个提交的名额。"

同学们见杜老师这么说，大感意外，也就都竖起耳朵听有什么新内容。

陈凯是最坐不住的，首当其冲提了问："高老师那要增加谁？"

杜老师望着大家，还没有回答，同学们底下就议论开了，杜老师这才拍了拍讲台，示意大家安静，这才大声说："名单里增加文道政同学。"

杜老师说完，教室里沉默了几秒钟，陈凯也愣住了没有再发问，张克工就领头鼓起掌来，接着教室里就发出了热烈的掌声。

文道政这时也坐不住了，不好意思地站起来给同学们鞠了个躬。

杜老师这些天也了解到文道政的情况，那天来报到，她是知道文道政没有钱交学费的，于是接着说："文道政同学去年就考上了大学，那可是要读公费班的，可是他因为其他原因而落选了，后来虽然当了民办老师，可他是辞了工作来读书，并不是带工资上学。"

同学们一听文道政去年已经考上过大学没被录取，对文道政的印象马上就不同了，大家纷纷议论。

刘贵北瞧着文道政："你是考上大学落选了啊？"

陈凯听了也觉得吃惊："你考上了没被录取？为什么呀？"

文道政没有回答，杜老师顿了一顿，最后还是觉得应该说出来："……文道政没有钱交学费，这是我亲眼所见。这样的同学，不应该得到助学金吗？同学们，你们说说！"

这时候，教室里只响起了同学们异口同声地："该给！"

文道政已经热泪满眶了，他又一次站起来向大家鞠躬，大声说："谢谢杜老师，谢谢同学们。"

12

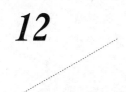

文道政和同学们走出教学楼。

在明亮的路灯下，大家说说笑笑，眉飞色舞，青年人阳光灿烂的气息满满的。

梅雅静和闺蜜刘西凤，也是神采飞扬地从教学楼里走出来。

梅雅静看见文道政在前面走，心里一动，突然想起了什么事，马上喜悦地跑到前面，冲文道政叫道："文同学，这么巧，我正好有事找你呢。"

刘西凤在旁边打趣，故意说："文同学？哈哈哈，怎么这样叫，格外有意思啊？"

梅雅静和文道政听了，也不知道这有什么可笑的，就互相看了一眼，笑起来，但没有解释。

"有什么事？"文道政主动询问。

"有什么事？"张伟和刘闯正从梅雅静身后走过，便重复了文道政的话，玩笑似的对大家点了点头，脚步也不停地走过去了。

正是下课时间，教学楼里的男生和女生不停涌出，不停地有熟悉的同学路过。

黄亚男和曾晓娅也随后走过来。

黄亚男跟梅雅静和刘西凤打了招呼，冲文道政笑了笑。

文道政和梅雅静正站着，有事要聊的样子，黄亚男于是说："那好，你们谈，我们先回宿舍了。"

文道政就跟着梅雅静和刘西凤，一直走到了一棵大樟树下。

刘西凤并不知道梅雅静找文道政有什么事，就在一旁的石凳上坐下了，梅雅静和文道政又走了几步，这才站住。

文道政主动开了口："我有个事要告诉你。"

梅雅静觉得奇怪，自己找文道政有事呢，怎么文道政倒有事了，问道："什么事，你先说。"

文道政半带喜悦半带害羞的表情，说："我们班刚才评助学金，杜老师提了我的名。"

梅雅静听了替文道政高兴，说："那这个得祝贺你。你就应该评上，以后可以安心读书了。"

文道政搓着手指，低着头说："那，我欠你的钱，得过一段时间才能还，我家里现在还没有给我寄钱来。"

梅雅静笑了笑，说："没关系呢，钱是我爸的，不急，你先欠着吧。"

文道政这才想起梅雅静找他肯定有事，就问："你找我什么事呢？"

梅雅静倒是大大方方，说起她想起的事："是这样，我爸最近写了篇论文，字写得太潦草，想用方格纸工工整整抄好，要投稿到权威刊物去发表，可他自己没时间誊写了，就把任务交给了我，可我的字也太娟秀了啊。这不，我想起你当过老师，肯定字也写得好……"

文道政一听这就明白了，还好，文道政是练过书法帖的，钢笔字的确写得好。

文道政接下来说："我知道了，是要我将稿子抄好，对吧？"

梅雅静不好意思地笑了，说："那你有时间吗？"

文道政可不管有没有时间，只管一口气答道："有有有，这么重要的事，当然有时间。"

"那好，我现在将稿子交给你，你抓紧时间誊抄吧。"

文道政觉得这真是小事情，抽时间在图书馆找个角落抄就可以了。于是又一叠声答应了下来，梅雅静这才将一本方格纸和论文稿交给文道政。

文道政就着路灯光略翻了几页，看着虽然有所修改，但字迹都是清楚得很，就将稿子仔细收好了。

梅雅静接着说："你课程跟不上，我可以帮你补课，咱们算互相帮助，好吗？"

文道政一听，觉得梅雅静倒是帮自己更多，但他英语成绩的确不好，当然不能拒绝梅雅静的提议："那太好了，我英语很差，高考都是靠抓阄来做题的。"

梅雅静一听，觉得文道政直白、简单，又很质朴，便大笑起来。

刘西凤见梅雅静和文道政笑得开心，觉得也谈得结了尾，便爽快地走过来问："你们笑什么呀，这么开心也不让我笑笑？"

梅雅静笑得更开心了。刘西凤并不在乎梅雅静他们笑什么，只管跟着笑起来，拉着梅雅静问是不是要回宿舍去。

文道政见刘西凤过来了，就跟梅雅静和刘西凤说了声再见，先走了。

梅雅静把文道政考英语抓阄的事和刘西凤说，两人边走边大笑，文道政在前头不远处走着，听到后面两个女生笑，心里觉得特别开心。

刘西凤和梅雅静笑了一阵。刘西凤又压低声音问梅雅静是不是爱上文道政了，被梅雅静狠狠地在手臂上拍了一巴掌，刘西凤赶紧前后左右看了看，也没什么人在边上，便缠着梅雅静细问。

梅雅静被缠得没法，只好打着哈哈，说："文道政长得俊朗，有股子傻劲，要说爱情那还不靠谱，只算是革命友谊。"

刘西凤还傻气地问："文同学与张伟比……"

梅雅静哈哈一笑，说："我不喜欢那些爱慕虚荣的人！"

刘西凤知道，有一次张伟在班上说，他父亲当了市长，可是，有人小声地说："是副市长"。当然，梅雅静也听到了，难道是为这个？

刘西凤还想问，梅雅静嘱咐刘西凤说，别见风就是雨，瞎嚷嚷，小心闯祸……

篮球队的训练，是每天的事。

这天刚蒙蒙亮，张克工的闹钟就响了起来。

张克工叫醒同寝室的几个队员，就赶紧去敲隔壁房间的门，原来大家也刚好起床了。

文道政跟着大伙拾掇拾掇，赶紧往操坪跑。

杜老师到训练场时，见本班的同学们已在训练了，就比较满意，看大家练了一阵子，这才招呼大家走到一起来，说："全校大一新生，共有三十个班，据我了解，目前，水电一班，水工三班是两个强队，我们和他们比起来，可能还差得很远，拜托大家要更加努力，绝不能被淘汰，尽可能取得好成绩。"

张克工马上说："有杜老师在帮我们训练，我们肯定能拿到好成绩。"

杜老师见张克工这么说，笑了笑，又把眼睛看向了文道政。

肖奕琴这时也到了操场，杜丽娟就吩咐她带着女生们去搞好后勤服务，准备冷开水。这才指挥男同学们，说："来，你们分成两组，来打个半场。"

肖奕琴领着随后赶到操场的曾晓娅和王姗姗，一起去提冷开水来。

黄亚男看着队员人数少，自己高中时也打过篮球，就主动请缨："杜老师，我也要参加！"

张克工顺着说："杜老师，你也来一个，正好四人一边。"

杜丽娟想了想，还是说："我当裁判。黄亚男记分。"

虽然人数少，那也是比赛。

不少来晨训的同学，围到篮球场边上来看热闹。

曾晓娅和王姗姗从寝室提了冷开水过来，一看比上了，就招呼正在跑步的梅雅静也过来看。

围观的人多，更有赛场气氛，队员们你抢我夺，就有点真正比赛的意思。

文道政正拍着球往前冲，见居然没有人卡他，一举手，一个远投，篮球在空中拉出一条长长的抛物线，落进了球筐。

"两分！"球场上有人大声叫喊道。

杜老师刚开始坚持说文道政是碰运气进了球，现在见文道政开场不久就先远投了两分，就呆呆地拿眼睛看文道政。

张克工投了一个球，没进，队友抢到球，将球传给文道政。

外围的同学们这时都有心地起哄，大声叫道："远投，远投！"

文道政听见外围的呼喊，脑子里的血都热了，瞧着也差不多，就将篮球投了出去，一条抛物线，篮球不偏不倚地进了，两分！

这连进两球，就把杜老师看傻了眼。

球场上越斗越勇，杜丽娟这时就指导另一队去卡住文道政，张克工几个一起上，将文道政卡在中间。

文道政从小跟祖母练过武术。

文道政的祖母教他基本功，教他打拳，教他舞棒，教他翻跟头。

每天早上，文道政的祖母教他站桩，让他沉气，使劲。

文道政跟祖母站了马步，运气，推拳。

祖孙俩站在坪里互相推手。

文祖母说："站如桩，两腿与两肩同宽，气沉丹田……"

文祖母帮助纠正动作。

文道政到了初中，身体特别强健，在班里打架，没有对手了……这也是文祖母唯一传给孙子文道政的生存技巧……

文道政这会儿正被两个队员夹在中间，他手中还抱着球。

"卡死，卡死！"

"出来，传出来！"

……四周全是呼喊声。

文道政站稳马步，抱着球左右使劲一虚晃，张克工扑球扑了个空，一个趔趄倒在地上。就这一会子工夫，文道政已经站直了身，一跃就将篮球投出去，球进了。

半场球似乎成了文道政一个人的表演，这远在杜丽娟的意料之外。

休息时，曾晓娅将早已准备好了的一杯温开水递给了文道政，就像是迎接胜利归来的英雄。

水喝光，文道政才发现旁边有人递过来一条手帕。

"这是我的，放心，是新的呢。"黄亚男说。

文道政望着黄亚男，没敢接。

杜老师看见黄亚男伸长的手，和文道政的局促，便故意干咳了一声。

黄亚男便将手帕往文道政手臂上一搭，走开了。

文道政打球时，已看到梅雅静是在人群里的，可现在人群里却找不到梅雅静的身影，眼里闪过一丝失落。

13

上午的课，是水电一班、水电二班和水电委培班三个班在阶梯大教室一起上的大课，内容也是颇让人头疼，是高等数学。

昨天，张克工在教室里大声提醒同学们，高等数学是三个班一起上的大课，不准迟到，要遵守课堂纪律。

球队几个队员下了场就去食堂吃饭，回到宿舍就赶紧洗澡，时间还是比较紧，就让正往大课教室赶的同学拿上自己的书，帮忙占个座位。

等文道政到教室，教室里已经坐满了学生，热闹得菜市场似的。文道政站在教室门口，就寻找本班同学都坐哪儿了，帮他占的座位在哪儿呢。

"文道政！"有人叫他名字。

文道政又认真看了看，原来是刘贵北坐在第四排中间座位，他站在那里在向文道政招手。文道政走过去，从第四排第一个位子走进去。

等文道政坐下了，才发现身边还空着一个座位，空座位上放着一个黄色小包。空座位的另一侧那女生就是刘西凤，文道政和她点了点头打招呼。却看见刘西凤站起身来在冲门口招手。

文道政顺着刘西凤的手势，就看见了梅雅静正在向这边走。

梅雅静从第一个位子走过时，同学们一个个站起身，梅雅静就一路道谢着小心地挤了过来。

文道政尽量朝后让，让梅雅静通过。

梅雅静看见文道政，略有些惊异，仍是柔柔地笑了说道谢，这才将连衣裙整了整，坐下来，小声地抱怨刘西凤，怎么占了这样靠里的位置。

上课铃响了……

讲台上，高等数学肖扬老师正在讲台上板书，滔滔不绝。

同学们听得认真，笔记抄得工工整整。半堂课过去，就是提问环节，三个班的同学，举手的一大片，肖老师看了看，颇有些为难，于是示意大家放下手，由他来抽答。

　　有信心答出的，向日葵似的瞧着肖老师；答不出的，故意低头翻书弄笔，只怕老师多看自己一眼。肖老师走下讲台，走到第三排便站住了，前后打量同学们，目光落到了文道政身上，拿手冲文道政一指，问："你叫什么名字？"

　　文道政赶紧放下手中的笔，站起来说："我叫文道政。"

　　肖老师笑着说："好，那你来回答。"

　　水电委培班的同学知道文道政是一个月没上高等数学课的，不免都为他担心。

　　文道政这几个晚上，都在洗漱间学习呢，除了补习落下的课程，第二天要上的课也是预习了的，但到底收获如何，未经检测。

　　张克工几个在洗漱间上夜课的，都心揪着望住文道政。

　　梅雅静见肖老师让文道政回答，便在文道政身边小声地提示答案。

　　文道政个头高，站得直，还正紧张呢，根本就没听见身边说了什么。

　　这么尴尬的镜头，大教室的人都在盯着文道政看，目光都可以将他剥干净了似的。

　　肖老师点了文道政的名，等着文道政作答。

　　文道政用手抓抓头，冷静下来，努力回忆昨晚预习的内容说了几句，一开始思路不完整，说起话来就卡壳，但他说着又略有了些信心，干脆重新流畅地又说了一遍。至于答案是不是完全对，文道政并不清楚，于是他答完了，就用询问的目光盯着肖老师看。

　　大家都在认真地听，教室里特别安静。

　　肖老师慢慢走回讲台，文道政转回身子，侧脸看到梅雅静偷偷亮给他一个大拇指，心里才踏实下来。

肖扬走到讲台上站定，这才问："你们说，文道政回答正确吗？"

稀稀拉拉的少数同学回答："正确！"

肖老师回到了讲台上，开始用粉笔在黑板上演算。

文道政一直站在那里，没敢坐下。

肖扬老师演算完，将粉笔头扔进盒子里，这才拍了拍手上的粉笔末。

肖子钢一直看着肖老师演算，等粉笔头一落，他便回头伸了个大拇指亮给文道政，同时学着肖老师的口气说："文道政同学回答正确！"

肖老师这才说："回答正确。你，哪个班的？"

文道政又赶紧站起来，说："水电委培班！"

刚刚还用佩服眼神看文道政的其他班同学，都打起了哈哈，小声说："哈，水电委培班，是自费生！"

这些声音让文道政觉得自己受到嘲弄，先头的喜悦瞬间就没了，他也不等肖老师再招呼，就惭愧地坐下了。

坐下时，文道政忍不住看了梅雅静一眼，却看到了她温暖善意的微笑。

下课铃响时，肖老师宣布课间休息，教室里马上开了锅，同学们有的活动身子，有的去上卫生间，有的交头接耳聊天。

梅雅静的座位太靠中间，她不打算挤进挤出，干脆就从包里拿出一本杂志翻起来。

文道政正和刘贵北聊呢，转身看到了梅雅静手中的杂志，惊喜地说："《诗刊》？"

梅雅静点了头，说："是呀，我喜欢诗歌。"

文道政坦诚地说："我也喜欢诗歌！"

梅雅静赶紧说道："哎呀，学校有一个诗社，下次你也去听听讲座。"

文道政连连点头，觉得大学生活实在是太丰富，自己一定能学到更多的东西。

"文道政，我们去5号吧！"刘贵北叫文道政，文道政这些天也了解到，大家说的"5号"就是厕所的意思，至于为什么，他完全不清楚，也没问过。想想一堂课时间也挺长，先去解决一下也好，便跟着刘贵北离开了座位。

刘西凤见了，也悄悄地叫梅雅静出去活动活动。

文道政从卫生间出来，就听到前头有人在聊天，声音可不小。

"……真还回答出来了，自费生能回答出这么高深的问题？"

"出尽风头，还勾引我们校花！不知天高地厚……"

张克工和刘贵北从卫生间出来，走近文道政就拍他肩膀，说："文道政，好样的，你为我们水电委培班争了光。"

文道政边往教室里走呢，就边扭过头冲张克工笑笑。可就这一瞬间，文道政就被一脚绊倒。得亏是文道政动作快，手一探就在地上撑住了，接着迅速站起来，否则怕是要摔个大跟头。

"哈，哈哈……"

张克工走在文道政侧后方呢，正好就瞧见是刘闯冲文道政使绊子，于是冲过去指着他说："刘闯，你欺负人！"

刘贵北已经扶住了刚站稳的文道政。

文道政被满耳的讥笑声羞得面红耳赤。

"哈哈哈……"

几个高个子男生笑得张扬，刘闯又补了一句："哟，狗吃屎。"

文道政指着刘闯大声问道："你使绊子害人？"

刘闯当然不认账，也大声说道："害人？哈哈哈，谁害人？是你不长眼睛。"

刘闯身边几个男生帮腔："害人？哈哈哈，要害，也不会害一个自费生，哈哈哈。"

乡下人、自费生，似乎就是低人一等，被打了骂了羞辱了，自费生都不会敢吭一声似的。刘闯更加嚣张了，大声说："哈哈哈，你个自费生，考不上大学，来读什么大学，欺负你怎样？"

各个班的同学听到吵闹声，不少人都围拢过来了。

肖奕琴、黄亚男、曾晓娅、王姗姗等几个女生站在阶梯教室的后段，那儿正是全教室的制高点，当她们看清正在争执的是水电委培班的男同学，就迅速围了过来。

梅雅静平时不看这类热闹，但听到刘闯扯着嗓门在骂自费生，也就同着几个女生朝这边挤过来。

张克工是水电委培班班长，哪里能纵容人家这样欺负自己班的同学，这样侮辱自费生，气极了直吼道："真是岂有此理！明明看见是你使绊子，你还抵赖！"

水电一班的班长张伟走了过来，刚要问发生了什么事，刘闯就忍不住又"哈哈哈"笑开了。

张克工走过去要与张伟说明情况，讨一个公道，但刘闯冲过来，一把将张伟拉到一边去，嘀嘀咕咕说个不停。

文道政见水电一班的同学欺负他、取笑他，心中压着一股火。

文道政脑海里一闪，想起跟祖母教他练武的情景。

文祖母问文道政："你是练武之人，别人欺负你，怎么办？"

文道政大声说："忍！"

文祖母又问："别人再欺负你，怎么办？"

文道政说："再忍！"

文祖母又问："别人还是欺负你，怎么办呢？"

文道政将一串连贯带风的连环拳头打出去，大声回答："狠狠还击！"

文祖母点点头，满意地笑着说："练武讲武德，不打第一拳！"

围观的同学越来越多，不少人在指责刘闯欺负人。

张克工迎上去还想跟张伟理论，可是张伟看都没看他，径直走开了。

刘闯更加洋洋得意，拿眼一看，见本班几个女生也围拢过来，再看梅雅静也正瞅着他，便更加趾高气扬地说道："哈哈哈，自己摔倒，还责怪别人！"

水电一班的男生们也附和说："是啊，走路要长眼睛啊！"

刘闯望着文道政说："你这么不小心，摔死了活该。哈哈哈。"

文道政捏紧了拳头，牙帮子咬得紧紧地，但他只是沉默。

刘贵北站在文道政旁边，冲刘闯说："你就是个小流氓，太不像话。"

张克工指了指刘闯的鼻子说："我明明看见你使绊子。"

刘闯受不了这么一指，就骂道："老子要揍死你，你胡说。"

说着，刘闯气势汹汹地朝张克工冲过来，张克工并不想在教室里就打起来，于是一个躲闪，就闪到了文道政身后，刘闯见张克工怕他，更嚣张了，转身一扑，就想拿文道政撒气。

文道政拳头捏得正紧呢，这时双手一松，身子一闪，右手一带，众人还没看明白，刘闯已经站不稳，"啪"的一声就摔倒在地，额头还撞在了桌子腿上。

这一下漂亮，围观的多数同学居然都鼓起掌来。

刘闯没脸见人了，气挫了一半，也不知道具体有多痛，只管"哎哟……"

刘闯用手抱着腿，赖在地上不起来。

张伟这时又挤回来了，直问刘闯："怎么了，怎么了……"

刘闯哭丧着脸，痛苦地说："哎哟，我腿被文道政打断了……"

这一说，围观的同学都惊异起来，都不见文道政碰到刘闯，怎么就是文道政打断的哟？

张伟一听说刘闯腿都被打断了，就急了，赶紧说："快，快，抬到医务室去。"

几个男生跑过来，架起刘闯，慢慢向校医务室走去……

14

上午十一点钟，离下课时间还有一小时。

肖扬老师正在讲评作业。文道政虽说人在上课，但内心还是非常不安，不少同学的目光都不时落到文道政身上，替他捏着一把汗。

这时，同学们小声地说："'情报处长'来了，大事不好了。"

学生处长肖明径直走进教室，到讲台上与肖老师耳语。肖老师点了点头，肖处长便大声叫道："文道政是谁？"

文道政从座位上站了起来，有些胆怯地说："是我。"

肖处长朝文道政指了指，大声说："你出来，跟我到学生处。"

梅雅静看了看肖处长，抿了抿嘴唇，保持了沉默。

张克工知道文道政这一去肯定不是什么好事，于是站起来，大声说："肖处长，我一起去。"

肖处长扭脸看了一眼张克工，严肃地说："我叫文道政去，我叫你了吗？"

张克工只好坐下来。但大家都知道，文道政这一去绝不是什么好事。

文道政跟肖处长离开了教室，肖老师的作业点评是什么，几乎就没有人听了，各班同学都在低头私语，议论纷纷。

肖扬老师皱了皱眉头，对同学们的态度更是无奈，也对肖处长随时进课堂提人感到愤怒。

············

在学生处。

肖处长坐下来，点燃一支烟，严肃起来，见文道政也坐在那里，便大声叫着让文道政从凳子上站起来，严肃地说："刘闯与你有什么仇，你将他的腿打断？"

文道政觉得肖处长完全不讲理，解释说："我碰都没碰他，也没打断他的腿。"

肖处长吐出一口烟，更加严肃地说："你知道刘闯是什么人吗？我告诉你，刘闯的爸爸是市水电局局长。他的伯父在北京工作。我们学校都让着他三分，你竟敢打断他的腿？你是个自费生，刚来学校没几天，就打架斗殴，目无校纪，你等着被开除吧！"

自己受了欺负，还要被开除，这个学校怎么这样糊涂，还有没有公正可言？开除了回家怎么见家里人啊！文道政顿时哑口无言："我……"

"我什么我？我没工夫听你解释，你写个检查，将事情的前后写清楚。"说着，肖处长就从信笺纸上撕下来几页，又在文道政面前的桌上掷了一支笔。

杜老师闻讯赶到了学生处，一走进办公室，就大声问："肖处长，我们班发生什么事？"

肖处长又将文道政闯的祸复述了一遍，杜老师一听，立即大发雷霆：

"文道政，你这么不省心，刚来几天，将刘闯的腿打断，再待下去，不将别人打死呀！"

肖处长也说："我都来学校二十年了，没见到打断学生腿的。杜老师，你得好好管管你那班自费生！"

杜丽娟见文道政打篮球不错，刚有了点好印象，才帮他申请助学金呢。

文道政却又闯了祸，她生气得很，说："有什么好管的，违反学校纪律，干脆开除算了。"

肖处长一听，火上浇油地说："水电委培班不是学校的公费班，这样的行为影响到整个学校，真是一粒老鼠屎，坏了一锅汤……"

杜丽娟突然拍了拍文道政面前的桌子，说："文道政，你来读什么书，流氓一样的学生，学校不欢迎你，你退学吧。"

说完，杜丽娟就生着气走了……

文道政哪里有错，他自己想不出来，因此倔强地站在那儿，不肯写检讨。

肖处长见文道政油盐不进，非常生气，说："我看了你的档案，就因为你祖父文高山放走过老地主，政审不合格，你去年高考考上了，才未被录取。"

文道政一听这话，如五雷轰顶，没想到水电学院的老师也知道这些事情，可他还是顶嘴说："我家是贫农，不是地主，也不是富农。我祖父心地善良。"

肖处长一听，哈哈一笑，说："忘记阶级斗争，就是个老糊涂蛋。要不，他怎么敢放走老地主呢？"

文道政当然听祖母讲故事提及过祖父放走地主的原因，所以坚持说："我祖父是个大好人。那个老地主没有剥削人，放走他是有原因的。"

肖处长一听，更加挖苦说："没有剥削人？有原因？没有剥削人，怎么是地主？你祖父就是头脑不清醒，不然你怎么落选？"

文道政这时脾气上来了，冷眼瞧着肖处长，突然大声说："不准你说我祖父！"

肖处长见文道政这表情，便做样子将烟蒂揉黑了放进烟灰缸，望着文道政，之后便不再吭声。

文道政没有经历过那场景，但他听村里许多人说过。他的祖父文高山曾经是村里民兵营长，在一次批斗地主的大会上，突然暴风骤雨，农民们都跑去躲雨了，只有地主和他的儿子在雨中淋得全身湿透冰冷。

老地主晕倒在地上，他的儿子哭着来央求文高山，说再不让他们躲雨，他爸就会要死去。

文高山也站在雨棚下，旁边的村民们就说，这个老地主没有剥削过贫下中农，他不过是在外面发了财存了钱刚回家买上地，准备自己家儿孙过点富足的日子，地都还没有出租……

村民们都帮着求文营长抬一抬手，将这一个老地主先放了算了，算是做点好事，积积德。

文高山见大家都这么说，就和几个好心人走过去帮着将老地主抬回去灌了些热姜汤水，救过来。

只是文高山万万想不到，他这一举动，会被村里一个好吃懒做的村干部看在眼里。以前为了工作上的事，文高山批评处理过他，他便记在心里。

更想不到的是，文高山行得正，走得端，也没什么可以被他报复的，这样就等到了恢复高考，文道政复读三年后，居然考上了大学，这个好吃懒做的村干部才赶紧跑到了县里去告黑状……

父亲文世远在送文道政去镇汽车站的长路上，已经将上年考上大学没被录取的原因全部告诉了文道政，只是提醒他以后做人做事，都要注意点儿，不要得罪小人。现在见肖处长提到这，文道政当然愤怒。

肖处长见文道政一味固执，生气地说："你不写好检查，就站一天一晚。"

文道政依旧说："我没有犯错，就不写检查。"

肖处长大发脾气，说："你不写？我们只有把你送到派出所。"

文道政心想，难道就没有公道吗？学校为什么只维护有权有势的人，居然完全不讲理……

这时，杜老师又和保卫处吴处长走进来了，进来就问文道政写了检查没有。肖处长也正气着，就指了指文道政摇摇头，说文道政油盐不进，不肯写。

吴处长觉得文道政偏得奇怪，问文道政打伤了同学，为什么不肯写检查呢。

文道政这才说，刘闯受伤不是他打的。

杜老师一听就恼火了："你打断别人的腿还有理？！"

文道政强调说："那是刘闯自己摔的！"

吴处长一听也火了，大声叫道："放屁，哪有自己打断自己腿的？你一定是疯了，自己错了不承认。"

肖处长丢下手里的烟，敲了敲桌子，说："我是第一次碰到这样的学生，茅坑里的石头，又臭又硬。"

杜老师听到肖处长这么说，忍不住问："文道政，你在小学怎么当老师的？"

吴处长听说文道政也当过老师，觉得很奇怪。

杜丽娟就解释说，文道政在家乡当过一年民办教师。

吴处长哼了一声，说："哦，民办教师？难怪，那素质就只有这么高！"

文道政觉得这些大学的老师和领导简直不可理喻，就直言道："你们不准污蔑民办教师！"

三位老师听了文道政这样说，也觉得没什么好劝了，大家抬起头，看了看学生处墙上挂的钟，都中午十二点多了，便都走到外面去商量，怎么处理文道政。

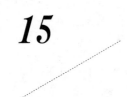

文道政所执教的清水湾村小学校，就是一户地主家几间旧房改造的破教室。

小学一年级到五年级，全部都挤在这两间教室里。土砖墙年久脱落，教室是一排瓦屋，瓦片破了，从上面透出一个个小天窗，阳光照射下来，在教师的课桌上和学生身上留下一枚枚光亮点；一到下雨的时候，课桌就要拖到边上去避雨。

没人敢上屋顶去捡漏，因为怕踩塌了屋顶。

操场倒有半块黄泥巴坪，一棵苦楝树上钉了一个篮球筐。

泥巴坪两侧种了些荆棘，而向路的一边有一张从不上锁的木门。教室也是有门的，但关了门光线就更差，所以大家都只拿个石头抵着门，除了大冬天，平时都不关门。

教室虽小，但里面坐满了人，学生们高矮不一，因为有些学生是带着弟弟妹妹来读书的，就得一起并排坐着。

一块木黑板挂在泥墙上，写字时木黑板随着笔力起落摇晃着。

文道政一只手压着黑板，一只手写字，黑板边抖边发出咔嚓咔嚓的声响。

记得九月初有一堂语文课，文道政在黑板上写着：

应怜屐齿印苍苔，

小扣柴扉久不开。

春色满园关不住，

一枝红杏出墙来。

文道政写完最后一个字，开始教学生们读诗。

文道政读一句，学生们读一句。大家正读着呢，一个叫王平波的学生就突然站起来，大声对文道政说："文老师，我要回家了。"

文道政觉得他不可思议，就追问："还没放学呢，你为什么回家？"

王平波鼓足了勇气，看着文道政说："可是，我不回家，你就读不了大学啊。"王平波这么说完，背着书包就头也不回地走出了教室。

文道政没办法，只好扔下粉笔赶紧跑出教室去追。

王平波大步跑到山林，一转眼不见了。

文道政找不到王平波，只好回到教室里来。这才发现教室早已空空如也。

黑板上的古诗旁写着同学们留的言："文老师，你去读大学吧，我们都不读了。"

文道政一看，忍不住，就蹲在地上抱着头，哭泣起来……

文道政一个人站在学生处，想起了小学的学生们的举动，想起那些质朴可爱、又缺少学习机会的孩子们，他忍不住就掉下了泪。

文道政来读书，并不是他一个人的事，关乎文道政一家，还关乎他可爱的学生。可是，自己现在也是学生，自己明明没有犯错，学校却偏偏要赖他犯了错，怎么办呢？

文道政在信笺纸上反复地写："我没错！我没错！我……"

这时，几位老师一起走了进来。

杜丽娟瞟了一眼文道政在纸上写着"我没错"的字，说："我们研究过了，你必须赔偿刘闯医疗费200元，并写出公开检查。"

肖处长更加严肃，加重语气说："学校会研究是否开除你！不过这还得看你承认错误的态度。"

吴处长也补充了一个决定："文道政，从今天下午开始，你不用上课了，等待处理结果。"

文道政的眼睛里还蓄满着泪，现在隔着泪，他失望地看着三位老师，非常的不知所措，又无可奈何。

杜丽娟看文道政没有一点认错的态度，于是推了推文道政的肩，将文道政推出了学生处的门，又折回去跟肖处长和吴处长求情。

文道政顺着校园的操场往寝室方向走，像一具没有灵魂的游尸，旁边所有来来往往的人，都被他视而不见了……

文道政走在校园，这时有两个镜头同时在他脑海里呈现：

先是收费员让文道政多交200元培训费。

杜老师的态度是指责他。

梅雅静却借钱给他……

今天在学生处，吴处长让文道政停止上课，赔偿刘闯200元医疗费，公开做检讨。如果态度不好，开除……

这时候的文道政感到彻底绝望了，他用双手抱住了头，抱得紧紧的，在球场边坐了一会儿，然后文道政站起身来，朝校门外走去。

学校大门这时关着，只留下了小门敞着让师生们出入，门卫李老头正坐在传达室里，埋头清理报刊呢。

文道政看了看忙碌的老李头，然后扭头朝校外走去。

文道政过完马路，一辆4路公交车正好驶进公交车站台，文道政就上了车，挑了最后一排的边角位置坐下了。

已是中午下班时间，公交车在路上跑得飞快。文道政头里昏沉沉的，没有判断，也没有挣扎，他只是下车看站名，看车号上车，等他看到车进了终点站，才意识到自己跑到火车站来了。

文道政茫然地盯着火车售票点，这儿的火车真多，文道政仔细看了看。可他还是看到了一个听父亲提过多次的城市名字，离他们县城似乎不是太远。

最主要的是，这趟车的时间很快，速度更快，文道政想"更快"的离开。

火车站人群熙熙攘攘，热闹非凡，前几天怎么没看到火车站挂了一间屋子那么大个钟呢，"咣咣……"，下午两点整。

文道政听到火车站的上空传来广播的声音："D次列车准备进站，停3站台，请工作人员做好接车准备。"

这就是文道政刚注意到的那趟列车，这么快？他惊醒了过来，他要回家。

文道政一路狂奔，冲进了候车室，在人群拥挤中，偷偷地钻过那道检票口，这才赶上了南去的列车。

文道政站在拥挤人群里，站在列车过道上，坐在洗手台上，蹲在地上。他身上没有钱，这是他第一次逃票，特别紧张，不由自主地换了无数次地方，十多个小时的提心吊胆，才听到列车广播报火车到站。

可是等火车停下，文道政随着不多的人流下了车，从破烂的出站口铁门里走出来，文道政才发觉自己对这儿也是陌生的，街道横直不关他什么事，他也不想停留了。

在火车站对角就是客运站，于是过马路去买去东宁县城的汽车票。文道政如行尸走肉，对周边的环境和人物没有任何关注。直到看到客车要进县城停下来，他才下车寻找回家的顺风车。

文道政边走边拦，运气还不错，有一台拖拉机路过石镇清水湾村附近，可是拖拉机是刚装石灰进城，车上满是白色的灰尘。

文道政这时才第一次看了腕上的手表，回家赶晚饭是完全没问题了。拖拉机在简易公路跑了好久，并不进镇，就从一条破路靠近了清水湾村，这时文道政全身都被石灰粉末弄得面人似的了。

拖拉机将文道政放在一个路口上，然后突突突继续向前走了。

文道政用手拍掉沾在衣服上的一些石灰，这才踏上熟悉的山道，又弯到一处小树林子边用山溪水洗了手，拍了拍身上的灰尘，再捧水喝了个饱——他已经饿了一整天了，开始都不觉得胃里难受，现在灌饱了水，才想到肚子空空如也了一天。

文道政怕碰到熟人，怕人们问他为什么这时候回来了，怕人们任何一种眼光和态度，于是他犹豫了一下，决定穿过小树林，沿着那条茅草高高的山岭小路绕道回家。

在山岭上文道政低头走路，听到了前方有女子说话的声音正在靠近，文道政毫不犹豫地折进了茅草弯里站住，等那两个聊着心事的邻居女孩儿走远了，才出来走下岭去。

隔着一垄田，远处有一排高大笔直的杉树，每一棵都有碗口那么粗，树后一线长坪，排开了一线旧房子，有三十几户人家，文道政的家就在最边的一栋土砖屋子里。

文道政鼓不起勇气穿过这垄田，鼓不起勇气穿过所有的目光，他顺手拽断一根茅草叶子，同时觉得一阵刺心的疼痛。文道政就着茅草边的坡地坐了下来，他这时觉得累了，想回家倒头睡一觉，可是手上刚被茅草划拉出来的口子正渗着一线血珠子，让他最后一丝回家的勇气也流走了。

文道政站起身来，站直了，他就看见远远的有一个熟悉的身影勾着腰，正从旁边一条小路走出来，挑着一大捆干柴正准备穿过田垄而去。

文道政情不自禁，嘴唇一翕一合，微弱地叫道："妈妈！"

文母没有听到，她走到田垄边上，将肩上的柴晃了晃，确定压实了挑稳了，这才勾着腰朝窄窄的田垄走去。

文道政忍不住想前去帮母亲挑柴，这时，从文道政刚走过来的岭上走下来一个大娘，她的衣服被茅草叶子挂得挲挲地响，她是村里的伍婶娘。

文道政赶紧又蹲下了身子。

文母也听到了茅草路上来的声音，停下步子扭头看看，淡淡地笑道："伍婶娘，你上大山去了？"

伍婶娘拍了拍挎的篮子，笑着说："是呀，在山上采摘了一些野菌子，准备明天拿到集市上去换点盐巴。"

文母退了两步，将柴放在一处平地，让轻便的伍婶娘先过田垄。

伍婶娘便站了一脚，说："你们家道政读大学去了，你辛苦多了。"

文母听到人家提及儿子，笑容也甜了，便语调里透出些甜蜜的味道，高兴地说："苦点累点也值得啊，只要道政读完大学就好了。"

伍婶娘点了点头，夸赞说："道政是个好孩子，读完大学，一定有出息。"

文母点了点头，于是又半蹲下来，挑起柴，准备随在伍婶娘后头一起走，说："我们家，实在就是指望着道政了。"

伍婶娘两个眼睛看着脚下的窄路，随口问："你这担柴挑得好，是要上街卖掉吗？"

文母用手握着扁担两头捆柴的绳子，使柴捆不那么晃，这才小声说："道政也没带多少钱去，他大学还需要生活费……"

伍婶娘想了想，这也的确是不能省的钱，便道："那明天清早我们一起走吧，你要担累了我还能替替手。"

文母听了这话很感激，笑着点了点头，便担起柴艰难朝前走。

伍婶娘没听到文母的回答，便扭头瞅了一眼，文母这又赶紧朝她点了点头。

伍婶娘这才回过眼去盯着脚下的路，朝田垄的那一头长坪走去。

文道政蹲在茅草边上，身前几丛灌木遮住了他的身子，他的泪光里可以看见母亲消瘦的身子挑着沉重的柴从田垄上走远。

走到了坪上，她放下担子来，便是一阵阵猛烈的咳嗽声……

这时候，满天的飞鸟在山岭的茅草中和大树桠间投宿，叽叽喳喳热闹起来。

天色渐渐昏暗下来，随着炊烟的散去，长坪里开始有这一家或那一家的呼唤声，这是叫贪玩的孩子回家了，这是文道政小时候在山野里乱跑时最爱听的声音。

但各家的屋门都敞开着，文道政还是不敢从田垄回家，于是只有绕远路从另一侧的宽水沟上飞跨过去，再走菜地靠近自家屋子。

菜地边围种着半圈木槿花，花开的时候绵白色，摘下来可以煮汤，若是掺一点点儿肉末，那就是鲜美无比了。

木槿树的叶子深绿稠密，像一垛墙。

文道政就站在这几棵木槿树后酝酿情绪，要如何走进家门，如何面对家里人的询问。

文道政刚从木槿树后提起一只脚，便看到慈祥的祖母从屋子里走了出来，身后还跟着他可爱的妹妹。

坪上有几根竹子支起的两个三脚架，一根长竹竿就横在这两个三角竹架中间，竹竿上晾了一天的衣服这时候干透了，文祖母这是出来收衣服了。

小件的，妹妹抱着；大件的，文祖母搁在自己手臂上。

妹妹揉着手上抓住的围裙和手帕，仰起头问："奶奶，哥哥大学毕业我们家日子就好了吗？妈妈就不要这么辛苦了吗？"

文祖母咧起缺牙的嘴笑着说："是呀，等你哥哥大学毕业，我们家有两个吃公家饭的，光景就会好了。"

妹妹不解地问："光景好是什么意思啊？"

文祖母故意虎着脸看妹妹，然后一笑，说："光景好，就是有钱给你买新衣服！"

妹妹一听这话，心里可高兴了，笑着说："那等哥哥毕业了，我要买一件最漂亮的新衣服。"

文祖母疼爱地看着孙女摇了摇头，笑着说："好，让你哥买件最漂亮的衣服给你！"

妹妹抱着围裙踉踉跄跄地转了个圈，大声喊道："呵，我有新衣服穿，有新衣服穿喽……"

文道政看到这一切，想冲出去，可是，他已经满面泪水。

在别人看来，你是一根草，可在你家里，你却是亲人的一个宝。

这里有满满的一家人，有温馨的一个家。

他是这个家的希望，是这个家的前程。

看着祖母一手搂着衣服，一手牵着妹妹的小手往黑洞洞的屋子里走。

看着祖母房间那糊着塑料的窗格子，昏黄的光亮了起来。

文道政擦掉了泪水，提起的脚不敢往前迈出一步，他不敢回家。

听到家里发出一阵阵响声，文道政感到多么熟悉和亲切，但文道政不敢跨出半步，走向他避风的港湾。

突然，他感到有一双眼睛在看着他。那是他去世的祖父的眼睛，那双眼睛正义中饱含慈祥，责备中饱含慈爱……那真真切切是他祖父的眼睛。

精神的力量，让干瘪的气球充满气。

文道政突然身上打了一个寒战，心中猛然一怔，他站起身，悄悄地顺着田垄离开，离开家也越来越远……

伍婶娘家的那条大黄狗不知什么时候瞧见了文道政，便在田垄间跟上了文道政的步伐，晃着尾巴一直把文道政送到山岭上，这才在伍婶娘的呼唤中返回家。

看着大黄狗往家里走，伍婶娘边关屋门边揉了揉眼睛，扭头冲丈夫说："哎，文家的儿子文道政，怎么这个时间还走？"

"你看花了眼吧，真是文道政啊？"

这时候，乡村的夜就真正地降临了。

文道政心里像是有了亲人的护佑，他不怕黑，就着微末的星光月色，足够他从夜里走出去了……

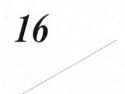

16

整个下午，水电委培班都在上课。

同学们不知道，学生处通知文道政不要来教室上课了，所以整个不见文道政其人。下午上课时，还没见到文道政人来教室，同学们心里诧异。

下课铃响了，杜老师走进教室。

杜丽娟的脾气还没消，只管大嚷道："同学们，静一静，有个事说说。"

同学们有准备起身的，听杜丽娟说话，又坐了下来。

杜丽娟凶巴巴地嚷道："这几天，天天跟同学们说不准谈恋爱，不准打架斗殴，不准违反学校纪律……总之你们就是要将老师的话当耳边风。文道政是个典型的反面教材，刚到学校没几天，就把水电一班刘闯同学的腿打折。刘闯现在还在医院躺着。"

同学们一听是讲这事，马上议论纷纷。

刘贵北亲眼看到的过程，当然不服气，站起来大声说："我看见刘闯故意为难文道政，文道政那是正当防卫。"

肖子钢朝上伸了伸拳头，也说："是呀，刘闯欺人太甚，就应该教训教训！"

曾晓娅跟上肖子钢的话，说道："他不把水电委培班同学当人看，打得好！"

杜丽娟一听就上火了，大声吼道："谁，谁说的打得好？！坐在同一个教室，听同一个老师讲课，有天大的仇吗？打死人不要偿命吗？"

曾晓娅撇了撇嘴，不接杜老师的话。

杜老师目光犀利地扫视全班，然后将视线落到黄亚男身上。

杜丽娟大声说："黄亚男，你当时在场，你说说，你看见了什么？"

黄亚男站起身来，看了看同学们，答道："我跟曾晓娅、王姗姗几个人刚好就从旁边路过，的确看得一清二楚。"

杜丽娟问："一清二楚？你看到了什么？"

黄亚男站起来说："我看到刘闯用语言侮辱文道政，然后用脚使绊子想让文道政摔倒在地。"说到这里，黄亚男停顿了一下，才启齿说，"他骂我们自费生。我听到他骂了文道政，还动手打了文道政。"

杜丽娟满脸不可置信，问道："这是真的？"

肖奕琴也不等黄亚男回答，坚定地说："真的，我也亲眼所见，没错一点。"

张克工这时才补充意见，说："高老师，我也在场，也亲眼所见。上课时文道政回答老师的问题，答得很好。下课时候，刘闯和几个男生来势汹汹，给文道政使了绊子，居然还动手打人——不知道文道政动作怎么那样快，一闪就躲开了，刘闯自己用劲过猛，没撞到文道政，结果自己摔倒在地上。"

曾晓娅说："对，是刘闯自己摔在地上，活该摔折了腿！"

王姗姗平时斯斯文文的，这会子却只说了一句重点："刘闯该死！"

…………

杜丽娟脸上有些挂不住了似的，质疑道："刘闯是正规考上大学的大学生，素质高，修养好，他怎么会打文道政？怎么自己摔断腿？你们说得跟真的一样？谁相信！"

张克工一听，大声说："正规考上大学能代表他就是好人啊？哪里来的逻辑？我们用人格担保，句句属实，不信，你还可以去问其他班的目击者！"

肖奕琴见张克工这么说，义正词严地说："我可以发誓，我们说的是真话。不信，可以问在场每一个人。看有多少人说的现场是一致的，那总不能是撒谎吧？杜老师你觉得自己班上的学生就那么不值得相信？难道你看水电委培班的眼光和刘闯他们一样？"

杜丽娟有些语结，说："我不信，哼哼，我还能问谁？我问了黄亚男，问了曾晓娅，问了王姗姗，还问张克工？你们还不是都全部统一好了吗？都要护着文道政吗？"杜丽娟长篇大论一气呵成，"文道政同学虽然在山区小学当过民办教师，但我们都知道，山区小学老师的素质只有那么高，文道政他还学过武术，自恃有点功夫，出手打人那再正常不过了，谁都可以想象得到。现在后果严重了吧，肖处长跟我说了，责令文道政赔偿刘闯同学医疗费200元，还必须写出检查，听从学校处分。我可以告诉你们，文道政百分之百没有好下场，学校极有可能要开除他！"

同学们惊讶得几乎失语了："开除？！"

杜丽娟现在甚至觉得，如果当时梅雅静不借钱给文道政就好了，班上就不会有这么大的祸，这么差的影响。

杜丽娟接着说："当然开除，文道政刚来几天就打断别人的腿，要是再这样下去，不打死人呀？我们学校不要这样的害群之马！"

黄亚男气昏了头，大声说："真是岂有此理！"

张克工不信这个邪，明明没有的事，还赖得上啊，众目睽睽的不能做证？他大声说："我要去找'情报处长'，找校长评理！"

肖奕琴听说是肖处长下的命令，心里就觉得有希望了，说："我坚决反对。'情报处长'不了解清楚就处分人，他这是不对的。"

曾晓娅和王姗姗这时不约而同地大声说："简直就是颠倒黑白！"说完了，两人这才相互看了一眼。

有同学拍着桌子起高腔了："也太不把我们水电委培班当一回事了，我们要去找校长！"

杜丽娟快被这群不合作的学生气死了，冷笑了一声说："找校长？什么事都去找校长，你认为校长是你们家的校长？"

听到杜丽娟这腔调，大家心里都不爽了，黄亚男站起来冲杜老师说："既然您不信，那还有一个能做证的重要的人也在场。"

"对！""对！""对！"……

黄亚男这么一说，几个反应快的同学马上就领会过来了，望着杜老师一齐猛拍桌子喊"对"。

杜丽娟伸长一只手朝桌子响的那几个方向点了点，边伸长脖子问："谁呀？什么重要的人物也在场？"

黄亚男大声说："梅雅静！"

杜丽娟随口重复道："梅雅静？"

黄亚男说："是呀！梅雅静正好在场，她都亲眼看到了！如果这都要文道政赔医疗费，还开除，这个学校将学生分三六九等，那也太不公平！"

杜丽娟："……"

17

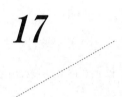

这个课间，水电委培班热闹，争论激烈。

就是想去上厕所的同学都忍住了，没离开教室。

这时间，其他班那些出了教室的学生们，也都在讨论同一个话题：

"听说学校要开除文道政？"

"是呀，文道政刚来学校没几天，就打架，打断了别班同学的腿，那谁谁还在医院躺着呢！"

"'情报处长'肖处长让文道政写检查，文道政不肯写。你猜怎么的？"

"怎么的？"

"文道政在纸上写了三个字！"

"哪三个字啊？听上去蛮牛气！"

"'我没错'！"

"你没错？"

"嗨，不是，是文道政在纸上写的，说他没错！"

"哦，哈哈哈……"

"文道政真是胆大、有气魄，像个爷们！我都有点佩服他了。"

"可是，学校还得开除他！"

…………

张克工和肖奕琴、黄亚男、曾晓娅、王姗姗等几个走在一起，也在讨论文道政受委屈还被处罚的事。

作为班长和现场目击者，张克工当然有为文道政厘清责任的义务。

张克工说："我们找梅校长评理，文道政根本就没有打刘闯，为什么要被开除？"

肖奕琴响应快，接着说："这是不合理的，我们要去评评理。"

曾晓娅觉得学校师生都恶意针对水电委培班，实在太过分了，便冲着张克工说："对，我们一起去！开除文道政，我们也不读书了，这个学校还能有正义公平吗？"

黄亚男觉得曾晓娅说得对，便拍了拍曾晓娅的肩，冲大家说："我们要为文道政讨回公道！为水电委培班争得尊严。我们这就去见梅校长！"

王姗姗拍了拍手，表示同意："对，我们现在就去见梅校长！"

这边几个同学还在激烈讨论，水电委培班的其他同学也陆续走出来了，看张克工几个走着走着站住了，在讨论文道政的事，肖子钢领着刘贵北、陈凯等十几个男生也拢过来，就响应说着要一起去见梅校长。

女生们后出来，见同学们聚到一起说去见梅校长，也都不回宿舍了，直接就浩浩荡荡地向教师楼走过去。

"情报处长"肖明正收拾东西准备出门，听到外头有学生在吵嚷，赶紧走出来看，看见不是打架闹事，心里松了一口气。可等肖处长听清了同学们大声说的是要去梅校长那儿评理，额头上马上又冒起了一层细密的汗珠。

…………

肖处长赶紧赔着笑脸，大步走过去拦着大家。

肖处长拿出了从未有过的和颜悦色，问道："发生什么事了，你们要见梅校长？"

同学们见是肖处长，便停下了脚步。

张克工大声说："你们要开除文道政，我们要见梅校长，让梅校长评评理，我们要讨回公道！"

肖奕琴点了点头，其他同学也点头，说："我们要讨公道！梅校长肯定会讲理！"

肖处长听了这话，皱了皱眉头，但又不好给同学们添怒气，还是好言好语地缓着说："呵呵，你们还有理了？是文道政打折了别人的腿，人家现在还躺在医院呢！难道他打人还对了？打人还有理？"

张克工觉得跟老师们都讲不清道理似的，大声解释说："文道政没有打人，是他刘闯自己摔断了腿！"

同学们接着说："对，文道政没打他，是他自己摔断了腿！活该！"

肖处长苦笑了一下，反问："刘闯自己摔断腿？他不与文道政打架，能摔断腿吗？你们都是大学生，也不用脑子想一想？"

曾晓娅听了这种逻辑就来气，说："我们都是亲眼看到的，刘闯扑过去打文道政，扑了个空，自己摔倒的，摔死都活该！"

肖处长用强盗逻辑，是同学们没想到的，于是七嘴八舌。

黄亚男也来气了，大声说："肖处长，我们说的都是事实，你又没在现场！凭什么偏袒公费班，和他们一起欺负我们委培班。"

肖处长听了这尖牙利齿的话，立即问："你叫什么名字？"

黄亚男才不怕呢，冲肖处长仰起了小脸，说："我叫黄亚男，水电委培班的生活委员。"

肖处长问道："你说你当时在场？"

黄亚男理直气壮地说："我在场，我亲眼所见。"

张克工、曾晓娅、王姗姗等几位同学马上也都举起手，说："我们当时都在场！"

肖处长回马一枪，又转移了主题，说："既然你们都在场？那你们为什么不制止？"

肖处长说完这话，没想到的是，同学们只用一串"哈哈哈"回复了他，这让他有点窘。

大家不屑地笑了几声，张克工才补充说："我马上去制止了，可是刘闯来势汹汹，反而要连我一起打……"

肖处长张嘴刚想说什么，同学们又接上说："刘闯，就是个流氓！"

同学们给出结论，然后又开始继续打"哈哈"……

肖处长有些动气了，挥了挥手，说："你们严肃点，不准嘻嘻哈哈。我跟你们说，打架是违反学校纪律的，打伤同学要赔偿医疗费，情节恶劣是要被学校开除的！你们说文道政同学没打人，还不是你们串通好？我不信，刘闯同学不可能自己打断自己的腿！"

同学们一听这话，觉得像看《一千零一夜》的神话故事，这是一个老师，一个处长该说的话吗？

同学们一片哗然："肖处长不公平……肖处长原来是个不讲理的人！……"

说完这些，同学们就撇下不讲理的肖处长，准备离开他，去找梅校长评理。

一个大学的校长，应该是高素质高水平的，否则这大学还真没什么好读的。

水电委培班的学生和肖处长争得脸红脖子粗，边上围满了看热闹的学生，大家不只是看热闹，也想知道文道政和刘闯到底怎么了，谁是被冤枉的。因此肖处长的说法，让大部分同学都挺失望的。

杜老师见人群里是自己班的学生在跟肖处长争吵，赶紧挤到前面，并肩站到肖处长一边，瞪圆了眼睛开始训话："你们怎么了？造反吗？不想读书是吧？不想读就回家去呀！"

同学们见杜老师发飙，心想杜丽娟作为班主任，怎么就不肯为同学们主持正义呢，连说真话的机会都不给，连真话都不肯听，这是水电委培班的班主任吗？

"肖奕琴、张克工，你们身为团支书和班长带头闹事？文道政打断公费班刘闯同学的腿，还有理吗？学校不能管吗？文道政刚来几天时间就打架斗殴，在全校造成极坏影响。是不是开除，学校正在研究，用不着你们来闹。你们赶紧散了，回教室去。"

开始肖奕琴一直没说什么，只是看着肖处长的态度，现在见杜丽娟又拿公费生说话，心里就觉得更加悲哀，直接大声吼了一句："文道政同学没打人，他根本就没有打人，没有！！！"

"文道政是正当防卫。"

"文道政被学校流氓欺负……"

"……文道政是英雄！"

…………

杜丽娟被肖奕琴斩钉截铁的话噎住了，还没反应过来又遇到集体起哄，逮住一句话就开吼了："我倒要听听，谁说文道政是英雄？哪位说的，给我站出来！"

杜老师发飙，同学们这才静下来，你看我，我看你，都在发表意见，那句谁说的，还没注意。

曾晓娅向前跨出一步，刚好站到杜丽娟眼前，不到一尺远。

黄亚男也向前跨出一步，和曾晓娅一左一右，站到了杜丽娟眼前。

不约而同，两个女生大声说："我们！"

大家的目光全都在她们身上。

肖处长气得心里真哆嗦，望着两个女生，结巴着说："你们两个？"

一尺的距离，如果不是亲爱的人，这可就突破心理安全距离了。杜丽娟退了半步，咬着牙压着嗓子说："你们……你们俩疯了？"

这时，正有人从人群外走了过来，正在自动分开一条路的人群中，传来一个声音："还有我！"

所有人都转头去看了，是梅雅静！

梅雅静一直走到了曾晓娅、黄亚男身边才站定，也仰起了素白的脸看着杜丽娟，那种温婉，有挑战的倔强。

肖处长一见，大声问："梅雅静？！"

杜丽娟也说道："梅雅静？！"

梅雅静没有回答这种无意义的语言，只是静默地站着，略歪着小脸，目光盯着肖处长和杜丽娟。

大家也都从梅雅静的姿态里看出，梅雅静在展示出一个意思，她在现场，她不会任人歪曲事实。

"三个女生？"

"这是梅雅静！"

"水电委培班的女生够利害的！"

"梅雅静不是水电委培班的！"

"嘘，是校长千金！"

"三个女生都喜欢文道政？"

…………

一句扎耳的话，张克工听到了，立即转头去看，是水电一班的学生，张克工脸都气歪了，朝那几位同学瞪了一下眼，那边也不吭声了。

肖处长和杜老师见眼前突然冒出三个女生，特别是最后站出来的梅雅静，真是让他们没有想到，也不知道如何收场。

这么热闹，不少老师也站在人群外看着。

置身事外，听听、看看、想想，人群外都觉得杜老师这事做得欠脑子，但各位老师脸上表情也都差不多，看不出忧喜。

人围得太多了，水电委培班太顽强了，这是肖处长没想到的，于是转着弯，说道："好吧，你们都说文道政没有打人，学生处会做进一步调查。先散了吧！"

水电委培班的同学是要去找梅校长的，可不想被不讲理的肖处长忽悠，万一耽误了文道政，开除决定下来就麻烦了，于是不肯散："不准开除文道政！不准处分文道政！"

肖处长听了这话觉得不对，于是看了一眼杜丽娟，又问同学们："谁说要开除文道政了？你们不要道听途说。还没调查结果，还没开会讨论呢。"

不管怎么样，肖处长也不想就这问题耗下去了。再说梅雅静是校长的千金，她站出来，事情就可能有变化，他可不想成为攻击的对象。

同学们听了肖处长这么说，才欢呼着："哈哈哈，胜利一定属于正义和事实！只要学校讲理，我们不闹，也不担心有人要冤枉谁了。"

杜丽娟心里完全没底了，同时见水电委培班没有人看她，便装模作样地说："水电委培班同学都解散吧，解散。"

同学们有的回头看她一眼，有的也不看她，哄笑着就解散了。

杜丽娟转身离开，在她的身后，她看到黄亚男、曾晓娅、梅雅静三个女生紧握着手，笑了……

18

文道政从家门外离开。

过了田垄，又翻山越岭，径直走到他曾经教书的清水湾小学。

这时天都很晚了，只有月亮和微光照着他脚下，弯弯的小路像一条弯弯的肠子晾晒在月光下。山林里发出各种虫鸣声。

小学校里悄无一人。但文道政眺望着学校在月光下的剪影，似乎远远地听到学生们读书声。

文道政走近学校，站在合拢的破木门边犹豫了一下，才推开了校门，走到了泥巴操坪中间站着。

这时，文道政想知道赵艳老师给同学们上语文课的情景，想知道同学们听课的样子。

这是一群让他日思夜想的孩子啊……

离开清水湾小学那天，文道政拉着学生们的手，依依不舍。

女生们抱成一团哭了……

文道政哽咽着说："同学们，我也舍不得你们！"

文道政伸出双手拥抱学生们，更多的学生拥过来，大家抱成了一个大团，也都哭成了一团。

文道政记得自己还给孩子们说过，鼓励同学们要加油读书，大学在等着他们。

接班的赵艳老师过来，也噙着泪水将学生们一个个拉开，让同学们与文道政挥手告别。

文道政突然感到，有无数双眼睛在看着他。都是些善良的、求知的、饥渴的目光，都是些鼓励的、正义的、寄予希望的目光……

离开学生们才十几天啊，自己就逃回来了。是逃回来，对吗？文道政原来心里痛，现在心里更痛，甚至觉得先前受的委屈并不是那么痛苦了。文道政突然感到，自己究竟干了些什么？自己带着理想去读大学，怎么一遇到困难又打退堂鼓呢？他这样就逃回来，对不起自己的心，对不起小学的学生，对不起自己的家人，更对不起梅雅静的帮助。现在，他有些后悔逃跑回来，理想在前面闪光，心仪的女生在前方召唤……

平时都是梅雅静的母亲做饭，梅雅静有空的时候也会去帮忙炒菜，要说味道，梅雅静倒有几个拿手好菜的。梅雅静作为独生女儿，在家里做家务的时候并不多，但她做的菜清淡、悦目，梅校长也喜欢吃。

梅雅静回家，梅校长还在书房里工作，她就进厨房去准备饭菜了，到饭菜端上桌，梅校长还在看书。

梅雅静三分娇气地叫道："爸，吃饭了！"

梅校长正看完一个章节的书，立马就放下书站起身来，将老花镜取下来放到书上，向餐桌边走。

梅校长亲切地说："好啊，今天可以尝尝我闺女做的菜，有口福啊！"

梅雅静娇气地说："妈老惯着您，菜吃得不健康，您可别嫌我炒的菜清淡哦，漂亮可口就好了。"

梅校长故作张望的样子："你这是自卖自夸，还带着批评你妈？"

梅雅静笑道："好了好了，亲爱的老爸，我这手艺不比妈妈的差，只比您炒的菜差点，尝尝汤看，够浓吧！"

梅雅静替父亲盛了一碗汤，放在面前。

梅校长舀了一勺汤，吹了吹，喝了一小口。

梅雅静刚给自己也盛一碗汤，坐着，也不喝汤，只管瞧着她爹的脸，笑着问："怎么样？我说了好吧！"

梅雅静等着梅校长夸她。

梅校长吹着吹着喝完了第二勺汤，又赶紧舀起第三勺，用行动来证明汤是多么的好喝。

梅雅静一勺汤都到了唇边，还是忍不住再问："到底怎么样嘛，梅校长？"

梅校长不逗女儿了，慷慨地赞叹道："简直太美味了，我女儿炖的汤最好喝！"

梅雅静听了这话，就高兴地笑了，有些自豪地说："那当然，也不看看，我是谁的女儿嘛！"

梅校长一听，就开玩笑说："哈哈哈，这还用说，是你老妈的女儿呀！"

"还不是你梅校长的小甜心么，哈哈！"梅雅静在父亲面前果然淘气得很。

梅校长心里蜜一样甜，比喝了好汤还有幸福感，但他还是补允了一句："当然是，当然是！不过，只在家里是啊，呵呵……"后面的话，梅校长就不继续说了，他知道女儿懂。

"嗯，当然记得。对了，爸，您还记得那天上你办公室找你那个学生吗？"梅雅静换题了。

"哪个？"梅校长当然没能跟上女儿换的频道。

"就是那个请假的小学民办老师啊，迟来报到的水电委培班学生？"学校那么多学生，梅雅静并没指望她父亲完全记得。

梅校长一听，马上想起来了，就是那个拿手帕包学费的学生，说："记得，记得，文道政，对吧。"

梅雅静等的就是这话，她淡然接了过去，说："嗯，是他。没想到文道政好勇敢啊！"

梅校长正在想，怎么会不记得呢？自己的女儿跑到自己面前求情，悄悄地借钱给这个自费生交纳学费，还瞒着父亲说借钱有急用。其实，梅校长什么都看得清清楚楚，不想说破。再一想，文道政也值得帮，一个农村孩子自费读大学，多么不容易。看到文道政从行李包里拿出手帕包着的学费，梅校长不由自主想起自己读大学时的情景。

梅校长听女儿说，表现出特别的惊讶，问道："勇敢？怎么勇敢呀？"

梅雅静见梅校长惊讶，故意虚晃一句，说："他今天与我们班刘闯打架了。"

"打架还勇敢，违反学校纪律！"梅校长一听说学生打架，头皮都发麻了，赶紧问，"谁受伤了吗？严重吗？"

梅雅静赶紧冲父亲摆了摆手，示意他不要着急，她的主题可不在这上头呢，说道："我们班那个刘闯痞里痞气，他气势汹汹地对文道政又是侮辱，又是动脚使绊子，居然还动手打文道政！"

梅校长听出点话音来了，便只应了一声："啊？"然后等女儿继续往下说。

梅雅静没听出父亲的话音，只管说自己的，她绘声绘色地描述说："今天上午上完第一节高等数学大课，我正好路过，亲眼所见，看到刘闯气势汹汹扑过去动手打文道政，没想到文道政动作那么快，一闪身就让刘闯扑了空，刘闯那个蠢家伙把自己摔伤了。"

梅校长看梅雅静说得淡然，想来刘闯也伤得不重，便继续让梅雅静说下去，口里说："呵，文道政还会武功？！"

梅雅静站起身，将父亲喝完汤的碗拿到手上，装了满满一碗饭，又双手递给父亲，说道："是呀，文道政是有点功夫。我看过他打篮球，站在远远的地方投篮，一投一个准！"

梅校长心想，文道政个头高，打篮球应该不错，于是顺口答："呵，那还真不错！可是，你们班那个刘闯呢？"

梅雅静撇了撇嘴，做了一个无奈的动作，说："刘闯腿摔断了呗，他姑姑'收租婆'，吵到肖处长那儿去施压，坚决要学生处开除文道政。水电委培班说今天一下午没看见文道政，不知道是不是回家去了。"

梅校长一听这话，就放下碗站起来了，无比惊讶地说："啊？有这样的事？刘闯摔断了腿？学生处要开除文道政？文道政回家了？怎么回事呀？能这样随便开除学生吗？都不用向学校校长汇报研究？"

梅雅静一听她爸急了，赶紧说："肖处长说还在调查。但文道政被停了课，人不见了是真的。爸，我说句公道话，这件事，真不是文道政的错！您得帮帮文道政。"说完，梅雅静又咕哝了几句，"文道政从乡下来读书，您也看到了，多不容易，开除他，那不是要他的命啊！"

梅校长当然听清了女儿的咕哝，并且也为文道政而担心起来了，但他还不能就此说什么，只好说："岂有此理，'收租婆'，谁给她这么大的权力？"

…………

夜，深了。

文道政还有三十里的漫长的路要走，他独自从荒芜的山岭中走出来，沿着乡村小路走过了石镇，又一直往县城方向走，窄窄的简易公路向前延伸，路两侧偶尔路过村庄，遥远的狗吠一声接一声，偶尔还有夜鸟在夜空里掠过，扑拉拉的翅膀声让人毛骨悚然……

文道政看了看手表，微弱的光，离火车开的时间似乎只有两个小时了，文道政开始快步走起来，越走越快，然后就开始奔跑，他跑一段走一段，就这样看见了遥远的光将灰黑的远景点缀了几星灯火。

文道政想起省城通明透亮的夜，那些灯火，那些夜空里笔直的电线杆子和昏暗的灯光，那么遥远，可那是他唯一能抓到手里的东西，他必须回到学校去，不管受多少的委屈，付出什么样的代价。

文道政奔跑起来，一鼓作气地跑到了进入县城的第一根电线杆底下，他赶紧看看手表，列车马上进站了……

19

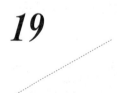

下了晚自习。

梅雅静和刘西凤走出教学楼，正碰上黄亚男和曾晓娅也从教学楼出来。

梅雅静一见到黄亚男就直接问她："文道政在教室上课吗？"

黄亚男也觉得奇怪，课堂上没看见文道政了，所以大声回答说："没看见呀。"

曾晓娅赶紧说："他不是在学生处吗？"

刘西凤觉得不可能，问道："学生处晚上能睡觉吗？"

梅雅静只好说："学生处根本没人。"

曾晓娅一听就有些着急了，问道："那文道政能到哪里去了呢？他不会出事吧？"

黄亚男觉得不可能，说："你净瞎说，一个大男生，能出什么事？"

刘西凤想了想，说："那他一定是在寝室里反思。"

梅雅静想想也是，便说："文道政受了冤屈，一定是最难过的。我们一定要支持他，让他尽快回到教室上课。"

…………

文道政坐了十多个小时的火车，到了清江市。他从拥挤的4路公共汽车上下来，上午十一点多钟才回到水电学院门口。

威武庄严的校门，两个威武的石狮子。

文道政抬头看着"水电学院"的校牌，心中突然涌出无限的渴望。昨晚，坐了一晚的火车让他精神感觉到有些萎靡。他不知道现在学校会如何处理他，希望一定一定不要把他开除，他愿意为此受更多的苦和难。

文道政悲伤地站在校门口，眼睛看着"水电学院"的校牌，看了好久。

校园又熟悉，又陌生，又亲切。

文道政眼泪盈湿眼眶，他强忍着，随着人流一起走进了学校的大门。

文道政不想回寝室，他想了想，还是只有去教室上课。

最后一节课，文道政到得有点晚。

在教室门外，听到陈威老师已经站在讲台上讲课了。

文道政从教室后门推开门，径直找到自己空座位坐下。文道政的动作是特别轻的，但有几位同学的目光正在教室里寻找他的身影呢，于是他一坐下，马上就被同学们看到，并且有更多的同学都扭过了头朝文道政看过来。

刘贵北看到文道政，便站起身来，惊喜地大声说着："文道政回来了。"

"文道政！"有七八个同学异口同声叫道。

陈威老师站在讲台上，翻开讲义清了清嗓子，忽然见到文道政从后门进来，同学们的注意力便都朝文道政看过去了。他冷静下来，决定保持沉默，暂时停下讲课，等教室重新安静下来。

"文道政，你去哪了？我们到处找你呢！"

黄亚男直接说："太好了，文道政回来了！"

"文道政！"

离文道政座位比较近的几位同学，便拿着书朝文道政围过去，问这问那。

文道政见同学们关心他，询问他，他咬着牙，盈着的泪水流下来，他赶紧擦掉眼泪，微笑地看着同学们。

陈威见同学们都跑到文道政那边去了，站在讲台上看着，实在是想不明白，至于如此夸张吗？

陈威压着嗓子，轻松地说："同学们，发生什么事了，你们能告诉我一下吗？"

黄亚男大声回复了一句："文道政回来了！"

陈威老师更加不明白，反复问道："文道政回来了？文道政从哪里回来了？"

闹了几分钟，同学们也意识到了这是在教室里，大家正在上课，于是都安静下来。陈威老师满意地点了点头，开始认真上课。

同学们也投入了热情开始听课，做笔记，除了笔记的声音和陈威的声音，教室里相当安静。谁也没留意到杜老师这时推开了教室的门，走到文道政的座位边，示意文道政跟她离开教室。

文道政心里七上八下，赶紧起身，跟在杜老师身后，向教室外走去。但椅子挪动的声音刺激到了同学们的耳朵，大家不约而同地回过头诧异地看着杜老师将文道政带走了……

学生处里，"情报处长"肖明正靠在沙发上抽烟，见杜老师敲了敲敞着的门，带着文道政走进来，示意他们坐下。

文道政不敢坐，只是礼貌地叫道："肖处长好。"

肖处长头也没抬，只管又说一句："你坐吧。"

杜丽娟的手指在沙发扶手上抚了两下，小心地问："刘闯来了吗？"

肖处长回答："他马上就来！"

肖处长正说话间，刘闯已经挂着一条拐杖走到了学生处门外。

文道政一见，赶忙站起来去门口将刘闯扶了进来，同时说："对不起。"

刘闯这时也满心地不好意思，赶紧说："不怪你，不怪你。"

肖处长看见两个学生已经主动地互相致歉，心里一块石头就落了地，声音也轻了不少，说道："今天叫你们来，希望你们能承认自己的错误，改正错误，更好地遵守学校纪律。"

肖处长顿了顿，看了看刘闯，说："刘闯，你先说吧！"

刘闯上看了文道政一眼，把头低到了不能再低，但他还是坚定地说道："我腿受重伤，这不能怪文道政，是我自己不小心摔的。请学校不要开除他……"

肖处长虽然希望此事能容易处理，但没想到刘闯会这么说："你这是真心话？"

刘闯赶紧回答："是的，是的！"

肖处长松了一口气，愉快地总结说："同学就应该是互相关心，互相帮助，你们这样，我就放心了。"

杜丽娟也觉得开始将此事看得太过于严重了，导致了自己的被动，于是夸道："刘闯同学真够宽容，很好。同学们在一起不容易，就应该互相关心，不该打架！"

肖处长觉得此事可以结案了，郑重地说："刘闯同学认识很深刻，并提出对文道政同学免予处分，学生处会认真考虑。文道政，你还有什么看法要补充？"

文道政听刘闯这么说，心里既高兴又愧疚，他望着刘闯，说："刘闯这么说，我也感到非常内疚。今后，打架斗殴的事我一定不做，影响同学团结的事一定不做，影响学校形象的事一定不做……"

现在，肖处长见两个同学都互相认了错，心里高兴，便让杜老师也讲几句。

杜丽娟接过话说："文道政，你练过武术，一定要有克制力，忍耐力，要团结同学，要努力读书。"

肖处长听了，又插话补充："你会武术，还当过老师，这些都是好的一面，但同时，这也是你不足的一面。这些也可能导致你容易冲动，容易以自我为中心。我们知道，这件事当中，并不是你没有错误。你必须深刻反思。"

文道政现在明白自己不会被开除了，觉得心间一块巨石落了地，让他反省和道歉都不是问题，于是站起来朝肖处长和杜丽娟鞠躬，说："谢谢肖处长，谢谢杜老师，谢谢刘闯同学，我一定好好珍惜学习机会，发奋努力，不辜负老师和同学们的期望！"

文道政朝刘闯走过去，刘闯也赶紧伸出了手，两个年轻人的手紧紧握在了一起……

20

文道政是认真道歉，想继续在学校读完大学课程，但他不知道自己离开学校的这段时间，梅校长和同学们为他做了些什么。

梅校长上午开完会，马上赶回办公室，便打电话将肖处长叫了过去。肖处长心想，也许就是刘闯挨打的事被校长知道了。

梅校长惜才，心里不免有些着急，等肖处长一坐下，就直截了当地问他：“怎么搞的，你已经将文道政开除了，叫他回家了？”

肖处长一听果然是这事，就从头到尾得陈述一遍：“文道政这小子，刚来学校没几天，就将水电一班刘闯同学的腿打断了。刘闯家庭背景硬得很，他们给王副校长打电话要求从严处理，‘收租婆’也来说，一定要开除文道政。”

梅校长一听这话就愣了，难道有背景的同学还能如此恣意？面对一个学生的前途，校领导能如此任性地维护亲属？梅校长皱起了眉头，大声说：

“王副校长说一定要开除文道政？这个学校里没有经过我的核实和批准，谁也别想随便开除任何一个学生。我听说是刘闯自己摔断了腿，据说有许多同学可以做证。为什么不予以调查取证？”

肖处长一听梅校长这么说，又觉得打架的事的确漏洞百出，说：“这……两个人发生摩擦，文道政也不能打断刘闯的腿啊？”

梅校长都听愣了，说：“我在讲，是刘闯自己摔断了自己的腿。你没听清吗？”

肖处长觉得梅校长不可思议，说：“啊，听清楚了，是刘闯自己摔断了腿。”

梅校长没听出肖处长的语气，只管接着说：“刘闯同学要好好教育，一点事就搬出家庭背景来。'收租婆'也要加强教育，不能徇私说情，借机整人，她能说开除谁就开除谁？"

肖处长不想再说什么了，便顺着说："我知道了。那这事您看要怎么处理？"

梅校长挥了挥手，示意说："你动动脑筋，学生需要学习，国家需要人才，你别动不动就开除学生。"

肖处长："好，我明白了……"

…………

刘闯的腿扎了绷带躺在床上，他还需要静养几天。

张克工、肖奕琴、梅雅静、黄亚男、刘贵北约好了，他们手提水果前来看望他，刘闯刚想坐起来，就被张克工摁住了。

张克工诚恳地说："刘闯，我们过来看看你，也代表文道政同学来看望你。"

刘闯虽然不想让"文道政开除事件"发生，但他心里还是有气的，此时见了文道政班的同学这么替文道政出头，又上了火，说："我不需要你们来看，都给我滚出去。"

这时，梅雅静从同学们身后站到张克工身边来。

梅雅静委婉地说："刘闯同学，我们是本着友好态度来看望你。至于你是怎么受伤的，我们大家都看见了，你倒自己还有脾气？"

一语点破真实情况，刘闯便无可回避了，他还是没有勇气冲梅雅静大呼小叫不讲道理。于是他不吭声了，妥协地望着梅雅静解释说："我又没有说你。"

"这不是说不说我的问题，"梅雅静继续说，"同学之间应该互相友好，你为什么要挑衅闹事呢？"

刘闯只好说出真情："我也不是有意打架，只是开开玩笑。谁让文道政这小子，老让我们看着不顺眼呢。"

梅雅静觉得奇怪，张克工他们也觉得奇怪，问道："不顺眼，为什么？"

刘闯也觉得有些话还是不好说出口："这……我不说了。"

梅雅静有些生气地说："你知道吗，学校要开除文道政。"

刘闯略略吃惊，问："开除文道政？"

梅雅静不屑地说："学生处说文道政打断了你的腿，要赔医疗费，还要开除他！现在，文道政不见了。"

刘闯愣了一下，问："谁说我的腿被打断了？"

梅雅静还是那副表情，显然她并不相信，说："当然是你那个'伟大'的姑妈说的啊。"

肖奕琴这时反应过来，赶紧追问："难道你的腿没断？"

刘闯有些羞愧，原来姑妈和他一样，也在欺侮文道政，但他还是坦白地说："我的腿只是受了伤，医生说休息几天就好了。"

刘贵北愤愤地说："就连'高老师'也说，你的腿被打断了。"

张克工见有了真相，也就不想再对刘闯太逼迫，打着哈哈来缓和气氛："哈哈哈，真是吓死人了！"

梅雅静也觉得事情没有原来那样严重了，就说："那好，没断更好！你必须跟学校说，这一切都是你引起的，你侮辱文道政，动手打文道政，都是你的不对……"

刘闯大吃一惊："这……梅雅静，你为什么要我说这些，你还在帮那个乡巴佬？他一个自费生有什么值得你帮的？"

肖奕琴听了这话不高兴了，说道："自费生也是大学生，而且，文道政去年就考上了大学没被录取而已，你怎么对自费生有这么大的成见呢？"

刘闯望了一眼肖奕琴，说："我没跟你说话。"

梅雅静顺口说："好了好了，文道政来读个大学不容易，他家在南方山区，经济很落后……"

黄亚男也说："是的，同学之间没有深仇大恨。你总不能害得文道政被开除。"

梅雅静补充说:"你要害他被开除,你一辈子也会后悔不安!"

刘闯见她们这样说,只好说:"好吧,那我听你们的。"

…………

21

文道政被开除的事平息后,水电委培班重归平静。

杜老师打开教室的门,同学们都在埋头读书、做作业,也没有人注意到她进来了,直到杜老师走上讲台,说让同学们先停一停,她有个重要的事需要部署,同学们这才放下手中的笔,都抬头望着杜老师。"学校团委正式下发通知,要搞三项大的竞赛活动:一是全校范围内的大一新生举办篮球赛;二是全校学生进行钢笔书法比赛;三是全校学生按年级进行百科知识比赛!"

杜老师一说,同学们就炸窝子似的七嘴八舌议论开来。

杜丽娟理解这种激动,大声说:

"同学们,这三项竞赛活动直接关系到每个班级的荣誉,我们水电委培班在入学方式上比不上公费班,可是,我们可以在各种文体活动上有优势啊。"

张克工站起来表态说:"'高老师',不管是学习,还是竞赛,我们都有信心拿第一。"

杜丽娟听了张克工的话,扬起了捏紧的拳头,说:"好,我们就是要有这种信心。篮球训练，班长你要带头加紧。"

黄亚男突然冒出来一句，说："我们都看到了，文道政同学特别能投远球！"

对篮球有信心的同学并不多，听黄亚男提到文道政，同学们便直刷刷地将目光投向了文道政。

文道政刚算是"劫后余生"，现在能为班级做贡献，同学们也期待他，于是他站起来大声说："我争取百发百中。"

文道政这么一说，同学们都笑了起来。

杜丽娟看了一眼文道政，心中又恨又爱，什么话也没说，将话题推向第二个项目："我们班有钢笔字写得特别好的同学吗？"

刘贵北这次反应可就快了，他忽地站起来大声说："有，文道政的字，那的确是写得特别特别特别的好！"

他说完，刚扭向杜丽娟的目光又一次齐整地投到了文道政脸上，大家或者是不相信，担心是刘贵北吹牛皮，或者是相信，突然发现了文道政居然在熠熠闪光，成了班级的明星。

刘贵北见文道政这次没站起来肯定，于是干脆拿起个本子举起来说："同学们，你们看，文道政的钢笔字写得多好呀，多漂亮！"

刘贵北说着，将文道政的作业本传给大家看。

杜丽娟一听，马上说："文道政，你上讲台来。"

文道政也不说什么，就听杜老师的话站起身，走上讲台。

杜丽娟将一支粉笔递到文道政手中，用带有命令的口吻说："你写几个粉笔字给同学们看看！"

文道政还是不吭声，只是顺手接过粉笔扭转身子，在黑板上写道："书山有路勤为径，学海无涯苦作舟。"

同学们看着文道政写字，同时大声地跟读出来："书山有路……"

文道政写完，同学们忍不住赞叹："啊，太漂亮了！"于是教室里掌声热烈。

书法比赛就交给文道政去参赛了。

杜丽娟接着问："第三项了，我们班参加百科知识竞赛，有没有同学报名？"

教室里瞬间沉默下来。

杜老师大声问："有谁参加百科知识竞赛吗？如果没人报名……只有放弃！"

教室里仍然鸦雀无声。

文道政站起身，说了一句："我去吧！"

同学们都回过头，饶有兴趣地望着文道政，笑起来。

杜丽娟笑着说："又是你去？这你也能行吗？"

文道政红着脸，顿了一顿，又望了同学们一眼，镇定地说："我能行！"

同学们这时候有不相信的，也有觉得文道政太神奇的，但总的来说，还是为文道政热烈鼓掌了："文道政，加油！"

下了晚自习，同学们都走出教室，夜色下的校园里一片躁动。

各栋学生宿舍的灯都还亮着，光线从窗户射出来。大部分寝室里都比较嘈杂，有弹吉他的、吹笛子的、有引吭高歌的，也有提着桶、穿着拖鞋上洗漱间的。

文道政提着桶去洗漱间，他看见张克工刚洗完澡，头发湿漉漉地往寝室内走，两人擦肩而过就招呼了一声。洗漱间在靠走廊南端的一间大堂，里头有十几个小隔间，每个隔间里都装有水喷头。文道政穿过一长排赤条条冒着肥皂泡的身体，看见一个喷头空位，便将桶放在地上，迅速脱光衣裤，露出矫健的身体。

"走在乡间的小路上，暮归的老牛是我同伴……"

文道政边洗澡边小声哼唱着，这是他在小学教书时，教给学生们唱过的一支歌《走在乡间的小路上》，现在他不由自主地哼上了。

"唱得真好！"陈凯伸出一个头，说，"为什么不报考音乐系呢？"

文道政对这些专业并不知道，便问："什么叫音乐系？"

"什么叫音乐系都不知道？真是个乡巴佬！"陈凯冲文道政撇了撇嘴说。

文道政揉着头发上的泡沫，也撇了撇嘴表示很无辜。

陈凯见文道政不接他的话题，只好又自己说："你不知道吧？水电一班刘西凤，不光歌唱得好，而且跳舞也跳得好，学校让她代表全校参加全国高校舞蹈比赛呢。"

文道政仔细一想，刘西凤就是成天跟在梅雅静后面的那个身材窈窕的女生，便顺口说："刘西凤？真的吗？"

陈凯很高兴文道政终于有了回应，他可以继续聊下去了，便将自己知道的都讲了出来："刘西凤本来可以报考艺术学院的，她父母让她读水电学院，说是为了完成她父母的心愿。"

不能按自己的心意选择专业，文道政有些替刘西凤叫屈，就接了话问道："什么心愿？"

"刘西凤的父母想在自己的老家，亲自设计建设一座水电站。"陈凯说完，便缩回隔间里去冲肥皂泡泡去了。

文道政马上忘了刚才还替刘西凤委屈，顾自叹道："啊，太伟大了！"

文道政洗完澡，又开始洗衣服。

文道政提着洗好的衣服回寝室，用衣架凉在窗外的绳子上。扭头，文道政看见刘贵北拿着《高等数学》躺在床上，十点钟熄灯，还有几分钟时间，文道政也拿着《高等数学》上了床。

张克工提醒大家道："明天早晨早点起床训练，'高老师'要点名，不准迟到。"

不多时，寝室的灯自动就熄了，楼道里传来其他寝室不满的吼叫声。

文道政坐在床上，听到刘贵北压低嗓子对他说："去洗漱间读书，你去吗？"

文道政在黑暗里点了点头，想起刘贵北看不到，又出声说："好吧！"

刘贵北先离开寝室一会儿，文道政这才从床上爬起来。

这时，寝室里发出了轻微的鼾声。

文道政轻手轻脚地走出寝室，穿过走廊，朝还亮着灯的洗漱间走去。肖子钢和刘贵北已在讨论高等数学题了。文道政走进去，站在他们身边一起听着，等肖子钢讲完了，刘贵北这才说："高等数学真是难，每道题都难！"

文道政将头伸过去，一看题目，觉得这还是容易的题，就笑着说："这道题是积分题，是微分的逆运算，弄懂了微分，积分就懂了。"

肖子钢见文道政弄得清楚了，就很高兴，说："对，文道政说得太对了。"

文道政拍着刘贵北的肩膀："老兄别急，一步一步来，一题一题解。"

肖子钢说道："文道政你真行，数学成绩这么好，干吗来读自费呢？"

肖子钢说着，触痛文道政悲伤的记忆，他没有回答肖子钢的话，他想将过去封存起来，他只有走好眼前的路，才能从容面对以前的事。

…………

刘贵北又解完一题，像是鼓励自己，也像是鼓励文道政，高兴地说：

"在班里我年纪最大，来自瑶族自治县，学习基础也最差。读大学这个机会是最难得的，现在各行各业都急需人才，不管有多大的坎，我都会迈过去，你也一样，我们共同努力。"

文道政一听，眼眶一下就湿润了，说："谢谢贵北兄，我们一起努力。"

肖子钢笑了笑，说："说得很对，我们继续解下一题。"

…………

22

星期天的清晨，是校园最美好的时分。

这个清晨，却被五个女生的狂奔撕裂了。她们恐慌地跑回校园，边跑边大声喊叫："救命啊，杀人了！"

在女生们的身后，只见两个穿着带血色衣服、手持菜刀的流氓，一路狂追着，也追进校园。

张克工和文道政在操坪打球。

文道政一见，将球一扔，顺手拿起操场边支在小树上的一根木棒，拦住两个流氓。

张克工一见，赶紧跑到寝室拍了拍寝室的门，大声叫喊："快，我们班女生被人追杀了！"

同学们一听，赶紧跳下床，顺手拿起扁担等物什，直接冲出了寝室……

梅雅静、刘西凤、黄亚男、曾晓娅、王姗姗五个女生，身上血淋淋的，恐惧、悲伤地站在一旁哭泣。

一会儿，两个嚣张的流氓，手持沾血的砍刀，被男生们团团围在操坪中间。

梅雅静看到更多的同学围了拢来，心里觉得踏实点，又很担心地说道："小心！"

文道政对女同学们被欺侮，心里特别愤怒，一看自己最感恩的梅雅静都被砍伤了，不由得怒从胆边生，他大吼一声：

"打！"

文道政手持一根木棒，第一个冲进去和流氓打起来。

两个流氓见人多，心里有些畏怯了，便扬起刀，壮起胆子威胁道：

"谁敢过来，我杀了谁！"

张克工也领着几个男同学大吼道："打！"

这时候，水电一班的班长张伟，也带着十多个男生从宿舍冲出来。

两个流氓眼见学生人多，他们要真对抗下去不会有好结果，便想着溜走。

文道政冲过去，拦住去路，大声说："砍伤了我们同学，还想逃？"

文道政向前，对准他手上的刀一棒打下去，那个流氓的刀被击落。

那人弯腰还想捡刀，文道政用木棒往地上一扫，那把带血的菜刀就被扫到了一边。那人见手中的刀被缴了，后退着说："你们别过来。"

文道政伺机一个猛扑，就将这个失去了菜刀的凶徒摁在地上。

这时，从学校后门又闯进来两个手持菜刀的流氓。

两个流氓站在那边大声喊道："谁敢来，我砍死谁！"

他们喊道，向这边冲过来。

那个被摁住的流氓挣扎着，文道政使劲将他摁在地上不放。

刚冲进来的两个流氓，拿着刀冲到了身边，文道政只好赶紧松开。

几个流氓得了助，赶紧趁机逃到了一起，背靠着背，做出穷凶极恶的样子。

有的学生一看这阵势，便拿着锑桶敲打，边大声喊叫："打死人了，打死人了！有流氓打学生了！"

更多的学生从宿舍楼里跑了出来……

上百个学生团结起来，对应四个持刀的流氓，眼看就是一场恶战开始。

这时，只听一声刺耳的口哨响，划破长空。

有同学立即叫道："'情报处长'来了！"

同学们一听学生处长肖处长来了，赶紧将围拢的圈子散开一点，等肖处长过来处理现场。肖处长严厉地扫视了现场的同学们一眼，他吃惊地看到文道政手上有血，心想文道政有武功还受伤了，于是说："赶紧到医务室去包扎！"

文道政不肯离开，同学们也七嘴八舌地向肖处长反映情况，说："流氓拿刀砍学生，砍伤了五个女生！"

肖处长一听砍伤了五个女生，脸一下子绿了，焦急地问："女生在哪里？"

同学们都扭头朝后看，肖处长就看到梅雅静、刘西凤、黄亚男、曾晓娅、王姗姗五个女生，几乎全身都是血淋淋的。

肖处长一看，吓得腿都软了，站都站不稳，打了一个趔趄，大声说："快，快，送医务室！"

五个女生见肖明急成那样，倒是先笑了起来。

肖处长不明白，女生们为什么笑……

梅雅静小声地解释了一句，肖处长这才明白："你们不是被刀砍了，原来身上泼的是黄鳝的血？"

五个女生，你望望我，我望望你，点点头。

王姗姗说："肖处长，是他们有意将血泼在我们身上！"

肖处长看了梅雅静一眼，不由得说："你们想将我吓死呀！你要受了伤，梅校长非得撤了我的职不可！"

肖处长问清了情况，赶紧走过去，指着他们说："你们是什么人，竟敢用刀砍学生？"

流氓们虽然冲进了学校，但他们不敢轻易乱动，也不说话。

保卫处吴处长也带着人赶到了，一看就认出他们是校园周边的小混混。几个流氓面对着一大群气愤的老师和学生。他们自觉没理，不想吃亏，赶紧转身逃走。

肖处长和吴处长为了平息事态，先让学生解散。

文道政看到肖处长和吴处长过来处理，也听到梅雅静没有受伤，跟着同学们一起解散，回到了寝室。

过后，"情报处长"传话，将打架冲在最前面的张克工、文道政、张伟都叫进了学生处。

肖处长指着几个同学直摇头说："你们……差点惹出群体事件来了。"

张克工申诉道："五个女生血淋淋的好吓人，大声呼喊救命朝学校里逃，我们保护女生当然是义不容辞。"

文道政大声说："我们打击流氓，保护女生有错吗？"

肖处长见文道政说话那么理直气壮，马上说："是不是流氓，我们正在调查！"

张伟也解释："我们在宿舍里，听到走廊里有人呼喊杀人了，赶紧去救命。我们能不冲下去保护女生吗？"

肖处长气得直梗脖子，道："这一说，你们都有理！怎么不说是你们两个班长带头打架？"

肖处长这么说，大家都低下了头。

肖处长侧过头看文道政："上次打架才几天，别嘴硬，我告诉你，是不是流氓，保卫处正在调查。"

文道政望着肖处长说："拿刀砍人就是流氓，阻止流氓杀人也不对吗？"

肖处长听到文道政这样说，口气软下来，说："两次打架都有你……"

张克工怕学校再次针对文道政，赶紧插话说："不止文道政一个，还有好多学生……"

肖处长打断张克工的话："……好吧，你们先将事情经过写写。"

肖处长说完，掏出一支烟衔在口里，再从抽屉里拿出一盒火柴，抽出一根火柴棒蹭燃，将烟点着了。

梅校长在省里开会回来，已经是下班时间了。

在校园听路边的同学谈论打架的事，他直接回家，一进门便将梅雅静叫到跟前细问："今天学校打架是怎么一回事？"

"我正想跟你说呢，两个手持菜刀的流氓追着我们砍！吓死我们了！"

梅校长一听，冷汗直冒，问："你也在场？"

"岂止在场，我就是被追杀的对象，如果不是男生们都冲出来，你可能都看不到我了。"梅雅静撇了撇嘴，心有余悸。

梅雅静将事情的经过告诉梅校长：

"我们五个女生路过菜市场，一个小贩正在一边剖黄鳝，手一甩就将黄鳝的血溅到了我们身上，我们就责怪他几句呀，谁知他居然拉着一个女生的手，要亲她。我们骂他是流氓，他干脆将一大盆鱼血泼到了我们身上……"梅雅静说着，委屈得眼泪都要掉下来了，对于女生们来说那种经过多么可怕。

梅校长一听，也吓着了，摸了摸梅雅静的头发，安慰女儿说："这是流氓……你没受伤吧？"

虽然梅雅静早已洗了头洗了澡换了衣衫，甚至还喷了点儿香水，但梅校长还是觉得女儿身上有点儿血腥的味道，这让他的心里非常难受。

梅雅静赶紧摇着手，表示自己没有受伤，还是好好的，说："爸，您别着急，我没受伤。只是，为了保护我们，有些男生受了伤。我看到文道政的手被打出了血……"

梅校长听到文道政的名字就皱了眉头："文道政？"

梅雅静噘着嘴，说："是呀，难道你不想文道政救我们？"

听了雅静的话，梅校长转念一想，便将对文道政的成见扔到了一边，顺口说："好样的！"

梅雅静认真地看着梅校长，说："爸爸，你可要维护正义！"

梅校长听女儿一说，只好说："好好好……只要我的宝贝女儿没受伤，我做什么都行！何况，正义本来就是要维护的呢……"

…………

张克工、张伟、文道政三个人拿着笔，坐在学生处不知怎么写，你看看我，我看看你，又看看肖处长。

这时，学生处的桌子上黑色的摇把子电话响了。

肖处长皱着眉头看看，伸手去接电话，等他听到电话里是谁，态度马上就温和了，说："梅校长……呵，去你办公室？好，我马上来。"

肖处长放下电话，口里说："梅校长让我去他办公室，有事商量，怕不就是这事？赶紧给我老老实实写检查！"

肖处长说完，将门一关，走了。

张克工坐在那儿写检查，张伟也在一边写，文道政觉得这事哪里不对，便说："两个班长都已经在写了，我没必要再浪费纸笔。"

张克工想想也是，同样的事件写几份检查还不是一样的么，就点头说："好，我写好了落我们两个的名字。"

张伟见张克工为文道政出头，于是说了心里话："我希望自己不要受到学校的处分，不然，毕业分配，可就找不到好工作了……"

张克工不往深处想，直接说："也行，反正我是国家正式职工，毕业不存在分配，这件事要处分，处分我便是。"

张伟听了心里松一口气，感激之情就溢于脸色。

文道政见两位班长这么说，便强出头道："你们用不着担心，我没有工作，也不存在分配，一切由我承担好了。"

张伟现在只不想自己承担责任，赶紧说道：

"文道政，你仗义，你可要说到做到。"

文道政点了点头："男子汉，一言既出，驷马难追。"

正说话间，"情报处长"将门推开，走进来。

张伟赶紧说："肖处长，我们马上就写好了！"

肖处长挥了挥手，示意大家离开，说："不用写了，你们去上课吧！"

三个同学莫名其妙地望了望"情报处长"，又互相望了一眼，赶紧把写了一半的检查揉成个团往口袋里一塞，跑出了学生处。

23

张克工和文道政回到教室，下课铃正好响了起来。

同学们哗啦啦地站起身，就都围拢过来。

肖子钢也是打架冲在前头的，自然特别关心，问道："学校会处分我们吗？"

黄亚男、曾晓娅、王姗姗也拢了过来。

张克工将肖处长的口吻学了一遍，最后说："不用写了，你们去上课吧！"

黄亚男笑着说："这次梅雅静都是受害者，梅校长还能委屈救美的英雄吗？"

曾晓娅眼神复杂地望着大家，突然大声说："看来没事了，正义万岁！"

大家一听，都跟着叫起来，同学们乐成了一团。

下了晚自习，梅雅静和刘西凤走在一起，张伟走过去主动招呼，叫道："嗨！"

梅雅静问道："有事吗？"

张伟得意地说："告诉你们一个好消息，打架的事，肖处长刚告诉我们班主任了，保卫处正在深入调查，学校肯定不处分学生……天哪，多么振奋人心的好消息呀，我时刻担心着挨处分……"

刘西凤笑笑说："现在可以放心了，呵呵……"

张伟得意地大声笑着说："哈哈哈，要感谢梅校长，是梅校长给了我们光明的前途，不然，'情报处长'不会放过我们。梅雅静，感谢你啊。"

梅雅静望着张伟，说道："感谢我干什么？我们还得感谢你们呢，是你们男生站出来保护我们，要不然，后果不敢想象……"

刘西凤也说："是呀，那场面，太可怕了，要是没人站出来，我们还不知道是什么结果呢！"

梅雅静接着说："保卫处吴处长与派出所联系，对这几个流氓进行调查。听说，持刀追进校园砍我们的两个流氓刚从牢房放出来，还有前科在身，又被派出所抓进去了！"

刘西凤一听，拍着手说："大快人心，应该受到惩罚！"

张伟顺着话说："呵呵，太好了。这样，我们就放心了。不如这样吧，这个星期天，我们去郊外公园庆祝一下，好吗？"

刘西凤一听，眉眼都笑弯了，马上说：

"好呀，听说公园很不错，挺好玩的！"

梅雅静没吭声，只是微笑着。

张伟再次恳求道："梅雅静，你一定要去呀！"

刘西凤生怕梅雅静不同意，便用手推着梅雅静，耳语道："就算是为了我，答应吧，听说挺好玩！"

梅雅静看了一眼刘西凤笑着，没作声，算是答应了。

…………

张克工、文道政、肖奕琴、黄亚男、曾晓娅、王姗姗几位同学走在一起，仍在聊着打架的事情，认为男生们保护女生是见义勇为，最后大家提议庆祝一下。

王姗姗马上说："这几天天气真好！听说，从下周开始，有冷空气南下，气温要降10度。"

曾晓娅摇了摇头作夫子状，吟道："空山新雨后，天气晚来秋。天气一转冷，马上添毛衣。"

黄亚男拍了曾晓娅一下，问道："你篡改古人的诗，气死古人呀。哎，明天星期天，我们约梅雅静她们一起出去公园玩，怎么样？"

王姗姗张开双臂做出一个拥抱秋天的姿势，说："听说郊外公园很不错，很不错哦。"

张克工赶紧站过来，抢着问："你们女生出去玩，要不要我们男生保护呀！"

王姗姗马上答道："这个，这个太需要了，我们刚被追杀，魂都吓没了。"

肖奕琴颇多顾虑，说："这样不好，男生女生走一起，怕高老师知道。"

黄亚男冲肖奕琴玉手一挥，说："肖姑妈，你就别去了。"

肖奕琴睁大眼睛，问："那是为什么呀？"

王姗姗促狭地说："我们还不是怕你去告状么。"

张克工在自己胸口上一拍，说："我们保护女生，免费当保镖，这总没事吧？"

肖奕琴想了想，她是想去，但她带头去了恐怕影响不好，只好说："好吧，我不去了，但你们一定要注意安全，别发生什么乱子。"

黄亚男笑着说："知道了，我们是大学生，不是小学生。哈哈哈……"

曾晓娅见周末的活动几乎要成了，马上望着文道政说："张克工、文道政，你们前天打架保护我们，现在邀请你们一起去……文道政，你一起去，好吗？"

文道政赶紧应声答道："好的！"

黄亚男有些担心，问道："你们说，这不会被'高老师'知道吧？"

王姗姗说："我们明天分头出来，八点钟在4路公共汽车站见，谁会知道呢。"

曾晓娅睁着眼睛，歪着头说："也不怕，梅雅静不也一起参加吗？梅雅静可以证明我们呀！"

王姗姗不解，笑起来，说："梅雅静可以证明我们什么呀？你讲清楚呀！"

曾晓娅小声说："我们没有谈恋爱呀！……"

黄亚男拍打着曾晓娅，说："曾晓娅，你真是个疯子……哈哈哈！"

曾晓娅小跑着怕被打，笑着问道："谁去通知梅雅静呢？"

正在谈论着，刚好看见梅雅静、刘西凤和张伟走在前面远远的地方。

黄亚男马上叫她，梅雅静听到叫声，便站在原地等着大家走近。

黄亚男替大家邀请梅雅静星期天一起出去玩呢，梅雅静一听，便望望刘西凤，又望望张伟，然后说："呵，不巧，明天我正好有些事，去不了！"

大家一听，都有些失望。

梅雅静换了话题，转向文道政问："文同学，你的伤好了吗？"

文道政将手伸过去给梅雅静看，路灯下，看见他手上受伤的地方涂了一些红药水，等梅雅静看到伤了，文道政补充说："没事了，好了！"

梅雅静还有些担心，眼睛盯着伤口，说："多注意，千万别感染了。"

张克工故意用文道政的口气，说："不会的，你放心吧。"

梅雅静没有回答，脸腾地一下火烧一般。

大家笑着往前走……

24

星期天，同学们出门早，坐车的人不多，郊外公园入口的人也不多。

大家到了公园门口，黄亚男、曾晓娅、王姗姗走在前面，张克工和文道政两个男生，真像保镖一样跟在后面。

黄亚男去售票窗口买票，张克工不让，争着掏出钱买了五张门票。

张克工拿着票，高兴地说："五分钱一张票，来，每人一张，留作纪念！"

文道政拿了一张，看了看，拿在手上，排队等着检票。

黄亚男看见前面有个售货店，去买了些瓜子、花生，这才跟着同学们往公园里走。

野外青山绿水多，但很少像公园里这样归整这样立意的，此处一山彼处一石，茂林修竹，黄花委地，浓浓美美地秋滋味扑面而来。

昨天，张伟约了梅雅静、刘西凤今天也去郊外公园玩。

刘西凤有点不舒服，坐在公共汽车上晕车。车上的乘客有意见，他们只好在前一站下了车。

刘西凤下了车，又站在一棵香樟树下呕吐。

梅雅静走过去，关心地问："西凤，你没事吧？"

刘西凤刚吐完，手一摇，说："没事，刚坐在车上，旁边有个人身上气味恶心得很，我马上就晕了。"

张伟一听，立即说："那你不早说，我们把那人扔下车去！"

哈哈哈……

三个人只好步行往前走了一站路，这才买了票，进得公园里来逛。

那边，文道政一行走累了，便在一个凉亭坐下休息。

这时候梅雅静、刘西凤、张伟三人，也远远地走了过来。

黄亚男正东张西望，眼尖就认出来了，大声叫道："梅雅静，梅雅静！"

梅雅静一见这亭子里有一群熟悉的面孔，多少有些不好意思，便挥了挥手向这边走过来。

黄亚男直问："梅雅静，你们怎么过来了？"

曾晓娅便带着声讨的味儿说："你不是说，今天有事吗？"

刘西凤听曾晓娅这么说，便走过来，往曾晓娅身边的凳子上一坐，大声说："是啊，我刚陪梅雅静办完事，所以拖她来公园逛逛。"

张克工、文道政和张伟聊上了。

梅雅静马上说："你们怎么今天来这里呀，这不正好吗，一起玩。"

黄亚男随即说："是呀，难得这么碰巧，走，坐船去。"

文道政见梅雅静、刘西凤跟张伟在一起，心里浅浅地打上了一个结，默默地有点难受。

这时，王姗姗大声说："哎哟，我的脚趾头起了一个大水泡，痛死了！"

张克工会意，解释说："一定是走路，新鞋子磨脚了吧。"

曾晓娅站起来，拉着王姗姗说："走吧！难得出来一趟，你可不许偷懒。"

王姗姗把曾晓娅的手指头掰开，示意她不要强迫，然后说："我真的走不了，脚痛，我在这里休息一会，你们先去坐船，一会儿我赶过来。"

张克工一见，便说："那怎么行呢？也不能落下你不管呀！"

黄亚男望着王姗姗，又望望张克工，说："要不，班长再当一回护花使者，在这里陪王姗姗，我们一会儿来找你们。"

张克工望了一眼王姗姗，满心愿意，说："那好，也只能这样了。"

文道政不声不响，随着大家一起站起身来，跟着去坐船。

同学们都走得很远了，张克工和王姗姗坐在那里才开始说话。

张克工关心地问："你的脚还痛吗？"

王姗姗低下头，说："好多了，要不我们在附近走走？"

张克工站起身来，将手伸给王姗姗，牵起她慢慢地向竹林深处走。王姗姗向张克工高大的身子靠拢，倚到了张克工的肩头，两个人坐到隐蔽的树林中去说悄悄话儿了……

公园里，湖泊映着蓝天白云，被艄公撑的木船荡开波纹。

文道政、张伟、梅雅静、黄亚男、刘西凤、曾晓娅六个人同坐在木船上。

木船一晃，梅雅静心里一惊，张伟赶紧伸手去扶梅雅静。梅雅静肩膀一缩，不想让张伟的手给碰上，可这时木船又一摇，梅雅静身子一歪，就靠到了文道政身上。文道政伸手扶着梅雅静坐稳身子，顺口说："怎么这么晃啊。"

张伟看了文道政一眼，抬头冲艄公说："师傅，撑好点，别太晃了。"

师傅笑着说："好咧，刚坐上来有点晃，等下子就平稳了。"

曾晓娅坐在最后的座位上，船一摇她便看看文道政，心里埋怨自己上船时坐错了位置。

湖面上，有几只野鸭子正浮在水上打闹，野鸭嘴里还叼着一条小鱼儿，一扬脖子就吞了下去。

梅雅静看到野鸭子兴奋地尖叫起来，这一叫，野鸭子贴着水飞走了。

"这情景，让我想起宋代女词人李清照的一首词，前面两句是'常记溪亭日暮，沉醉不知归路'，后面是'争渡争渡，惊起一滩鸥鹭'。"

大家听梅雅静背词，还以为她是故意省却中间几句呢，谁想到梅雅静又接着问："中间两句是什么，我不记得了？谁记得？"

张伟拍了拍自己的脑瓜子，说："这词可太熟了，可我一时记不起来了，让我再想一想！"

刘西凤笑着，挖苦说："你呀，想起来了，估计也是'X+Y=Z'！还宋词呢，别为难你的大脑了。"

刘西凤一说，大家笑起来了。

黄亚男调侃道："梅雅静，你能背出这四句不错了，我只能背'床前明月光，疑是地上霜'，哈哈哈……"

曾晓娅心思都在文道政身上，便开玩笑说："文道政，听说你爱好诗词，你应该能背出来吧？"

梅雅静也说："对呀，文同学……"

张伟撇了撇嘴，大声说："他一个自费生，能背这么高深的诗词？"

张伟这么一说，黄亚男和曾晓娅有点打抱不平，大声说："哎，你说什么呢？背诗词与你是什么生有关吗？"

曾晓娅柳眉倒竖，打抱不平说："谁说过公费生会比自费生强啊？"

梅雅静见争论有升级的感觉，便转移话题，问道："文同学，你想起来了没有？"

文道政当然是知道的，见梅雅静是认真在问，便说："好像是'兴尽晚回舟，误……'"

文道政一句话还没说完，张伟立刻站起身来插嘴说："对了，'兴尽晚回舟，误入藕花深处'，就是这两句，我猜对了。"

曾晓娅见了张伟这样轻狂就心里不爽，说："哟，公费生，你别争功呀，自费生不说，你怎么就记不起？他说了一半，你就全想起来了。"

张伟一听，不太高兴，低下头。

刘西凤看了看张伟，给个台阶下，说："两人都有功劳嘛，明明是一人背了一句。"

曾晓娅针锋相对，说："是文道政先背出来的……"

梅雅静见两个女生起争执，只好再次岔开话题，大声说："不如我们来唱支歌吧，'让我们荡起双桨'，来预备起……""让我们荡起双桨，小船儿推开波浪……"

25

一个星期，转眼在忙碌的学习中度过了。

星期六晚上，同学们都在教室里上晚自习。

杜老师推开门，大步走上讲台，站在讲台上，望了一眼同学们，大声宣布："我们水电委培班助学金名单批下来了：曾晓娅……"

黄亚男一听就觉得不对，问道："文道政呢？"

这一提醒，张克工也反应过来了，也说："是呀，怎么没有文道政的名字？"

杜丽娟面无表情地说："经学校研究，已取消文道政的助学金……"

"为什么呀？'高老师'，您不是亲眼看到文道政交不起学费吗？"黄亚男听了觉得不可思议。

杜丽娟接上黄亚男的话，严厉地说："可你们也亲眼见到文道政一次次打架……"

张克工据理力争，说："'情报处长'不是宣布不处分学生了吗？怎么出尔反尔？"

杜丽娟耸了耸肩，说："我也没办法……"

同学们听到杜丽娟是这样解释，都用眼睛看着文道政。

杜丽娟望了文道政一眼，说："我再三强调，不准打架斗殴，不准谈情说爱，你们就是不听。"

文道政见杜老师说出这么尖刻没有情理的话来，痛苦地低下头。

…………

文道政总是想起祖母对他说的话。

文祖母曾经问文道政："人生最大的痛苦就是受冤屈，别人不理解；但人生最大的容忍，也是受了冤屈不低头。你懂吗？"

文道政似懂非懂地点点头，说："我懂！"

文祖母认真地说："记得，不管遇到什么困难，都要抬头挺胸！"

文道政望着祖母，坚定地说："好，我会记得。"

文道政想到这里，不由自主地抬起头，挺起胸。他一抬起头就见同学们正用关切的目光望着他。文道政痛苦的表情中弯了弯嘴角，用微笑的目光接受了同学们的注视……

果然，一夜寒风，天气变冷了。

校园里，同学们都穿上了毛衣。

梅雅静穿的毛衣特别漂亮，她走在校园，就是一道流动的风景。同学们都望着梅雅静。这时，梅雅静却一眼看见了文道政。

梅雅静几步赶上文道政，握着拳头大声说："文同学，别气馁，你助学金评不上没关系，要加油学习，争取考试拿第一，评上全校三好学生！"

文道政笑了笑，也握着拳头说："嗯，我会加倍努力的。"

梅雅静又补充说："今天星期天，晚上到图书馆，我为你补习英语！"

文道政望着梅雅静，说："那好，晚上见！"

同学们见梅雅静对文道政说话，而且帮文道政补习英语，都羡慕死了，都对文道政友好地笑。这时，刘闯正好听到了，他阴着脸走开了。

文道政和梅雅静早早地来到图书馆，坐在一角学习英语，梅雅静耐心地纠正文道政的单词读音，并将自己琢磨出来的如何记单词的办法讲给文道政听。文道政听了，找几个生词出来分解着记了一下，效果还不错，觉得对英语学习，又多了几分信心。

这时，张伟和刘闯并肩走进图书馆，他们猜梅雅静在图书馆，一看果然在，可两人再看看梅雅静边上还有一个人，是文道政，心情就大不好。

"真是文道政？！"刘闯压着声音对张伟说。

"老子看见了！"张伟恼怒得要冒火了，可是梅雅静与文道政都非常专心地在研究课本上的难点，完全没有留意到图书馆里有人盯着他们。

张伟和刘闯在门口站了半分钟，觉得心里特别堵，扫兴地离开了……

学习有点晚，图书馆要关门了，梅雅静和文道政站起来走出图书馆。

在图书馆门口不远，梅雅静和文道政招手再见，往教工宿舍楼走了。文道政斜挎着黄书包往学生宿舍走。刚到男生宿舍楼边呢，刘闯从墙角边站了出来。

刘闯拦住文道政，压低声音说："乡巴佬，我跟你说个事。"

文道政见是刘闯，脚也不停步，继续朝宿舍楼里就走。

刘闯干脆走到文道政正前方，拦着他，用手拉着他说："从今天开始，你必须远离梅雅静。"

文道政听了，抬眼望望刘闯，也不理他，两眼又看回宿舍楼，迈步就走。

刘闯恼怒极了，大声说："乡巴佬，我说的话你听见没有？你装作没听到？哼哼，到时别怪我没告诉你。"

文道政觉得刘闯有些疯，便问："谁让你来说的？"

刘闯有点不耐烦，说："你别管那么多，叫你远离你就听话，否则，没有好果子吃。"

刘闯说完，迈开"螃蟹步"就走远了。

这时，黄亚男和曾晓娅下了晚自习正回宿舍，正好路过男生宿舍，远远地看刘闯说了什么然后走了，文道政还在原地发呆呢。

等黄亚男她们走近了，文道政还没动。

黄亚男故意问："你怎么一个人站在这里？"

曾晓娅关心地问："你今晚怎么没去教室呀？"

文道政听见黄亚男和曾晓娅问他话，那声音远远的，仿佛梦中。文道政也没吭声，只是默默地朝男生宿舍里面走去……

曾晓娅没料到会是这样，赶紧跟着喊："文道政，你怎么了？"

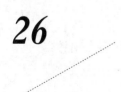

时间一天天过去，学生们除了上课，还是上课。

李老师站在讲台上，一本正经地讲政治课。

理工科的很多学生对政治课有种反感，同学们歪七竖八地坐着靠着趴着，撑着下巴恍惚着，都是一副打不起精神的样子。

文道政也打不起精神，他双臂交叉趴在课桌上，下巴就支在臂上，两眼珠子一动不动地盯着竖在眼前的课本，专心致志地在想心事……

——"乡巴佬，我跟你说个事。"

——"从今天开始，你必须远离梅雅静。"

——"我说的话你听见没有？到时别怪我没告诉你。"

——"你别管那么多，叫你远离你就听话，否则，没有好果子吃。"

在图书馆学习空闲，梅雅静微笑着问文道政："文同学，你的理想是什么？"

文道政认真地说："我想当一个水电专家，在我家乡修建一座水电站，让湍急的河水发电，照亮千家万户，引来机器轰鸣……"

梅雅静满意地点点头，说："好样的，为理想而奋斗，我支持你！"

想起刘闯的话，文道政是苦恼烦闷的，但想起梅雅静的话，文道政纠结的眉头就展开了，不自觉地笑意盈盈……

刘贵北坐在一边刚醒了一个瞌睡，睁开眼睛看见文道政又是皱眉又是微笑，忍不住用手推了推他……文道政才惊醒。

文道政在变化的心事中，度过了一个白天的上课。

上晚自习时，老师布置的作业，他做了一半，心情不好，便拿出一本小说在看。刘贵北本想问问文道政的作业，但看见他在看小说，只好找别的同学去问。

下晚自习的铃声刚刚响起，陈凯就第一个站起来，准备跑出教室。

肖子钢眼尖，赶紧叫道："陈少爷，你没交作业。"

陈凯折回来，从抽屉里拿出作业本子，将作业交上。

肖子钢边收作业本边问："你要去干什么？这么急？"

陈凯顺口说："水电一班刘闯，他找我有事！"

肖子钢听了觉得奇怪："刘闯？他找你干吗呀？"

陈凯把作业本塞给肖子钢，只说了句"不知道，我走了"，便扭头就跑。

文道政本来坐在座位上没动，但他一听到陈凯说刘闯，耳朵就都耸起来了，心里突然想起刘闯跟他说的话，这一定跟他有关。

文道政站起身将作业本递给肖子钢，将课桌关上。

刘贵北就说了句："文道政，我们回寝室吧！"

文道政下意识地说："你先走，我马上回去。"

话是这样说了，同桌的刘贵北却没撇下文道政自己先走，而是随着文道政一起离开了教室，向楼梯口走去。

文道政在教学楼外见到了陈凯正在向旁边的小花园走去，便跟着走了过去。刘贵北犹豫了一下，也跟了上去。

正走着呢，在校园教学楼前面的小花园，也不知道陈凯拐到哪边去了，文道政正准备向石头小路上走过去，刘贵北却拽了一下他衣袖，示意他停下来。

隔着石子路边上的两排柏树，文道政清晰地听到刘闯在说话："那个乡巴佬，还想攀高枝，你告诉他，若不远离梅雅静，就会有他的好看。"

陈凯不知道深浅，就对刘闯说："文道政家里穷，但有志气，听说他与梅雅静走得近，是交不起学费的时候梅雅静帮了他。"

刘闯才不关心这些，直接告诉陈凯说："老大喜欢梅雅静，容不得别人与她好。"

陈凯听了这话有些吃惊，低声问："谁是老大？"

刘闯得意扬扬地说："我们班长张伟呀，他爸可是我们市的副市长！"

陈凯听了刘闯这么说，态度就有了转变，打着哈哈说："呵呵，说实话，我开始也挺讨厌文道政那家伙，只是后来我发现他并不坏。"

刘闯皱了皱眉头，小声而严厉地说："他坏不坏我可不管。上次他打了老子，我还憋了一肚子气。"

陈凯觉得意外，反问道："你们上次的事，不是解决了吗？"

刘闯看着陈凯，气愤地说："哼，不是梅雅静来求我，我才不放过他呢！"

陈凯有些不敢相信地问："梅雅静去求你？"

"是呀，梅雅静来求我放过他……梅雅静怎么就特别同情这个臭小子？"刘闯愤愤不平地说。

陈凯沉默了一下，不如说他是在梅雅静和张伟的身份上考虑了一下，才折中地说了句："这情况有点复杂，反正我是不喜欢闹出大事来。"

刘闯对陈凯抱有大的期望，于是拍了拍陈凯的肩，说："反正文道政这小子，我会让他好看，你可要懂味哦……"

刘贵北还想听，文道政在他眼前打了个手势，叫他离开，刘贵北就扭头跟上了文道政，悄悄地离开了小花园。

…………

梅雅静被一点事耽误了几分钟，收拾好东西和刘西凤边聊天边走出教学楼。

这时，梅雅静正经过教学楼前的小花园边，看见文道政和刘贵北，便有礼貌地冲文道政点了点头，叫道："文同学！"

文道政见到梅雅静，心情特别复杂。他是来读大学，学知识和本领的，他没有能力也没有实力去跟刘闯纠缠，他也没有时间为这些事去烦忧。他要学习，将所有的时间都花在学习上。他本想直接走开，见梅雅静叫他，便只好呵呵地回应了一下，站在那里。

"文同学，我帮你找来了一本英语课外读物，对提高英语成绩和兴趣很有帮助。"梅雅静说着，从书包里拿出书交给文道政。

文道政接过书，轻声地说了声："谢谢！"

刘贵北捅了捅文道政的腰，侧过来小声说："把刚才听到的，告诉她吧！"

文道政看了看刘贵北一眼，摇了摇头，说："别……我们走吧。"

梅雅静觉得两个男生眉来眼去的像有事，便多嘴问文道政：

"你们俩偷偷摸摸嘀咕啥呢？"

文道政的脸一下子就发烧了起来，赶紧摇了摇手，朗声说："没什么，没什么，我们走了，再见。"

刘闯和陈凯这时候也从小花园里出来了，正往这边走，远远地就看见梅雅静递了什么给文道政，而且面露关切地询问文道政什么。刘闯顿时就气得眼睛都绿了，直到陈凯拽着他离开，刘闯才握紧拳头路过了梅雅静身边，赶着文道政的背影走了过去……

星期一中午，在学生食堂。

文道政打了饭端在手中，正准备找个空位坐下来吃。

刘闯和水电一班两个男生与文道政迎面而来，刘闯突然故意一挤，他身边的两个男生便不由自主地向文道政猛挤过去，文道政退让不及，两个男生手中的饭菜便全部扣在了文道政身上。

两个男生满脸歉意说："对不起，对不起。"

刘闯拽了拽其中一个男生，说："有什么好对不起的嘛。"又意味深长地看了文道政一眼，笑着走开了。

陈凯站在离文道政并不远处，这时候他眼神复杂地看着刘闯制造的意外，觉得文道政真是不堪一击啊。

陈凯低下头，端着饭盒就走开了。

文道政沾了半身饭菜的油水，自己的饭也吃不下了，便离开食堂回寝室去，走到食堂门口，正遇见梅雅静和刘西凤也拿着空饭盒子来食堂吃饭。

梅雅静看着文道政这副模样，退了两步细细瞧了一下，吃惊地问："文同学，你怎么会弄成这个样子的？"

文道政心里明白这一切都是因为梅雅静，他却无法反抗又无法解释，心里硌着石头似的，便没有搭理梅雅静，走开了。

刘西凤哪里见过这样的架势，气得大叫一声："梅雅静跟你说话呢，你居然没听见？"

文道政心里一痛，步子便慢了半拍，但文道政还是直了直腰杆子，继续面无表情地朝向男生宿舍方向走过去。

吃完饭，梅雅静和刘西凤向教学楼走。

梅雅静和刘西凤聊天，感觉文道政的表现很不对劲，但她张了张嘴，又决定还是不要问了。

"听说，张伟的父亲要提拔当市长了。"刘西凤说。

梅雅静听着，并没往心里去："是吗？"

刘西凤见梅雅静有兴趣聊这个话题，便展开了发挥，说："张伟长得好帅气，你难道没看出来？"

梅雅静继续心在不焉，说："啊？看出什么？"

刘西凤以为梅雅静打马虎眼呢，就直接说了："张伟喜欢你呀！"

梅雅静听了这话，心里一惊，便找话岔开说："你说，文同学为什么不理我？他是不是受了什么委屈？"

梅雅静没料到自己会顺嘴说出这句话，刘西凤更觉得意外，说："哎，你别老惦记文同学好吧，文同学有什么好？一个穷乡巴佬，还是自费生！"

梅雅静本是无意之间，但这个问题在她心里绕了一中午了，也不得答案，眼见刘西凤如此评价文道政，梅雅静立刻就生气了，说："你也骂他乡巴佬？"

刘西凤一眼看出梅雅静认真生气了，又赶紧收嘴，说："好了好了，我错了，我不说了。"

梅雅静捉住这话，马上说："那你错了，就罚你帮我送一封信。"

刘西凤觉得奇怪，她现在心里不知梅雅静在想什么："送信？给谁？"

梅雅静拿指尖戳了戳刘西凤的肩头，笑着说："乡巴佬！"

刘西凤愣了一秒，但还是赶紧顺着说："啊？乡……好，好，我送！"

文道政自己心里明白，中午的遭遇不是意外，他受了委屈，而且他还将面临更多的委屈。文道政想一个人静静，于是他随意一走，来到学校外的菜地。

这时候，菜农们都回家吃饭休息去了，周围空旷无人，文道政觉得他终于可以松一口气了。菜地里鲜嫩的绿，泥土的清香，虫子藏在泥缝里叽叽地哼唧，一切都是生活原本的样子，简单、纯朴与自然相依。文道政想起了家里的菜地也差不多就是这般模样，于是他蹲下身去伸手摸了摸菜叶子……

这时，他头脑里突然出现了一个镜头。

文祖母带着文道政的妹妹给菜浇水，一大勺、一大勺轻轻地泼在菜根旁边。

水顺着土地"滋"地一下就被泥土吸收了，蔬菜感受到了水的浇灌，便长得更加欣欣然。给所有菜地都浇上水，文祖母便松了一口气，脸上纵横的沟壑便有了松开的样子。

妹妹帮祖母拿着空桶子和长柄勺，慢慢走在菜地中间："奶奶，哥哥大学毕业，我们就不用这么辛苦了，对吧。"

提到长孙文道政，文祖母的心情就好很多，笑着说："是呀，等你哥毕业，我们家的光景就会好起来。"

妹妹高兴得眼睛亮晶晶的，说："到时，我哥给我买一件最漂亮的衣服。"

文祖母摸了摸孙女的头，笑道："好，就让你哥给你买件最漂亮的衣服！"

亲人赋予后辈做人的本领，也寄托着新的希望。远方的家，是文道政最近地眺望；远方的眺望，是文道政最强的支撑；想到家里的人和事，一切便会恍惚涌到眼前，文道政这才注意到自己已经眼含着泪水。

文道政从一个片段跳到另一个片段，眼前的这些人和事，他可该怎么办呢？文道政从一个思索里，陷入另一个思索中……

天有些晚，他还要回教室呢，文道政不自觉地站起身，顺着菜地往前走。

突然文道政便觉得有些异样，他刚想回头看一眼，身后却突然伸出一只脚，将文道政使劲一踢，文道政便失去了平衡，脚一滑掉进菜地边的粪坑中……

粪坑不算很深，但臭气熏人，文道政几乎要窒息过去，他觉得这一切都是个噩梦，他也希望这一切都只是个噩梦。文道政努力地从粪坑里爬上来，腰以下全部都浸泡着粪水。

文道政扭头朝四周看了看，没看到菜地里有其他人，他又朝不远处的树丛和两间简易厕所看了一眼，但文道政此际也没心情去查看了，他想赶紧找个无人的地方，好好的冲洗自己这臭烘烘的身体。回宿舍，那是想也不要想的事，文道政想了想，赶紧朝菜地另一头的水塘跑了过去，朝水塘中心游了过去……

洗得再干净，总还是有一股子不堪的味儿。面对宿舍同学们的询问，文道政选择了沉默。甚至在上课时候，他将桌子拖到靠后的一角，单独坐着。

对于文道政的异常，张克工等同学决定同样保持沉默，但不少同学心里都在猜想，文道政一定遇到什么事了，但文道政不说，他们便不问。同时，他们应文道政的请求，每天帮文道政把饭打好了带到宿舍里。

就这样，等到刘西凤被梅雅静责怪了好几次，她才有机会将一本书交到了文道政手上。

文道政不明白刘西凤为什么塞本书给他，于是他翻了翻书页，发现书中还夹着一张纸条。

文道政的脑海里闪过一句刘闯说的话：

"不是梅雅静来求我，我才不放过他呢！"

文道政翻开书，一张纸条飘落下来。

文道政弯腰捡起来一看，上面写着："为理想而奋斗，我支持你！梅雅静。"

纸条上写的时间还是两天以前，也就是说梅雅静这两天也在找他。

文道政看了纸条，心里又燃起了新的斗志，他想，没有什么人能够破坏他心里的梦想，因为他不是为仇视他的人而活着，而是为关心他爱护他信任他的人活着，为他自己的理想活着。

这么一想，文道政几天的低落情绪便得到了释放，他心里慢慢地高兴起来，将纸条认认真真读了几遍，然后又小心翼翼地夹回到书里，并将书带回寝室，放到了枕头下……

27

篮球场边上挂着醒目的横幅："大一新生篮球赛开幕"。

学校在球场上集合着大学一年级的新生，进行了一个简短的仪式，然后按照抽签排序，开始了水电学院大一新生的篮球比赛。

第一场：水电一班对水电委培班。

双方队员各自上场。

水电委培班队员集中在一起，杜老师站在中间，部署战术。运动员，个个精神抖擞。文道政穿了7号球服，站在队伍中。

裁判员哨声一响，双方各派一个队员上场争球，张克工作为队长参加争球。文道政动作飞快，他第一个拿到球，连跑带蹦，拍着球过线。

这时，水电委培班就有同学大声喊叫："文道政，远投！"

文道政听到喊声，将球控制在手中，站在远远的右前方。

水电一班的队员站在远远的地方拦着，只希望文道政不走近三步跨篮投球。

文道政看看篮板，像是目测距离，然后向前走近一步，一举手，篮球飞出去了。篮球在空中飞出一条弧线，不偏不倚地掉进篮筐里，球进了！

裁判员一声哨响，做出一个两分的手势：两分！

球场上，一片欢呼。

比赛这才刚开场呢，水电一班的球员站到场上，正摩拳擦掌准备大战三百回合，没想到文道政一个人就杀了过来，居然还灵活地闪过了水电一班的拦截投进了第一个球。球场上的人一下子惊住了。

双方啦啦队都在为自己的球队呼喊着加油。女生们都站在球场的一边，肖奕琴、黄亚男、曾晓娅、王姗姗几个站在一起，再往中间就是梅雅静，她站在水电一班女生边上。

黄亚男握着拳头正欢呼："7号，文道政，远投两分！"

篮球回到球员们手中，比赛又继续开始了。

这次是水电一班刘闯发球，球运到张伟手中。

张伟浑身是劲，猛一个三步跨栏，球进了。

刘西凤兴奋得直拍巴掌："张伟，两分！"

"加油，加油……"

陈凯坐在麻石板上，不知道为什么，眼前这场激烈的球赛并不能让他投入激情去围观，自言自语道："这么激烈，今天肯定会打起来。"

有同学听到，扫了他一眼，问："打球呢，打什么打，你别乱说。"

陈凯预言道："……你，看吧。"

…………

文道政又拿到球，不急不忙地运球。水电一班成扇形团团围住。

文道政运到了右边，猝不及防又一个远投，球进了。

比分交替上升，水电委培暂时领先两分。

"文道政，加油，加油！"

文道政全神贯神，眼随球走，球随身动，全力把握每一个机会，夺球、传球、投球。没料到就在文道政刚刚拿到球，过了中场准备投球时，刘闯和另两个球员一起扑过来，跑前面的使阴招将文道政绊倒，跑后面的两人就装作收不住脚一齐倒了下去，将文道政压在地上。

"水电一班犯规！"张克工一见，大声叫道。

裁判哨声，响起来。

文道政感到疼痛难忍，他倒在地上，全身像断了骨头一样，他咬紧牙关痛苦地爬起身来，原地坐着朝刚起身的刘闯看去。刘闯嘴角噙着笑，已经朝张伟走了过去，并没有回头望文道政一眼。

水电委培班的同学们，都围了过去。

肖子钢看文道政这一跤跌得惨，急切地问："文道政，怎么样？还好吗？"

张克工皱起了眉头，大声说："好个屁，三个人压着他……"

杜丽娟也及时围拢来了，她说了一句："水电一班怎么搞的？这是打球还是打人？"

杜丽娟的话没有回应，场中一声哨响，裁判员判水电一班犯规，重新发球。杜丽娟只好指挥几位男生将文道政扶到场外休息。

接下来的比赛毫无悬念，水电委培班的男生虽然还是努力奔走抢球投球，但他们的心里多少都有了些抵触的感觉，甚至看到刘闯抢到球，他们干脆停下步子，不再去争夺，只是想死守着篮板不让水电一班投球。

这是不是一种无声的抵抗？

球赛不顺利，但还是结束了，水电一班获胜。

刘西凤兴奋不已地谈论着球赛，梅雅静并不高兴，她当然看到了球场上的事情有问题，说："今天篮球赛，虽然水电一班赢了，但是并不光彩。"

梅雅静这么一说，刘西凤也感觉到了，突然说了一句："文道政被打，我看，那也是刘闯故意的。"

梅雅静失语了，她喃喃地自语道："他们搞阴谋，在整文同学！"

大家起立离开球场。有人议论说，水电一班是有意违规，故意整人。如果文道政不受伤下场，水电一班不一定能胜。

梅雅静看见文道政受伤，心里比什么还难受，但作为水电一班的学生让她有说不出的苦处，她不好走到文道政面前，只默默地随着水电一班的同学离开了。

水电一班的男生，要去庆祝胜利。女生们自然是去凑热闹。刘西凤想让梅雅静也一起去。梅雅静理都没理，一个人径直走开了。

文道政一拐一拐地在刘贵北的搀扶下回到寝室。

张克工心里很不舒服，说要去找杜老师评理："真是岂有此理，还打伤了我们的主力队员！"

"难道你还没看出来，这是刘闯故意做的。"刘贵北说，"刘闯跟陈凯说，要整文道政，要他远离梅雅静。"

张克工一听，忙问文道政："是这样吗？"

文道政望了一眼刘贵北，不想将事情搞大，只好摇摇头，说："没有！"

刘贵北见文道政不敢说实话，不理解地摇摇头，叹了一口气离开了。

尽管文道政不说实话，但是，水电委培班输了这场球，全班同学都心里不舒服，总是想着要报复回来。

28

晚上熄了灯，洗漱间里安静下来。

水电委培班的几位男生正围着文道政讨论了两道高等数学题，但因为白天输了球，大家精神上受到打击，精力显然已经不济了。

刘贵北抬起左腕一看手表，打了一个呵欠，说："我困了，想睡了。"

刘贵北一说，大家都很困，都说想睡了。

肖子钢于是合上书站起来，说："走，都睡觉去吧。"

刘贵北将书本夹在腋下，左右手各拿着一张凳子，回过头看见文道政在看水电工程制图，便说："走吧。"

文道政还有两页书没看完，便扬了下握住的笔，说："你们先去睡，我看完这页书。"

肖子钢他们几个都走了，文道政又翻了一页书，突然打起一个呵欠。

文道政早就有点困了，不过是强撑着想多看看书，现在睡意袭来，他揉了揉眼睛，便眯上眼睛想休息片刻，然后再接着读几页。

午夜一点，空空的走廊里突然有了动静。

一间寝室的门被轻轻地拉开，一位睡眼蒙眬的男生半夜起来小解，他半眯着眼睛顺脚走进洗漱间，在小便池边站定，又睁开眼缝来看是否瞄准了便池，刚尿完呢，他突然觉得洗漱间里有些异样的感觉，便突然扭过头去看，这一看，他便吓得魂飞魄散，拔腿就跑。

那男生尖声大喊着从洗漱间顺走廊狂奔回寝室，也不知道是用了几秒钟，他只管一路喊着："有鬼，有鬼！"

第一声尖叫就已惊醒了文道政，再听见叫有鬼，文道政睡意全消，也不顾腿脚上有伤，一手拿起腿上放的书，一手抄起屁股下的凳子，头也不回地直朝寝室奔去。文道政跑到洗漱间外，看到走廊的尽头有道光影一闪，便不见了。

文道政便也边跑边大声喊："有鬼，有鬼！"

叫"有贼"和叫"有鬼"的反应是不同的，这时，整层楼甚至整栋楼都被尖叫声弄醒了，但是楼道里还是空空的，既没人敢走出来看，也没人开灯说话。

在一串尖叫声停下来之后，整个宿舍窗户黑洞洞的，整个宿舍大楼比任何时候都安静，似乎没有任何人被这尖叫吵醒了。

从外看，大家都睡得正无比香甜，只有宿舍里的舍友知道，哪些同学被吓得瑟瑟发抖，以至于床铺在他们的哆嗦下略有些微微晃动。

…………

这一夜，比平时显得漫长。早晨醒来的时候，同学们房间里重新面对面，在洗漱间里来回走动，有些同学一看就精神头儿不足，显然是昨夜睡得不够踏实。

"真的有鬼吗？"

"有鬼，宿舍闹鬼，晚上要小心呵！"

"那个鬼在洗漱间里，样子可吓人了。"

一天时间，各种版本的鬼故事开始传播，同学们惊惊乍乍，有亲友在附近住的同学，放了学就悄悄地离开了。

男生们传播的鬼故事是瘆人版的：

"是个吊死鬼，舌头有一尺多长，咳，吓死人……"

"是个女鬼，头发有一米多长，长着青面獠牙……"

"据说'文革'搞运动，有人受了委屈在厕所里吊死了，是灵魂回来了要求平反……"

女生们讨论的鬼故事是害怕版的：

"男生宿舍在闹鬼，鬼从洗漱间屋顶上吊下来，伸出长长的舌头。"

"'文革'时有个男生死在宿舍里，当时尸体就放在男舍洗漱间。"

"申冤鬼是不是来找替死鬼？会不会来女生宿舍？……"

刘贵北不想去洗漱间了，他害怕地说："从今晚开始，我不去洗漱间读书了，要去，你们去……"

文道政小时候常听邻居家老人讲鬼故事，他也害怕真的有鬼，就说："你不去，我也不去了……"

肖子钢拍了拍张克工的床边，小声说："那我们都早点休息吧，为学习去撞上个鬼就麻烦了……"

张克工看着，点了点头，没有吱声，将书枕在脑袋下面，就躺下了。

各栋宿舍楼的寝室灯按时间都熄了，各间寝室看似安静下来了，但今夜无法静心入睡的同学却格外多。风吹枝动，枝动叶摇，些微压抑的咳嗽，拖鞋摩擦地面，放书碰落饭盒的哐当声，以至于胸腔里的心脏扑扑跳动的声音，今夜都格外不同，格外让人害怕。

在疲倦里沉沉睡去的同学或许做了噩梦，汗涔涔地醒来。

尚未入眠的同学，在辗转反侧。

"有鬼，有鬼！"不知道哪间寝室瞬间爆发出恐怖的叫声。

另一层有几人在寝室里狼嚎……

胆小的男生捂着被子偷偷哭泣……

刘西凤昨晚睡在梅雅静家，一清早她就回到宿舍去洗漱，再跟梅雅静碰面时，她已经打探到了无数"早间新闻"。

"西凤，宿舍里真有鬼？"

"早晨有女生说，看见男生宿舍的鬼到了女生宿舍了！"刘西凤也吓得要命。

梅雅静小脸有些发白，但她听父亲说过世间并没有鬼，于是将信将疑地问："真的假的，你别吓我，哪来的鬼？"

"你不知道？据说是'文革'时在男生宿舍死了学生，现在鬼魂回来要求平反，晚上在洗漱间哭得可惨了，男生们都听到了。"

…………

梅雅静和刘西凤两人正谈论学校闹鬼，正好文道政和刘贵北走过来。

梅雅静看到了文道政，他还是那么阳光，便唤他："哎，文同学。"

文道政看见她们俩，赶紧回应着："哎，你们好。"

梅雅静笑了笑，才问："男舍有人看到了鬼，晚上还听到鬼哭，有这事吗？"

文道政刚想开口呢，刘贵北已经抢着说了："是呀，那鬼舌头三尺，青面獠牙……"

刘西凤看刘贵北手势做得夸张，吓了一跳，往梅雅静身后一站，说："啊，你别说了，我怕！"

梅雅静看着文道政，问："真的有鬼？"

文道政也不知道这话到底该怎么说，只好讲："有吧，我只看到个影子一闪，我也快被吓死了！"

梅雅静马上关心地问："怎么？你也碰到了？"

文道政见梅雅静问得关切，便说得仔细："闹鬼那晚，我在洗漱间读书，好像是有人进来小解，他先大喊'有鬼，有鬼'，我当时吓得瞌睡都醒了，赶紧往寝室跑，在走廊里好像是看见什么东西一闪就不见了。不过，那天有许多同学都在叫有鬼。看见的人应该不少……"说了最后一句，文道政似乎觉得踏实了些。

刘西凤越发信得真了，便告诫文道政说："晚上别再乱跑了，我奶奶说，鬼是午夜十二点以后出来的……"

晚自习过后，学生们一群群走出教学楼，不一会儿就有人在教学楼外的小花园里大声叫喊："有鬼，有鬼！"

学生们四散逃开，校园里只有昏暗的路灯，各处的角落都黑漆漆的，同学们魂不守舍，都想跑回宿舍缩回床上去——那儿是唯一安全的地方。

梅雅静和刘西凤跑得喘不过气来，停下脚步。

"吓死人了，申冤鬼怎么又跑到花园去了？"

刘西凤对这些倒知道得多，便说："我奶奶说，鬼和人一样，人去的地方，鬼一样去……"

梅雅静拽了拽刘西凤说："我爸妈今天都出差去了，今晚你还是到我家去住吧。"

刘西凤拍了拍梅雅静的肩，说："害怕吧，我也不想回宿舍！"

梅雅静便拽了刘西凤往家的方向走，正好还有不少回教工宿舍的人，梅雅静就紧跟着人多一起走，不敢落单。

29

学校闹鬼，是闹得越来越厉害了，动静大了，纸包不住火。

现在男生女生们都是下了晚自习，就直接跑回宿舍去洗漱，晚了回宿舍就直接上床，夜里没人愿意去上厕所。甚至说，虽然是天气凉，但校园的夜晚从来没有这样安静过，完全没有了晚自习后还在操场逛或角落里聊天的情形。这种情形让保卫处觉得意外，等听到传说，这鬼都在学校里闹得要上天了，于是保卫处吴处长来到学生处了解具体情况。

"情报处长"肖明咧着嘴无辜地笑，说："哪里可能有什么鬼？一定是老鼠、猫头鹰晚上叫。这些学生，见风是雨的害怕。"

吴处长就问："老鼠？猫头鹰？学生们可都说是在洗漱间看到吊死鬼，青面獠牙，还说是'文革'受冤屈死亡的学生回来平反昭雪。都传得这样具体这样神了，我们能坐视不理吗？"

这一说，肖处长也就觉得严重了，赶紧站起来听吴处长的建议。吴处长大手一挥，说："还能真的'有鬼'？走，我们'捉鬼'去！"

不管同学们晚上害不害怕，宿舍的灯是一定要按时熄灭的。

各寝室里最常见的"卧谈会"也都自动消失了，大家都觉得话题聊着就会聊到鬼身上，或者聊着聊着就背心发冷，总觉得这么聊天说话，鬼说不定感兴趣，也会来参与。说不定哪句话，就是鬼插进来说的呢。

肖处长背着个自制的安装了三筒大号电池的长手电筒，和保卫处吴处长静悄悄地到男生宿舍去。

检查事先也没有通报过谁，但中年男人的霸气和领导干部的威风在这时都体现出来了。两位处长的脚步沉稳，走得刚健有力。

这样踏实沉稳的脚步，在心里发毛的同学们耳朵里，就听出了一千种一万种可怕和恐惧的靠近，些微至渐大的震动显示着极有攻击力的物体，在一步一步踏进宿舍，逼近走廊……

撕破宿舍安宁的却不是脚步声，而是一串尖叫：

"有鬼啊！"

"鬼来了，救命啊！"……

整个宿舍，一片吵闹声。

肖处长走在走廊里，他知道这个钟点同学们基本都还没睡着，于是拿巴掌拍着墙壁，发出扑扑扑的声音，意在提醒各寝室注意，然后他才大声叫道："不准吵闹，快睡觉。"

但是，肖处长没料到的是，他一拍墙，各房间里的喊叫声就更惨烈了。

肖处长转身问跟在身后的门卫老头："你在宿舍看见过鬼？"

"没！"门卫老头答得简洁。

"那是哪里闹鬼呢，领我和吴处长去看看。"

门卫老头边往一楼走，边说："闹鬼，从一楼洗漱间开始的，每晚都闹！但也没见出什么鬼事。"

肖处长应了一声，对吴处长说："走，我们去看看。"

肖处长和吴处长下到一楼，楼上的尖叫声息了些，一楼的同学们捂在被子里又紧张起来了，肖处长和吴处长经过寝室时，突然有学生大声叫道：

"有鬼，鬼来了！"

肖处长推开一间寝室门，将手电筒打开，在房间里一照射，照到几张惊恐的面孔。肖处长拍着胸脯，大声说："那里有什么鬼？我们来查夜的！你们快睡，不准再吵闹了。"

这一招，效果不错。

肖处长刚才打开一间寝室门时，全层楼的同学都竖着耳朵听着呢，听清楚了是"情报处长"肖处长在训话，胆大的开门露头看确实了，真真实实的肖处长和吴处长，还有门卫老头，都是熟悉的面孔，于是心里踏实了。

一楼的西头，是整层楼的洗漱间。

洗漱间功能强大，洗脸、漱口、洗澡、洗衣、上厕所，都在这里。

肖处长和吴处长走进洗漱间，几只大老鼠吱吱地叫着，毫不怕人，正在下水道饱吃学生们洗碗倒下的食物残渣。

肖处长走过去，拿脚使劲一踹门，门咣当巨响，这才把老鼠吓得叽溜溜叫着逃走了。

"老肖，你有没有发现？"

肖处长扭头看看吴处长，问："发现什么？老鼠？这个没办法。"

"不是。你看，这里头的灯怎么比走廊上亮堂多了啊？"

肖处长抬头看了看，皱起眉点了点头说："你这么一说，还真是！见鬼了，难道谁换了灯泡？"

吴处长问："难道是电工班换的？"

肖处长摇了摇头说："不会。学校统一装的是15瓦的灯泡，都是走廊那种昏黄的光！"

吴处长奇怪地问："换洗漱间灯泡干什么？"

肖处长走出来，摇摇头，说："真是碰见鬼了！"

这几天，同学们算是给鬼吓得惨了，现在见两位处长亲自来捉鬼，就有几个胆大的同学出来围观现场。明天一早，新闻就会从他们这儿"插上翅膀"。因此，肖处长一说"真是碰见鬼了"，洗漱间外的耳朵里便有尖叫一声往寝室里跑的，同时还嚷着："肖处长碰见到鬼了！"

肖处长赶紧从洗漱间里出来，冲站在外面的男生们说："同学们，这世间哪里有鬼？根本没有鬼！"

学生们笑着说："刚听见你说'碰见鬼'了！"

肖处长和吴处长一听，也笑起来。

肖处长便解释："'碰见鬼'和'有鬼'不同好吧……奇怪了，是谁给洗漱间灯泡换了？"

学生们并不知道，便摇摇头散了。有些便转身准备回寝室睡觉去，于是吴处长便挥挥手，让男生们都不要没事找惊吓了，赶紧睡去吧。

谁换的灯泡？当然不会谁都知道，只要知道的同学自己不说出来。

洗漱间那么大，换一个灯泡能有什么事，况且这个灯泡还是自己掏钱买的。15瓦的灯泡照在书上都是昏暗模糊的，哪里能看见书上的字呢。走廊里又恢复了清静，吴处长便借此机会安同学们的心："明天还要上课呢，大家不准再说话了，快睡了快睡了。"

这一下，本来就觉得庸人自扰的同学，便心里踏实下来，安心地睡觉去了。

这情形女生宿舍并不知道，都还在各自温暖的被窝里做着噩梦，被鬼追得栖栖惶惶的。

…………

梅雅静与刘西凤睡在一张床上，她两个看了会儿电视，到电视所有的频道都说"晚安"了，她俩还睡不着，便说起了悄悄话。

梅雅静问西凤："你说，张伟和刘闯为什么跟文同学过不去呢？"

刘西凤笑着说："那不很明显吗？你对文同学亲近，当然会引起妒忌心。"

梅雅静想了想，说："我不过是同情文同学。"

刘西凤帮她补充道："你不是还说了'文同学长得俊朗，帅气'吗？"

梅雅静推了刘西凤一下，嗔道："我第一次见到他是有这种感觉，他来自农村，挺老实、正直，挺听话……"

刘西凤不依，仍然把脸枕到梅雅静肩侧来，说："你看你，岂止是同情他，评价这么高，一定是真喜欢文同学了。"

梅雅静急切地辩解："没有没有，哪有这么快。"

刘西凤画风一转，直说："文同学一切都好，就是家里穷，是个自费生！"

梅雅静愣了一下，才说："自费生怎么了？我看文同学成绩一点儿也不比公费生差！"

刘西凤可不想两人为这事起什么争执，便打起了哈哈来："哈哈哈……你还是喜欢文同学啰……"

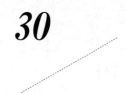

必须平定慌乱，让学生安心上课。

肖处长召集学生处开会，在会上说：

"学校闹鬼，学生害怕，究竟怎么引起的？这世界哪来鬼？还说是'文革'时冤死的学生回来要求平反昭雪，真是岂有此理？"

王老师咕哝："闹什么鬼，我看就是有人存心搞鬼……"

说起这句，肖处长也觉得奇怪，就问："昨晚，我和保卫处吴处长去查夜。发现北舍男生宿舍一楼洗漱间的灯泡怎么全换成了100瓦的大灯泡，整夜亮堂堂的，得浪费国家多少电呀！这究竟是谁干的？"

王老师觉得不甚了了，追问说："100瓦，为什么要这样？"

肖处长突然补充一句，说："女生宿舍看来也要检查，看有没有偷电现象……"

水电委培班，英语课。

年轻美丽的女英语老师站在讲台上说英文，文道政认真听着，突然教室门响了，英语老师优雅地说："Come in，please！"

肖处长推门走进来，礼貌地冲英语老师点了点头。

同学们一看是"情报处长"，马上都紧张起来。

肖处长在教室里环视一圈，直到看见文道政，才说："请文道政同学出来下。"

同学们又都回过头看着文道政，多数人心里想着，又是文道政，这又是什么事啊？

文道政跟着肖处长的背后走到学生处，才问："肖处长找我有什么事？"

肖处长冲文道政仰了仰下巴，用一种异常的口气问道："有人看见你，换了洗漱间的灯泡！"

没想到有人出卖自己，文道政愣了："这……"

肖处长趁热打铁，说："你别跟我这这这，是你换的吗？"

文道政想想也就是换灯泡读书嘛，索性承认了下来，肖处长一见文道政认了，便拍着桌子问："你吃了饭没事干，为什么要换洗漱间的灯泡呢？"

换灯泡干吗？

文道政不知道该怎么回答，他也不愿意说出躲在洗漱间里学习……

"100瓦的灯，你知道吗？整个通宵都点着，要浪费国家多少电？"

文道政："这……"

肖处长追问道："为什么换灯泡？你说不出理由，就赔偿学校的电费损失，还要受处分。"

文道政继续失语……

肖处长看着文道政，真是生气啊生气："文道政，怎么什么坏事，你都有份。打架的事刚平息，你就偷换灯泡、闹鬼！"

文道政想，闹鬼，我没有啊，赶紧拦住这句解释说："我没有闹鬼！"

肖处长想了想，突然问："你没有闹鬼？那谁在闹鬼？我问你，是不是怕鬼，才将灯泡换成100瓦的？"

文道政赶紧说："不是。"

肖处长加紧追问："那为什么，快说呀！"

学生处半张着的门被完全推开了，一个声音同时飘了进来，说："学生处突击检查，在女生寝室发现了小电炉"。

肖处长看过去，是学生处的王老师，问："在哪里发现的？"

王老师特别有成就感地说："水电委培班的女生寝室。"

肖处长回头看了一眼文道政，说道："又是水电委培班？你们这个水电委培班真叫人头痛。"

…………

学生处王老师又来到水电委培班，敲了敲门，英语老师耐着性子继续说："Come in，please！"

王老师推开门看见英语老师脸色不悦，便冲着教室中叫了一声："请曾晓娅同学到学生处。"

全班同学都望着曾晓娅，于是王老师就看见曾晓娅了。

曾晓娅被叫出了教室，英语老师准备继续讲完剩下的内容，下课铃"丁零丁零"响了起来，有的同学就站起了身，有的同学还坐着，望着英语老师，不知道没讲完的那点内容是不讲了呢，还是现在继续。

曾晓娅一进学生处，便痛哭起来。"情报处长"望了曾晓娅和文道政一眼，口里轻蔑地说："真是一对金童玉女，一个偷国家的电，一个浪费国家的电。"

曾晓娅用手捂着脸，低着头在哭。

肖处长被曾晓娅哭烦了，大声说："哭什么哭，你知道哭，就不会偷电烧电炉了，你知道这危害多大，一不小心起了火，一整栋楼都会被烧掉。"

文道政看着曾晓娅心情复杂，觉得两人这一次怕是很难过关了。

肖处长发扬领导作风，还在继续训话："你们是学水电的，应该知道电是无毛的老虎，电死了你不要紧，着了火，学校怎么交代？真是不知天高地厚！"

这时，杜老师走进了学生处，接着，张克工和肖奕琴也走了进来。

杜丽娟一进门就用磨不开的黑脸冲曾晓娅吼道："尽给我找麻烦？干什么不行，非要偷电烧电炉？还有你，难道真的有鬼？我看，你们两个是不想读书了。"

肖处长这才想起来，曾晓娅偷电的原因他还没问呢，便说："正好杜老师来了，我想问清楚。"

肖处长清清喉咙问道："曾晓娅，你为什么烧电炉？"

曾晓娅不回答，哭得更伤心了。

杜丽娟有点着急了："曾晓娅，你别只知道哭，你要说清原因呀。严重违反学校纪律，要被开除的。"

曾晓娅听到"开除"两个字，声音突然提高八度，号啕大哭起来，这哭声让人觉得要是一口气接不上来，恐怕会死人的。

学生处里的几位老师都被吓住了，你看看我，我看看你。

杜老师走过去，拍着曾晓娅的背让她缓缓气，说："别哭，别哭了，慢慢说。"

曾晓娅这才勉强地吐词说："我家里困难……"

杜丽娟还没想到，只管说："家里困难，那你烧电炉子干什么？"

曾晓娅怯怯地："煮面条。"

杜丽娟吃惊地问道："煮面条吃？"

张克工看学生处的气氛略有些缓和的样子，便补充说："在食堂吃饭，一天生活费四毛钱，一斤面条只有一角二分，可以吃一天。"

一天吃一斤白水煮面条，可能一斤都还要省着吃……这意味着什么？

"学校发了生活费，你还煮面条吃？"杜老师问道。

杜老师一问，曾晓娅又哭起来。

原来，曾晓娅父亲单位来人看她，曾晓娅将伙食费全部买了包子和馒头，带回山区老家，让她家人尝鲜……

杜老师知道情况后，不知说什么好。

肖处长和杜老师虽然也算是苦日子里熬过来的人，但那种日子毕竟已经远去了，一天一斤白水煮面条，到底是幸福还是不幸，怎么判断呢？

肖处长听了没吭声，学生处里格外安静。

王老师便觉得"饿死事小，失节事大"，站起身来强调说："可，你这是偷国家的电呀！"

杜丽娟望了一眼王老师，赶紧说："肖处长，你看，这种情况很特殊。"

肖处长望了一眼大家，说："偷电违反学校纪律，不能姑息！"

说完，肖处长眼睛转向文道政。

"文道政……曾晓娅家里穷，偷电煮面条，你呢？换灯泡为了什么？"

张克工见文道政被叫过来许久了，也还没说，知道他有顾忌，但又怕不说，文道政会受到更严重的惩罚，便替文道政说："肖处长，我替文道政说了吧，文道政来学校读书晚了一个多月，许多课得补上。"

肖处长还没想明白，问道："换灯泡与补课有关系吗？"

"有关系！文道政和水电委培班的几个同学，晚上在洗漱间补习功课。"张克工这一说，等于就是集体行为了，这是文道政先不愿意说的主要原因。

肖处长继续追问："补课？怎么补？"

张克工解释说："同学们都睡了，就到洗漱间学习，但那里灯光太暗，就换了灯泡……我也去补过课。"

张克工一说完，肖处长和杜老师互相对望了一眼。

王老师一见肖处长不吭声，就怕他心软，再次站起来表态："这是浪费国家的电，一整晚亮着。"

杜丽娟觉得两个学生虽然有错，但这两个原因却都是值得理解的，恼怒消了，还是想维护自己的学生，央求着说："肖处长，这两个学生都不是有意违反学校纪律，你看，这……"

肖处长一听，心有些软，说："这情况我已经知道了，你们先回教室……"

"张克工，肖奕琴，你们俩一个是班长，一个是团支书，水电委培班尽出违反纪律的事。刹住了谈恋爱，又出现打架，打架才平息，又出现闹鬼，又是偷电，从没消停过。"杜老师现在骂也不是，恨也不行，真是不知道要怎么教训这些常惹事的学生了。

张克工也说不出话："这……"

"不关班长的事，换灯泡是我干的，要处理处理我，罚款罚我的。"文道政希望自己能承担。

曾晓娅听了，也接着说："是呀，不关班长的事，要罚款罚我的。"

杜丽娟冷笑了一声："罚你们的款，一个交不起学费，一个家里不寄生活费，怎么罚？"

张克工诚恳地说："他们两人是班上最困难的学生，希望学校网开一面。"

杜丽娟心烦意乱，冲着张克工说："你认为可以网开一面吗？'情报处长'那个凶神恶煞的样子，能放过我们班吗？你们看见学生处那个王老师的态度没？"

肖奕琴一直都还没吭声的，现在也想不出法子来，只好徒劳地说："那怎么办？"

杜丽娟望着她说："怎么办？我知道怎么办？你们尽给我出乱子。"

…………

31

文道政心里烦，没有去教室上晚自习，一脸愁容地来到学校门外不远的桃子湖边，等他回头看时，才发现曾晓娅居然远远地跟在他身后了。

"跟着我做什么？"文道政在湖边的草地，坐下了。

曾晓娅怔怔地走过来，在文道政身边坐下，有些悲伤地说：

"我家为我读书，将家里的东西都卖光了，我有一个妹妹，一个弟弟，全家都指望我大学毕业，找到工作……"

文道政低下头叹息："我和你一样。"

曾晓娅不信似的，问："你也有一个妹妹，一个弟弟？"

文道政回答说："嗯，他们都还在读书。"

曾晓娅听了，觉得更难受了，说："我们同病相怜。"

文道政见曾晓娅这样说，也不好回答。

这时，曾晓娅自言自语说："我高考没考上，复读了三年，家里被我读穷了！"

文道政一听，心里一惊，原来曾晓娅也复读了三年。他望了一眼曾晓娅，心里对她多了一份同情和亲切。

"要不，如果我们被开除了，你就带我远走高飞吧！"曾晓娅突然说。

"远走高飞？"文道政重复着说。

曾晓娅眼睛里闪着光，大胆地说："是的，我跟着你，到哪里都行。"

文道政苦笑了笑，说："跟着我？我一无所有，也不知道往哪里去。"

曾晓娅更加大胆地说："一无所有没有关系，只要跟着你，我什么都不害怕。"

文道政嘴里说："真的吗？"

文道政心里想的，却是身后那一大家子，那些期盼的目光。文道政知道自己哪里也不能去，不能远走高飞，他只有一条路，就是责任和梦想比翼齐飞。

文道政的心绪已经飞过桃子湖，飞去遥远的地方了，所以他也没有听到曾晓娅温柔地回复了他："真的！只要你不扔下我，让我去哪里都行！"

文道政不能远走高飞，只有先在大学学好知识，他才可能有机会实现理想，"为实现自己的梦想而奋斗！"

"为实现自己的梦想而奋斗，我支持你！"梅雅静的话仿佛在心底深处打下烙印，在他耳旁轻轻回响。

热爱自己热爱的，奋斗自己奋斗的，让贫瘠的土地长出嫩绿，让自己的梦想拯救自己。

"不！我要实现自己的梦想！"文道政突然开口说。

文道政的话接不上曾晓娅的表白，所以曾晓娅反问："什么梦想？"

文道政说："我要在家乡修建一座水电站，让千家万户点上电灯！"

曾晓娅瞬即觉得文道政伟大起来，她欣喜地说："太伟大了，我支持你！"

"我支持你！"这是一句好熟悉的话，这句话，在梅雅静的嘴里说过，现在在曾晓娅的嘴里又说出来。

文道政深深地点头，冲曾晓娅说："谢谢！"

曾晓娅闭上眼睛，双手合十在胸前，低语："菩萨保佑，学校别开除我们！"

这时，梅雅静和刘西凤正要往梅雅静家里走，无意间听到了水电委培班几个同学在聊天。

梅雅静瞅了一眼，是陈凯在说话："这次文道政大祸临头了！宿舍闹鬼原来是他搞的鬼！"

肖子钢解释说："陈少爷，你别乱说。哪里是闹鬼，就是在洗漱间读书，吓到了起床拉尿的胆小鬼。"

陈凯心里有鬼，他现在希望文道政倒霉，肖子钢当然不知道，只见陈凯进一步说："这次要开除文道政了吧，上次有校长千金梅雅静帮着，这次看他还有什么好运气。"

肖子钢不想说文道政，便转移话题："听说那个男生，吓得尿了裤子。"

陈凯依旧沉醉在文道政可能要倒霉上，说道："梅雅静是我们大学的校花，文道政不撒泡尿照照自己……"

肖子钢忍无可忍了，尖刻地说："陈少爷，你别太幸灾乐祸了。文道政被开除了也轮不到你。水电一班班长张伟，还有刘闯都喜欢梅雅静，你看不出来？我们自费生要有自知之明，你有什么好幸灾乐祸的，别自找没趣。"

陈凯大声说："什么叫自知之明？文道政那小子穷得叮当响，还是个自费生，我还不如他吗？……"

梅雅静见陈凯这么说，就要走上前去找陈凯麻烦，刚冲出去一步，却被刘西凤拦住了。刘西凤望着梅雅静，梅雅静才意识到自己失态了。男同学们在议论自己的是非，她如果还冲上去帮文道政出头，恐怕麻烦会更大。

于是，梅雅静冲着走远了的陈凯背影做了个鬼脸，说："文同学比你强一百倍，强一千倍！"

刘西凤望着梅雅静，笑得直摇头。

"梅雅静，刘西凤，你们站在这干什么？"黄亚男转了个弯，看到她们两个站在路边呢，像在等谁，便招呼她们。

"正好你在，我问你，文同学怎么样了？"梅雅静也不同黄亚男客气，直接就问。

黄亚男倒不介意这直率，只是一时没转过神，问："文同学是谁？"

梅雅静补充，说："你们班文道政怎么样了？"

黄亚男笑起来，说："文同学就是文道政呵，怎么要叫文同学呢？"

梅雅静一笑："这个下次告诉你，你先告诉我，文道政现在什么情况？"

"文道政将男生洗漱间的15瓦的灯泡换成100瓦的灯泡，被学校发现了。"

梅雅静愣了一下，说："啊，可他为什么要换灯泡？"

黄亚男解释说："等同学们都睡下了，他又悄悄去读书！"

刘西凤听了都佩服起来，大声说："想不到嘛，文道政的学习精神可嘉！"

梅雅静也同意地点点头，笑道："这可不是当下的高玉宝吗？好事嘛！"

几个女生聊着，哈哈哈笑起来。

黄亚男想了想，才告诉梅雅静说："'情报处长'叫他去问了情况，'高老师'也去了。现在还没有处理，听说要罚款！"

梅雅静听了反而高兴了，说："啊，罚款哦？那还好！"

刘西凤莫明其妙地说："哎，你怎么说的呢，他被罚款还好！"

梅雅静显然内行，赶紧解释给大家听："啊，这个罚款当然要比开除好吧……"

大家这才会过意来，忍不住都点了点头，说："还是梅雅静脑子转得快。"

这时，张克工和王姗姗在桃子湖畔慢慢散步聊天。

正好在桃子湖，曾晓娅一眼看到了，赶紧拉着文道政，躲到灌木丛里。

文道政东张西望还不知道发生了什么事，曾晓娅贴近文道政的耳朵小声说："张克工和王姗姗走过来了。"

文道政一听都吓慌了，赶紧屏住呼吸，再想伸头瞧一下灌木丛外面是什么情况，没想到却和曾晓娅的头碰到一起，两人尴尬，一时都停住了动作，就这么面对面地望着，感觉到对方呼吸喷出的气息。

这时，正好张克工和王姗姗从灌木丛外走过去了，曾晓娅和文道政更是待着一动也不敢动，但没想到张克工却在和王姗姗聊文道政的事："文道政这次的麻烦大了！"

王姗姗温柔地笑了笑说："文道政有校长千金护着，不会有事的。"

张克工侧过脸看王姗姗说："也奇怪，梅雅静怎么就和文道政走得那么近？还文同学，文同学地叫。"

王姗姗听了就掩口笑着说："文同学？怎么叫文同学呢？"

张克工拿手肘碰了碰王姗姗的手臂说："我也不知道，这是他们的秘密吧？"

王姗姗羞涩地抬起头看张克工，不解地问道："秘密？呵呵，那我们的秘密是什么？"

张克工伸出手拉住王姗姗的手牵着，缓缓地说："我们俩的秘密呀，目前就是要对所有同学保密！"

王姗姗伸出另一只胳膊，圈住了张克工的手臂环抱着，同时她也想了想，才说："说得对，那我听你的！"

张克工便站住了，转过身来和王姗姗面对面地站着，并拿鼻子去蹭王姗姗的鼻子，王姗姗觉得脸上有点痒痒，便害羞地扭开脸去。张克工抬手就握住了王姗姗的下巴……

曾晓娅听了张克工和王姗姗的谈话，咬着嘴唇将文道政推开。文道政不曾防备，往后一仰，险些摔倒，文道政又不敢出声，只好一脸不解地瞪着眼睛望住曾晓娅。

曾晓娅小声阴阳怪气地说："文同学，你与梅千金还有秘密呐？"

什么叫秘密，这个东西真不好界定。

文道政便说："能有什么秘密？我都不知道。"

曾晓娅掐酸，仍执着地问："那她为什么叫你文同学？"

文道政记得自己跟梅雅静说过，可以叫自己"文道政"，但怎么会变成"文同学"的，他还真没研究和询问过。曾晓娅要问，文道政也不想多解释什么，便推脱道："我真不知道，你要问就去问梅雅静！"

曾晓娅心里不高兴："不说拉倒，我才不去问她！"

文道政抬眼看看不远处，张克工和王姗姗还在一起拥抱呢，他们不能走出去撞破这事，但他也不知道要怎么回答曾晓娅的问题了。

曾晓娅见文道政不说话，继续吃醋地说："梅雅静是校长千金，校花一朵，你够得着吗？"

文道政有些不高兴了，便怒形于色地说："你在说些什么呢？"

曾晓娅见文道政脸色不对，便自己转弯道说："不谈这个了。你说，张克工跟王姗姗，这么晚到这里来约会，也不怕学校抓啊。"

文道政急着想离开了，小声说："别管他们了，赶紧走吧。"

曾晓娅窝在文道政身边，还并不想马上离开，但见文道政已经开始半蹲着向灌木丛后方转移了，只得赶紧跟了上去。

32

一个上午的课程，大家在肚子叽叽咕咕的声音中结束了。

下课铃一响，一半同学的屁股就离开了座位，动作快的，已经向门口走去，正好被走进教室的杜老师堵在门边。

杜老师示意所有同学留下来，她有事情要说。

说完这句，杜丽娟就安静下来，看着同学们，等同学们将身子安放回座位里去，好像有许多话要说。

同学们不情愿地回到座位，边坐下去边小声议论，走慢几步，食堂里要面对的就是排长队，然后想吃的菜给别人打了。杜老师有什么事，非得这时间把大家堵在教室里。

"是不是学校闹鬼的事？"陈凯觉得就这事了，于是吊起嗓子问。

张克工听了就不痛快，真是哪壶不开拎哪壶嘛，大声问道："陈少爷，你就这么牵挂闹鬼的事，是不是你心里有鬼呀？"

同学们一听，笑起来，眼睛都投向文道政，倒把肚子面临的遭遇放到了一边去。再说，着急也没有用，反正眼前就是谁也走不掉。

杜丽娟见同学们都坐下来了，教室还是安静不下来，便轻轻地拍了拍巴掌示意大家安静，然后说：

"同学们听着，现在，学校已经做出了决定，对文道政和曾晓娅目无学校纪律，偷电用电的行为进行处理。"

杜丽娟停了停，见这么一说，教室里真鸦雀无声了，大家都在等她的下文，心里才满意了，她接着说："学校决定，对文道政和曾晓娅分别处以15元罚款，并且通报全校。"

要是开除文道政，陈凯都不难过，但听到杜老师讲完，陈凯又自言自语地嘀咕道："罚15元，这么多？"

黄亚男也吃惊地望向曾晓娅，仿佛是对自己说，也像是对着同桌，低声说："一个月伙食全没了，'情报处长'这么缺德。"

同桌当然听见了，便点了点头回应她。

教室里的眼睛都看着文道政和曾晓娅，以为他们会拍案而起，或者痛哭失声，但教室里越发安静了。这种安静在杜丽娟的意料之外，没有吵闹，没有痛哭，没有抗议，没有甩门而去，她一时倒不知道要怎么继续说，于是看了文道政一眼，画蛇添足地加了一句：

"'情报处长'说，对待这种行为就是要重罚，给那些总是喜欢违规的学生一个深刻教训。"

曾晓娅一直在等待处罚，但她并不知道自己会面临哪种处罚，因为她哪一种都无法承受，便没有去设想过任何。现在学校的处罚决定下来了，重得在她的意料之外，眼泪便断了线的珠子似的吧嗒吧嗒掉下，等杜丽娟补充完那句，她的心才跌到冷冰的事实上。15元，是个很具体的数字。因此杜丽娟的话音一落，她便趴在桌子上哭出了声。

杜丽娟看着曾晓娅耸动的肩头，觉得这才是正常表现，心底里略有一丝满意，便又将目光向文道政看过去。

大家的目光看着曾晓娅，同时也看着杜丽娟，当然也不会漏掉文道政。当杜丽娟将目光移到文道政身上，同学们的目光便不再分散了，而是都将目光投向了文道政。曾晓娅耸动的肩在同桌女生的轻拍下，显得突兀而孤独。

文道政坐在自己的座位上，像一座孤岛，他的四围全是水，同学们全在水的另一边，全在岸上。

刚才下课时，文道政就没急着起身。杜丽娟老师进来时，他手中就拿着一本书在翻着。他不喜欢跟着汹涌的人群挤出教室，也不想去食堂里挤着买饭，走后一点又不是完全没菜，他吃什么没有讲究。但杜丽娟进来了，她说的每一个字都落在文道政的耳朵里，像一片薄刀正在他的肌肉上划口子，一条、一条、又一条。

文道政眼睛看着书，杜丽娟的声音仿佛很遥远，曾晓娅的哭声也很遥远，就像是他正在游泳，其他人都在岸上向他说话，他的耳朵里只有混沌的咕咚声。但文道政知道曾晓娅在痛哭了，他当然也知道现在所有的目光全落在他的脸上，就像他要溺死在水塘里，岸上许多人在围观和呼号。

文道政的视线一直落在手中翻开的书上，似乎读得很入神，杜丽娟先前的话他全没听见，眼前所有的事全与他无关。

刘贵北觉得文道政的表现不正常，是不是看书入了魔，什么都没听见啊，如果听见了，至少要表一个态啊。当事人不表态，同学们想表示一下抗议，表示一下同情和关心都不行。于是，刘贵北悄悄地抬起手肘在文道政的手臂上碰了一下。

这一碰，多数同学都看见了。其实从杜丽娟后一句话落音到现在，也不过几秒钟时间，但这几秒钟却因为文道政的态度而显得特别漫长。

文道政没有回应刘贵北，他的手没有挪开，他也没有抬头张望，仍然两只眼睛盯着书，最厉害的是，他还翻了一页书，从左上角往下一行一行的移动眼球，仿佛真的在看得特别认真。

也许他还想在水里潜伏一会儿，一直潜到所有人都离开，况且他并不是在水里，空气管够的有，文道政完全有耐心等候。

杜丽娟很不满意文道政这种生冷漠然，使她在进教室之前准备好的，义正词严的精彩话语和高姿态的同情全部没了着处，之后还要对其他同学的几点警告，也就卡在嗓子里吐不出来了。心堵到这，杜丽娟突然想到还有一句重要的话忘了，于是大声说："还有，学校取消了曾晓娅的助学金。"

说完，杜丽娟也就不等下文了，看看台下的表情，知道都听明白了，便丢下表情各异的同学们，离开教室而去。

杜丽娟一离开教室，不少同学就都围到了曾晓娅身边，显出各种安抚与同情。曾晓娅被黄亚男和另一个女生陪着回宿舍去了，两个受黄亚男嘱咐的同学便去食堂代她们打几份饭菜。

男生们远远地看着文道政那消瘦的身子骨，棱角分明，有平时没有留意到过的刚强，便默然离开了教室。有几位同学从文道政身边走过，稳当地拍了拍文道政的肩，表达了无可言说的同情和支持，便沉默着离开了。

张克工走到文道政的座位边，站了一下，这才从文道政手中将书抽出来，合拢，放进抽屉，又拍拍文道政的肩，拉他一起离开了教室。

要说全班同学现在心里都不好受，也并不是。有的同学三省吾身引以为戒；有的同学本性淡漠，略有些同情，但事不关己，远远看上一眼；有的同学同情有余，但跟文道政并不算熟悉，怕自己格外的关心会使文道政尴尬；也有人当面同情安抚几句，背后却嬉笑如故地过自己的小日子——这一点，在同学们一起聊天的时候最容易体现出来。

刘贵北心里还在替挨罚的两个同学不值："文道政和曾晓娅都被取消了助学金，每人还要另罚15元，他们也太惨了。"

"是啊，他们本来就是经济不宽裕。"想想，在洗漱间搞学习的可不止文道政一个，可文道政独自扛下来了，肖子钢心里又硌得难受，多余的话他不敢说，怕会惹来更多的同学受罚，只好长叹息一声："唉，真是雪上加霜。"

陈凯走到肖子钢前面，这时傻乎乎地回过头说："偏偏就是他们俩，真是金童玉女，天生一对。"

肖子钢都不知道这是哪跟哪，这么快就换话题了？

"什么金童玉女，天生一对，你在说什么？"肖子钢看着陈凯笑得那么灿烂，心里不舒服，但还是追着陈凯问。

陈凯得意扬扬地说："我说他们俩就是金童玉女，天生一对，挨个处罚都在一起！"

肖子钢听了是这话，却又是八竿子打不着的闲话，便打了个哈哈，说："是哦，文道政有梅雅静关心，让校花帮他交罚款！"

陈凯怎么听着肖子钢的话不和他一个频道，气歪了扭过头来冲着肖子钢发火说："我呸，文道政一个乡巴佬，凭什么要校花替他交款，他真是癞蛤蟆想吃天鹅肉！"

刘贵北赶紧拿手挡开陈凯扭过来的脸，生怕这儿又起冲突，嘴里也赶紧给二位调停，说："别说了别说了，陈少爷，你那话也别说得太难听……"

差不多时间，张克工也正在与肖奕琴、黄亚男三个人讨论这事。黄亚男特意拉住这几个班干部先小范围碰碰头，也是有意要看看怎么帮受罚的同学。

"文道政、曾晓娅本来就是我们班最困难的学生，这次都挨罚，又取消助学金，真是祸不单行。"张克工的经济能力还行，可他不敢把话说得太满，便想看看其他同学的态度。

黄亚男陪着曾晓娅回宿舍，看着她眼睛哭肿了，同学们帮她打的饭，一口都没吃，心痛得很，说："我看，我们可以帮帮他们嘛！"

肖奕琴还没反应过来，便反问："怎么帮？"

黄亚男说："他们都交不起罚款，我们来替他们交啊！"

黄亚男这么说，张克工就有信心了，他当即说："这个好，但也别公开。我也在洗漱间读过书，就帮文道政交吧！"

"那我就帮曾晓娅！"黄亚男笑着看着张克工，心里生出来几分暖意。

"哎哎哎，停停！"肖奕琴冲着相视而笑的两位晃晃手，"不过两秒钟，啥好事就都让你们俩给抢走了？那我呢？"

"你？"黄亚男笑起来，直率地冲肖奕琴说，"他俩这情况，一时半会恐怕还是个难题，估计还得肖姑妈多费点心，适当地帮一帮啊！"

张克工听了，佩服地冲黄亚男和肖奕琴举起了大拇指。

三个人把事都揽上了身，这时却觉得心里无比轻松，于是痛快地笑了起来。

"哈哈哈……"

33

曾晓娅的痛哭，让人感到绝望。

等她知道了黄亚男如此无私地主动地给予了她帮助，曾晓娅的感动不能形容，她不善于千恩万谢，便只是拉着黄亚男的手坐在床边猛淌眼泪。

本来担心交不上罚款，她就被开除，现在她觉得自己离开了"鬼门关"，是黄亚男救了她。

梅雅静站在女生117寝室门口，抬手准备敲敲门，却看到床边手拉着手相对淌泪的两个女生，于是，伸手晃了晃。

黄亚男看见梅雅静挥手，泪花也来不及擦，就先笑了起来：

"嗨，你怎么来了？"

梅雅静见两个都还泪光满面，略有些尴尬地说："我就过来看看。"

黄亚男拍了拍曾晓娅的肩，示意她不要再哭了，嘴里冲梅雅静招呼说："坐吧，来看看咱人民群众生活的环境也好。"

梅雅静本来还不怎么好意思笑，这被黄亚男一逗，就笑了，走进去坐在凳子上，直接便说："听说文同学和你都被罚了！"

梅雅静说得这么直接，曾晓娅也不知道该怎么回复她，黄亚男接过话头，笑着说："是呀！"

"那太好了！"梅雅静笑着说。

"啊！啊？"曾晓娅意想不到，她吃惊地望着梅雅静。

黄亚男这时脸色就不悦了，梅雅静不是这么添堵的人啊，怎么了？问道："你说什么呢？她们被罚了款，怎么还太好了？"

黄亚男望着梅雅静等下文。

梅雅静见她们两个是真不懂，便说："学校只罚点款，没别的处分，当然太好了！"

黄亚男和曾晓娅沉默对视，然后一齐拿眼睛望着梅雅静。

"罚了款，这事算过去了！挨了学校处分，要放进学生档案，这就是一个污点。"梅雅静笑着说，"难道你们不知道，学生档案有污点，对今后的工作分配，到单位上班都不好！那是抹不掉的吗？"

黄亚男还算明白了，曾晓娅却反问了一句："真的吗？"

梅雅静点点头说："是啊，所以呀，你也不用悲伤了，学校对你们是公平的！"

曾晓娅这时才将积压的一腔忧愤转为喜色，说："那……今后我一定遵守学校纪律，好好读书！"

见曾晓娅没什么事了，梅雅静这才说出自己的目的："黄亚男，你能陪我去115吗？"

黄亚男大声问："男生宿舍115？找文同学？哈哈哈……"

梅雅静和黄亚男两个人走到男生宿舍115的门口时，肖子钢正和陈凯两人在下棋，陈凯正高兴着呢，看见梅雅静是来找文道政的，心情瞬即跌到冰点，立即说："你还不知道？文道政违反学校纪律，偷了国家的电，被学校罚款了！"

黄亚男见陈凯这表功的态度，心里就有气，说："陈少爷，你别说得那么难听！有什么见不得人的？他那是为了读书，就不是故意浪费！"

陈凯鼻子都气歪了，说："不是浪费？100瓦的灯泡亮一个晚上，还不是浪费？毛主席说了，贪污和浪费是极大的犯罪！"

梅雅静望了一眼黄亚男，说："走……"

黄亚男心里还不服气，边走就边说："陈少爷，你管好你自己吧！别犯罪了！"

陈凯见梅雅静走了，手中捏着棋子也不落，就招呼着："唉，怎么不坐，就要走了？！"

肖子钢嘴角一扯，笑了笑，说："人家是来找文道政，文道政不在，当然要走呀！你到底还下不下棋？"

"哎，下下下！"陈凯赶紧把棋子落下去，"文道政这小子……"

张克工去交费窗口替文道政交罚款，刘贵北碰见了就同他走在一起，得知张克工的目的，刘贵北便不依了，说："班长，灯泡是我和文道政两个人换的。"

张克工的经济不算特宽裕，但比文道政还是强很多，替文道政交罚款，他自己紧张一点还是可以省出来的，于是张克工解释说："我也一起补过课。"

一听这话，刘贵北更不答应了，班上成绩最头痛的就是他，补课他是晚晚都在的，就说："班长，灯泡主要是我换的，现在文道政挨了学校批评，罚款还是由我来交吧，要不我这心里也堵着。"

张克工望着刘贵北，一时不知说什么好："这……"

刘贵北赶紧拉着张克工的手说："就我来交吧。"

张克工见刘贵北那么坚定，便说："那好吧！"

…………

梅雅静和黄亚男在寝室里不见文道政，便来到教室，推开教室门走进去。

文道政正好一个人坐在教室读书。

黄亚男见自己的猜测准确，就得意的笑。

梅雅静朝文道政走过去，看了看文道政正在阅读的书，居然是《钢铁是怎样炼成的》。

梅雅静感慨地说："这是一本值得读的好书，小说主人公保尔·柯察金一生受尽磨难，他的感情世界是纯洁的……"

文道政很吃惊，梅雅静什么都懂。

黄亚男便笑着说："梅雅静，读的书比我们多！"

梅雅静笑笑说："我爸常会推荐一些好书给我读。"

文道政马上说："那你读完了，也推荐给我们读啊！"

"看来，我也要好好规划下自己，在大学里多读几本中外名著。"黄亚男心里给自己计划着小目标。

梅雅静哈哈一笑，拍着黄亚男的肩，说："优秀文学作品给人正能量，让人自信自强，给梦想插上腾飞的翅膀。"

文道政平时看书也有这感觉，听了这话，便望着梅雅静笑了。

"你要找的文同学找到了。我走了！"黄亚男转身准备向教室门外走。

梅雅静一把拽住她，笑着说："干什么呢？亚男！"

黄亚男见梅雅静这么说，只好站在一旁笑。

文道政不知道两个女生这是要唱什么戏，便不再看书，而是眼睛看着两个女生笑。

梅雅静被瞧得好笑，便主动地说："文同学，需要借款吗？"

文道政心想，这不是自己正在发愁的事么，一看书又忘了这桩大事了，于是赶紧点头："想呀，想呀，以后我一并还！"

看着这二位，黄亚男忍不住捂着嘴笑："哈哈哈，你满世界找文同学，就是为了把钱借给他呀！……"

黄亚男说了一半，突然觉得有些话说出来不妥，硬咽了回去。

梅雅静瞪着眼睛看着欲言又止的黄亚男，说："那你说，我找他还能干什么呢？"

也不知道张克工把文道政的罚款交了没，现在梅雅静一份好意，黄亚男还是不阻止为妙，于是她翻了个白眼，冲梅雅静说："大小姐，你真是奇葩！我服了你行吧。"

文道政揣着梅雅静借给他的这15元钱，心里有苦涩也有喜悦，天无绝人之路，这话可不就是真的吗。

文道政到了收费窗口，将钱伸展进去，说明缘由，但让文道政意想不到的是，"收租婆"居然以鄙夷的态度拒绝了收他的钱。

文道政望着紧闭的收费窗口，手里揣着15元钱，一脸茫然地离开了。

梅雅静主动借钱给他，这已经是天使一般的好人了，还有谁，还有谁？到底是谁将他该交的罚款给交上了？

文道政想想杜老师，他赶紧摇了摇头。

再想想，就只有115的几位室友了，是哪位室友呢？

在这个城市，在这所学校，他认识的人是有限的，不会有奇迹，但这温情本身不就是奇迹吗？

34

杜丽娟走进教室，一脚踩着个纸团，心里就不痛快。

走几步又踩着个铅笔，差一点崴了脚，杜丽娟的心火就上来了。

"同学们，大家静一静。"

同学们正三五成群讨论得热烈，叽叽喳喳谁也没想到杜丽娟就在进教室这几秒内，心情已经风起云涌，多数都没搭理杜丽娟的声音。

杜丽娟的脸色就不好看了。

张克工无意间朝讲台瞅了一眼，发现杜丽娟脸色很难看，赶紧喊道："同学们静一静，'高老师'有重要事情说。"

同学们这一下看见杜丽娟面色不好，口里的话还没讲完的，也都咽了回去，安静下来，坐正了身子。

"同学们，你们都是大学生了，这教室卫生像个什么样子。你们自己看看，看看！"

大家一见是说卫生，心里略松了口气，便装模作样都往地上看。

"还好嘛……"陈凯扫了一眼教室，想活跃一下气氛。

"陈少爷，就你嘴巴最多，也是最不讲卫生。你倒是看看你的座位前后，都是纸屑。"

杜老师这一说，大家就都看着陈凯的座位边，陈凯也低头看了看脚边，真都是撕下的作业纸。

陈凯辩驳道："都是做作业时的草稿纸。"

"草稿纸也不能乱扔。还有，你们男生宿舍的卫生是个什么样子，你们自己清楚，脏成什么样子，每次评比都是最后一名。"杜丽娟将卫生问题提到了寝室。

一说道寝室，男生们莫名其妙就哈哈笑起来。

杜丽娟被这种怪笑，气得骂也不是，说也不好怎么说，便嚷道："有那么好笑吗？这次学生处检查，就是光查我们水电委培班。文道政、曾晓娅，你们人都长得漂漂亮亮，怎么被抓的就是你们呢？"

眼见话题越扯越远，底下就有声音抱不平："公费班也有烧电炉的。"

杜丽娟恼怒起来，大声说："陈少爷，我要拿个塞子，将你的嘴堵起来，尽在胡说八道。"

陈凯赶紧说："刚才这句又不是我说的！"

同学们真忍不住了，又一起哄笑起来。

张克工看这样下去，杜丽娟老师恐怕要发火了，便赶紧说："公费班烧电炉又没被抓。"

杜丽娟便借着张克工的话说："'情报处长'是侦察兵出身，我们这个班有许多同学是水电站的职工，你们知道使用电炉，是'情报处长'重点看管的对象……哪个班有问题，哪个寝室有问题，哪个学生犯事，都别想逃过他的眼睛。公费班没被抓，就证明公费班没有问题。"

肖子钢看这话说得也过了，便答了一句："每个班都有烧电炉的情况。曾晓娅不走运才被抓的。"

"不要有侥幸心理。只要烧电炉，迟早会被抓。"杜丽娟看了一眼肖子钢，没有继续发作，变为苦口婆心地说，"抓了要罚款，要在全校通报，还要受处分，你们给我省点心好吗？"

同学们议论着说："罚得太重了，随便烧下电炉，要罚15元，是一个月的伙食费。"

张克工挥了挥手，示意大家别说了，又说："从现在开始，我们班再也没有同学会烧电炉了……"

杜丽娟想起进教室的主要目的不是卫生，继续说："我来再说个事，早几天，'情报处长'对我说，看到在桃子湖有学生手牵手……是我们班的吧？”

陈凯嘴上不带锁，马上继续调侃起来，说："啊，谁在搞地下工作？"

同学们一听，都笑了起来。

杜丽娟拿眼睛扫了一眼全班，说："你们，想知道是谁吗？"

同学们自然有爱热闹添乱的，十几个声音响得整齐："想知道。"

杜丽娟加重语气："'情报处长'对我说了这事，究竟是哪个班的，大家还不明白吗？"

陈凯很主动地响应说："水电委培班！"

同学们继续拿大笑来表态，仿佛能笑得这样痛快，当然不是自己了，张克工和王姗姗也笑，文道政忍不住扫了他们一眼，去看杜丽娟，看她的眼神有没有盯着张克工瞧。

杜丽娟没看张克工，只是说："陈少爷说得没错。我再三打招呼，不准谈恋爱，我真不是害你们。谈恋爱的学生被学校开除的有先例，转学走的也有先例，你们千万不要以身试法。"

"张克工、肖奕琴，你们要注意掌握动态，一有情况及时向我报告。"

张克工被一叫，惊出一身冷汗，马上抬起头，等他听到杜丽娟老师的交代，心里还在怦怦狂跳。

肖奕琴当即表态说："我们班女生，没有谁在谈恋爱，请杜老师放心！"

杜丽娟点了点头，说："真没有谈恋爱的，那就最好了。"

陈凯忍不住再冒出来一句说："那男生跟空气谈恋爱吗？"

同学们被这话逗乐了，马上哈哈大笑，真是一点乐子都不放过。

杜丽娟正要开口，肖奕琴已经接上了陈凯的话，尖刻地说："我们班的男生，也可以跟其他班女生谈恋爱嘛！"

陈凯噘了嘴，故意大声说："我们班谁那么大的魅力，能和公费班女生谈恋爱？"

陈凯这么一说，大家不自觉地就将目光转向文道政。

每位同学可能只感觉到自己看向文道政，但对于杜丽娟来说，却看到许多学生的脸侧向了文道政。文道政看到许多目光一下子投向自己，心里就恼了。

"你们看着文道政干什么？难道他在跟其他班女生谈恋爱？"杜丽娟突然说。

陈凯赶紧说："没，没……怎么有可能呢！"

杜丽娟听了，松口气，补充说明道："不管是谁，只要谈恋爱，发现了决不姑息。你们记清楚了，男生女生无事不要走在一起。古人说，男女授受不亲。大家听清楚没有？"

同学们听到这话，心想下课有望了，赶紧一齐回答："听清楚了！"

…………

下午的体育课，照例先是400米长跑。

等大家跑完，便往球场草坪一坐，可以休息一阵子。

黄亚男、曾晓娅、肖奕琴几个坐在一起了，刚好与其他同学稍有些距离，便聊起了悄悄话。

黄亚男觉得杜老师的怀疑没有缘由，便问："杜老师总说我们班有人谈恋爱，难道是真的吗？"

肖奕琴摇了摇头，说："或者只是诈一下吧，警告一下。"

曾晓娅用肩碰了碰黄亚男，故作轻松地问："牵牵手，就算是谈恋爱吗？"

黄亚男笑着说："手都牵了，肯定是谈恋爱。听说，男生女生亲吻都会怀孕生小孩呢！"

曾晓娅心理复杂，说是甜蜜，还是恐慌："啊？牵下手也算？"

黄亚男马上拉住曾晓娅的手问："啊哈，难道你的手被男生牵过？"

曾晓娅羞红了脸，将手拽出来，赶紧摇着头说："没，没，哪有啊！……"

　　肖奕琴见两人聊这个话题，还没吭声，但见两人扯起来没边，赶紧说："别瞎扯，到时旁人听去，没事也成有事了，小心麻烦。"

　　黄亚男赶紧将手指在唇前做了个嘘声的姿势，笑了。

　　曾晓娅回忆那天的事——曾晓娅看见张克工和王姗姗手拉手走过来，一急赶紧拉着文道政的手，躲进丛林中。

　　挨得太近了，文道政的嘴唇一不小心就碰到了曾晓娅的嘴……

　　集合的口哨声响起来，同学们都站起身来朝杜老师身边走去，黄亚男和曾晓娅走前，曾晓娅低声问："亲了嘴会生孩子？真的吗？"

　　黄亚男很奇怪曾晓娅会追问这个："怎么？难道有人亲了你？"

　　曾晓娅慌了，赶紧否定，摇着头说："没有，我是看到有男生亲女生了……"

　　黄亚男看来也并不懂这些，赶紧说："啊，那赶紧告诉'高老师'，要是怀孕了可就麻烦了。"

　　这时，肖奕琴也跟上来了，听了这半句，人都吓慌了，赶紧挤到黄亚男和曾晓娅的中间，问："哪个怀孕了？"

　　曾晓娅赶紧说："小声点！"

　　黄亚男神秘地说："有个女生被吻了，该怎么办呢？会不会怀孕生小孩？"

　　肖奕琴显然知道点什么，于是反问："哈，女生是被吻了就怀孕吗？"

　　黄亚男也就反问道："那不会怀孕吗？我小时候可听到大人都这么说的哦。"

　　曾晓娅沮丧地问："那，要不要问问'高老师'呢，她一定懂。"

　　黄亚男拍了一下曾晓娅的头："你找死呀，问'高老师'不被骂死呀！"

　　肖奕琴想了想，说："我妈告诉过我，并不是这样的。"

黄亚男便问："你说，那应该是怎样的？"

肖奕琴捂着黄亚男的耳朵悄悄对她说了几句，黄亚男一听，笑起来，用手拍打肖奕琴。

曾晓娅当然更想知道，赶紧追问："肖姑妈，你干吗不告诉我，你们笑什么？"

肖奕琴笑着拒绝再说："你又没谈恋爱，有什么好告诉你的。去问'高老师'这些，肯定挨骂。"

黄亚男赶紧点头称是。

曾晓娅问了半天，依旧一无所知，又不好说什么，心里乱成了一团麻。

在寝室，王姗姗和曾晓娅洗漱回来，催着其他几个女同学赶紧去洗漱。王姗姗就往床上一倒，睡下了。曾晓娅放下自己的洗漱用品，在床沿坐了几秒，又爬到王姗姗的床上去。

王姗姗觉得奇怪，便问她："你来干什么？自己不睡，跑到我床上来。"

曾晓娅吞吞吐吐地问："我问问你。"

王姗姗看她有心事，便关心地说："问什么？"

曾晓娅停顿一下，突然说："你有什么反应没有？"

王姗姗奇怪了："我该有什么反应？"

曾晓娅小声说："你肚子有什么反应没有？"

王姗姗心想，难道曾晓娅饿了？便说："没有反应！还好。"

曾晓娅用手想摸王姗姗的肚子，被王姗姗挡开了，曾晓娅叹了口气，自己摸着自己的肚子，然后拿起王姗姗的手去摸自己肚子。

王姗姗感到莫名其妙，心想曾晓娅这是什么毛病发作了呢。

"有感觉吗？"曾晓娅略有些羞涩地问。

王姗姗应付道："身材不错！"

曾晓娅继续问："感觉我肚子有没有长大？"

王姗姗心里一惊，恐怕是曾晓娅生了什么病吧，赶紧主动伸手过去在曾晓娅的肚子上摸了摸，又按压了一下，心里感觉似乎是有些不对劲，于是战战兢兢地说："好像，好像是有点长大。"

曾晓娅一听，眼泪哗地就淌了下来："哎……"

王姗姗见曾晓娅哭起来，知道自己猜中了，忙抱住曾晓娅的肩，问道："怎么回事，赶紧告诉我啊，急死人了！"

曾晓娅羞答答地细声说："有个男生不小心吻了我，我怀孕了！"

王姗姗松开曾晓娅的肩，猛地坐了起来，哈哈大笑起来。

曾晓娅见王姗姗这么笑，也顾不上哭了，转过身去背对着王姗姗，不满地说："没有一点同情心，将自己的快乐建立在别人的痛苦上……哎，我不想活了！"由于曾晓娅知道王姗姗在恋爱，因此在她面前倒不避忌什么。

王姗姗虽然不知道曾晓娅撞见了她和张克工的约会，但毕竟自己也在恋爱，便觉得曾晓娅也是自己人了，便不拿大话去说她，只是心疼地说："你个傻妞，什么也不懂。"

曾晓娅不明白啊，于是转回身看着王姗姗："你说什么？"

王姗姗坦率地说："我说你是个傻妞，什么也不懂。亲一下可以怀孕吗？你简直太无知了！"

曾晓娅听了这话，好像事情有转机，便委屈地说："黄亚男是这么说的……还有，你刚不也是说我肚子长大了？"

王姗姗忍不住笑："你说成那样，我以为你生病了呢。吓死我了。再说亲一下根本不会怀孕！"

曾晓娅松了口气，又问："你怎么知道呢？"

王姗姗说："我妈是医生。哎，你说是哪个男生亲了你？"

曾晓娅赶紧从王姗姗床上爬起身，下到自己床上，拽过被子盖住说："没有，没有，我说着好玩的！"

王姗姗当然不信，便要再追问，但寝室门一响，其他几个室友也进来了，王姗姗便缩回了准备下床的脚，不再跟曾晓娅聊了。

这一夜，曾晓娅是踏踏实实睡着了，但王姗姗一直在床上翻来覆去睡不着……

男生宿舍，115寝室。

晚上有两个翻来覆去睡不着的人：一个是张克工，一个是文道政。

张克工睁着眼睛盯着天花板，一颗年轻火热的心，想着他和王姗姗的事。

文道政想的是，梅雅静，一次两次的借钱给他。

…………

梅雅静的父母，又一前一后出差去了。

梅雅静实在不愿意一个人在家住，便跟刘西凤商量，住进了女生寝室。

梅雅静拿着洗漱用品，又从家里拿了一挂金黄的香蕉，带到了女生寝室去给大家分享。

二十世纪八十年代初，香蕉还是很珍贵的东西，有钱没处买，梅雅静带上香蕉，寝室里有不少女生从没见过、没听过这种水果呢，因此梅雅静就打发刘西凤去把黄亚男和曾晓娅也叫到114寝室来，一起分享美味。

"香蕉只有这么多，一人一支，也不好意思叫更多人来了，大家别介意啊。"梅雅静说着，给寝室中的每个女生分发一只香蕉。

曾晓娅站得近，头一个拿到，欣喜地说："这就是传说中的香蕉啊，我在书上看到过，没想到闻起来这么香，一定很好吃！"说着就拿起来像啃苹果似的咬了一口。

梅雅静正介绍呢，"……香蕉是热带水果，从南方运来……"话没说完，见曾晓娅已经带头开始咬了，赶紧制止说，"不是这样吃的，要将香蕉的皮剥下来。……哎呀，哈哈。"

梅雅静说着，就将手中的香蕉从顶头一条条剥下皮，露出了嫩黄色的香蕉肉，轻轻地咬了一口。

梅雅静做了一个示范，大家学着样，开始剥手中的香蕉。

曾晓娅哭笑不得，赶紧把嘴里咬到的皮吐出来，再把咬了一个洞的香蕉剥下不成块的皮，笑着说："难怪呀，皮有些涩涩呢。"又咬了一口香蕉肉，细嚼慢咽吞了下去，夸张地说，"啊，果然是香蕉肉好吃，软软的，香香的。"

一寝室人，就被她逗得笑了起来。

刘西凤的吃法特别不同，她淘气地拿牙齿一层层地刮着吃香蕉泥，更加觉得细腻香滑。

梅雅静便笑着拍她，说："瞧你，吃也没个吃相，哈哈，你这叫什么吃法。"

刘西凤白了梅雅静一眼，说："谁叫香蕉太好吃了嘛。"

黄亚男不是第一次吃香蕉，她对南方的水果知道得略多些，便说："热带水果还有很多，杧果、菠萝、荔枝、龙眼，等等，还有一种巨大的，长在树干的果子，熟透的时候香味迎风香十里，吃起来超级甜，叫什么名字我忘了。"

梅雅静想了想，便笑着说："你知道得真多，那个叫波罗蜜。"

黄亚男笑着说："对，叫波罗蜜，果实特别大，特别重，长长圆圆像个青冬瓜。"

曾晓娅便做出馋样子，说："啊，一听就想吃！太想吃了，哈哈！"

梅雅静掩口一笑："好啊，如果有机会，我们还一起吃！"

大家说笑着，等到熄灯了才上床睡下。

…………

一早，梅雅静和刘西凤在操场跑步，跑不长时间，水电委培班的黄亚男、曾晓娅、王姗姗也加入其中了，然后队伍继续壮大。

文道政、张克工、刘贵北、肖子钢……男生们也在跑道上跑。

梅雅静见到文道政，故意放慢脚步整理了一下鞋带，等文道政跑过来，便与他一起跑起来，嘴里说："明天百科知识竞赛了，晚上我们一起复习好吗？"

文道政毫不犹豫，简短地回答道："好！"

梅雅静便补充了一句，"晚上图书馆见"，便撒腿追赶女生们去了。

梅雅静刚跑不远，听到身后脚步密集，以为文道政追上来了，扭头看一下，却是张伟喘着气跑了过来。

张伟冲着梅雅静大声说："通知，今晚召开班委会，你准时到啊。"

梅雅静犹豫了一下，说："今晚？"

张伟觉得很奇怪，重复说："对呀。今晚！"

梅雅静看了一眼张伟，简淡地说了一声"好"，就冲前头站着等她的刘西凤跑了过去。

星期六一个白天，上课。

入夜，天气有些寒冷了，同学们都穿上了毛衣，文道政也穿着一件旧毛衣，外面套着一件旧军装，倒也显得青葱挺拔。

文道政一个人坐在图书馆看书，他等待梅雅静等了挺久了。

梅雅静还没到，文道政下意识看看手表。

这时，梅雅静和张伟并肩走进图书馆。

看到文道政还在，梅雅静歉意地叫他："文同学，等很久了吧！对不起，我们刚开班委会去了。"

班委会开完，张伟就一直跟着梅雅静走。梅雅静说去图书馆，他也找了个借口跟来了，眼见梅雅静叫"文同学"，才觉察出二人有约，心里不免愤恨，便尖酸地说："文同学？哈哈哈……"

文道政懒得跟张伟应付，便站起来，迎接梅雅静的到来。

梅雅静冲文道政点点头，说："我们班长张伟，也参加百科知识竞赛，所以他也过来和我们一起复习。"

文道政站在那里，说："好，太好了。"

梅雅静便在文道政对面坐下，张伟站在梅雅静身后，犹豫了一阵，还是没有坐下。

张伟原以为梅雅静是一个人来这儿复习，或者还有其他女同学，他也可以接受，但没想到这个人会是文道政。他特别、特别的不高兴。

张伟咬了咬牙，说："梅雅静，你上这儿来复习，就是为了见什么文同学？"

梅雅静完全没注意到张伟的情绪，回答说：

"不是！文道政也参加百科知识竞赛，我们一起复习，不更好吗？"

张伟直截了当地说："跟他一起复习，我没有兴趣，走吧，我俩去教室。"

梅雅静听了张伟的话，站起身来，有些为难地说："可是，我答应了文同学，我还是留在这儿复习，你不愿意就算了。"

张伟马上说："你忘了，我们还有黑板报没出完呢，走吧，去教室出完黑板报再说。"

梅雅静想了想，的确是有黑板报今天要出完的。因此，她再看尴尬的文道政站在那里，就很有些难为情。

文道政当然知道张伟针对他，但现在争这个，反而影响复习，毕竟，明天要比赛呢，便笑笑说："你去吧，没关系，我一个复习也行。"

梅雅静望着文道政说："对不起，我还是去教室出黑板报吧！"

张伟有些得意，梅雅静咬了咬嘴唇，跟着张伟一前一后走出图书馆。

星期六晚上，教室里没有别人了。

张伟和梅雅静走进教室，梅雅静的心情不好，一路都没同张伟说话。

张伟赢得了这次机会，正高兴呢，哼着歌儿就去打开了教室的灯。

张伟将文字抄到黑板上，梅雅静拿彩色粉笔画着一幅图。

张伟见梅雅静还是不理他，便问："你怎么老喜欢跟文道政在一起？他一个自费生，你值得那么帮他吗？"

梅雅静听张伟提到自费生，便忍不住还口道："自费生怎么了？他有梦想，有追求，勤奋好学，老实可靠，值得去帮！"

张伟将手上的粉笔朝地上一摔，粉笔就断成了三节。

张伟拿脚将滚到脚边的一节粉笔踩成粉末，说："你对文道政的评价挺高啊。你不知道，班里多少人说你跟文道政走在一起，说你喜欢上了文道政！"

梅雅静涂着一朵花的颜色，头也没回，只说："学校明确规定，不准谈恋爱，我会去犯这个规？谁那么胡说？"

张伟冷吭一声，说道："哼，我没有胡说，许多眼睛都看见了。"

梅雅静懒得理他了，只说："身正不怕影子斜！"

张伟不死心，继续唠叨说："我提醒你，离文道政远点！别让同学们说闲话。"

梅雅静听了，专心画画，一直到画完所有黑板报，都没有再说话。

…………

图书馆里，特别安静。

文道政本想一个人安静看书，但梅雅静真的和张伟一起走了，他也就没了心情，将书往桌子上一扔，站起身来，背着书包就走出了图书馆。

操坪里，微寒的风吹拂。

文道政用脚踢开一块石子，石子滚得老远。

文道政慢慢地走进足球场，躺在枯黄的草地里，微风吹动着他的头发，头发和半枯黄的草在一起舞动……

曾晓娅准备去图书馆找文道政，远远就看见梅雅静和张伟出来，等她走到图书馆门口，文道政却从图书馆里出来了，从曾晓娅前面走过去，却完全没看见曾晓娅。

曾晓娅只好在后头跟着，一直跟到操坪。

文道政的心情显然不好，曾晓娅的心情也不好，但她忍着委屈，看了看四下没人注意，便朝文道政躺的草地走过去。

"文道政，文道政。"

文道政坐起来，看见曾晓娅站在身边，大吃一惊。

"你怎么在这里？"

曾晓娅小心翼翼地说："我跟随你走过来的。"

文道政有些恼了："你跟着我，干什么？"

曾晓娅鼓起勇气，想表明自己的立场："你……不用伤心，他们是公费生，我们是自费生……"

文道政一听这话，火冒三丈，吼道："滚开！"

曾晓娅话还没说完呢，就被文道政吼住了，一腔柔情瞬即结冰，她站在那儿不知所措了。

文道政继续低吼道："滚！"

曾晓娅的心突然被真实地撕裂开了，她哇的一声哭起来，拔腿就跑开了……

梅雅静将自己的这部分黑板报出完，坐到自己的座位上去清理抽屉里的书，要找一份资料带回家。

张伟也不离开，而是坐到了刘西凤的座位上，与梅雅静坐在了一起。

张伟这会子好声好气地说："明天考完百科知识赛后，同学们都自由活动，我们也去，好吗？"

梅雅静叹了口气，说："今晚同学们都去哪里了？"

张伟见梅雅静又理他，心情好起来："他们看电影去了。"

刘西凤曾经叫过梅雅静一起去看电影，但梅雅静是记得约了文道政去图书馆，所以拒绝了，现在张伟说，她便顺口说："都去看电影了？"

张伟马上说："也没，自由安排。平时，有的在寝室打牌，有的在桃子湖边散步，有的跳舞去了。"

梅雅静想起来，周六晚上许多地方都有安排一些舞会，她喜欢跳舞，喜欢音乐，于是马上问："跳舞？去哪里跳舞？"

张伟见终于有一项是梅雅静喜欢的，马上把握住机会，热心的推荐说："你不知道呀？师范大学的舞厅，每个星期六晚上都跳迪斯科、交谊舞。"

梅雅静没进过舞厅，便问张伟："那你去过吗？"

"我跟同学去过两回，人挺多的，都是大学生。"

梅雅静听了没吭声。

梅校长不许她进舞厅的，大学校园的舞厅，能不能去呢？

张伟见梅雅静没有吭声，便鼓足勇气说："走，我们也去跳舞吧！"

梅雅静还在犹豫："你不是说，要复习百科知识竞赛题吗？"

张伟现在完全不想百科知识竞赛的事了，他只想赢得梅雅静的欢心，能跟梅雅静一起跳舞，就能名正言顺地抱到她的小蛮腰，赶紧说："哈，一般的竞赛，无所谓呀，又不是期末考试，紧张什么。"

梅雅静拿出资料来准备回家，说："班主任老师说，要为班上争光彩，我还是回家背书。"

张伟赶紧拦住说："哈哈哈，你什么事都认真，也得放松下自己呀！"

梅雅静站着不动，张伟将梅雅静手中的资料抢了，塞回课桌，口里说："只去一个晚上，体验体验！别犹豫了，去晚了散场了。"

张伟和梅雅静下了楼，三三两两的大学生，向校园外走去，也有三三两两的学生走进来。一阵风吹来，梅雅静打了一个寒战。

张伟兴高采烈中还是注意到了，赶紧问："冷吗?"

梅雅静摇摇头说："不冷!"

"冷吗?"梅雅静心想，文道政穿得那么少，他冷吗?梅雅静站住了，大声说："我突然想起一件事来，不去了。"

张伟正得意，这时梅雅静变卦是他意料之外的，赶紧问道："怎么了?什么事?"

梅雅静说着就已经转过身，头也不回地大声说："我不去了。"

说着，梅雅静的身影就已经跑开了好远。

张伟望着梅雅静的背影，非常生气，心里沮丧，气得要命，但他还是一个人走出学校大门。

梅雅静去图书馆找，文道政已经不在图书馆了。

梅雅静去教室室找，文道政不在教室。

教室里只有一个背影正趴在桌上流泪。看样子像是曾晓娅。梅雅静犹豫了一下，没进去，仍旧下了楼去找文道政。

梅雅静走下台阶，来到操坪跑道，她不知道文道政在哪里，如果出去玩了——不太可能；如果文道政回寝室了，她也不好去找他。

这时，找不到文道政，梅雅静有些难受。

早晨是自己主动约的文道政一起复习，最后自己却说话没算数。

梅雅静沿着操场走了一圈，觉得有些累，便朝操坪里走去，她想找个地方坐一下，静一静。

梅雅静在一块草坪坐下来，她支着下巴看着天空，看着天空的星星。秋空的星子，那样冷漠，那样遥远，那样寒冷和孤独……

这时，不远处的草窸窸窣窣响了起来，梅雅静最怕蛇，于是赶紧朝一旁看过去，大约七八米距离，一个消瘦的男生从草地里站了起身，那黑色的剪影，正是文道政。

梅雅静赶紧走过去……

36

校园内打出一条醒目的横幅：

"热烈欢迎上级领导来我校检查指导！"

除此之外，全校上下都被动员起来在做大扫除，要以全新的面貌迎接检查。

各个班除了打扫教室、寝室卫生，都分了校园内的卫生。

水电委培班负责教师楼一楼卫生。

文道政跟着班干部和同学们搞教师楼一楼的卫生。"收租婆"看见有人在搞卫生，只管大声叫："过来过来，你把我办公室地板擦干净！"

文道政听到声音，直起腰来，见是"收租婆"，看她那副德行怎么都不顺眼，文道政便站着没动。

"哎，你是聋子，没听到？"

文道政生硬地回答："学生处说了，自己办公室自己搞卫生。"

收租婆这下子看仔细了，认出是文道政，大声吼道："原来是你个自费生，哈，我还不愿意你拖呢！别将我办公室弄脏！"

"对，叫公费生替你拖吧！你省省心！"文道政针锋相对地说。

"都是些什么人呢？拖个地板还讲价钱！"收租婆说完，将门重重关上了。

文道政将一楼走廊拖了一遍，感觉身上热乎起来，鼻尖上冒出细密的汗珠。

"别说，这拖地板也还是体力活啊"文道政嘀咕着，就走到走廊尽头去自来水龙头那儿洗拖把，刚经过楼梯口，就看见梅雅静正提着桶走下楼来。

梅雅静笑着点了点头，便跟在文道政背后走，文道政稍微转脸瞄了一下，梅雅静拿的是个空桶，他便不去帮忙接手，只管招呼说："你也要搞卫生？"

梅雅静笑了笑，说："当然啊，平时家里卫生我也是帮手。再说我爸这几天腰痛，我得帮他搞办公室卫生。"

文道政听说梅校长腰痛，马上说："那我去帮梅校长拖地板吧！一楼我已经拖完了。"

梅雅静听了当然高兴，便放下桶去水龙头下接水，说："拖地不用你帮，三楼没水了，你帮我提桶水上去好了。"

文道政等桶里的水接满了，便挪出桶来，又把拖把洗干净了，这才提起水桶往校长室走。

梅雅静见文道政一手拿一件东西，便伸手将拖把接了过去。

还不到楼梯口呢，"收租婆"的门就打开了，只见她一脸着急的样子，瞅见梅雅静带着个男同学准备上楼搞卫生，眼睛大放光芒，马上叫道：

"雅静，你正好在这里，太好了。我有急事，我婆婆刚从床上摔下来了，我得急着赶回家，等一会儿学校就要检查卫生，我也来不及搞了，请你带几个同学帮个忙啊，谢谢，谢谢。"

梅雅静停下脚，笑着说："刘老师你去吧，我和文同学替你搞卫生。"

梅雅静说着，扭头看了一眼身后也停下来了的文道政。

"收租婆"说着话也看见梅雅静身后站着的是文道政了，便不再多说，交代完梅雅静，并不看文道政一眼，就赶紧走了。

文道政看着"收租婆"的背影，撇了撇嘴，小声说："她刚才还说我是自费生，会弄脏他办公室，我说'叫公费生替你拖地吧！'结果还是落到我们头上。"说着，自己也笑了起来。

梅雅静挥了挥手，说："她这人就这样，对穷学生和自费生特不待见，你交学费时受了气，记恨她吧！"

文道政听了这话，低下头来，黯黯地说："上学第一天就被人羞辱，当然一辈子记得。"

梅雅静走进"收租婆"办公室，在门背后找到抹布，准备开始搞卫生，一扭头，看文道政还站在门边，他还真不愿意替"收租婆"搞卫生，可他也知道不能不帮这个忙。

"你看你，小气了不是，赶快来，先搞完这间再上楼。"梅雅静数落道。

文道政把水桶放在门外边，接过梅雅静递给他的抹布，跟着往里走，嘴里还不饶地说："这……她不是可以叫刘闯来帮忙嘛。"

梅雅静站住，看着文道政，微笑着说："男人家不要这么小心眼，真还记仇呀？你没看见'收租婆'是有急事才走了吗？"

文道政在走廊里拖了好一会儿地，早留意到了"收租婆"在办公室里一直待着，并没做清洁整理工作，只是隔一会出来瞧瞧，见有什么人经过，因此，说："'收租婆'哪里是急，就是懒，能找到帮手，她赶紧找个理由一走了之。"

说完这些，文道政也不愿意再就此事唠叨了，便去抹书柜，梅雅静擦桌子，文道政将拖把拿进收费室弯下腰拖地板。

两人边干活边闲聊了几句，文道政突然想起一件，顺口就问梅雅静："听说，这次是上级教育部门来检查教学工作，我们班反映，陈威老师上课听不懂，会不会给我们派一个好老师来上课？"

梅雅静正把扫到一起的纸团和墙角边塞的包零售食品的油纸清理出来，准备扔到走廊外侧的竹制垃圾篓里去，便回首说了一句："这个，我不知道。"

扔了垃圾回来，梅雅静才继续问："看来大家对陈老师讲课情绪很大啊！"

"你知道吗？学生问陈威老师学习上的问题，陈老师一般都怎么回答吗？"文道政扶着拖把站起了腰，问梅雅静。

"怎么回答?"

文道政就开始笑,但他装出一本正经的样子,学着陈威的姿态说:

"你仔细看看,仔细想想,这道题目,我在课堂上讲了的嘛!"然后文道政换了一个姿势,很滑稽地瞅着梅雅静,拿腔拿调地继续说:"懂了吗?懂了吗?……对了,仔细想想就想出来了……"

"……然后呢,陈老师讲了半天,去请教的同学还是一头雾水!"文道政结束了模仿和评述,乐不可支地看着梅雅静。

文道政一边说,梅雅静就一直弯着大眼睛笑,等文道政说完了,她才停下来问:"陈老师为什么不进行具体解答?"

"解答了啊!他这就算是解答了。你要再问,他会说,你怎么上课总是不用心,连这么简单的问题也不知道?然后就做别的去了。"

梅雅静听了这话,心想,不靠谱到这份上,也不好怎么样,她也不好说什么:"这样吧,文同学,以后你要是哪里没弄懂,就来问我吧……我爸说,'文革'不少人都没学到真本事,像陈老师这样的老师也不奇怪。我爸还说,以后啊,学校里最优秀的大学毕业生,可以直接留校当老师。"

文道政是想学好了知识,回家乡建水电站的,对当老师的话题没有敏感度,便淡淡地问:"那你毕业后,会留校当老师吗?"

梅雅静愣了一下,她没想过这事,但她喜欢当老师,于是她点了点头,说:"有可能哦,反正我喜欢老师这个职业。"

文道政正拖着"收租婆"的办公桌底下呢,便将拖把拿出来靠在桌边,又把椅子摆回去,这才正正经经给梅雅静鞠了一躬:"梅老师在上,请多多指教……"

梅雅静装成生气的样子,瞪了他一眼,笑道:"瞧你那样,没个正经。"

"哎,我不是很正经吗?是鞠躬没到位对吧!"文道政笑着去拿拖把,眼睛又不看拖把那边,摸了两把都没拿到手,梅雅静就近将拖把递给了他。

"我们都要为自己的梦想而努力！知道吧。"梅雅静突然这么说，说这话的时候，她的眼神特别认真。

看到文道政也很认真地点了点头，她才问文道政："对了，下午百科知识竞赛，准备得怎么样？"

文道政边扫了一眼干干净净的收费室，边大声说："没问题，我很厉害！"

梅雅静一听，笑起来……

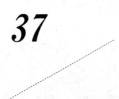

37

周六下午两点半，百科知识竞赛进行中。

文道政低头写卷，心无旁骛，格外认真。

论座位，文道政坐的位置不怎么好，是教室的最后一排，身后的墙角就是一堆清洁工具。

张伟和梅雅静也在这同一个教室，梅雅静坐靠窗的座位，而张伟就坐在离文道政不远的前面座位。

这不重要，重要的是将卷面写漂亮，题目做对，时间要抓紧，这几点上，文道政都有信心，因此他头也不抬，专心致志。

教室里安静，除了监考老师偶尔弄出些动静，就是同学们笔尖触纸的沙沙声。

监考老师围着过道转了个圈，稍皱起眉头朝文道政这边走了过来，站在文道政身边停下，弯腰从文道政桌子脚边捡起一个纸团。

文道政一心一意做考卷，身外之事他完全不在意，当然也不会管老师是系鞋带呢还是捡纸球。

一张皱巴巴的纸在监考老师手中舒展开来，正是本次考试相关的内容。

"啪！"教鞭狠狠地拍打在文道政的桌子角上，监考老师用严厉得几乎尖锐的声音冲文道政吼道："站起来，请你出去！"

埋头写题的文道政被耳朵边的"惊雷"炸蒙了，他抬起迷茫的双眼看着监考老师，发现监考老师正严厉地盯着他，文道政还莫名其妙望着老师。

"请你出去，听见了没有？"监考老师见文道政望着自己，装出一脸无辜的受害者模样，气不打一处来，都想伸手拽文道政了。

考场里，所有同学都回过头来瞅着文道政，梅雅静也回头望着，她不明白考场里发生了什么事情，文道政又闯下了什么祸。

文道政见监考老师让他站起来出去，便问："为什么出去？怎么了？"

文道政他当然想弄明白，否则这样出去了，竞赛就完全没戏了。

监考老师不回答文道政的疑问，而是问道："你是哪个班的？"

文道政老老实实回答："水电委培班。"

"哈，自费生！难怪考试舞弊。出去，出去，我宣布，试卷作废。"监考老师嗓子里倒抽着凉气似的说。

文道政觉得奇怪了，自己什么时候作弊了？于是赶紧解释："老师，我没作弊啊，我什么时候舞弊了？"

"什么时候舞弊？亏你说得出来，你看这是什么？就在你座位边发现的。"监考老师说着，将纸团打开给他看，上面是密密麻麻的答案。

"老师，我真没有舞弊，这不是我的。"

"不是你的是谁的？我没指望你会坦白承认，你先给我滚出去。"监考老师也怕大闹考场影响别的学生情绪，于是就想赶紧把文道政轰出去。

文道政犹自挣扎，想为自己争取机会："老师，这不是我的，我真没有舞弊。"

监考老师教鞭将桌子一拍，抢过文道政的试卷一把撕了，吼道："我没工夫听你解释，你要懂得自尊自重自爱。"

文道政见自己的试卷被撕，睁着怒眼望着监考老师，一气之下，将自己坐的桌子凳子全部往卫生工具那一堆里猛推，倒地的桌椅发出"哐当哐当"砸地声……

文道政伸出手指着监考老师的鼻子大声说："你胡说八道！"

台上的另一位监考老师不可思议地盯着教室后方这两人，全部学生也都停下了考试，瞧着文道政发疯似的冲出了教室……

文道政再次站到肖处长的对面，这次犯的事不同了，但犯事的还是文道政。

肖处长的眼里都是不屑，他看不起文道政这样的学生，长得斯文，怎么行为就像个烂货呢，他文道政是来读书的吗？还是社会上的流氓？因此，肖处长冷冷地对着文道政说：

"你考试舞弊，还骂老师，你看你像个学生吗？舞弊，你真是好样的啊！"

文道政诚恳地看着肖处长，希望得到理解，大声说："我真的没有舞弊！"

"文道政，有没有舞弊不是你说了算，是监考老师说了才算。"

"我没有办法向你解释。我能说的就是……"文道政能说什么呢，他想了想，完全没有新鲜的措辞，他浑身是嘴也说不回自己的清白。"我是真的没有舞弊。"文道政连说话的力气都没有了。

肖处长不希望事情闹得太大，于是缓下气氛来，说："上级领导仍在学校检查指导工作还没走，你在考场上推倒课桌，破坏考场纪律，成何体统？仅凭这一点，就该处分你。别的不说，你先去写个检查交上来吧，你走吧……"

文道政心里一千万一万万分委屈，只是无可辩驳，他失望甚至绝望地眼含泪水走出学生处。

肖处长突然想起还有句什么话要交代文道政，就连叫了两声："文道政，文道政……"

文道政什么也没听见，只是默默地离开了学生处。

文道政舞弊的事，一阵风似的传得人尽皆知，晚自习大家都没心情上课。

文道政趴在桌上，任何人跟他说话，他都不闻不答不理。

如果这事学校不还给文道政清白，他自己是一点办法也没有的，他说什么也没有意义，没有意思，没有用。

陈凯几乎要高歌庆祝了，曾晓娅、黄亚男和肖子钢几个同学一见，几乎要跟陈凯吵起来。

文道政不肯开口说话，这次连班长张克工也不信任文道政了，花功夫在文道政身边劝他写检讨：

"考不好没关系，拿不到名次也没关系，可是不能舞弊呀。作了弊还在考场发疯，推倒课桌，辱骂监考老师。你还是赶紧写公开检讨，向老师认错，……我们班真是出败类了！平时，我还维护你，现在，叫我们水电委培班怎么抬头做人呀！"

同学们听张克工这样说，不信的还是不信，信的就跟着说："是呀，我们以后怎么抬头做人呀！"

陈凯趾高气扬，好像自己不是水电委培班的学生，说："这种人心高气傲，你们知道，为什么有人叫他文同学吗？其实，就是搅屎棒一条，闻（文）不得，舞（武）不得。"

黄亚男忍不住了，站起来说："陈少爷，你积点口德，别乱说一气！"

这时，趴在桌子上的文道政站起来将桌子一拍，冲陈凯大声吼道："你胡说八道，老子没有舞弊。"

陈凯见文道政拍桌子站起身来，又有点害怕，只是说："你骂人？"

文道政眼睛都红了，这世界怎么了？监考老师冤枉他，学生处冤枉他，同学冤枉他，这个世界疯了吗？他感觉血在往眼睛里涌，眼睛就看不清世间事了，他吼道："我骂你了，怎么样？你来呀，我们单挑！"

陈凯赶紧从座位上站出来，随时准备跑开，但他还是口里说："你个疯子。"

张克工自持自己是班长，压得住阵，便拽住文道政说："你发什么疯？你考试舞弊，损害水电委培班的名声，真是一粒老鼠屎打坏一锅汤，岂有此理！"

文道政一把掀开张克工的手，大声说："人家冤枉我说我舞弊，你就信我会舞弊，你蠢得跟个猪一样，别跟老子讲话，要打就打，都来，老子不怕你们。"

文道政这样说着，就站到后面空地来了。

张克工被文道政一骂，也气血冲上头。陈凯一看自己的阵营有两个人，也就不怕了，于是张克工和陈凯两个人都冲文道政奔了过去。

刘贵北一看不好，赶紧跑上前去扯开，黄亚男、曾晓娅她们力气小，又怕打着自己，在一旁扯来拽去，根本起不到作用。

文道政一个马步，一掌将陈凯推出一米多远。

张克工从后背抱住文道政，两个人扭打起来。文道政就地一脚，直踏在张克工的脚上，张克工大喊一声"哎哟"，跛着脚，就地躺下了。

王姗姗见张克工被打，什么也不怕了，赶紧跑过去，大声叫道："快来，快来，文道政发疯了，大家快来抓着文道政。"

这时，肖子钢见文道政发了疯，跑过去帮着张克工。

陈凯从地下爬起来，去抱文道政的大腿，三四个人将文道政放倒在地。陈凯对准文道政，提起脚一阵猛踢。

曾晓娅根本不信文道政会舞弊，现在见文道政被打了，心痛得不得了，也不管拳头会不会落到自己身上，就跑过去拽着陈凯的袖子往外拉，不让他打文道政。

其他同学们都在旁边看，不敢去劝。

团支部书记肖奕琴见大家一直讨论，也没吱声，心想舞弊的事学校会调查，她毕竟不知情。但见文道政骂了张克工，三个男生打成了一团，扯不开了，赶紧大声说："快、快，'情报处长'来了。"

这样叫了几声，同学们似乎都清醒了过来，赶紧站起来跑回到自己座位上坐下。

文道政躺在地板上，他才不在乎肖处长来，不在乎肖处长看到什么，他只是觉得绝望和悲伤，比来学校报到头一天的遭遇，更让他心冷。他还不能明白这是为了什么，但他控制不住自己的泪水从眼角流下来。

文道政慢慢地从地面爬起来，缓缓站起身，捂着被陈凯踢痛了的腰向教室外走去……

夜清冷，桃子湖畔无人。

文道政向隅独坐，泪眼朝天。

文道政突然低下头捂住脸哭了起来，发生低沉悲怆的哭声。

"我的大学梦有这么难圆吗？大学怎么这么难读？这些同学和老师他们是人还是魔鬼啊？我不放弃，不想放弃，不放弃可不可以！"

文道政心碎不已，各种嘶喊和撕裂，使他泪流不止。他是如此身高体壮一个大男生啊，却毫无抵抗之力，不能辩驳，不能阻止，不能还击，还不能逃走。

曾晓娅见形势不妙，远远跟着文道政走出来，文道政如此痛哭，她更是如刀在心，也掉下泪来，为文道政的命运和委屈，更为自己的命运还有委屈，但她还是努力地用手捂着嘴，不让文道政听到她的声音。

文道政哭了一阵，毫无征兆地突然站了起来，慢慢走到湖边。

曾晓娅不能再躲着哭了，见文道政走到了湖边。她便觉得要出事，这一着急，三步并作两步就飞奔过去，从后背抱住了文道政。

曾晓娅抱住文道政，嘴里说："文道政，你不能！"

文道政被曾晓娅一抱，一惊，差一点就被曾晓娅给撞到湖中去了，好在他脚一滑，两个人就侧跌在地上。

曾晓娅闭着眼睛，还死死地抱着文道政，文道政的所有情绪都被这一惊赶跑了，他愤怒地抠开曾晓娅的手指，推开曾晓娅环抱着他的双手，大声吼道："放开，你放开！"

曾晓娅被文道政吓了一跳，赶紧把双手撒开了。

她跌在地上，指望文道政会回身拽她一把，但文道政爬起身来，并没有搭理她，头也没回地一个人快速跑远了……

38

文道政在教室里自习，他不想搭理别人。

书籍，是他藏身的最好世界。

不管教室里现在如何开锅似的，他都不打算抬眼睛看一下——眼前这帮老师、同学不相信他，不站在他的一边，让他感到害怕。

杜老师掏出那张能证明文道政舞弊的纸条，已经在教室里传了几圈了。文道政不稀罕看，也不关心那会是谁的字迹。

曾晓娅接过纸条后，突然惊喜地大声说："这不是文道政的字迹！"

文道政心里就兀自悲鸣了一声，像一匹严冬里的烈马。

文道政心想，终于还是有明眼人，还有水落石出的一天，你们当什么老师，一群瞎眼、瞎心的角色，地上捡个纸条就是我的，连查都不要查证一下，你们蠢得跟猪一样，怎么能当老师来的呢。

文道政脑子里千军万马，但他不打算有任何动静。他觉得自己二十多岁的青春心，已经沉寂如死灰，绝望如死灰。

曾晓娅说这不是文道政的字体，还有一个人高兴却并不去看纸条，他就是刘贵北。

刘贵北不相信文道政舞弊，看到文道政难过，他劝了不管用，也不知道要怎么劝，毕竟文道政受的是硬伤，他只能张望和期望。

这时，肖子钢站起来跑过去看了纸条，回到座位上给刘贵北说：

"确实，不是文道政的字。"

刘贵北哧溜了下鼻子，哼了两声说：

"可惜为了这事，文道政几乎被你们打死。"

没有人接刘贵北的话。

肖子钢大声说："那真不会是文道政的字迹。这字也太差了。"

现在同学们都是阳光普照，边看边议论：

"文道政绝不会干考试舞弊的事，一定弄错了。"

"一定有人嫁祸于文道政。"

同学们一说，杜丽娟让黄亚男将纸条交回到她手上，要刘贵北将文道政的作业本拿过来对照字体。

杜丽娟虽然知道文道政字写得漂亮，但这一比较，笔顺笔法都是另一种，心里吃惊，嘴里也说了出来："啊，真不是文道政的字。"

曾晓娅跑过去告诉文道政，文道政埋着头看书，不想搭理大家。

黄亚男也是一直支持文道政的，马上说："那是监考老师冤枉了文道政呢，他应该向文道政赔礼道歉。"

陈凯阴阳怪气地说："有什么大惊小怪，不是文道政的字，不一样可以舞弊吗？"

刘贵北双眉一皱，马上说："陈少爷，你尽在胡说，昨天你把他打伤了，你说他会不会打回来。"

陈凯一听这话，马上说："这……"

肖奕琴把纸条收拢，说："这件事要向'情报处长'汇报，不然要冤枉了好人，也损害了水电委培班形象。"

张克工还在挣扎，不愿意相信自己冤枉了文道政的事实。

毕竟为这事打起来，是他丑态百出了，他便拿出班长的样子，说："大家静一静，这件事没那么简单，虽然字迹不是文道政的，但是在他桌子下发现，他就有作案的动机和条件。"

刘贵北反问道："你是班长，你愿意水电委培班被黑是吧。百科知识竞赛已结束，名次马上要排出来了，我们为文道政叫冤就是在帮我们自己。"

肖奕琴也点头道："对的，冤案错案就应该平反。他竞赛没赛成，受了冤枉，挨了骂，还挨了打，杜老师，这事一定要向'情报处长'反映，决不能让文道政和水电委培班背黑锅。"

第二天，校园的宣传橱窗果然挤满了人。

百科知识竞赛成绩公布几乎没有悬念，一等奖果然是梅雅静和张伟。

可是，文道政的舞弊风波却让梅雅静的喜悦大打折扣，而让张伟更加得意扬扬……

"收租婆"托同学带信，让梅雅静去收费室，说有事找她。

下了课，梅雅静就独自去了收费室，一敲门，"收租婆"果然在。

收租婆一见梅雅静就眉开眼笑，说："雅静，你快请坐！"

梅雅静想赶紧问明白了事就离开，便站着不动，问道："你说有事对我说，是什么事呀？"

"收租婆"先是感谢梅雅静帮她搞了办公室的卫生，然后让梅雅静先坐，说："你先坐，我给你泡茶！"

说着泡了茶，又拿出一包花生来招待。

梅雅静看这像是要留她久坐，心里着急，坐下身子还是追问："有什么重要的事？"

"收租婆"很神秘地压低声音说："学校王副校长跟上级教育部门反映你爸爸，说他擅自招收水电委培班，还说水电委培班享受公费班一样待遇……"

梅雅静听后吓了一跳，但她还是有些不明白："那你怎么知道这些？"

"收租婆"神秘地说："我怎么知道？这你别问了。虽然我也讨厌那些自费生，王副校长打小报告就不对。"

梅雅静便不追问了，只好奇问："你为什么不向我爸爸报告？"

"收租婆"讨好地笑道："雅静，我看你是没有架子的好学生，还帮我打扫办公室，我当然有什么事就告诉你，你告诉你爸爸梅校长不一样吗？"

梅雅静想着这样也合逻辑，便笑了笑，说："呵，谢谢你！"

"收租婆"停了一下，这才正式进入了她的主题，但她却显出是在跟梅雅静聊完了正事以后在随意聊聊天似的，亲切说：

"雅静，我哥哥是市水电局局长，只有我侄儿刘闯一个小孩，他家里条件是好得没法说，可刘闯不安分守己好好读书，你抽空多关心关心他，好吗……"

梅雅静见"收租婆"说这些，突然敏感起来，觉得"收租婆"像个媒人似的，慌忙站起来说："班上还有事呢，我先走了。"

见梅雅静没有接茬的意思，"收租婆"看着她的背影，愤愤地将那报纸包着的花生扔回了抽屉里。

上级检查团一走，学校做出了一个重要决定：

学校取消对委培生的助学金。

这事对于其他多数在校生来说是个好消息，幸灾乐祸的学生很多。但对于水电委培班来说，这消息石破天惊，让全班炸开了锅。

"太不公平！"

"同样是学生，区别太大了，差距太大了。"

"我们是自费生，自交学费，学校难道不知道我们班特殊情况吗？"这是水电委培班多数学生的意见。

杜丽娟转述学校的决定："正因为你们是自费生，是国家计划外的，所以，国家对计划外的学生不予统管。"

陈凯当着这么多同学的面仍极不厚道地笑着说："还好，我是拿国家工资读书，助学金没了就没了吧。"

刘贵北推了他一下说："陈少爷，你这幸灾乐祸太不人道了！"

肖奕琴说："是啊，你还笑得出，我们班开始取消了文道政和曾晓娅的助学金，现在全部取消了。"

杜丽娟一边解释，一边劝告说："大家一定要理解，特别是评上了助学金的同学。"

杜老师一说，有个女生哭泣起来……

紧接着，水电委培班又发生了第二件事：

上课铃响了，水电委培班的同学们等待着陈威老师来上课，等到过了好几分钟，张克工才走进教室，告诉大家说陈威老师生病了，这堂课改成自习。

陈威不能来上课，教室里有抱怨声，还有叫好声，有说陈老师喝醉了的，有说反正听不懂不上也没关系的，闹哄哄一堂。

肖奕琴看着不像话，站起来冲着陈凯为首的几个聊得声音最大的同学批评了几句，叫大家安静一点，自习也得有个自习的样子吧。

教室里慢慢安静下来，黄亚男站起来跟肖奕琴说："既然陈老师不能来上课，我这会子去膳食科领餐票去！开始下课去领，挤都挤不进去。"

肖奕琴听了，点了点头，黄亚男赶紧走出教室，朝膳食科跑去。

不到几分钟，黄亚男便哭着跑了回来，好不容易才安静一点的教室又开锅了。

女生们都围过去，问道："黄亚男，你怎么了？"

曾晓娅安慰道："黄亚男，你别哭，发生了什么事？你告诉大家！"

肖奕琴赶紧用手推着黄亚男，说："什么事，快说！出什么事了？"

黄亚男抬起头，用手擦着眼泪，说："学校停止给我们水电委培班发餐票了！"

肖奕琴和同学们都蒙了："什么？"

黄亚男重复说："从今天起，学校不再免费发给我们餐票！"

张克工不信，问道："不发餐票，这是为什么呀？"

陈凯也说："难道学校认为水电委培班太捣蛋了？"

"胡扯！"刘贵北拽了陈凯一下，示意他不要添乱。

黄亚男结结巴巴说："学校说，从此，学校不管自费生了。"

"岂有此理，同样读书，同样吃饭，怎么说不管就不管了呢？"

"干脆散了算了！省得在这里受气！"

"同学们别吵了，先自习，"肖奕琴安抚大家，并对张克工说，"我们去找高老师。"

肖奕琴和张克工走出教室。

教室里哪里安静得下来，多数同学都没了心思学习。

肖奕琴和张克工找到杜老师办公室，杜老师不在办公室。

正好"情报处长"从二楼会议室出来。

张克工问道："肖处长，学校不发给我们水电委培班饭菜票了，为什么？我们也是学生。"

肖奕琴接着说："我们一样学知识，将来为'四化'做贡献。"

肖处长有些不屑地说："学校正在研究呢，发不发现在还不知道，你们先回教室去上课，等研究结果好吧！"

张克工和肖奕琴并不回教室，等肖处长离开了，他们又折回办公室里继续等杜老师。

杜老师回到办公室，一看张克工和肖奕琴，便说："你们不在教室上课，跑这里干什么？"

肖奕琴委屈地说："我们现在还是学生？学校不发饭菜票，是不是要赶我们回家了？"

杜丽娟解释说："有人向上级告状，说水电委培班没有高考上线，是自费生，不应该享受公费生一样待遇。"

张克工一听，赶紧说："我们也是经过考试来的学生，学的专业也是为国家做贡献的专业，不能说不给就不给。"

杜丽娟看了张克工一眼，想起来补充道："我们班上有不少同学是国家正式职工，拿了国家工资来读书，还要拿学校生活费，有人说不合理也正常啊！"

张克工不以为然地说："我是可以不要每个月20元生活费，我有工资我知道，但其他同学没拿工资，还是自费，有的同学家里那么穷，应该发给生活费。"

杜丽娟听张克工这样说，也就不好怎么说了，便冲他俩说："学校还在研究，最后怎么样还不知道呢，走，我们先到教室去看看，估计他们又翻天了。"

教室里果然很热闹，还影响到了隔壁班上课。

隔壁班的任课老师刚走出教室准备过来训斥，刚好看到杜丽娟进教室，便返回自己教室去了。

水电委培班教室里，同学们有的坐在课桌上，有的站在凳子上。

黑板上写着几个大字："我们要读书，我们要吃饭。"

杜丽娟示意大家坐下，说："我的心情和你们一样。我们来学校读书不容易，学校为你们来读书也想了许多办法。但是，学校对我们这个特殊班，也没有很好的解决办法。公费班是有国家计划的，一切由国家负担，我们班是计划外，国家没有义务负担，所以，形成不平等……"

杜老师这样说，大家低下头。

杜丽娟继续说："不给生活费，并不是学校不发给你们，是国家没有义务负担。同学们，我当这个班班主任，我知道班上有的同学家相当困难，但我们一定要坚持下来。为了我们班的生活费问题，我找学生处、膳食科，找王副校长，找梅校长，都没用，政策是这样，大家要理解。"

看来伙食费是真的没戏了，那些本来还抱有希望的同学便格外难过，女同学里有好几个流下泪水。

杜丽娟只好硬着头皮给同学们鼓劲："同学们，不管发生什么都要克服，来学校读书的初心不要忘记，读书的梦想不要忘记，为'四个现代化'、为水电事业奋斗的目标不要忘记……"

杜老师这么说，张克工便带头鼓起掌来，希望同学们能走出困境，将读书进行到底。

肖奕琴也走向讲台，大声问："想写信回家要生活费的，得赶紧，有哪些人？"

所有的同学，都举起了手。

文道政趴在桌上马上开始写信，在信上后面写道："火速寄生活费和粮票来！"

黄亚男补充道："有些同学可能这几天的伙食费都不够了，请拿工资的同学尽量先帮助一下。需要买餐票的同学，请把钱和粮票交给我，……"

打击一波接一波，大有不将人逼到绝境不罢休的味道。

文道政坐在教室里发呆，他身上的20元钱买了学习用品和生活用品。现在全部身家就只有三十斤全国粮票，可是没有钱照样买不到餐票。只有两天的餐票了，两天以后他该怎么办，心里有些恐慌。

正当这时候，肖子钢走进教室，拍着手掌叫大家看他，放了一个大炸弹说："水电委培班要解散了，上级不准办委培班了。"

大家都抬起头，望着他，对他这种发疯吸引注意力的行为也显出了颇为不屑。

肖子钢看大家都不吱声，便强调说："我说的是真话，没骗大家！再说，我能拿这种事来骗大家吗？"

也许是这些天的打击连串，同学们都习惯了，并没有炸窝的反应，而是有几个同学用平常的语气问："不办了？那我们怎么办呢？"

陈凯一拍桌子，站了起来回答："不读了，那就回家上班去呗！这鬼学校不将我们当人看，好在我还有工作，有工资。"

张克工从教室外走进来，接着陈凯的抱怨，愤怒地说："水电委培班不准办了，这是真的！"

"一个大学，一个专业技术班，说不开就不开了？"

"全部亲朋好友都知道我上大学来了，现在回家，我怎么见人？"

…………

这话一出口，同学们才看见撕开真相以后血淋淋的现实。他们绝大多数同学都需要回家面对这个问题，即使是带工资来读书的同学，也曾被同事羡慕过，也曾在离别时吹过牛皮，下过保证。

现在，不过是来大学旅游了几个月似的，就这样回家，回单位，都过于丢人。

陈凯想了想，也沮丧得跌坐在椅子上。要知道大学毕业回单位，他肯定是会青云直上的，现在回去，原岗位都被人家占了，自己还不知道要怎么安排。

拿国家工资来读书，这在单位很牛，在学校很牛，但从学校滚回单位去，绝对会是一头蠢牛，一个笑话。

黄亚男大声问张克工，问他是不是确确实实看到了文件，还是听到的传言。

"最可靠，绝不是开玩笑。"

张克工说完，教室里的桌子开始被同学们拍响了，一声，两声……一人，两人，一群人……教室里无数嘭嘭嘭拍击桌子的声音，像山崩，像浪怒，还有人将书抛向空中，哗啦掉在地上。

"学校对我们不公平，他们这样做是不对的，我们得找校长去！"

"对，一所大学，不能说来就来，说撤班就撤班，我们找学校去理论。"同学们一呼而应，群起向教室外涌去……

水电委培班的多数同学都聚集到了校长会议室楼下，抬头一看，二楼会议室，正在开一场严肃认真的会议。

"我们不能就这样上去，你们都在楼下等着看，我和肖子钢去会议室看看什么情况，如果学校真的要放弃我们，大家再看怎么办。"

同学们听着，知道楼上校领导们在开会，说不定讨论的就是这事，也不愿意去增加撤班的砝码，便都选择留在楼下等，让肖子钢与张克工赶紧去打探具体情况。

张克工和肖子钢去了十几分钟，才从教学楼走出来，悄悄告诉同学们说："校领导正在开会，正在专门研究水电委培班的事！"

"学校不会轻易放弃水电委培班，虽然校内有反对意见，但支持理解的还是占多数，现在在研究如何为水电委培班争取机会。"肖子钢激动地补充说。

会议室的灯一直亮着，没有老师或领导从会议室出来，偶尔大家还能听到会议室里激烈的争论，还有人在拍桌子，具体说什么，倒听不真切。

大家等在楼下，站久了腿麻，有的同学在花坛边坐下了，有的坐在台阶上，有的干脆往地上一坐。

天气寒冷了，女生们挤成一团，这样会暖和点，但大家还是不忍离开。

陈凯现在与同学们团结一心，不再说风凉话起高腔，而是担忧地说："我们明天是否要打包回家，由他们决定，不知道要怎么办啊！"

刘贵北觉得事情没有想象的那么糟糕："学校不能这样对待学生吧，那水电学院还能有什么声誉？"

会议室的窗子吧嗒响了一声，吱呀就被推开了，一位老师伸出头来朝楼下看了看，又多了几位老师到窗口来瞧，然后窗子关上了。

过了几分钟，有老师下了楼走到水电委培班的同学们这边，说："天这么冷，你们也别在这儿待着了，冻坏不好。而且同学们在楼下谈话，直接影响到了楼上的开会。"

刘贵北赶紧插话："请问，开会是在研究水电委培班的事吗？"

那个老师没回答，只说："如果不肯回宿舍，那你们去操坪运动一下吧，别冷坏了。"

老师这话说得客气，其实也就是驱逐令了。

张克工顺手扯了扯身边几位同学的胳膊，示意大家一起离开："走，咱们去操坪吧。"

同学们下了石阶向足球场走去。

肖子钢拽了一下张克工的袖子，小声说："你们去，我一个人在这儿待着，也不能全离开啊。"

张克工想了想，觉得也是，如果今晚就能得到确切消息也好，否则今晚对于大家来说都是一个无眠之夜了。

同学们坐在草地上等待。

这时，不知道谁在低声哼歌，于是大家都一起唱起来了，唱了几首歌，然后有人起了头，同学们便放开嗓子将《团结就是力量》唱了起来。

一曲未终，大家看见肖子钢跑了过来，张克工赶紧迎上前去，同学们也不唱歌了，都准备围过去，但肖子钢只说了一句："散会了！"

大家起身也不围肖子钢了，拍拍屁股上的草渣渣，直接就往教室跑去……

所有与会人员都知道水电委培班还在操场等消息呢，一散会，梅校长就让杜丽娟马上通知同学，做好安抚工作，不能出什么岔子。因此杜老师出了会议室，跟肖子钢打了个招呼，便直接来教室等大家了。

"同学们，今天晚上的会议，的确就是围绕水电委培班的各种情况而开的，学校并不是要解散水电委培班，不是要解散自费生，但上级要求规范

'五大生'，规范自费生，是要对所有学员和学风进行清理整顿……"

肖子钢马上问："整顿什么？是不是找借口赶我们回家？"

杜丽娟手朝下压了压，示意肖子钢不要问了，先听她讲完："清理整顿是在全国范围内的'五大生'，并不是只针对我们学校的水电委培班。自费生也是'五大生'之一，也在其中之列。梅校长办班思路和目的明确，获得了上级的认可和支持，但现在全国办的'五大生'，特别有多个大学的委培班出现了各种各样的问题，因此要发现问题，解决问题，其实这也是切实维护委培班学员利益的好事。国家是要让每个来读书的学生，光明正大地读书，学到有用的知识，为'四个现代化'做贡献。"

"高老师，你说这么多，我们究竟是留，还是走？"陈凯关心的就这一个问题。

杜丽娟没理陈凯，继续说："教育改革不能搞全包干，今后的大学也可能都不搞全包干。大学可以继续读，但大学期间的学费和餐费，需要同学们自己承担。"

等杜丽娟说完了，肖子钢这才小声说："我听一些老师说，学校对水电委培班是留还是走，会开得特别激烈。听说，梅校长散会就去上级教育部门了……"

杜丽娟当然听懂了肖子钢的话，她点了点头，说："是的，梅校长为了水电委培班真是呕心沥血，他现在已经在去找上级教育部门的领导了，相信也能给大家带回好消息，同学们要有信心，一定要相信学校，不吵不闹，认真读书。我们一起等。明天，梅校长一定能带给大家好消息。"

"好消息，谁知道呢。"同学们哗地吵嚷起来。

"如果真是好消息就好了。"张克工说。

"学费和生活费还可以想办法，如果不许上学，那就没办法了，我们可怎么办？"刘贵北也说。

悲观情绪的同学也有：

"原来我们的命运还不定，说不准扎起背包就离开……"

"哎，上什么课呢，没有心思读书了……"

杜丽娟继续安抚大家："同学们，这是一个非常时期，团支部、班委会要积极发挥作用，不允许出现过激行为……现在大家先回宿舍休息吧。"

肖奕琴听了，赶紧招呼同学们都回寝室去……

39

天气寒冷，多数同学也并非天天洗澡。

有些懒得出了名的同学，连脚都不洗就缩进了被子。

刘贵北与文道政拿着脸盆洗漱回寝室，两人还在继续聊：

"要是水电委培班解散，许多人的梦想就破灭了。文道政，你跟梅雅静走得很近，你又有远大的理想，还长得高大帅气，若果就这么走了，一定最不甘心……"

文道政苦笑了一下，没吭声。

张克工和陈凯、肖子钢几个同学走出学校，去喝酒回来。

张克工直接往床上一倒，软得烂泥似的。

陈凯也喝得有点醉了，倒在张克工身边，闭着眼睛说道："老子才不稀罕这个大学，回家上班更好玩！"

文道政将脸盆放好，看到他们一个个喝醉了，站在那里望着他们。

"我师兄在大学谈了场恋爱，回家两年就结婚了。我喜欢王姗姗，这才刚刚谈上呢，水电委培班就要解散，命运对我太不公了。"张克工满腹怨气地说。

文道政听得大惊失色，赶紧推了推张克工，悄声说："班长，你喝醉了，胡说什么。学校不允许学生谈恋爱，你带头谈，还敢说出来啊。"

陈凯虽然闭着眼睛，这些话他倒全听见了，马上跳起来冲文道政说："哈哈，我们班长他谁啊？班花归他不冤枉……班，班长，如果水电委培班解散，你带王姗姗回单位去结婚吗？"

张克工一拍床沿，坐起来冲陈凯吼道："那当然啦！王姗姗是我一辈子的最爱！读不读书我都要娶她回家。"

"陈少爷，你谈了恋爱吗？"刘贵北向陈凯打听。

"贵北，你问这干什么？谈恋爱是搞地下工作，跟战争年代差不多，秘密发暗号，秘密接头，秘密约会……"张克工是经验丰富，马上帮陈凯回答。

于是刘贵北又扭转头，问文道政道："文道政，梅雅静为什么叫你文同学？这是不是秘密接头暗号啊？"

张克工一听，就哈哈笑起来："文同学？秘密接头暗号？真像哦。说句实话，文道政什么都好，也配得上校花梅雅静，可惜是个自费生。"

说到这儿，张克工的声音突然低了下去，他愧疚地说，"文道政，我对不起你，那天指责你考试舞弊，我居然还与你打架，真对不起，向你道歉！"

张克工说着歪歪扭扭站起来，给文道政行了个军礼。

文道政心里有刺，但张克工如此坦诚地道歉，文道政心里的刺就没了，便说："班长，没什么对不起对得起，本来就是误会，都是监考老师看错了。这委培班一解散，一切都像做梦一样，如果这段时间我有得罪大家的地方，请大家包涵！"

陈凯现在看文道政也不烦了，就主动找文道政说话："文同学，现在解散了，我对你说句实话。学生处证明你考试没有舞弊，但梅雅静，你绝对追不上！"

文道政没想到会有这样的话题，噎在那儿都不知道要怎么回答。

"那你追得上吗？陈少爷，你不要小看别人。"刘贵北马上说。

陈凯苦笑道："是的，我晓得，我也追不上！哈哈哈……"

张克工眼睛都睁不开了，实在想睡，便推着坐在他床沿的陈凯道："我困了，你也睡去吧，别扯这些没用的。明天梅校长搞不定上级领导，我们就各回各家……"

"大风起兮云飞扬……"

水电委培班真是度日如年。

同学们望眼欲穿，梅校长还没有归来，同学们谁也看不进书，大家就在教室里聊天。几个女生围在肖奕琴身边，不知道在说什么。

文道政拿出《约翰·克利斯朵夫》出来翻看，可是他看到一半时候，才发现书里面里夹有一张纸条，上面写着：

"生活并不是一帆风顺，要做生活中的强者。"

这是梅雅静的笔迹。

文道政正想接着看书，突然传来女生的啼哭，他抬头看看，原来是曾晓娅趴在桌子上哭泣。

黄亚男与几个女生围在一旁劝导着，曾晓娅反而哭得更伤心了。

曾晓娅是家里的长女，为了考上大学，连续复读了三年，现在有机会读了大学，家里都指望她大学毕业了好改变家境，还有弟弟妹妹需要她帮助……可是，现在水电委培班要解散，她可怎么办。

同学们见曾晓娅哭得伤心，其他几个心软的女生也跟着哭了起来，男生大多心里流着眼泪，也有抹泪哭的。

文道政手里拿着书，眼睛看着书，可是它眼睛里看不进去任何一个字，最后就是完全看不见书上的字了。那些涌起来的泪水，将文道政的双眼都灌满了。

女生们哭了一阵，肖奕琴擦干眼泪出去找杜老师打听消息。

这时，曾晓娅突然站起来走出教室。

文道政正好扭头，看曾晓娅脸色不对，正埋头朝夜色里走了出去，文道政想不理，又觉得不踏实，于是紧跟着她也走出教室。

果然，曾晓娅走出了校门。

接二连三的打击，对于曾晓娅这样的女生来说，实在是无法承受，即使有同学们的帮助，有室友们的安慰，但家庭的困苦和当下的困境仍旧是她心里的痛。曾晓娅慢慢地穿过校园，一个人走到桃子湖。

文道政不想跟曾晓娅有什么直接的接触，生怕万一误会了她的意思，又怕同学们看到两人单独在一起，有所传言，传到梅雅的耳朵里不好。就远远地跟着曾晓娅走到桃子湖，在一丛芦苇边蹲下，观察曾晓娅的动静，这样两全其美。

冷风簌簌的、森凉的。

文道政在地上抚触了一下，看是否可以就地坐下，这样不会蹲到脚发麻。

就这么一愣怔的工夫，文道政再抬头，他突然发现，曾晓娅已经不在视线里了。文道政拿眼睛一扫，那些道上也没有人行走，便赶紧站起身来朝桃子湖冲了过去。

曾晓娅从堤边顺着草坡正朝着桃子湖里走，湖水冷冷地漫过她的足踝，小腿，膝盖……水下湿滑冰冷，曾晓娅的泪眼里看到湖面也浮着泪眼一样的清亮颜色，她径直朝水中走，脚踩到圆石头，人一歪便滑入水中。

曾晓娅本能地挣扎了一下，想站稳身子，可是很快沉下去了……

"曾晓娅，你干什么？"文道政三步并作两步冲下草坡，直接朝水中冲过去，水都齐文道政的胸口了，但文道政一个猛子下去，手触到挣扎的曾晓娅的手臂，紧紧抓住。另一只手配合划水，艰难地在水中行走，将曾晓娅倒拖着，朝岸边拽了上来。

曾晓娅已经呛到水了，她的脸浮出水面，紧张使她憋着气，但一拢岸，她便发出急促的咳声，喉咙里像咽了一只苍蝇那么难受。

文道政将曾晓娅安顿在草坡边上，紧张地望着她："曾晓娅，你怎么样？"

"你为什么救我，干吗不让我死了算了。"曾晓娅看见文道政眼泪便决了堤。

"别着急，虽然我们都很困难，但一切困难都会过去的，如果轻生，那就是有走出困境机会也会等不到了。"文道政自己也是在困境中，他拿安慰自己的话去安抚曾晓娅，"生活并不是一帆风顺，要做生活中的强者。"

文道政走近曾晓娅，蹲下。

虽然文道政此时也是一身湿冷，但他还是伸开双臂拥住了冷得发抖的曾晓娅的身体，重复着说："生活并不是一帆风顺，要做生活中的强者。"

曾晓娅全身都冷都痛，她哭泣着，哆嗦着，将头掩进了文道政的怀里，号啕大哭起来，这时她感受到的就是在文道政的怀里，还有一些湿热的温度……

肖奕琴从杜老师那里出来，走不多远就看到两个落水鬼似的人影靠近。

肖奕琴吓了一跳，但还是留心站了一下，等人影走近再看，正是湿漉漉的文道政和曾晓娅两个人。

肖奕琴心里一惊，赶紧一把握住曾晓娅的手问："你们怎么了？"

问着，曾晓娅又痛哭起来。

肖奕琴发现曾晓娅的双手冷如冰，赶紧将自己的外套脱下来，将曾晓娅裹住，冲文道政大叫了一声："赶紧，回寝室。"

肖奕琴猜到了情形，便不再多问，搀着曾晓娅便往寝室快走，文道政也冷得哆嗦，一直走到男生宿舍楼外，肖奕琴才说："赶紧冲热水澡，我会照料她。"

…………

离开肖奕琴两个，文道政这才感觉自己脚都快提不起来了，他一身冷衣裹在身上，被冷风吹着几乎要结冰，他在经过的同学们惊异的眼光里穿过楼道进了男生宿舍，弯腰去拿锑桶和毛巾，但他的手却拿不稳东西了。

锑桶"哐当"一声掉在地上，将正准备询问他的几个同学吓了一跳。

陈凯、张克工、刘贵北三个人正就着一包花生米在宿舍里喝着一瓶7毛5分的廉价散装白酒，刘贵北赶紧起身将锑桶捡起装上文道政的毛巾肥皂，就递到文道政手上。

张克工端着杯子也过来，逼着文道政喝了两口白酒，一股子焰火从文道政的喉咙里朝心底里，朝四肢百骸窜了过去。

"快，怎么湿成这样，快去洗个热水澡。"张克工对文道政命令道，又扭头朝陈凯说，"快，帮文道政把被子铺好，等下给他焐一焐。"

文道政连打了三个喷嚏，刘贵北干脆提着桶子就半拽着文道政去洗漱间了。

"这小子，冬泳去了？"陈凯说的还是凉快话。

张克工心里一惊，这天气全身湿漉的回来，准保不是什么好事。

张克工想着，自己动手将文道政的被窝卷打开，又从刘贵北的被窝里把一个装了开水的医用玻璃瓶拿出来，塞进了文道政的被窝里。

"……"陈凯还想开口说什么，张克工也没听没理，扔了一颗花生米在嘴里，陷入了沉默。

刘贵北又回了寝室一趟，将文道政要穿的干衣服拿了过去，临出门又回头看了张克工一眼。

张克工正看着刘贵北呢，于是刘贵北就说："文道政见曾晓娅情绪不对，跟踪他，果然见她跳桃子湖，把她救回来了。"

说完，刘贵北就扔下了目瞪口呆的张克工与陈凯，去洗漱间给文道政送衣服。

文道政提着桶回来，头发还湿漉漉的，但人已经精神很多了，他将装了湿衣服的桶子往墙角一放，就往被窝里钻。他双手支在枕头两边，双足从被窝筒的一头探进去，手一撑，被窝都不怎么动，人就钻进被子去了大半个身子。

文道政半依着床头的铁架子靠着，感觉到原本应该冰冷，要睡很久才能焐热的被窝里，现在能感觉到从脚窝窝传递上来的温暖，于是一身都放松下来，朝张克工投入了感激的目光。

文道政当然知道这种折放被窝的方式，只有张克工如此，而脚头的热水玻璃瓶子，全寝室只有刘贵北有一个……

张克工看文道政感激地望着他，便笑着摇了摇头，顺手拽过一条干毛巾给文道政擦干头发。

"等下，换一条。"刘贵北另拽了一条毛巾递给文道政，然后从张克工手里抢回那条毛巾，并且小声嘀咕道："这条是我擦脚的。"

陈凯还在原处坐着，瞧着这哥们几个互相温暖，这时也憋不住一下笑出声来。

"呐，再喝几口暖暖身子，驱下寒气，文道政，你今天可是大功臣啊！"张克工说着，一手将自己的杯子递给文道政，一手将刘贵北的杯子也递给刘贵北。

说起曾晓娅，现在也不知道她怎么样了。

死了，诚然不能解决问题；活着，问题也还是要面对。

文道政端着酒没有喝，眼神一下子就暗淡下来。

此际的他，手中有酒，心中有困，眼中有泪。

像曾晓娅这样困难的几个同学，原来再怎么艰难的日子，似乎也没有现在这样无助，而且不是他文道政一个人无助——原来世间种种困境真是如此的无情啊。

文道政的眼里一下子浮出泪花来，他忙闭上眼睛，但泪水还是丝丝沁了出来，顺着脸颊滑落。

…………

刘贵北见文道政咬紧了牙关，默默落泪，就叫了一声："文道政……"

可他却又不知道该说什么，该如何劝慰，便又沉默下来……

张克工见了这情景，只觉得鼻子一酸，深觉得自己水电委培班班长这个肩头的责任重大啊，于是他便仰起了头，眺望着窗外的冷星，掩饰不住心中的悲情，泪水从两眼滴落下来……

两天的等待，梅校长终于回来了。

不需要同学们奔走相告，梅校长直接就奔水电委培班教室而来，他知道同学们现在的状态和心情，当然也知道这个时间同学们应该都还在教室。

杜丽娟也还在教室，她的人和心都在这里守着。

看见教室外别班的同学在说"梅校长好！"，教室里顷刻就像炸开了锅。

同学们或坐或站或回头，就定在那儿看着教室的大门，看着梅校长的身影真实地站在教室门内，满面笑容地看着大家。

梅校长，或者说是梅校长的笑容，就像平地一声雷，整个教室一下子沸腾起来了。

"同学们，安静，请安静。梅校长——"杜丽娟看到梅校长的笑容，就觉得这会是一个好消息，便想来一个精彩的开场白，没想到被梅校长抬抬手示意停住了。

…………

梅校长站在讲台上，微笑着朝同学们伸手做了个安静的动作。

教室里瞬即安静了下来。

梅校长收敛了疲惫与微笑，严肃地望着几十张年轻的脸，就这么两三秒，真的显得很庄重很紧张。突然，梅校长的脸又绽开了笑容，同时他大手一挥，大声说：

"同学们，水电委培班保住了，自费生保住了！"

刹那间，整个教室一片欢呼……

张克工、文道政、刘贵北和陈凯，都不约而同地回头去看曾晓娅，只见她的头正抵在肖奕琴的肩上，泪流满面。

肖奕琴伸头在曾晓娅的肩上轻拍着，向她传达着喜悦、力量、坚强。

水电委培班保住了，这让水电委培班的每个同学都从死亡线上挣扎出来。教室、寝室消极悲痛的情形一下子消失了，快乐重新回来了……

刹那间，张克工带头跑到讲台，大家不约而同地跑向讲台，将梅校长抬起来，大声叫："梅校长万岁！"

梅校长被这突如其来的举动，被这般自费生的热情溶化了，他的泪水也流下来了。这泪水，是幸福的，充满着爱……

在男生宿舍，各个寝室的凳子都搬过来了，115寝室人满为患，几间寝室的同学凑钱打了几斤酒，又买了两斤瓜子花生米，这就拉开了庆祝会的架势。

水电一班的班长张伟不明白发生了什么情况，经过时就伸进头在门边瞅瞅，被张克工一声喝住了，同学们便响应了，将张伟半拽进来，请他喝了几杯酒。

张伟还是不明白地问："你们这是要干啥啊？"

张克工笑笑说："我们水电委培班保住了，自费生保住了，我们可以继续读大学了！"

刘闯在走廊的另一头注意到115寝室特别热闹，又见张伟被拽进了115寝室，赶紧跑过来看怎么回事，也被拽着要他吃几口酒。

刘闯端着军绿色水杯便走到文道政面前，朝文道政手上的口杯一碰，说："小兔崽子，来，干一杯！"

文道政沉默，并不搭理刘闯的话，但他拿着杯子站起来，与他碰了一下，喝下一口。

同学们都觉得这气氛又要不对味了，刘闯说话明显是在污辱人，于是都望着他，张伟便喊了一嗓子，示意刘闯不要添乱，但刘闯仍旧是挑衅地看着文道政，举了举自己手中的杯子：

"水电委培班其他同学可以继续读，你这小兔崽子可以回家了，水电学院，不欢迎你！"

文道政并不在意，无论刘闯怎么说。他笑笑，全当没听见。

刘贵北气恼了，大声说："刘闯，你怎么说话的？端着我们115寝室的酒，欺负我们115寝室的人是吗？你看不起我们水电委培班，看不起自费生，是吗？"

刘闯扭过半张脸冲着刘贵北说："我没跟你说话，你急什么。"

张克工一听，非常生气，从床边站起身说："刘闯你想怎么样？"

刘闯笑了笑，直愣愣地说："我看他不顺眼，他也撒泡尿照照自己吧，癞蛤蟆想吃天鹅肉！"

"你给我闭嘴！"文道政突然断声喝道。

刘闯声调本来就高，但他一见文道政讲话声调比他还高起来了，便将手中的水杯猛砸在地上，和文道政推搡起来。

文道政并不想多生是非。

刘闯一开始推搡，他就后退。

已经退到墙边，无法再退了。

寝室里的同学一见，赶紧去劝架，可是刘闯不让。眼见，又要发生一场打架事件。文道政站在墙边，见刘闯还在推搡，便反应飞快地一把将刘闯的手反扣起来，这样至少可以保证刘闯打不到自己，刘闯也不会再自己跌断腿。

寝室的同学还没有反应过来，刘闯就已在文道政的控制之中。

文道政将刘闯的双臂从身后往上稍稍一提，刘闯便手臂拉抻，痛得大叫，寝室里的水电委培班同学便忍不住笑。

刘闯痛，不敢动，但还嘴硬，骂道："小兔崽子，哎哟，放开我！"

这时，张伟放下杯子走了过来，用手拍拍文道政的肩，示意放人算了。

文道政见张伟脸色和缓，并没有恼怒的意思，便给他面子放开了刘闯。

文道政将刘闯推开，说："你别欺人太甚！"

张伟不想生事，一手拽着刘闯的手臂准备带他离开115寝室。

张克工还在说："再喝一杯再走！"

张伟回过头，正想说什么，没想到刘闯痛叫着活动手腕，猛不及防就给了文道政一拳，正好打在文道政的鼻子上，顿时，鲜血直流。

刘贵北赶紧就去拽毛巾淋点水给文道政捂上，水电委培班的其他同学见刘闯打人，就要去拽住他。

张伟一看情形又不可收拾起来了，赶紧推着刘闯离开了115寝室。

文道政的鼻子流血不断，地上一下子就是一摊鲜血。

肖子钢赶紧将一桶冷水提过来，用冷水拍打文道政颈脖子止血。

张克工、刘贵北和同学便出门去找刘闯算账——自己庆祝，好心喊他们喝酒，倒把文道政给打了，他刘闯就是条疯狗不成？

121寝室的门紧闭，不管张克工他们几个在外面如何敲打呼唤，121寝室里都按张伟交代的，不应声，不开门。

这么闹了一会子，就到了熄灯时间，一层层楼灯开始熄灭，又有人在低呼："'情报处长'来了！"

张克工几个赶紧蹑脚溜回到115寝室里，轻轻将门关上。

情报处长在楼道里极大声地嚷道："谁又在打架了？吃了饭不消化？是想闹出事，被开除是吧？"

这时，宿舍楼里格外安静，没有人说话……

41

文道政终于收到父亲的来信了，看见父亲的字迹，他特别开心。

"政儿，你好！来信收到了，得知你在学校一切都好，我们放心。家里一切都好，你也放心。学校取消了生活费，你用不着悲伤，读书学知识是大事，家里再苦再累，也供你读完大学……"

文道政读着信，泪水盈满眼眶。

曾晓娅也收到了家里的来信在展开看。读着家人的来信，曾晓娅又是哭又是笑，黄亚男忍不住了，便顺手扯过曾晓娅的信看，看着看着也是又哭又笑，最后，她便索性大声读了起来：

"晓娅，给你说件有意思的事。我们家养的母猪，突然失踪了，你妈妈哭了好几天，到处找没找着，认为是小偷偷走了，可是，过了十几天，母猪从后山上带回来一头大野猪……"

全班同学一听哄堂大笑，仿佛每个同学家里都捡到了一窝小猪。

陈凯促狭地说："我猜，一定是头野公猪！"

"啊，哈哈哈……"同学们笑得更加响亮了。

曾晓娅的家在山区，她们村也算得是深山野林，山中特产丰富，但因为无法运出来而不能变换成经济收入，因此全村都特别穷。

说起来，曾晓娅家离文道政家还不远，就是隔着连绵的群山，如果两点一线的修一条直路，估计不到一百公里远。

"你家离文道政家近，他家也在山区，也有野猪在山里跑。"同学们无意地说。

曾晓娅回过头望了文道政一眼，脸一下子就红了，说："是啊，我们都住在地球上。"

曾晓娅这么一说，大家又笑起来。

黄亚男不想大家继续围着曾晓娅说事，便问文道政："你家的信也有趣事吗？"

文道政咧嘴笑道："有啊，有！"

不等文道政说完，陈凯插话继续说："我来帮文道政说——文道政家一只老母鸡丢了，到处找都找不到，过了一个月，这只老母鸡带了一窝鸡崽仔回来了……"

话题又绕回来了，黄亚男无奈地跟着大家一起笑，心想这陈凯真是蛮会来事的，什么都要胡编一气。

刘贵北笑着，帮文道政说："这种事，在山区时有发生，也不奇怪。"

大家一听，就问："贵北，你家乡也时常发生这样的事吗？"

陈凯赶紧说："那当然，刘贵北的家在少数民族地区，发生有趣的事更多！"

张克工马上就问："贵北，你是什么民族？"

刘贵北回答说："瑶族！"

张克工马上说："瑶族的歌舞太美了。"

刘贵北接上话，自豪地说："瑶族的姑娘更美！"

黄亚男也插嘴说："瑶族姑娘穿的服饰，那才叫真的美！"

文道政仔细想想，来水电学院这么久，与刘贵北同寝室、同桌，算是走得最近的同学。刘贵北纯朴、善良、肯帮助人，像一个兄长一样对他。这样想着，微笑地望了一眼刘贵北。

陈凯将话题又绕回来，接着说："贵北家的母鸡丢了，过了一个月后，母鸡回来了，你们猜怎么着？"

大家将眼睛望着陈凯，忍着笑问："怎么着？"

陈凯夸张地说："带回来一只野公鸡和十几只野鸡崽仔！"

大家一听，又笑起来。

这时，教室的门打开了，杜老师走进来，笑着说："什么事呀，这么好笑！"

大家抿着嘴想不笑，又忍不住，便继续笑起来。

杜老师看着这般模样也跟着笑，又追问："什么事这么好笑呢？"

黄亚男便把曾晓娅家丢猪的故事再说了一次，说到末尾了，陈凯赶紧插嘴："领回来的，是一头大野公猪！"

杜老师一听也的确有意思，就大笑起来。

张克工拍拍陈凯的肩，说："你不是还有一个更好笑的怎么省了不说？"

"啊？还有？"杜老师愣了愣说："曾晓娅家有很多故事哦！"

陈凯忙摇了摇手说"不是"，这才清清喉正式开讲，"文道政家来信说，他们家一只老母鸡丢了到处找不着，可是一个月后，这只母鸡带着一大窝鸡崽仔回来了……"

"你们，你们这些淘气家伙，哈哈哈。"杜老师也笑得直不起腰来。

"同学们，"杜老师一会儿收了笑，换了一本正经的脸，说："这样的故事在山区农村常会有发生，跟塞翁失马的故事一样。"

杜老师见大家都望着她，话锋一转，说："同学们，这次水电委培班差点没保住，可经过学校努力还是保住了，这从坏事就变成好事，同时也是提醒同学们，学习的机会来之不易，你们一定要好好珍惜，继续努力。相信这以后，学校的师生们都会给水电委培班更多的关注、关心和鼓励。同学们，马上就要期终考试了，大家要考出好成绩，为水电委培班争光，为自己的荣誉和将来而战啊。"

杜老师这番话说得前所未有的诚恳和动听，同学们都被感动了，也被点燃了，心里想着当然要努力学习，考出好成绩，将才更好的建设我们的祖国。

但思维纵横不在经纬之中的学生总是有，陈凯这时又接着杜老师的话跟了一句响亮的口号："为高老师争光！"

同学们点燃了激情，都准备表决心了，这一瞬间就都变成了笑声："哈哈哈……"

天空越发寒冷，北风呼啸。

有条件同学们的都穿上了毛衣，还在外头罩上棉衣，梅雅静和刘西凤自然不例外，梅雅静连耳朵和手也都套上了防风棉套。

天阴沉沉了半日，走着就突然下起了小雨雪，点儿不大，冷冰冰的，直往后脖子里砸，透心凉。

张伟远远看到梅雅静在前头，一溜小跑跟上来，赶紧把自己撑开的伞支到了梅雅静的头顶，两个人共着一把大伞一起走到了教学楼。

文道政从树荫道上一路快奔，一口气冲到教学楼里，等雨淋不着了，这才赶紧打掉身上的雨雪。

梅雅静见文道政一路冲到眼前，却没注意到她，就主动招呼："文同学，你没带伞？"

张伟一见文道政，快步走到楼梯上，上楼走了。

文道政答道："是呀，突然下雨了。"

刘西凤被旁的一个同学扯着问一点事，就站到一边去细聊，梅雅静告诉刘西凤说不要等她了，这才扭回头冲着文道政问道："你穿这么点衣服不冷吗？"

文道政勉强地笑了笑说："不冷，山里更冷，我都习惯了！"

梅雅静笑起来，说："你这件黄军装，一直穿在身上，就没有换过，哈哈。"

"我喜欢穿这件！"文道政不好意思摸摸头发，他知道单衣可以套毛衣外穿，人家穿棉袄了他还是这样穿，自然不是很好，但他还是认真洗干净了的，每周六晚上洗了，到周一早晨总是会干，当然，下雨天会不怎么干透，他就穿在毛衣外面拿体温烘一烘，也就干了。

梅雅静哪里懂这些细节，但她却能体会文道政的难处，笑着说："你那么喜欢军装啊，改天我送你一件礼物呵。"

文道政吃惊，又不好意思，便推辞道："谢谢你！不用不用，我不冷！"

说着，两人就一起上楼，各自走进了各自的教室。

二十世纪八十年代的邮政，同城邮政约莫是三四天可以抵达，但有时候神奇的"邮件"却并不是走得那么慢的。

梅雅静跟文道政说完的第二天，黄亚男就从传达室抱回来一个大型包裹走进了教室，并且用奇怪的语气大声说："文道政，你的包裹，怎么会这么大？"

文道政很奇怪地站起身来，从黄亚男手中接过包裹瞧了瞧，说："这是什么？是我的吗？"

黄亚男说："当然是你的，我在传达室看到，就帮你抱回来了，是不是棉被？"

文道政又瞅了一眼，包裹上面果然写着学校名称和班级姓名，错不了。但文道政再看一眼，却发现包裹上面完全没有寄件人地址和邮戳。文道政没有吭声，只是细心地将包裹打开，里面是一件半旧半新的军大衣。

文道政家里是没有这样的军大衣的，他心里清楚，心中涌过一股暖流。

刘贵北站起来，用手拿起军大衣，大声说："多好的一件军大衣呀！白天穿在身上，晚上盖在被窝上，整个冬天都会是最幸福，最温暖的。"

刘贵北说"幸福"这个词，文道政心里咯噔了一下，脸都红了，还好大家都没看他，而是去围观那件军大衣了。

要知道在这么冷的天，班上没有大衣，甚至没有厚棉衣，晚上盖的被子不够厚的同学，可不只是文道政一个人。

刘贵北也不与文道政讲客气，走到课桌之间站住，就将军大衣先穿到自己身上，大声说："好合身，好温暖！文道政，你家里写信都没说寄棉衣，这么快就寄来了，真棒！"

文道政一听这话，心里的温暖添了三分，凄凉也添了三分，他不能想家里的弟弟妹妹是多冷，也不愿意抬头看班上其他同学羡慕的眼光，于是在自己的座位上坐了下来。刘贵北见文道政不理他，干脆披着军大衣走到文道政的座位边，像一个部队首长一样，给他做了一个敬礼动作。

同学们都被刘贵北逗得笑起来。

刘贵北将军大衣脱下来，递给文道政，高兴地说："你这是最值钱的东西了，好好保管啊。"

陈凯突然冒出一句冷话："都说文道政家里怎么穷，他家怎么就有这么好的军大衣呢？"

黄亚男白了陈凯一眼："穷，就不吃饭穿衣呀，你有军大衣，别人就不该有？"

黄亚男一说，大家望见陈凯，又瞅一瞅陈凯身上那件军大衣。

"陈少爷，来看看你的军大衣，是不是一个地方做的。"刘贵北说。

陈凯不懂，走过来，便不屑地问："这个要怎么看。"

刘贵北像煞有介事地将陈凯的军大衣翻了两三下，看看。

陈凯便问他："你看出来没有？"

刘贵北这才慢条斯理地说："你这件军大衣是低级士兵穿的，文道政那件是高级军官穿的。"

"狗屁，你胡说！"陈凯气得脸都白了。

刘贵北这么一说，同学们就打量上陈凯和文道政的军大衣了："你看，你这件军大衣服里只有两个口袋，文道政的军大衣是四个口袋。"

陈凯拿着衣服翻来翻去，说："口袋在那里。"

同学们中间略有几个能懂的，知道四季的正式军装才有口袋之分，这棉大衣倒没有四个口袋之说，于是大笑起来，不懂的同学便跟着笑。

陈凯气得很，爆粗口说道："你骗老子！"

刘贵北见陈凯骂人，跟他吵嚷起来。

王姗姗一看，好好的又吵上了，于是站起来劝，顺便也说道："军大衣也不是完全没有区别吧，好像文道政那件的面料质地和做工更精细些，款式倒没看出什么不同。"

"女同学就是眼尖心细。"张克工说着，从刘贵北身上脱下军大衣，穿到文道政身上，口里说："文道政，你里外都穿军装，再戴一个军帽，更像一个军人了。"

文道政将军衣扯直，便感觉自己已经像个挺拔的军人了……

穿上军大衣的文道政显得不再那么枯冷消瘦，人一暖和，腰杆子也更直，人就添了几分精神，加上军大衣自带的威风，更是帅气了不少，让男女同学们都多瞧了几眼。心中还愤愤不甘的，却是陈凯。

下课了，同学们走出教学楼。

梅雅静并肩跟着刘西凤，后面跟着的是张伟、刘闯。

梅雅静今天穿一件长长的灰白色呢子衣，围一条鲜艳围巾，白里透红的脸蛋，走在校园，像一朵移动的鲜花。

张伟也穿一件崭新的灰黑色呢子衣，搭了一条花色围巾，和梅雅静像是情侣装。

文道政和张克工、刘贵北、肖子钢走在一起，正好走在水电一班张伟、梅雅静的临时组合的后头。张伟一见到水电委培班男生在后头，担心一言不合刘闯又会打起来，再说自己也不想看见文道政，便赶紧加速甩开后面的群体，没想到才走了一段，又赶上了水电委培班的几个女生走在前头走。

"梅雅静！"黄亚男、曾晓娅、王姗姗几个女生凑过来。

梅雅静听到叫声，便停下来了与女生们说话，张伟和刘闯无奈，就满肚子不高兴地先离开了。

黄亚男大赞道："雅静，你这条围巾好漂亮呀！"

"这是雅静的姨妈从北京带回来的，摸着都挺暖和的。"刘西凤抚了抚梅雅静的围巾代她答道。

"天气是越来越寒冷了，同学们都穿上棉衣，幸亏开学时母亲就帮我就把冬天的棉衣带了来。"说着，黄亚男望了一眼走在后面的文道政，突然说，"入冬以来，文道政总是穿得那么单薄，我还以为这个冬天他会冷死在这儿呢，幸好他家里昨天给寄来一件军大衣。哎，他父母也真是后知后觉，不知道往北的天气多冷。"

"哦——"梅雅静顺着黄亚男的目光，朝后看了文道政一眼，发出单音节的拖音。

"是啊是啊，"王姗姗挤进来说话，"陈凯嫌弃文道政家穷，刘贵北就说陈少爷的军大衣是低级士兵穿的，文道政的军大衣是高级军官穿的，陈少爷气炸了。"王姗姗说着，做出气鼓鼓要炸开的样子给梅雅静看。

张克工在后头远远地看了，心里就偷偷地乐呵。

梅雅静笑道："哈哈，文同学的军大衣，确实是高级军官穿的嘛。"

黄亚男笑眯眯地弯下腰，从低处去看梅雅静的脸，神情促狭地笑着说："咦，有古怪哦，你怎么知道？"

梅雅静见失了言，立即更正说："我开玩笑，你看看嘛，他们俩各自穿上军大衣后的感觉明显都不一样嘛，一看就知道了。"说完，拍拍手，显出一副自己不过是随口说说的表情。

曾晓娅也扭头朝后看了看，疑惑地问："你看见陈凯了？我没看见啊？"

"啊？哈哈哈？我看错了？当然不……，我平时又不是没见过陈凯！"梅雅静差一点就要前言不搭后语了。

曾晓娅这才理解地笑了笑："还是你，真会开玩笑！"

刘西凤不知道今天辩的是什么玄机，她没十分明白，一时便领会不来，但她还是一如既往地说明："是啊，我们雅静就是天生一双慧眼，能一眼看穿所有问题。"

话到这儿，也就没有了研究探讨的必要，再说身后的男生们已经是渐渐地走近，再聊他们可真就不合适了。于是，女生们一串串笑声响起来，穿过稀疏的法国梧桐枝干，飘飘地向寝室飞去……

元旦，放假。

天气晴朗，勤劳的小蜜蜂忙着洗洗涮涮晒去了，悠闲的便在太阳晒得到的地方看书，懒虫们会一直在被子里窝着，摆出一副要冬眠到惊蛰才能苏醒的姿态。

刘贵北起得早，他出去跑了一圈回来，又给大伙买来了早餐，室友们仍在睡觉。等刘贵北忙完了一切，又去食堂吃了中餐回来，大家还在睡觉。

馒头、包子还有油条，放在桌子中间，很快就冷了。馒头像个疙瘩，包子的油冷在芯儿里，白白的像凝脂；油条像两根细瘦金黄的铜管黏在了一起。

刘贵北皱着眉头看了看，逐个拍着床沿嚷嚷："快起床，十二点钟了！中餐早餐一起吃了。快快快！再不起来就拿去喂狗了啊。"

文道政翻身坐起来："喂狗，你这是绕着弯子骂人呐啊？贵北。"

刘贵北笑起来，说："道政，刚才在食堂打中餐时，黄亚男说让你吃了饭去教室，她有事找你呢，啊？"

文道政起身穿上衣服，应声道："呵，那好，我马上去。"

文道政从洗漱间回来，按刘贵北的要求"连早餐中餐一起吃了"，这才擦干净手，将军大衣穿到身上，边扣扣子，边出门。

刘贵北又一个个拉大家起床，说元旦放假，天气难得的好，好多人去郊外公园游玩。不管平时怎么累，昨晚睡得怎么晚，睡这一上午也该够了，赶紧起床吧。刘贵北正唠叨着，张克工起床了。

虽说是元旦放假，不出去逛街的话，学校里能去的地方还是有限。日子跟平常的周末一样，还有一些同学去教室里看书，图个清静。

文道政推开教室门，意外地发现黄亚男和曾晓娅也坐在教室里了，各抱着一本书在翻着呢。文道政推门进来，她们一齐抬起头看望，因此文道政便说了一声："元旦快乐"。

黄亚男、曾晓娅不约而同地回答道："元旦快乐！"

文道政在自己的座位上坐下来，拿出英语书开始啃，这是他的弱项，他可不愿意被英语拖了后腿。

就这样，大家都默默地念自己手中的书，文道政拿出笔来，边默念字母，边拿笔在草纸上涂写，一遍又一遍，能不能读出来他不在乎，只要见了单词能认识，懂得其意思，拼得成句子，填得出时态，考得到分数，其他的也管不得许多了。

这样时间飞快地就过去了两小时。其间黄亚男倒抬头望过文道政两回，见他一门心思在默念，手上的笔在写，便知道他又在用最笨的方法记单词了，也不打扰他，又低下头去看书，眼见一本书读完，又抬起头来，却看见文道政正告一段落在休息，拿拳头轻轻地捶着太阳穴，像一只刚装满沙石的玻璃樽，轻轻地拍打一下，便能沉下去些许，又可以多装几个单词似的。

黄亚男为自己心里这个形容觉得有趣，扑哧一声就笑出声来了。

曾晓娅看了一会儿书，又在研究微积分了，期间想找文道政说说话，却见文道政没有要理她的意思，只好悉心做自己的题，这时被旁边黄亚男的笑声吓一跳，侧过头看黄亚男，问她想到什么好事了。

黄亚男不想将刚才那点小乐子拿出来解释，便招呼文道政说："对了，我刚想起，中午吃饭时正好碰上梅雅静，她说，今晚去她家包饺子过元旦，让你也去。"

听到黄亚男冲自己说话，文道政看过来，反问说："去她家里？"

黄亚男笑着点了点头。

"我怕见到梅校长！"文道政轻声说。

曾晓娅一听笑起来，说："我们都怕梅校长，但梅雅静说梅校长去老家了。"

"呵，那……我去合适吗？"

黄亚男这才补充说明："梅雅静可是点名邀请了你，怎么不适合。"

"那，好吧。可我不会包，我们在山区还没见过包饺子呢？"文道政担心自己去了只能添乱。

黄亚男调侃道："有什么可担心，临时学呀，让你长长见识。"

"我也没见过包饺子，我可以负责打杂！"曾晓娅自我安慰说。

这时，张克工和王姗姗走进教室里来了，看这样子不像是来学习，那就是来教室里找人，看能找到哪些人一起出去逛一逛。好歹放假，闷在寝室里也不是个事。

还在教室门外就听到教室里聊得热闹，王姗姗推开虚掩的教室门，直接嚷道："你们笑这么开心，什么好事？"

黄亚男见王姗姗和张克工进来，便赶紧汇报说："哈哈哈，文道政和曾晓娅说，他们还没见过包饺子！"

王姗姗一听就乐了，嚷着问："那怎么可能呢？哈哈哈！"

张克工不以为然，说道："南方人吃饺子少，没见过又不奇怪。"

张克工这么说，黄亚男才赶紧看一眼文道政和曾晓娅，发现他们并没有介意自己的打趣，伸了伸舌头赶紧不继续说了。

王姗姗见张克工这么说，黄亚男这么收了声，马上也想到了，文道政和曾晓娅都是山区农村出来的，恐怕吃饺子的机会也是来学校后才有的。这么一想，王姗姗也不笑了，扭头跟黄亚男说话，想转开话题，问她们怎么不出去逛，闷在教室里看书。

黄亚男摇着头，还是围着饺子继续说："梅雅静请我们去她家包饺子。"

"去她家？梅校长不在家吗？"张克工赶紧问。

"梅校长去了乡下老家！搭顺风车的座位不够，梅雅静自告奋勇留下来了。"

王姗姗和张克工还是有些担心，说："梅雅静没邀请我们，这样跑去好吗？"

黄亚男赶紧解释说："没关系，大家一起，更热闹！"

王姗姗便说："包饺子我倒在行。我外婆是北方人，我妈包的饺子就挺好吃，所以教了我。"

"呀，这儿还有一个厉害的，那更得去了，否则都是我们这样不会包的，恐怕只能饿着了。"曾晓娅大笑着说。

文道政听了张克工也去，心里踏实了不少，便说："我们去打下手也好。"

张克工顺口道："呵，你也去啊！"

张克工问得不经心，黄亚男和曾晓娅却听得经心，于是都惊讶地望着张克工。

黄亚男说："当然呀，梅雅静可是点了文道政的名！"

张克工想起来了，进教室就在讨论饺子呢，说的可不就是文道政没见过包饺子么，可见自己说错话了，于是赶紧改口笑道："对，对，对，文道政最应该去！"

"哎，班长，你这话怎么说的。文道政最应该去，难道我就不应该去了？"曾晓娅抢白道。

张克工窘了，无可奈何地笑着说："好好好，大家都应该去。"

这样一闹，大家都快乐活了，时间差不多了，书也不必继续看了，大家这才收拾收拾出了教室，准备去梅雅静家。

梅雅静和表妹谢可欣正准备去买菜，走半道就遇见了张克工、文道政他们这一群人，赶紧给彼此都介绍了。介绍到文道政的时候，谢可欣格外多瞧了他两眼，文道政觉察到，便笑了一笑。

"呵，这就是你常提起的文同学？我未来的……"

"可欣，胡说什么？"梅雅静阻止说。

谢可欣便笑着换话："没有，没有，我是说，你说文同学是个特别爱学习的好学生呢……"

大家听了哑然失笑，也不好再拿这事打趣，梅雅静听了无奈地摇摇头，打了一下谢可欣的肩，这才领着大家往校门外走。

这时候张伟正在传达室收挂号信，见到梅雅静真是一百个开心，再看梅雅静身后跟的那群人，他又一百个不开心。

梅雅静主动说："班长，这么巧，你这是过节收到家信了吧。"

谢可欣也听过梅雅静提张伟的名字，因此直接问："班长？他是张伟吗？"

"这位是？"张伟见一个美女能报出自己的名字，得意又诧异地问梅雅静。

梅雅静介绍说："谢可欣，我表妹，师大艺术系一年级的学生。"

张伟一听是梅雅静的表妹，赶紧夸道："呵，谢可欣，多好听的名字呀，一看就知道是艺术生，是不是学舞蹈？"

"呀，班长真是好眼力，我还真是舞蹈专业。"谢可欣开心地拍着手掌笑。

水电委培班的同学们见张伟有些油腔滑调，都不吱声，只是跟着笑笑。

张伟见到文道政和张克工，便微微点下头表示招呼，心里总觉得有些不自在。

见了张伟，梅雅静便把自己邀请大家去家里包饺子的话，又说了一遍，并邀请张伟也一起去自己家里包饺子过元旦。

张伟不想跟水电委培班的在一起，但也不愿意水电委培班的在梅雅静家过节，而自己被冷落一边，便应了梅雅静的邀请，本想着叫上刘闯陪他一起去，但看看眼前文道政也在，到时几句不对又可能打起来，便将那话咽了回去。

菜市场离得不远，但已经过了采买时间。菜市场里的人不多。几个女生跟着梅雅静一起走，挑了包饺子需要用到的各种菜——无非就是大白菜、葱、猪肉、芹菜、辣椒之类的，各人都抓了几种在手上，张伟就问梅雅静怎么不带个菜篮子出来呢，梅雅静不好意思地笑了笑，没吱声。

黄亚男也笑，说道："提个篮子在街上走，多不好看啊。我也不喜欢提。"

见黄亚男这么说，还真是说中了梅雅静的想法，大家就一起笑起来，男生们便去女生手上把重的不好拿的菜接过来。

这一路在各个摊位买菜，张克工或黄亚男要付款，总是被梅雅静拦住了，说大过节的同学们来她家包饺子，不能让大家掏钱，于是大家只能由梅雅静自己掏出一个精巧的绣花钱包来付了款。

梅雅静家在路边那栋教师楼一单元三楼，站在阳台上，可以看到操坪和林荫大道。文道政这还是第一次去城里人的家，在屋子里逛了逛，又跑到阳台上去看操坪、看校园——这个新视角，看什么都格外有趣，格外新鲜。

既来之，则安之。张伟安下心来，各位女生们坐在客厅说笑，梅雅静把瓜子花生摆在茶几上了，让大家边聊边吃。

曾晓娅不会包饺子，但她还是蛮勤快，主动和王姗姗一起进了厨房去帮忙洗菜，各种需要准备的菜，都一把一把的择干净、洗干净，用篮子分装好晾在桶子盆子上。

刘西凤帮梅雅静将拿出来的一包面粉舀出来，在一个大搪瓷盆里边添水边使劲揉，面粉雪白，从粉状到成片成团，揉得筋道，扔在盆子底"梆梆"

有声，也把刘西凤累得手臂都酸了。

厨房不大，梅雅静已经把部分东西搬到客厅来了，交代切肉剁馅的，切青菜和馅的，后勤打杂的，大家都不得闲。梅雅静任总调度，她边指挥大家忙乎，边洗干净一口大锅，放到了灶上，将锅底下沾的水珠烧得"吱吱"作响。

"文道政，辣椒剁好了，碗呢，碗呢？"曾晓娅在客厅里大喊，"你拿个碗要不要这么久——"

面和好了，馅调好了，碗筷洗干净了，准备包饺子，这才是正式开工。

同学们忙着把擀面杖搁在收拾出来的桌面上，扎好了衣袖排着队去洗手，会的不会的都有学一学或大显身手的打算。

梅雅静瞅了瞅，这么多饺子包出来，等下先放哪儿呢？

"要不，把柜子上那个玻璃盒子搬开吧，那上面好放，放，放……"曾晓娅说着，发现大家眼神不对，都笑咧了嘴，不知道自己说错了什么，后面的"饺子"二字，就再也吐不出来了。

黄亚男捂着嘴笑，说："傻姑娘，那是电视机呢。"

曾晓娅尴尬了，笑笑，不知该说什么。

黄亚男继续说："我们家也没有，不过单位有一台更大的，每天晚上都有职工和子弟跑去电视房观看。每晚十一点关机锁门。"

梅雅静听黄亚男说，赶紧走过去打开电视机，雪花点闪了一下子，电视机里就有了黑白的图像，还有人在说话的声音。

"……是《大西洋底来的人》"，梅雅静见大家被电视里的节目吸引住了，便继续介绍："这是个美国的电视剧，说男主人公麦克能在深海高水压中自如地游泳，长着类似蹼样的双手，但是他不能离开水时间太长，他也因此成为想得到他而要研究他的'坏人'目标，这艘海洋考察潜艇叫'海鲸号'，艇上的这个是女博士伊丽莎白，她救过麦克，所以麦克最信任伊丽莎白……"

好几个同学这都是第一次看见电视机，更是第一次看到电视节目，想到在这个小小的盒子里还有国外的、深海的故事，如此精彩，都停下了手中的活儿，围到了电视机前。

文道政忍不住跑到电视机侧边朝后看，只看到墙上有两根线，一黑一白，那是电源线和电视信号线。

张伟这次实在忍不住了，客气地先打了个哈哈再损道："哈哈，你连电视也不知道。"

梅雅静和黄亚男又洗了一次手，走过来。

梅雅静帮文道政开导说："我家也是刚买的电视机。电视信号不怎么好，稍微有些风雨，电视机就麻兮兮什么也看不清，有什么好稀奇的。"

张克工便问："你们有谁看了英国BBC情景会话节目《跟我学》的？"

"*Follow Me*？"梅雅静说，"我看了，我每一集都看了。"

"赶紧包饺子吧。等下吃着饺子再看电视剧吧。"黄亚男在一旁赶紧叫道。

…………

包饺子是各种忙乱，各种笑话，各种形状，等到饺子下锅，天都黑透了。但饺子浮起来，那种热气腾腾香味扑鼻，真是不可名状。

大家都饿透了，张克工第一个咬了一口，就烫到了嘴。

王姗姗笑他说："你就不会慢点么，心急吃不了热豆腐。"

大家一听，笑起来。

梅雅静笑着说："北方过年，有吃饺子的习俗！"

黄亚男也笑起来，说："今天，不就是过年么，哈哈。"

梅雅静才意识到，赶紧说："对，对，也对，是阳历年。"

"雅静，你还记得吗？小时候，你到我们家吃饺子的事吗？"黄亚男推了推梅雅静说。

"记得，记得！你妈妈让我多吃了一个，你生气了。"

刘西凤奇怪地问："你们俩，小时候就认识吗？"

大家感到奇怪，都看着梅雅静和黄亚男。

黄亚男说："是呀，我们是小时候一块长大的。梅校长劳动改造，就在我们国有农场。"

张克工瞪大眼睛，问："梅校长也劳动改造过？"

梅雅静回答说："我爸爸是'臭老九''黑五类'，一改造就是七年，平反了才回到大学当校长。"

"我爸爸也劳动改造了七年，和你爸一样的遭遇。"张伟赶忙插话套近乎。

大家并不在意张伟说他爸，没人接话，王姗姗就问梅雅静和黄亚男小时候玩些什么。

刘西凤就明白了，说："难怪开学一报到，我就发现黄亚男和梅雅静特别亲。"

梅雅静搂了搂黄亚男的肩，开心地说："我们是'青梅竹马'的好姐妹！"

梅雅静一说，大家都哈哈哈笑起来。

元旦节，同学们在梅雅静家里包饺子，大家非常开心……

43

元旦节，在梅雅静家包饺子时，听到考全校第一名的学生有奖学金以后，文道政在心里就较开上了劲，学得更加刻苦了。

大教室里的高等数学课。

肖老师口若悬河，在黑板上推算公式，同学们认真听见，记笔记。

张伟听黄亚男说过，文道政的数学成绩非常不错，更是努力学习，不愿意输给文道政这样连电视机都没见过的"乡巴佬"。

肖老师讲课，文道政突然想起记的一个单词想不起来了，就多想了一下怎么拼的，这么走了一下神，就掉链子了。

肖老师刚好提问，并且让文道政回答。

文道政站起来，傻问："什么问题？"

同学们哄堂大笑，肖老师也不高兴，于是随手再点一个同学回答。

肖老师说："张伟，你来回答。"

张伟站起来非常顺利地答对了题目，水电一班的同学马上鼓掌，把肖老师表扬他的话都掩过去了。

文道政真是后悔不迭。

…………

下课休息时，水电一班那边的同学都围着班长张伟，热闹得很。

黄亚男和梅雅静坐在原处说说笑笑，张伟朝那边瞧了两眼，见她俩没有来捧场的意思，略有些失望。

文道政坐在自己座位上发呆，张克工挪了挪窝，过来拍着文道政的肩膀问："上课想什么去了？老师提问都不知道。"

文道政内疚地笑了笑，没有吭声。

刘闯准备去上厕所，从走道边过去，故意大声言语道："想什么也没有用，癞蛤蟆吃不到天鹅肉！"

曾晓娅看着刘闯就生气，忍不住说："你也别刻毒，谁吃到天鹅肉，也不是你说了算！"

刘闯听见有人应他的话，扭头望见曾晓娅，怒道："你算哪根葱，也来管闲事？"

张克工忍不住了，站起来说："刘闯，你别惹是生非，我们水电委培班的事，用不着你来插嘴！"

刘闯厕所也不去了，只管冷笑着说："嚯，张克工，你是班长了不起啊，你算什么？自费生的班长！"

王姗姗见了，不想多事，便对张克工说："这人蛮不讲理，我们别理他。"

理他不爽，不理他更不爽，刘闯逮着谁也是要兴风作浪一回的，张口就骂："你个骚货，不理谁？我让你理了吗？"

"你怎么能骂人？"张克工大声问道。

刘闯张狂得很："老子就骂了怎么的？"

一时间，大家都见这边吵嚷起来了，都看过来。

文道政正准备上厕所。见张克工和刘闯争吵，过去劝架。

刘闯更加张狂，大声说："老子就骂了怎么的？"用手指着文道政和张克工。

文道政没有后退，大声说："你再骂句试试？"

刘闯前进一步，伸出手指向文道政，空嚷着道："你又想打我？来呀，我不怕你！"

文道政也用手指着刘闯，说："有种你再骂，看我对你不客气！"

眼见打架一触即发，张克工赶紧拽住文道政，张伟也跑出来去拽刘闯。

肖老师在讲台上看到这边吵起来，心想这两班学生真是不省事，便不管上没上课，只是拍着桌子大声喊："上课了，上课了！"

同学们一听，赶紧坐到自己的座位上。

文道政和张克工也回到座位上。

高等数学课下课后，水电委培班的同学们走在一起，仍旧聊起刘闯的事，知道他前次和文道政打架仍怀恨在心，但如果在学校再打起架来，恐怕会受到更严重的处罚，于是同学们互相劝慰提醒，只当刘闯是疯狗，不要再理他、不要再惹他。

张伟当然也知道事情的严重性，把刘闯留在教室里，好好地说了他一顿，让他不要再为难文道政，说："你打也打不过他，万一真被他打断了腿，你爸是局长也保不住你不变瘸子。"

刘闯听了心里真正是怕，但嘴上却不肯吃亏，还想多嘴，见张伟生气地盯着他，他便自己下台阶了，说："好了好了，哥们谁的话也不听，难道还不听你的，不找他麻烦了，好吧。"

张伟这才跟着刘闯往教室外走，走了两步，刘闯站住不动了，张伟去拽，刘闯示意他别动，过了几秒，刘闯才缓过神来，夹着腿朝厕所冲去，一泡尿憋了这么久，他差点都憋不住了。

…………

下午，上自习课。

杜老师来清点人数，发现陈凯不在教室，问："陈少爷请了假没有？"

肖奕琴站起来回答："没有。"

"他去哪了？"杜丽娟皱了皱眉头，显得有些生气。

肖子钢小声说："陈少爷最近对吉他入了迷，会不会到吉他老师那儿去了？"

张克工摇了摇头："不会，我刚过来时，看到他的吉他还在寝室拴着呢。"

杜丽娟冲肖奕琴说："那他来了，就让他去办公室找我。"

说着，杜丽娟又示意大家停一停，等她说话：

"同学们，元旦过后很快就进入期末考了，有同学问，期末考试可不可以透露一点考试题目，让大家及格。我告诉大家，不可以！水电学院的规矩是，大一新生，只要是同科目，必须是同试卷。只有这样，才能衡量学生的成绩和老师的教学成效。我还告诉大家，学校拿出奖学金，对期终考试总分第一，单科成绩第一的学生进行奖励。"

张克工扫了一眼教室，担心地看着几个成绩不尽如人意的同学，冲着杜老师说："这也不合理啊，水电委培班怎么能考过公费班？"

黄亚男不同意这样的说法："哪个班没优生和差生啊，谁考得过谁，那可不一定。"

"是啊，我们努力就是，"曾晓娅说，"再说高等数学，文道政是半个老师，可以争第一。"

曾晓娅一说，大家也觉得极可能，便都回过头看文道政。

杜丽娟还没发话，教室门突然被推开了，一股冷风挟裹着陈凯进来，涌进来的还有陈凯那一身酒味。

陈凯一见杜老师，赶紧敬了个军礼，大声说："高老师好！"

同学们一听陈凯这滑头滑脑的，便哄笑起来。

杜丽娟气不打一处来，就冲陈凯问："你这一身酒气，是跟谁喝酒去了，上课还迟到。"

陈凯噎了一下，但还挣扎着回复："这……这可不能说。"

同学们就更觉得可笑了，直到杜丽娟吼了几声"都不许笑"，教室这才肃静下来。

"学生不准喝酒，你喝了酒，还迟到，你必须写出检讨！"杜老师这么说着，威严地扫了大家一眼。陈凯见杜老师是来真的，赶紧低下头回到了座位上坐下。

这时，学生处叫杜老师有事。

杜老师一走，教室里就开始讲小话了，同学们左右盘查，又是激将法，又是诱惑法，陈凯喝了这些酒，酒劲慢慢上了头，扛不住话，就说了，说他请陈威老师喝酒去了。但同学们再问为什么要请，陈凯就趴在桌面上睡着了。

下课后，张克工和肖子钢扶着还没完全清醒的陈凯回宿舍去了，文道政背着黄书包和刘贵北围着操场多走一圈，活动活动身子。

他们往宿舍走时，在林荫大道迎面就遇到了张伟和刘闯。

从在梅雅静家包饺子以后，张伟对文道政是客气多了，现在遇到便主动招呼了一句："文道政，英语复习怎么样了？"

刘闯盯着张伟和文道政，不知道这是哪里来的风，一头雾水，又不好发作。

文道政冲张伟点了点头，回答道："谢谢，还不错！"

刘贵北补充说："梅雅静把录音机借给他了，他有空就听录音带，还是进步得快多了。"

张伟客气地说："那太好了。文道政，如果你有不懂的，也可以问我啊。"

文道政觉得挺意外，心想张伟现在怎么这样客气，他倒不习惯了，但还是赶紧答道："谢谢，谢谢。"

几声招呼完毕，又各走各路了。

等文道政和刘贵北走远，刘闯这才逮着机会赶紧问张伟："你怎么对乡巴佬这么客气？梅雅静怎么送录音机给文道政？"

张伟补充说："不是送，是借给他的。"

"为什么偏要借给他？还有你，突然对他那么客气？"刘闯要问明白。

张伟压低声音在刘闯耳边，说："文道政是梅雅静的远房亲戚！"

刘闯摇了摇头，觉得不可思议地说："真的吗？我看，完全不像！"

张伟见刘闯不信，解释说："你知道什么？我亲耳听到的。"

张伟便把元旦大家去梅雅静家包饺子时，大家聊天的情形说给刘闯听。

刘闯听到张伟的话，沉思半晌，才喃喃地说："藏得这么深，难怪大家都觉得梅雅静就是对文道政不一样喽。我看不像，但你这样说，又有点像。"

…………

44

美丽年轻的英语老师，来到委培班的教室辅导。

同学们学着用英语跟老师打招呼。大家惊异地发现，文道政不仅口语有很大进步，而且也敢大胆地用英语向老师问候。

美丽年轻的英语老师，见了文道政也开心地笑了……

下课了，同学们便围着文道政打听，明白了文道政的进步与一台录音机有关。

同学们就让文道政将录音机提到教室，大家一起来听。文道政知道，虽然录音机是从梅雅静那里借的，但一个人听，全班同学听并不损坏录音机。

文道政就将录音机提到了教室，大家一起来听英语。

听了一遍磁带，果然读得很准，同学们心里都羡慕文道政来。

陈凯还想听，录音机却没电池了，他就提出来说自己买电池，求文道政把录音机借给他听听。

文道政哪里肯借，摇摇头说："不行！"

张克工这才告诉大家，录音机是梅雅静借给文道政学英语的，文道政不可借出去，大家也别为难他。

陈凯听了，撇着嘴说："原来这样，我说文道政家里一穷二白，怎么会有这么现代化的机器呢？"

见陈凯说得不像话，张克工回头冲他叫道："你想听，不晓得自己去买一台呀！"

陈凯一拍桌子，蹿起来说："老子明天就去买一台！"

同学们听了哄堂大笑："陈少爷，你说到做到啊，我们也等着听你的录音机一起学英语啊！"

陈凯一听，大声说："我明天不买回来，我是你们的崽！"

刘贵北赶忙说："那好，明天，我们都等着做爸爸！"

大家一听，都笑起来。

陈凯果然说到做到，第二天中午就买了一台新录音机来，课间在教室播放邓丽君的歌曲，整个教室里都流淌着那柔美甜润的歌声，绝大多数同学还是第一次听这样的"靡靡之音"，只觉得特别好听，唱得大家骨头都酥了。

同学们边听着，听了觉得旋律也不难，就跟着哼唱起来。

杜老师走进教室，听见优美的歌声，问："谁买的录音机？"

陈凯得意扬扬地说："我买的。"

陈凯说话时，换了英语磁带，录音机播放英语。

杜丽娟朝教室外看了一眼，小心翼翼地说："这还差不多。在教室，只准播放英语，不准播放音乐。同学们，特别是不能播放刚才那些音乐，那可是禁曲，抓到了要被处罚的。邓丽君是什么人，你们自己想想。"

陈凯早两年就跟高中同学偷听过"敌台"广播，听过邓丽君的歌，当然知道这事的严重性，赶紧解释说："我买录音机就是拿来学英语的，让同学们一起听。"

同学们一听才知道，这些好听的歌，原来还有着政治倾向，便不敢再笑了，生怕被邓丽君美丽的歌声连累犯事。

杜老师转身离开，陈凯倒把录音机给关上了，同学们团团围着，陈凯只是不肯开机，再追问，他便是一句："人说话时间久了，也该歇歇。我买的录音机，什么时候听，都由我做主。"

黄亚男看不过眼了，就催他："陈少爷，你就做点好事，让大家听听英语嘛。"

张克工也说："你看，大家都要求你播放英语。你行行好吧！"

"这需要电池呀！"

"不还有电池吗？"

"电池也需要钱买呀！你问问文道政，一对电池用不了多久就得更换！"

"文道政的，那是借梅雅静的。你这是自己的。"

陈凯跟张克工抬上杠了，说："不都一样吗？牛不吃草不行，打仗没有武器不行。"

黄亚男听了生气，说："说来说去，陈少爷就是太小气，不愿意给我们播放。"

听黄亚男这么说，陈凯正中下怀，赶紧说："谁不愿意播放呀？你黄亚男让我播放，我就播放。"

同学们一听这话，都意味深长地哄笑起来。

"那只能看黄亚男的面子了。黄亚男，你说句话。"张克工只想能让同学们都多听听英语，少不得央求黄亚男。

黄亚男却扭头问文道政："文道政，你的录音机呢？"

文道政耸了耸肩，说："没有电池了，放不出来。"

张克工便跟文道政说："那你快去拿录音机来，我去买电池。咱们就不听陈少爷的。"

陈凯还看着黄亚男，同学们也央着："黄亚男，你就说句话，陈少爷一定会播放的。"

黄亚男就为难了。

陈凯狠了狠心，将录音机往黄亚男的桌上一放，说："录音机给你了，你想放就放吧。"

放下录音机，陈凯扬长而去。

黄亚男目瞪口呆，她望着大家。

同学们可不管这么多，赶紧按下播放键，听着英语句子跟着读起来。

陈凯没在教室，黄亚男便把录音机带回了寝室，刘西凤走进117寝室一看，很惊异就问："黄亚男，你新买了录音机？"

黄亚男有些尴尬地说："不是我的，是我们班陈凯的。"

刘西凤啧啧有声、羡慕不已地说："呵，挺漂亮。哎，文道政的录音机呢？"

"你是说梅雅静借给文道政那台录音机吗？"黄亚男问。

"当然是呀！"

"用得没电池了，现在没办法用。"曾晓娅说道。

刘西凤摊摊手，表示不理解："没电池了，不知道买吗？"

曾晓娅简单地说："没钱！"

这么一说，刘西凤明白了，只好"呵……"了一声，表示无语。

黄亚男慨叹："哎，有录音机，学英语真是会方便很多。"

"你们班文道政学习成绩究竟怎样？听说，可以当半个高等数学老师，经常辅导你们班同学，是不是吹牛呀！"刘西凤继续研究文道政说。

提到文道政，曾晓娅心理莫名骄傲，赶紧说："什么吹牛？他是去年高考考上了，没有被录取。数学成绩特好，最难的数学题也难不住他。"

刘西凤不相信，记起一件事，就问："考上没被录取？……那上次数学老师提问，他怎么没回答上来呢！"

黄亚男赶紧说："这……好像他走神了吧——再说，那个问题又不难。"

大家一聊，又聊到了梅雅静和文道政的亲戚关系上了，说到这儿，刘西凤也表示不可思议，但如果说是亲戚，那又是合情合理了，因此说：

"是亲戚，梅雅静特别关心文道政也没什么，所以那么贵的录音机也借给文道政用。"

想到这儿，刘西凤又看向黄亚男，说："哎，陈凯刚买的录音机怎么就借给你了？难道……"

黄亚男一听，赶紧说："这……"

刘西凤没等黄亚男说话，跑开了……

....

天气寒冷，同学们赶到教室上晚自习，脚步匆匆。

黄亚男提着录音机，也是快步走进教室。

陈凯看见黄亚男进教室，手里还提着他的录音机，眼睛就是一亮。

黄亚男脸上并没什么特别的表情，但她进了教室就直接走到了陈凯的座位边，将录音机还给了陈凯，说："谢谢，录音机还给你。"

陈凯觉得奇怪："才听了一下子，就不听了？"

黄亚男勉强地笑了笑，说："你自己也得听呀！"

"黄亚男不听，放给大家听！"张克工在后排说。

黄亚男就回到自己座位上去了，陈凯突然就生起气来，提起录音机就跑出了教室，留下同学们一头雾水地看着冷风直扑的教室门。

....

晚自习下课，肖奕琴、黄亚男、曾晓娅、王姗姗走在一起。

开始大家都闷不吱声，王姗姗冷不丁地说：

"陈少爷为什么发脾气，我总算明白了。"

曾晓娅揪住王姗姗的手臂，问："为什么呀？"

王姗姗把曾晓娅的手拔开，但是没有回答。

"别看着我，"黄亚男朝看着她的几位同学说，"陈少爷发不发脾气，与我没半毛钱关系。"

她这一说，不明白的同学也就都明白了，王姗姗悄悄对曾晓娅耳边说："陈凯那是，多情反被无情恼。"

黄亚男也听见了，就朝王姗姗瞪眼睛。王姗姗也就不继续讲了。但黄亚男一回寝室，倒睡在床上谁也不理，王姗姗只好装成什么也不知道的样子去问：

"黄亚男，你有什么不舒服吗？"

黄亚男翻过身去，说："你别理我。"

王姗姗突然冒出来一句话："我要理你！"

黄亚男一听，扑哧一声就笑了，坐起身来朝王姗姗骂道："呸，我黄亚男是什么人呀。你惹恼了我，现在又来逗我。"

王姗姗就赔笑，作揖，告饶。

黄亚男想想生气也无趣，说着就爬起来，拿着桶上洗漱间去了。

都挺晚了，梅雅静和刘西凤居然来了男生宿舍，给文道政送来了一对电池，文道政又意外又感动。

文道政把梅雅静和刘西凤送出去，刚到走廊，就听到录音机朗读英语的声音。

文道政走到115寝室，张克工、刘贵北将录音机装了电池，正在听英语。

"文道政，对不起，没等你来，我们先听起来了。"刘贵北说。

文道政摆了摆手，说："没关系，一个人是听，一群人也是听，一起搞学习多好。"

磁带A面听完，大家拿着课本对着句型，正准备复习磁带B面呢。

这时，虚掩的寝室门被一脚踹开了。

张克工看了看，是陈凯，挺不高兴地问："陈少爷，你又喝了酒？"

陈凯趔趄着走到自己床边坐下，自嘲地说："借酒消愁，愁更愁！"

张克工懒得理他，但还是说："说来听听，有什么愁事？"

大家见这样没法听磁带了，就关了录音机，省得浪费电池。关了录音机后，该洗漱的就洗漱去了，该收拾床铺的就爬上床了。

刘贵北坐到张克工身边，看着陈凯酒言酒语的，便逗他说话，说了一声，还是不得要领，但大家明白了，陈凯这是与陈威喝酒去了，而且还是他请的客。刘贵北便替陈凯心疼钱，说："好好的，老请陈老师喝酒，违反校规了吧。"

陈凯才不屑校规："反正我说了，你们也不信！到时，你们会来求我的！"

张克工站起身来，想结束这场谈话，问道："求你？陈少爷，没弄错吧，怎么求你呢？你学习成绩那么差，只有求别人还差不多。"

陈凯听张克工这么不屑的口吻，激发上了脾气，站起身来说："陈老师说了，到时会将考试题目告诉我！"

张克工笑笑说："喝了酒讲酒话，讲酒话你能信吗？睡吧。"

刘贵北也附和，对陈凯说："别吹牛了！陈老师会把考试题目告诉你？你知道吗，是学校统一出考试题，陈老师顶多出两道题。"

文道政洗漱完走进寝室，听了后面这两句，赶紧说："如果试卷泄密了，会追究责任的，赶紧别说这些话了。"

刘贵北还要打趣陈凯，说："再说，就算陈老师给你两道题，你也不知道怎么做。"

"……你们，你们。"

陈凯酒劲上头，不气也糊涂了……

45

星期天，阳光高照，温暖宜人。

在大冬天里，这样的周末真像是一个节日，外出逛街的同学多，校园的操坪和球场上更是活跃着许多人。

梅雅静在操坪跑道上骑崭新的自行车，看到文道政、刘贵北和张克工经过操场，便摇着铃子，将自行车骑到文道政跟前。

张克工和刘贵北知道自行车可是贵重物品，便这儿瞅瞅，那儿瞅瞅，夸梅雅静的自行车轻巧好看，说这么好的自行车，怕是要半年的工资才买得起吧。

"现在城里人都骑自行车上下班，挺方便，我也练一下骑车技术。"梅雅静避开了价值问题，轻巧地转了弯。

文道政伸手摸了摸车座，说："这两轮子一转，跑起来挺快的。两轮子不会摔跤吗？"

"练习一下，骑惯了就不会摔跤了。"梅雅静将车把手交给文道政，说，"你试试，你个子高，比我容易学，一骑就能会。"

文道政赶紧推辞说："不行，不行，我怕摔坏你的自行车。"

张克工先前在家里也学过骑车，知道情况，便劝道："文道政你这么高，脚可以支到两边地上，最容易学会了，怕什么怕。"

梅雅静听了，就连连点头，鼓励文道政试一试怎么骑。

刘贵北赶紧说道："来，我帮你扶着车尾，你上去骑。"

梅雅静将自行车交给文道政。文道政双手死死地紧握着车把，将自行车斜一下，一条腿从三脚架前杆上跨了过去，屁股坐到座凳上，这才将车支正了。

刘贵北用力拍了拍文道政的手背，说："放松放松，你跟车把子有仇啊，手指骨都攥得发白了，放松一点。坐好了，好！"

文道政深吸了一口气，用左脚支着地面往前推了一下，右脚踩着踏板轻轻地朝下踩了小半圈去。车朝前滚动起来，刘贵北扶着车尾座跟着跑了两步，但文道政的上身重心不稳，车子左右晃了晃，就要倒，刘贵北扶不住车了，赶紧叫停。文道政不知道怎么停，就把刚想缩上去的左脚又落了下来，张克工赶了两步，帮文道政捏住了刹车。

"来，你太重了，我们两人扶你。记住，左手右手下方都有刹车，要停就捏住。两只脚踩着踏板，转着圈朝前踩，不要紧张，就会骑得更稳。"张克工仔细介绍说。

梅雅静站在一边笑着，看着。

文道政心里有压力，但更有动力。他重新开始用左脚推动自行车滑动，然后缩回左脚去踩踏板，眼睛看着踏板，也就不看路了，还好操场里这一段人少，又有三双眼睛帮他看路，等文道政两只脚都踩上踏板了，车还在歪歪扭扭，张克工和刘贵北一左一右扶着车，不让自行车倒下。

文道政试了两三回，就可以歪歪扭扭骑着走了。

梅雅静在一旁表扬说："你看，很快学会了。"

水电一班的男同学们正在那边打篮球，听到笑声，朝这边瞧。

这时，张伟看见梅雅静，抱着篮球就过来这边跟梅雅静打招呼。

梅雅静回眼看了张伟一下，又扭回头去看文道政，但她还是说着："班长，你们在打球呀！"

张伟顺着梅雅静的目光看到文道政，也不接梅雅静的话，就说："文道政在学自行车，哈哈，那是你的自行车吗？"

梅雅静笑了笑，说："是呀，我正骑出来练练车。"

"新车呢，让文道政学，万一摔坏了怎么办？"张伟心疼地说。

梅雅静笑笑说："文道政个头高，左右都撑得到地，摔不着。"

这时，文道政又往回骑过来，在梅雅静身边捏住刹车，自行车就停了下来。

"还好吗？"梅雅静问。

"车很好，开始骑，自行车不愿意听话，左右摇摇摆摆。"文道政幽默地说。

张伟瞅了一眼文道政："哈哈哈，自行车不听话，那让我来骑。"

张伟说着，将篮球往球场一抛，就从文道政手里接过自行车把。文道政赶紧一抬腿，从车座后方抽离了自行车。就这两秒钟工夫，张伟把自行车朝前一推，自行车就一条直线朝前跑了，大家正瞠目结舌，只见张伟紧跑了几步追到自行车后方，一个大跨步猛跳，身子就轻盈地跃上了自行车。一屁股坐到座位上，手随意地搭着左右把手，两脚蹬着踏板，悠悠地骑上了跑道。

文道政目睹着张伟骑车，那种自由自在的劲儿，那种娴熟和陶醉的样子，几乎呆了，视线就追着自行车绕跑道转了一圈。直到张伟将自行车放慢速度，缓缓地滑到梅雅静的跟前儿，停了下来。

张克工伸出个大拇指说："张伟，你车技很高啊！"

刘贵北也赞赏地对文道政说："你看张伟，他那叫一个熟练。你也得胆大，多练啊。"

文道政望着笑笑，不知道该说什么，毕竟他这还是第一次骑车，张伟骑得是好，但他也不想说自己不好。

梅雅静朝刘贵北说："这也没什么啊，多骑两次就都会了。"

这时，张伟又骑上了车，小范围地绕了个小圈，骑到梅雅静身边，大声冲梅雅静说："你坐上来！"

梅雅静想着张伟是要带她秀一圈，便笑着过去，一歪身子，屁股就坐在了自行车的后架上。张伟等梅雅静坐稳当了，这才拿脚一推，滑动自行车，同时打响了车铃，载着梅雅静顺跑道向前骑去。

"抱着我的腰啊，别摔着。"张伟大声说。

梅雅静听了愣了一下，说："摔不着，我抓好了。"并将手伸出来抓住后车架，同时朝逐渐抛远的文道政那几个男生望了过去……

张伟骑着自行车，载着梅雅静歪出了跑道，顺着校园里的林荫道越骑越远。

文道政、张克工、刘贵北站在那儿看着，以为张伟载着梅雅静还会回来，但突然看见张伟将自行车骑出了操坪外，向教学楼方向骑走了，才互相看了一眼。

张克工拍拍文道政的肩，说："张伟不是什么好东西，明明梅雅静是来教你学骑自行车，倒被他骑走了。"

刘贵北也说："文道政，你要加油哦，一定不要输给张伟！"

张克工听了，突然说道："是呀！我们支持你。你高等数学期终考试一定要考全校第一。"

文道政心想，我考到第一，就能追到梅雅静吗？但他还是笑着冲张克工和刘贵北点了点头，说："好，我一定努力！"

连日放晴，给人们的感觉这就不是冬天了，似乎春天挤走了寒冬，提前来到。

好些学生都相邀到阳光和煦的操场去复习功课，但到了几处地方一看，都坐了各个班的学生。大家一商量，那就只能走远点，去桃子湖边晒太阳，况且那边的草长得比较满，可以坐很多人。

"莫到君行早，更有早行人。"

到了桃子湖边，最好的地段已经被水电一班占去了，水电委培班的同学们便在草长得比较瘦的地方坐下来，还好，阳光是一样的，灿烂温暖地照着大家。

张克工拍了拍身边文道政，说："文第一，这儿草厚点，你坐过来吧。"

同学们就笑，边选地方坐下，边拿文道政要考第一的事打趣，有鼓励的，也有质疑的。

曾晓娅当然希望文道政拿到第一，便瞟了一眼水电一班的方向，说："等我们文道政拿了第一，看水电一班怎么得意！"

文道政翻翻手上的数学书，低声说：

"压力很大啊，但我还是会加油的，哈哈。"

刘贵北想起骑车的事，便鼻子哼了哼，说："张伟也没有什么了不起，不过是想追上梅雅静，好显摆显摆！"

女生们坐在一边，围成了一朵花。

男生们说话，女生们听到了。

黄亚男就生气了，大声说："刘贵北，你说什么呢？梅雅静是什么样的人？她可不是谁想追就能追上的。"

张克工撇了撇嘴，说："梅雅静，她喜欢的是文道政！"

曾晓娅一听就不乐意了，马上插话说：

"你胡说，梅雅静是文道政的远房亲戚！"

刘贵北还没反应过来，咧着嘴说："远房亲戚？"

曾晓娅用扎扎实实的口吻说："是呀，梅雅静亲口说的。"

刘贵北不屑地笑了笑，说："这不过是掩人耳目好吧？"

黄亚男刚坐下呢，又准备站起身了，说："刘贵北，你怎么说话的？"

张克工赶紧示意刘贵北不要胡说了，并用开玩笑的语气说："远房亲戚是一回事，喜欢是另一回事。咱们不要争这个了。"

曾晓娅拿着手中的书拍打着手掌，强调说："亲戚是不能结婚的，这是《婚姻法》的规定。"

大家一听，心想曾晓娅也认真得有点过，便都不再作声。

水电委培班的同学，安静下来开始认真看书，就是有什么要请教旁边同学的，也是尽量小小声说话。

冬日阳光静好，桃子湖边安静而和谐。

⋯⋯⋯⋯⋯

"快救人，快救人，有人掉进湖里了！"

一声凄厉地呼唤，炸裂了桃子湖的静谧。

同学们都愕然地抬起头来朝尖叫声响起的地方张望，有的同学听清了尖叫的内容，便朝湖中张望，没听清的同学便也都顺着目光朝湖面看去。

深深的湖面上，有一个黑影在水里挣扎。

文道政赶紧抛下书，一撑地就起了身，叠放在腿上的军大衣就滚到了书上。文道政顺着堤岸朝落水者附近的岸边冲过去。那一边已经有许多水电一班的同学站在岸边了，他们男男女女都在大声呼喊，但落水者已经离岸有一

·273·

段距离了，这水温寒冷，大家都是棉衣棉裤的，没人敢下水去救人。

文道政顾不上许多，他刚跑到那一头，顺手将围观的人群拨开，直接就朝水里扑了进去，以自由泳的姿势快速地向落水者游去。

落水者已经撑不住了，挣扎越来越无力，很快就往水中沉去。

岸上的人看得分明，眼见落水者沉下去了，救援者才刚下水，便齐声高呼："快点，快点游，已经沉下去了！"

文道政听见叫沉下去了，心里一惊，张大眼睛朝落水者的位置一看，果然是一撮黑头发消失在水面。文道政也不犹豫，就在水里一个猛冲，头就入了水，直线地向黑头发消失的那一处潜了过去。

文道政努力地睁大眼睛，终于看到一团影子正悠悠地向水下落去。文道政游过去，一把抓住那团影子，然后改变蹬水的姿势，揪着落水者向水面浮上来。

湖面平静，只有一处冒着水泡泡直滚，大家都不呼喊了，静静地盯着那黑头发消失的地方，水泡泡一直在冒。而文道政消失的地方离落水者还有两三米，那儿已经只有涟漪了。大家的眼睛盯着，心紧紧地，脖子伸得长长的。

"哗——"冒泡泡的地方终于有了动静，只见一个女生从水里浮了上来，完全没有挣扎的痕迹。跟着，又有一个头从女生的后方冒了出来，是跳下水救人的男生。

"哇！"水电一班的同学欢呼。

"文道政，文道政！"水电委培班的同学欢呼着吼叫。

文道政浮到水面，先甩了甩头，朝救起来的女生看了一眼，虽然文道政揪住的是后背的衣服，女生脸面朝天空，但长发遮了大半边脸，从文道政的角度只能看到头顶和小半边苍白的脸。

水温很低，必须马上把女生拖回岸上去。文道政心想着，便伸长手臂划水，两脚也从蹬水上浮改为朝前游。

十来米距离并不长，但在这冬天里，大家都是厚衣厚裤在身，游起来裹肘裹腿就不能痛快了，文道政感觉越来越吃力，但他还是奋力朝岸边游，张克工见文道政游得吃力，赶紧也从岸边下到了齐腰深的水里，朝文道政伸长了手臂。

文道政游过来终于抓住张克工的手。张克工往回一拽，文道政三米多的距离一瞬就到了岸边，岸上的人马上就接手将女生从水里拖了上岸。

文道政大口地喘气，缓缓松开揪住的落水者的衣服——这只手仿佛冻僵了，松手成了一个慢动作。有人将落水者的长发拨开，想帮助她吐出水来。

文道政再看了一眼，心里一惊，落水者居然是梅雅静。

"梅雅静！"

"梅雅静！"

张伟本来在堤岸上看，现在见落水者拖上来了，赶紧跑过来，刚好瞧见是梅雅静，马上组织几个男生将梅雅静抬到堤岸上边去。

文道政也想跟上去，但他一身衣服湿透了，又冷又重地裹在身上，他连站起来都无力，便伏在岸上歇一口气。

在往堤上抬的过程中，梅雅静吐了好几口水，但还是没其他反应。

"快，赶快给梅雅静做人工呼吸！"有人大声说。

张伟听到这话，赶紧伏下身，对着梅雅静的嘴就开始做人工呼吸了，做了几分钟人工呼吸，黄亚男提出还要控水，便半抱起梅雅静，又继续按压。

隔了一会儿，梅雅静咳了几声，便又吐出了几口湖水。

"醒了，醒来了！"

"醒来了就好，有救了，有救了！"

"赶紧送医务室……"

在喧闹中，梅雅静苍白的脸上，眼睛动了动，又缓缓地睁开了眼睛，她第一个看到了黄亚男隔得很近的脸，眼睛再一移动，就看到黄亚男穿得特别单薄。

大家扶着梅雅静坐起来，梅雅静觉得自己非常冷，但她看了看，有好几个同学都穿得单薄，他们的棉衣，都裹在了自己身上。

"雅静！"黄亚男害怕地一把抱紧了梅雅静开始痛哭，梅雅静觉得一身都是软绵绵的，她想伸手抱一抱黄亚男，也没有力气。

张克工从湖水里上岸，觉得一身都要结冰了，更能体会文道政的冷，便招呼水电委培班的同学帮手，把文道政的衣服脱下来，又穿上了刘贵北从草地上拿过来的军大衣，这才扶着文道政往堤岸上走。

曾晓娅去拿了文道政的书，跟着。

文道政心里还在害怕，如果刚才他不是同在湖边，不是马上下水救人了，那梅雅静现在该……

后果太可怕，他不敢想。况且他现在冷得结冰，直哆嗦，他想知道梅雅静在哪里，醒来没有，梅雅静是不是也很冷。

文道政走上堤岸往前走，只见黄亚男、刘西凤和张伟带着几个男同学正扶着裹了棉大衣的梅雅静往学校走了。

曾晓娅一颗心都在文道政身上，插不上手，说不上话，但她一直忍着眼泪跟着文道政左右，现在见文道政要回宿舍，赶紧抬手搀了文道政一起走。

刘贵北朝四周一望，所有的女生也就只有曾晓娅还在文道政身边，心里突然明白了点什么。

张克工也冷得不行了，王姗姗赶紧扶着他，跟文道政一块儿向学校走去。

张克工冷得牙齿直叩，便想找话说说，转移自己的冷感："文道政一个猛子下去，就，就，就将梅雅静抓上来了！"

陈凯这时是满肚皮的佩服，跟在一边说："文道政真厉害，像个飞人，跑过去就是一跳，水性真好，要不今天……"

刘贵北朝陈凯"嘘"了一声，故意说："咦，你怎么没跟着张伟去啊。"

陈凯略有些尴尬，但他还是脸皮一厚，大方地说："我是水电委培班的学生啊，当然和你们在一起。"

陈凯这么说，刘贵北反而不好说什么了，便问文道政："你知道是梅雅静落水了吗？"

文道政老老实实回答："不知道……道，哦！"

刘贵北见文道政也冷得话都说不完整了，便住了口。倒是张克工继续问下去了："那你什么时候才知道的？"

"上岸了，回……回，回头看了一眼才，看到！"文道政依旧结结巴巴。

但没有人取笑他，因为文道政是英雄。

"认出是梅雅静，你是怎么想……"陈凯问。

肖子钢打断了陈凯的话："你们采访文道政呀，他救人是全心全意的，是不是梅雅静他都是先救了！不过也奇了，偏偏是梅雅静，她怎么会突然掉进水里去了？"

…………

46

谁救了梅雅静？水电一班的同学说，是张伟救了梅雅静。

这消息不到几小时就传遍了全校，营救故事说得绘声绘色，水电一班的班主任在第二天的早课上表扬了张伟，号召大家向张伟学习。

梅雅静面红耳赤地坐在那儿，低着头不吭声，也不随着同学们鼓掌。

有的同学认为梅雅静是害羞，有的同学认为她是不愿意张扬自己落水的事，但不少同学也为梅雅静的不言不语和张伟的神采飞扬对照起来，觉得这两人的表现都太不可思议了。

在班内的小圈子里，张伟的知心兄弟们自然是恭喜他亲吻了梅雅静，救了梅雅静，毫无疑问地将他俩的关系向前推进了一步。

在校园的大范围内，私下流传的另一个版本，也不是人工呼吸，而是梅雅静的初吻献给了张伟。别说人工呼吸了，那就是一男一女嘴对嘴亲吻，要不现场那么多女同学，为什么是张伟做了人工呼吸？

这些情节流传，就显得这事不周正，太有内涵了。

水电委培班是个特殊的班级，跟其他班的老师同学都并不算熟悉，故事版本并没有流进水电委培班，因此，水电委培班就以文道政英雄救美的传奇在班内流传开来。

这种地下的传播，直到两天以后陈凯和刘闯争论，推上顶峰，也才宣告结束。

现在文道政在陈凯心里有了新形象，因此他听刘闯炫耀张伟英雄救美的时候，便大吼了起来。陈凯亲眼所见，吼得理直气壮：

"放屁！哪是张伟救了梅雅静？明明是我们班文道政。"

刘闯才不会相信，说："不可能！我们班同学都亲眼看见张伟从湖中救起梅雅静，还给她做了人工呼吸！"

"你们班不要脸，胡说八道。老子我亲眼看到文道政跳入湖水中，把梅雅静从湖中救上岸，张克工还下水拉了一把才拽上来。"陈凯解释道。

"陈少爷，我跟你无仇，你说话嘴巴放干净点。"

"你们全班睁着眼睛说瞎话，丢不丢人？"

"你这么维护文道政，他有什么了不起，他给了你什么好处？"

"好处个屁，我纯粹是尊重事实，你这么胡说八道就该骂。"

刘闯听陈凯越说越难听，便讥讽道："尊重事实？就你？你不就是喜欢梅雅静吗？也不撒泡尿照照自己，癞蛤蟆想吃天鹅肉！"

陈凯听刘闯狗嘴里乱崩屁，气得张口就骂。

刘闯见陈凯气急了，又火上浇油："你别骂人，梅雅静根本看不上你这号人。"

陈凯气得说不出别的，直管大声骂。

刘闯也骂起来，还放狠话道："再骂，老子揍死你！"

"揍啊！"

"老子就揍……"

转眼，陈凯和刘闯就打成了一团……

"情报处长"肖明正好从不远处路过，刚转上林荫大道，就见前头围了一圈人，圈中间有人在打架，赶紧跑过去，拨开人群一看，见是刘闯和陈凯两人正扭打在一起。

肖处长气极了，指着他俩就吼："你们这是想干什么！"

刘闯和陈凯一见是"情报处长"，也不敢二话了，赶紧停住了手。

"你们怎么搞的，你，你，你们俩到我办公室去。"肖处长拿指尖在刘闯和陈凯身上指了指，然后掉头向办公室走去。

刘闯和陈凯便乖乖地跟在肖处长后面走……

还不到上课时间，水电委培班也热闹开了锅。

有听到水电一班说张伟救了梅雅静的同学，一碰到水电委培班的老乡就当新闻也说了说，所以这会子水电委培班的同学们也开了锅。

大家正在讨论这事要怎么办呢，教室门就被推开了，杜老师走进教室，看同学们的热闹显然又不正常，赶紧问："什么情况？"

张克工站出来，朝杜老师说："高老师，前天下午，文道政在桃子湖里救了落水的梅雅静，我们班和水电一班有许多同学都在场，可现在水电一班的同学却说是张伟救了梅雅静。"

杜丽娟听了暗暗吃惊："有这事？"

"当然有这事，"刘贵北说，"高老师你想想，听说他张伟都不会游泳，那他怎么可能到湖里去救人。"

黄亚男也肯定地点了点头说："是呀，我们都亲眼所见，的确是文道政跳下湖，救了梅雅静。"

"是呀是呀，救之前我们都不知道是梅雅静。"曾晓娅也补充说明当时的严重性，"梅雅静当时都已经沉下湖去了，若不是文道政及时去救，恐怕就救不回了！"

杜丽娟一听这话，就皱了眉头道："呸呸呸，话不能乱说哦，曾晓娅，你这是在说什么呢？你这是诅咒梅雅静知道吗？"

曾晓娅一听，张口结舌，不知道要怎么回答。黄亚男知道曾晓娅并没有说错，就帮腔说："高老师，曾晓娅说的一点没错，要没有文道政，梅雅静根本就没可能这么幸运。要是真的'那个'了，难道不比'诅咒'更严重？"

讨论的主题都跑样了，肖奕琴看不下去，又把主题拉回来，问："高老师你一定要调查清楚，别让救人的英雄被埋没，那些厚脸皮冒功的人倒占尽了表扬。文道政救人，是水电委培班的荣誉。"

杜丽娟停了停，突然问："被谁救的，难道梅雅静她自己不知道？"

黄亚男理解梅雅静，但又不好怎么说，只好小声解释："梅雅静自己当然知道，可是她可能……"

正说着呢，这时有人敲门并推开门探进头来，是学生处的王老师过来传话："陈凯打架，肖处长请杜老师现在到学生处去一趟……"

杜老师又气又急地赶到学生处，一进门就见到陈凯和刘闯正垂着头站在里面，肖处长显然已经讯问完了，正坐在那儿抽烟。

肖处长将刚了解到的事情经过简要地告诉杜老师，其间刘闯和陈凯还想插嘴解释，被肖处长一眼给瞪了回去。杜丽娟这才知道二人打架，是因为梅雅静被救的事，到底谁是真正的英雄？

"这个事，我也是刚知道，我还需要进一步去了解。杜老师，你把陈凯带回去，不管是谁救了梅雅静，两个班的学生可不能再打架了啊。"肖处长郑重地说。

杜老师和陈凯回到教室，同学们已经在上自习课了。

张克工就问："陈少爷，怎么了？难道你又跟谁打架了？"

陈凯没吭声，闷声坐回座位。

杜丽娟看了看全班同学，问："前天哪些同学在桃子湖边的救人现场？"

教室里齐刷刷地举起了十多双手。

杜丽娟心里暗暗吃惊，又追问："你们看到是谁跳下湖救了梅雅静？"

"文道政！"十多人异口同声地回答。

"好吧，我会调查清楚，学生处现在也在调查。学生处专门交代过，两个班的学生不得为此事吵嘴打架，都听见了吗？"杜丽娟警告说。

黄亚男嘟着嘴说："明明是文道政跳下湖救起梅雅静，我们都看见了，水电一班却……"

"你们说的，我心中已经有数了，请大家少安毋躁，静候调查结果……"杜丽娟安抚大家说。

肖子钢不信任地瞅了一眼陈凯，忍不住说："陈少爷，你刚才是跟谁打架啊？当时你可是在场看见了的，可不能帮张伟扯白……"

杜丽娟听了这话有些意外，于是说："陈少爷是跟刘闯打架！"

大家一听杜丽娟这么说，包括文道政在内的所有同学都瞪大了眼睛，心想这怎么可能呢。张克工愣了愣，这才高兴地说："这才是咱们班的陈少爷嘛，帮理不帮亲，不会没原则地出卖水电委培班……"

同学们一听这话，都哈哈笑起来，倒把陈凯笑得不好意思了。

校园里，传说梅校长大发脾气，痛骂了梅雅静，还罚她十天不准自由活动；传说梅校长心疼女儿，吓得一晚都没睡着；传说梅校长下了禁止令，不许任何人再讨论"做人工呼吸"这件事。

嘴紧的同学还是多，但梅雅静再从校园里经过，还是会觉得所有人都在看她，于是，去哪都拉着刘西凤一起做伴。

倒是水电委培班的同学，见到梅雅静了格外亲热三分。黄亚男遇到梅雅静，几人站在路边就聊了一会。

梅雅静告诉黄亚男说："我到湖边洗手，脚一滑，掉进了湖里。"

黄亚男拍着梅雅静说："多危险呀，我们吓坏了！"

梅雅静知道黄亚男是真的关心自己，就坦白相告，说："这些天，天天晚上做噩梦。"

刘西凤在一旁帮着解释，说："我天天陪着梅雅静睡，她在梦里还哭呢。"

曾晓娅一听，就马上说："梅雅静吓失了魂。"

梅雅静一听，心里更加害怕了。

"我们山区，谁家小孩吓着了，晚上哭不停，就是失了魂！"曾晓娅这样说。

刘西凤一听脸也吓白了，紧张地问："那要怎么办？"

曾晓娅笑着说："不怕不怕，我有办法的。要去吓着她的地方捡一颗石头回来，放在枕头下枕着睡几个晚上，人就会好了。"

黄亚男和梅雅静听了这话，觉得不怎么可信，便不吱声说什么，又聊了两分钟，大家散了。

等梅雅静和刘西凤走远了，黄亚男心里不踏实，又详细问曾晓娅"失魂"是真的吗。曾晓娅再详细解释一遍，黄亚男决定还是要信，于是同着曾晓娅去桃子湖边给梅雅静和文道政各拾了一枚石头回来。

两块石头洗干净，各自用小手绢包好了，先就送了一块去梅雅静家，悄悄托刘西凤塞到梅雅静枕头底下，心里希望梅雅静从今晚起就不要再做噩梦了。

然后，她们才到男生宿舍去找文道政，文道政却不在寝室。

刘贵北看到两个女生满脸神秘，便直说文道政去洗漱间了。

黄亚男和曾晓娅将来意说明白，又将新手绢包的石子塞到文道政的枕头底下，并叮嘱刘贵北不要告诉文道政，这才准备离开。

刘贵北朝她们笑，说："我懂呢，你们是去湖边替文道政捡了'还魂石'回来吧，我们家乡也兴这个。"

曾晓娅想了想，重新嘱咐刘贵北说："这样吧，一会儿文道政回来，你别告诉他，那是一颗石头，一颗在他跳下水的地方捡的石头！"

曾晓娅说话间正要离开，突然看到文道政枕边也有一本书挺眼熟，拿起来一看，是《约翰·克利斯朵夫》。

这本书，刚刚从梅雅静家里出来时，看到一本正放在梅雅静的枕边了。

想到这，曾晓娅心里又略略有些不舒服了。

梅雅静去水边洗洗手上沾的墨，可能起身太快，一起身就朝湖里栽了下去，她在水中挣扎了很久，可是水中没什么可以抓住，梅雅静全身的衣裤厚重，她绵软无力了，缓缓沉入水中。

天空的颜色瓦蓝瓦蓝，留在梅雅静无神的眼眸中，就是这个世界留给她的最后颜色，就在梅雅静觉得一切结束了的时候，她在沉下去前最后的目光里看到了有人跳下水，文道政在水中像条疾泳的鱼朝她游过来。

梦里，文道政面色坚毅，那么清晰，在梅雅静的眼里，如梦一般存在。文道政把手臂伸长，一把抓住梅雅静的衣衫，制止她继续向黑暗的水底沉沦，然后开始向着光明的头顶升起，破水而出……

这是个噩梦，又像个美梦。

这像是梦，又像是记忆。

沉沦是个噩梦，但从文道政出现在水里游向她，又像是一场生生世世的约会，剧情就是如此开始和结局。

刘西凤在梅雅静身边躺着，略有醒着的时候，看见梅雅静划动手脚挣扎，她抱住梅雅静的肩轻拍，告诉梅雅静不要害怕，一切都过去了。

有时刘西凤也没醒着，看不到梅雅静不由自主地弓起了身子，轻轻地柔柔地依着她，像一个经历了恐惧又正变得温柔的小猫。

清晨，梅雅静醒来。刘西凤睡得还很沉，梅雅静扭开小夜灯，略侧过身子挡住小夜灯的光线，然后悄悄地拿起《约翰·克利斯朵夫》翻了翻，却没看进去什么，她突然进入一种错觉：

文道政在水中托着她慢慢游，文道政是一条鱼，然后她自己也变成了一条鱼，和文道政一起在水中畅游，原来有文道政在，水一点也不可怕，甚至还让人有了幸福的滋味……

文道政在早晨蒙眬醒来，觉得枕头下有什么硌着头，便伸手去摸，摸到一本书，他心里知道这是梅雅静借给他看的《约翰·克利斯朵夫》，于是抽出书来翻一翻，翻了两页，却又思维飘飞，书页也不动了，似乎人已进入了睡梦之间。

在文道政的心里，自己一直就是一条鱼，从小到大他就常梦见自己在小池塘小溪河里畅游，后来又梦见自己到了清水河，到了大江大河里游泳，直到在水电学院读书，他才觉察到，在来水电学院之前，他已在梦里畅游过桃子湖了，那种孤独的游泳，不分四季。

但近几天的梦里，和文道政一起畅游的人多了一个，那就是梅雅静。他俩一下水就会变成两条鱼，在水中像鱼一样温柔地触碰，摇着尾自由翱翔……

刘西凤和梅雅静一起下楼去上课，就问梅雅静：

"昨晚睡得好一些了吗？没做噩梦了吧？"

梅雅静笑笑，略有些害羞地说："昨晚做了一个美梦。"

刘西凤看着梅雅静笑得异样，便问："什么美梦？"

梅雅静小声说："我梦见和文道政在一起，我们都变成了鱼在水里游。"

"那么恐怖还是美梦？"

"不知道，梦里觉得一点也不恐怖，我游得很好，很开心！"

"看样子，是文道政教你游泳了，哈，变成鱼，有意思。"

文道政、刘贵北、黄亚男、曾晓娅走在一起，正好遇上梅雅静和刘西凤。

黄亚男走向前，问道："雅静，昨夜睡得好吗？"

刘西凤抢着答道："很好呢，她昨晚梦见自己变成了一条鱼。"

说着这话，刘西凤拿眼睛瞅了瞅文道政。

文道政傻乎乎的没有明白，道："啊，一条鱼？我也梦见，我变成了一条鱼！"

黄亚男吃惊地回头看着文道政，梅雅静和刘西凤尴尬地互相望了一眼，都没人注意到曾晓娅的脸色很难看，于是曾晓娅拈酸地说："难道你俩的前世都是鱼么，梦里还一起游来着。"

黄亚男听出这酸味，便说："你这是说什么呢？"

刘西凤还没听出味道，照实地继续往下问："真的吗？这么说你们俩做了同一个梦，梦里游桃子湖去了？"

说到这，梅雅静的脸，一下子就红了。

文道政的脸，也一下子就红了。

曾晓娅见了这状态，突然觉察到了深层次的原因，惊恐地问道："你们梦到在桃子湖里游泳，两个人在一起游的对吧，你们在梦中一定相遇了，而且都变成了鱼……你们……你们……"

黄亚男看不下去了，她再不圆场，场面只能更尴尬，于是马上说："日有所思，夜有所梦。文道政救了梅雅静，两个人都受了惊吓，做了同样的梦也可以理解。晓娅，你别凑热闹取笑他们了。"

曾晓娅见黄亚男这样说，也就停止了继续奚落。

"今天一早看书，翻着翻着又睡着了，过几天看完再还你。"文道政匆匆地对梅雅静这么说完，也去赶黄亚男他们一起走。

梅雅静怔怔地应了一声"嗯"，却又想起来，早晨她也在看这本书啊，他们有这样同步……

期终考试一考完，学校就要放寒假了。

大一新生办"学生证"，凭证买火车票，半价。

肖奕琴、张克工、黄亚男一早就去学生处办证了。

同学们正谈论着学生证的各种优惠和好处，只见三位班干部又愁容满面怒气冲冲地回了教室。

学生处说水电委培班只是学员，不是正规学生，不予办理学生证。

教室里轰然大乱，生气的骂娘的、拍桌子的，各种事都发生。

杜老师走进教室，见一些同学坐在课桌上，大家在议论，大声说："你们干什么？不好好读书，又在叽叽喳喳吵什么？陈少爷，你坐在课桌上，简直无法无天了！"

陈凯理直气壮地说："我不读了！回家算了！"

同学们："是呀，我们都回家去，不读了！"

杜丽娟等张克工解释清楚了才明白，"情报处长"肖明不在，王老师接待了张克工他们，坚决地说不能给水电委培班办学生证。杜丽娟感到很意外，但她也觉得这不是个事，便让张克工与她一起去找"情报处长"。

出门以前，杜丽娟还是一再嘱咐同学们："还有几天就要期末考试放寒假了，你们要集中精力学习。新课内容基本讲完了，要进入全面复习迎考阶段。水电学院有个规矩，就是要统一试卷，统一考试，看看哪个班成绩好，哪门课成绩好，哪个老师教得好。学校对期终考试总分成绩排第一的，各单科成绩排第一的学生要进行奖励表彰。我们水电委培班，我没指望班里出现总分第一的学生，但是，同学们呀，我们可不要挂科呀！考试不及格要补考。补考不及格，毕不了业。同学们，一定要努力呀！"

杜老师说完，同学们也都安静下来，端端正正地坐回各自的座位，开始认真学习和做作业了。

"情报处长"肖明对水电委培班的到来早有预计，因此见到杜丽娟便说："小王老师给我说了。我刚刚请示了王副校长，他说不行。"

杜丽娟恼火也只能静静地辩解，说："这……这，这怎么不行了？水电委培班也是班，自费生也是学生呀！这样，不公平！"

"王副校长说，办这个班就是错误！"

杜丽娟望了一眼站在旁边的水电委培班的三个学生，说："上次的事不都搞清楚了吗？全国都在整顿'五大生'的事，梅校长到省里做工作，水电委培班保住了，还有什么问题呀！"

肖处长为难地说："梅校长是非常关心水电委培班，非常关心自费生。我们国家经历了'文革'，现在百废俱兴，人才急缺，大力培养水电人才，是我们学校的宗旨。可是……"

"可是什么？"

"梅校长到北京开会去了，再等两天才回来，只有等他回来了，才好办。必须有人为水电委培班承担，才有可能办证。"

杜丽娟继续强调说："不办学生证，学生回家不能购买学生票。肖处长，你知道，我们班学生是自费生，家里贫困……"

张克工大声说："学校对我们不负责！"

杜丽娟看了一眼张克工，说："肖处长，你要为我们水电委培班说话呀，自费生不容易！"

肖处长望了大家一眼，说："他们是你的学生，也是我的学生，等梅校长回来，我们再想办法。"

…………

教室门打开，杜老师一行回到教室。

教室里，又躁动起来。

陈凯马上追问："可以办学生证了吗？"

杜丽娟故作镇静地望着大家，这才冲陈凯说："陈少爷，你起什么哄？正在做工作呢！大家放心，'情报处长'说了，他一定努力，要等梅校长回来……"

接下来的一整天，水电委培班的教室里都不安生，陈凯等几名同学连自习课也不去上了，躲在寝室里打牌，纸胡子用口水粘了一脸。杜丽娟只好让肖奕琴和张克工去寝室将缺席的同学叫回教室。

等教室里人齐了，杜丽娟又把办学生证的事重申了一次，希望大家认真学习，有个好态度，这样才可能在梅校长回校时说得起话。至于王副校长与梅校长不和，所以故意为难水电委培班的话，请同学们一定不要再传了，传出去只能使水电委培班的日子更不好过。

"同学们，我再三给你们说，不要拿学生证说事，最关键是抓紧时间学习，现在进入全面复习阶段，每科的任课老师都安排时间来教室辅导。我们班基础本来差，如果大家都不来上课，复习怎么搞好，考试怎么考好？考不好，不造成更大损失吗？从现在起，谁离开教室，都必须向我请假，不请假的，要当面向我解释原因。肖奕琴、张克工你们俩给我记好，我看谁再敢在寝室打牌。陈少爷，我给你先打个招呼，你若带头离开教室，我打电话，让你爸来学校……"长篇劝告说到最后，杜丽娟给了陈凯一个下马威。

陈凯马上坐正身子，认真回答："'高老师'，我保证坐在教室。"

同学们一听，忍不住都笑起来。

杜丽娟强调说："光坐在教室不行，要认真复习，巩固所学知识。"

陈凯装成很服帖的样子，故意说："那好，一定做到。"

杜丽娟又把眼睛望向文道政，说："文道政，你高等数学复习怎么样了？同学们都对你寄予了厚望，我们班其他科目没有出头的，只有你高等数学不错。文道政你要能拿到第一，全班为你庆功！"

这时候，陈凯又站起来了，带着同学们呼了两声："文道政必胜！"

文道政听到老师和同学们说他，微笑着说："我努力！"

杜老师见文道政说话的声音不大，大声说："行不行呀？"

文道政站起来大声说："行！"

大家一听，都笑起来。

文道政觉得肩头的压力更重了，发愿这些天一定要好好攻坚。

这天，文道政应梅雅静的邀请，向张克工请了假，晚自习就没去教室，而是去了梅雅静家，和刘西凤、梅雅静一起复习高等数学。

他们先聊了一会天，文道政说了家乡的一些趣事，让梅雅静对文道政的家乡充满了向往，然后大家就功课上的事又讨论了一下，最后决定让梅雅静辅导文道政英语。文道政辅导梅雅静和刘西凤的政治和数学。

学习了半晚，文道政非常开心，嘴里叽咕着梅雅静刚教他记忆的英语单词就走进了115寝室，室友们都惊奇地看着他。

刘贵北问："文道政，你从哪里拱出来的，一个晚上都没见你！"

张克工解释说："我说你请假自己复习，高老师让你明天去她那里，估计还是要挨批评！"

陈凯试探地说："文道政，你不是真的去了梅雅静家吧？"

文道政懒得回答这种问题，可他又想起一件事，于是说："梅校长明天回来！"

"啊，梅校长明天回来，真的吗？"

"当然真的！"

"梅校长回来，我们肯定能办好学生证了！"

…………

杜老师走进教室，见高等数学肖老师在给同学们进行辅导，就站在教室后面。等肖老师的课讲完离开了教室，杜丽娟才在教室后拍了拍手提醒大家说："梅校长回来了！"

同学们一下欢呼起来。

杜老师往教室门外走，同时说："张克工、肖奕琴、黄亚男，你们三个出来，跟我去学生处。"

刘贵北又转向文道政，问道："你怎么就先知道，梅校长今天回来？"

文道政决定还是不说，便笑着说："我随便一说，谁知道梅校长今天果然就回来了！"

陈凯拿眼直盯盯地向着文道政："那你昨晚去哪里了，老实交代！"

刘贵北直截了当地说："一定是去了梅雅静家，是不是？"

刘贵北说话，曾晓娅早已回过头，用复杂的眼神盯着文道政。

不一会儿工夫，黄亚男气喘吁吁地冲进了教室，笑着对大家说："梅校长同意了，我们可以办学生证！"

全班同学鼓掌："呵，我们胜利了！"

黄亚男笑着大声说："请同学们交两张一英寸照片，我马上去办！"

同学们纷纷找照片交给黄亚男。

教室里正乱着呢，杜老师和张克工才走进教室。

张克工回了座位去帮黄亚男收照片，杜老师就站在讲台上说了几句话，也不管同学们听没听清，就走下了讲台，直接走到文道政身边，让文道政跟着她走出教了室。

同学们这时都互相张望着，不明白这又是要做什么，陈凯望着同学们，突然说："文道政该死了，'高老师'绝对不会放过他！"

大家笑着说："'高老师'叫文道政，会不会是鼓励他高等数学考第一的事？"

陈凯一听是说这，顿时就不作声了。

48

第二天就要开始期末考试了。

刘贵北非常紧张，文道政并不怕考试，但现在他有了压力，生怕考不到第一。

下课，陈凯就拿了张纸条过来了，说有不会做的题，让文道政教教他。

文道政接过纸条一看，上面并不是陈凯的笔迹，反而有些像陈威老师的字。刘贵北也凑过脸来看，也觉察了，便问陈凯这题哪里来的，陈凯压低声音说：

"陈威老师给的，这是明天的考试题目。"

刘贵北一看，摇着头，不相信。

文道政也笑着说："陈少爷，你跟陈威老师喝酒，就是为了这几个题吗？"

陈凯解释说："陈威老师上课，我听不懂，又怕考不及格，只好这么做。"

"期终考试是全校统一出题，陈威老师写的这三道题能作数？"文道政质疑，但他还是将这几道题解了出来，陈威和刘贵北就赶紧把题给记熟了。

临时抱佛脚总也会有效果吧，万一就刚好记对了题，明天多考几分呢。

同学们都开始觉得时光飞逝，还有许多课本上的难点没有记熟。

肖奕琴从教室外面进来告诉同学们说："学生处说了，考试成绩会在同学们离开学校前发布，凡是考试不及格的，在下学期开学前来校补考。"

同学们当然都不希望自己需要补考啊，就面面相觑，并不乐意应这个声。

黄亚男见了，心里好笑，便给肖奕琴打圆场，把本来要在放学时间做的事提前说了："同学们，用学生证订了火车票的同学，现在可以来领票！"

同学们便立即活跃起来，扎着堆挤到黄亚男身边去领火车票。

文道政和刘贵北也站起来，去领了用学生证订的火车票。

转眼就到了考试这天清早，第一堂课考的就是高等数学。水电委培班的同学一听，就皱起了眉头。但同学们还是按时赶到教室，考场门一开就鱼贯而入，在自己的座位上坐下。

各个班的考生都是混编的，文道政和梅雅静编在了同一个考室。

同学们坐好不到一分钟，"情报处长"肖明就进了考室，看见考生们都抬头望着他，便威严地咳了一声，然后朝第一排的两位同学点了点头，请他们上台检查试卷是否密封，确认密封以后就拆封了，按组发下试卷。

肖处长则开始一个个地检查考生们的抽屉和草稿纸，说："大家坐好，马上就要考试了，与考试无关的东西，请都放到教室后排的桌子上去。"

陈凯拿到试卷，第一句就是说："呀，题目好难呀！"

肖处长马上制止陈凯的咕哝，说："请安静，注意考场纪律！"

大家立即安静下来了，在试卷上写下班级和姓名，肖处长则搬了一张凳子坐在教室后面监考，还严厉地提醒各位同学："大家不要有侥幸心理，我坐在后面，每个同学的举动我可以看得一清二楚，千万别舞弊，否则别怪我无情呀！"

题目的确挺难，文道政小心翼翼地作答，避免失误。

半个小时很快就过去了，文道政做完一面，准备翻页，扫了一眼左右排的同学，看到陈凯正在咬笔头。陈凯一扭头，看见文道政望他，便做表情求助。

文道政轻轻地摇了摇头，朝后看了一眼，示意舞弊是不可能的。这时肖处长走过来，走到陈凯身后的桌边站住了，掀开桌上的试卷，只见试卷下抽出一张抄着答案的纸条。

"你是那个班的？试卷零分！你现在就可以出去了！"肖处长毫不含糊地说。

安静的教室里突然爆出这样的声音，大家都朝肖处长看过去，陈凯也回头去看，背上直冒汗，感觉抓到的差一点就是他了，于是扫了一眼文道政，便赶紧低下头继续研究他的考题。

文道政看一个男生哭着跑出教室的背影，又看一眼正在低头做题的陈凯，赶紧收拢心思认真做起题来。

…………

接连几天的考试顺利过去，虽然各考场都抓到了几个舞弊学生，但好在水电委培班一个舞弊的学生也没有，但要说考得如何，水电委培班的不少同学心还悬着，不敢妄言会不会及格。

考完的科目先安排了集中阅卷，因为刚全部考完的第二天，就有科目成绩出来了，学校宣传栏里贴满了成绩单，一张张紧张的面孔从人群外挤进去，然后分别变成笑的忧的面孔再从人群里挤出来。

刘贵北知道成绩出来了，赶紧叫上寝室里的同学一同跑去看高等数学成绩，"第一名张伟，98.8分，第二名，文道政98.7分……"

…………

刘贵北大声念着。

文道政跟在肖子钢身后挤进人群去看，见自己高等数学打了98.7分，排在张伟后面，顿时眼泪夺眶而出……

文道政挤出了人群，刘贵北也越念越小声了，他在找熟悉的名字，是水电委培班的同学，他便大声报出来名字和分数，越往后看，刘贵北越没了把握……62分，刘贵，贵北，61分……

刘贵北嗫嚅着念完自己的分数，后面的他便不念了，朝人群外挤去。

陈凯顺着刘贵北念的往后看，然后大声叫一声："哎，我及格了！61分，我高等数学及格了！"

刘贵北一想，分数不高，但及格了，不用补考啊，便也笑逐颜开地大叫："我也及格了……万岁！"

…………

水电委培班的同学陆续回到宿舍里，叽叽呱呱交流考试成绩和想法，这时候刘闯出现在115寝室门口，大声道："谁第一，谁第一？你们不是说文道政第一？老子说了，就是张伟第一！张伟就是第一！"

刘贵北直截了当地冲刘闯吼："你给我滚！"

刘闯没有离开，还叉着腰继续炫耀说："你们不想想，自费生，能拿第一吗？能拿第二，估计都是舞弊！"

陈凯从刘闯身后一把掀开他，走进115寝室，同时对刘闯说："你才舞弊，别出口闭口自费生，老子是拿工资来读书，比你还要优越！"

刘闯自然不服气，一点也没发觉寝室里的气氛变得很紧张了，直管说："哼哼，拿工资怎么了？拿了工资读书，仍然是自费生！"

刘贵北站起身问："你想找打吗？"

刘闯正得意呢，就吼："打就打，你一个自费生，难道我怕你？！"

刘贵北就朝刘闯冲了过去，刘闯往115寝室门外退了两步，冲楼道里大吼："水电一班的弟兄们快来，水电委培班要打架了！"

刘闯这么一叫，水电一班几个正在下楼的男同学三步并作两步就冲了过来，刘闯见来了帮手便不再往后退了，而是朝刘贵北迎了过去，扭打起来。

陈凯见刘闯居然能这么不要脸，便也学着他大喊："水电一班来打人了，水电一班打水电委培班……"

这层楼，水电委培班占了好几间寝室呢，这时候就倾巢而出了，都跑到

115寝室门口，作出要打一大架的样子。

"情报处长"肖明已经从天而降似的冒了出来，口哨一吹，大声吼："你们谁敢打架？"

肖处长走过去，见刘闯和刘贵北互相扭在一起谁也不肯先放手，于是上前拿着口哨，对着他们俩的耳朵猛吹。

刘贵北和刘闯耳朵难受，只好松了手。肖处长才追问这回打起来又是因为什么事，再郑重警告了一番，确定大家不会再打架了才离开。

文道政心情郁闷，他一个人走到了桃子湖边去，这时候的桃子湖特别清静。文道政当然没注意到曾晓娅一直跟在他后面，也来到了桃子湖，并且在远远一处树丛后也坐下了，她想就这么远远地陪着文道政……

梅雅静和刘西凤去找黄亚男，得知男生寝室为谁高等数学得第一打起架来，梅雅静便打听文道政情况怎么样。

黄亚男也不知道文道政在哪，就问梅雅静："你找他有事吗？"

刘西凤笑着说："梅雅静答应文道政得第一名，请他去学校对面吃蛋糕！"

黄亚男看了梅雅静一眼："可是他高等数学离第一名差0.1分，没有得第一呀，你可不许笑话文道政。"

梅雅静笑了，说："0.1分，是可以忽略不计的。这个肖老师，怎么会搞出一个0.1分的差距来呢？没关系，全校第二名，可是在水电委培班排第一名呀！"

黄亚男听梅雅静这么一说，也笑了："哈哈哈，对，对，你就应该请客，那我也要跟着沾点光。不过，我真不知道他上哪里去了。"

梅雅静心里一动，便说："我知道了，他可能在另一个地方。"

刘西凤忙问："你知道什么？他会在什么地方？"

黄亚男拽了拽刘西凤，示意她别问了，跟着梅雅静走就知道了。

梅雅静带着刘西凤和黄亚男走到桃子湖，远远就看见文道政正坐在湖边双手撑着头，很痛苦的样子。

文道政感觉到身后有人，扭头一看是梅雅静，赶紧站起身，说："你来了？"

梅雅静笑着朝不远处指了指，说："你看，还有黄亚男、刘西凤，走，我们吃蛋糕去！"

文道政的脸马上不好看了，尴尬地说："我……"

梅雅静不让文道政说完，直接说："没关系，只差0.1分而已。"

黄亚男和刘西凤也走了过来，催着说："走吧，这么高的分，真值得庆贺，我们也跟着你沾光……"

曾晓娅望着湖水想起了上次文道政救梅雅静的事，愣怔了一会，等她再看文道政坐的那块地方，却发现文道政不见了，她赶紧站起来，紧走了几步朝远处看，刚好看到梅雅静等三位女同学陪着文道政走远了。

曾晓娅看见他们的背影，泪水哗地一下就流了下来。

四个人在学校对面新开的蛋糕店里买了蛋糕，边吃边往校园里走。走到校园里，看到橱窗上贴的海报又多了几组，便赶过去看。

刘西凤扒开人群直接挤进去，同时就开始大声叫："快来看，梅雅静，你英语得了全校第一名。"

黄亚男看的是另一张海报，跟着刘西凤后面也叫起来："……政治，第一名文道政，96分……"

刘西凤也不看自己的成绩了，便先恭喜道："文道政，你政治得了全校第一名，哈哈哈，祝贺！"

梅雅静看到文道政政治得了第一名，感觉比自己英语得了第一名更开心，说："文同学，你政治拿了全校第一名，东方不亮，西方亮！"

黄亚男："哈哈哈，看来，雅静请客没错！她果然是先知先觉呀！"

…………

陈威的物理考试题没押准，刘贵北和陈凯的物理没及格，面临着开学得提前到校补考的情形，被张克工好好数落了一回：

"陈威老师喝醉了酒，说话能算数吗？你们还是争取踏踏实实补考吧。"

杜丽娟的心情不错，在总结班会上多加表扬了考得好的文道政："期末考试成绩全部出来了。我们水电委培班总体很不错，文道政获得了政治全校第一名，高等数学全校第二名，总分全班第一名、全校第二名的好成绩，说句实话，全校高一新生水电专业共10个班，文道政能取得这么好的成绩，是许多老师都没有想到的。文道政为我们班增了光，我们全班为他鼓掌祝贺！"

等全班的掌声落下来，杜丽娟才继续说："也有少数几个同学，考试不及格。名字我不念了，你们自己知道。不及格要补考，希望这些同学寒假抓紧时间复习，下学期开学，提前三天来校，集体补考。同学们，寒假来了，明天开始，同学们陆陆续续回家了。我真心希望，在家里过年，也不忘学习，抓紧学习。光阴易逝，时不我待。实现'四个现代化'，需要用我们的双手干出来！在这里，我也提前祝同学们春节快乐！"

同学们也异口同声地说："高老师，春节快乐！"

49

寒假转眼结束了，同学们开始返校。

文道政不需要补考，但他却提前了一周返校。

文道政返校一直到开学的头几天里，同学们都开始觉得他神神秘秘，仿佛有什么事情瞒着大家。

文道政和梅雅静在图书馆碰过两次面了，还把从乡下带来的红薯干、干竹笋和糍粑送了几包给梅雅静。

文道政很不好意思地对梅雅静说："200元钱，一时还不了！"

梅雅静得知，南方山区今年干旱，文道政家里庄稼歉收。

钱肯定是会还的，但具体时间，他又说不上来。梅雅静想想父亲都问了两次，而自己也没钱可以垫上，催文道政也没用，只能心里暗暗着急。

文道政当然不好意思告诉梅雅静，说自己家实在凑不起那200元钱，为了这200元钱，全家过年都没过得好，父母在全村借了，才凑足了几十元钱。

梅雅静笑着说："没关系！"

周六下课，梅雅静和刘西凤来找文道政，梅雅静说：

"文同学，你等等，我问你个事！"

文道政见梅雅静说要问他事，便跑开了。

刘西凤一脸茫然，说："文同学怎么了？见到我们像老鼠见了猫，赶紧跑走了！"

梅雅静赶紧说："这家伙，好像藏了事！……"

刘西凤也说："文同学真是的……怎么跟上个学期完全不一样了？他像个小偷一样，一见到你赶紧跑开了，为什么呀？"

梅雅静失落地说："我也不知道怎么回事！"

"你找他有事吗？"

"也没什么。我们家煤球用完了，让他替我从一楼挑一些上去，唉，他不理我就算了，没关系，我自己挑！"

刘西凤听了直摇头，说："哎，这个文同学，你平时对他那么好，现在想要他做点事，他就跑走，太不像话了……"

星期天一早，文道政就出去了。

刘西凤来男舍115寝室找文道政扑了个空，但她听刘贵北说，文道政有可能是去二码头了，至于去干什么，寝室里没人知道。

二码头是清江河的货运码头，各种劳动力在这儿等着，指望能借着码头的水运卖些力气，多赚几毛钱养家糊口。

文道政年轻力壮，舍得下力气，价格也便宜，因此他转了一圈，就找到一个帮板车夫运送藕煤的活计。

板车夫吃的也是力气饭，不过他有一架胶皮二轮板车，也就算是个车老板了。

如果找人一起装煤球，到了大上坡地方偶尔还能遇到推上坡赚小钱的小孩子，省一点儿力气不说，跑一趟还能速度快许多。

文道政就将打听来的消息进行了归类，最后提前来校，直接就去了二码头碰碰运气，半天下来他就是"熟练工"了，有力气还有文化，那些人到中年的板车夫就愿意让文道政帮自己，退一步说，他们也是被勤劳好学的文道政感动了，希望能力所能及地帮帮他。

一叠煤球五个，两次十个，好码放、好计数。

文道政戴着板车夫借给他的纱手套将煤球码放好，码得层层叠叠，扎实又安全，板车夫告诉文道政，这一趟从二码头出来，横过十字路口就进巷子，要爬几个上坡，而且这个巷子有几家的煤要送，于是文道政非常高兴地跟着板车夫出发了。

做任何事，只要人勤奋，又脑袋灵光、眼疾手快，总是讨人喜欢的。

上坡时，文道政一路费力气推板车，在春寒时候冒出一身热汗。下坡时，文道政和板车夫一起撑着车架，阻止板车超速下滑向前冲，等几板车煤球送到居民区，又从一楼搬到了不同楼层给买主码好了，板车夫才将收到了钱拿出来数了数，将文道政该得的一份给他。

梅雅静听刘西凤回复说文道政可能去了二码头，她一颗心便放不下来了，拉着刘西凤就陪她出了校门。

公交车本来要坐七八站路才到二码头，可这才开了三站路呢，刘西凤马上扯住了梅雅静看马路对面。

马路对面有几架板车正在爬上坡，车主弓着身子，粗绳子两端扣在板车两侧的架子上，中间部分像弦一样绷得紧张，从板车夫的前胸斜挂住，板车夫半脚掌落地，正努力向坡顶上拽板车。

公交车下坡跑得快，梅雅静就那么一侧脸的工夫，就只能看到那架速度走得比较快的板车后面有一个瘦高的青年在帮手推着——身形还真像文道政。

公共汽车在疾驶中疾停，靠近公交站牌了，马路边扬起厚厚的灰尘。

"下车呀，那一定是文同学。"刘西凤不由分说，拽着梅雅静就提前两站下了公交车，然后横过马路朝街对面跑去。

自行车、脚踩三轮车、公交车、小汽车，各种车辆并不多，但在这并不宽的旧街上跑，还是显得比较张扬，扬起的灰尘也呛人得很。梅雅静和刘西凤不得不掏出手绢来捂着鼻子。

陡坡那么长，满满一车煤球，两个人再齐心协力，速度也有限，文道政将额头上的汗顺手擦在衣袖上，手臂部分的衣服已有了盐斑，那是被汗渗透，湿了干，干了湿，反反复复浸染，才会有这种"云雷纹"的汗渍。

梅雅静和刘西凤追上板车，走近了看背影也能确认是文道政了，梅雅静毫不犹豫地紧走了几步，也伸出雪白的双手推起了板车，刘西凤一看，也就站到了文道政的另一边开始帮手推车。

板车夫有点蒙了，这么大的上坡挺过来，越是到坡顶应该是更费力气的时候，他怎么一下子感觉轻松了不少呢，于是扭头朝后瞧了一眼，才惊奇地发现在他的板车后一字排开，站了三个人在推车。

后头还跟着几架板车呢，因为考虑到爬坡，车载得相对也少了一些——还好没装那么满，平时附近有几个小学生学雷锋时常跑来帮忙推上坡，但今天却没有学生们帮手。

两位美女从板车边经过，板车夫看着自己的脚尖在埋头拉车，恍惚里对每一位经过的人都充满了期许，谁帮一下推推车，那就是莫大的功德啊。

梅雅静和刘西凤经过时，板车夫们也是目光呆滞地看着她们经过了，但一抬头，发现两个漂亮的女孩都和那个大学生一起在推第一架板车，瞬间就乏力起来，真想靠边停下休息一阵子。

文道政埋头推车，不掌舵便不用看路，他低着头伸直了手臂推动板车向前，汗水模糊了他的眼睛，实在难受了他才侧过脸朝一边的袖子蹭一蹭，擦去汗水。

可是，他这次擦完汗水之后才发现在自己的脚丫子两边，各出现了一双小巧玲珑的单皮鞋，文道政张大嘴侧过脸来看，居然是刘西凤，文道政大大地吃惊了，触电似的扭头朝另一边看，果然，是梅雅静。

文道政手臂还使劲撑着板车向前，但他热胀的脸现在更红了，被不规则的黑煤灰掩映着，像来自非洲的花斑豹。

梅雅静和刘西凤没有说话，虽然才推了十几米距离，她们的脸上也都开始有了细密的汗珠。

刘西凤经常是以梅雅静的准则为准则，梅雅静呢，她现在各种感觉交织，复杂得让她不能形容，梅雅静心想，还有几米就推上坡顶了，下坡路文道政应该轻松些。没想到板车到了坡顶却停下在原地休息，梅雅静朝下坡瞧了一眼，又看看满满的煤车，突然明白了为什么要休息。

文道政本来只用袖子擦汗的，脸上多少还有些原色，现在看见梅雅静来了，心里拎不清状况，所以顺手就抹了一把汗，把张脸抹得像华南虎似的一条条黑线了，他才回过头冲梅雅静和刘西凤说："谢谢！"

梅雅静被文道政一爪子就挠出个新脸谱的样子吓了一跳，想笑，忍不住了，只管绷着脸叫刘西凤："西凤，你快过来。"

刘西凤还没看文道政的脸，便瞪着眼问梅雅静："怎么了？"

梅雅静拿手朝文道政的方向点了点，问："你看，那位板车叔像不像文同学？"

刘西凤明白过来了，便故意说："是有点像！可他又没有文同学帅！"

梅雅静叹息着说："是啊，真是太像了！"

文道政被这两位女生堵得都不知道要说什么好了，便问在一边喘着大气看热闹的板车叔："就放下坡吗？"

"哎，放。"板车夫已人到中年，瞧着几人的脸色大约也明白了什么缘故，便继续说，"两位女同学就不要搭手了啊，看看手都弄脏了。"

文道政早瞧见了梅雅静那雪白的双手，现在全是黑漆漆的，心想梅雅静什么时候干过这种活啊，想着心里又内疚起来。

下坡车速快，文道政助力阻着车不往坡下乱冲，倒是梅雅静和刘西凤在车后疾步跟着，还跟不上。后面的几架板车一起走着，到了坡顶开始，就分道扬镳送货去别的雇主家了，下完坡之后就只剩下文道政推的这一架板车。距离实在是远，难怪板车夫让文道政一起。

路开始比较平坦，再走一站就到水电学院，路上开始有了三三两两的大学生，文道政把头埋得低低的，还是有些不愿意碰见熟人。

张伟和刘闯出去闲逛回来，刚从4路公共汽车上下来，向学校门口走去，刘西凤远远就看见了，便赶紧告诉梅雅静，说："你看，张伟和刘闯正朝校门口走呢。"

梅雅静会意，便说要先回家去。

刘西凤跟着梅雅静走，还不忘小声嘱咐文道政："你晚一点就去梅雅静家，他们家有力气活等你帮手干呢。"

文道政看了看刘西凤，不像是开玩笑，便高兴地答应了。

梅雅静带着刘西凤回到家，洗了手上的煤灰，看看时间还早，便打开了电视机让刘西凤看。

刘西凤问梅雅静："文同学悄悄去搞勤工俭学，是不是要自己赚钱吃饭啊？"

梅雅静口里说着"是吧"，心里一惊，想着文道政这是不是在赚钱还债呢？这么想着，嘴上却言不由衷地冲刘西凤说："推板车是力气活，文道政也挺不容易的。"

刘西凤这回脑瓜子转得飞快，马上接过口说："力气活，本来就是男人干的啊，你看男生的'男'字，就是在田里卖力气；而'女'字，不是跷着二郎腿在家休息吗？"

梅雅静听了忍不住笑道："在家休息，你倒是想得美，等你嫁了人，就会知道，女人几时才有得休息……"

刘西凤听了，想想也是，俩人便笑成了一团。

板车推到教工宿舍楼前，文道政这才敢稍微抬起头来看看周边什么情况，当他看到板车停在梅雅静家楼下，当真是有些诧异。

板车夫这才告诉文道政煤球要挑到几楼，码放在什么位置。说着，板车夫从车架，解下四只套在一起的簸箕和两根简陋的竹扁担，自己带头装满了煤球，颤巍巍地挑着往楼道里走。

文道政也轻车熟路地装满了煤球，轻轻地挑上了肩，两手各拽住扁担上的麻绳，稳稳地向楼梯走去。

…………

楼梯间有喘息声，有脚步声，反反复复。

梅雅静听了一阵，有些疑惑了，扯了扯正看电视的刘西凤问："你说，那一车煤球，经过水电学院，难道是送……"刘西凤呆呆地说出面几个字："送你家来的？"

"那你去楼道瞅一眼看看？"

"好……雅静，是真的欸……文同学将煤球挑上来了。"

"哦，我爸说我家傍晚会送煤球来，我就说我会搬上楼呢，看来我爸不信我会自己搬！"

"呵，大小姐，结果你也没打算自己搬啊！"刘西凤嘻嘻地笑。

一车煤球终于搬得差不多了，文道政累得几乎筋疲力尽，便也不想讲客气多跑路了，直接敲响梅校长的家门，等梅雅静开了门，直接问："刘西凤让我晚点过来，也是搬煤球吧，这些都搬上楼了，最后还有一百多个，就码到灶台下面好了，省得等下还搬一趟。等灶台下的用完了，我再来给你挪进去一些。"

梅雅静听了就笑，她先不好意思说，现在见文道政主动提出来，赶紧就敞开了门，说："行，这些都挑到厨房去吧。"

文道政在厨房码煤球，板车夫也挑了一担上来了，文道政接进去自己码，板车夫"懂味"，就说你码得好些就你码吧，最后一担还是我去挑上来就好了。

梅雅静拿出两个玻璃杯，倒了两杯开水又各加了勺糖进去调均匀，递一杯给文道政，留了一杯给板车夫。

文道政一口气喝完水，不由自主地说，"你们家水怎么这么甜？"

梅雅静便笑，说："那是你太渴了吧。"

刘西凤也笑："糖水呢，我都没得喝哦。"

这一说，梅雅静想起没给刘西凤冲一杯，马上就不好意思了，伸出手去打刘西凤。刘西凤赶紧躲进梅雅静的闺房去了。

夜幕降临，梅雅静让文道政送板车夫下楼后，便让文道政到她家来洗个澡，再吃个饭。学校食堂已经下班了。

文道政当然不肯，一是他早晨就交代了刘贵北帮他打晚餐，二是他一身脏得像个煤球，得赶紧洗澡换件干净衣服。

刘西凤推了推梅雅静，梅雅静会过意来，便不再挽留文道政了。

下到一楼，板车夫借着楼道橘色的灯光将力气费付给文道政，文道政也热情地送板车夫走到了离校门十余米的树下，才回寝室去洗漱、吃饭。

早餐两个馒头，中餐两个馒头，文道政早已经饿得饥肠辘辘了。

50

开学半个月了。

文道政一有时间，就到二码头干活。

春天的雨，像风吹着天上的云，说来就来。

文道政就在二码头干活时，淋了一场春雨，没及时换衣服，回来就病倒了，在校医务室治了几天，总算把高烧退了。

刚好一点，文道政又开始往二码头跑。

梅雅静悄悄劝他爱惜身体，以学业为重，但文道政的学业并没有退步。

文道政也就不以为意，只是因为活多路远，有几次的晚自习都没按时间赶到教室。

杜老师听到了些闲言碎语，大抵是说文道政每天很晚才回寝室睡觉，而且都是回寝室了，才吃刘贵北帮他打的晚饭。

自从梅雅静和刘西凤去二码头找过文道政一回，文道政回来就提醒了刘贵北，因此除了打晚饭，他也不再向别人透露文道政的行踪，避免被学校发现又生麻烦事。

文道政照旧在正课以后和周末时间，跑去二码头帮手推板车，板车运什么他就扛什么，从来不吝啬力气，晚上回宿舍他还得复习功课，一早起床背单词，因此体能超支太多，难免有上课打瞌睡的现象。

接下来的这个周末，文道政比较熟识的那个板车夫一早就在二码头等他了，看见文道政一出现，他便拉着空板车迎了上来，板车夫跟文道政说，今天他家里有急事，不能去送货了，但他预约了两个需要在周末送货的客户，所以求文道政代他去送。

文道政不认识客户，板车夫把详细地址抄给文道政，文道政看了看，距离虽然比较远，但路不算难走，重要的是每一车的货都并不很多，便答应了下来。

板车夫也说得明白："小兄弟，你今天肯单独送货，都算是帮了我极大的忙，今天送货的钱就全归你了，你只要把板车送回来就行。"

文道政一听，就更高兴了。

上午送了两趟近的，中午在半路上被人叫住，又拖了一车家具帮人送到搬家的地点，下午还有一趟远货要送，文道政有些着急了，赶紧去二码头装好了货给客户送去，一路走一段休息一段，去程就用了将近三小时，回程是空板车走得当然快，文道政拖着板车一路小跑。

天开始擦黑了。

文道政得将板车送到住在二码头附近的板车夫家，因此走得比较急。

这时，文道政听到身后一串急切的车铃声，文道政回头一看，却是一辆自行车正飞速地冲下坡，自行车靠近行车道那边，一台大货车正疾速行驶。

"让让，没刹车，让……"骑车人慌张地大叫。

文道政也来不及回头看其他情况了，拖着板车就往右靠，给自行车腾出顺着坡冲下去的道儿。

自行车瞬间就从文道政的左侧冲了过去，但同时，文道政就听到了自己的右侧一声尖叫："啊——"

一个裹着长棉袄的女生被突然挤过去的板车一挤，便往右一歪，摔了下去。

文道政的心一下子悬到了嗓子眼，赶紧停下板车，跑回来看摔倒的女生怎么样了，等文道政伸手去扶倒在地上的女生，女生把肩一缩不给他扶，但女生抬头一看，却认出是文道政，气得脸都红了："文同学，你，你……"

文道政也很尴尬，没想到这跌倒的女生，竟然是刘西凤呢。

刘西凤身穿着舞蹈服，外面裹着一件长棉衣，正训练完舞蹈要走回学校去，不想这么就被文道政撞上了，现在骨头一定摔断了，刘西凤疼痛得什么似的，又急又气，哗的一声就哭起来。

早一向听说，刘西凤代表水电学院参加全省高校学生舞蹈比赛，原来，她一直在悄悄地训练呢。

路边开着一家南食店，店里的工作人员见路上撞了人，就跑出来看，一见文道政长得斯斯文文的，一副不知所措的窘样，心便软了，好好地跟刘西凤说：

"你看人家小伙子也不是故意的，你也别哭了，看哪里摔着了，赶紧送医院去检查。"

刘西凤还是哭，文道政只好求她，劝了一阵子，文道政想起问准备回店去的那中年女人："同志，请问附近哪里有医院啊？"

中年女人站住了，扭头朝前一指，说："附近没有医院，但前面二三百米有一家工厂叫跃进机械厂，他们有单位医务室，医生护士都有，一般的病都能治，要不你去那里看看吧，他们三班倒，还有职工需要住院的也在那儿，所以一直有人。我们平时看病也都是上那儿。"说着，中年女人就进南食店去了。

文道政把板车拖到刘西凤身边，扶刘西凤上车，说："刘西凤，真对不起，我现在送你去医院！"

…………

跃进机械厂单位很大，因为职工多，工伤多，所以医务室也相当正规，平时家属看病都上这，就是附近的居民有些小毛病也会上这儿，因此医生并不见外。

文道政见刘西凤的腿受伤了，走路痛，便把刘西凤背了起来。

刘西凤开始不肯，后来没有办法，就让文道政背着。

刘西凤躺在床上，医生便马上给刘西凤诊断。

医生问了问情况，文道政如实说了，医生便问刘西凤有什么感觉，哪里跌伤了，身上有没有哪里发麻或者很痛。

刘西凤这时差不多也泪干了，认真感觉了一下身上各处，觉得只有腿骨疼痛，简直不能碰。

　　医生听完，就帮刘西凤转了转胳膊，检查了头、颈、背部，还轻轻地按压了肋骨区域，果然没什么事，腿的确不能碰。医生便让文道政背着刘西凤，去走廊东头的房间照片子。

　　文道政背着刘西凤过去，尽头的房间门还挂着锁。

　　文道政便回头看诊疗室的方向，发现医生拿了一串钥匙走过来，笑了笑，说："照片子也是我！"

　　……一切收拾停当，医生告诉文道政，刘西凤必须留观。然后通知护士，用轮椅推刘西凤去病室吊药水。

　　文道政跟着刘西凤一起到病室，看到走廊另一头是病房，总共只有四间，但只有两间门对面的病房住了人，刘西凤这间里面有三个床位，已有一个女人躺在病床上吊药水了；对面的病房里也是三张病床，有两个男人在住院，一个胳膊吊在脖子上，拿一只手在翻书看；另一个病人是侧身子卧着，看不出是什么问题。

　　文道政等护士给刘西凤把药水吊上了，这才跟刘西凤说，自己必须去把板车还给人家，这儿离二码头也不远了，他很快就返回来。

　　刘西凤听了，也没办法，便点了点头说："你快回来。"

　　文道政心里懊悔撞伤了人，但还板车时还是没有把撞伤了人的事告诉板车夫，从二码头回医务室的路上，文道政找到家比较大的南食店想给刘西凤买点吃的，但物资匮乏，商店里本就没什么水果好买，文道政想了想就买了一包雪枣，一包绿豆糕，又买了两个苹果，这才赶紧回去照顾刘西凤。

　　文道政回来时，病室里的病人全都走了，只有刘西凤一个人在。

　　文道政回来了，刘西凤睁着一双可怜求助的眼睛。

　　虽然刘西凤的腿并没有摔断，只是软组织挫伤，但医生提议至少要留观24小时，同时交代，就算24小时后出了院，那也不能剧烈运动，要好好休息两周时间。

文道政犯了错，心里特别难过。他替刘西凤削苹果，递给她，但刘西凤还在生气，不肯接苹果，文道政继续低声下气讲好话：

"对不起！都是我的错！我会负责！"

刘西凤地说："负责？你负什么责？你将我撞伤了，我站不起，走不了，也跳不了舞！"

"医生刚才说了，留观24小时就可以出院！"

"我参加全省舞蹈比赛，明天初选，我现在怎么去比？"刘西凤说着哭起来。

两瓶药水输完，刘西凤被护士扶着去上了厕所回来，三位医生就到了，这是护士去家属住宅区，请了两位医生过来专为刘西凤做治疗的。刚在办公室，接诊医生已经把刘西凤的情况说了，三位医生研究了照的片子，决定马上为刘西凤做正骨，将脱臼之处复位。

文道政和护士扶着刘西凤在病床上躺平了，老医生嘱咐说：

"别紧张，复位是小事，没关系的。"

但刘西凤还是紧张，文道政就握住了刘西凤一只手，刘西凤想甩开，但被文道政握紧的时候，还不由自主地握紧了文道政的手。

医务室虽然不大，但医生却非常好，不过是一按、一掰、一推，只听到骨头"咯"的一声，刘西凤便觉得腿上有一种筋脉通透了似的，不痛了。

两位老医生们嘱咐了刘西凤和文道政几句，便在文道政的千恩万谢中回家休息去了。值班的接诊医生交代护士有事就叫她，便回治疗室去，关上内室小间的门准备小睡一会儿。

护士走进来，见文道政让刘西凤吃点绿豆糕，刘西凤不肯吃，便说："不吃东西可不行，要不你去食堂给姑娘端碗米粉过来吧。"

"这时候了哪里有米粉？"文道政奇怪地问。

"我们是三班倒单位，食堂一天是准备四餐，晚上有一餐给夜班工人吃的，你去买一份没关系。"护士说完，又指着窗外的路告诉文道政怎么走才能找到食堂。

文道政顺着厂区内的水泥路走了几个拐弯，看到有穿着蓝色工装的职工端着饭盆朝前走，也就悄悄跟着，很顺利就找到了食堂。

文道政自己洗干净手和脸，才走到食堂去打饭。他打了馒头，自己饿了，三两口吃了个馒头，又给刘西凤端回来一端肉丝米粉。

刘西凤也的确饿了，偃了一阵也累了，等文道政端了米粉回来，闻着那香味，便擦掉眼泪，喝了一口汤，拿着筷子开始吃起来……

这天的晚自习课，文道政依旧没法上，同时刘西凤也没赶回学校，两间教室里，不少人都忧心忡忡，不知道文道政和刘西凤出了什么问题。

文道政当然也不知道，这夜，杜老师去查了寝室，的确没有看见文道政回寝室睡觉。

周一，同学们进教室上课，大家不由自主回过头看看文道政的座位，座位还是空着，杜丽娟也赶过来了，从门缝朝里瞧，文道政的座位空着。

在机械厂医院，文道政从食堂里打来一大碗饺子，让刘西凤吃，刘西凤吃不了那么多，文道政就把剩下的吃完了。

刘西凤这才想到文道政自己没有吃早餐，心里的怨气又消了一点点。

刘西凤吃完早餐休息了一下，护士进来要给她继续吊药水了，刘西凤一看到那两大瓶药水，又害怕起来，文道政只有走过去陪着。

等护士打完针出病房了，两人才开始为逃课的事担心起来。刘西凤忍不住抱怨起来："文同学，你怎么还拉板车拖煤？"

文道政低下头看着两只手，小声说；"勤工俭学！"

刘西凤听他这样说，心里就恨不起来，无奈地说："你知道吗？多危险，我被撞的时候，以为自己活不成了！"

"幸好不是太严重，可是你不能参加全省舞蹈比赛了，怎么办？"

刘西凤想了想，实在参加不成，也不能怎么办，便冲文道政说："那你必须补偿我！"

文道政没想到刘西凤会这么说，便问："怎么补偿你？"

刘西凤看到文道政那个害怕的样子，心里确实好笑，就歪着头，想了想，文道政没法补偿她什么，只好说："我没想出来！"

文道政见刘西凤心情好了，才高兴起来，说："那好，你想起来，告诉我吧！"

刘西凤想到梅雅静叫文道政干什么，文道政总是无条件做，便突然故意说："那好，你要听我的话，我让你干什么，你就得干什么。否则，我对你不客气。"

文道政只要刘西凤不找他的麻烦，便心安理得了。不管刘西凤说什么，文道政都会答应。文道政一听没有其他要求，赶紧说："好的好的，我听你的。"

刘西凤听文道政这么说，才放过他。

上班时间了，收费室有人上班，护士过来通知文道政去交费，文道政有些为难。文道政没在城里住过医院，他估计价格一定很贵，可他口袋里只有昨天拖了四趟板车赚的钱，恐怕远远不够。

刘西凤看了看文道政的表情，从衣服里掏出钱包交给文道政，说："文同学，这次发生的事不准跟任何人说，特别不要跟梅雅静说，否则，我对你不客气！"

文道政感激不尽，哪里还想得起问为什么，就说："好好好，这算我借你的钱，有钱就还给我！"

到了交费处，文道政心里特别紧张，但他没想到这是工厂内部的医疗室，是非营利的内部医院，所以诊疗费都不贵，特别是留观费很便宜，晚上过来正骨的两位医生也是住在宿舍区的本单位医生，就要算加班，也是单位补贴。

文道政身上的钱交费还差一点零头，他赶紧掏出刘西凤给的钱包，拿了钱出来补交上。

交完费回来，文道政问护士，刘西凤什么时候可以出院。护士告诉他，留观24小时，那得到明天。文道政当然不愿意，想早些回学校去，但昨天晚班的医生要下午六点才来上班，必须她检查过后才能确定是否可以出院。

文道政只好又去食堂给刘西凤打了晚餐，吃完饭等接诊医生到了，赶紧去询问是否可以出院。医生说还要照个片子。

"我都交过费了，再照片子我都没钱了。"文道政老实地说。

医生笑了笑，从墙面的钉子上取下钥匙，朝走廊那边的房间走去：

"你去扶女朋友过来吧，这次照片子算我请客，不收钱。到底还是照一下片子才能放心。"医生说着，就撇下文道政去开门了。

文道政心里一阵激动，想不到机械厂的医生对病人这么负责，这么好心，真是太感动了。

文道政想着，几步跑回病房去，跟刘西凤说了，又把她扶了出来去照片子……

51

刘西凤的脚被医生包了个绑带，减少脚踝受力，这样就勉强可以独立行走了。

文道政把刘西凤扶到校门外，刘西凤就坚持要自己走回寝室，文道政也不敢在校园内扶着刘西凤走。看到刘西凤歪歪扭扭地走着，便远远地跟着，还是担心刘西凤跌倒。等刘西凤进了女生宿舍，文道政这才赶紧跑步回到晚自习的教室。

杜丽娟老师不在，同学们见到文道政少不得又是一顿询问，都被文道政支支吾吾搪塞过去，只说自己想家，跑回去了。

文道政问白天课都讲了什么，让张克工借笔记给他抄一下，他要自己学习。张克工把几门功课的笔记都递给文道政，想不到这时候杜丽娟老师和陈凯走进了教室。

同学们见杜老师和陈凯一同进来，都望着陈凯。

张克工就笑着问："陈少爷，你是不是又干坏事了？"

陈凯假装冤枉地叫道："高老师可以做证，我今天干了一件好事！"

"陈少爷能干什么好事呀！"

"我在马路边捡到一分钱，将它交给警察叔叔手里面……我在校园捡到一个钱包，交给高老师了！"

杜丽娟哼了一声，陈凯听到，赶紧改口："错了错了，是杜老师，对不起啊，杜老师，我叫错了。"陈凯嬉皮笑脸地补充说明。

"陈凯刚在校园林荫道上捡到了这个钱包。"杜丽娟将钱包举在手上给大家看看。

文道政一看，心里就紧张了，那钱包太熟悉了，不就是刘西凤的吗。

…………

说着呢，杜丽娟拿眼睛一扫教室，视线就落在了文道政身上。

杜老师走到文道政身边，说："文道政，你从哪里冒出来的？"

"我回家了一趟。"

"回家？怎么不跟我请假？"

"对不起，我错了！忘了跟您请假。"

杜丽娟听文道政用了个"您"字，心情又好了一点，继续批评文道政说："别以为你是'三好学生'，我不敢批评你！你是'三好学生'，更应该做出榜样！"

文道政赶紧说："好，好，以后不敢了！"

杜丽娟抬高了声音问："还有以后？你赶紧补写一份请假条，将你回家的原因说清楚。'情报处长'查课堂纪律，发现你没来上课，要处分你！"

陈凯听文道政对杜老师用尊称，好像在故意气自己，心里就不舒服了，这时候赶紧补一刀，追问："他请了假，就可以不处分了吗？"

杜丽娟没听出陈凯的意图，只是淡淡地说："家里有特殊快情况，学校是允许请假的。"

文道政这时候心里觉得杜老师真是亲啊，马上就掏出纸笔来，并说："那好，我马上写！"

第二天，文道政等在教学楼门口，见刘西凤半跛着一只脚来上课，悄悄告诉她说钱包的事，刘西凤才知道自己不翼而飞的钱包在杜老师那里，心里松了一口气。等到放学，她又去找杜老师，因为脚还不敢受力，只好一跛一跛慢慢走。

"杜老师，我是刘西凤，听说，我的钱包被交到了您这里！"

杜丽娟见是刘西凤，就说："刘西凤？我正要找你！"

刘西凤勉强地笑了笑，感觉杜丽娟这话里有话，她就不敢乱答话。

杜丽娟仔细打量着刘西凤问："伤好了吗？"

刘西凤心知杜老师肯定翻看了钱包，受伤的事是瞒不住了，可她还是不知道该怎么说，就迟疑着："这……"

杜丽娟收起了脸上那一丝假笑，干脆直奔主题："老实告诉我，这些天，你跟文道政干什么去了？"

刘西凤心里一阵紧张，她还是镇定地回答："文道政？我不认识！"

杜丽娟心里冷笑着，觉得这回一定有"惊天大案"被她侦察到了，说："文道政，你不认识？你骗谁呀？你们两个干了什么事，你不清楚？"

刘西凤对水电委培班的班主任杜丽娟并不买账，毕竟不是水电一班的班主任，再说她和文道政又没谈恋爱，她心里也坦然，平静地说：

"杜老师，我只想拿回我的钱包！"

杜丽娟恼了火，恶声说："你不要以为我不知道。你住院，文道政在交费亲人一栏中签了名！真是天不知，地知；你不知，我知。纸包不住火，迟早露马脚！"

刘西凤不想跟杜老师解释，也不喜欢多说什么，仍旧说："杜老师，请您将我的钱包给我！"

杜丽娟拍着桌子站了起身，大声道："文道政他就是个大骗子！陪着一个女生去住院做手术，还骗大家说是回家去了，还补写了请假条！这才多久，你什么时候勾引上我们班文道政的？"

刘西凤听杜丽娟这么说，心里也生气了，还是不想理她，心想钱包是自己的，怎么说杜老师都不能扣了她的，于是转身准备走，甩下一句话：

"我听不懂您说什么，我走了！"

杜丽娟见刘西凤不回答，也不好批评，毕竟刘西凤不是她班上的学生，这才说出钱包的去向：

"钱包吗，到'情报处长'那里去拿，但你得将事情交代清楚再拿。难怪文道政这个学期神出鬼没起来了，这还了得！你们目无学校纪律，是要被开除的！"

刘西凤头也不回地朝门走去，故作轻松地说了一声：

"杜老师，再见！"

刘西凤算是完整地履行了场面上的礼貌，便抛下一脑门子怒气的杜丽娟扬长而去。

…………

杜老师斩钉截铁地认为，文道政和刘西凤有不可告人的秘密。

刘西凤不但不求她，不眼泪汪汪地给她讲好话求隐瞒，居然甩门走了，杜老师端着的那碗饭都咽不下去了，她气鼓鼓地坐了半天，决定拿文道政开刀。于是直奔教室，走到文道政身边，用手敲敲文道政的课桌，严肃地说：

“你跟我出来！”

杜丽娟走得快，文道政心里十五只吊桶打水——七上八下，就远远地跟着杜丽娟走进了办公室。这时候别的老师都不在，杜丽娟一见文道政走进来，立即破口大骂道：

“你看看你写的请假条……你还看，你看什么看！大骗子！”

这暴风骤雨来得猛烈，文道政就奇怪了，不知道这是什么风，能东南西北没个预告，自己就被骂上了。

文道政耐着性子想问明白：“‘高老师’，我……”

“不要叫我老师，你几时把我当过老师？”

这罪加一等，文道政真是觉得莫须有啊：“‘高老师’，我……”

“你什么你？你陪着女生去医院做手术，还骗大家说你回家一趟！我们班怎么会有你这种学生？”

文道政这下心里略有些明白了，心想是刘西凤那儿走漏了风声：“啊，那不是，不是的！”文道政连忙解释。

“你还想抵赖，缴费单上是你的签名！你说说，人家是不是被你给糟蹋了！”

杜丽娟最后这个词，就像一条闷棍子横扫过来。

文道政本来还觉得委屈，现在突然感觉到自己的脑门子轰然一响，心想：“天啊，这是哪跟哪？”

杜丽娟看文道政脸色突然苍白，感觉被自己一语中的，心中得意却又生气，略还有些惋惜，于是她说：

“你等着，钱包已经交给‘情报处长’了，你干的好事，等着挨处分吧！”

文道政想，他得赶紧解释啊，于是马上说：“高老师，我没……”

“没想到是吧，现在神仙也搭救不了你。我不想听你说什么了，跟我说也没用了，你走吧。”

杜丽娟不耐烦地朝文道政扬了扬手，示意文道政赶紧"滚蛋"，文道政瞧瞧杜丽娟气愤的脸，悲伤地走出了办公室。

文道政有说不出的委屈，在操坪上顺着跑道走着，他想厘清思路，看这件事到底要怎么办。

文道政低着头漫步走着，突然看到前方的跑道边有个人影坐着，他愣了一下，仿佛自己的心事被人家偷窥到，于是经过那身影时便不看那个方向。

"文同学……"有人在叫，声音熟悉，仔细一听，是刘西凤。

文道政赶紧扭头去看。

刘西凤这时候已经站起身子了。

文道政赶紧走过去问："你怎么在这里？到处跑，难道腿不痛了？"

刘西凤这才郁闷地说："你们班主任老师不肯还给我钱包，要我老实交代这两天和你干什么去了，还说钱包交给'情报处长'了，现在事情闹大了。"

文道政这才明白事情的原委，叹了口气说："哦，难怪。刚才'高老师'将我叫到她办公室询问和你干了些什么，我现在也是百口莫辩。"

刘西凤心里更担心的是另一件事："那我们怎么说呢？梅雅静说过不要告诉别人说你在拖煤球。所以我也不想告诉他们实情。而且，我还怕梅雅静知道了我们的事会生气。"

"梅雅静生气？生气我拖煤球吗？"文道政又蒙了。

"梅雅静，她很在乎你……"刘西凤觉得这话说给文道政，不算出卖梅雅静。

文道政心里有块石头一下子压了上去，三分喜悦，七分忧愁，但他不想就这事和刘西凤讨论，也没有什么可以讨论的，便觉得自己是一个男子汉，敢作敢当，又不偷不抢，他有什么必要躲着呢。

"那就将真相告诉学校，我才不怕呢！你腿还痛吗？"

"我，啊——呀——"刘西凤轻叫了一声，刚才突然撒腿就跑，都忘了自己腿还受着伤，结果迈出大步一受力，腿马上就痛起来，几乎跌到地上，得亏是文道政手快，一把握住了她的手。

刘西凤赶紧要把自己的手抽出来，但文道政看她还没站稳当，就没松手。

这时，一道雪白的电筒光突然射过来，就照在文道政和刘西凤的脸上，两只牵在一起的手，当然也一览无余。

"你们跑到这里干什么？""情报处长"大声说道。

"我……我们……"

文道政和刘西凤都还呆怔着。

"手还牵着手呀？舍不得放开？好，我正好要找你们，跟我上学生处！"

"肖处长，我们没牵手……"

"真的没牵，我们什么也没干！"

文道政和刘西凤这时理不直气不壮了，手赶紧松开了，但看刘西凤一迈步子就站不稳的样子，文道政又觉得自己有责任扶她一把。

"情报处长"拿手电筒在文道政和刘西凤的脸上再扫了一遍，严厉地说："胆子挺大啊，手还牵着不放，还不快走？"

文道政心想你都看到牵手了，我扶她也不过是罪加一等，回头再解释吧，于是用手挽住刘西凤的胳膊，扶着她跟随着"情报处长"往教师楼走。

肖处长嫌弃他们走得太慢，再回头准备训斥，这才看到刘西凤在文道政的挽扶下正踮着一只脚，慢慢地走着。于是，肖处长不吭声了，三人慢慢走进学生处。

肖处长往椅子上一坐，望着刘西凤踮着一只脚站着，指指旁边的凳子对刘西凤说："你可以坐着，文道政你得站着。"

刘西凤望了一眼"情报处长"，又望了一眼文道政，不敢坐。

文道政就把刘西凤直接扶到凳子边上让她坐下，自己才走到另一边站着。文道政显出一种态度，说明他除了在帮助、在挽扶刘西凤以外，他们并不熟，没有发生什么其他故事。

肖处长没那么想，他只觉得文道政是做假象来欺瞒自己，于是用窥破一切伎俩的眼光看着文道政和刘西凤，说："你们自己说说吧，什么时候开始的？"

文道政和刘西凤互相望了一眼，文道政觉得还是自己说比较合适，便说道："我们上高等数学的大课认识的，普通同学关系。"

肖处长听文道政一说，心里冷笑一声，这是什么回答？在我"情报处长"面前，你们还想隐瞒？哼哼。

肖处长一声笑，说："就普通同学这么简单呀！那你们大半夜的在操场手拉手说知心话，也很普通？"

好一轮漫长的解释，几句话能说得清的，但由于肖处长有了先入为主的"恋爱观"，只管百般询问试探，希望找到突破口。

假话说着说着就会有漏洞被捉到，但真话怎么说都是真话，不需要动脑筋，便能讲得天衣无缝。

肖处长觉得自己需要换一个突破口了，这两人是不见棺材不落泪嘛，那就让他俩见见真章。肖处长深吸了一口烟，边说话烟雾就边泄漏出来，让人觉得他是在说个屁。

文道政和刘西凤对视了一眼，发现二人的眼里都藏着笑意，便摇了摇头忍住了。刘西凤低下头，眼睛盯着自己互相扭绞的手，避免被肖处长看到她想笑。

肖处长见他们不回答，边说着话，就从抽屉里拿出刘西凤的钱包往桌上一放："你们认识这个钱包吗？"

刘西凤赶紧站起身，准备走向前去拿，并说："这是我的钱包。"

"哈，这下得承认了吧！你不承认不行，里面有你刘西凤的学生证，还有你文道政在跃进机械厂医务室的缴费单上的签名！你们做什么手术了需要留观？文道政不是都跟班主任请假，说自己有急事回家去了吗？"

肖处长拿着烟的右手稍微弓起来一点，用指节骨敲着桌面来强调他掌握的证据是不容置疑的。一节烟灰就被震落在了桌面上，被随即而来的几下敲击碾成粉面，沾得指节骨都灰扑扑的。

"这……我们没有。"文道政说。

"文道政，你是在犯罪你知道吗？"肖处长突然加强了语气。

"肖处长，你可得调查清楚，我们又不是你说的那样！"

"我这就是在调查！你们老实交代，避免更严重的后果。"

"我们真没干什么！请相信我们！"

"哼哼，你们那点事别想隐瞒下去，我在部队经历过多少风风雨雨，经历过多少大大小小的事情，到最后，不都一清二楚，昭然若揭吗？这样吧，你们不好说，来，给你们纸和笔，写下来！"

肖处长撕了两页信笺，丢了一支笔在书桌上。

"男女关系"可是大事，杜老师还是想调查得更清楚些，于是找了几位同学私下了解，得到的答案却都是否定的。文道政是个可靠的"三好学生"，和刘西凤没有"其他关系"，杜老师对这个结论又喜又忧。

文道政和刘西凤在操坪已经简单地达成了共识，实在避不过，就坦白从宽，毕竟学生出去拖煤球赚生活费，也算不上"资产阶级尾巴"那样的罪名吧。

"你们快说呀，我的忍耐是有限度的。"肖处长说，"文道政，你是个男人，你先来说。"

文道政见肖处长误会太深，只好说出实情。

"事情是这样的……"文道政就将事情的前因后果给肖处长交代一遍。

肖处长开始还认为文道政在编故事，心里面顺着文道政说的情节推断，认为故事会在什么地方出现前后矛盾，没有办法再往下编，这时，肖处长会查出结果。

肖处长不以为然地听着，可是，随着文道政进一步说下去，肖处长听得一愣一愣的，睁着眼睛望着他们。

肖处长不小心，把残余的烟扔在水泥地面上，他没有心思弯下腰去捡起来，伸过一只脚去踩灭了星火，鞋子一移动，就把白色的烟屁股踩成了个黑灰色碎末。肖处长做了一个这么大的动作，但他的思想并没有转过弯来，只是继续追问："呵，就这么简单？"

文道政赶紧点点头。

刘西凤也着急地回答："是呀！"

肖处长还是不相信，又从口袋里掏出一个扁扁的烟盒，从里面拽出一支卷烟点燃。

"这样吧，我问几个关键问题，你们如实回答……你们住院前有过身体接触吗？住院时，是你一个人陪她住在病房？"肖处长直白开问。

刘西凤的脸腾地就红了，低下头。

文道政愣了一下，才回答："这……病房里住着其他病人呢，还有护士算不算？"

…………

肖处长审了又审，完全没有任何恋爱的破绽给他瞧出来，只好挥手让文道政和刘西凤先回宿舍去。他决定，要亲自去跃进机械厂医务室调查一下是什么情况。

文道政迟疑地看着刘西凤，不知道是自己独自离开，还是要去扶刘西凤一把，他望了望刘西凤，又看看肖处长。

肖处长见文道政这样，才想起来刘西凤可能独自走不了那么远，便站起来去隔壁办公室叫来了一位女工作人员，让她把刘西凤送回寝室。

这次文道政就不等肖处长交代，撇下刘西凤独自离开了办公室。文道政走路快，刚回到宿舍楼，还在楼梯上就看到了一楼有人吵架。

文道政走完楼梯到走廊里一看，好几个人正在一间寝室门外伸长脖子朝里看，文道政走过去就看到陈凯正与刘闯打起来了。

"一把吉他有什么了不起！"

"你弄坏了我的吉他，赔我一把新吉他！"陈凯气急败坏地吼。

张克工和刘贵北已经在劝架了，然而并没什么效果，看到张克工他们在，文道政也就停了下来看着。

"赔新吉他，我呸！"刘闯伸出手指点了点，大声说，"只断了一条钢丝条，我赔你一条？"

陈凯才不管刘闯那么多，讥笑他说：

"你赔得起吗？你以为这是红棉吉他啊？我的吉他弦你买得到吗？你赔一条普通吉他弦能用吗？"陈凯的吉他是他堂姐从国外带回来送给他的，他心肝宝贝似的，谁知道今天刘闯会手爪子痒去动他的东西，这会儿气得都糊涂了，吵着，两人又要动起手来。

这会儿，肖处长正到宿舍楼里来找人调查文道政的问题呢，马上就撞到一桩吵架，他格外恼火地闻声而来，一见门外的文道政，门内的张克工等人，马上吼起来：

"又是水电委培班的学生，你们怎么这么能生事？"

"我们生了什么事？是水电一班的弄坏了陈凯的吉他。"张克工见说水电委培班，赶紧解释是水电一班生的事。

肖处长走过去，大声说："就是为了这鸡毛蒜皮的事吵，你们还是大学生吗？"

陈凯气得要死，但见肖处长这么一说，就先不吭声了。

肖处长望着刘闯也气不打一处来，恨声说：

"又是你，刘闯！你姑妈怎么对你说的，要你别跟同学争吵打架，怎么又是你！"

刘闯一听这要连累姑妈受气，他就慌了，马上讨饶道："肖外长，是我不对。我赔，我全赔，别告诉我姑妈！"

肖处长缓了口气劝道："同学之间要互相帮助，互相尊重，不要为一点小事争争吵吵。八十年代的大学生就应该要有八十年代大学生的样子！"

说着，肖处长似乎忘了他来的主要目的，停息了吵架他就顺着楼梯往上走，离开了。

文道政没想到，肖处长第二天一早还真带着同事一起去了跃进机械厂的医务室，调查了文道政和刘西凤的留观原因。没想到，医院理解的事不但和学校理解的不同，甚至就是跟文道政和刘西凤自己描述的故事也不同。

杜老师将文道政叫到自己办公室，首先就批评他有事不报告学校。文道政还没明白过来，杜老师又马上表扬了他，说："你救了刘西凤，将她背到医院治疗，还一直陪着她，这不是好人好事是什么？"

文道政双手摇着说："没有没有……"

杜丽娟望着文道政，问："真的没有吗？'情报处长'去调查了，弄错了吗？"

文道政想想，这个结局比真相似乎还圆满一些，便赶紧又点了点头说："有，有！"。

"这就对了。'情报处长'去了跃进机械厂医务室，医生说你背着一个被车撞伤的女生去医院，他们说女生还穿的表演服，裹着棉衣，她的脚都脱臼了。还是你一直守在医院陪着她。"

文道政不想撒谎又不能照实说，便含糊地说："这……是的，当时，我别无选择。"

"你是好样的！'情报处长'问我，他说为什么文道政做了好事还支支吾吾的，像干了坏事一样。我说水电委培班的学生做了好事不张扬，这才是雷锋精神。"说起这，杜丽娟的表情写满了赞赏和喜悦。

这样说，文道政必须表个态了，于是他说："刘西凤不想人家知道她被车撞了，又是我陪了她一天多，所以就没敢告诉别人。"

"哦，原来这样，这个……我能理解！但是我们也让学校知道，不要总认为我们自费生就什么都不如公费生，你考得好，还多次救人帮人，这是为水电委培班争了光，我们当然需要让更多人知道。"

文道政见杜老师这么说，不吭声接话。

杜丽娟拿起钱包交给文道政，说："肖处长让我将钱包还给刘西凤，还是你去给她吧。说学校调查是必需的，如果之前有什么误会，请她理解！"

"嗯嗯嗯，好！"文道政应着声，拿起钱包高高兴兴地走出杜老师办公室。

52

学校团委在宣传栏贴出公告，在学校室内体育馆举办交谊舞培训。

室内的篮球场上拉了几根绳线，挂起几块红彩布，一张课桌上摆着一台大录音机，播放的都是些慢三慢四的曲子，每个班选5名男生和5名女生参加这次团委的培训活动。

水电委培班里被选送上来的学生有文道政、张克工、刘贵北、肖子钢、陈凯五名男生，肖奕琴、黄亚男、曾晓娅、王姗姗、金美果五名女生，然后请男生与女生站成一横排，由同学们自己任意结对搭伴。

等水电委培班的同学们结成了对子，体育馆里又来了一组学生，这是水电一班挑出来的十名男生女生。文道政一看，张伟、刘闯、梅雅静、刘西凤等人也都来参加交谊舞培训了。

两名舞蹈老师将同学们按男女分开了站好，男老师教男同学们走男步，女老师教女同学们走女步，先教比较容易学会的"慢四步"。

"一二三四，二二三四，三二三四，四二三四……左，右，左，右……

进，退，进，平……再来……"

稍微活动下，同学们都觉得身子热了起来，鼻尖微微冒汗，于是都把外衣脱下来，放到了靠墙的台子上。

文道政不愿意脱，因为他里头穿的衣服很旧，毛线衣还有脱了线的地方，但不脱显然也不行，于是他磨蹭了一会子，最后才去脱衣服，而且是侧过身将破损的地方朝着墙面。文道政看了看，走到旁边脱下毛衣，将毛衣折了折，确保破损被裹到了中间，才将衣服放到了水电委培班衣服的底下。

继续练一阵子，男女老师就站到一块，在音乐中跳了一曲让大家欣赏，培训老师这才让同学们休息，顺便打开录音机，播放迪斯科的舞曲，这是一支最流行的迈克尔·杰克逊的*Billie Jean*。

这快节奏和刚放的慢四曲子不一样，同学们都站在旁边听得浑身是劲，即使没学过舞的也觉得胳膊腿想活动活动了，更不要说以前偶尔跳过迪斯科的张伟、刘闯等人，他们已经随着音乐扭起来了，踩着节拍，甩头、扭身、跃动，他们跳得特别起劲。

梅雅静从人群里走过来，站到文道政身边小声问他："学会了吗？"

文道政笑笑，说："刚学了慢四步，还是头次接触。"

刘西凤的脚已经好了，她与梅雅静一起过来的，就站在旁边，看见文道政只点了点头，算打了招呼。

张伟跳着向这边过来，手一伸，让梅雅静也去跳迪斯科。

梅雅静起初不肯，后来被张伟拉进舞池，也跟着跳起来……

交谊舞培训继续开始，迪斯科音乐停下，进行慢四步组队练习，老师在旁边指点。张伟拉着梅雅静跳起慢四步来那是非常熟练，刘闯拉着刘西凤也跳起来。文道政站在那里，看着梅雅静和刘西凤都被约走了，在一旁发呆。

曾晓娅也站在一边，见文道政一个人站着，赶紧走过来说："文道政，我们也练习一下吧。"

文道政有些不好意思地接受了曾晓娅的邀请，可是他的眼睛仍在看着梅雅静，偶尔看着刘西凤。

舞伴们在伴着节拍前进、后退、转圈，而文道政呢，他生疏的舞步已经踩了曾晓娅好几脚了，曾晓娅也不哼声。其他同学也差不多，都在不停地踩脚，抱歉的微笑，在前进、后退中，慢慢地熟练，慢慢地进步……

初学会跳舞，各人心里痒痒的，想找个地方去试试感觉，心向往的想去，心怯怯的也想去，就是明知道自己还踩不准节拍的，也想去围观看个热闹。

学跳舞在水电学院一时热起。据说水电一班有部分同学邀约着去师范大学的舞厅跳舞了，水电委培班的部分同学也就开始悄悄传递消息，觉得可以进舞厅去一试身手。

梅雅静舞跳得也优雅轻捷。

清江市内有舞厅，她以前去过一次，这次学校教了交谊舞，刘西凤拉着她再去舞厅，梅雅静就把文道政给约上了，说是周六晚上大家一起去跳舞。

文道政喜不自胜，同时忐忐忑忑，为了保障在舞厅里不出洋相，不踩到女同学们的脚，文道政决定偷偷地再练习一下，因此等晚自习一下课，同学们都离开了，文道政便关上教室门，一个人在教室背后的空地，摆起一个舞姿，练习跳舞。

同学们各有各的心事，曾晓娅也是头一回学跳舞，因此等同学们都出了教学楼走了，便扯着黄亚男回到教室来陪她练舞。谁知道看见教室里还有灯光，从门缝一看，是文道政正独自练习，抱着一张椅子旋转个不停，黄亚男失声就笑了起来。文道政听见门外有动静，赶紧放下椅子朝门口走来，曾晓娅干脆将门推开，站在教室门外也看着文道政笑，笑得文道政心里虚虚的，脸也发红。

文道政故作镇定地问："你们躲在门外干什么？"

"我们返回教室拿作业本呀！"黄亚男看了看曾晓娅说。

曾晓娅情不自禁地赞道："才学了几堂课，你就跳得这么好了！"

文道政想想，还不如直言相告，便坦然地说："我也是想在这儿练习一下，梅雅静邀我们星期六晚上一起去师范大学跳舞。"

黄亚男知道师范大学有一个好大好气派的舞厅，但不知道这个周六晚上要去，便问："真的吗？"

文道政不知道黄亚男说的"真的"是指哪方面，就随意答道："是呀！她们说师大每个星期六都有校园舞会。"

曾晓娅眨巴眨巴眼睛，试探性地说："我要跟你们一起去！"

黄亚男和梅雅静本来就是好姐妹，便也马上搭上了顺风车，说："对的，我也要跟你们一起去！"

社会舞厅三三两两的开办，单位舞厅也在流言蜚语中有了，校园舞厅还不常见，附近也只有师范大学和交通学院以学校的小乐队挂帅，先在大礼堂里开设了校园舞厅，水电学院团委组织了部分同学学习交谊舞，大家跃跃欲试，想去音乐里旋转起舞。

安排是美妙的，但计划往往赶不上变化。

各班都有同学在悄悄商议出去跳舞，纸哪里包得住火，最后就有人告诉了学生处。学生处处长肖明开了个紧急会议，各班主任马上就开始传达精神。

杜老师大声说："现在社会风气不好，同学们不可以去外校跳舞，避免接触社会青年，也避免和其他学校的同学发生打架斗殴事件。"

杜老师这么一说，陈凯听了有些不舒服，就说："水电一班同学能去，我们也能去。不然，学校团委教我们跳舞干什么？"

陈凯一说，同学们就笑起来。

杜老师见陈凯这么说，赶紧说："校团委教部分同学跳交谊舞，这是一种尝试，但没说马上就让同学们去校外实践，近来社会治安不好，大学生去舞厅那样的场合的确是不恰当的行为。至于同学们提议在教室里开展团支部活动，朗诵、唱歌等表演是可以的，但不许跳舞——满教室同学，男男女女，搂搂抱抱，不成体统。"

等杜丽娟千叮万嘱之后离开教室，同学们议论纷纷，都说"高老师"年纪并不大，脑筋却死板极了。于是肖奕琴告诉大家："我知道大三班，周六晚上在二楼教室举办舞会。"

陈凯听了拍着手说："真的？那我们参加，高老师也不会不准。"

黄亚男马上笑道："这样更好，我们都不用走路去师大那么远的地方了！"

陈凯白了黄亚男一眼："好个屁，师大舞厅有旋转灯，音响特别好！"

黄亚男一听，大声说："陈少爷，原来是你去师大跳过舞，我要告诉高老师！"

同学们一听，都知道陈凯去了师大跳舞了。

打落牙齿和血吞，陈凯这下子没话说了："我……"

肖奕琴知道，黄亚男所谓的告状也只是说说而已，也跟着幸灾乐祸地笑："你我……我什么？可是全班同学亲耳听到的。"

陈凯脑瓜子灵机一动，赶紧说："……我其实没去，听别人说的。"

肖奕琴撇撇嘴，说："陈少爷，你是文艺青年，吉他也弹得好，五四青年节你就代表水电委培班参加学校表演吧！"

同学们都起哄，都说陈凯一定得答应。否则，就把他去师大跳舞的事告诉"高老师"。

陈凯本来就喜欢表演，知道同学们也只是威胁他玩儿，所以顺水推舟地说："那，我去表演好了，你们别告诉'高老师'呀。"

…………

大学三年级有一个班组织的舞会挤爆了场，不许去校外跳舞，同学们都只好来本校观摩实习，一时间小小教室里人山人海，哪里跳得动舞。这都在大三班的意料之外，生气也不是，高兴也不是，跳舞的不过瘾，围观的也不过瘾。

大三年级有组织舞会，学校本就安排了工作人员维持秩序，因此学校也就明白了这么多青年学生无处释放的"舞蹈运动细胞"有多强烈。学校团委看到了这一点，开会决定"堵不如疏"，既然批准了团委教跳舞，就在学校室内体育馆为同学们打造一座简易校园舞厅。

头一场校园舞会，乐队还凑不齐，台上以录音机播放音乐为主，但五彩小旗可以挂拽上几条，灯管上都卷上彩纸，靠墙一边摆一圈长凳。

舞厅从每周六晚上七点半开场，九点半结束，整整两个小时，原则上来说，不允许校外青年参与，但有同学带朋友和老乡来，还是允许的。

就这样，水电学院有了自己的校园舞厅，秩序维持得还不错，同学们也不再吵着闹着要往外跑了，只是舞厅陈设太简单，没情调，真跟个操坪差不多。隔了一周，大三年级的几位男同学临时组建了乐队，只有架子鼓是前两届毕业的老同学回来支援演奏。

学校见舞厅的秩序没有传说中的那么乱，同学们跳舞也并没有什么不好的现象，于是又让电工给墙上安装了十台会摇头的风扇，在中梁上加挂了一个球形的大彩灯和十几条小小的彩色灯珠，这样，正式认可了校园舞厅的存在。

春天，夜色清凉，星光明亮，一切芬芳都收藏在校园里了似的，当音乐响起来，彩灯便打开了，球形灯旋转，洒了一地的色彩，日光灯关掉一部分，舞厅里色泽轻柔了许多，那些小小的彩灯珠便如五彩的星星在半空中闪烁。

在轻轻敲击的鼓点里，舞曲柔曼，同学们都靠墙边坐着站着，等舞曲响起，才邀约了舞伴到场中去起舞。

陈凯轻狂地笑，说："终于有了一点点舞厅的样子，不过还是差得远呐。"

张克工、文道政、刘贵北站在一架风扇下吹着凉爽的风，歪头看看陈凯，心里都觉得陈凯简直是不知足啊，学校要弄出一个这样的舞厅，已经是很不容易了。毕竟大学生是来读书的，不是来跳舞的，毕竟跳舞属于体育锻炼范畴，学校对同学们的支持非常难得。

张克工一直拿眼睛瞅着王姗姗，等舞曲响起来，他们双双步入舞池，开始共舞一支慢四。虽然跳得有点别扭，但他们怡然自得。

文道政左顾右盼，没有看见梅雅静，也没见刘西凤。这时曾晓娅从一边走过来，站到文道政跟前，问他："你在找谁？"

曾晓娅的话声音清晰，文道政当然听清了，但他故意装成没听见，看也不看曾晓娅，只是依过半边耳朵去，问："啊？你说什么？"

曾晓娅望着文道政笑了笑，也不继续说了，就拽着文道政的胳膊把他拉进了舞池。事已至此，文道政再装傻也不可能了，只好与曾晓娅跳起来，但他同曾晓娅踩着节拍跳舞，眼睛却一直在舞池内外看着，心想怎么不见梅雅静呢？

曾晓娅同文道政说了几次话，文道政都没听见……

梅雅静当然没在水电学院的校园舞厅里，因为天一擦黑她和刘西凤就被张伟和刘闯临时邀请去了师大的舞厅。

师大舞厅有一支强劲的乐队，鼓点子打得激烈，让舞池中的人情不自禁，陶醉其中，即使不会跳舞的围观者，也是心痒痒的，跃跃欲试。

由于师大舞厅开设得较早，名声在外，社会青年也都想方设法地来参加，因此舞厅虽大，也是人山人海。同学们在舞池中拥挤着跳舞，一曲结束，大家还没来得及走回休息地，新的一支又开始了。

非常默契，张伟拉着梅雅静的手进了舞池，刘闯拉着刘西凤的手也进了舞池。可梅雅静不习惯师大舞厅的这种拥挤，还有故意的相撞，看上去，眼前的男生女生都是有意无意地紧紧拥抱在一起……

梅雅静也被张伟拥抱着。梅雅静感到不适轻轻推开，可是不一会儿她又被张伟顺势搂紧了。梅雅静微微地皱了皱眉，将右手搭在张伟肩上的同时，右手肘稍微支开，便使她和张伟之间有了一个恰当的空间，即使身后再有人挤一下，她也不会再被张伟拥入怀中了。

跳舞容易出汗，特别是在这么拥挤的场所里。梅雅静跟张伟说要休息一下，便松开张伟的手往靠墙边走，张伟无奈，只好跟在梅雅静身后。梅雅静站到风扇下，还没站稳，马上被一个高个子男生拉住了手，邀请她去跳舞。

跳舞往往都是邀请得到允许了，才示意一起下舞池。这个男生在邀请的同时，便拉起了梅雅静的手，这种不容拒绝的自信，使梅雅静立即产生了抗拒，在那手触碰还没握紧之前，梅雅静一甩手，一缩肩，便逃开了强行邀请，紧随其后的张伟马上往中间一挤，将梅雅静隔开。

张伟也瞧到了那男生一脸的不忿，很不好惹的样子，因此牵过梅雅静的胳膊带入了舞池，准备若无其事地离开这个是非之地。

谁也没想到，那高个头男生二话不说，直接就是一拳打在了张伟的鼻梁上，张伟"哎哟"一声捂住鼻子，只见一股暖流就从指缝间流了出来。

刘闯和刘西凤跳舞刚好转到不远处。刘闯一见这情形，马上就挤了过来一把拽住高个子男生，谁也看不分明怎么开始和什么招式，只见两人打成了一团。

一下子，整个舞厅都乱了。

乐队赶紧将舞曲停下来，舞厅内的大灯也瞬间亮了。

动作快的人赶紧离开舞厅，胆子壮的人撒开个大圈围着在看热闹，看到刘闯也被打倒在地。女生们尖叫着往后退，男生们踮起脚朝前挤。

梅雅静和刘西凤两人紧紧拉着手站在一边，吓得都不知道要怎么办。

舞厅外值守的两名师大保卫处干部，马上吼开一条通道赶了进来，一把拽住挣扎不停的高个子男生，又叫张伟和刘闯站起来跟他们离开。虽然保卫处干部没叫梅雅静和刘西凤，但她俩担心张伟和刘闯会出事，只好沮丧地跟着一起往保卫处走。

水电学院的学生去师大舞厅打架斗殴，这事大了，师大保卫处马上电话联系到正守在水电学院舞厅门外的吴处长，通知水电学校保卫处共同调查处理学生在师大舞厅打架斗殴一事。

保卫处吴处长气冲冲地赶到了师范大学，才知道在师大舞厅闹出事的还有梅雅静和刘西凤，于是两校保卫处交接了一下，就将张伟等四人接回了水电学院保卫处。

保卫处明亮的灯光下，张伟鼻子青了一大块，拿手绢擦了好几次了，脸上还沾有血迹。刘闯脸上和手臂上也是青一块，紫一块。吴处长简单地问了几句，知道梅雅静和刘西凤没参与打架，让两位女生先离开。

刘西凤吓得哆哆嗦嗦回宿舍去了，梅雅静走到办公楼前，看到校长办公室的灯还亮着，想了想，还是先去了她父亲梅校长的办公室……

53

第二天一早，舞厅跳舞和打架斗殴的事，就传遍了全校。

各种版本的传说和各种闲话、笑话都出来了。

杜老师站在讲台上，向同学们瞄了一眼，说：

"我早就说了，不要到外面舞厅去跳舞，现在大家都听说了吧，水电一班就有四位同学去校外跳舞还打架了。你们看看，学校还特地为同学们开设了校园舞厅，还要往外跑，就是不怕出事。"

陈凯赶紧拍马屁，高嗓子说道："'高老师'果然是个预言家！"

杜丽娟懒得搭理陈凯，继续规劝同学们说："我跟大家说，少去舞厅那种地方，男生女生在一起搂搂抱抱，成何体统。多读点书，以学为主。"

张克工不想杜丽娟继续这个话题了，于是岔话说："水电一班班长张伟被打了，不知道严重吗？"

肖子钢在食堂里听水电一班的女生们吃早餐议论过，因此知道得详细些，就告诉张克工，说："打得还不轻呢！还有梅雅静！"说着，又看了文道政一眼。

文道政听说张伟挨打了，也知道梅雅静当时在场，但没参与打架。因此他并不担心梅雅静，只是心里有些硌得痛，痛梅雅静还是跟着张伟跳舞去了。

当然，文道政也不知道梅雅静和刘西凤并不肯去，只是被张伟拽着坐上了车……

张伟和刘闯受伤了，但不是要住院治疗或休养那种，因此他们还是要顶着那张青肿的脸来上课，旗帜鲜明地证明了他们正如传言说的，去了校外舞厅斗殴，并且被人打惨了。

张伟从没受过这种的耻辱和关注，因此他和刘闯低着头从人群的注目中赶紧跑走了。

梅雅静和刘西凤从教室里走出来，看到张伟和刘闯那副模样，心里就更不痛快了。

黄亚男和曾晓娅从台阶上往下走，看到梅雅静的脸色怵然，便过去搂住梅雅静的肩，关心地问："你，还好吗？"

梅雅静不知道该怎么回答，委屈地瞧着黄亚男，没吭声。

刘西凤故作轻松地告诉黄亚男，说："我们的心灵都受到了创伤。"

曾晓娅昨晚在文道政那儿受了脸色，心里不痛快无处倾诉，听了刘西凤的话，突然就高兴了起来，但她想说几句什么，又实在说不出来，只好忍住微笑，只是同情地瞧着梅雅静。

梅雅静没看曾晓娅，停了几秒，只好对黄亚男小声说了一句"谢谢关心"，便拽了拽刘西凤，下了台阶转弯走开了。

文道政心里有事，装的都是梅雅静的遭遇，他还不能懂得为什么在师大跳舞能跟别人打起架来。是踩到了师大学生的脚了吗？踩了脚也正常呀。

不管怎么想，文道政还是不动声色，不找人问，直到在食堂碰到了刘西凤。

刘西凤端着碗望着文道政一脸尴尬地笑，说："你好！"

文道政言不由衷地问："昨晚没事吧，你还好吗？"

刘西凤只好实话实说："我被吓死了！不过，你真是关心我吗？"

文道政见刘西凤这样，赶紧就问下句："梅雅静呢？"

刘西凤见进出食堂的人不少都在望她，赶紧把话一股脑儿说完了就走，走了两步，又回头叮嘱说道："吃完晚饭就去啊，别太迟了。"

文道政不知道梅雅静想跟他说什么事，刘西凤一说，他饭也吃得不安宁，三两下扒完饭菜洗了碗，眼瞅着刘贵北去打饭，就把自己的碗托刘贵北带回寝室，然后赶紧往桃子湖去。

文道政到了桃子湖边，看见梅雅静和刘西凤已经在等他，但梅雅静并不是有什么事要同他说，只是寻常地聊了聊天。

文道政说些学习上和小时候跟祖母练武术的奇闻逸事，说着说着，梅雅静就高兴了起来，刘西凤也跟着心情好了不少。

文道政聊着一些有趣的事，自己的心事便慢慢地放下了，看到梅雅静开心，他心里那些小疙瘩也就不想多问了。

为了丰富同学们的业余生活，学校在大礼堂每周六晚上为同学们放映一场电影。往后爱跳舞的去室内体育馆，爱看电影的去大礼堂，只是三令五申让同学们少往外跑。

电影票从周四就开始卖了，卖票点设在大礼堂门外，放了一张桌子，每天中午和下午放学各卖票两小时。许多同学都排队购买电影票，票价一毛钱，文道政想去看，但想了想，还是没去买票。

但到了周五下午，刘西凤塞了一本长篇小说给文道政，说是新书让他先看。文道政心里感激梅雅静的厚意，拿着书回到宿舍便开始翻看，没想到第二页就夹着一张盖了章的小纸条儿，文道政心里一愣，明白这就是学校明晚要放映的《少林寺》的电影票了。

到了周六放学，文道政吃了饭，便准备着看电影。

文道政进了大礼堂，看见梅雅静和刘西凤早已坐好了，找到自己的座位坐下来。梅雅静和刘西凤跟文道政招招手，算是打了招呼。再看看前面，张伟他们几个也在，就有点不自在起来。

电影开始了，《少林寺》的武打场面特别多，精彩场面也特别多。文道政又是正经学过武术的，因此看得特别带劲。甚至有时觉得那一拳一脚都是自己在屏幕上表演，一腔热血，满身激情，看得眼睛都睁圆了。

梅雅静推了推刘西凤，示意她看看文道政。刘西凤看了文道政那股投入的样子就抿嘴偷笑，然后悄悄地拿手指了指前几排的张伟和刘闯。

梅雅静便撇了撇嘴，若有若无地摇了摇头。刘西凤会意了，赶紧将手指放下。

…………

坏人被打得落花流水。

刘闯想起自己挨打的情景，只恨自己不是李连杰，赶忙说："老子明天去学点功夫，此仇不报非君子。"

这话文道政可听见了，他忍不住漏了半个笑脸，心里默默地说："呸，你也配？"

刘闯这话声音真不算小，他周边的几位同学都听到了，因此多数同学都撇起了嘴在笑他。张伟的想法和刘闯一致，但他记起了文道政是练过武术的，心里恨得牙痒，便不想说练武术报仇这样的蠢话了。

多么美好的风景啊，女同学们都这么想；

多么强大的武术啊，男同学们都这么想。

虽然不少同学这都是在大学校园第一次看电影，但更让大家兴奋的是电影里所表现的"武术"。

这些大学生多数都是心智成熟的，也受学业和毕业分配的牵制，他们此刻不知道，已有多少小学生和初中生已经偷偷地离开了家和校园朝"少林寺"所在的河南奔去，公安部门又在怎样地遣返一批批逃学来学武术的少年。

电影结束了，同学们陆续起身，顺着人流不停地往大礼堂外走，不少略有些音乐天赋的女生都在哼唱着《牧羊曲》："日出嵩山坳，晨钟惊飞鸟……"

电影放映完毕很容易，但电影里的拳打脚踢却不那么容易被同学们忘却。

接下来的几天，学校里不少人开始"练武术""自创武术"，打听哪里可以学习武术……

文道政吃完饭刚回到115寝室，肖子钢指着坐在旁边的老乡告诉他，说："这是我一个老乡，大三机电班老舒，得知你学了武，他想要和你比比手劲。"

张克工刚走进寝室，便接口大声问："谁和文道政比力气？"

肖子钢指指老舒，介绍说："老舒，我一个老乡。"

张克工大声叫道："快来看，文道政要比手劲了！"

随着张克工一声叫，一下子围了好多人过来。

大家一看，站在面前的老舒，长得很结实，有一股子蛮劲。

这时，走廊里不少听到话的学生就围到115寝室门外了，想看看热闹。张伟和刘闯干脆扒开同学，走进115寝室里来围观。

刘贵北上前摸摸老舒的身板，说："挺结实啊，练过武吗？"

老舒牛气地拍拍自己的胸口说："俺是天生神力！"

刘闯好奇地看看老舒挽起袖子露出来的臂肌，笑道："哈哈哈，天生神力？"说着便上前，抓住老舒的手，想用劲试试，谁知老舒一用劲，刘闯"哎哟"一声蹲下了。

刘闯立马求饶道："老舒，手下留人！"

张克工问文道政道："比力气，那你行吗？"

文道政望望大家，点了点头，这才站起身来，以左手握住右手腕子，略微活动一下右手腕。

刘贵北赶紧问："比力气要怎么比？"

老舒特别自信，内行地说："比掰腕子！"

刘贵北扭头看看瘦高的文道政，又看看壮硕的老舒，真不能有底气，可他还是说："我们文道政是学武之人，一定赢！"

刘闯不信地摇摇头，刚才老舒把他的手都捏得快成碎骨渣了，文道政这么瘦的身板，不可能那么大力气，于是刘闯嚷道："肯定老舒赢！"

看热闹的人越来越多，两个参赛的人却都不着急。

张克工示意陈凯关掉录音机。

刘贵北突然问："陈少爷，你觉得他们谁赢，你就站哪一边。"

说着，刘贵北就站到了文道政那边。

陈凯望了一眼大家，说："我当然和水电委培班同呼吸，共命运！"

这么一说，水电一班有几个男同学就站到了老舒那边。

张克工看了看站到了桌子两边的文道政和老舒，大声说："准备好了吗？"

双方都点点头。

张克工将手握着双方的手放正，说："开始！……加油！"

文道政和老舒交握着右手，双方都在使劲用力，势均力敌！

相持，两张脸绷得紧紧的，很快就都红透了脸。

同学们都在喊："加油，加油，加油！"

寝室内外的人越来越多，走廊上挤满了人，甚至还有最外围的人着急地叫："围着干吗，里面在干吗？"

时间一秒一秒过去，仿佛凝固在两只铁手上。

寝室里的人都能看得到双方一点点发力，汗珠萌发在鼻尖、额际，手指骨捏得白生生的，甚至让人觉得老舒那健硕的脸庞变形了，文道政清瘦的面颊也像刀削过一样线条分明，只是文道政的目光更像锐利的刀锋，一直紧盯着老舒。

"嗨！"文道政突然发力，那力气从丹田爆发。

文道政大吼一声，就见在这一吼之下，老舒的右手臂被文道政横横地掰平在桌面上。

除了张伟和刘闯几个，几乎所有同学都在欢呼了，外面没看明白是什么热闹的，就更为这没看到的热闹悔得肠子都青了。

"你们在干什么，又打架？""情报处长"肖明的吼声更大，马上由外及内地震住了欢呼的同学们，"你们在干什么？"

所有围观的同学顿时作鸟兽散，只有十几个被堵在寝室里的同学给肖处长做解释工作。

…………

武打片《少林寺》播出后，社会上兴起了一阵"习武热"，从社会青年到中小学校的学生，都在寻找武林高手"拜师学武"。

水电学院也涌现了学功夫的热潮。有没有师傅不说，反正每天晚上在校园的操场里总有好多人弄拳舞棍。最有本事的张伟和刘闯，在学长的介绍下去师大体育系，找了武术老师在教他们。

水电委培班里，外地学生占多数，经济和门路都相当薄弱，因此在教室里虚模假样摆把式的有几个，陈凯和肖子钢在互相比画着挥拳舞脚，并不着实踢到对方身上，然后就收式了，学着《少林寺》方丈的样子合掌道一声"阿弥陀佛"，就算是一招完工了。

文道政看着实在是好笑，同学们看到文道政笑，突然都想起了文道政是会武术的，功夫如何却还不清楚，如果有李连杰那样的功夫，也可以教大家功夫啊，即使没有李连杰那样好的功夫，也比他们完全不懂要强得多吧，于是，一拥而上地要求文道政表演。

文道政年轻，还是略微有年轻人的心性，不说是显摆吧，但看同学们这劲头是掩不下去了，也就不藏着掖着，勉强站起身来，由同学们推搡着到了教室后面开阔的地方，摆好了桩。旁的同学还怕地方不够，几秒钟就将后两排的课桌给挪到一旁去了。

文道政心中略有些得意，气沉丹田，眼光一扫教室，便一跺脚，一出手，耍开了南拳。

南拳的招式不难，但由文道政耍得虎虎生威，一拳一脚一掌，眼到、身到、心到，浑然一体，灵活自如，隐隐含着霹雳，闪闪裹着刀剑，把同学们看得瞠目结舌，犹如在看电影一般。

同学们坐的站的，蹲在桌面上的，站在椅子上的，到文道政一拱拳作揖，便知道这一趟拳要完了，顿时欢呼如海，"哗"地就涌了上去。

孙悟空划个筏子，漂洋过海寻仙访师也不过就是这样吧，同学们涌上去那劲头，就是踏破铁鞋无觅处，得来全不费功夫的欢呼。

"文道政，文道政……"

"文道政，我要向你学功夫！"

"我也要学！"

"师傅，师傅……"

许多同学围过来拽衣的拽衣，扯手的扯手，文道政哪里顾得上回复。这内三层外三层的同学，耳朵里全是"我也要学功夫"的声音。

文道政这时脑海里浮起祖母严厉的表情，他心里想自己是不是闯祸了，在学校里出这样的风头，可是从来不敢有的事。

杜老师走进教室来大吃一惊，怎么所有的同学都在教室后方扎堆了？出了什么事？她急得心里一哆嗦就朝教室后奔。同时她也就听到了许多人在呼喊要学功夫，这才放下心来，拍着一张桌面吼着让大家赶紧回座位："你们要学功夫？"

陈凯嘴快："是呀！张伟和刘闯去师大请老师教武术了。"

杜丽娟周末没看《少林寺》，对同学们突如其来的热情还莫名其妙："学武术，打架吗？"

黄亚男赶紧说："我们想学武术防身！"

杜丽娟本身是体育老师，心理上还是接受学武术的。看着一群同学围着自己，也不想再讨论这事，便说："教室是上课的地方，你们要学去操坪！再说，文道政，你可不能把同学们带坏了啊。"

文道政一听，这哪儿跟哪儿啊，真是无语。

同学们反过来给文道政鼓劲，说："我们才不学坏呢，文道政，我们要拜你为师。"

杜丽娟听见这个"师"字，心里满不是滋味，就叫大家回座位："上课了，上课了……"

大家见杜老师这样，便一个个回到座位上……

下了课，肖子钢和陈凯走在林荫大道上，看见张伟和刘闯骑着单车，不停地摇响铃铛。陈凯转身挡住，刘闯将单车停下来，跟陈凯显摆他们去学武术的事。

"老子学了一个星期了，你摸摸老子的手上的肌肉，多硬！"

陈凯用手摸摸，说："果然有劲多了！"

肖子钢问："那我们可以去学吗？"

刘闯连连摇着手，阻止说："不行！我师傅只收两个徒弟！"

陈凯问："学到真本事了没有啊，说得这么玄。"

刘闯恨恨地说："当然学到了，老子学会了第一个要去报仇！"

陈凯心想着刘闯是不是要找文道政报仇呢，忙问："跟谁报仇？"

刘闯真还没有想文道政的事，直接说："在舞厅打老子的那个笨蛋！"

肖子钢和陈凯想到一起去了，见不是找文道政就心里踏实了，说："啊，从师大体育系学武术，去打师大的男生，能打赢吗？"

刘闯满脑子都是报仇，大声说："老子绝对能打赢，此仇不报非君子！"

陈凯捅了捅肖子钢的腰，小声说："文道政说为打架而练武，会出大事的！"

肖子钢摇了摇头，要陈凯别提这些了。

张伟将自行车停在前头七八米远的地方，正同一个大三的学长聊天，聊完了道别，看刘闯还在吹，就摇着铃铛催刘闯快点走。

肖子钢见刘闯骑着单车走远了，"呸"的一声，说："什么鸟人？"

陈凯劝道："他就这副德行，你也别生气！"

肖子钢可不愿意刘闯学到真功夫，不服地说："打架，打架，只知道打架，这么张狂迟早会挨打！"

肖子钢和陈凯边聊边走开了。

时间一天天过去。

刘闯和张伟去师大学功夫有一阵子了，文道政在学校教同学们武术也有一阵子了，早上练武夫，放学练篮球，都是锻炼身体，同学们团结一心，日子过得倒也充实。

…………

文道政抽出时间来在桃子湖边教梅雅静和刘西凤打拳，这一点就没几个同学知道了。文道政性格好，学习好，会武术，会游泳，梅雅静与刘西凤跟着他在一起，都觉得挺有安全感。

"站好马步，这样。"文道政边说边做了一个示范动作。

文道政见梅雅静和刘西凤动作不标准，解释说：

"是这样，前脚迈出一大步成弓，后一脚挺膝伸直。"

梅雅静和刘西凤站着就笑起来。

文道政耐心地说："要认真些，前腿弓，后腿蹬；挺胸、塌腰、沉髋；两脚左右相距约一脚。"

文道政用手拿着梅雅静的手，说："这样，这样……"

梅雅静站好了，但刘西凤站得歪歪扭扭的，文道政又去给刘西凤纠正动作。

两个人见文道政那么认真和严格，都非常认真地学习。

"我们要学一路南拳，文同学，你就教我们吧。"梅雅静说。

"学好了基本功，就可以学了。"文道政一边说着，一边纠正她们的动作。

"你就教我们吧！"梅雅静看着文道政说。

"文同学，你给我们示范一下吧！"刘西凤也这么说。

文道政望着他们，笑笑说："那好，你们看好了。"

文道政说着，沉着冷静下来，突然一出手像呼呼两道闪电……

梅雅静和刘西凤一看，震住了。她们屏着气，文道政一招一式，招招带风带雨，招招厉害……文道政收住双手，气沉丹田。

梅雅静和刘西凤看完立即鼓起掌来，大声说：

"文同学，你就教我们这个南拳好了。"

文道政见她们俩好学，答应说："好吧，你们要努力学啊。"

梅雅静和刘西凤学完了拳回到学校，自然不敢声张。

刘西凤悄悄地对梅雅静说："文同学的武术，真是了得。"

梅雅静说："文同学何止是武术了得，他什么都厉害。"

刘西凤听梅雅静一说，睁着眼睛问："真的吗？我好崇拜啊！"

梅雅静微笑着说："西凤，你现在知道文同学厉害了，过去你骂他是自费生，土包子。"

刘西凤笑着说："文同学真了不起，你真有眼光！"

…………

一转眼四月份就快结束了，张克工主动找到文道政，说："五四青年节快到了，陈少爷说好了上台弹吉他，你也上台表演武术吧！"

文道政这时真有些后悔，自己不该在学校把武术功底全盘托了出来，这下子知道的人越发多了，恐怕是非也就多了。

"武术表演？再说吧。"

张克工知道文道政是个谨慎的人，也就不再多话，只是点点头走开了。

54

五四青年节快到了，水电委培班的团支部要搞集体活动，集体去烈士公园游览。

定好了时间在校门口集合，杜老师提前半小时就等在校门口了。

同学们陆陆续续到来，肖奕琴和黄亚男走过去，她们拿出一面红旗展开给杜老师看，长长的红旗上写着："水电委培班团支部"。

杜丽娟一看就马上称赞，说肖奕琴和黄亚男有心，而且这面红旗也制作得很好："白色的字也贴得很周正，真不错。"

说着，陈凯背着他心爱的吉他也赶到了，肖子钢提着一台录音机走过来。

黄亚男就笑，说："看样子，团支部活动还可以跳交谊舞，内容太丰富了！"

说着，同学们就开始讨论要约谁做舞伴，陈凯马上说："黄亚男，你是我的舞伴，别忘了啊！"

"你想得美。"黄亚男马上辩驳道，"难道学舞时，做你一次舞伴，以后还做你舞伴？"

陈凯将吉他的弦拨弄一下，发出了一串美妙的音符，然后赖皮地笑着说："那当然！"

曾晓娅打趣黄亚男说："哎，亚男，那你不是签了卖身契了！哈哈哈……"

大家聊着笑着，等肖奕琴清点完人数，都到齐了，这才一起出发到公交站去挤公交车。4路车上人那么多，同学们不能一趟车全部上完，只好挤上车多少就是多少，文道政和张克工护在队伍最后面，下一拨才上了车。

等到了目的地，见杜老师领着同学们还在最后一站的公交站边上等他们呢，大家赶紧挤下车去跟大家会合。

为了这次团支部活动，杜丽娟特地找学校借了一台照相机，还买了一卷胶卷，给同学们照相。

杜老师负责管理照相机，因为安装胶卷有技巧，胶卷装得好，可以照出36张或37张，要是菜鸟管理相机，那照34张都可能，就太吃亏了。

因此，一进公园的大门，杜丽娟就招呼大家站成排，说先照一张集体合影。

杜老师大声指挥说："女生站前排，男生站后排。"

肖奕琴和黄亚男分别站到前排的两边，将"水电委培班团支部"的长红旗扯开，现出大字来。

杜丽娟对着镜头把大家比了又比，估计站得差不多都能照到了，才扭头去找了一位路人来帮忙拍照。杜丽娟看了看，刚好看见一个行人胸前也挂着一架海鸥照相机呢，就请他帮大家照合影，那人非常乐意地站到水电委培班师生的面前瞄了瞄镜头，按下快门照了一张。

接下来同学们就各自选好景点，按组或者按寝室照合影，因为只有三十多张胶卷，所以不能给同学们照单人照了，即使这样，同学们还是非常满意。

文道政高兴地说："等照片洗出来，我就能寄回家让家里人也看看我们的合影。"

在公园里逛了大半圈，大家在人工湖边的草地上坐下了，准备休息一阵，游乐场有些设施，但同学们没谁提议去玩，第一次进公园的同学也没提出要去尝试。

文道政心里想，同学们是不是在考虑他们这几个口袋里没钱花的，所以才不去玩呢。想是这么想了，问还是不愿意去问。

在草地上一坐下，肖子钢就把录音机打开播放音乐，惹得旁边经过的路人都无比羡慕地看着这些幸福的大学生。陈凯坐在一旁开始拨弄琴弦，低声地哼起了歌，靠近他旁边的几位同学就跟着哼歌，张克工见了，示意肖子钢先关一下录音机。等录音机关了，陈凯弹吉他的声音也就更带劲些，同学们不由自主地随节奏拍手，唱歌。

杜丽娟见了，觉得很有意义。又站起来给同学们拍了两张坐在草地上弹琴唱歌的合影。

休息一阵，杜老师才把大家带到人工湖一侧的国营小餐厅，大家根据自己的经济能力吃点东西。文道政有准备，他早晨买了两个馒头带上了，等他掏出馒头一看，居然有好几个同学从挎包里掏出了馒头。

杜老师一看，愣住了。

张克工赶紧说，这办法好，餐厅里的东西贵，还吃不饱，咱们大个头吃不饱就走不动，带了干粮就可以少买一些食物了。

肖奕琴也想到了原因，站起来介绍说："对的，对的，我也是这意思，国营餐厅的食物有许多种，米饭、面条、馄饨都有的，还有'百粒圆'和猪血，一毛钱一大碗，我每次来公园都爱吃这个。"

"好吧，那我们现在去餐厅，自由组合就可以，不想去的可以就在草坪上等一下我们。"杜老师冲大家说。

文道政想想，一毛钱一碗的"百粒圆"，肖奕琴都很喜欢吃，一定不错，这个价格我也可以试一下，好歹比吃冷馒头要好点。于是文道政站了起身。

听了肖奕琴的介绍，带了干粮的同学也和文道政有一样想法了，见文道政站起身，便都起了身，说要去吃吃看"百粒圆"是什么好东西。

杜老师叫了一份饭，饭里有一荤一素两个菜。好几位同学就以杜老师为标准交了钱点了餐。肖奕琴悄悄指着别的餐台给同学们介绍，"那是馄饨，那是'百粒圆'，那是猪血，那是……"

同学们明白过来，看着那一碗碗鲜香四溢的汤汤水水，胃口大开，各自选了一种点了，有的一毛钱，有的一毛二，这个价格对于偶尔出来逛一回公园的同学们来说，还是花得很值的感觉。特别是他们吃到嘴里，更是赞不绝口，连手上的馒头都滋味美美了。

从餐厅出来，同学们又在湖边休息了一阵，坐在台阶上看人工湖里的划船，杜老师问大家要不要一起去划船，有几位同学响应，但王姗姗说湖上这时候的太阳大，晒起来皮肤会过敏。

这时，肖子钢告诉大家说，穿过草地后方的山坡有一张小门，那儿有一条小路是直通动物园的，门票是一毛钱，问大家去不去看看。

同学们当然都想去，便点了头，拍拍屁股从麻石台阶上站起来，这支松松散散的队伍翻过了小山坡，从一小片树林边的小门洞穿过去。小门边有一张长书桌，边上的板凳上坐着两个工作人员在聊天，看到这队伍过来了，马上站起来挡住，说要买门票。等收齐了门票钱，才数了数人数，侧过身放他们通过。

文道政第一次进动物园，课本里提过的狮子和老虎都是称王称霸，他今天总算看到了一回。猛兽们关在笼子里，像温驯的小猫，懒洋洋地躺在地上，偶尔抬起头看一眼经过的游客，却毫无王者气象。估计它们看惯了游客，没有兴趣再看了。在草原和山林，它们自由自在，胆大妄为；关笼子里，它们被束缚了身体和天性，再大的本领也发挥不出来了。

杜老师见同学们越走越散，各自感兴趣的动物都不同，赶紧交代大家一个钟头后在动物园大门内侧集合，现在自由活动。

杜老师话一落音，同学们立马就散开了，文道政决定还是和本寝室的一起走，而曾晓娅则不管不顾也不特别显形地跟上了文道政这个组合。

张克工回头望了一眼王姗姗，像是某种暗示。

王姗姗会意，便不声不响地走过来，装成跟曾晓娅聊动物的样子，跟着这个组合，一起看起老虎来。

张克工指点着老虎训道："贪吃，贪睡，不干活！你这资产阶级虎小姐。"

张克工一说，同学们都笑起来，就连旁边陌生的游客也笑了起来。

这时，陈凯走过来，对着老虎弹了两下吉他，老虎一听这声音"唰"地一下就站起了身，直往陈凯手中的东西瞧。

张克工赶紧说："哎，老虎好这口呢，站起来了。陈少爷，你再弹弹看！"

陈凯干脆站稳了脚，弹上一曲。可是老虎并不是真的有兴趣，听了十几秒钟，没看出什么新名堂，又趴下了身子，继续打起瞌睡来。

陈凯笑道："虎哥不够朋友，我不跟你玩了，走。"

正在这时，一个贵妇人，手里抱着一条小哈巴狗来到老虎笼子边，小哈巴狗一声叫，惊醒了趴在地上的老虎，它猛地站起来，一个猛扑，双脚搭在了铁笼子上面，张开了血盆大口。哈巴狗吓得没命似的叫，挣脱了贵妇人的手跳下地，逃命似的跑开了。大家一看，都笑起来。

原来，老虎对游客不感兴趣，对其他动物还是不会放过。

…………

游客们围着一个篱笆圈起来的小园子在大叫："快开屏，快开屏。"

可游客们怎么叫，孔雀们都不理睬，陈凯赶紧跑过去看，自言自语地说："这么美丽的姑娘，肯定喜欢听音乐。"

说着，他就将吉他抱到胸前，弹起了一支优美的曲子。

"唰——"一只绿孔雀随着响起的音乐，将美丽的羽毛展开了，像一屏七彩的扇面。曾晓娅第一次见到如此美丽的鸟儿，还能刷开如此美丽的羽毛，她拖了一下文道政，猛跑起来："快，快，看孔雀开屏了！"

曾晓娅这一叫，隔得不远的黄亚男等几位同学，叫上杜老师就往这边跑了过来。曾晓娅一眼瞧见杜老师，慌忙就将文道政的袖子放开了。

文道政正觉得不自在呢，突然见曾晓娅放开了拽着他袖子的手，赶紧就绕到了另一边，站到了陈凯旁边去了。

陈凯的吉他招人围观，孔雀开屏也招人围观，陈凯心里得意，便不停地弹奏曲子，孔雀不止地开屏，甚至还有一只跳开了舞，那小舞步迈得真优雅，一圈圈地围着雌孔雀跳着，雌孔雀低垂着头，在游客眼里，如同一位羞答答的新娘。

"孔雀开屏真好看！"

"这是雄孔雀在求爱呢！"

"长得这么漂亮的是男孔雀吗？"

"是呀，男孔雀长得不漂亮就讨不到老婆。"

"男孔雀，哈哈，男孔雀！"

游客们聊着笑着，但不少的目光更是在陈凯身上看来看去。

杜丽娟看得真切，就叫道："好吧，我们看其他动物去，你先别弹了。"

一个"你"字，杜丽娟将陈凯的姓名都带过去了，好像生怕有"女孔雀"相中陈凯似的。但杜丽娟这分心思，同学们谁也没揣摩到，只管嘻嘻哈哈又分开去瞧别的动物了。

逛完动物园，同学们在动物园门口集合，再一商量，发现从动物园出门坐车更费事费钱，路程要绕好远呢，还不如返回公园再去坐车。

杜老师又领着同学们从小门口回到公园，好在大家没扔掉门票，进公园还是要查票的，否则需要重新买票呢。

大家又逛了一阵子。

杜老师看了看手表，说团支部活动可以结束了，现在马上回校去，4路车不好挤，希望大家能赶回食堂吃晚餐。

这时有几位同学提出要自由活动，杜老师坚定地拒绝了。

同学们跟着杜老师走到公园出口处，4路车就在公园对面的不远处有站，这时，黄亚男突然叫道："我的帽子还在餐厅，忘了拿。"

杜丽娟一听，大声说："文道政，你陪黄亚男去拿帽子，快去快回！"

文道政陪黄亚男一路小跑，回到人工湖边的餐厅去。在餐厅失物招领处取回了帽子。

文道政和黄亚男再回到4路车停车站，发现杜老师和同学们都已经离开了，找不到一个人影了。

文道政和黄亚男等了两趟4路车，终于有机会挤了上去。

黄亚男怕扒手，就让文道政盯着点。

文道政还不知扒手是干什么工作的呢，黄亚男小声告诉他。

文道政又扫了一眼车上的人，大家都差不多模样，看不出谁是扒手。

文道政刚想收回目光，突然就感觉到了些异样。一个男人将一件外套罩在自己的左手臂上，左手臂抓着车座的靠背当扶手，他的右手却放在左手臂的衣服里微微地动。

他想干什么？文道政想了想，突然明白了。

衣服的另一头是一个中年女人正侧站着，她脸朝车头方向，只看得见她扎了两条辫子，她交臂死死地抱紧一个挎包，好像生怕被人抢走。

文道政还在观察研究，突然那中年女人一扭头，就开始大叫："谁偷我的钱袋子！"

文道政一听，声音很熟，一看是水电学院的"收租婆"刘老师。

这时，"收租婆"前头一个男生也挤到了旁边大叫："抓扒手，抓扒手。"

本来就很挤的车，这时突然在"收租婆"身边空了许多，文道政看清了"收租婆"身边的人，是刘闯。

小偷已经得手了，将那个鼓鼓的钱袋子一转手塞给自己身后的男子。

然后摆出一副凶神恶煞的样子，车厢后方也有两个青年男子慢慢地朝车前挤去，文道政看了看，都一副来者不善的模样。

"他们几个是一路的。"黄亚男小声跟文道政说。

黄亚男这么一说，文道政马上就明白了，难怪车里的其他人都不吭声，一定是知道扒手都是结伙行动。

公交车还在往前开，不到站都不肯停车。几个扒手都拿出了小刀对着"收租婆"和刘闯威胁着，心想着到站停车就逃跑。

文道政也慢慢地朝前挤过去，黄亚男知道文道政想干什么，便一把拖住了文道政。文道政掰开黄亚男拽住他的手，轻轻地摇了摇头，做出一个"嘘"的动作，然后继续朝前挤去。

黄亚男心想："文道政这是想让我表示不认识他吗？"

刘闯的背心里都冒汗了，他死盯着眼前的小偷和小偷手上的刀尖，不知道该如何是好，但他突然发现有一个小偷被掼倒，匕首被夺去。

就这么几秒的工夫，正准备扒开门逃走的小偷又都围住了文道政，几把刀同时向文道政杀来。

文道政的手臂上瞬间就是一道血痕，鲜血一滴滴往下流。但文道政动作很快，一出手就将那个负责转走钱袋子的扒手摔倒在地，从他手上夺过那个鼓鼓的钱袋子，同时用夺到的匕首去挡另几个小偷的攻击。

双拳难敌四手，车上乘客众多，小偷人数也多，文道政的拳脚功夫施展不开，身上已经挨了几刀，衣服上几道口子都染满了血。几个小偷虽然也被文道政划伤，但还心存侥幸地想抢回钱袋子。

黄亚男吓坏了，马上尖叫道："大家一起抓扒手啊，扒手是坏人。"

这时，车内的人才从惊吓中醒来，有的躲得更远了，也有七八个大男人朝前挤过去给满身是血的文道政帮忙。

这时候，公交车正好进站了，车门转眼间就打开，小偷们见势不妙，赶紧撇下被文道政，逃下车而去。

…………

　　"收租婆"去银行给全校职工领工资，叫了刘闯跟着。可她取了款以后又去办私事，导致回程晚，赶上乘车高峰，带着巨款挤公交车，还被小偷盯上。

　　文道政满身是血，疼痛难忍。他左手拿着那个鼓鼓的钱袋子，右手还拿着从扒手手里抢下的匕首，见扒手都下了车，自己也支撑不住，趔趄着下车后就倒下了……

　　"快！"黄亚男大叫一声，冲过去扶着文道政。

　　"收租婆"才缓过神来，赶紧走过去，接过自己的钱袋子，拿在手上。

　　车上的人大声叫喊道："快，送医院！"

…………

　　文道政受了重伤，住进了医院。

55

　　五四青年节，文艺会演的节目紧锣密鼓地在准备。

　　陈凯也练习好了《牧羊曲》准备登台。

　　文道政受了重伤，他的武术表演，肯定无法上台了。

　　文道政在医院里的十天时间，包括梅校长在内的学校领导都慰问了他，水电委培班的同学每天轮着班来照料陪伴。"收租婆"更是每天都要在这儿守上几个小时，哪怕什么都不需要她动手，她也要守着才觉得踏实。

　　"收租婆"心里很清楚，就是这个贫困的自费生保住了她那一书包巨款，否则她无法想象全校教职员工工资被扒的后果。

文道政身上的伤口都缝合了，恢复得还挺快，这与他年轻健硕的身体有关，但同学们都笑，说是与"收租婆"每天炖了送到医院来的鸡汤有关。

"收租婆"的态度来了一百八十度大变，文道政还真不习惯，但他也实在没心思去躲避。

一放学，几个同学就到医院来看文道政。

文道政在护士的帮助下，坐起来。

大家聊得正高兴呢，突然问起刘闯学了那么久的功夫，怎么白学了，陪着"收租婆"都保不住那包巨款，只怕学了花架子。

正说着，"收租婆"提着一罐鸡汤走进来，口里说："这么热闹呀！"

大家赶紧齐声说："刘老师好。"

梅雅静跟"收租婆"比较熟，就主动问："刘老师，带什么好吃的来了。"

"收租婆"赶紧笑着说："鸡汤，对恢复伤口好，得补充营养啊。"

"收租婆"说着，打开汤盒，一股香气弥漫开来。

陈凯咽了咽口水，几乎都忘了自己刚吃过饭才来的医院，马上说："好香，一闻就想吃！"

黄亚男瞅了陈凯一眼，笑着说："哎呀，你就一个吃货，病人吃的东西你也敢犯馋。"

"哈哈哈……"

隔了一天，"收租婆"炖的汤换样了，味道鲜美像是鱼，但和平时吃的鱼却不同。文道政就问"收租婆"，"收租婆"这才说出秘密，说是她托人去乡下的鱼塘捞到了几条财鱼，这财鱼炖汤才是对伤口最好的。

"收租婆"要亲自喂文道政喝汤。文道政不好意思，自己坐起来喝。

文道政喝着汤，心想，现在的"收租婆"和以前真是完全不一样了啊。

住院毕竟不舒服，文道政能下床走了就希望能尽早出院，一是要回学校上课，二是可以为学校省点住院费。

听梅雅静说起这事，梅校长又特地来了一趟医院，告诉文道政说：

"医院抢救的时候都说你命大呢，换成是别人估计命都没了，还一对四。雅静说你武术很好，这也是幸亏你身手好，要不后果真不敢想象。文道政，你这回要把身体养好，要不我们学校怎么给你父母一个交代啊。学校还要给你颁奖，住院费的事你不用操心。"

梅校长来医院这么一说，谁都不同意文道政带伤出院了，反而医院里几个年轻的女护士对文道政这个英雄人物的照料更细心了，有事没事还过来陪他说说话，多看他几眼。

虽然人在住院，文道政也并不算无聊，课本都带到医院来了，精神好些的时候他就自己看书，不懂了便问梅雅静。

梅雅静因为要帮英雄补课，便向班主任请了假，不用上晚自习，每天放学都会到医院给文道政补习。

刘西凤见梅雅静每天都到医院，有时也跟着去医院，一起陪着补课。

两个班的班主任都有些觉得奇怪了，怎么不是水电委培班的同学去补课呢，为什么是梅雅静去？

刘西凤便在跟班主任聊天时说："数学成绩最好的是张伟，他俩不对付；英语成绩最好的是梅雅静，水电委培班成绩最好的是文道政，谁好去教文道政啊。再说，文道政为全校教职工立了功，也是为梅校长立了功，当然梅雅静去帮文道政补习功课比较好。最重要的一点是，梅雅静聪明，讲的内容能让人一听就懂，她不上晚自习对她的学习完全没影响。"

好吧，一千个理由，两个班主任听明白后，都觉得一千个正确合理，并得出一个结论，说："梅雅静作为校长千金，和同学们打成一片，学习雷锋好榜样，一点也不摆千金架子。"

所有的伤口都愈合得很好，留了疤不好看吧，但毕竟还是光荣的印迹。经过文道政的多番催促，医院终于通知文道政，还有两天他就可以出院了。

这天周末，刘西凤陪梅雅静一起来看文道政，就告诉文道政一个出人意料的好消息。

说是水电委培班的待遇大大提高了，梅雅静隐约听人说起过，最先在会议上提起这些建议的人居然是"收租婆"，然后经过会议的连续讨论和研究，居然还顺利地通过了。

"不知道你们水电委培班的同学现在是什么心情，原来为办学生证还搞得风风雨雨的，现在被重视了。英雄回校上课，要做好思想准备哦。"梅雅静说着就笑，眼里流露着满满的欣赏。

"待遇？什么待遇啊？"文道政迫切地想知道，能有什么好的待遇轮到水电委培班。

"具体还没完全公布，可能要下周才能执行吧，但消息已经出来了……大约就是要给自费生开绿灯，解决班费问题，电影票问题……还有，入党积极分子培训的问题……"刘西凤如数家珍。

这么多好处，还是学校主动提出来的，不是水电委培班同学们去争回来的，文道政觉得太棒了："学校真好，我们真是来了一所好大学。"

刘西凤就笑着说："别激动了，这些待遇多数是水电委培班本就该有的，只是部分校领导干涉，才没有了。现在是你解救了水电委培班，保住了全校教职工的工资，对水电委培班的正常待遇，他们还好意思干涉吗？"

文道政望着梅雅静，梅雅静点头表示同意刘西凤的说法。

文道政出院回到校园，正好是下课时间，不管是大几的学生，这一瞬间仿佛都认识了文道政，面熟不面熟的，都会冲着文道政微笑着说："大英雄回来了！"

这种变化，文道政反而有点不习惯了。

同时文道政也想到，以后还能出去拉板车挣钱吗？

文道政正想着，迎面就走过来三个大二的女生，原来是校园广播站的。她们说文道政为保护国家财产身中七刀，住了十天院，看这两天什么时候能抽时间采访他。

正说着呢，张克工和肖子钢等同学就将文道政往教学楼扶，陈凯、刘贵北、黄亚男、肖奕琴、王姗姗、曾晓娅一大群同学，早已从教学楼里跑了出来，围着文道政欢呼，簇拥他慢慢地走上楼进了教室。

这是文道政入学以来，感到最幸福的时候。

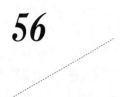

56

转眼到了六月，天气越来越热。

女生们都穿起了美丽的裙子，走在校园里，如同流动的鲜花。

梅雅静的连衣裙是梅校长去上海出差时给她买回来的，非常时尚。刘西凤穿的裙子是她请人做的，款式没那么时尚，但穿在刘西凤身上也是让人眼前一亮。她们走在一起，在无数套白短袖配蓝长裤的衬托下更是娇美。

文道政穿了一件长袖旧衬衣，洗得发白了，细心一点还可以看出，还掉了一颗扣子，补了一颗大小稍微不同的在其中。

文道政向教室走去……

水电委培班的女生们也有跃跃欲试的，黄亚男因为母亲给了她布票让她添置衣服，她就想去百货商场看看有什么好布料，可以扯几尺回来做条裙子。王姗姗偷偷出去逛过百货商场，就给黄亚男介绍她看到的布料样子，看来那些面料已经过她的手细细摩挲了。

肖奕琴家里条件不错，爽快地表示，如果大家都去买布料，那她也一起去。

"听说，好多布已经不用布票也可以买到，那你去吗？"王姗姗问曾晓娅。

曾晓娅苦着脸回答："不用布票，我也没那个钱。我，我还是不去。"

黄亚男伸出手同情地拍了拍曾晓娅的肩，算是安慰了她一把，才说："那你下次再去。今天我们先去看看。"

…………

水电委培班的女生们买好布料了，满心欢喜地谈论着这面料怎么轻柔漂亮，边说就边进了校园，才走一段路，就见到梅雅静和刘西凤正拿着一包东西往外走呢，少不得围在一起又叽叽喳喳热闹一阵。

梅雅静看了黄亚男买的面料，直夸好看。

黄亚男就要看梅雅静手中包的面料，梅雅静迟疑了一下，纸包已经被黄亚男顺手打开了。梅雅静的面料自然不错，是那种粉色的乔其纱，市面上还没有卖呢，既不起皱，又很薄的面料。

黄亚男直呼："怎么百货商场不进这种呢。"

刘西凤也笑，打开自己的纸布展示说："我的是泡泡纱，你们看这个做裙子穿，好不好看？"

王姗姗买的也是泡泡纱，不过是天蓝色，两人马上展开了讨论。

"哎，雅静，你这一包是什么啊，也是裙子面料？"黄亚男自顾跟梅雅静聊天，梅雅静立马觉得脸上有些尴尬，又不好说什么，像不在意似的支吾了两声。

刘西凤知道另一包里，是梅雅静买了给梅校长做衣服裤子的两段布料，因此就替梅雅静说了，并说她们这就是要去找裁缝做衣服呢。

肖奕琴问是不是学校后门外那家，听说做衣服不错。梅雅静点头称是，于是，水电委培班的女同学们连宿舍都不回了，就一起奔裁缝铺而去。

裁缝铺在校园后门外一所小房子里，靠西墙是一张硕大的案板，案板靠墙堆满了各种布料，案板上方挂满了各种做好的衣服裙子。靠南的窗边是一字排开两台机器，一台缝纫机，一台三线机。靠北的隔墙边放着一台锁边机和一台缝纫机。过道一侧要留出位置走人，便只靠中墙放了一架蝴蝶牌缝纫机。三个姑娘正坐在机器边，脚板不停地踩踏，催动机轮"嚓嚓嚓"旋转，带动机头"咔咔咔"缝纫面料。

梅雅静、黄亚男等女生们往门口一挤，瞬间遮住了阳光，使缝纫铺更显灰暗而窄小。

女裁缝姓叶，她丈夫在"文革"时候死了，独自带着女儿过日子，因此就在娘家人的帮衬下开了这间缝纫铺，人勤劳，生活倒也过得去。

叶师傅一个一个招呼着给大家量身材，飞快地报着尺寸，一个姑娘就拿着本子飞快地把数据写上，并同时标注布料的编号和客户的姓名。

正量着呢，一名个头修长、长得漂亮的女孩从里屋走出来，边朝门外走边说："妈，你忙，我先回去了！"

应着声，等女孩子走出门，叶师傅这才自豪地介绍说："这是我女儿叶芳，在省歌舞剧院工作。"

"哇，好厉害啊！"

"难怪这么漂亮，身材这么好。"

大家赞叹道，这让叶师傅笑得如同吃了蜜。

刘西凤羡慕地问："那她是在那里跳舞吧？"

叶师傅答应说："嗯，舞蹈表演，天天要排节目，也很累。"

梅雅静冲刘西凤笑道："西凤，你毕业后也去省歌舞剧院好了！"

刘西凤一听，就摇摇头说："那可不行，我要实现父母的梦想，去家乡建一座水电站。"

大家一听，笑起来。

叶师傅停了停，突然有点黯然地说："我也是学舞蹈的，先生死后，我才改学了裁缝。"

刘西凤听得心痛，于是安慰叶师傅："一看身材就知道，叶师傅是学舞蹈的。"

叶师傅释然地笑了笑，说："我都好多年没跳舞了，哪里还看得出。"

正说话，有人进屋来取做好的衣服。

大家看看也该回宿舍去了，于是，从缝纫铺离开。

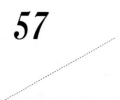

张克工、陈凯和肖子钢三人从街上回学校，边走边聊天。

这时，张克工看见路边有个小男孩在哭，赶紧走过去询问情况。

可是，不管张克工怎么问，小朋友就是不肯跟他答话，直到看到小朋友肩头别针夹着的小手绢，才看到上面绣着幼儿园的名称，小朋友叫张云，是黄家坡幼儿园的小朋友。

三人决定送小朋友到幼儿园。张克工抱着小张云来到幼儿园门外，只见不少家长都接着小孩高高兴兴回家去，幼儿园里头倒是乱成一团了，不少老师和家长都在讨论、争吵着什么事。

张克工三人的脚刚迈进幼儿园的门，一个长得非常漂亮的年轻高挑女人就朝他们奔了过来，泪水还在她的眼睛里转呢。

门卫见有外人进园，正准备出来挡着问，见到张克工抱着的孩子，朝园里喊："二班的张云小朋友在这里，在这里！"

急得直抹眼泪的年轻女人正是叶芳，她冲过来，一把从张克工怀里抱过儿子，又是亲孩子又是笑，泪水一脸也顾不上擦。

园长也赶过来了，满脸是笑地表示感谢，解释说张云是跟着别的家长身后走出去了幼儿园，因为孩子个头矮，门卫从窗口望不着，也没看到小孩子出去了。

三人这才明白，估计是那个家长也没注意张云小朋友，自顾牵着孩子离开了，所以张云才站在那里哭。

叶芳拿出自己的手绢给儿子擦干净脸，又给自己擦了泪水，这才感激不尽地说："太谢谢你们了！"

这么一来，叶芳和张克工、陈凯和肖子钢就算相识了。

这天叶芳下了班过来接张云，经过水电学院门外刚好遇见张克工和陈凯。张克工和陈凯便问起张云小朋友。

叶芳高兴之余，便主动邀请他们一起去接张云。

张克工和陈凯下了课没事，觉得好玩，互相对望了一眼，高兴地答应了。

张克工和陈凯陪着叶芳接到张云小朋友。

这时，张云小朋友像是认识张克工一样，嗫嚅着一张小嘴，突然向张克工叫道："爸爸！"

"你叫谁爸爸？"

大家都望着叶芳怀里的小朋友，看他怎么说。

张云小朋友见大家笑他，不作声，眼里却望着张克工。

一走到外面，他口里叫着爸爸，向张克工的身上伏过去。

张克工赶紧用手接过去，不知说什么话，脸红红的，开玩笑说："你叫我爸爸？"。

"你看，不叫你叫谁？真是有缘分呀！"陈凯开玩笑说。

"干脆认这位张同学当你爸爸算了！"幼儿园老师说，"都姓张，你看多亲热呀！"

"人家还是学生呢？"园长走过来说。

"带职读大学的！"陈凯赶忙插嘴说，"参加工作两年了！"

"多大了？"园长好奇地问。

这时，陈凯大声说："二十四！"

"啊，跟我同年！"叶芳惊喜地看了一眼张克工，但马上意识到自己的失态，赶紧从张克工手上接过孩子，仓促地跟张克工和陈凯说再见。

陈凯一见她们远去的背景，笑着说："她当真了。"

张克工没有当一回事，只是笑笑说："别乱说。"

回来的路上，两个人一路开玩笑。

"果然不错，是个美少妇，还是个舞蹈演员！"陈凯拍着张克工的肩膀说，"我跟你说，叶芳一定是看上你了。"

"你胡说什么呀，小心我揍你！"张克工笑着说。

"别紧张，我不会告诉王姗姗！"陈凯笑着说。

"叶芳长得真美，娶了做老婆真是太幸福了！可惜她没看上我。"陈凯还在取笑着说。

张克工一听笑起来，说："叶芳是个文艺青年，你倒是很合适。"

陈凯笑着说："是呀，可惜，张云不叫我爸爸。"

…………

事情过去好几天了。

有一天，学校门口站着一个打扮时尚的美女，仔细一看，正是张云的妈妈叶芳。叶芳站在路边干什么呢？她在人群中寻找什么？

陈凯快步走过去，大声叫道："叶芳老师！"

叶芳见到陈凯，像见到亲人一样，赶紧打招呼，脸红红的，还有些害羞的样子。

"叶老师，你找谁呀！是不是找……"陈凯问道。

"我……这样的，我的小孩吵着要见张克工呢，现在在家哭呢，今天没去幼儿园。"叶芳不好意思地说。

"啊，要见张克工？我们班长？"

"是呀！"

"张云小朋友真是会找人，知道找我们的班长。也算有缘分，一见到他就不哭不吵，还叫爸爸，真是奇了！"

"是呀，那小家伙，晚上睡觉还爸爸、爸爸叫，都烦死了！"叶芳有点不好意思地说。

"他爸爸呢？不在家吗？"陈凯故意笑着问。

叶芳一听孩子的父亲，没吭声，脸上表情也严肃起来。

陈凯会意，没再问。

"这样吧，我去教室找找，你在这里等等！"陈凯说着向教室走去。

陈凯在教室里找到了张克工，他正在做作业。

"班长，你在这里呀，叶芳老师等你好久了！"

张克工一听，赶紧小声地让陈凯别大呼小叫。

陈凯低声对张克工说："叶芳老师在校门口等！"

张克工便跟着陈凯走到校门口，脸红红的，男人的羞涩挂在脸上，他用手将头发向后抹，微笑着嘴里说：

"叶老师来了，找我有什么事吗？"

叶芳老师没有马上回答，微笑着望着他，目光里流露出别样的情感。

"那你们谈，我去教室了！"陈凯说着走了。

叶芳长得美，有一股明星的气场，她站在路边，引来许多男生的注目，回头率特别高。

张克工又问叶芳："有什么事，需要我帮忙吗？"

叶芳不好意思开口，半晌才说："张云想你了，在家哭闹！"

"啊，张云小朋友想我了！哈哈，小子挺可爱的！"张克工附和着说。

"是呀，自从见了你，晚上睡觉都在想你！"叶芳说，"你下午有课吗？"

"我……下午没课！"张克工说。

"你愿意去看看他吗？"叶芳征求张克工的意见。

"我，那好！"张克工不好推辞，只好说，"我去看看。"

"那走吧！"叶芳说着，走在前面去推单车。

叶芳推着单车，和张克工走出校门。

…………

有时，叶芳她顾不上接孩子，就由叶师傅去接。

叶师傅的裁缝店正好在学校的后面不远，租的是水电学院的房子。

叶芳带着感激之情，一来二去与张克工、陈凯和肖子钢三人熟了。等叶芳过来接孩子时，就会带到校园这边来玩一阵子。

叶芳生下儿子不久就跟丈夫离婚了，独自带着儿子很苦，她还能扛，但是儿子的成长过程中缺乏父爱，是她最内疚的事。

有一天，张克工陪着王姗姗去叶师傅的裁缝店做衣服。

叶芳带着儿子张云一进缝纫铺，张云就朝王姗姗身后扑过来，一头扎进张克工的怀里，满口大叫"爸爸、爸爸"，张克工、王姗姗和叶芳都尴尬得脸红了。

叶芳要接过张云抱，张云扭过头去，伏在张克工的肩膀上，不要她抱。

叶师傅看到这种情况，只好对王姗姗解释，说："这孩子对爸爸没印象，平时也没管别人叫爸爸，今天就缠上这位张同学了，不好意思啊。"

王姗姗本来很生气，听叶师傅一说，就没介意了。

说着，叶师傅就去倒茶，拿糖果，张克工就带着张云玩游戏。缝纫铺活计多，都还没吃晚饭呢，叶芳就进厨房去帮母亲一起做饭。

叶师傅知道张克工和王姗姗都是水电学院的学生，便跟他们聊了一些学习上的事。张克工和王姗姗在座，叶芳也很尴尬，不想坐在那儿，就折过脸去问缝纫铺里的学徒现在做衣服学得怎么样了。

叶师傅见叶芳这样，轻轻地叹了口气，便不说什么了。

张克工注视着叶芳的眼睛，觉得她很真诚很坚强的样子。

王姗姗一边量衣服，一边说："要快点做，等着穿。"

叶芳半倚着裁剪衣服的案板，湿软的目光在他们身上来回地看。

"时间晚了，要不你们娘俩今晚挤着跟我一床睡？"叶师傅对叶芳说。

张云早犯困了，这时候再回歌舞团那间小房子里去，明天一早还要送张云过来上幼儿园，不回去，叶芳一早就直接去上班好了，叶师傅会送孩子去幼儿园。

张克工和王姗姗要走了。叶芳送他们出来，张云扯着张克工的袖子不依，叶芳只好抱上张云一起出来，送走张克工和王姗姗。

送到水电学院后门边，叶芳牵着张云往回走了，张云又拽着叶芳站住，扭头挥着小手，跟张克工说："爸爸，再见！"

叶芳一下子愣住了，鼻子里酸酸的，泪涌了出来，她望见王姗姗那张年轻幼稚无辜的脸，张了张嘴想解释什么，但又说不出话来，因为张云已经扯着她的手，在往回走了。

张克工也只觉得心里被电击了一下。

王姗姗看到这一情境，心里老不高兴，向张克工发脾气……

接下来张克工都没再去缝纫铺了，叶芳也没有再来找过张克工，直到宿舍里几个做伴去学校后门外补鞋，经过一个摆在土砖墙边的书摊时，张克工蹲下身翻了翻图书，不经意朝住在拐角的那排平房看了一眼，刚好看到张云一个人正好蹲在缝纫铺门外看青石板上的蚂蚁，等同学们要离开了，张克工看到张云还蹲在那儿，差不多十几分钟他都没挪一下身子。

叶师傅和叶芳在裁缝店看到了这一幕，也没好意思让张克工进去坐。

因为张克工这么久没来了，也只是不经意路过。而且，张克工身后还有个王姗姗，这让叶师傅和叶芳都没有了奢望。

张克工还是个学生，可他和张云有缘，这么心疼张云，真是很让她们感动。

58

端午节过后不久，就要放暑假了。

暑假之前，依旧是严格的考试在等着大家。

学校里的学习气氛非常紧张，同学们又都对暑假非常热切，各间寝室的话题几乎都是在围着这些主题谈论。

曾晓娅想在城里找一份临时工，赚点钱。

张克工、肖子钢和刘贵北准备去肖家洞水电站帮助搞发电机组检修，文道政决定先回家帮助家里搞"双抢"。

大家聊来聊去，最后才想起问一声陈凯。

陈凯也不看大家的眼睛，只是说："想在暑假做一件有意义的事。"

平时吊儿郎当的陈凯甩出这么句没头没尾的话，听得同学们都是一头雾水。

平时不烧香，急时抱佛脚。

越是接近考试时间，同学们每天用来复习的时间就越长，走的、坐的、站的、躺的，做梦还在背名词解释的，各不一样，还有不少同学拿着书坐到了大樟树上去边乘凉边读书。

梅雅静和刘西凤坐在林荫大道的石凳上，两个人讨论着，头伸到一起，在石桌上演算题目，算了一会儿没算出来，两人正嘀咕呢，一扭头看见文道政边看书边慢慢地顺着林荫道在走。

刘西凤赶紧把文道政给叫住了，让文道政这位"数学大王"给指点迷津。

文道政见刘西凤和梅雅静在做题，就走过去微笑着略带羞涩地与她俩一起坐在石凳上。

三个同学的头都微微地低下来，朝着演算的稿子瞧着，一起讨论，演算，梅雅静用笔在草纸上写着……

等难题解答完，大家都挺高兴，依旧坐在石凳上聊天。

梅雅静边收书本边问："暑假，你们都准备干什么呀？"

刘西凤两手一摊，晒道："回家，好好睡大觉呗！"

说完就拿眼睛看着文道政，看他有什么安排。

文道政便接着说道："我得回家去，帮家里搞'双抢'！"

刘西凤瞪大了眼睛："搞'双抢'？抢什么？"

文道政没留意到刘西凤的傻模样，只是淡淡地回答："是呀！"

刘西凤于是补充道："你要回家去帮忙抢什么东西？"

文道政愣了一下，明白过来，忍不住笑道："哈哈，你是城里人，不晓得农村的耕作。我们那儿是一年两熟的水稻作物，到了夏天稻穗熟了要抢收回家晒谷，然后给水田里重新种下新稻秧，确保下半年再收成一次。抢收抢种，就是'双抢'嘛……"

梅雅静大约是有些明白的，原来梅校长给她讲过，所以她只是顺着文道政的话，说："就是割禾，插秧，叫'双抢'真没错。"

刘西凤听明白意思了，还纠结在用词上要辨个分明："割禾插秧就割禾插秧嘛，怎么说成搞'双抢'？"

文道政只好再给刘西凤解释："抢收、抢插，抢的就是季节。"

刘西凤听来，觉得那甚是有趣，忍不住继续呆萌："那很好玩吗？"

梅雅静接着说："我小时候跟我爸爸去农村也干过，很辛苦的！田里很多虫子，稻叶还会割到手，反正我是各种害怕。"

刘西凤听梅雅静这么说，又觉得"双抢"并不是件浪漫有趣的事，因此嗫嚅着说了一句："这……文同学，你可别累着了！"

刘西凤说着这话，拿眼睛望着文道政那微笑的样子，一时有些痴了。

梅雅静见刘西凤话说得莫名其妙，便抬眼睛望了望刘西凤，见刘西凤正望着文道政不眨眼，心里有些诧异，但还是将手在刘西凤眼前晃了晃。

刘西凤这才意识到自己失态了，赶紧说："文同学，我瞅着你衣服上像有根头发！"

刘西凤站起来，将手朝文道政的肩头伸过去，伸了一半，发现文道政的肩头正好有一根短发呢，便将头发拿掉了。

"哎哟哟——好亲密啊！"张伟和刘闯走过来。

刘闯声落，张伟马上说："嗨，这地方好，够凉快！"

梅雅静伸手拂了拂鬓角的头发，问张伟："班长，你们都复习好了吗？"

张伟得意地点了点头，自信地说："当然复习得很好了！"

刘闯可没张伟那么自信，闷声插嘴说："我恐怕是会不及格，又会要补考！"

梅雅静见状，便不想再聊这个话题，照旧问："暑假你们都打算干什么？"

张伟满怀优越感，说："我得陪父母去云南，坐飞机坐汽车都要坐惨。"

刘闯这回总算扳回一点面子，赶着说："我今年暑假要去西藏。"

刘西凤看了文道政一眼，嘴里却说："哎，你们都跑那么远去旅游哦。"

刘闯就问："那你们想不想一起去呀？"

刘西凤低下眼睛，冷不丁说道："我这个暑假想去农村玩。"

刘闯觉得太不可思议，便问："农村？哪个农村啊？"

梅雅静心想刘西凤这玩笑开得有趣，便答道："我们干脆去文同学家那个农村玩！哈哈哈……"说完，梅雅静还顽皮地笑着瞅了文道政一眼。

文道政心里又喜又忧，半信半疑，但他还是热情地说："欢迎你们一起去我们南方山区玩玩。"

刘闯去农村玩过，就说："文道政家在山区，一定有许多野生动物，去了逮到兔子就烤，捉到乌龟就炖，逮到鱼虾就油炸……"

刘西凤听了直笑个不停，对刘闯说："你怎么看都就是一枚吃货嘛，哈哈哈。"

张伟也去过山区，他觉得山区的厕所和蚊子绝对是不能忍受的，便冲梅雅静说："山区蚊子特别多，很多地方都不卫生，你大小姐能习惯？"

梅雅静翻了个白眼给张伟看，故意嚷嚷："我才不怕蚊子，我有花露水。"

刘西凤拍着手掌笑："对哦、对哦，我们有花露水，擦了香香的，蚊子还不咬。文同学，快将你们家地址告诉我们呀。"

文道政听刘西凤和梅雅静这么一说，一切都像势在必行的事，这次出行似乎坐实了，便赶紧在笔记本上写好地址，再将这一页纸撕下来，递给了梅雅静和刘西凤。

梅雅静刚准备伸手接，刘西凤斜拉里伸手过来将抄地址的作业纸拿过去看了，顺便夹在自己的书本里。

刘闯没想到女同学们连西藏都不稀罕去，倒要往南方山区跑，太不可思议了，说："刘西凤，难道你真去文道政家？"

梅雅静赶紧回答："刘西凤说着玩，她不会去的！"

刘西凤张了张嘴刚准备说点什么，话又被张伟一句话给堵了回去："梅雅静，你这个暑假准备干什么？"

梅雅静是真没计划好一定要去哪，这一被问，马上发现自己没有一定的目标："我？……还没想好！"

张伟听了心里高兴，便盛情邀请说："那你跟我一起坐飞机去云南玩好了，云南好多非常棒的景点。"

梅雅静停顿了一下："那么远我也去不了，暑假我得陪爸爸妈妈去乡下爷爷奶奶家住一段儿。"

…………

初夏以后，天气一天比一天热。

教室里，只有慢悠悠的吊扇在半空中不紧不慢地旋转着，总算可以给大家带来一丝丝凉爽。

端午节过完，学校的考试就开始了，等到考试结束，各位同学就开始处在情绪的不稳定当中，正如《童年》里唱的"总是要等到考试以后，才知道该念的书都没有念……"

考试已经结束，复没复习，考没考好，都不可以重来，也没有那么重要了。

过了两天，同学们的情绪基本就稳定下来。

一部分开始清洗衣服、打包行李，准备拿到考试成绩就回家去报喜。

另一部分同学却在暗下决心，暑假好好学习，争取开学补考过关，下个学期一定好好学习，不再"临时抱佛脚"了。

考试成绩一公布，水电学院没有什么仪式，同学们就自动离校了。

文道政的火车票，比别人的要晚。

这空档里，不少人的心思都在打着小九九了，以寝室或以教室为单位的大活动没有了，三三两两的小活动多得不得了，似乎人人都搞小动作。

俗话说，什么心眼度什么人，这当然只是各人眼中、心底衍生出来的感觉。

115寝室里只剩下张克工和文道政了，两人各抱一本书坐在那里看，也没有话说。

这时，王姗姗悄悄地过来，敲敲寝室门。

张克工看到王姗姗推开了半边门瞄了他一眼，他什么话也没说，就合上书微笑着走出去了。

文道政全部的感官都打开着，在门推开的空气流动与张克工抬头、合书、起身、出门之间，文道政没有抬头看一眼，但他心里全然明白是什么样的情境了。寝室门被轻轻阖拢，只剩下文道政一个人在寝室。

几分钟过去，又有人敲门，文道政朝寝室门看过去，门边是梅雅静。

看到寝室里只有文道政一个人，梅雅静显然有些吃惊，但还是大大方方走了进来，大声说："文同学，你一个人在啊。"

文道政合上手中的书站起来，示意梅雅静坐到凳子上："哎，是你来了。"

梅雅静看了一眼凳子，没有坐下，只是说："是呀，我有个事得求你帮忙。"

文道政心里咯噔一下，想起自己还欠着梅雅静的钱呢，难道这时候催他还钱？不可能吧！文道政瞄了瞄梅雅静，看着不像他想的那样，于是试探性地问："啊，有什么事，你尽管说。"

梅雅静双手比画着说："我想让你买些山里挖回来晒干了的野百合。"

文道政又看了一眼梅雅静正在比画的，不像是百合的图案，倒像是在跳手指舞，细长白皙的手指尖尖的，动或者静，都很美。

文道政收回目光，说："这个可以呀，我们那儿还真有这东西。小时候我妈妈就去后山里挖回来晒干了，有时做饭就会掺一些，有时我们生病了也会煮一些，好吃得很。"

梅雅静一听文道政还知道得很清楚，就知道找对人了，赶紧说："是的，可以药用。我爸喉咙不好，听人家给他的偏方说，多吃蒸的野百合有用处。"

文道政听到这任务，知道不难完成，心里越发高兴："那好，没问题，这事包在我身上了。"

梅雅静犹豫了一下，又问："山里挖百合也不容易，那多少钱一斤呢，我先给你钱吧。"

文道政赶紧双手摇起来："千万别，山里就有的东西，我只要出力气找和挖就可以，又不要本钱。再说，我还欠你那么多钱呢！"

梅雅静听文道政说得恳切，也就不说什么给钱的事了："那好吧，你回家'双抢'也忙，别忙忘了，可一定要记得啊。"

文道政又点了点头："好的，你尽管放心好了！"

说到这，梅雅静这才从身后把书包移到身前来，从书包里面拿出两个扎得四四方方的纸包递给文道政，说："这些糕点和糖果你带在车上吃吧，带回去给奶奶和弟弟妹妹吃也可以。"

带东西给家里人吃，这一层文道政从来没想到过，因为他身上的钱基本都是恨不能一分掰成两分花，现在一见梅雅静拿出饼干和糕点，心里又觉得略有些羞愧，又充满了感激，赶忙摆着手说："不要，这我不能要！"

梅雅静的脸一下子就红了，她也不说什么，顺手拉开文道政专用的书桌抽屉，将纸包轻轻放进去，合上桌盖，口里说："我陪我父母有事去，再见！"还没等文道政站起来，说着她扭头就离开了文道政的寝室……

梅雅静走了，寝室里还有许多迷人的气息不散。

文道政无法静心看书了，他将书卷成筒握在手里，眼睛盯着门，盯着窗玻璃，盯着那盖得严严的抽屉，里面糕点的香味仿佛都飘出来了……

"笃笃笃……"

又有敲门声。

"是梅雅静返回来了？她还有话要说？"文道政怔然扭头看门，心里又觉得不是，梅雅静刚才敲门不是这样敲的。

"谁？！"文道政应着笃笃声叫道。

门推开了，探进半张粉红色的笑脸，是刘西凤。

"原来你一个人在寝室呀。"

文道政站起来，客气地让刘西凤进寝室。

刘西凤站在寝室边，小声说："走，我们看录像去。"

文道政还没去校外看过录像，但校外有街巷里是有黑板立在路边，上面写着"放录像"之类的字，还有片名。这种钱，文道政是不敢花的。学校里偶尔放过几场录像，但后来放像机坏了就再没放过。

"看录像？学校录像修好了？"文道政问。

刘西凤的兰花指只差点到文道政脑门子上来了，她嗔道：

"傻瓜，我们当然去校外面看。"

文道政心里没底，一是他口袋里没钱；二是学校规定了不许去社会录像厅，因为里面常打架；三是……

"就我们俩去看录像？"文道政忍不住问。

刘西凤甜蜜蜜地笑着说："是呀！听说是一部非常好看的武打片，我一个人也不敢去看，请你看也算是请你当保镖嘛。"

梅雅静刚离开，文道政的心还在她身上呢，一时还没回过神来。

刘西凤每次都是与梅雅静一起来找文道政，可是这次，刘西凤突然找文道政，而且还是俩人去看录像，文道政心里有点不安。

文道政见刘西凤这么说，似乎又找不到理由拒绝了，但他还是没起身："这……"

"怎么了，你忘记了吗，我说什么你必须听我的……"说着，刘西凤就过来大胆拽文道政的袖子。

文道政突然记起刘西凤住院时，他许下的承诺，心立即软下来。

文道政躲开刘西凤的手，赶紧站起身来，主动朝门口走去，说："走吧！"

…………

文道政离刘西凤远远的，两人走出校园，走到街巷，一前一后走进录像厅。

录像厅的门内是厚厚的棉帘，窗口也捂着棉帘，吧台开着一盏小小的灯，微弱的灯光漂染了一点淡色，映着电视机的光，才看得清哪里是走道，哪里是人，哪里是座位。

两台大风扇在墙角呼啦啦地吹，但室各种难闻的气味夹杂着也吹不出屋子去：香水、汗味、烟味、酒味、零食味……

踩着座位前的几只拖鞋，从几个脚踩在座位上的男青年身前挤过去，文道政和刘西凤找到了属于自己的座位。

黑压压的看不清也好，也就看不清座位下的瓜子皮一地，看不见座位靠背上油腻腻的颜色——这种不祥的气息让文道政放松不下来。

坐着看录像，好在录像真的挺精彩，他们看着看着，心也放松下来了，也就不再为环境所拘束了。

刘西凤虽然心里眼里都没有拘束，但是，她背着梅雅静偷偷约文道政出来看录像，多少心里有些亏欠。

刘西凤明明知道梅雅静和文道政的关系，可是，刘西凤顾不得那么多，这么优秀的男生，谁都愿意走近，何况，他们之间是发生了故事的。

她知道文道政在她身边，她身心里嗅到的全都是文道政的气息，她偷偷地抬眼看文道政俊逸的面容随着情节的曲折紧张或者微笑，看得那么入神。

刘西凤想悄悄地靠到文道政胳膊上来，但想想录像厅里也不知道还有哪些人，万一瞧见告状，被学校开除还是麻烦的，于是心里猫抓似的，身子还是没敢依到文道政身上。

至于录像放了什么名字什么镜头，刘西凤完全没印象。

录像放了二十几分钟了，两条影子这时从录像厅门外进来，按服务员指点的方向，朝座位中间挪过来，正好在文道政的前一排两个空座上。

文道政厌烦地侧过头想去看男主角精彩打斗的场面，但前面那两人是手拉着手进座位的，中间没缝隙儿，文道政瞧不到，他就有些气恼地抬眼朝前排两个身影看了两眼，希望他们立马坐下，没想到这一看就吓了一跳……

刘西凤看着前排手拉手的情侣，心里羡慕得很，正哀怨自己没这个胆子呢，没想到文道政主动伸过手肘来朝刘西凤的胳膊碰了一下，刘西凤芳心大喜，惊喜又害羞地抬眼去看文道政。

文道政却扬了扬头朝前排示意了一下，让她看前排的人。

刘西凤这才定睛看了看前排的女生，侧过头去看那男生，是张克工和王姗姗……

刘西凤和文道政这时的心更加紧张了，原来想着要搞的小动作，都没有发挥出来。还没等录像结束，他们赶紧站起来离开了。

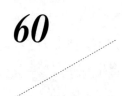

60

农村里忙"双抢"，真正是"抢"。

双抢的时间不长，但足够累，足够晒。

从割稻、脱粒、晒谷，到犁田、插秧，文道政每天黎明起床，到半夜才收工，他就这么穿着一双破胶鞋，弯着腰，忙到眼前发黑，直到眼前又涌起了一片绿幽幽的秧苗……

"双抢"结束，最重要的事就是去帮梅雅静挖野百合。

文祖母和文母不知道百合是什么，但一说起"山丹丹"，马上就眼睛发亮了，除了告诉文道政挖野百合需要注意的事项，还顺带跟文道政说了不少关于野百合的故事，包括饥荒时候野百合等植物，怎么帮助村民们度过艰苦岁月的故事。

文祖母说野百合还没长大，干脆等到开学时再上山挖。

听了祖母的嘱咐，这挖百合的事就耽搁下来了，倒成了文道政的心事。

最后文道政决定先到城里去找一份临时工做做，赚点学费钱，等快开学时再回家来挖新鲜的百合。

文道政跟母亲商量好了，决定过两天进城。晌午时分，弟弟从大队部一路跑过来，大声叫道："哥哥，哥哥，你有封信！"

文道政很高兴能收到信件，赶紧接过信看，是水电学院的信封，右下角的地址后，只有一个字母"M"。

文道政一想，这应该是梅雅静写来的信，心里甜滋滋的，马上就开始拆信。

"文同学，双抢辛苦了！

我替你在学校找了一份临时工，请接信后速回校。

梅雅静"

文道政看完这简短的来信，又看了看写信的日期，差不多快五天了，心里有些感动，也有些着急。他将信纸背面看了看，没有其他内容。

文母等文道政看完信开始折叠回原状了，见文道政的表情不错，知道来信不是出了什么问题，这才轻声问："谁写信来的，有事吗？"

文道政抬眼看母亲时眼里溢着幸福的流光，这让文母略微一愣，便添了心事。

"妈，信是同学写来的，让我回学校去。"

文母有些不解地问："啊？那你什么时候走？"

文道政想了想，说："还是后天吧，明天我要带弟弟进山一趟。"

文母想了想，猜文道政是要进山去挖百合，便把自己常去的那块沙质土壤山坡地告诉了文道政，并且嘱咐他说那儿离家远，要带些吃的去，来去路上都要注意安全，特别是不要让弟弟离开视线乱跑。

…………

第二天清晨，天才微微亮，文道政和弟弟各吃了一碗酱油拌饭就出发了，走了一个小时，天才完全放亮起来。

文道政正提着竹篮跟弟弟一前一后走着呢，听到身后野道边的野竹丛窸窸窣窣响，想起祖母的叮嘱，免不得心里就紧张起来，倒是弟弟还满不在乎，直往前奔。

文道政站了一下，细心听，却看到从小道上弯过来的正是走得气喘吁吁的母亲。

眼下还不是挖野百合的最好季节，植株容易找到，但相对的鳞茎也就脆嫩些，滋味淡，药用效果不够理想，但人迹少至之处，蛇和野蜂还是不少，偶尔能碰到野猪，早些年山里还有人碰到过豹子呢，文母到底还是不能放心让一直没怎么进过山的文道政带着弟弟前来。

文母赶上两个儿子，就走到前头去了，手里拿着一根细长的木棍子在路两边的草丛上轻轻扑打，又同文道政聊着天，不多时候就到了她最熟悉的一片山坡。

"你看，我们就挖这些。"文母指给文道政看，又指向另一株，"这种的就先别挖，现在挖伤了就不好了，等成熟后我来把它们挖回家晾好，你抽空回来拿就是了。"

"过一段时候就没有蛇了，虫子蜂子也少很多，只要注意不碰到野兽，会安全很多，那时候来挖百合才是百合最肥最甜药用价值最高的时候。"

三个人动手，且还有一个是能手，远比文道政设想的时间要短，太阳晒到头顶，最热汗直淌的时候，娘仁已经挖了满满一篮子百合球茎。

"挖多了吃不完也容易坏，所以不能下水洗，丑是丑点，但可以放得略久一些。"

文母边干活边细声给两个儿子讲解，等收拾工具准备往家走了，文道政拿出带的水壶递给母亲和弟弟喝了几口，自己又喝了几口，这才朝肩头蹭了蹭被汗水泡得发痒的脸，往山外走。

文道政参加"双抢"以来被晒得很黑，清秀少了三分，健康多了五分，文母忍不住又多看了文道政几眼，然后叮嘱小儿子要向哥哥学习，争取考个好学校，做个有出息的人。

就这么走了一段，文母带着拐棒上山脚的一条小道，那儿有一眼泉，缓缓流出来，水量不大，却也盈成了一泓漂亮的水，一尺多宽的水带子亮晃晃地向山谷里流下去。

文道政赶紧拽住要往水里冲的弟弟，示意要先洗脸洗手，先静一静再下水。

大家捯饬完毕，文道政与弟弟两个把衣裳脱下来，在水里洗了洗汗，拧干了再甩甩水珠，立马又在身上穿起来。

山风吹着，立时就透心的凉爽。

文道政跟弟弟聊一些学校的趣事，又说一说自己读书的情形，文道政又开始听母亲继续唠叨关于大山里的各种事情。

"……晌午时候最热，各种小动物都不爱出来晒，所以这时候山林里格外安静，相对也比较安全。你看，这种藤，瞧见它的花和茎的颜色没？它可以治毒蛇咬伤，常在山里走的，都会记住几种蛇药……不过，最好还是不要遇到蛇，走路小心些，不踩到它们一般都不会有事。"

说着说着，文母才意识到这些年文道政除了读书就是读书，对山林，特别是深山里的各种常识，知道得还远远不够……

回到家里，已经下午三点了。

文祖母把米从大锅里捞出来放进了木桶，正在蒸饭——这是准备中饭晚饭一顿吃的节奏了。

明天就要离开家乡，文道政心里隐隐地有些痛，有些不舍。

61

暑假里，水电学院靠围墙边的几栋危房已经拆除。

大堆的破砖烂瓦堆在废墟边上，新的教师宿舍就要盖在这个位置。

所有从旧楼上拆下来的砖瓦等物，只要能再使用的，都清理干净，码放到围墙边去留作其他用途。

工地上民工很多，但文道政没想到的是，他还没去找梅雅静报到呢，就在清理废墟的人群里看到了梅雅静的身影。

梅雅静头戴一顶草帽，穿一件长袖的旧衬衣，衣摆还扎在裤腰里，两只旧棉纱手套，一双旧白网鞋，右手握一把砌墙用的薄砍刀，动作利索地将红砖上粘的白色灰浆砍掉，然后将干净周正了的砖拿起来，堆放在身边的空地上，凑齐了50块砖，就移到簸箕里去挑到墙边码起来……

文道政看到梅雅静在工地上，直接走过去。

梅雅静抬头看见文道政当然是格外高兴，说："你来了！"

梅雅静这几天埋头干活，很少与旁人聊天，现在文道政来了，他们就可以做个伴，一起干活一起聊天了。

文道政点点头，便弯下腰跟着干起来。

校长千金放下架子做粗活，这是文道政绝对想不到的，但这些活对于文道政来说，还算不上是粗活累活，何况还有梅雅静在身边陪着，文道政更是浑身力气，劲头倍增，做得飞快，砖也就不用梅雅静来挑了，她只需要跟着文道政走到墙边去，协助将砖块码好。

梅雅静正好借此站起身活动活动，这也是避免下肢屈久了会发麻的好办法。

文道政看着梅雅静的纤纤玉指开始磨出茧来有些心疼，两人当然都不知道此时此刻，刘西凤正拿着文道政给的地址，走在去往文道政家的路上。

刘西凤心里有一团火。不知道为什么，梅雅静在刘西凤面前夸文道政时，刘西凤开始心里还反感，认为一个自费生、乡下人，有什么值得夸。

可是，后来，刘西凤听到了更多的关于文道政的事，特别是文道政考上大学没被录取，而且会武功，而这个武功就是他的祖母传授的，她便特别开心，也跟着"文同学、文同学"地叫文道政。

刘西凤突然感到，文道政不是梅雅静一个人的，也可以是她刘西凤的。因为，刘西凤和文道政两个人发生的故事，梅雅静不知道，当然，她也不会让梅雅静知道。那是她和文道政俩人的秘密。

这个秘密，也是刘西凤要挟文道政的秘密武器。

如果文道政不听话，刘西凤就会将这个秘密说出来。

刘西凤这次去文道政家，要给文道政一个惊喜。每次，刘西凤总是与梅雅静一起去找文道政，三个人在一起说笑，学武术。

这个暑假，她要一个人找到文道政，在他家里和他长时间待在一起，让他教武术，让他的祖母也给他们指点武功……

刘西凤按照地址，坐了火车，又上了汽车，还坐了一阵拖拉机，来到南方山区的大山深处，左打听，右打听，特别兴奋地找到了文道政家。

一踏进门，文道政的弟弟告诉她，哥哥离家到学校去了，就在昨天。

仔细一问，才知道文道政是接到同学的信紧急返校了。

刘西凤一听，双腿一下子软了下来，眼泪都出来了。她辛辛苦苦跑到老远来，就是想给文道政一个惊喜，没想到，文道政却离开家乡去了学校。心想，是谁写信让文道政返校了呢？难道是梅雅静？除了她还有谁呢？

刘西凤心里委屈得不行，眼里都是泪花。

文母见文道政有这么漂亮的女同学来找，高兴得什么似的。仔细看，刘西凤有些不高兴，有些失落，便赶紧说："姑娘，你快请坐！"

文母赶忙拿出了山果，让刘西凤吃。

问刘西凤叫什么名字，今年多大了，是不是跟文道政一个班，问得刘西凤不好意思。

刘西凤只好在文道政家人面前装成落落大方的快乐样子。心里却在想，文同学，我回学校有你好看，不好好惩罚你一通决不罢休。这样想着，她的心里好受多了。

文母也觉得人家姑娘老远来，没见到文道政受了委屈，赶紧捉了一只正在下蛋的母鸡宰杀，一半炒着，一半炖着，算是给刘西凤最热情的接待。

刘西凤有好多梦想要在文道政家里实现，比如，要文道政带她到大山里去看看，去山里捡野鸡蛋，去河里捉鱼虾，还有要文道政的祖母教她学武术……

可是，文道政不在家，这一切可要泡汤了……

刘西凤装着十分高兴的样子，还将自己当作了文道政的准媳妇。吃饭时，将文母夹给她的鸡腿，夹到了文道政弟弟的碗里。

文祖母看到刘西凤这个样子，特别高兴，与文母小声说："你看，这姑娘多漂亮，我们文道政真有福气！"

文母就小心地说："那双手太嫩太小，今后怎么干粗活？"

文祖母马上就说："大学生了，哪像我们还干粗活？"

文母一听，感觉也对，就笑起来，责怪儿子文道政回学校早了两天。

刘西凤听了不觉脸一阵发烧。

刘西凤看到文祖母快八十岁的人了，身体强健，一双有神的眼睛，乌黑的头发里，竟然没有一根白头发。心想，这一定是习武的好处。本想向文道政的祖母学武术，但文道政不在家，她不好开口，就怪梅雅静的那封信，害得刘西凤白跑一次。

路途遥远，人太劳累了。

眼看天色已晚，刘西凤只好在文道政家住一晚，第二天随要进县城的邻居一道儿离开了山区，坐车到县城，再从县城转火车朝水电学院过去。

文母就安排刘西凤晚上睡在文道政的床上。

山区的夜，又寂静又吵嚷。

到了深夜，各种虫鸣都叫起来。山上的鸟，也在叫。特别是猫头鹰的叫声，真叫人害怕。

刘西凤听到这些声音，翻来覆去无法入睡。文道政刚刚睡过的床上，仿佛有文道政身上的汗水味和男人味。刘西凤一个女生，躺在喜欢的男人的床上，也会想入非非。要是文道政没走多好啊。

到了后半夜，她抱着文道政床上的一件衣服，才迷迷糊糊入睡。一入睡，便进入了梦乡。梦见她与文道政睡到了一张床上，两人紧紧拥抱在一起……

刘西凤醒来时，感觉好奇怪，怎么会梦见文道政，与他紧紧拥抱在一起？这个梦，让她相信是命运的安排，她对文道政更加有了拥有的欲望……

刘西凤抵达学校的时候，黄亚男也到了学校，大家这才知道，学校要建新大楼，将拆下来的废砖清理干净，以便重新利用，这是梅雅静承包下来的"业务"。

本来，学校拟将这些任务让教职工子弟来做，一是锻炼社会主义"四有新人"，二是勤工俭学，三是学校里的确有些教职工家庭条件不好，如果能补贴补贴，也是好事。

但没想到，教职工拉不下这面子做粗活，子弟们有的要搞学习，有的要回老家陪爷爷奶奶、看外公外婆，有的要出去看录像、逛街，吆三喝四的玩去了了，都不肯来。

等梅校长落实下来，发现偌大的学校凑不出一支零工队伍时，就在家里晚餐时候唠叨了几句，梅雅静灵光一闪，脑洞大开，马上兴奋地表示自己愿意。

梅校长疑惑地看了梅雅静半晌，才问："你一个女孩子家，这些活计，你真的做得来？还能找到人做？你不是开玩笑吧？"

"爸——爸——，校长大人，您看我像开玩笑吗？"梅雅静顽皮地说，"古有花木兰代父从军，我这也是替父分忧嘛，还能锻炼自己哦。"

如此一来，梅校长也就决定好好考验一下梅雅静"做粗重活"的毅力与能力了，当然还有"号召力"——梅雅静那些闺蜜同伴们，没有一个是做粗活的料。

梅雅静第一封信就写给了文道政，然后就是黄亚男，虽然梅雅静也给刘西凤写了信，但最终没寄出去，因为她考虑到刘西凤家条件还不错，她在家什么家务都不做，让她一个跳舞的白天鹅来做砍砖渣渣的粗活，估计是不太可能的。

所以，刘西凤扛着行李找到梅雅静时，她几乎是大吃一惊，既不知道刘西凤怎么就来了学校，也没想到刘西凤把行李送回寝室，就戴上手套开始干活了。

梅雅静直起腰问道："西凤，什么风把你吹来了？"

刘西凤当然不敢说出到文道政家里去的事，随口说："当然啰，我们心有灵犀一点通！"

梅雅静一听，笑起来说："真是好闺蜜！"

黄亚男也笑起来，说："这是心灵感应吗？！"

刘西凤坐在四块码起的砖上，距离文道政一米多远，她一直想告诉文道政，她去他家了，跟文道政说说在文道政家里的情形，但始终找不到机会说。

刘西凤不想其他同学，特别是梅雅静知道自己去了文道政家，而且文道政还根本没在家。

手忙着，心空着，嘴闲着。

大家一心一意干活。聊天打发时间虽然会影响注意力，但会减少枯燥感。几个人围成一个大圈圈各自干活，文道政见各人腿边有几十块砖了，就起身将砖都挑到围墙边码成砖垛子。

黄亚男爆料说："省歌舞剧团下乡演出，陈少爷去了，算是志愿者！"

梅雅静笑了笑，回答说："陈少爷吉他弹得是不错，只是没想到他这么有爱心，还送节目下乡去了。哎，要是早知道，刘西凤也可以去跳舞啊！"

刘西凤撇了撇嘴，说："我怎么能去啊，我又不认识人。陈凯是怎么去的？"

黄亚男神秘一笑，想不说的，到底还是憋不住，说道："这，这里面有个秘密。"

一说是秘密，大家的耳朵可就都竖起来了："什么秘密？说出来听听！"

黄亚男小声说："其实我也是无意中才知道的。省剧院有个当家花旦叫叶芳，演《白毛女》喜儿，她就是学校后门那个裁缝叶师傅的闺女。陈少爷就是跟她熟！"

梅雅静想想，自己在裁缝店像是看到过叶芳，说："记起来了，我们看到过叶芳呢。"

"好像是。陈少爷怎么会跟她熟？"刘西凤好奇地问道。

"这，这里有个故事。"黄亚男接着说，"陈少爷、张克工、肖子钢三个人在回学校的路上，曾经捡到一个男孩子。"

"捡到一个男孩子？是谁？"刘西凤好奇地地问。

"当然是叶芳的儿子呀，他们送到幼儿园去，幼儿园的老师正焦急呢，以为叶芳的孩子走失了。"黄亚男说道。

"他们是做了好事。你怎么知道得这么清楚？"刘西凤问道。

"我当然知道，陈少爷亲口告诉我的。"黄亚男说着，望了刘西凤一眼。

"陈少爷怎么会告诉你这些？原来你们关系不一般呀！雅静，你说呢？"刘西凤这么说道，看着梅雅静。

"你们说什么呢？谁关系不一般？"梅雅静问道。

"我在说，黄亚男与陈少爷呢，陈少爷有一点点事就向黄亚男汇报。"刘西凤说着，望了文道政一眼。

"啊，陈少爷哟，哈哈哈，他们是一个地方的老乡。"梅雅静笑着说。

"陈少爷和黄亚男是老乡？难怪！"刘西凤边砍砖边说道，"不是青梅竹马吧？哈哈哈。"

"是不是青梅竹马，我不清楚，但他们的父母在一个单位上班。"梅雅静说着，将砖翻了一个边，看了黄亚男一眼。

"雅静，你说什么呢？我们俩小时候不是在一起吗？根本不认识陈少爷。他爸爸是从部队回来的。"黄亚男解释说，"读高中才认识。"

"读高中就认识，难怪陈少爷心里有什么事就最先告诉你。"刘西凤说。

"陈少爷读高中就会弹吉他，歌也唱得好。"黄亚男笑着说，"他去当志愿者就是去锻炼。叶芳是去演《白毛女》中的喜儿。"

梅雅静听了就扭头看刘西凤，笑道："演喜儿？刘西凤也可以演喜儿呀。五四青年节，她就是演的喜儿。"

刘西凤想想，人家是当家花旦，和自己到底也不是一个水平，就说："全国演喜儿的人多呢，这不稀奇。他陈少爷不会是去演杨白劳吧，哈哈。"

黄亚男赶紧说："杨白劳？这倒没有，他上台，可以边弹吉他边唱歌啊，这在农村也是很新潮的哦。"

文道政在那边一直低着头码砖，码了有两米多高的砖墙。

到天擦黑，大家响应梅雅静的指挥收拾收拾就去吃饭和休息。

文道政回到宿舍洗完澡，看了一会儿书，眺望到工地上灯火通明的还在加班，便又下楼去继续干活。

工地的灯光只照着工地，但废墟也被照得亮亮的，文道政坐在几块砖上低着头砍砖。夜里安静、凉快、专心，干活的效率还真高。

十个砖一竖排，十竖排是一百个砖，凑足了一百个，文道政就站起来将砖挪到围墙边去。

砖码完，文道政回到废墟边刚坐下，准备休息一会儿再继续干活呢，突然旁边伸出一只白嫩的手，就将砍刀从文道政手中夺走，往地上一扔。

文道政赶紧扭头去看，是刘西凤，她发着脾气，站在他身边。

文道政赶紧站起来，问刘西凤："怎么了？"

刘西凤上文道政家扑了空，刚到寝室去找又扑了空，正满心满肺的火气呢，冲着文道政就龇牙咧嘴地吼："怎么了？怎么了？就是你，快气死我了！"

文道政更加莫名其妙，说："啊？谁气死你了？告诉我，我为你报仇去！"

文道政捡起砍刀，滴溜溜扬着。

刘西凤歪着脸，冲文道政大声说："我说的就是你！你！你！"

文道政再过细问，刘西凤跺着脚眼泪就流下来了，说："你为什么不早不晚，先一天离开家，害我扑个空！"

"啊？你真去我家了啊？"文道政瞬间感到对不起刘西凤，赶忙说，"你又没说真去，也没说哪天去……真对不起，对不起。"

"那你说，你怎么赔我？"刘西凤抹了抹眼泪，嘟着嘴。

"陪你？哎，我天天陪着你砍砖，好不好？"文道政赔笑脸。

"什么跟什么嘛？"刘西凤听文道政答得无厘头，气得都不知道要怎么说了。

文道政看到刘西凤那个生气的样子，心一下子软下来，小心说："你说怎么赔你？"

刘西凤一听，赶紧说："我还没有想出来。"

…………

第二天早餐过后，文道政和三个女生又来到工地干活，大半天时间聊东聊西，话题不免总是会扯到叶芳身上。

说起叶师傅做的衣服多么伏贴合身，针脚多么密，又惋惜校园外的民房要拆除，裁缝店也在拆除区域内，免不了又替叶师傅叹息了一阵。

再说起叶师傅的丈夫在"文革"期间被折磨得跳楼，平反之后叶师傅让女儿叶芳顶职进了剧团工作，自己却离开剧团出来开了裁缝店，免不了又都说叶师傅真是伟大的母亲。

边工作边聊天，转眼大半天就过去了，眼看就是下午三点多了。文道政一眼看见陈凯背着一把吉他从校门外走了进来，于是扯直了喉咙喊陈凯的名字。

陈凯看见梅雅静等四个人在干活，格外吃惊，马上就向这边跑过来。

文道政大声问道："陈少爷？你从哪里拱出来的？"

黄亚男看到陈凯那个样子，笑着说："陈少爷背把吉他，闯天下去了？"

刘西凤也站起来笑着说："说曹操，曹操到。"

陈凯都不知道这下要先回答谁的，见刘西凤这么说，马上就问："谁在说我呢？"

黄亚男赶紧说："大家都说你，暑假过得最有意义！"

陈凯听了这话，心里高兴，点了点头，说："说得对。下基层演出，得到锻炼，开阔了眼界！"

梅雅静朝陈凯眨巴眨巴眼睛，说："陈少爷，你不是一个人去演出吧！"

陈凯没看出梅雅静那暗示他老实交代问题的眨眼，只管认真回答："当然不是，我是跟省歌舞剧院去实习了。"

"才大二呢，这就去实习，能算实习啊？你跟谁去的啊，也不带带我？"刘西凤一连串的话问起来。

陈凯冷不防刘西凤挖了个坑套他，高兴地说："哎哟，台柱子喜儿把《白毛女》演得特别棒！"

刘西凤赶紧追问："那是谁演的喜儿？"

陈凯的笑就冻在脸上了："这……我先回宿舍去了……"说完，陈凯提着吉他袋子就大踏步离开了。

梅雅静小声笑了笑："他居然不敢说，那就证明有问题。"

"有问题就不敢说？"说完这话，文道政想想刘西凤去了自己家，刘西凤没说出来，自己也没敢提。这么一想，心里倒觉得怪别扭的。

"陈少爷！"黄亚男不知为什么，莫名其妙地冲着陈凯的背影喊。

陈凯犹豫了一下，站住了脚回头看。

黄亚男又继续喊着说："马上过来干活！"

陈凯听了，快乐地答道："我马上回来……"

大家见陈凯答应说过来干活，就笑着说："黄亚男，陈少爷就只听你的话。"

黄亚男一听，脸一下子红了。

大家一见，都笑起来……

62

九月开学，大一新生入校。

按照水电学院的惯例：

一年级住宿舍一楼。

二年级住宿舍二楼。

三年级住三楼。

四年级住四楼。

大二学生换寝室，这么普通的事对于水电委培班来说，却也是风波，还好没有太大的冲突，但问题还是不可避免地朝水电委培班袭来。学校在安排住宿时，竟然没有将水电委培班从一楼，调到二楼上去。

眼见水电一班同学们搬家，水电委培班的同学就开始闹腾了。

"凭什么不让我们搬到二楼去？"陈凯第一个大声叫唤起来。

文道政正好走进寝室，张克工、刘贵北和陈凯便大声叫嚷："这太不合理了。"

文道政见水电一班的同学在高高兴兴搬家，心里就有火，大声说："走，找'高老师'去。"

杜老师听了张克工、文道政几个同学的话，心里也有气，二话没说，带着同学们去找"情报处长"。

肖处长叼着一支烟，听了大家的意见，说："这个，你们多理解，寝室只有这么多"。

张克工和文道政对视了一眼，大声说：

"为什么要我们多理解？我们也是学生，凭什么还让我们住一楼，又潮湿又阴暗。"

"这不合理，我们委培班也是班，自费生也是学生。"杜老师争辩着说。

"情报处长"见杜老师这么说，解释说："先暂时这样安排，有个干训班马上毕业了，到时再考虑。"

杜老师一听，立即就问道："是不是住在四楼的那个干训班？"

"情报处长"笑笑说："是的，到时可以考虑你们班，直接住到四楼上去。"

"情报处长"说这话时，心想，水电委培班总是与水电一班发生矛盾，如果安排在二楼，两个班就会生出是非。安排到四楼去，可以避免他们正面交锋。

杜老师一听，高兴地说："那好，肖处长可要记住哟。"

同学们一听，要安排到四楼去住，都高兴地不再吭声了。

开学才一周多，梅雅静给参与了勤工俭学的同学造了一张工时和工资表，把工资一个个送到各位同学手中，又签了名，这才把名单交到学校财务室去。

连梅校长都没意识到梅雅静有这么清晰的思路，将这事做得清清爽爽，没有什么闲话落入旁人之口。

文道政在开学时收到了家里寄来的学费，现在又收到梅雅静付的工资，感觉这是身上最有钱的一次了，可见只要肯勤劳工作，赚钱的机会还是无处不在。

交完学费，文道政留下点生活费，然后把剩下的钱装回梅雅静发工资的信封里，给梅雅静送了过去，先偿还一部分借款。梅雅静询问了一下文道政财务问题，知道还留了钱做日常开支，也就不说什么了。

虽然钱没能一次还清，但还一点是一点，起码有还债的诚意和态度在这儿，文道政还是觉得有些安慰，有些格外的快乐。

…………

老师照样地上课教书，同学们照样地上课读书。

开学一个月后的全校师生大会，却把水电委培班好不容易积攒的那点自信和骄傲打击得七零八落了。

在大礼堂里，主席台上坐着梅校长、王副校长、肖处长……

台下坐着的，是全校师生。

与其他班相比，不同的是，水电委培班坐在台下，不管是杜丽娟还是同学们，都霜打茄苗似的低垂着头，没人聊天，没人对视，没有笑脸。

肖处长在大会上严肃宣布："现在我宣布：撤销张克工水电委培班班长职务，给予严重警告、留校察看处分。"

台下叽叽喳喳，大家拿目光四处扫视，向前后左右看，寻找水电委培班所坐的位置，想看看这个班怎么回事，又闯了什么祸。

肖处长大声说："水电委培班班长张克工，违反学校禁令，在学校公开谈恋爱，被当场抓获。"

台下叽喳一片，哄笑一片，起哄的声音让肖处长几次拍桌子，才镇压下来。

肖处长拿着话筒，大声严肃地说："大家肃静，肃静。"

台下，安静下来。

肖处长接着说："这是一起极为严重的问题，张克工公开违反学校纪律、挑战学校禁令。"

台下，有声音。

台下有同学小心问："请问女生是谁？"

肖处长像是听到了，回答说："女生是谁？在这里我不公开点名了。对于女生，学校决定劝退。"

台下同学又问："劝退是不是开除？"

肖处长严肃地说："这就是在学校谈恋爱，违反学校纪律的下场！我再三强调，抓纪律、抓安全是第一件大事，决不含糊。谁要是敢向学校纪律挑战，绝没有好下场。"

台下，一片安静。

杜老师坐在水电委培班侧面的第一个座位上，脸色特别不好。

就算不劝退，王姗姗也不可能在大学留下去了，她父亲单位的招工通知下来了。王姗姗已拿到招工通知了。按照单位规定，单位子弟读大学就不安排工作，安排工作就不允许读大学，就得马上回家工作，放弃读大学。

因此，张克工和王姗姗这些天缠在一起，难舍难分，顾忌也就少了很多，可不就被学生处逮了个正着么。

招工离校，与劝退离校，毕竟是两个概念，对张克工和王姗姗来说，特别不好受，对水电委培班来说，那也是绝对的伤害。

现在想起来，两人偷偷摸摸恋爱也大半年了，居然就在这离别的前几天放松了警惕，偷尝了禁果，还被肖处长抓了个正着，现在全校皆知，多丢人啊。

王副校长讲话了，他清清喉咙说："今天给大家上了一堂反面教育课，大家想一想，这样值得吗？还好，问题是出在水电委培班，不是公费班……现在水电委培班班长撤职了，这个不思进取的自费班，还有谁能当好班长？能产生班长吗？"

王副校长的语气里充满了鄙夷，充满了幸灾乐祸，充满了不屑和嘲讽。

台下纷纷议论，目光集中在水电委培班。

杜丽娟沉默着，她不知所措；全班沉默着，面对水电委培班最大的一次凌辱；全校学生沉默着，等着看热闹似的。

几秒钟工夫，像过了一千年那么漫长的时间。

主席台上痛心的、看笑话的和事不关己的各种心态的领导，都把目光投到了水电委培班这一区域。

突然，他们清楚地看到水电委培班低垂着头的方阵中，有一个人站了起来，他不慌不忙地站在那里，显得那么高大和自信，因此，显得格外突兀。

水电委培班周边的班级大声叫道："文道政！"

水电委培班的同学们这才都抬起头，看人潮嗡嗡的声音是为了什么。

文道政平静地站在那里，他挺直了身子朝主席台方向大声说："能，我能！"

王副校长不知道文道政说了什么，但他知道这是自己提问之后唯一的回应，于是他质问道："你是谁？你当班长能行吗？"

文道政听到王副校长的质问，以更大的声音说："我叫文道政，我能行！"

肖处长和文道政打了多次交道了，他猜得到文道政这一举动的意义，于是悄悄给王副校长说："他就是那个见义勇为的同学，叫文道政，去年期末考试拿了几个第一。"

水电委培班出问题，梅校长这几天心情都不好，简直有无地自容之感，现在水电委培班立于风口浪尖，如果不能倒下去，就必须有人力挽狂澜。

力挽狂澜的人会是谁，显然是不能预测的，但他见水电委培班有人站起来，又听肖处长介绍说这就是文道政，梅校长看往别处的眼睛马上收回来看向文道政，失神的眼睛马上就被点亮了，他激动地直接从王副校长手中接过话筒，坚定地对台下说：

"好，文道政！我相信你的能力和决心！相信你说到做到！"

听到梅校长如此肯定的回答，大礼堂里顿时响起热烈掌声。

学校里有多少人犯着各种各样的错误，又有多少人希望自己的学校是有人情味的学校，能帮助大家从青涩走到成熟，走到灿烂的未来。

显然，梅校长对犯有错误的班级的鼓励和肯定，就像一轮阳光照在了大家心上，给了同学们格外的喜悦和自信。

王副校长见梅校长这么说，台下又是如此热烈欢呼，他再冷嘲热讽便没有意义了，于是语气也缓下来：

"水电委培班在学校每次评比，听说都拖后腿，课堂纪律一个字：差。寝室卫生三个字：脏、乱、差。文道政，你口头上说能行，谁相信你呢？下次评比，水电委培班能评上优秀班级，我就信你，你就真正能行！梅校长和我们都期待着，你要说到做到！"

水电委培班的同学，听到文道政如此勇敢地逆转了局势，现在又敢于抬起头来，有了继续努力的信念和光明，于是等王副校长话音一落，就全体站起来鼓起掌来。

文道政站在那里转过身，举起手，带头大声喊道："我们能行！"

水电委培班全体同学，举起右手，大声齐呼："我们能行！"

整个礼堂顿时响起热烈掌声，台下的同学们，不由自主地站起来了；台上的领导，也集体站起来了……

63

文道政当班长和全校其他的班完全不同，他是自己自告奋勇争着当的班长，他上任的第一天，全校老师同学都知道他是水电委培班的班长了。同时，对于杜丽娟，对于水电委培班，文道政绝对是救班级于危难之中的功臣，现在文道政走马上任了，他要做的，就是真正意义上地带领全班同学向前走，争当优秀班级，绝对不能混日子。

因此，接下来文道政在水电委培班，提出全班开展"三比、三看、三不准"活动，就得到了杜丽娟的全力肯定和全班同学的无条件支持。

当天的班会，就水电委培班各方面不足提出意见和建议，形成纪律和规定，并要求同学们一件件一桩桩落实到位。

文道政以身作则，不但严管水电委培班，首先就自己带头，从严管理自己。

同学们之间形成了"向文道政看齐"的风气：

抓学习成绩，向文道政看齐；

抓寝室卫生，向文道政住的115男舍看齐；

抓晚自习纪律，向文道政看齐。

…………

115寝室大扫除之后，接着马上协助其他男生寝室大扫除。

肖奕琴负责女生寝室的监督和检查。

要求桌面、窗台不见灰，盆桶不积水，玻璃镜面不落尘，被子衣服折叠整齐，当天换下的衣服当天洗，臭鞋子臭袜子及时洗晒，学习用品码放整齐……一切都是标准化的管理。

不出三天时间，水电委培班的卫生就是全楼最干净的了，接下来最艰难的就是保持卫生，始终保持。这个肯定比偶尔一天的大扫除，要来得更让同学们痛苦。

文道政放出了狠话，哪间寝室里被谁扔了垃圾在地上，谁的桌面和床没整理清楚，他就得负责全寝室一周的卫生。

男生115寝室的陈凯一听这话，顿时觉得满地都是坑，他"感觉自己再也不能轻松地活下去了"。

星期六晚上，图书馆的阅览室人特别少，文道政和梅雅静坐在一排，复习完英语之后，便各自看书。

梅雅静夸赞文道政说："文同学，你可真大胆，当着校领导和全体师生的面站起来，说你来当班长！"

文道政望着梅雅静，笑着说："怎么了？"

梅雅静满面微笑，说："我非常欣赏！"

"我是被王校长逼的，他说水电委培班没人才，选不出班长，我一急，站出来了。"

"你没有思考就站起来了？！"

"是呀，没有想过！"

"这说明，你内心里有担当的责任意识。"

文道政听到梅雅静这么评价，心里高兴，但还是淡淡地问："是吗？"

梅雅静强调道："是呀！当你看见他人有困难需要帮助时，挺身而出，骨子里有这种应急的意识，这就是担当的责任意识。"

看到文道政不出声，梅雅静又补充了一句："真的！你还记得吗？我在桃子湖落水时，你想也没想就跳进了湖里救我，这就是你的担当意识！"

文道政笑笑，点点头说："救上来，才知道是你！"。

梅雅静接着说："哈哈哈，你救了我，知道是救我，你是怎么想的？"

文道政沉思片刻说："我太高兴了，救的原来是自己的所爱……"

梅雅静一听，也抿着嘴笑起来。

晚上，从图书馆走出来，文道政感到特别兴奋。因为，梅雅静刚才表扬他，说他有担当意识和责任意识，能得到梅雅静的表扬，比得到班主任的表扬还管用和有意义。

文道政一个人正高兴地走在操坪时，刘西凤悄悄地从背后猛地站出来，小声地叫道："喂，文同学！"

文道政正在高兴，没在意背后有人，吓了一大跳，说："你吓我一大跳！"

"哈哈哈，我就知道你这时要从这里经过。"

"你怎么知道呢？"

"我当然知道呀，你不是跟梅雅静在图书馆学习吗？"

"是的，我刚从图书馆出来。"

"我到处找你没找到，原来你真的在图书馆里。"

"你找我？有什么事呀？"

"没有事不能找你吗？"

"这……不，也可以找。"

"哈哈哈，你还欠我的呢！"

"我欠你的？欠你什么呀？"

"这么快就忘了呀，找打呀！"

"这……"

"你为什么不在家等着我呀，偏偏那时候离开家。"

"这，我也不知道你去我家。"

"是不是梅雅静知道我要去你家，她故意在那个时候写了一封信给你，让你早点来学校，让我见不到你呀！"

"这……不会呀，她怎么会知道呢，没有人告诉她。"

"我在想，没有人告诉她，她都会有先见之明，真是奇怪了。"

"喂，你别想太多了，只是偶然而已。我也不是故意的。"

刘西凤见文道政这么说，责怪地说道："你难道不想问问，我在你家的情况吗？"

文道政马上意识到，真该问一问刘西凤在自己家里的情况，便马上说："真是太遗憾了，我本该带你下河捉鱼虾，上山采野果。"

刘西凤一听，更加生气，说："就怪你，我有好多梦想都没有实现。我还要请教你奶奶学武术。哎，这些都没实现。"

刘西凤说这话时，眼泪都快要流下来了。

文道政赔着小心，难过地说："下次去，我一定帮你实现梦想，让你玩个够。"

刘西凤没有搭理文道政的承诺，沉默片刻，说："你知道，你妈妈和你奶奶说了什么吗？"

文道政和刘西凤走到草地，站在那里。

文道政一时没在意刘西凤问他这些问题，用手摸了摸头发，便不经意地回答说："她们会说什么呢？"

刘西凤一听，大声说道："文同学，你难道不想听听，你们家最尊贵的两个女性是怎么说的吗？"

文道政见刘西凤说话的语气加重了，赶紧说："我很想听听，她们说了些什么？不会是得罪了刘西凤同学吧？"

"哈哈哈，得罪我？不像你，对我一点也不关心。"刘西凤说这话时，都要哭了。

文道政见刘西凤生气，嗫嚅着说："我……没有呀，我一直想找机会问问你在我家的情况呢。"

"真的吗，你想问问我在你家的情况？"

"是的！我很想知道。"

"那我告诉你。你妈妈和你奶奶，特别喜欢我。她们悄悄地说……"

"说什么？"

"说……这姑娘长得很漂亮，是我们家文道政的福气！"

文道政一听，心里一惊。

"我妈妈和我奶奶真这么说？"

"当然这么说呀，你不觉得一个女大学生独自到男生家里去是带有目的吗？你以为我是随便跑到别的男生家里去的吗？"

"呵呵，你带有什么目的呀？不是暑假没事去我们家玩吗？"

"你，你……文同学，你个猪头！"

文道政一听刘西凤骂他，他心里更加明白，刘西凤真是带有目的去他家的。

一个女生能单独到一个男生家里，这意味着什么呢？

文道政想到这里，就想到梅雅静，心怦怦直跳起来。

"我告诉你，我晚上还睡在你的床上……还做了一个梦。"

"真的？是不是大学毕业后，跟我一起到我家乡去修一座水电站？"

刘西凤本来想将做的梦告诉文道政，那是一个真真切切的梦，梦见自己紧紧地拥抱着文道政，但女生的羞涩，她不好开口，这时一听文道政将话岔开，赶紧接上说：

"修水电站？……对对对，你的家乡水力资源太丰富了，太适合建水电站了。"

"那些从山上流下来的水，千百年来白白地流走，真是可惜。我让它发电，为国家做贡献。"

"对，加油！毕业后，我们一起努力干！为'四化'做贡献！"

文道政一听刘西凤这么说，心里对她充满了敬佩，也感到刘西凤特别地亲切可爱。

"文同学，你太让我感动了。你当着那么多老师和同学，独自站起来，大声说你来当班长。当时，你不知道，我好想走到你面前，给你一个拥抱！"

"你……我是被逼的。王副校长那么盛气凌人，说我们委培班没有人才，我一听，就站起来了。"

"你是好样的，我就喜欢这么有胆量的男生。"

文道政听刘西凤这么说，心里喜滋滋的……

这时，寝室的灯熄灭了，操坪一下子也暗淡下来。"情报处长"站在高高的林荫大道上，用长手电筒照射过来，并大声叫道："谁还在操坪说话呀，还不去睡觉？"

文道政和刘西凤一听，赶紧撒腿就跑……

星期天上午，梅雅静一早主动约好了文道政，一起去师范大学听文学讲座课。等到听完课，从师范大学走出来，已是中午了。

文道政和梅雅静边走边聊陈凯不讲卫生不守纪律的事，梅雅静又给文道政做工作，让他循循善诱，陈凯可不是只吃硬的性格。

"我可以跟黄亚男说说，让她来劝劝陈凯。"

"黄亚男？她能行吗？"

"怎么不行？他们是高中同学，她说，陈凯可能会听。"

"但愿如此。"文道政想了想说。

"好吧，不说陈凯了，"梅雅静插嘴说，"怎么样，我请你吃中饭？"

文道政不好意思地笑了笑，说："我请你吧。"

梅雅静假笑着说："文同学，记得啊，你还欠着外债呢！"

文道政听梅雅静这么一说，也知道她是特地为自己省钱，于是故作赖皮地讲："哈哈哈，那你请，我吃！"

两个人在一家小餐馆里坐下来，边吃饭，又聊了一阵诗歌，你一句我一句地接龙背诵了舒婷的《致橡树》：

"我如果爱你，绝不像攀缘的凌霄花，借你的高枝炫耀自己。"

"我如果爱你，绝不学痴情的鸟儿，为绿荫重复单调的歌曲。"……

回到水电学院附近，为了不引起误会，文道政和梅雅静分开进学校。文道政一个人往寝室走着，兴致还很高，但他走向115寝室时，却突然听到里面传来不一般的吵闹声。

陈凯和公费班的三个男生，已经将寝室的课桌搬开，正蹲在椅子上在打扑克呢，几个人的脸上都挂满了纸条撕成的"白胡子"。

地上更是扔满了瓜子壳和纸屑。

文道政站在门口，一看，气就往上冲了，大声吼道：

"你们怎么搞的，陈凯你明知故犯？"

公费班的男生见文道政脾气不小，赶紧将扑克牌一扔，扯下脸上贴的"胡子"往地上一扔，走开了。只有陈凯挂着"白胡子"根本没将文道政放在眼里，望着文道政，坐在那里默默反抗。

文道政见他无动于衷，跑过去，将桌上的牌一把抓起来，几张几张地撕成两半往垃圾桶里一扔，同时质问陈凯："你存心要让水电委培班丢脸是不是？"

陈凯不屑地说："文道政，你自告奋勇当班长，不是高老师指定的，也不是我们班选出来的。"

文道政觉得陈凯太不可思议了，不得不说："我是自告奋勇，但我是在我们水电委培班最危难的时候，站出来的！"

陈凯继续撇了撇嘴："你自告奋勇当班长，不就想出出风头吗？你想想，梅雅静会爱上你这个自费生，你这个乡巴佬？"

文道政想想自己是班长，也不好对着骂，就劝道："陈凯，你说话客气点，别骂人啊！"

陈凯把桌子一拍，甩手就走："太没劲了，星期天也管我们，你去死吧！"

整层楼听到了115寝室的吵闹声，都跑过来看热闹。

陈凯正朝门外走呢，被大家看见脸上贴着"白胡子"那怪模样，都笑起来。

陈凯怒道："笑什么笑？你们找死呀！"说着，就将脸上的"胡子"一扯，也扔在地上，直接跑走了，边嚷道，"什么破班长，这日子没法过了！"

同学们一见，都笑起来。

文道政见桌上堆积的垃圾，叹了口气，只好赶紧将桌上收拾干净，用撮箕将垃圾扫到一处，倒到外面的大垃圾桶里去……

等文道政拿着撮箕准备回寝室，又听到楼梯边传来熟悉的声音，似乎在抬着什么重东西下楼。

文道政在门边站了一站，等着看，却看见刘贵北和几个同学，抬着一个木柜子。

刘贵北大声而高兴地说："道政，你看，这是什么？"

文道政看了看，不解地问："这是……这是鞋柜？"

"哈哈哈……"

刘贵北高兴地说："我给每个寝室都做了一个鞋柜，哈哈哈，我们115寝室要选一个最好的。"

走廊上一说，其他寝室的人都站出来看热闹。

"这个鞋柜好，放在寝室里又美观又实用。"

"能想出这个好办法，真不错！"

刘贵北忍不住骄傲地说："我在家做过木工活，正好工地里有许多废木料，我就做了……"

文道政拍着刘贵北的肩膀说："贵北，你是一个优秀的寝室长。"

水电委培班的同学们，赶紧将鞋柜搬进各自寝室。

刘贵北又告诉文道政，他还给女生寝室也做了一个，已经送到教室去了。

上晚自习时，文道政走进教室，看到教室后面，放着刘贵北做的那个鞋柜，比起男生寝室的更漂亮更大方。

文道政微笑着说："贵北，你将最好的给了女生。"

刘贵北用手摸着头，笑着说："哈哈哈，女生们更爱美！"

女同学们围着鞋柜更是高兴得很，一个劲地称赞刘贵北善良又能干，稳当又可爱。

这时候，陈凯、肖子钢打开教室的门走进来。

陈凯不以为然地问："谁可爱呀？"

女生们先已听说陈凯大闹寝室的事，现在一见是陈凯，都不理睬他。

陈凯见女生们都围着文道政和刘贵北，正在看教室后面的鞋柜，走近说："这有什么好看的？土里吧唧的！"

刘贵北一听，很不高兴。

黄亚男气愤地说道："陈少爷，你不说话，没人认为你是哑巴！"

曾晓娅也附和着说："陈少爷有钱去买好的，我们喜欢刘贵北做的木鞋柜！"

陈凯自觉没趣，就不再回答了，独自走到座位上去坐下。

一时间，男同学、女同学，都不理他。

64

上体育课，同学们沿着操场跑400米，气喘吁吁。

突然，跑完400米后，曾晓娅一个趔趄，晕倒在地。

大家看到曾晓娅晕了，都停下来，大声叫着杜老师。

黄亚男急急忙忙的，正要去扶曾晓娅起来。

杜老师跑过来，大声说："别动！"

大家看到曾晓娅脸色苍白，不省人事，都害怕起来。

有女同学，开始哭起来。

杜老师跑过去，蹲下来，用毛巾擦了她身上的汗水，守在旁边。

大家看到杜老师不动，都不敢动。

这时，杜老师用手去掐曾晓娅的人中，掐了两下，曾晓娅突然醒过来了，睁开了眼睛。

同学们一看，欢呼起来……

杜老师看到大部分同学跑完了400米，大声宣布：

"同学们，现在可以自己选择项目，自由运动。"

大家一听，一下子解散了，各自找伙伴运动。

文道政与肖子钢分别是两支篮球队的队长，篮球场里你抢我夺，热闹非凡。

文道政当班长以来，陈凯与他发生了几次冲突，因此陈凯带着情绪，不愿意跟文道政说话，而且文道政说什么他都持反对意见。

肖子钢跟陈凯是同一个球队，中间休息两分钟，就问陈凯要不要下场去休息半场，换其他同学上场。

陈凯知道肖子钢关心自己，但他的腿痛是几天前的事，现在不怎么痛了，打一场篮球应该是没什么问题，便显得很坚强地对肖子钢说："谢谢你，还有一点儿痛，但不碍事的，继续打球没关系。"

肖子钢点了点头，说："那你也不要太勉强哦，运动是不能强撑着的。"

陈凯点了点头，边往球场中走，边谢道："哎，我知道哩！"

……文道政传球，刘贵北接到球边跑边拍，陈凯赶上刘贵北，虚晃一下就从刘贵北手中夺走了篮球，侧开跑过去投篮。

陈凯三步跨栏，五指撒开，但球还在指上没出力抛出去，只见陈凯就往地面落下来，直接就坐到了地面，跟着篮球就顺着砸到了陈凯身边的地面上。

陈凯是一条腿落地受力的，刚落地却将另一条并没受力的腿抱到了手上，嘴里忍不住地"哎哟，哎哟"大叫起来。

身边的几个同学们一看，赶紧奔过去蹲下身子问陈凯怎么回事，文道政一见，赶紧也就围到了陈凯身边。

"哎哟，我腿痛得不行……"陈凯说着，抱着痛的腿往边上一侧，就虾米弓似的倒下了，嘴里还在不住地哼哼。

肖子钢拍着陈凯直问："你到底怎么了，别吓我们呀！"

陈凯哼着呼着就说："我腿断了，真的，腿断了！哎哟！"

肖子钢赶紧把陈凯扶起来，说："快，我们把陈凯送医务室！"

听到肖子钢这么一说，同学们就七手八脚开始扶陈凯起身。

文道政走近陈凯跟前一蹲，弯下了腰，示意大家扶陈凯趴到他背上来，等背稳当了陈凯，文道政这才在刘贵北和肖子钢的护送下，背着陈凯向校医务室走去……

林医生了解完陈凯前几天受伤的经过，就说陈凯不应该参与剧烈运动，本来快恢复好的经络，这一跳一跑的，又拉伤了，还得继续休养，反而长时间不能运动。

"别的不说了，今天先吊药水消炎止痛，你们留一位同学照顾就好了，其他问题不用担心，只是要监督他，接下来两周都只能以静坐为主，散步也可以，打球奔跑不行。"

作为班长，文道政这时以身作则。文道政见陈凯这儿问题不大，就让肖子钢先回去上课，顺便向杜老师和同学们说说情况，一是请假，二是避免大家担心。

到了晚饭时间，陈凯吊着水睡着了还没醒呢，文道政就吩咐肖子钢先去吃饭，赶紧吃完饭了过来替换自己。

肖子钢离开了医务室，陈凯突然醒了，文道政这才感觉到气氛有些尴尬。陈凯的眼睛也不看文道政，这儿瞅瞅那儿瞄瞄，最后才下定了决心似的扭回头看着文道政的脸，说：

"道政，谢谢你！我对不起你，处处和你作对，你还背着我送到医务室来治疗……"

文道政听了这话，心里颇感欣慰，赶紧解开陈凯心中的结，说："你说什么呢？咱们都是同学啊，互相帮助是应该的。"

陈凯很不好意思地笑了笑，瞅了一眼还有小半瓶的药水，又闭上了眼睛……

过了一阵子，肖子钢来医务室了，他和刘贵北给文道政与陈凯端来了晚餐，文道政看了，就向肖子钢表示感谢。

肖子钢赶紧说："可别谢我，我往宿舍去时正碰着刘贵北拿了我们的饭盒出来，准备打了饭送过来……"

文道政听了，又谢刘贵北。

刘贵北都有点不好意思了，说："班长，陈凯对你可不怎么友好，还鼓动班上同学重新投票选班长，但他出了事，你却头一个冲上来帮助他，你才是好样的。"

肖子钢听了，也补充说："是啊，我们班在学校里可抬不起头，现在就指望文道政你能带着我们重新扳回面子了，也只有文道政当班长，我们还能有点信心。"

文道政见大家说得直爽，便扭头去看陈凯是什么态度，但见陈凯什么也没说，只是冲文道政点了点头。

…………

三个同学围在留观室的陈凯身边，聊着天，把晚餐吃了，文道政和肖子钢就问了林医生哪儿有热水，倒了一点出来，去将饭盒洗干净，再拿自来水冲了冲，这才回到留观室。

这时候，肖子钢去叫林医生，说陈凯的药水吊完了。

林医生给陈凯拔了针头，贴上胶布，建议说："你们把陈凯背回寝室去，明天让他下地走走，不要走久了，走快了。"

文道政一听，二话不说就弯下腰来，让刘贵北扶着将陈凯背好，站起身来，向寝室走……

文道政身上背着陈凯，一百多斤重的一个大男生压在身上，一步一步向前走。一些学生看到，都驻足下来看着，大声说："文道政……背着谁？"

梅雅静和刘西凤正好经过，看到文道政背着陈凯这个大男人，两个人的心里都有点隐隐的痛。

梅雅静站在路边，望着他们说："陈少爷怎么了？"

刘贵北马上说："打球，闪了腿！"

文道政看了她们一眼，没有吭声，一步一步向前。

这时，梅雅静与刘西凤几乎同时说："文同学，你小心啊！"

梅雅静和刘西凤同时说完，互相看了一眼，同时发出了笑声。

刘贵北和肖子钢一听，也都笑起来。

陈凯却是没有吭声，头贴在文道政的肩膀上，舒舒服服地闭着眼睛。

文道政背着陈凯，一步步下楼。

同学们都让开一条路……

陈凯在床上躺好，文道政已经累得满头大汗，端起盆就去洗漱间洗脸，等回来时又带了一盆清水，从挂钩上拿下陈凯的毛巾放在脸盆中，端到了陈凯床边。

刘贵北见了，也蹲下身子，从脸盆里捞起毛巾拧干了，给陈凯擦脸，陈凯都不好意思了，忙说："洗手洗脸能自己来，哎，你们这样，好像我成了瘫痪病人似的。"

刘贵北把毛巾递给陈凯，同时笑道："你现在是正宗的陈少爷啊，你看文道政亲自背你，给打洗脸水哦……"

陈凯看了看文道政，说："是啊，生活教育了我，文道政的确是个好班长……"

文道政想，如果同学们都肯好好努力，水电委培班就会好多了，于是用拜托的口吻说：

"水电委培班现在处于低谷期，真正要让全校师生看得起，还是得靠水电委培班每个同学一起努力，我当班长没别的，就是期望水电委培班加油，同学们个个好好的……"

杜丽娟听说陈凯腿受了伤，这就来男生寝室看看陈凯到底是什么情况了，刚到门口，听到刘贵北的话，也就缓了几步，直到文道政的话说完，她才进来。

杜丽娟这时看到陈凯的态度转变，同时想到文道政初到学校时，自己给他多少白眼，多少为难，也有些羞愧。

听了文道政的话，杜老师的眼睛里湿润了，她在心中说："多么好的学生啊，我一定好好对待你们，支持你们！"

…………

65

　　水电委培班消停了一个多月，班纪、班规都执行得不错。

　　男生寝室和女生寝室，都分别拿到过卫生寝室的流动红旗，上课纪律也慢慢得到了改善。

　　全班同学也都习惯了一切以文道政为中心，全面努力争当优秀班级。

　　张克工受了学校处分，现在不是班长了，他的心里多少有些失落，但和他的爱情与离别比起来，班长一职并算不得什么大事。

　　张克工不再凡事冲锋在前，不再主动为班级做什么事，充其量就是不拖后腿罢了。同学们都理解，文道政也没有别的办法。

　　一切都只能交给时间，也许只有时间能治愈张克工的相思病。

　　事实上，时间并不能包治百病，相反还能将没病变成有病。

　　张克工连续两晚请病假，没上晚自习了。他做什么情绪都不正常，即使是吃饭，也都显得不那么情愿，生病却绝对不至于。

　　杜老师第三晚检查晚自习，依旧没看见张克工，刘贵北依旧回答说张克工请病假，晚饭都没去吃。

　　杜丽娟目光转向文道政，问道："张克工到底是什么病，是怎么回事？"

　　文道政汇报说："我来教室前就叫了张克工，但他脸色的确不好，什么病他倒没说，晚饭没吃是真的。"

　　杜丽娟点了点头，嘱咐道："病了就去医务室检查一下，不能硬扛着……"

　　文道政一想，也的确是，晚上要好好跟张克工谈一下，具体哪里不舒服，必须去医务室检查才能安心。

　　等同学们陆续回到寝室，推开寝室门一看，却马上惊呆了。

115寝室上周还得了卫生流动红旗呢，现在却满地瓜子壳，苹果皮，还有烟蒂。

文道政赶紧示意身后的陈凯把门关上，然后问张克工："这是怎么回事？怎么会突然这么脏？"

大家的目光，都投向了张克工。

张克工躺在床上没动，嘴里闷声闷气地说："都是我弄的。"

文道政说道："你也不能弄得满地都是啊。"

想想张克工还生着病呢，文道政放下书包，就去门边拿扫把开始打扫卫生。

张克工猛地一下坐起身子，大声斥责说："谁让你扫，弄脏又怎么样？"

同学们正绕过垃圾去拿各自的洗漱用品呢，见张克工这么吃了炮子儿似的叫嚷，都吃了一惊，停住了手，齐齐看着文道政。

文道政本来在低头扫地，见张克工这么说，就将扫把送到张克工床边，说："你愿意搞卫生就更好了，那你来扫！"

张克工拿起扫把远远一扔，说："我就不扫，你能怎么样！"

文道政明白过来，张克工这是有意找碴呢，但他还是考虑到张克工生病，心情不好，就好声好气地解释说："班长，你可要讲规矩，我也没招你惹你，你也别太过分了！"

张克工听了这话，心中有刺，一拍床板子，吼道："老子不讲规矩，就要乱扔。你叫我班长，你是想讽刺我吗？哼，没门。"

张克工说着，用手将桌上的课本一扫，他的课本就全部掉在了地上。

刘贵北见状，只好开导文道政："算了算了，都别生气。"

张克工听着，就将桌上一杯水拿起朝刘贵北一洒，并且突然"哈哈哈哈"地大笑起来。

文道政觉得这无风起浪，太不可思议了，便咕哝着："你疯了吧？"

陈凯以前是垃圾大王，最好乱扔垃圾，因此他见了就无所谓地说："丢点垃圾也没关系，不就是垃圾嘛。"

文道政朝陈凯狠扫了一眼，大声地说："你给我闭嘴！"

陈凯赶紧吐吐舌头，示意没自己什么事，踮着脚拿了洗漱用品，离开了寝室。

"老子明天不读了，别拿你那些规矩来约束我。"张克工大声发着脾气说。

文道政心想，这是哪跟哪呢，这就不读书，太夸张了吧。于是文道政拿起扫把继续扫地，并说："别拿不读书来吓我！为了些芝麻绿豆的事就不读书了，至于吗？"

张克工不屑地说："老子的事不用你管！"

文道政憋了一肚子气，倔强地说："我是班长，我就要管。"

"我让你管，让你管个屁……"张克工说着突然站起来，抓起桌上的空杯子向文道政砸去，文道政一侧身，玻璃杯子落在地面上，碎了。

文道政一见这阵势，用手将桌子一拍，指着张克工，大声说："你再敢这样，我不客气了。"

张克工又拿起一个杯子砸过去，文道政用手一挡，打在手上。

文道政正想冲过去，脚还没挪动呢，那边张克工又往床里一倒，突然大声哭了起来……

这一来，寝室里的同学们，不知道该如何劝解张克工了，都起身帮着文道政收拾房间，忙完这些再看，张克工已经睡着了……

第二天，张克工果然又没进教室上课，杜丽娟觉得张克工一定是病得更严重了，离开教室就赶紧往寝室里来看张克工。

张克工却不是病了，他是想不开。

王姗姗回单位招工了，张克工心里放不下，再说，张克工为了这件事，还挨了学校处分，这是多大的悲伤呀。

杜丽娟只好耐着烦陪张克工聊天，希望他放下心里包袱，好好学习。

张克工见杜老师说了一大堆，望了一眼杜老师，又低下头。

杜丽娟看张克工并不想跟她谈心，觉得很失望，只好起身离开了。

到了中午，张克工也不去食堂吃饭，就在操场边等着陈凯，和陈凯一起去了叶师傅家……

学校搞建设，后校门外的小部分范围被划入校区，叶师傅的裁缝铺不能开了，该何去何从，叶师傅还在犹豫。叶芳要上班，要带孩子，一个人的收入并不多，叶师傅如果一直开着裁缝铺就能赚钱，帮着叶芳一起养外孙张云，那是再好不过的事。

张克工和陈凯到叶师傅家，一坐下来，就谈投资的事，要与叶师傅一起开裁缝铺，还谈了自己的想法。

叶师傅一听，让他们喝茶，半天不知道如何回答。

叶师傅以前没想过这种方式，但有人投资，的确会减少自己的压力和资金问题，但张克工一个大学生来谈投资，这是她没想到也不能接受的。

"叶师傅，我妈也是开裁缝店的，她有一手好手艺，我从小就在家里给她打下手，锁边、三线、钉扣子、车衣等小工序那我都是行的，要是再跟着您具体学一学，您指点一下，我就可以做得很不错了。"张克工自己卖弄说。

"小张，你跟我外孙有缘，我也就不说外话了。实实在在地说，你现在是个大学生，将来包分配，拿铁饭碗，可不能稀里糊涂就来开裁缝店了吧，当裁缝又不是什么光荣的事。"叶师傅像教导叶芳似的，慢慢跟张克工说。

张克工听了叶师傅的话，知道叶师傅跟自己想的是两回事，于是坦白地说："叶师傅，我的想法并不只是开裁缝铺。"

叶师傅望着张克工，半晌问："我想听听，你具体怎么想。"

张克工想了想，说："叶师傅，去年我邻居家里来了一位老人，是从国外回来探亲的，那位老人就开了间服装厂，生意不错。而且他说现在我们国家也在搞改革开放，将来他还要回国来开一间。也许，我们将来也可以开一家服装厂呢？"

叶师傅一听这话，眼睛就亮了，虽然曾几何时私人开厂是"资本主义小尾巴"，但从前是有私人服装厂的，现在的铁饭碗可不是人人有端的，既然改革开放，承包到户都开始了，其他方面也不是没希望，如果能开一间服装厂，说不定还能当上万元户呢，那她就不用操心叶芳和张云的未来生活了。

想到这里，叶师傅自顾就先"哈哈哈"笑起来，张克工知道，这事有希望了，只要叶师傅点头，他就回学校去申请退学。

…………

张克工和陈凯走在路上。

陈凯算是弄明白了，张克工想做裁缝，将来开服装厂，当万元户，读不读大学他无所谓，或者说他现在对读书完全就没了心思。

陈凯还是觉得铁饭碗比较重要，开服装厂要自己出钱，自己累死累活，还得自己承担风险，那太不快活了。

"那，你不上学了，王姗姗怎么看这事？"陈凯随口一问。

张克工这时也不忌讳了，脱口就说："她看个屁，王姗姗来信，说……"

张克工的话，说得完全不着调，陈凯扭过头来看张克工怎么回事，却见张克工一脸愤怒，于是问："她来信说什么呀？"

"来信说，父母逼她嫁人。"

"啊，嫁人？这么快？那你赶紧去她家求婚呀！"

张克工朝路边"呸"了一声，然后郁闷地说："她家就她这么一个乖乖女，要求王姗姗只能待在父母身边。"

陈凯赶紧说："招上门女婿？那，那你怎么办？"

张克工内疚地低下头，说："哎，你不知道啊？为了王姗姗，我跟自己的前女友分手了……"

陈凯觉得这就特奇怪了，站住脚认真地望着张克工，说："那你读大学前就谈恋爱了？读大学后就跟前女友分手了？"

张克工惋惜地说："是呀，她是我们单位一把手的女儿。"

陈凯听了这话，放开脚又朝前走，不屑地讥讽张克工，大声说："那，想不到你，还是当代的陈世美呀。"

张克工听了这话，自己也觉得自己活该了，悲伤着说："是啊……我就是陈世美！哈哈哈，我就是陈世美！"

张克工这样说，陈凯也不知道要说什么了，听听张克工也不说话不向前走了，就停下来等他，这一回头看，才看见张克工在抹眼泪。

看见陈凯扭头看到自己哭了，张克工这才又补了一句："所以，我读不读大学，都没办法回原单位去了。太丢人了。"

陈凯一听，非常同情张克工，也理解为什么张克工要去开服装厂了。陈凯只好鼓励着说："我支持你！"

张克工笑笑，说了一声："谢谢！"

梅雅静和刘西凤并着肩走过来。

梅雅静递了一本油印的杂志《楚风》给文道政，说：

"你知道学校这本内刊吧，编辑部的师兄师姐们今年就要毕业了，很快就会要去实习，所以要从文学爱好者里头吸收新人，不久之后，新人们就要负责《楚风》的编辑工作……"

说完，梅雅静就歪头瞧着文道政，眼里满是征询的意思。

文道政拿到手上一看，说："呵，大一我来校晚了，没赶上报名，今年开学事情太多太乱，我顾了班级，又没顾上自己，现在报名是不是迟了点？"

刘西凤笑着，赶紧补充说："他们现在没有理想人手，我们去报名，应该不算迟。"

文道政望了望刘西凤，又望了望梅雅静。

梅雅静就笑，说："是啊，要是去报名，我们就邀请几个爱好文学的同学，一起去报名嘛。"

文道政一想，这也可以，能将部分同学的注意力吸引到文学上来，对学习更有帮助，而且生活也会更加充实。

"那这事就交给你统一去报名，我们班估计也有三四个会一起报名。"文道政说。

刘西凤心里满是快乐，马上拍着手叫好："文同学字写得好，可以刻蜡纸！"

梅雅静指着刘西凤，说："是呀，刻蜡纸的任务交给文同学，印刷任务交给刘西凤……"

刘西凤一听，马上高兴地说："好呀，好，保证完成任务。"

正说着呢，梅雅静就看见黄亚男和曾晓娅走来了，于是继续说："瞧，这组稿的人也来了，校对的人也来了，咱们可不算是人齐了吗。"

黄亚男微笑着，问："在说什么，这样好笑？"

刘西凤便把梅雅静刚说过的内容简单复述了一遍，黄亚男和曾晓娅听了，果然很高兴，马上就赞同。

文道政瞧了瞧，一群全是女生啊，就插话道："我们几个算是承包了吗？你们难道不觉得还缺文学男青年？"

文道政这么说，几个女同学又大笑起来，似乎这时才发现她们规划的"编辑部"里，只有文道政一个男生。

大家正为到编辑部高兴呢，这时黄亚男手里拿着一张通知单交给文道政。文道政一看，是妈妈寄来的包裹。

文道政抽时间就赶紧去邮局领了回来，拆开一看，是一大包百合，果然新鲜肥美又漂亮，比暑假带回来给梅雅静的百合要强多了。

"什么东西啊？这么大包！"

"我妈给我寄的百合。"文道政回答说。

过了两天，肖子钢觉得这天气干燥，自己有点上火，就在课间休息时问文道政："你那百合，可以分一点给我吗？"

"啊？百合？没有了！"文道政愣了愣，说了实话，但文道政没有说收到百合的那天傍晚，他就把百合给梅雅静送过去了。

曾晓娅发作业本，来时高高兴兴的，这时走到文道政身边，脸色就变了。

文道政不知道曾晓娅怎么突然就要脸色了，曾晓娅一肚子委屈和愤怒，也不说出原因来。

昨天晚餐后，曾晓娅和黄亚男在校园里散步，遇到了梅雅静出校门去买东西，见梅雅静只买了一纸包冰糖回家，黄亚男就问梅雅静买这个做什么用，梅雅静说："我爸这一段时间咽喉不太好，我给他炖点百合小米粥调养一下，放点儿冰糖味道更好。"

所以，曾晓娅再怎么迟钝也明白了"百合"对于文道政和梅雅静的意义，顿觉自己一腔痴情喂了狗，心里兜不住地生气，心想："哼，你就爱跟校长千金套近乎，梅校长会答应你一个'土包子'做女婿吗？"

当然，这些文道政不知道。

在曾晓娅看来，只有她才是最配和文道政走在一起的。

曾晓娅认为自己有漂亮的脸蛋，有优美的身材，有一颗最善良的心，最重要的是文道政是自费生，她也是，都有复读的背景，都来自山区农村。

还有最最重要的，曾晓娅认定她这一辈子一定对文道政好，不管走到哪里，一定跟着文道政，不离不弃。

毕业不包分配也没关系，他们一起闯天下，一起回南方山区实现梦想，修建水电站，为实现"四化"做贡献。

曾晓娅与刘西凤可不一样，她可不是独生女，也没有刘西凤那么矫情。

曾晓娅也是与文道政有故事的人，文道政曾经不顾危险，跳下桃子湖去救了她。曾晓娅认定那是他们的缘分……

在梅雅静的鼓动下，水电一班和水电委培班的几位同学，都顺利地报名，参加了《楚风》文学社。

不久，最新的一期内刊出来了，开始在校园里的文学爱好者手中悄悄流传阅读。黄亚男拿到杂志，便在课间休息时，站起身来朗读给同学们听：

《夏天，到我家乡来》（水电委培班　文道政）

夏天，到我家乡来
带着你满心的喜悦
坐在大青石上轻濯你的双足

山溪的歌谣伴奏你
绿色的山风沐浴你
山里人热情款待你

酌自酿的米酒
捉野生的鲤鱼

和着清风明月陶醉你

············

陈凯一听完文道政的诗，就开始嚷嚷："这么美，我们都去文道政家玩去。"

文道政本来见黄亚男念他的诗，还不太好意思，现在陈凯听了诗也觉得他家乡美了，又觉得这是件好事，于是热情地说：

"好呀，欢迎大家去，我的家乡真的很美！"

刘贵北长臂一挥，说："我要去喝米酒。"

陈凯拍着桌面，打鼓似的："我要去钓鱼！"

同学们你一言，我一语，对文道政家乡的向往，溢于言表。

张克工坐在教室一言不发，一直心情不定，也许读书对他来说，现在已经并不重要了。

陈凯了解到张克工在读大学不久，便与他单位一把手的女儿谈恋爱分手的事，感觉不妙。张克工读了大学回家，能有好果子吃吗？他还有脸回到原单位上班吗？想到这些，陈凯也在为张克工捏一把汗。

陈凯见张克工又不去上课，便问张克工：

"班长，你真是下定决心不读书了？"

张克工大声地说："不读了！"

陈凯一听，也大声说："不读，也好，……"

张克工听陈凯这么说，又想起学校处分他的事，气就不打一处来，大声吼道："总有我干成事的地方。"

张克工与陈凯一起又去了叶师傅家，后来没陈凯陪同，张克工自己又去了两三次……

许多事聊得通聊得透，叶师傅也知道了，张克工无心读书，光自己劝他读书是没用的，况且裁缝铺很快就要拆了，张克工提的建议是叶师傅唯一觉得难度不大，而且可行性很强的主意。

　　叶师傅与叶芳商量，叶芳一听是张克工，心里就高兴地说："太好了！"

　　叶师傅听了不明白，看到叶芳那高兴的样子，后来一想，心里也乐意了。

　　最后，算是敲定了，先搬到新地方，重新开一家更大点儿的裁缝铺。

　　张克工一再旷课，也没去医务室检查确诊，学校忍无可忍了，对张克工的处罚是不可避免了，但处罚还是要有个前因后果，校长会议决定，让"情报处长"肖明全面接触、沟通，看张克工为什么旷课，一定要了解明白，再决定给予怎么样的处罚。

　　肖处长这段事情多，还没来找张克工，张克工得到了叶芳的支持，就直接去找肖处长了，同时放到肖处长桌上的，还有退学申请。

　　肖处长看了张克工的退学申请，什么话也没说，就直接送到校务会上去了……

67

　　梅雅静和刘西凤边聊天边慢慢走着。

　　刚出教学楼，就见到文道政走在前面，手里拿着一封信。

　　"文道政，你拿的什么？"

　　"哦，《人世间》杂志来了一封信！"

　　梅雅静知道文道政寄了投稿信，便问："你的诗发表了吗？"

　　文道政摇了摇头，说："不知道啊，编辑部老师让我去一趟。"

　　梅雅静一问，文道政是下午没课，准备去编辑部问问是什么情况，便马上表示，她也想去编辑部拜访一下编辑老师。

刘西凤也想一起去，马上反对："下午去？我姑妈来看我呢！"

文道政为难地说："那，我明天要上课啊，就今天下午得空。"

刘西凤便嘟起了嘴，梅雅静只好说："如果下次有机会，你再去呀。"

刘西凤只好无奈地点了点头："那好吧，下次记得叫我一起去。"

吃过午饭，因为怕被杜老师看到，文道政就到校门口等梅雅静，看见梅雅静走出校门了，文道政这才独自朝公交车站走去，梅雅静站在离他一两米远的距离，等公交车到了，才过来一起上了车。

文道政不熟悉路，梅雅静知道信上那地址，等两人下了公交车，这才觉得都自在起来，开始边走路边聊天。

路上，梅雅静又问了几次路，才找到巷子深处的一个小院落，铁门外挂着一块白色的长木板，上面写的果然是杂志社的名称。

经过传达室老头的指点，文道政与梅雅静很顺利地找到了编辑部。

"你就是文道政吧？我们还是老乡哟，自我介绍一下，我叫刘国庆。"编辑老师一见文道政马上说。

文道政觉得这名字特别耳熟，嘴上就重复了一遍："刘国庆老师？"

刘编辑握着文道政的手还没松，就示意文道政和梅雅静在长凳上先坐下，又拿出热水瓶给两位年轻人各倒了一杯水，回答道："对呀，我就是刘国庆，我刚考上大学的时候，你爸爸还来看过我呢。"

文道政恍然大悟，难怪说是老乡，这名字还那么耳熟："啊，刘国庆老师！您可是我们的骄傲，经常听我爸妈说到你呢。只是不知道您在杂志社工作。"

"嗯，我大学毕业，就被分配到杂志社来工作了。"

文道政和梅雅静这才弄明白，原来文世远跟刘国庆聊天时，也提过自己有一个正在上高中的儿子叫文道政，颇爱学习。因此，刘国庆一看到文道政寄来的投稿信，还是水电学院的学生，马上就想到了有这个可能。

文道政的字写得特别好，诗也写得很清新，他便有了见一见文道政的想法。

一见面，文道政身上有文世远的影子，腕上有文世远那块手表，那可是文世远送文道政去上大学时，从手腕上将下戴在文道政手上的那块手表呢。

刘国庆马上报出了老乡的身份，让文道政大吃一惊。

老乡见老乡，还是有缘人相聚，两人就聊了一会儿，等刘国庆回头问梅雅静时，梅雅静这才大方地自我介绍，并从包里拿出一本装订得简单的油印册子。

"刘老师，我们学校有一个文学社，我和文道政一样都是文学社的成员，这是我们印的《楚风》，您看看，请给我们一些指导啊。"

刘国庆接过《楚风》翻了翻，先就说："这字写得不错，不错！是文道政的字吧？"

梅雅静马上说："对，这一期开始，都是文道政刻的。"

刘编辑也高兴地说："是呀，我读了文道政写的诗，写得不错，好苗子！"

梅雅静一听，赶紧又从包里拿出一个封面很漂亮的作业簿递过去，说："刘老师，平时我也有写诗，今天特地带过来给您看看，请多多指点。"

刘编辑接过梅雅静的诗册大约翻了翻，先就说："诗要细读，我得慢慢看，梅同学的字也写得不错，素雅清秀。"

梅雅静一听，高兴地说："请刘老师指导。"

"道政呀，我叫你过来呢，还有一件重要的事，你看，"刘国庆笑着将桌上装有资料的两个大文件袋递给文道政，"我看你投稿的字写得不错，就想请你帮我誊写这些稿件，这一包是方格纸，你看行不行，这也算是勤工俭学哦。"

文道政望着桌上的两个大信封。

刘国庆笑着补充说明："我大学期间，也帮这里誊写过一年多的稿件。"

文道政接过装着稿子的资料袋，将稿件拿出来看，稿子上密密麻麻改了许多字，红笔画了许多修改的符号。

文道政就把稿件侧过去给梅雅静也瞅了两眼，梅雅静瞧了瞧，看着文道政的脸，点了点头，表示赞同。

刘国庆看文道政没意见，就说："这是一期的稿子，约七万字，你只要将稿子工工整整抄写在方格纸上，能看清楚就可以了！一周时间，如果时间不够，也可以多两三天。"

文道政心里算了算自己写字的速度，又想了想自己有哪些时间可以挤出来誊抄，这才肯定地回答："那好，我保证完成任务！"

梅雅静想了想，插话道："刘老师，您看我的字怎么样，能帮文道政同学抄一点吗？"

刘国庆看了看文道政，点了点头，说："可以，时间的确有点紧，你们收到信的时间比我预算的晚了两天，誊抄的事，你们也可以找同学帮忙，文道政把关就可以。我相信他会完成好任务的。"说着，刘国庆就拍了拍文道政的肩膀，站起身来说："道政，今天我也不能留你多坐了，"刘国庆指着腕上的手表给文道政看时间，"十分钟以后我还有个会议要参加，你也是来得巧了，再晚点，我们可能面都碰不到。"

文道政和梅雅静赶紧跟刘国庆老师告辞了出来，顺着小巷子回到大街，又走了几站路，这才上了公交车回学校。

…………

按文道政和梅雅静的计划，将抄稿标准和排版格式研究好，又找了几个字写得漂亮的文学社成员碰了个头，从当天晚上起，大家就聚集到图书馆的角落里誊抄稿件。

因为文道政也没好意思问明白誊抄稿件的费用具体是多少，便不知道要怎么跟同学们说，梅雅静便在抄前交代大家："誊抄费用有没有，有多少，暂时还不知道，既然是杂志社的任务，大家又是文学爱好者，就先把这个活认真完成好，钱多钱少，到时都别计较。"

这誊抄稿件，也是件有趣的事，刘西凤和刘贵北两个，抄着抄着就不抄了，先拿起稿件读文章去了，直到文道政轻声地提醒他们，大家才想起来正经任务是抄写。

肖奕琴遇到好几个难点字了，写得那么"四不像"，到底是个什么字呢，顺不出，猜不透。

刘贵北就笑："孔夫子不嫌字丑，只要笔笔有！"

于是大家传阅一遍，各自猜度，还真蒙出来了是什么字。

…………

星期天上午，图书馆门一开，文道政第一个走进去，占好了角落上的几个座位，不一会儿，誊抄组的组员就到齐了。文道政将要抄的新内容按页码顺序发给大家，然后大家继续开始埋头苦抄。

抄了一阵子，大家才发觉曾晓娅被一篇文章感动，停了笔认真看完，正泪水涟涟的。

大家一个星期天基本就耗在图书馆了，直到下午三四点，曾晓娅突然难受起来，被黄亚男看见了，就问曾晓娅怎么回事。

曾晓娅小声说："我'大姨妈'来了！"

黄亚男就说："那你请假回去休息吧，人一难受，抄也抄不好。"

曾晓娅果然收了笔，冲文道政说："班长，我请假回寝室！"

文道政赶紧看看手表，时间还早呢，便问："为什么？"

曾晓娅低下头，不知道该怎么说，黄亚男就替她回答："哈，她'大姨妈'来了！"

旁边几个女同学的脸一下子就红了，文道政没看着，也没明白话的意思，只是说："啊，那你赶紧回寝室去，别让你大姨妈久等了！"

文道政这一回答，让旁边几个女生实在忍不住了，一个个都笑得花枝乱颤的："哈哈哈……"

休息时，刘西凤见文道政一个人走到外面去上卫生间，就赶紧跟过去。

刘西凤在文道政背后哼了一声，文道政回过头，见是刘西凤，忙站住，笑着问："你有事找我吗？"

刘西凤一看到文道政就捂着嘴笑起来。

文道政没明白，也跟着笑。

"傻瓜，'大姨妈'都不知道？哈哈哈……"

"你说什么？什么大姨妈？"

"你真是个大傻瓜。那是女生们的专利。"

文道政一听也没搞明白，用手抓抓头。

刘西凤笑起来，说："不明白算了，大傻瓜，以后不要再问'大姨妈'的事。"

文道政一听，似乎明白了，脸一下子红了。

刘西凤抓着这个机会，小声问道："听说，那个编辑是你的老乡？"

文道政高兴地回答说："是呀，他刚考上大学时，我爸爸去慰问过他。"

刘西凤一听，高兴地说："那什么时候，我跟你去认识认识。"

文道政一听，高兴地说："好呀，好呀，交稿子的时候我们一起去。"

人多力量大，稿子只花了五天时间就抄完了。

文道政和梅雅静又一页页再认真地检查了一遍，有的略有几处字没写好，或者抄错了字，文道政和梅雅静又将这一张重新抄一遍。因此，六天时间就完成了所有任务。

按之前说好的，这次送稿子，文道政和梅雅静就叫上了刘西凤一同前去。

刘西凤到了杂志社，首先就对刘国庆老师特别亲切。

刘西凤心想，文道政的老乡，今后也是她的老乡，她一定要表现出热情。

刘西凤心中还在想，刘老师的家乡也是文道政的家乡，刘西凤是去过的，也多了一份亲切感。

刘老师见刘西凤特别热情，就问刘西凤学校里一些事情。

刘西凤表现出主人公的姿态来，答非所问地说："刘老师的家乡我去过。"

刘老师一听，高兴地问道："你去过，什么时候去过？"

刘西凤一时说漏了嘴，见刘老师问她，心里一急，脸一下子红了。

梅雅静在一边，赶紧问道："西凤，你怎么去过？"

文道政见梅雅静问刘西凤，心里害怕刘西凤说出真相，低着头没作声。

刘老师微笑着，还等着刘西凤的回答呢。

刘西凤望了一眼文道政，希望他能打他圆场。见他低着头不语，她清清喉咙，说："不是，我没有去过。"

刘老师一听刘西凤一下子说去过，一下子说没去过，笑起来。

刘西凤赶紧解释说："我看了这一期杂志上，有刘老师写家乡的一篇文章，刘老师的家乡很美！"

刘老师一听，笑起来，说："那是我写家乡的一篇散文，我的家乡是很美，水力资源特别丰富，希望你们大学毕业后去我家乡搞水电站，为'四化'做贡献。"

刘西凤一听，高兴地说："我毕业后，就去您家乡工作！"

刘西凤说这话时，梅雅静听了有点不高兴。

刘西凤见梅雅静不高兴，马上说："梅雅静总是说，要跟文同学到南方山区去为水利事业做贡献，我很受鼓励，也要求一起去。"

梅雅静听刘西凤这么说，也笑着说："我们毕业，就去刘老师的家乡工作。"

刘老师一听高兴地看着文道政，话里有话地说："道政呀，你可要好好照顾这两个女同学！"

…………

从杂志社出来，文道政拿着刘国庆老师给的誊抄费，转手就交给了梅雅静，让她根据登记的参与人员与誊抄页数平均付工资。

"那好，我按你说的算好！"梅雅静说着，将信封放进了背包。

三个人从校外回来，刚进校门，就遇到黄亚男慌慌张张地朝校外跑，文道政赶紧挡住黄亚男问："什么事，这么着急？"

黄亚男急急忙忙地说："出大事了！曾晓娅有生命危险！"

梅雅静和刘西凤听了也着急，赶紧问："啊，人呢？"

"人送到医院去了！"

"啊，怎么这样？！"

文道政连忙问："杜老师知不知道？"

黄亚男就说："'高老师'正在医院呢！"

文道政转身就跟着黄亚男走了，说要一起去医院看看曾晓娅怎么回事。

这么一说，梅雅静拉上刘西凤也就跟着一起往医院跑去了……

68

杜老师、肖奕琴、肖子钢、陈凯、刘贵北都在抢救室门口焦急地等待。

黄亚男、文道政、梅雅静、刘西凤等人赶到，手术室的大门正好打开了，一名医生边脱手套边走出来。

大家一见，赶紧围上去。

杜老师急忙问道："医生，我的学生怎么样了？"

医生停下脚步，看着杜老师，也像是对同学们说：

"经过抢救……已经脱离了危险！"

杜老师一听，赶紧说："谢谢医生！"

大家一听，松了一口气！

这时，一个穿白大褂的护士走过来，大声问："谁是病人的家属？"

杜老师一举手，说："我是！"

护士走到杜老师的身边，递给杜老师一张交费单。

黄亚男凑过去一看，倒吸了一口凉气："这……这么多钱？"说着，大家都围过去。

黄亚男就从自己身上掏出50元，交给杜老师，说：

"这是我刚在学校，委培班的同学们凑起来的钱。"

刘贵北见黄亚男拿了钱，下意识地从口袋里掏出身上仅有的13元交给了杜老师，说："这是我的一份！"

肖子钢见刘贵北掏了钱，生怕自己落后，也掏出10元交给杜老师。紧接着，陈凯掏出10元，肖奕琴拿了15元……

梅雅静和刘西凤看见这一幕，特别感动，望着文道政。

文道政像是读懂了她们的意思，向她们点点头。

梅雅静从黄书包袋里掏出刚刚那50元抄稿费，交到杜老师手中，说："这是我们六七个人勤工俭学抄稿的工资，也有曾晓娅的一份在里面。"

杜丽娟拿着钱，眼里满是泪水。她激动地将手中的钱又交到黄亚男手中，并将自己口袋里面的钱都掏出来，一并交给黄亚男……

黄亚男拿着钱去交款……

曾晓娅的病，男生们也不敢多问，文道政所知道的是，她长期营养不足，晕倒了……

水电委培班，这段时间多了一项任务，就是照顾曾晓娅。

文道政作为班长，更是去医院多看了两次。

文道政去看曾晓娅，曾晓娅就特别开心。

文道政也不敢问曾晓娅的病情，就只说要她多补点营养。可是，曾晓娅的家里情况，她是不可能有许多营养补的。

有一次，刘西凤见文道政去看曾晓娅，一定要跟去。看到曾晓娅见到文道政那个眼神，心里就不舒服。刘西凤在医院没待一会儿，就要求文道政一起离开。

回家的路上，刘西凤就说："文同学，你老实告诉我。"

文道政不明白，就问："什么事？"

刘西凤告诉文道政，说："曾晓娅看你的眼神不一样，眼里充满着亮光。"

文道政一听，笑起来，说："你胡说什么？"

刘西凤当然不是胡说，以一个女生的眼光看，她知道，曾晓娅对文道政有不一样的感觉。

刘西凤突然大声说："一定是曾晓娅喜欢你！"

文道政打着哈哈，说："你说到哪里去了？"

其实，文道政心里是明白的。曾晓娅的心里一直装着文道政，只是文道政不愿意给她一点理由和机会。文道政心里一直装的是梅雅静，因此，也就对曾晓娅和刘西凤的好感没放在心里。

文道政低着头，心里也在想，女生的"触角"真是不一样，看一下眼色，也能看出谁喜欢谁，也难怪，刘西凤对梅雅静那么偏爱文道政心里开始反感。

刘西凤突然心里不高兴起来，说："以后，你不准去看曾晓娅。"

文道政见刘西凤发脾气，也不好说什么。

刘西凤见文道政没有作声，以为文道政答应了，高兴地说："文同学，我写了一首诗，你给我改改。"

刘西凤说着，从口袋里拿出一页作业纸，上面写着一行一行的字，交给文道政，说："这是我写得最好的一首诗，你要好好改改啊。"

文道政想看两眼，刘西凤不让，说："一会儿再看。"

文道政将诗稿折叠好，放在口袋里。

刚回到学校，正碰上梅雅静。

梅雅静一见文道政和刘西凤从校外走进学校，而且并肩走在一起，心里起了嘀咕，但还是高兴地叫道："你们俩干什么去了？"

文道政见梅雅静问他，一时不知怎么回答。还是刘西凤脑袋灵活，赶紧说："我们刚刚碰上，我去百货商店买了一点东西回来。"

梅雅静一听，没在意地笑笑，便问文道政说："曾晓娅的病好了吗？"

文道政赶紧回答说："好多了，能起床下地了。"

梅雅静赶紧说："能下地了，就快好了。"

刘西凤故意大声说："曾晓娅那个身体，八成是营养不足。"

梅雅静顺着说："等曾晓娅出院了，到我家，我炖一锅猪脚，给她补补。"

刘西凤一听，便大声说："我也要补补！"

梅雅静笑起来，说："你个馋嘴，到时候你和文同学一起来。"

刘西凤见梅雅静这么说，赶紧说："是呀，文同学也要补补！写诗很辛苦。"

文道政刚才将刘西凤的诗放在口袋里，生怕刘西凤说出来，见刘西凤这么说，笑起来，说："我们一起去，都补补营养。"

梅雅静望着文道政问道："是呀，你那首诗，不知道刘老师看中了没有，能发表吗？"

刘西凤一听，赶紧说："肯定能发表。文道政的诗写那么好，不发他的发谁的？"

梅雅静一听，望着文道政笑起来。

两个星期后，文道政收到了《人世间》杂志社寄来的一封信，打开一看，果然是那首诗《夏天，到我家乡来》在杂志上发表了。旁边的同学看见文道政手拿杂志兴奋得眼睛发直，一把就将杂志抢了过去，教室里瞬间就开锅了，大家争相传阅，都夸赞说：

　　"文道政，你太神了！"

　　"文道政，我们的大诗人！"

　　"真不错！水电委培班出了个大诗人！"

　　陈凯跟着文道政身后鼓掌说："这得多少稿费？请客啊！"

　　文道政眼看着教室里陪着他一起快乐的同学们，傻傻地乐，笑着说："好，我请客！"

　　一下课，文道政高兴地拿着杂志去等梅雅静和刘西凤，他要将这个好消息告诉她们。不一会儿，梅雅静一个人从教学楼里走出来，文道政就冲她挥舞着杂志，叫道：

　　"嗨，这儿，这个！"

　　梅雅静看见文道政对她挥手，微笑着向他走过来。

　　文道政没等她站定，立即将诗歌发表的好消息告诉她。

　　听文道政说上次送到编辑部的诗已经发表了，梅雅静赶紧接过杂志翻看，找到印有诗歌的那一页看，然后，高兴地跳起来，笑眼对着向文道政表示祝贺。

　　"《夏天，到我家乡来》，真好，杂志借我拿回家一下吧。"

　　"好，没问题。"

　　文道政又说："真没想到会发表啊，上次去送稿，刘编辑也没说啊。"

　　梅雅静抿嘴笑了，说："刘编辑这是想给你惊喜哟！"

　　这时，刘西凤也从教学楼里走了出来，见梅雅静和文道政在一起那么高兴，还是走了过来，顺手从梅雅静手上接过《人世间》杂志，翻了翻目录，就看见了文道政的名字，但刘西凤没吭声。

梅雅静看刘西凤没什么表示，觉得很奇怪：

"怎么了？你不高兴？"

刘西凤笑笑，说："没有啊！"

梅雅静见刘西凤不在意，没有搭理她。

文道政心里知道，刘西凤是在生气呢。

文母寄给文道政一大包百合，文道政全部送给了梅雅静，这事不知怎的，被刘西凤知道了。

刘西凤气他送了一大包百合给梅雅静，却没有送给她。

当着梅雅静的面，这事也不好拿出来说，因此文道政望了望刘西凤，没吭声。

这时，梅雅静从刘西凤手中拿回《人世间》杂志，跟文道政和刘西凤道别，说有事要去办，转身就去了教师办公大楼。

刘西凤望着梅雅静的背影，还没反应过来这是要做什么。但显然，刘西凤是不喜欢梅雅静这种样子的。她又生气了，咬着牙，望了一眼文道政，一跺脚扭身就走开了。

文道政见梅雅静离开了，本来想向刘西凤解释下送百合的事，但见刘西凤转身要走，便赶紧转身去追刘西凤，一迭声地问：

"刘西凤，你怎么了？"

刘西凤头也不回，故意发脾气说："我没怎么了，你别理我！"

文道政追过去，只好道歉说："我也不是故意忘了！这段时间忙，我也没有写信回家啊。"

刘西凤站住脚，用严厉的声音说道："好呀，梅雅静让你干事，你咋就没有忘呢！"

文道政一听这话，觉得真是解释不清了，但还是只能解释，说道："我真不是故意的！"

刘西凤见文道政这么说，心里好受一点，便追问道："那好，我的诗呢？你看了吗？"

文道政这才记起，刘西凤交给他的诗稿。

刘西凤见文道政没有拿出来，就说："你看了没有？"

文道政本来是想看的，可是，回宿舍换衣服时，口袋里的诗稿没拿出来，不小心将刘西凤的诗稿洗湿了，字迹全部看不清了。

文道政望着刘西凤不作声。

刘西凤一见文道政那个样子，就知道他根本没看。

刘西凤越发生气了，说："你根本不把我当一回事，气死我了！"

刘西凤说完，掉头跑开了。

文道政望着刘西凤的身影，想追，但跑了几步，停下来，他自己摇摇头，真是搞不明白刘西凤为什么要发这么大的脾气。

文道政只好一个人郁郁地离开了。

过了两天，曾晓娅出院了，在寝室休息了两天才来教室上课，她一个人安静地坐在座位上，翻着书。看她病后瘦了许多，脸都尖尖的，脸色苍白。

文道政看着，心里涌出一股怜悯之情。但想到刘西凤对他说的话，要他不要单独去看望曾晓娅，也不让他一个人单独跟曾晓娅说话，他心里顿觉有些难过。

刘西凤不知怎么了，偏偏给他这么多的约束，梅雅静也是女生，却没有给文道政任何的约束。

文道政看到曾晓娅那个可怜的样子，拿着自己的笔记过去，递给曾晓娅，说："你前面的课得赶紧补上，我的笔记借给你抄，熟悉一下内容吧，不懂的再问我。"

曾晓娅觉得身体还是很虚，也不爱说话，但看到文道政送给她笔记本，心中涌出一股暖流，脸上泛起了红晕。

她接过笔记本，望着文道政，害羞地说："谢谢！"

"嗯，不用谢。你刚出院，也不要让自己太累了，慢慢来。"

"好的，谢谢。"

文道政这一举动，同学们都看在眼里，只是曾晓娅刚从医院出院，也没有人取笑文道政的关心带有什么目的。

水电委培班这几天都在讨论文道政的诗，其他班也差不多，文道政会写诗，正式在杂志上发表了，这消息插了翅膀似的被各年级各班传播着。那些没机会看到《人世间》杂志的同学，就围到了学校的黑板报去看，因为文学社在出墙报时，已经将文道政的诗抄在了上面。

水电一班和水电委培班对不上眼很久了，对于文道政的优秀，他们心里不免难受，同时又觉得水电一班怎么没有几个争气的人，出头去扳平比分。

那些不觉得心里有刺的同学，自然就从众了，小声地聊着关于文道政的武术，关于文道政的见义勇为，关于文道政的成绩和文道政发表的诗。况且还又高又帅——哎，如果不是乡下男孩，不是自费生，那就更好了。

张伟和刘闯一直都是不服文道政的，口头上总是挂着自费生、自费生的。现在，却眼见着文道政一次次地出风头，心里真是烦闷。

张伟自言自语地说："你文道政总会有点什么是不会的吧，啊，怎么样样都要显摆，你到底是多能啊？难道你也是特殊科技？是大西洋来的人？我呸！"

张伟再不敏感，也觉察到了全校最优秀的女生对文道政心生爱慕了，特别明显的是水电一班，除了梅雅静，还有刘西凤。

刘西凤见班上同学聊文道政，便带着少许得意地说："文道政的家乡美，才写出这么美的山水诗来。"

梅雅静听到了，也扭过头回应说："是啊，我们《楚风》文学社能有人写出这么美的诗，真是不错！"

刘闯郁闷地瞧了张伟一眼，翻了个白眼，拉长了调子，说："文道政……这小子啊，真不错。"

梅雅静可没管刘闯的语气，只管说："下期《楚风》杂志，要重点推出文道政的诗歌作品。"

刘西凤还想到文道政没有读她的诗呢，一定是扔了，心里还生着气。可是见张伟和刘闯在挖苦文道政，心里却是向着文道政。

刘西凤大声说："正应该推出文道政的诗歌，让全校师生都知道，我们水电学院出了一个大诗人！"

张伟一听，心里真是不好受，低着头翻着作业，半晌才转换话题说："听说郊外公园增加了新的游乐项目，我很想去看看。"

这时，水电一班的同学们马上就开始响应了。

梅雅静这才问张伟："那我们《楚风》文学社去郊外公园搞诗会，怎么样？"

这一说，那些不是文学社成员的同学就觉得没自己什么事了，很不高兴地重新坐回座位去了。

张伟见梅雅静这么说，便顺着答："好，你说怎么搞，就怎么搞吧。"

梅雅静马上介绍说："那主题活动就是大家都朗诵一首自己写的诗吧！"

张伟心想，我这不是给自己挖了个坑嘛，要显摆的还是他文道政啊，但这时候，他也不好怎么反驳了，便失望地回答："好，这样也好！"

刘闯明白张伟这是搬凳子砸到了自己脚，便从张伟身边走过去，同时拍了拍张伟的肩，眼睛里满是"节哀顺变"的味儿。

刘西凤可是把自己放到了文道政贤内助的位子上，赶紧对梅雅静说："那我通知文同学，让他们水电委培班的也做好准备。"

梅雅静听了，心里不好受，但也没说什么。

文学社要开展活动的消息传达下去，乘着文道政发表诗歌的东风，校园里可就悄悄掀起了写诗读诗的暗流，不几天，暗流便涌成了明流。

通过各种方式，文道政已经收到各年级各专业的诗歌一百多首了，有的请指正，有的请修改，有的请推荐发表，有的想加入文学社……

这可就给文道政添了一脑门子的事，让文道政又惊又喜又烦恼。

这么一忙乱，日子就过得特别快，转眼就到了周末，文学社的活动如期开展了，只可惜活动这一天，天气微寒，雨丝如雾，将同学们都裹在了公园的长廊上，并不能晒着太阳到处溜达，也不好去玩新的游乐项目。

这种微风微凉微雨，让诗和朗诵变得更加具有了诗意和情愫，朗诵者的齿颊含香，在听众的沉默里温柔流动，长廊裹住了诗韵，隔绝了凡尘，使大家的心都变得敏感而惆怅起来，仿佛每个人的心里都在此时此刻浮起了新诗情和新诗行……

"最后，请文道政同学朗诵他刚发表在《人世间》杂志上的《夏天，到我家乡来》，作为本次活动的结语，让同学们从美好的诗行里感受家乡之美，灵魂之美，从而开启自我的情怀，寻找与发现到更多的美丽诗行……"梅雅静朗朗地说。

"夏天，到我家乡来……"文道政不疾不徐，那清逸的朗读，便是一张邀请函飘飞在云端，打开一种亮丽的美，一种充满了温暖的美，那是文道政的家乡，浓烈的情怀，浓烈的美好，浓烈的乡愁……

同学们静静地听完，报以热烈掌声。

刘闯觉得自己并没有见过农村能有多美，便问道："文道政，你家乡真那么美吗？"

文道政还没来得及回答，刘西凤便争当了他的代言人，大声说："那当然，那儿是山清水秀，美丽如画……"

黄亚男就打趣她说："你又没去过他家乡，咋像亲眼见了似的？"

刘西凤感觉有必要说出来了，便眼波一闪，马上清脆地说："谁说我没去过！暑假我去过文道政家里。"

刘西凤话音一落，吸引到了每一个人的目光，目光复杂，各种滋味都有，各种想问都不好说出口。

还是曾晓娅没撑住，她失了声似的问道："你真的去过？"

曾晓娅一问，所有人都将目光，落在梅雅静脸上。

梅雅静心里像被人偷偷地割了一片尖儿去了，但她还是清醒眼前的问题，说："你们都望着我干吗？"

张伟心情复杂，但他看见文道政皱着眉头，一声不响，便追问："文道政，是真的吗？"

文道政见大家望着他，他便转过头望着刘西凤，只觉得自己在往一个深渊里掉下去。

刘西凤见张伟那问话的口气，干脆回答张伟，说："暑假我是去过，而且在文道政家住过一晚！"

刘闯一拍巴掌，大声嚷道："哦，刘西凤，原来你喜欢文道政？"

文道政被电击了似的，赶紧插嘴说："没，没有，我根本不在家！"

张伟看看文道政，又看看刘西凤："不在家？你去哪了？"

"我来学校了！"文道政回答说。

这时，梅雅静站起身来，一声不吭就下台阶，走了。

张伟站起身，追问："梅雅静，你去哪？"

"你看，雨停了，得回学校了。"梅雅静头也没回，就梦呓似的抛下这句话，绕过一棵冬青树，走远了。

张伟略停了一拍，还是拔腿朝梅雅静的方向追了过去。

雨，其实无所谓下，也无所谓停。

还是来时那样，微蒙的微凉的如冷雾一般，你说它在下雨吧，廊檐也没有雨滴，你说它没下雨吧，明明头发衣裳都开始濡湿了。

情绪一冷，同学们顷刻都觉得冷了，刚石破天惊的问题，再看就不是问题了，问不问，听不听，都没意思。

有的打了招呼，有的没有，但大家都投身于长廊外，绕过冬青树丛，离开了。

刘西凤站在原地，她挪不开步，没走。

她脑子嗡嗡地响，但她知道，这一切正是她的一句话造成的。

她在想，为什么一定要在这个时候说出这个秘密呢？

现在，大家都知道，她去了文道政家，她喜欢文道政。

她真有点后悔，刚才没经过思考，一高兴，就说出口了。

她望见大家离她而去，心里有些冷落。

这时，文道政看了她一眼，站起身也准备离开。

刘西凤像抓住最后一根救命稻草，赶紧叫住了他，说："文同学，你站住！"

"我站住？我疯了还是你疯了？你为什么要乱说话？"

"我本来就去过你家，这算乱说话？"

文道政气愣了，说："你……你……"

刘西凤不依不饶，反而大声说："你什么你？我喜欢你，我错了吗？"

文道政被这话烫了一下，几乎蹦起来："可是……"

刘西凤直接走到文道政眼前，盯着文道政的眼睛，眼盈着泪水问："可是什么？梅雅静？你就那么怕她？"

文道政看着梅雅静离去的方向，心里都是灰暗和叹息，但他还是只说："明知学校不准谈恋爱，你还这么说。讨处分不是？"

刘西凤坚持自己的方向，大声说："你不是梅雅静的专利。"

"可……你，你当着这么多人说出来，你什么意思……"

"我？我什么意思？"刘西凤突然大声哭起来，掉头就朝公园深处跑开了。

文道政见刘西凤并不是往公园外跑，害怕出事，只好跟过去，在背后大声叫道："刘西凤，刘西凤……"

公园深处是水塘，周边略做了些景观，还将水塘命名为"情人湖"。

刘西凤一口气跑到湖边乘船的位置，才在湖边站住了，等文道政追到，刘西凤什么也不说，便投到了文道政的怀里，紧紧抱住了他。

文道政想将刘西凤推开，推了两下，没推动，他也不敢更暴力去推开刘西凤，便劝慰道：

"你别哭了，别人看见了不好。"

刘西凤这才将头依在文道政肩上，平静了下来，说："我不管！"

…………

69

据传，全国多数大学晚自习，改成了自由安排了。

这一消息，迅速传到水电学院，公费班的同学开始响应。

一时间，没等学校批准，多数班级也不再上晚自习。

学校对上不上晚自习，没有明文规定。

这几天，水电一班的同学不坐在教室上晚自习，都在外面玩疯了。

张伟带头不上晚自习，他带着刘闯几个同学晚上上街看录像去了。

在离学院不远的地方，有一条老街，有许多家录像厅，专门放映香港的武打片和爱情片，他们吃了晚饭，专门坐公交车去看录像。

录像厅里设施简陋，只有一排排的椅子，前面摆放着投影机。两角钱一张票，买了票可以直接进去。先进去的人，可以坐在最好的位子。

看录像的人，大都是社会上的人。他们抽着烟，咳着吐着，瓜子果皮一地。

张伟几个人坐在最前排，对香港的武打片特别痴迷。看完了第一场，接着看第二场。直到深夜十二点才回到学校。

"情报处长"肖明查夜时，发现许多学生都没按时回寝室，便坐在操坪的草地上候着。宿舍熄灯一刻钟后，便关上了大门，上了门闩。

　　"情报处长"肖明想看看，这些学生是怎么进宿舍的，难道他们能像鸟一样飞进去？正想着，张伟带着水电一班的男同学回到了学校，他们走到了宿舍门口，都站在大门口。一个男生用力一推，大门锁上了，便对张伟说："又锁上了！"

　　张伟小声说："快，爬上去！"

　　说着，张伟带头从宿舍的大门往上爬。

　　宿舍的大门是铁栅门，他们双手抓着铁栅，双脚一步步向上，爬到顶层了，上面压着的是一个水泥平台，再无法往上了，这时，一个同学将另一个同学用手托举着，让他先爬上平台，然后，将一个个同学拉上平台。

　　"情报处长"肖明站在阴暗的草地里，看着这一切，他的胆都吓破了，要是不小心摔下地，不死，起码也是个伤残，到时，学校的责任可大了。

　　等到全部的同学都爬上了平台，"情报处长"肖明才站起身，他小心地走过去，也试着攀爬，可是，他一个部队回来的人也无法爬上楼台。

　　肖处长望着铁栅门摇摇头，也对学生的安全问题高度重视起来。

　　肖处长将学生不上晚自习所出现的问题，专门向校领导汇报。

　　校领导让他调查了解下，全国其他高校，是不是都不上晚自习了。

　　肖处长从全国一些高校打听，真是晚自习学生自由安排。因此，学校基本上是放任了这一举动，这可是解放了不少同学，得享了充分的自由。晚间活动更丰富了，约会条件更充足了，能主动学习的同学也就更显得与众不同。

　　刘闯和张伟不上晚自习，在外面可以看录像看电影，还可以上街玩，陈凯一听，真是羡慕死了。

　　陈凯一回到教室，就大宣特宣不上晚自习的好处，同学们见他说个不停。对于别的班来说，不上晚自习是欣喜若狂，但对于水电委培班来说，却有晴天霹雳的味儿。

这个消息是陈凯带到委培班来的，他已经做好了充分自由的准备，是来与同学们分享这喜悦的。

但是，文道政与肖子钢、刘贵北等同学的意见不一，他们坚持还是要坐在教室上晚自习。

原因很充分。

大家学习基础差，需要学习，需要学更多的专业知识。

大家需要集中学习，互相鼓励。

大家都不是直接考进大学来的，大学毕业需要真本事说话，不想在这儿玩耍，混日子。只有真本事，才能在未来扬眉吐气，才能实现自己的理想。

话说这些，陈凯都不需要，读和不读，考得好和不好，将来招工情况，工资，理想，这都不是他要考虑的，他的父母都会给他安排好一切。他才不想为了分数和知识去劳心劳力。

解除晚自习以来，陈凯和文道政又有了新的矛盾，争执也不止一两回了，但学校始终还是没有一个确切的指示，实际上是默认了。

陈凯为了不上晚自习，找了几个同学串联，让他们一起反对水电委培班上晚自习。但同学们只听陈凯说，都不愿意跟着陈凯起哄。

"一切由学生自己选择。"这是消息灵通人士的最新传闻。

眼看水电学院所有正规班级都不上晚自习了。水电委培班经过多次会议，老师和同学们都还是持两种不同意见。

杜老师对学校的决定有些不相信，也拿不定主意，跑去问肖处长："为实现'四化'读书，还说只争朝夕，现在晚自习也不上了？"

肖处长两手一摊，说："学校也为难，大趋势如此啊，学校的态度，是以班为单位，你们自己决定吧。"

杜老师进了教室，给同学们传达了校领导的决定，同时问大家：

"同学们，想上晚自习吗？"

同学们异口同声："想！"

陈凯孤单单地吼道："不想！"

这时，班长文道政走上讲台，仔细分析了上晚自习的好处，和不上晚自习的坏处，最后说："既然学校将决定权交给班级，那也不能只由班委会做主，我们还是举手表决，大家投票吧。"

文道政刚说完，刘贵北站起来举起手。

文道政点了点头，问道："刘贵北你想说什么？请说。"

刘贵北看了看眼前的同学们，认真地讲："同学们，班上我年纪最大，我想说两句。"

同学望着刘贵北，等着他说话。

"我们都是自费生，来大学究竟干什么？大家心里要想清楚。我们的目的只有一个，学知识本领，为实现'四化'做贡献，也只有学到真本事，才能实现自己的理想。我想，只有坐在教室上晚自习读书，才靠得住。复习白天的功课，认真完成作业，及时消化学会的内容，预习第二天的课程，这是最好的大学生活。"

刘贵北一说完，就坐下了。

肖子钢也举起手来。

文道政示意肖子钢可以说。

肖子钢大声说："坐在教室上晚自习，才有浓厚的学习氛围，也才对得起开学以来，校领导为水电委培班的付出，为留住我们这个班而做出的努力！"

有同学开始鼓掌了。但陈凯也举起了手，文道政迟疑了一下，让陈凯说话。

"难道只有坐在教室自习，才是真正的学习吗？"

…………

几位同学各自表态之后，全班同学基本都有了自己心中的选择，杜老师也及时地制止了同学们的继续举手，而是说：

"上不上晚自习，主要是靠自觉自愿，但形成了决定，还是需要全班共同坚守，谁也不能拖班级的后腿。我宣布，现在开始表决！"

文道政示意教室里安静下来，然后问："同意坐在教室上晚自习的举手。"

唰——教室里举起了数十只手。

文道政站在台上点了点数，杜丽娟也点了一遍，然后将数字报出来，写在黑板上：

"同意上晚自习人数：26人。"

"不同意上晚自习人数："

"哪些同学不同意上晚自习？请举手"文道政再问。

举手的同学也不少，文道政和杜老师各数了一遍，其他同学也扭头四处看着，心里默数。

"7人"，杜丽娟在黑板上写上。

"人数不对啊，有人弃权吗？弃权的请举手！"

杜丽娟看了看教室里，又在黑板上写下：

"弃权：3人"

…………

"同学们，你们自己看，这就是投票的结果，公平公正公开，没有猫腻。以超过半数的同学投票决定，水电委培班的晚自习，一如既往。请大家继续努力学习，争当先进班级，扎扎实实学知识，做一个为'四化'做贡献的优秀人才。"

除了两三位表示不愿意，多数同学此刻都报以了热烈掌声。

水电委培班的晚自习投票结果，像风一样地传出去了，嘲笑者有之，羡慕者有之。

"听说，水电委培班表决了，晚上坐在教室上自习。"

"傻啊？谁还愿意坐在教室？"

"这一段时间，我天天玩，好多作业没做。"

"坐在教室上晚自习，比到处玩要好！要是挂科了，我没脸回家见人。"

"嗯，明晚起，我也要回到教室去自习！"

"一个人在教室里学习，有点傻吧？"

"哎，水电委培班真好。"

…………

70

薄雾飘浮在校园的空中，灯光下如一缕缕游丝。

青年学子们不用上晚自习了，自由自在地散落在校园的各个地方。

有的进了图书馆，有的在寝室里，还有的上街了。

水电委培班上晚自习，是全体同学举手表决的。既然表决了，那大家必须遵守。可是，第一个旷课的是黄亚男。

晚自习的课堂上，许多人都望着生活委员黄亚男那个空座位，感到心中也空空的，也想着自己也旷课，去看一场录像。

不是文道政对黄亚男不上晚自习有意见，而是作为班长，文道政有必要找黄亚男谈谈，问一问，她为什么不上晚自习？为什么不请假？

下了课，文道政正找到黄亚男谈心，批评她上晚自习旷课。

黄亚男什么也没说，突然哭着，跑到女生寝室。

作为水电委培班班长，文道政左右为难。黄亚男一跑，文道政不知所措，追到女生宿舍前，望着"男生止步"的牌子，不敢往前迈步。

"怎么突然哭着跑了呢？会不会闹出事来！"文道政心里有些害怕，自言自语地说。

这时，文道政多么希望有一个女生经过，让她帮着到水电委培班女生寝室，将肖奕琴叫出来，向她交代下黄亚男的情况。

可是，文道政站在女生宿舍前面等了很久，也不见任何女生进出，正在他焦急时分，伴随着一声惊讶的叫喊声，男女宿舍的灯一下子全熄了，顿时一片漆黑。

"不会出事的！"文道政自我安慰着离开。

水电委培班男生，这两天刚搬到了405寝室。

文道政回到男生405寝室，悄悄地上洗漱间洗漱，然后小心翼翼地躺下睡觉。

405寝室，男生们很快传出轻微的鼾声……

第二天早晨，刘贵北第一个起床，弄得寝室哐啷哐啷地响动，大家都被弄醒了。刘贵北养成的习惯，每天都是第一个起床，第一个打开寝室的门，第一个下楼去操坪跑步。

文道政被吵醒了，立即坐起来，他脑子里一个晚上都想着黄亚男的事，便赶紧穿了衣服跟着去跑步，心想能在操坪跑步看见黄亚男，这才让他彻底放心。

文道政一边甩着手臂，一边向操坪跑道上跑。

晨练的同学，在操坪的跑道上小跑着，踏着跑道上的细沙子，发出沙沙沙的声音，同时，他们也发出粗重的喘气声。

文道政边活动腿脚，边融入了跑步的队伍。

女生们跑步时，总是嘻嘻哈哈的。

文道政仔细地看，在跑道上有三群女生，她们穿得比男生鲜艳，都有一个健康苗条的身材。

文道政赶紧追上女生的队伍，一个一个地确认，有没有黄亚男的身影，第一群女生的队伍，既无黄亚男的影子，也没有水电委培班其他女生的身影。

文道政加快脚步追上第二群女生，第二群女生人数约二十个。她们跑起来，步调一致。见文道政跑到她们的队伍边，几个女生都对他友好地笑。

一个女生大声叫道："文道政！"

这一叫，女生们都侧过头看文道政，跑步的女生突然停下脚步，差点挤在一起，摔倒。

女生们笑着，嗔怪前面的女生突然停止脚步。

女生的队伍一下散开来，有的女生嬉笑着，跑出了队伍。

文道政挥挥手，算是和大家打了招呼，也在寻找自己要找的人。

在另一群女生里，文道政发现一个熟悉的身影——曾晓娅。

曾晓娅在女生群里跑步，这让文道政感到很惊讶。曾晓娅自从生病后，身体差多了，好在年轻，恢复也很快。难道曾晓娅每天早晨都坚持跑步？

文道政跟在后面跑了一会儿，没有发现黄亚男，脚步不由自主地停了下来。目光也投向足球场草地上走动的女生，文道政用目光扫视一遍，没有要找的人，也就断定黄亚男没有到操坪来锻炼。

也许黄亚男还在睡懒觉呢！

黄亚男不会是昨晚哭了一晚，哭肿了眼睛吧？文道政这么想着，有点失望地向男生宿舍跑去。

这时，405寝室的同学正好去洗漱间，提着桶，肩上搭着毛巾。

文道政拿着洗漱的牙刷、毛巾、口杯，追过去，一起走进洗漱间。

昨晚，文道政对黄亚男晚自习旷课的事，进行严厉批评。文道政反省自己，批评黄亚男同学是否太严厉了，语气是否太重了，方式是否正确，不然，黄亚男一个男生的性格，大大咧咧，怎么发着脾气哭着跑走了呢？

上午，三个同年级的班在大教室上《水电结构力学》大课。

走到大教室门口，文道政第一眼望过去，正好看见黄亚男，她穿一件浅色的外套，坐在教室中间前面的座位上，低着头，认真读书呢。

文道政望着黄亚男好好的，昨晚的事根本没有发生一样，他的心也放松下来，走进教室。

正在这时，梅雅静和刘西凤一前一后，分别从外面走进大教室。

黄亚男看见梅雅静和刘西凤，向她们挥手，梅雅静径直走过去坐在她旁边。刘西凤看到还有一个空位，也走过去。

曾晓娅穿着一件灰黄色的上衣，衣服有点长。她双手将书抱在胸前走进教室，坐到梅雅静、刘西凤和黄亚男一起的位子上。

刘贵北走进教室，见文道政眼睛望着梅雅静她们，用手推了一下文道政。

文道政这才收回目光，和刘贵北一起坐下。

文道政从书包里拿出书，摆在课桌上。

同学们陆陆续续地来到大教室。大教室是个阶梯教室，像电影院看电影一样，坐在后面的同学不用抬起头也可以看到老师讲课。

桑老师是个刚大学毕业的女老师，走上讲台，脸红红的，像是小媳妇见公婆，胆小不好意思似的。

男生们看见桑老师一定在想，桑老师只是水电学院正在读大四的一个女生。她个子不高，头发披肩，五官端正，桑老师没有那种大学老师慑人的气质，说话也没有杜老师那么大方严厉。

桑老师是从农村考出来的大学生，大学毕业后，再分配来教大学生。

桑老师走上讲台，她那种羞涩的脸红，让全班同学都尊敬她，保护她。

"起立！"水电一班班长张伟一声施令，大家都站起来。

"同学们好！"

"老师好！"

桑老师红着脸望着大家笑，然后打开书，开始讲课。

学生处的肖明处长从教室后门，伸进一个脑袋，开始清点人数，他一排一排看，看到教室坐得满满的，关了门离开了。

文道政返过头，见后门打开一条缝，又关上，下意识地望了一眼肖子钢、陈凯的座位，见他们笔挺地坐在那儿听课，这才放心。

水电委培班，没有缺课的同学。

可是一会儿，后门又打开一条缝，伸进一张严肃的脸，杜老师站在后门，看看同学们，见没有旷课的学生，微笑着将门一关，离开了。

文道政望着梅雅静、刘西凤、黄亚男、曾晓娅四位女生坐在一起，都打扮得十分得体，突然心中升起一股暖意，感到心里甜蜜蜜的。

梅雅静、刘西凤、曾晓娅三个女生都向文道政表示友好，让文道政心里特别欣慰。可是，刘西凤突然对文道政的举动，也让文道政有些措手不及。

文道政也在担心，刘西凤的举动会不会对梅雅静产生影响。

梅雅静会不会因此疏远文道政？还有刘西凤，她和梅雅静的关系会不会因此崩了？如果崩了怎么办？如果都不理他了怎么办？

在文道政看来，这一切对他都很重要，特别是梅雅静，她可是他的"救命恩人"，不要因为刘西凤的一句话而起疑心。

至于曾晓娅，文道政也没把她当成多大的阻力。

文道政见她们几个女生坐在一起，也和平时一样，并没有发生任何摩擦，心里觉得安详。也在想，梅雅静对刘西凤的话，并没有放在心上。

大家正在认真听课，这时，突然一只鸟，从教室打开的窗户飞进来。

正在认真听课的男生女生，一下子被这只鸟的到来搞得有些乱，鸟在大教室里飞着，绕了两圈，同学们都抬着头跟着鸟飞的痕迹旋转。

女生们大声叫喊道："一只鸽子！一只鸽子！"

许多男生却站起来，他们举着手试图抓住低空飞翔的鸽子。

鸽子飞进这间大教室，施展着飞翔的技巧，又难以找到落脚的地方，翅膀扑腾得嚓嚓作响，眼见又要掉下来，却又腾空飞起，在空中飞了一圈。

桑老师见一只鸽子误飞进教室，也好奇地停下讲课，目光跟着鸽子飞动的方向转动。

女生们也站起来，嬉笑着想抓住这只不速之客。

鸽子飞过去，低得大家都感受到它翅膀振动形成的风，低得一伸手就可以抓住它的羽毛。

大家跳着、笑着，追着鸽子，可是谁也没有抓住这只鸽子。

水电一班班长张伟大声叫着："一只信鸽！"

陈凯和刘闯都站在高高的凳子上，用手去抓，可是那只鸽子特别聪明，没有飞到他那个方向去。

鸽子飞了又一个圈，眼见鸽子沿原路要飞出窗外了，身子飞到了窗台外，可是，鸽子又折身飞回来了。

同学们在失落中大声呼喊，鸽子像是通人心，扑腾着翅膀飞回来，眼睛亲切平静。见鸽子飞回来，同学们又高兴叫喊起来。

鸽子从窗户外飞回来，没有再在教室里飞圈，而是不偏不倚地直接飞到了梅雅静的身旁，扑腾着翅膀，两只红色的小爪子一收，亲切地落到了梅雅静的肩膀上。

同学们在欢呼声中，见鸽子落在梅雅静的肩膀上，都屏住呼吸。大家不敢说话，也不敢走动，怕惊扰了这只鸽子，飞出窗外，再也不回来了。

白色的羽毛，红色的小爪子，红色的眼睛……鸽子牢牢地落在梅雅静的肩膀上，两只爪子紧紧抓住她的衣服，两只眼睛滴溜溜地转动。

梅雅静本来也跟着同学们呼喊，站着用手抓飞翔的鸽子，可刚坐下，鸽子不偏不倚地落在她的肩膀上。她向右侧过头，看清了鸽子，也感到她的脸与鸽子的羽毛有了亲密接触，可是那只鸽子很安静地望着她，没有飞走的意思。

黄亚男、刘西凤、曾晓娅三位女生，一看鸽子落在梅雅静肩膀上，都屏着呼吸看着，不敢乱动。

　　梅雅静试图用左手去抓鸽子，她抬起左手，轻轻地悄悄地向鸽子靠近，鸽子依然没飞，伸出头来点点，像是对待熟悉的朋友。

　　梅雅静慢慢地一伸手，将鸽子抓在手里。

　　"嚯！"同学们一声欢呼，梅雅静已经抓住了鸽子。

　　同学们都走过来，看看这只鸽子的尊容。

　　梅雅静小心地将鸽子从右肩膀上摘下来，鸽子的两只爪子，紧紧地抓住她的衣服不放，等到梅雅静彻底抓牢了，才松开。

　　果然是一只美丽的鸽子，白色的羽毛发着亮光，漂亮极了。

　　可是，同学们很快发现，鸽子的小腿上套着一个环，环上还刻着几个数字。

　　"信鸽！"黄亚男大声叫道。

　　"信鸽！"同学们跟着叫道。

　　很快，梅雅静发现，这只鸽子的右翅膀流着血，羽毛被染红了，梅雅静的手上也沾了鸽子殷红的血迹。

　　"这只鸽子受伤了！"梅雅静将鸽子用手抓住，右手去晃动受伤的翅膀。

　　梅雅静发现，鸽子的右翅膀尖，像是骨折了。

　　刘闯最先靠近了梅雅静，想从梅雅静手中抢走鸽子，梅雅静没有答应，将鸽子牢牢抓在手心里。

　　文道政也挤过去，见那只鸽子平静地握在梅雅静手中，一动不动。

　　黄亚男和刘西凤保护着梅雅静，不让这只鸽子被男生拿了去。

　　张伟拨开同学，想从梅雅静手中接过鸽子，可梅雅静将鸽子放进自己的课桌里，连看也不让他看一眼。

　　鸽子被放进梅雅静的课桌里，同学们看不到鸽子，只好一个个回到自己的座位上。

桑老师走到讲台上，幽默地说：

"这只鸽子，是来找人疗伤的！"

桑老师一说，同学们都笑了。

同学们坐好，开始上课。可是，这时下课铃响了，同学们站起来，想围到梅雅静身旁去看鸽子。

梅雅静打开课桌，拿着鸽子，和黄亚男跑出了教室……

71

梅雅静和黄亚男，拿着鸽子跑到外面去。

陈凯追着大声喊："让我看看！"

梅雅静和黄亚男没有搭理，头也没回，跑得更快了。

同学们嘻嘻哈哈地，转眼都看着陈凯，取笑说：

"陈少爷，你别看了，怕被你吃了！"

陈凯笑起来，说："我看看，鸽子的伤势重不重！"

刘贵北走过去，口里说：

"这是只信鸽，一定是迷路了，才飞进我们教室来！"

刘贵北这一说，大家七嘴八舌议论开来。

"是啊，一定是迷路了！"

"桑老师说，这只鸽子是来找人疗伤的！"

"是呀！这只鸽子怎么偏偏落在梅雅静的肩上呢？而且抓它也不走！难

道鸽子认识梅雅静？！"

"我明明看见鸽子飞到了窗外，怎么突然直接飞回来落到梅雅静的肩膀上！"

"是呀，太奇怪了！"

…………

"是的，鸽子从我头顶飞过，羽毛刮到我头发，可是没有落到我肩膀上！"

文道政听同学们议论，也感到奇怪，一只鸽子受伤了，迷路了，偏偏飞进教室落在梅雅静肩膀上。

文道政想着昨天晚上批评黄亚男的事，鸽子飞进教室，他也忘了这件事。

肖奕琴走到文道政身边，说：

"鸽子最通人心的，它知道谁最爱它！"

肖奕琴这么一说，大家又将目光落在了梅雅静的座位上，梅雅静最爱这只鸽子？可是梅雅静和黄亚男跑出去后，没有回教室。

上课铃响了。

桑老师羞涩地红着脸走上讲台，她朝台下同学们看，发现梅雅静和黄亚男座位空着的，桑老师一看，大家跟着看，有人小声嘀咕：

"梅雅静和黄亚男没来上课！"

她们没来上课的原因，大家都知道，不就是刚才拿着鸽子跑出了教室吗？

桑老师接着讲课。

肖奕琴说得不错，鸽子是最通人心的，它知道谁最爱它，保护它。

鸽子落在梅雅静肩上，梅雅静抓在手里，心情特别激动，也特别亲切，好似见到了老朋友一样。

在乡下，梅雅静的爷爷养过鸽子，梅雅静跟着爷爷喂养过鸽子，看见鸽子从窝里飞进飞出，看见爷爷在地上撒下玉米、大豆、小麦，让鸽子咕咕咕地啄食，还看到过爷爷医治受伤的鸽子。

梅雅静和黄亚男跑到外面，看到鸽子的翅膀流着血，她们第一反应就是到校医务室去找林医生，给鸽子进行治疗。

林医生见梅雅静和黄亚男走进医务室，忙问她们那里不舒服。

她们摇摇头，没有吭声。

林医生见她们不吭声，问道：

"是不是？……"

女生们有时看病难以启齿。

梅雅静和黄亚男仍然摇摇头。

"那你们来干什么？"

这时，梅雅静的手从背后拿出来，伸到林医生面前。

林医生还未反应过来，吓了一跳，倒退了两步。

梅雅静笑起来，说：

"这只鸽子受伤了，翅膀断了！"

林医生静下来，仔细一看，抓在梅雅静手上的果真是一只受伤的鸽子，爪子在空中胡乱飞舞着。

"一只鸽子！"林医生看清了，"哪里捡到的？"

"教室！"黄亚男说。

"教室？它怎么会飞到教室去呢？"林医生站起来说。

"它是去找人疗伤！"梅雅静认真地说。

"找人疗伤？"林医生一听笑起来，"这么说，它是去找你？"

"对，它就落在我肩膀上！"梅雅静说。

"啊，真的？"林医生见梅雅静这么说，有些惊讶。

"它真该飞到医务室来找林医生！"黄亚男开玩笑说。

林医生见黄亚男开玩笑，说：

"我是给人看病的，不是给鸟看病的！"

"人和鸟看病是一样的！"梅雅静这么说，"它翅膀断了，流血了，要帮助止血，然后消炎接骨！"

"你都知道！"林医生说，"你去找兽医吧！"

梅雅静笑着说："并不是你给鸽子看了病，你就是兽医！"

"哈哈哈……"林医生笑起来，"还挺会说的！"

"救死扶伤，人道主义精神，林医生你不会见死不救呀！"黄亚男哀求着说。

正说话间，那只鸽子在梅雅静手中奋力挣扎了一下。

梅雅静见林医生正眼看着鸽子，便顺着说：

"你看，鸽子求你了！你看它多可怜呀，翅膀断了，还流着血！"

林医生听梅雅静这么说，便伸过手去抓鸽子的翅膀，展开一看，全是血，翅膀像是断了，她口里说：

"马上消毒，止血！"

黄亚男赶紧配合，将鸽子摆好。

鸽子在梅雅静手中乖乖的，它睁着一双眼睛，滴溜溜地看着，一动不动地任梅雅静摆布。

林医生拿来棉签、碘酒给鸽子消毒。当碘酒涂在鸽子的翅膀上，鸽子全身一缩，看那样子十分痛苦，十分可怜。

鸽子在梅雅静的手心窝里，一下子便安静下来。

林医生将鸽子翅膀展开，用剪刀将伤口旁边的羽毛剪掉，伤口看得一清二楚。

"你看，这是气枪打的！"林医生说。

梅雅静仔细一看，果然有一粒黄豆大小的洞被积血充满了，气枪子弹穿过鸽子翅膀，打断了骨头。

"这个人缺德！"黄亚男痛恨地说。

梅雅静看见鸽子那痛苦可怜的样子，心痛极了。

这是一只可爱的鸽子，它是信使，一定在执行某项任务，在空中以最完美的姿势飞翔，可是猎人瞄准了它，打折了它的翅膀。它的同伴一定还在寻找它，它的家人一定在等待它回家。

"怎么办呢？骨头断了！"黄亚男望着林医生问。

"人的骨头断了可以接好，鸽子也一样！"林医生说。

"要打石膏吗？"梅雅静问。

林医生将伤口消了毒，向伤口倒了一些消炎的药粉，口里说：

"我有最好的疗伤生骨药，但必须想办法将翅膀固定下来，至少也得一个星期不动，这样才能使伤口愈合，骨头接拢！"

"那就开始吧！"梅雅静说。

林医生从药柜里找出一瓶接骨药，放在面前，然后不知道上了药后，怎么将鸟翅膀固定好。人可以打上石膏，鸟怎么办？翅膀一飞动，药就掉了。

林医生望着鸽子，望着梅雅静，又望望黄亚男。

"我想到一个办法！"梅雅静突然说。

"什么办法？"林医生问。

"先将药敷在伤口，再用纱布将伤口包好扎紧，然后用两片竹片将翅膀固定下来，鸽子翅膀上扎上竹片，没办法将药弄掉！"

"这是个办法，试试看！"林医生说着，将药粉弄成糊状，用纱布敷在鸽子的伤口上，然后从竹扫把上折了一截竹子，剖成两片，夹着鸽子的翅膀上的药，用纱布绷紧扎牢。

林医生认真地包扎着，头上都冒出了汗珠。

梅雅静手里拿着鸽子，抓紧了怕弄伤鸽子，抓松了怕鸽子跑掉，折腾了好长时间，才将伤口扎好。乍一看，像是翅膀上长出了一根竹片。

黄亚男想，鸽子应该不会再扑腾了。

总算弄好了，林医生长叹一口气，露出微笑，跑到水龙头去洗手。

梅雅静见林医生洗手，也走过去，用右手接了一些水，放到鸽子的口边，鸽子竟然一口口地喝着。

"这只鸽子一定是口渴极了，一定是饿坏了！"林医生洗完手微笑着说。

黄亚男也接了一些水喂鸽子喝，鸽子乖乖地又喝了好些水，这才停下来。

"多少钱？"梅雅静望着林医生问。

"什么？"林医生像是没听清楚，反问道。

"给鸽子治伤多少钱？"黄亚男又问道。

"我第一次给鸽子治伤，也是第一次成了兽医，"林医生打趣地说，"就算我奉献爱心吧！"

"不收钱？"黄亚男问。

"这只鸽子飞到我们水电学院，是来找人疗伤的，这是鸽子对我们水电学院的信任，也算我一个吧！"林医生笑着说，"这一个星期，鸽子不能飞，还必须吃好喝好，够你们辛苦的！"

"我们知道了！"梅雅静高兴地回答说。

"对了，我再给你们一些消炎药，拌在食物里让它吃，很快会好的！"林医生说着，用药盒子装了十多片药，接着说，"捣碎了拌进食物就可以了！"

"谢谢林医生！你是最好的医生！"黄亚男甜着嘴说。

"你们快去吧！"林医生下逐客令了。

梅雅静和黄亚男走出医务室的门。黄亚男突然又走回去，林医生还以为是有东西忘记拿呢，只见黄亚男面对着林医生深深一鞠躬。

"我代表鸽子谢谢你！"黄亚男说完走开了。

林医生望着梅雅静和黄亚男跑远的背影，高兴地自言自语说：

"这两个丫头！"

梅雅静和黄亚男知道早已经上课了，但为了心爱的鸽子，没有办法，她们必须去食堂给鸽子弄吃的。

走出医务室，她们向食堂跑去……

72

因为这只鸽子，梅雅静和黄亚男到最后一节课才到教室。

中间的课没来，大家都知道什么原因，也没有人关心。

文道政和肖奕琴见委培班里的黄亚男没来上课，并没有像往日一样，兴师问罪，甚至视而不见。

上第四节课时，梅雅静和黄亚男坐在她们的座位上，大家都用亲切的目光看着她们，好像在看一只翅膀受伤的鸽子一样。

梅雅静和黄亚男知道这些目光的原因，但还是有些反感。她们坐直身子，忽略周围的目光，用心听老师讲课。

刘西凤有点不好意思地小声问："怎么去这么久，缺了两节课！"

这声音像是问黄亚男，又像是问梅雅静。

梅雅静望了刘西凤一眼，心想，刘西凤是怎么了，还问这么低级的问题，当然是给鸽子治伤去了呀！见刘西凤还在小声问，梅雅静有点烦，小声说："别理我！"

梅雅静一说，刘西凤有点弄不明白。

自从郊外公园里搞活动刘西凤亲口说出她暑假里一个人跑到文道政家里，而且还在文道政家里睡了一晚后，刘西凤还没有单独与梅雅静相处过。

梅雅静是原谅她，还是对她有意见呢？她全然不知。

刘西凤隐隐记得，梅雅静亲口说文道政是她的远房亲戚。如果是远房亲戚，那么，梅雅静也不会对文道政有非分之想。

梅雅静为什么这么说话，刘西凤还在想，下课一定问个究竟。这时，桑老师开始课间提问了，见刘西凤和梅雅静在下面叽叽喳喳，便点到梅雅静回答问题。

梅雅静猝不及防被点名，站起来，脸一下子红了。

许多同学好像刚知道梅雅静和黄亚男已经来上课了。在他们心中，梅雅静和黄亚男拿着那只翅膀受伤的鸽子跑出教室后，一直就没有回教室。

看见梅雅静脸红红地站在那里，大家都捏一把汗。

梅雅静当然是为了一只翅膀受伤的鸽子，而耽误了课，从而回答不了问题。

…………

梅雅静从校医务室跑出来，手里拿着那只翅膀受伤的鸽子，不知要不要坐到教室去。

这时，那只鸽子用它那可爱的小喙，轻轻啄她温暖的小手，轻轻地，亲亲的，梅雅静下意识地感到鸽子一定是饿了，它刚才渴了，喝了好多水，可是饿了，她们却没有粮食。

这时，学校食堂送菜的一台三轮车从路上开过来，径直开到了食堂。

梅雅静看见，眼睛睁大了，她们带着鸽子朝学生食堂跑去。

梅雅静和黄亚男走到了食堂里，见食堂里有些残剩的饭粒，捡起来喂鸽子，但感到不卫生，怕鸽子吃了生病，便看向几个食堂管理人员。

他们正在为买来的菜和米，过秤验收呢。

梅雅静和黄亚男走过去，站到他们身旁。

"你们来干什么？不去上课，跑到食堂来？"一位大师傅问。

"我们？"梅雅静将手中的鸽子举起来，说，"鸽子受伤了，饿了，给

· 454 ·

它弄点吃的！"

"鸽子？"那位大师傅走过来问。

"是的，这只鸽子飞进了我们教室，它翅膀断了，刚在医务室动了手术，它饿了！"梅雅静小心翼翼说。

"啊，真是一只鸽子！还不如清蒸了！"那大师傅说。

梅雅静一听，赶紧将鸽子放在背后，口里说："不行！"

一个大师傅认识梅雅静，问道："这只鸽子，是你抓住的吗？"

梅雅静大声说："是呀！"

黄亚男在一边说："这只鸽子，飞到梅雅静的肩膀上，让梅雅静抓住！"

"真的！"那个大师傅说，"鸽子通人性，知道谁最喜欢它，保护它！"

"这只鸽子一定是知道，梅雅静是最爱它的！"黄亚男说。

"你两个小女生，一只受伤的鸽子，你们养得了吗？"又一个大师傅走过来问。

"我们养得了！"梅雅静说，"等它伤好了，我放飞它！"

"啊，真是善良的女生！"另一个师傅走过来说，"让我看看！"

梅雅静不肯让他们看，生怕被他们伤害了鸽子。

黄亚男向前走了两步，拦着他。

"哈哈，看看都不行？"那个师傅说，"那我可帮不了你们！"

黄亚男见他们这么说，这才退后一步。

这时，鸽子在梅雅静手中挣扎着，梅雅静赶紧抓紧了。

"呵，真的动了手术，翅膀上还打了夹板！"那老师傅说，"你们要什么？"

梅雅静见老师傅这么说，高兴地说：

"鸽子饿了，要吃小米、大豆、玉米……"

"那好，我们刚买回来这些东西！"老师傅说着，顺手拿了一张报纸，向仓库走去。

黄亚男笑着望了一眼梅雅静，跟着走过去。

那老师傅，将报纸放在地上，用手去捧大豆，又捧小米，拿了两根玉米棒放在报纸上一包，说：

"给，够这只鸽子吃上好一阵子了！"

"太谢谢了！"黄亚男用手接过那包东西，说着，向老师傅鞠了一躬，"我代表鸽子感谢你！"

大家一见，都笑起来。

正在这时，那个大师傅问梅雅静："梅校长会让你养鸽子吗？"

梅雅静笑着望了一眼那个大师傅，说："我为鸽子疗伤！"

梅雅静说着和黄亚男离开食堂。

…………

梅雅静回答不出问题，脸红红的，站在那里。

这时，坐在旁边不远的陈凯，小声地问梅雅静：

"那只鸽子哪里去了？"

这一问，大家又将目光转到梅雅静身上。

桑老师见梅雅静没有回答出问题来，让她坐下了。

正在考虑让谁来回答问题，正好陈凯多嘴，自己说上话，便顺着声音，抽到陈凯回答问题。

陈凯做梦也没想到，自己是惹祸上身了。

"陈凯同学，你来回答！"桑老师这么说着走下了讲台，向陈凯走过去。

"这个……"陈凯说，"这个……"

陈凯说了"这个"，又说"这个"，终于没有回答出来。

教室里，立即哄堂大笑。

桑老师见陈凯回答不出问题，让他坐下。

桑老师环顾四周，大声问："谁能回答？"

偌大一个教室，没有人吭声。

回答不出问题，意味着讲课不成功，学生还没有理解。桑老师准备上讲台再讲一遍，这时，文道政站起来，说他来回答。

桑老师红着脸，转过身，望着文道政，让他回答。

大家都望着他，也不知道他是否能回答出来。

文道政当然能回答出来，他得意地望着桑老师，很快回答出来了。

这在同学们意料之外，也在意料之中。

"回答完全正确！"桑老师大声说。

桑老师说完，大教室里响起了掌声。

刘西凤见文道政回答完问题，心里特别高兴。这时，教室又重新归于平静，想到文道政是梅雅静的亲戚，刘西凤心里一阵兴奋，便用手触碰了下梅雅静，小声说："我知道，你为鸽子疗伤去了！"

梅雅静还在生气呢，不是刘西凤逗她说话，桑老师提问，一定不会抽到梅雅静。刘西凤见梅雅静不理她，有点难过，又用手触碰她。

"你是不是将鸽子放到我们女生寝室去了？"刘西凤小声问。

梅雅静对刘西凤说出暑假跑到文道政家里去的事，心里一直不痛快。她没有找文道政问一问，也没有找刘西凤问一问，这事究竟是不是真的。

后来一想，也没有什么，刘西凤自作多情地跑到文道政家里，文道政已经被梅雅静一封信叫到学校来了，总算是比她捷足先登。

梅雅静装作认真听课，故意不理刘西凤。

"我告诉你，我们寝室有老鼠，小心咬伤鸽子！"刘西凤小声而严厉地说。

"啊？真的？"梅雅静惊讶地问。

"当然，我早上打扫时，发现了老鼠屎！"刘西凤说。

平时刘西凤打扫寝室次数多，梅雅静一听寝室有老鼠，站起来，拉着黄亚男冲出了教室。

大家被梅雅静的举止震惊了，都望着梅雅静、黄亚男的身影和打开的教室门。等到梅雅静和黄亚男走远了，大家才将目光落在了刘西凤身上。

张伟大声问道：

"你说了什么？她们为什么跑了？"

刘西凤感到目光从四面八方向她射来，她萎缩了一下身子，用自己的目光迎接同学们。

"我说，寝室有老鼠！"刘西凤说。

"你说什么？"后面的同学们大声地问。

"我说，寝室有老鼠！"刘西凤重复着大声说。

"寝室有老鼠！"同学们大声重复说着。

"啊，我知道！"同学们一会儿都这么说。

"你们知道什么？"桑老师正在黑板上写作业题，回过头见同学们自问自答，问道。

"寝室有老鼠！"同学们异口同声说。

桑老师依然不明白，说道："寝室有老鼠？"

同学们笑起来，说："是的！"

桑老师被搞糊涂了，红着脸走下讲台。

同学们见桑老师仍不明白，望着桑老师哈哈哈笑起来。

"刘西凤，你回答，为什么寝室有老鼠？"

同学们又笑起来。

刘西凤站起来，让大家平静下来，回答说：

"寝室有老鼠，放在寝室里的鸽子不安全！"

桑老师一听，自己笑起来，说：

"寝室有老鼠，哈哈……"

正在大家说笑间，下课铃响了。

桑老师走上讲台，宣布下课。

同学们嬉笑着，站起来说："寝室有老鼠……"

…………

73

"寝室有老鼠"那是句实话。

老鼠是从洗漱间里爬过来的。

宿舍楼的洗漱间，有同学洗碗留下剩余的饭菜，老鼠每天到这里找吃的，偶尔也光顾每个寝室，特别是女生寝室，贪食的小女生，喜欢买零食来吃，掉在地下的碎片，正好喂老鼠。

梅雅静和黄亚男一口气跑到寝室。

刚才，好不容易找到一个大纸盒子，将鸽子放在纸盒里，将一些大豆、玉米、大米，撒在纸盒子里，还用杯子舀了水，放在纸箱子里供鸽子享用。

纸盒子放在寝室的地上，上面盖着一块纸板子，因为鸽子要空气，所以，盖上时，特意留下一个大洞出气。

梅雅静和黄亚男没想到在寝室会有老鼠，那包干粮正放在大纸盒边，如果真的有老鼠，那么，老鼠会很快嗅到这些粮食，也很快知道有只受伤的鸽子，正好为老鼠们提供了一顿美餐。

梅雅静和黄亚男冲出教室，跑向寝室，怕去晚了，鸽子被老鼠咬死了。

梅雅静和黄亚男一口气跑到寝室，打开寝室门，赶紧掀开盖在大纸盒上的纸板，一眼看到鸽子还在。

她们转悲为喜，看见自己担心可爱的鸽子。

那只鸽子，似乎理解梅雅静和黄亚男，歪着头，睁着眼睛望着她们，好像调皮地说："主人，我很好！"

梅雅静蹲下身，用手去捉鸽子，捉到自己手上，又是亲又是爱，在鸽子头上亲了一口。那只聪明的受伤的鸽子，亲亲地吻着梅雅静，发出轻微的咕咕咕的叫声。

鸽子没有受到老鼠的伤害，梅雅静和黄亚男彻底地放下心来，将鸽子重新放进纸盒里，将纸盒拿起来，放到了桌子上。

同学们很快下课了，刘西凤第一个跑到寝室，见梅雅静和黄亚男很平静，没有悲伤，知道鸽子没有受到老鼠的伤害。

刘西凤见寝室多了一个大纸盒，好奇地打开纸板，向里面看那只受伤的鸽子。

"挺乖的！"刘西凤怜爱地说。

这时，曾晓娅也走进来。

曾晓娅见刘西凤看鸽子，也走近一看，口里说：

"真是一只逗人喜爱的鸽子，你看，多平静呀，像回到家里一样！"

曾晓娅一说，大家都伸过头去看。

这时，有人拿着碗敲着说：

"吃饭去，去晚了，没菜了！"

刘西凤和曾晓娅站起身来，准备去吃饭。

"刘西凤，替我打饭！"梅雅静说。

"你不回家去吃？"刘西凤问。

"我要值班，为鸽子站岗！"梅雅静笑着说。

"哈哈！"刘西凤笑着，拿上两个碗走出寝室。

黄亚男拿着碗，又看了一眼鸽子，说："你好幸福，梅雅静小姐亲自为你站岗！"

刘西凤见梅雅静对她去文道政家里的事不再计较，心里高兴起来。刘西凤在想，这是改善与梅雅静的关系的时候了，就当去文道政家里的事没有发生过，她一定和梅雅静和好如初。

刘西凤即便喜欢文道政，也不能得罪了梅雅静。一来，梅雅静的爸爸是校长；二来，刘西凤与梅雅静一直是好友；此外，刘西凤只有与梅雅静和好如初，才能了解文道政与梅雅静关系的进展。

因此，梅雅静让她去打饭，她心里很乐意。

在学生食堂排队时，刘西凤正好看到文道政，她赶紧走过去。文道政见黄亚男、刘西凤、曾晓娅过来，让出位子，让她们站在前面。

"那只鸽子还好吗？"文道政问。

刘西凤亲切地望着文道政，赶紧说："很好。"

"没被老鼠伤害吧！"文道政又问。

"没有！"黄亚男说，"梅雅静连饭也没回家吃，一直站岗呢！"

"啊，站岗？"文道政不解地问。

"是的，怕老鼠伤害！"黄亚男说。

刘西凤见黄亚男插嘴，只好不作声。

"哈哈！"文道政说，"这只受伤的鸽子真算是找对人了！落在梅雅静的肩膀上，找对了救命恩人！"

"哈哈……"曾晓娅笑着说，"要是落在你肩上，难道就不是找对了吗？"

"也是找对了！"文道政笑着说。

"不管落在谁的肩膀上，都是找对了！不管男生女生都有一颗善良的心！"黄亚男说。

"说得太对了，是鸽子选对了人！"刘西凤说，

"吃了饭，我去看看鸽子！"文道政这么说。

"那不行，男生止步！"黄亚男说，"除非梅雅静将鸽子拿出寝室！"

"哈哈……"文道政还想说什么，停住了。

自从水电学院上晚自习自由安排，女生宿舍的门前，多了一块牌子："男生止步"。在男生宿舍却没有立上"女生止步"的牌子。这是对女生的特权吗？

黄亚男和刘西凤打了饭，走了。

…………

肖奕琴拿着饭走过来，坐在餐桌上和文道政、曾晓娅一起吃饭，谈论的仍然是那只受伤的鸽子。

"鸽子的翅膀上固定了一块小竹夹板，一定是为翅膀的生长而上的！看样子她们送鸽子去看了医生！"曾晓娅说。

"两节课没上，肯定去了校医务室为鸽子治伤！"肖奕琴说，"梅雅静心特别细，特别善良。"

"是呀！她对一只鸽子这么用心、痴情，真是难得！"曾晓娅说。

"难道晚上不睡觉，要守着鸽子站岗？"文道政笑着问。

"梅雅静肯定能做到！"曾晓娅说，"鸽子放在一个大纸盒子里，纸盒放在桌子上，梅雅静坐在旁边看着！"

"哈哈哈……生怕鸽子受到伤害！"肖奕琴笑着说，"梅雅静特别认真负责！特别有爱心！"

"鸽子治好伤，至少一个多星期。能不能找一个鸟笼子，将鸽子放进笼子，然后挂在窗外高高的地方，这样鸽子不会受到老鼠威胁，也不影响寝室的卫生！"肖奕琴说道。

"那太好了，只是……怎么找到鸟笼子呢？"曾晓娅说。

"对面山上有竹子，织一只鸟笼，不就得了！"肖奕琴说。

文道政一听，笑笑没作声，起身走了。

下午没课，文道政去找陈凯。

陈凯见到文道政找他，以为是违反了纪律要挨批评，口里说："班长，上晚自习，我可没缺课！"

"哈哈……谁说你上晚自习缺课了？"文道政笑着说，"我找你有事！"

陈凯一听说有事，跟着文道政走到寝室走廊上。

文道政跟陈凯谈论给鸽子做只鸟笼的事，陈凯一听，半天没明白过来，嘴里说："我不会！"

"我会！"文道政说，"我们一起去对面的古墓山上，砍下两根竹子织个鸟笼！"

"去对面古墓山上砍竹子织鸟笼？"陈凯一听，不寒而栗，大声说，"我害怕，不去！"

"我就知道你会这么说，上次的事，你还害怕？真是胆小鬼！"

"胆小鬼？谁说的，老子才不怕！"陈凯被激将法激起来了。

陈凯心里是害怕，上次去古墓山挖树根，差点将小命都丢了，他怎么会这么快就忘了呢？可是，陈凯老是跟文道政作对，文道政不仅没有对他不好，反而在他腿受伤的情况下，将他背到医务室，还无微不至地关心他照顾他，他从心底里佩服文道政的人品。

文道政找他，是对他的信任，他不能不去。

"那好，我们现在就走吧！"文道政一听，马上说。

"现在就走？"陈凯望着文道政问。

"是呀，我找来一把刀，我们就在山上砍下竹子，将鸟笼织好拿回来！"文道政笑着说。

"你能行吗？"陈凯不相信文道政还有手艺。

"当然行，我在农村织过鸟笼！"文道政自豪地说，"小时候抓鸟养鸟，可好玩！"

"那就走吧！"陈凯跟着文道政走出寝室。

他们走出校门，向左转，又经过了黄家坡小学，向学校对面的古墓山走过去。

大白天，山上都阴森森的，难怪晚上闹鬼。

接近山边，陈凯吓得有点哆嗦，心有余悸，站着不敢向前走。

"别怕，大白天的，我手里拿着刀呢！"文道政举着刀鼓励说。

走到山上的岔道口，陈凯向另一个方向走，说古墓那边有鬼，别去。

文道政见陈凯那么说，鼓励他不要害怕，很快也找到了竹子。

文道政很快选定两根大竹子，举起刀就砍，一会儿，砍下两根，去了枝丫和竹尾，在竹兜上下刀，砍出一个口子，然后用脚踩着撕开，只听哔啦哔啦，真是势如破竹。一根竹子，瞬间劈成两片。

陈凯见文道政用刀劈竹，刀法纯熟，手脚麻利，没料到文道政是个老手。

"这么熟练，真是难以想象！"陈凯坐在一块大石头上看着，说。

"我在农村长大，家里后山全是竹子，大人们每年都要砍下竹子织竹篮子，我就学会了！"文道政说。

"哈哈，真不愧为大山的儿子！"陈凯笑着说。

他们边谈笑，边做手工活。

织鸟笼时，陈凯帮着递竹片子，用手压着，配合着，眼见一个鸟笼一下子有了雏形。

"真是太快了！"陈凯说。

文道政笑着，认真地织编着，眼见就要织好了。

陈凯见文道政那么认真，心里有几句话要讲出来。

"班长，你为什么要织鸟笼子呢？"陈凯问。

"这不明摆着吗？鸽子养伤需要一只鸟笼！防止老鼠伤害！"文道政抬起头笑着说。

"真的吗？防老鼠？"陈凯说。

"当然真的！"文道政笑笑说。

"我看，你是……"陈凯笑着想说，但将话咽回去了。

"你说些啥！"文道政低下头继续他的扫尾工作。

"我知道，你昨天批评黄亚男，黄亚男哭着跑了。"陈凯转了一个话题说。

"我作为班长，肯定得批评同学。"文道政说。

"你管得太严了，我们都喘不过气了。"陈凯说。

"我们班要在全校评为优秀班，不严能行吗？"文道政说。

"张伟找黄亚男看电影，晚自习还旷课！"陈凯接着说，"说实话，我虽然反对坐在教室上晚自习，可是我没有旷课。"

文道政低着头编织着，说："陈少爷值得表扬。"

"张伟真是的！找谁不找，偏要找黄亚男去看电影？黄亚男晚自习不来上课，没有找你请假！"陈凯说。

文道政一听陈凯说话那口气，知道陈凯对黄亚男跟张伟去看电影有很大的意见。

陈凯与黄亚男是高中同学，互相知根知底。陈凯对黄亚男的印象是非常好的，黄亚男什么都好，就是做事、说话像个男孩子。

陈凯干什么事、说什么话，黄亚男总喜欢说他几句，初听起来，像是总与他作对，实际上是为陈凯好。

陈凯读大学，也想在大学里找到自己的爱情，正如有人所说，在大学不轰轰烈烈谈一场恋爱，等于白读了大学。

可是，黄亚男没有轰轰烈烈谈一场恋爱，陈凯也没有。

在水电学院，像文道政这样优秀的男生，早已有梅雅静、刘西凤像蜜蜂一样围绕着，其他人根本没有下手的机会。

没有心仪的对象，也就无法谈成一场轰轰烈烈的恋爱。

陈凯看看周围的女生，能看上的也只有黄亚男。

因此，对张伟请黄亚男看电影的事，心里总是梗着不通。

文道政听了陈凯的话，心里似乎明白了一点，可是他仍然低着头，认真编织着，没有作声。

"学校不准谈恋爱，但是搞'地下工作'的同学特别多。"陈凯见文道政不作声，转换话题说。

"真的吗？你说说。"文道政低着头边织边说。

"我不敢说，"陈凯说，"我怕你找他们谈心，又把别人谈哭了。"

"哈哈哈，"文道政笑着说，"我是对他们负责，'情报处长'知道了，要开除的。"

"张伟约了黄亚男去看电影，还旷了晚自习的课，真是不应该。"陈凯说，"这就应该好好批评。"

"你能理解，我真高兴。"文道政说，"张伟是水电一班班长，我管不了，可是，我可以管好我们班的女生。"

陈凯心想，你文道政的事，我也不是不知道，笑着说："张伟那小子，怎么突然会叫上黄亚男去看电影呢？这不合逻辑呀？你们都在博得梅雅静的喜欢，这是全校同学私下里都知道的。谁也都知道，梅雅静、刘西凤、曾晓娅……她们对你怎么都那么好。班长，你说说，你怎么这样讨女生喜欢呀？"

"你说什么呢？"文道政严肃地说，"明知学校不准谈恋爱，你还在说。"

"不过，刘西凤那天说，去过你家里，是真的吗？……好了好了，我不说了，你心中有数。"陈凯也不管文道政说什么，说着站起来。

其实，文道政听了陈凯说的，心里高兴呢。

文道政心里明白，这三个女生总是在对他示好。文道政感到，他一个自费生没有什么本事，论自身条件、论自己的身份，他无法跟公费生比，但除了这些，也许他有自己的优势。都是同学，都是纯洁的感情，他只是任凭自己的感觉来裁判。

对于刘西凤突然的举动，文道政心里有些难过。

文道政真不知道怎么来处理这件事，希望梅雅静与刘西凤和好如初，大家好好读书，好好相处。但说实话，在文道政心中，梅雅静才是排在第一的。

很快将扫尾工作结束了，一个新鸟笼就在眼前。

文道政也站起来，拍拍身上的灰，说："好了，走吧！"

陈凯赶紧说："真漂亮！"

二人提着鸟笼，高兴地向学校走去。

74

快到吃晚餐时，文道政和陈凯提着一个崭新的鸟笼，走进校门。

正好曾晓娅从街上回来，远远看到他们提着一只新鸟笼，高兴地迎上去，大声说：

"多么漂亮的鸟笼！"

曾晓娅首先从陈凯手中接过鸟笼，提在自己的手中，掂了掂，说：

"还蛮重的！"

"当然啰，竹子是湿的！"陈凯说。

"真是太好了！鸽子有自己的屋子了！"曾晓娅说。

"这是我们班长一下午的心血！"陈凯说。

"班长真是有心，这么快织好了鸟笼，真是个心地善良的大好人！"曾晓娅望着文道政，见他身上还沾了些泥土，心疼地说。

"这个，我小时候就会编织鸟笼了！"文道政见曾晓娅夸他，高兴地说。

"最高兴的是梅雅静和黄亚男，她们正为鸽子的安全发愁呢，这下可好了，可以放心了！"曾晓娅说。

大家一起走进校园，临分手时，曾晓娅要提着鸟笼回女生宿舍，文道政不让，说鸟笼上面，还必须用铁丝做一个挂钩，这样才好挂在窗外。

曾晓娅见文道政这么说，只好将鸟笼还给陈凯提着，自己回了寝室。

曾晓娅一进寝室，迫不及待地将文道政做鸟笼的事，告诉梅雅静和黄亚男。梅雅静一个下午没敢走出寝室，死死守在鸽子身边，还在想，晚上咋办呢。

曾晓娅一说，梅雅静高兴地站起来，赶紧问：

"在哪里？"

"文同学说，让你自己去取呢！"曾晓娅学着梅雅静的口吻说。

"我去取？"梅雅静问道，"是文同学说的吗？"

"是呀，他说鸟笼上面还得用铁丝做一个勾，这样才能挂在窗外呢！"曾晓娅绘声绘色地说。

"想得真是周到、细致！"黄亚男说。

"是呀，班长这么用心对待这只鸽子，平时凶巴巴的，一个晚上不坐在教室上晚自习，他就发脾气批评人！"曾晓娅说着去拿碗打饭去。

黄亚男也感到奇怪，文道政怎么平白无故地要上山砍竹子织一只鸟笼呢？

这可不是黄亚男的原因，那么凶巴巴的文道政，昨晚还追着批评黄亚男，今天态度一百八十度大转变，黄亚男上午缺了课不仅不批评，下午还特意为鸽子织了一只新鸟笼。

黄亚男想来想去，望着身边的梅雅静，心里算是有了结论。

原来，文道政只是为了梅雅静。

文道政批评黄亚男没错，找黄亚男谈心也没有错。虽然都是水电委培班的班干部，黄亚男当生活委员。

黄亚男取笑文道政，自从当了班长后工作不讲究方法，总是那么不讲情面。

文道政对黄亚男善意的取笑没当回事。劝黄亚男不要像个假小子，在男人堆里混，不要学坏了。

黄亚男不买账，说自己就是个假小子，从小在男生堆里长大的，班长没有权力管教她。

黄亚男大大咧咧的性格，某种程度掩盖了她的善良和温柔，大家总认为黄亚男真的不懂男女情感，不知道谈恋爱。

同学们在一起开玩笑，水电委培班谁谁谁走到一起时，谁也没有想到黄亚男，谁也没有将黄亚男和班里的男生联系在一起。总觉得她谁都不合适，谁与她也都不合适。

黄亚男是那种女生中有个性，在男生中被忽略的女生。

这种女生一旦被发现，种种优点和特别凸显出来，会瞬间成为男生的青睐对象。

刚开学时，黄亚男在宿舍边捡到一件男生衬衣，她便在男生宿舍的门口贴出一张"招领启事"。

"招领启事"贴出后，有许多男生冲着看黄亚男芳容，说自己遗失了衬衣。后来，有一些痴情男生给她写信。

看起来，"招领启事"将黄亚男置于风口浪尖，其实，许多同学都知道，"招领启事"后来变相地成了"征友启事"。

水电一班班长张伟，就是这么认识黄亚男的。

只不过是件平常的衬衣，黄亚男将声势搞得那么大，可见，也不是一般女生所能为。

同样，只是一只受伤的鸽子落在梅雅静的肩膀上，她可以陪着梅雅静一上午不上课，去医务室求助医生为鸽子疗伤，茶饭不思，坐守不动。

黄亚男和梅雅静一样，天生有一种大气、高贵、善良的东西在她心中沉淀着，她这种女生，只要某种机缘引发，这些沉淀于心中的东西，随时都会喷发出来。

人间四月芳菲尽，山寺桃花始盛开。

黄亚男的"花骨朵"比班里其他女生萌芽得晚，她命里尚无桃花，见到男生没有一点感觉。可是，是花骨朵总会盛开的。

昨晚，水电一班班长张伟突然约黄亚男看电影，黄亚男开始根本不当回事。在电影院看电影，黄亚男曾经周末和同学偷偷地去过，大家都嘻嘻哈哈，看完了回校，从来也没有人笑话谁，从来也没有人说谁跟谁在一起。所以，张伟约她看电影，她犹豫片刻答应了，甚至还逃了晚自习的课。

在文道政、张伟、梅雅静三人的关系中，黄亚男心里一直支持着文道政能和梅雅静走在一起。但是一想到文道政只是一个自费生，心里有点打折扣。

黄亚男是梅雅静的童年伙伴，是了解梅雅静的。

梅雅静对于文道政的感情超过任何人。

张伟虽然是水电一班的班长，家里条件好，父亲当了某市的市长。张伟对梅雅静穷追猛打，但是，张伟没有文道政那么有阅历，也没有经历文道政那么多的磨难和生活感受。生活和人生，是需要丰富多彩的阅历和经历来打磨的。

文道政对待许多事，可以自己做主，说干就干，没有顾虑。

张伟对许多事，却做不了主，要依靠父母出主意。

说白了，文道政在农村长大，苦水中泡大，天不怕地不怕。

张伟更多的是"城里哥"的派头。

说实话，黄亚男却更喜欢张伟这样的男生。家里有后台，毕业以后不愁分配工作，衣食无忧。

…………

曾晓娅很快打来了晚饭，她们三个坐在寝室边吃边聊，边聊边笑。

曾晓娅突然问黄亚男："文道政是不是爱上你了？"

黄亚男一听，惊了一跳，她望了一眼梅雅静，半晌才骂道："你说什么呢？你是想谈恋爱想疯了吧！"

梅雅静一听，笑着说："文同学爱上了黄亚男？哈哈哈！"

梅雅静一笑，黄亚男和曾晓娅惊住了。

梅雅静在想，究竟怎么了？

刘西凤当着《楚风》文学社的所有人员，高调地说她去了文道政家里，还说在文道政家里住了一个晚上。

现在，曾晓娅又说，黄亚男爱上了文道政。

怎么了？难道文道政那么惹人喜欢吗？

文道政与梅雅静相识，也只是梅雅静愿意帮他，才借了钱给他，对他学习上的关心。

文道政长得俊朗不错，在梅雅静的心中，文道政是优秀的男生，但也不至于这么多的女生都争着抢着。

黄亚男不可能爱文道政，这一点，梅雅静是确认无疑的，也用不着曾晓娅咬舌头。

可是，风言风语的传到梅雅静耳朵里的，却是曾晓娅喜欢文道政。

她也隐隐地听说，文道政还救过曾晓娅。

梅雅静从哪一个方面比，都认为自己比曾晓娅要优秀和突出，因此，对曾晓娅的胡说，梅雅静没放在心里。

黄亚男听曾晓娅乱点鸳鸯，突然感到不好意思了。

这个曾晓娅真是的，哪壶不开提哪壶。

明知道梅雅静在这里坐着，故意说这种话，这不是在挑起矛盾吗？

黄亚男瞪了曾晓娅一眼。曾晓娅意识到了，伸出了舌头。

黄亚男说："晓娅，你这是说些什么呢？"

曾晓娅望了梅雅静一眼，赶紧说："对不起，我说错了。"

曾晓娅望梅雅静时，发现梅雅静好像在生气，低着头不说话了。

黄亚男边吃饭边用眼睛看着曾晓娅，心想，曾晓娅怎么会说出这种话呢？文道政是一班之长。你曾晓娅想班长，暗恋班长，班上谁都知道。故意找借口试探我，我黄亚男才不上当。

可是，你曾晓娅暗恋文道政，却不是校花梅雅静的对手，梅雅静美丽高贵，她虽然不在水电委培班，但是她那美丽的影子却时刻在水电委培班晃动，那声音环绕在教室，在同学们的心中，文道政和梅雅静才是天生一对。

"文道政爱上我？"黄亚男对梅雅静说，"这不是笑话吗？"

黄亚男看着梅雅静说话，见梅雅静心不在焉。

难道曾晓娅是故意说的吗？

原来，曾晓娅就是故意说的。她知道梅雅静喜欢文道政，她也喜欢文道政，还有刘西凤也喜欢。

曾晓娅心里不服气、不甘心，你梅雅静是校花，你是吃国家粮的千金，我呢，只不过是一个自费生，家在农村，没有背景，可是，我有权力爱我喜欢的人。如果没有梅雅静，那么文道政肯定是自己的。

文道政救了曾晓娅，他们的事只有他们俩知道，这也许是他们之间的秘密。不管在什么地方，曾晓娅只要看见梅雅静，心里就不高兴。感觉梅雅静抢了她心中的"白马王子"文道政。

曾晓娅这种思维一直在头脑里保存着。曾晓娅没有办法与梅雅静明抢，可是，内心的争斗，从没停止过。

曾晓娅故意说文道政爱上了黄亚男，其实，曾晓娅心中知道，文道政不可能爱上黄亚男。只是说给梅雅静听，让她们之间产生误会和矛盾。

这样，她可以在她们的矛盾中找到快乐，找准方向下手。

曾晓娅对文道政的感情，是永远也不会改变的。

刘西凤说，她去过文道政的家里，这不更好吗？

刘西凤一说，梅雅静不可能无动于衷，只要梅雅静与刘西凤两个人发生矛盾，曾晓娅才高兴。如果可以的话，曾晓娅也会说，文道政救了她一命，她愿意以身相许。

对于曾晓娅这么一个有心计的女生，她的情感欲望如此的强烈，是出于本能，还是故意为之？

曾晓娅看了一眼梅雅静，见她低着头没吭声。曾晓娅一看，梅雅静果真是吃醋了，心里就高兴，果然击中了要害。

这时，黄亚男大声说："雅静，你快吃饭呀！"

梅雅静才抬起头，手里的筷子动了动。

曾晓娅吃完饭，将碗丢在桌子上，心里高兴地离开了。

黄亚男吃完饭，见梅雅静还在那里心不在焉，说："晓娅只是胡乱一说，你发什么脾气呢？"

梅雅静晃过神来，大声说："你说什么呢？亚男。"

黄亚男笑着说："你没生气呀，那好，快吃饭，我去洗碗。"

梅雅静将碗一扔，说："我不吃了。"

黄亚男见梅雅静没吃多少饭，口里说："我的大小姐，你吃这么一点点，梅校长回来，看见你饿瘦了，我可负责不起。"

梅雅静笑着说："那不更好吗？我饿瘦了也没有人关心。"

黄亚男用手将鸽子抓在手里，说："怎么可能呢？你是醉翁之意不在酒吧？"

曾晓娅走回来，拿起梅雅静和黄亚男放在桌上的碗就去洗漱间，口里大声说：

"你们说什么呢？这个世界，什么事都可能发生！"

黄亚男见曾晓娅拿着碗去洗，说："告诉我，有什么事可能会发生呀！

是不是你吃了饭没事干，在这里胡说八道？"

"哎呀，班长会爱上谁呢？不会是爱上这只受伤的鸽子吧！"曾晓娅大声说着。

"晓娅，你又在胡说什么呢？"黄亚男笑着说。

"呵，我突然记起来了，亚男，班长叫你去操坪，他拿着一只鸟笼在等你呢！"曾晓娅说。

"班长叫我？你有没有搞错？"黄亚男看了一眼梅雅静说。

曾晓娅故意没听清，拿着碗走到外面去了。

黄亚男看着梅雅静，说："一定是晓娅在胡说，班长一定是在叫我们一起去。"

梅雅静有点不自在，冷笑着说："文同学叫你，你快去吧！"

黄亚男笑着说："我知道，你一定在生气。雅静，难道你还不明白我是什么样的人吗？"

黄亚男说着，将手挽着梅雅静，拉着她一起走出寝室，并说："我们心爱的鸽子，有新屋住了！"

文道政吃了饭，拿着那只编制好的鸟笼等在操坪。

梅雅静和黄亚男将鸽子拿在手里，走到操坪。

文道政一个人坐在足球场的草坪里，眼睛死盯着女生宿舍门口。

突然，梅雅静和黄亚男出现了。

文道政没有站起来，他要等梅雅静和黄亚男来找他。文道政坐在草地上，看着梅雅静和黄亚男从栅栏门里走进围栏，走向草坪。

梅雅静和黄亚男站在草坪上，向那边望了一眼，草坪上坐了几堆同学，还有几个踢足球的在操坪上跑来跑去。

远远的，有一个人坐在草坪上，仔细一看是文道政。

文道政看见梅雅静和黄亚男从那边过来，向她们挥挥手。

梅雅静和黄亚男一步一步向他走近，文道政突然心里有点紧张、激动。

文道政是一班之长，经常找同学谈心，经常为了维护班上纪律与同学发生矛盾，这些他从来没有胆怯，可是，当梅雅静和黄亚男这两个女生向他走过来时，他心里像湖面投了一颗石子，波浪四起……

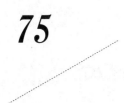

75

下了晚自习，文道政和刘贵北最后走出教室，经过男生宿舍时，发现路灯下站着几个人在聊天，可是走近才知道，黄亚男并不在其中，曾晓娅却在其列。

"你看，班长来了！"陈凯大声说。

"鸽子呢？黄亚男呢？"刘贵北问道。

"黄亚男重鸽子轻友！"陈凯说，"她现在有了鸽子，早将我们忘了！"

"哈哈哈……"陈凯一说，大家笑起来。

"也不完全是，黄亚男也许还有更重要的事！"陈凯慢条斯理地说。

"有什么重要的事？"刘贵北问道。

"是呀，什么重要的事，快说说。"曾晓娅这样讲，想起自己曾经故意将黄亚男也喜欢文道政的事宣开。

黄亚男去找了文道政，是不是有了什么新的进展和故事。

"不敢说！"陈凯说着，"保密！"

大家见陈凯卖关子，没多问他，继续聊其他的。

正在大家说笑时，梅雅静微笑着向这边走过来。

"你们看，谁来了？"陈凯大声说道。

文道政一看梅雅静走过来，主动向她走出一步，等在那里。

梅雅静会意，向大家打招呼，也向文道政走过来。

"梅雅静，你来得正好，文道政在这里等你呢！"陈凯大声说。

"啊，等我？"梅雅静望着大家，有点不知所措的样子。

"哈哈哈……"大家笑起来。

"别听他乱说，我们在这里聊天。"文道政说着。

"哈哈哈……"

"梅雅静来找文道政一定有事！"陈凯说，"我们回寝室了。"

陈凯一说，大家边说边笑，向寝室走去。

曾晓娅本来想留下来看看，可是大家都走了，她也跟着离开了。

看见大家都离开了，梅雅静和文道政向操坪走过去。

文道政和梅雅静并肩走了几步，梅雅静突然说："文同学，我有话跟你说！"

文道政见梅雅静那么认真，问道："什么话，你说？"

梅雅静欲说还休，支支吾吾地说："你，老实交待！"

"交待什么？"文道政问道。

"交待什么？你心里明白。"

"你这个人呢，刘西凤的事还没有说清楚，又来了个黄亚男。"

"黄亚男怎么了？"

"怎么了，你心里明白。"

"怎么了？"文道政惊讶地问，"没怎么呀！"

"有同学在散步时，发现你和黄亚男在校外的桂花园散步。"梅雅静生气地说。

"啊？"文道政反应过来，"是的，我找她谈心。"

"你们有说有笑，像是谈心吗？"梅雅静生气地反问道。

"是吗？"文道政解释道，"我作为班长，难道不能和女同学笑吗？！"

"你是不是对黄亚男有意思？"梅雅静心直口快地说。

"你说什么呢？别乱说呀！"文道政说道。

"我没有乱说，"梅雅静说，"有人对我说了你们的事。"

"说了什么？"文道政问道。

"有人告诉我，说你喜欢黄亚男。"梅雅静说。

"谁在胡说，怎么可能呢？我对天发誓，没有。"文道政说。

"原来你做鸟笼，是为黄亚男？"梅雅静生气地说。

"啊……"文道政说，"这，确实是个误会！怎么是为了黄亚男呢，我的心，你还不明白吗？都是为了你，为了落在你肩上的那只鸽子。"

文道政和梅雅静走到足球场的草地上，接着说话。

"文同学，你还干了些什么？"

"你说什么呢？"文道政不以为然地说，"我真没干什么！"

文道政听梅雅静这么说，笑起来，心想，我文道政怎么可能去追黄亚男呢？难道你梅雅静一点迹象也看不出来吗？我文道政喜欢的可是你梅雅静呀！可是，文道政没有说出来。

"黄亚男是个什么样的人，你最清楚了。"文道政说。

"我不清楚，"梅雅静说，"你找她谈了心，你才最清楚！"

"哈哈哈，我只是要她上晚自习不要旷课！"文道政这么说。

"那好，我问你一个问题，你如实回答我！"梅雅静认真地说。

"你说！"文道政回答说。

"如果有人追我，你在意我吗？如果有人约我看电影，我去了，你会吃醋吗？"梅雅静问道。

"这个……"文道政思考着说，"我得先问你！"

"问我什么？"梅雅静说。

"你是喜欢我，还是喜欢他？"文道政说。

"呸！"梅雅静大声说，"你先回答我，吃不吃醋！"

"肯定吃醋！肯定发脾气，肯定打架！"文道政这么说。

"真的吗？"梅雅静看着文道政认真地说，"你真的这么在乎我？"

"那当然！"文道政表忠心地说，"我当然特别在乎。"

"那好，你不准再单独找黄亚男谈心。"

"好的。"文道政说。

"还有，刘西凤！"

"刘西凤？她不是故意说给你们听的吗？这些你都知道，我接到你的信，就到学校来了。她去我家，又没找着我。"

"刘西凤为什么要去你家呢？"

"是呀，为什么呢？"

"她喜欢你！"

"刘西凤，你是最了解的。她每天像个跟班一样跟在你身边。"

"可是，她怎么就跑到你家里去了呢？真是不可理喻。"

"还好我不在家！否则，我跳进黄河也洗不清了。"

文道政这样解释着，希望梅雅静能够理解。

刘西凤的举动，让文道政有点恼。

那天，刘西凤当着那么多人说，她去过文道政的家，还在文道政家里睡了一晚，跟开新闻发布会一样，生怕别人不知道。

梅雅静听了，心里像吞进了一只苍蝇，一些话哽在喉咙，说也说不出来，只好转身离开了。

张伟听了，心里一阵高兴，对梅雅静又有些蠢蠢欲动了。

刘闯听了，却说，文道政这是脚踩两只船。

张伟对文道政更是没放在眼里，几次约梅雅静。

这些都是文道政暗地里了解到的。

"我请你看电影，正好有一部战斗片，特别好看。"文道政想到张伟的举动，心里有些急，突然这么说。

"这个……"梅雅静说。

"星期六晚上！"文道政高兴地说，"我们去老街电影院。"

"老街电影院？啊，传说那里有许多录像厅。"梅雅静听张伟和刘闯他们在班里说起过。

"是呀，我也听说了。"文道政说。

"那好，我们也去看看！"梅雅静肯定地回答道。

文道政一听梅雅静同意了，心里甜甜的，黑暗中打了一个响指……

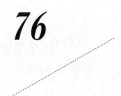

曾晓娅在女生宿舍关大门之前，一个人走进寝室。

曾晓娅走进寝室，正好看见黄亚男推开窗户，将装着鸽子的鸟笼，挂在窗外晾衣服的钢丝架上。

"我的宝贝，今晚有屋子住了！"黄亚男开心地说。

"还是班长想得周到，给鸽子弄了一个笼子，挂在窗外，多好呀！"曾晓娅说，"班长不知道为什么，对一只受伤的鸽子这么友好，这么热情，这么服务周到！"

"是呀，班长对这只受伤的鸽子怎么这样在意呢？"黄亚男也自言自语地说。

"我看是醉翁之意不在酒！"曾晓娅大声说。

"晓娅，你又在说些什么呢？"黄亚男也大声说。

寝室里的同学见黄亚男和曾晓娅说话，都闭口不言，一心听着。

"亚男，不知班长心中的鸽子是谁？"曾晓娅问道。

"哈哈哈……"

"是呀，不知谁是班长心中的鸽子，哈哈哈……"

"这还不知道，梅雅静呀！"黄亚男说。

"我看，不太像啊，好像有点……"

"我不跟你们说，哈哈……"黄亚男说着，自己也笑起来。

大家见黄亚男笑起来，整个寝室都笑起来。

"老实交代，跟班长散步谈了什么？"曾晓娅问。

"谁跟班长散步了？"黄亚男反问道。

"啊，还保密？"曾晓娅这么说。

"晓娅，你说什么呢！"黄亚男说着向曾晓娅使眼色。

"啧啧，我们都看见了！"曾晓娅说，"在桂花园里，有说有笑！"

"你们……哎哟，我黄亚男怎么可能呢？哈哈……"黄亚男本想骂几句，可是骂不出来，只有笑起来。

"快说……"大家催促着说。

"你们不要将我扯到里面去。你们也知道，西凤说去过文道政的家里，梅雅静正在恼气呢。"黄亚男说，"晓娅又不是不知道，西凤是当着我们大家的面说出来的。"

"我听到了呀，可是……"

"可是什么？你不是因为喜欢文道政故意这么说吧？晓娅，你这样说我有意思吗？"

"你误会了，我看见你们有说有笑地走在一起，那样子太高兴了。"

曾晓娅说这话时，心里掠过一丝悲伤。

文道政是救过曾晓娅的命，可是，每当曾晓娅对文道政表现出友好的时候，文道政总是不给好脸色看。文道政甚至不想跟曾晓娅相处。而与黄亚男在一起有说有笑，这叫曾晓娅心里如何好过？

曾晓娅看见了，心里不好受，就当着梅雅静的面说出来，这样，她的心里好受一些。

"晓娅，你以后不要说这些话了。我跟文道政那是一千个不可能。"黄亚男这么说。

"呵，你跟文道政一千个不可能，那跟谁一千个可能？"

"你们说什么呢？"黄亚男说着，"不可能就是不可能。"

"是不是跟陈少爷有可能？"

"你跟陈少爷是高中同学，也难怪，他那么听你的话。"

大家一说到陈少爷，黄亚男心里一惊。陈凯确实与黄亚男是高中同学，而且，高中同学里面，现在进入大学的，也只有他们两人。

陈凯的爸爸是水电局长，也是黄亚男爸爸的上级。虽然黄亚男口头上管着陈凯，陈凯也服管，但是，在黄亚男的心中，对陈凯却从没有轻视。

黄亚男的父亲曾经说，黄亚男能招了工去水电学院读书，要好好感谢陈凯的父亲。可能也是机遇，这一届，刚好只有黄亚男和陈凯两个高中毕业生，正好就碰上能读大学的机会……

黄亚男正想着，这时，寝室的灯突然熄了。

女生们仍在嘻嘻哈哈的。一会儿，寝室外女生部长来查房，见寝室里笑个不停，大声敲着门说：

"安静，睡觉！"

女生们忍着笑，立即安静下来。

等到女生部长查房走了，曾晓娅再说话，可是没有人搭理了，很快，大家入睡了……

文道政真的在追黄亚男吗？

女生们的触角和嗅觉很灵敏的。

文道政和黄亚男一起散步，被女生们传开了。

水电委培班几个女生，每个女生的一举一动都被其他女生监视着。

黄亚男这几天，天天侍候那只受伤的鸽子，手里提着那只精制的鸟笼，偶尔还提着鸟笼在操坪走走，引来许多学生围观。

那只受伤的鸽子，估计很幸福、很满足，每天除了吃喝养伤外，还有人陪它散步，陪它聊天，它的伤恢复得快，慢慢地，耷拉的翅膀开始缓慢地动起来。

黄亚男将鸽子逗了逗，用手去摸鸽子的羽毛，开始鸽子还警惕着跑开，现在可好，鸽子不再害怕，还用小喙亲亲黄亚男的小手，亲切地磨蹭着。

黄亚男也感到这只鸽子十分的可爱，也感到鸽子的伤好多了。

任何人取笑黄亚男和文道政，黄亚男都不会当真。黄亚男知道文道政最喜欢谁。

梅雅静是黄亚男的闺蜜，从小一起长大。

当年，梅雅静的爸爸下放到黄亚男爸爸的农场劳动改造，她们俩便一起读书，一起放牛，一起长大。

梅雅静对文道政有那么点意思，黄亚男早就发现了。黄亚男会去挖闺蜜的墙脚吗？这肯定不是黄亚男的性格。

虽然学校不准谈恋爱，可是，同学们互相喜欢总是可以的。谁喜欢谁，大家心里都清楚。

文道政找黄亚男谈心，就是让她不要旷课。

"呀，这么漂亮的鸽子！"有女生围过来，笑着围观。

"鸽子受了伤！"有女生伸过头说。

"肯定受了伤，不然怎么会用笼子养着，你看看，翅膀上还打了夹子喔，一定是翅膀受了伤！"

…………

黄亚男用手提着鸟笼让大家看，让大家谈论，心里美滋滋的。

这只美丽受伤的鸽子，偏偏落在梅雅静肩膀上。梅雅静爸爸回家了，这两天，梅雅静要回家吃饭陪爸爸妈妈，正好，给了黄亚男机会。黄亚男一定好好地对待这只鸽子，让它重获新生。

正在同学们围看鸽子时，张伟从操坪那边走过来，远远地叫道："黄亚男！"

黄亚男一听有人叫她，举目一望，是张伟。

女生们见张伟这么亲切地叫黄亚男，笑着走开了。

张伟走过去，接过黄亚男手中的鸟笼，提在手上。

"你什么时候回校的？你不是请假回家了吗？"黄亚男对着张伟说。

"请了两天假，我妈妈病了！"张伟将鸟笼抬高逗着鸽子。

"哦，病好了吗？"黄亚男关切地问。

"没事，可能是想我了！"张伟说，"打长途电话一定让我回家一趟！"

"呵，母子连心，妈妈总是牵挂自己的孩子！"黄亚男对张伟笑着说。

张伟提着鸟笼，和黄亚男向着草地缓慢走着。

"鸽子的伤好了吗？"张伟问道。

"好多了。它很聪明，知道吃喝，自己养伤！"黄亚男说。

"啊，这只鸽子太聪明了，正好落在梅雅静的肩膀上，真是找对人了！"张伟附和着说。

"是的，我们到校医务室为它治伤，为它找来吃的，你看，它现在过得挺好的，伤也差不多要好了！"黄亚男说着，看了一眼鸽子。

"对呀，这只鸽子真的要好好感谢你们呢！没有你们，鸽子也没命了！"张伟对着鸽子说。

"这是一只信鸽，它脚上套环，编了号，不知道是谁家的，一定很焦急，等它翅膀好了，马上放飞！"黄亚男说道。

张伟见黄亚男这么说，仔细看着那只鸽子。

"真是一只信鸽！一定是执行任务时迷失了方向，或者在执行任务过程中遭到了埋伏！"张伟认真地说着。

"执行任务？"黄亚男听到这句话很感新鲜，原来，每只信鸽，都要进行训练，执行送信的任务？

黄亚男看了一眼张伟，感到从他嘴里说出来的话，更显得这只鸽子的伟大和崇高，也更觉得救了这只鸽子的举动更让自己感动。

"信鸽一天可以飞几百里，飞到主人目的地！特别守信用，特别勇敢地飞翔！"张伟说。

黄亚男看着张伟，好奇地问道：

"你怎么知道，信鸽一天飞几百里？"

张伟被黄亚男一问，傻眼了，有些陌生地看着黄亚男，然后一笑，说：

"难道不是吗？"

黄亚男笑笑，不知怎么回答，反问道：

"信鸽怎么送信的？"

张伟认真地解释说：

"信鸽送信，严格地说是信鸽回巢。鸽子的飞行与地球磁场有关，不管你将鸽子带到了什么地方，鸽子总是能找到自己的家，它有一双能认路的眼睛，人们利用鸽子这个特点，将信绑在它身上，让它将信送回家！"

"原来是这样！信鸽送信，只是顺便将信带回家！"黄亚男这么说。

"对，可以这么说。信鸽并不是能将信送到任何地方！"张伟解释说。

黄亚男这么一听，似乎明白了信鸽送信的大致道理，也感到张伟知道的很多，知识比她要广。

"送信就是执行任务？"黄亚男笑着说。

"当然是执行任务。战争年代一只信鸽发挥的作用不亚于一个士兵，许多战场上的信息，都是一只信鸽送到。如果信息送达不到，那么可能失去一次机会，甚至战争失败！"张伟严肃地说。

"原来信鸽的作用这么大，还真是没想到！"黄亚男笑着看着张伟。

张伟见黄亚男高兴，认真听她讲解，又问道：

"你知道信鸽的天敌是什么吗？"

黄亚男偏着头微笑着，思考着问道：

"是什么？难道是人？"

"你仔细想想！"张伟也微笑着问。

"鸽子在空中飞，一定是人，小时候不是有小朋友用弹弓打鸟吗？不是人是什么？"黄亚男自言自语地说。

"呵，当然，人也是信鸽的天敌，但信鸽一直在天上飞，小孩要用弹弓打到它，可不容易！"张伟说，"就算用枪也难打着！"

"是吗？那会是什么呢？"黄亚男偏着脑袋问道。

"我告诉你，是鹰！"张伟说。

"鹰？"黄亚男疑惑道，"天上飞的雄鹰？"

"是呀！"张伟说，"就是天上飞的雄鹰！"

"雄鹰捕食鸽子？"

"是呀！雄鹰不仅捕食鸽子，还捕食一切小鸟！"

"啊，怎么这样！"

"是的，雄鹰要生存，它是空中的霸主！"

张伟说了这么多，其实，心里真正想要说的和问的没说出口。

张伟想知道，梅雅静这几天怎么样了，还跟文道政在一起吗？刘西凤与梅雅静是不是有新的矛盾了。反正，在张伟的心中，文道政是一个不负责任的男生，也是一个男生们不喜欢的男生。

有同学见张伟请黄亚男看电影，就嘲笑说，张伟喜欢上了黄亚男，想报复梅雅静。可是，在张伟的心里，黄亚男还排不上号，他是想借着黄亚男与梅雅静小时候关系近来打探消息，目的还是为了梅雅静。

黄亚男的假小子性格，张伟请她看电影，她也只是落落大方去了而已，她什么也没想。

黄亚男见张伟这么说，心中充满着对雄鹰的仇恨，口里说："你这么一说，我对雄鹰的看法大打折扣了！原来，雄鹰是专门欺负弱小的鸟！"

"哈哈，物竞天择，适者生存！"

"哎哟，我心痛，我的小鸽子遭到欺负了！"

…………

"谁心痛了！"猛不防一个声音传过来。

黄亚男和张伟抬头一看，是陈凯。

陈凯看见张伟和黄亚男走在一起，心里有点作梗，但还笑着走过来，故意大声说：

"黄亚男，文道政到处找你呢！"

"找我，什么事？"黄亚男说。

"我不知道，他在教室！"陈凯说，"你快去呀。"

张伟见陈凯走过来，笑着迎向前打招呼，说：

"陈少爷，你好！"

"你好！"陈凯打招呼说。

双方握了握手，陈凯顺手接过张伟手中的鸟笼，看着笼子里的鸽子，说："伤好了吗？"

黄亚男一看陈凯拿着鸟笼，转过身，抢过鸟笼，说：

"给我，我去找文道政，再见！"

陈凯还没明白过来，黄亚男拿着鸟笼飞快地跑走了。

陈凯见黄亚男离开，也赶紧走了。留下张伟一个人，蔫蔫的……

77

文道政和梅雅静往教学楼方向走，正好碰见黄亚男和曾晓娅。

"呀，这么巧，你们在这里。"黄亚男手上提着鸽子说。

黄亚男心想，文道政找她，原来是梅雅静也在，就是想看这只鸽子。

曾晓娅站在黄亚男背后，看见梅雅静在，心里不是滋味。她望着文道政，微笑着，没吭声。

"是呀，我们的鸽子多乖呀！"梅雅静说，"你看，它好像认识我，望着我好亲切呀！"

"那当然，你们是它的救命恩人，它当然认识你们呀！"文道政望着她们说，"听说古时候，有一个人救了一只小黄雀，过了不久，它叼来了四个玉环来报答救命恩人。"

"哈哈哈，等这只鸽子伤好了，它也会叼四只玉环报答我们！"黄亚男这么一说，大家笑起来。

"人和动物是有感情的。它一定认识我们，也不会忘记我们！"梅雅静高兴地说着，看了大家一眼。

"班长，这只鸽子还要感谢你，你给它做了这个好鸟笼，还可以提着走。哈哈，它不用飞，也可以呼吸新鲜空气、看到外面的世界！"曾晓娅也这样说。

"哈哈哈，晓娅真会说话！"梅雅静看着文道政说，"鸽子这么安逸地养伤，真得感谢文同学！"

"不用感谢我，你们才是它的救命恩人！"文道政认真地说，"鸽子本来就选好了它的主人，才放心地落在她的肩上"。

"我看你们都为鸽子做了贡献，来吧，让我提着！"曾晓娅说，"我提着鸽子，让它去看看桃子湖！"

"去桃子湖？好呀，我们去桃子湖走走去吧！"黄亚男顺着说。

"那好呀！去桃子湖！"文道政也说，并看了一眼梅雅静。

"文同学，你不是说有重要事告诉我吗？"梅雅静问道。

"啊……边走边说吧！"文道政说着，心想，我有什么重要事要告诉梅雅静呢？

文道政并没有什么重要事情要告诉梅雅静。早几天，文道政看见梅雅静和张伟走在一起，有说有笑的，心生妒忌才这样说着，目的是将梅雅静拉开。

一个女生，经常和男生走在一起，那是很危险的。文道政心里就是这么想的。

其实，文道政这样想也是对的。张伟知道刘西凤去过文道政家，心里特别地高兴，也感到他与梅雅静的机会已到了，便非常主动地找梅雅静。这恰好被文道政看在了眼里。

很明显，张伟虽然是水电一班的班长，有优越的家庭条件，可是，张伟又闹出了打架的丑闻。张伟的妈妈听说这个事，特意让张伟回家一趟。

梅雅静听说，张伟是为一个女生。

事情的原委不是很清楚，但梅雅静听了很不舒服。

在梅雅静的心中，文道政是班长，张伟也是班长，都长得帅气，品学兼优。可是，张伟家庭有背景，父亲是市长；而文道政，家在农村，没有什么背景，可给人安全感。

每当文道政约梅雅静，梅雅静的脚不由自主地挪动，而张伟约梅雅静，梅雅静想赴约，可是像有人拉着她不让她去一样，她犹豫着并没有立即答应。

不知道为什么，难道这就是心的方向，爱情的方向？

这次，又听说张伟和刘闯在外面为一个女生打架，梅雅静的额头皱了皱。

刘闯是什么人？喜欢夸夸其谈、惹是生非。刘闯的父亲是某市水电局局长，而张伟的父亲是这个市的市长，所以，刘闯总是跟随着张伟，维护着张伟。

文道政听说张伟和刘闯在校外打架，感到是上天给了他一个好机会。自从刘西凤说了那番话，文道政多多少少在梅雅静面前说话有所顾忌。现在，张伟自己出了打架的事，让文道政感到接近梅雅静的机会来了，便借着找梅雅静有事的理由，将梅雅静叫走。

看见张伟那无助的样子，文道政心里特别高兴。

文道政知道，梅雅静跟张伟同在一个班，又都是公费生。张伟是一班之长，要接近梅雅静很容易。而文道政呢，家里条件差，上学时交不起学费，梅雅静借钱资助他读书，靠着这份情谊，他们维系着友情关系。

有一天，陈凯和文道政聊天时无意中说，梅雅静借给文道政交学费的钱，一定不能一次性偿还清了，偿还清了，两个人的关系也完了。

文道政开始不明白陈凯在说什么，有了钱怎么不偿还呢？借钱还债，天经地义。可是，后来一想，还真是的。

陈凯告诉文道政的话，可是一条千真万确的定律：

要是文道政将借的钱全部偿还了，文道政与梅雅静的债权债务关系解除了，再没有什么关系了。那么文道政也再没有理由与梅雅静联系了。梅雅静也不会有事没事来找文道政。因此，借梅雅静的钱只能一点点偿还，每次都是接近梅雅静的机会。

文道政本来家里困难，也没有钱来一次性偿还，也只有一次偿还一点点。这也是客观事实。

文道政欠钱，是梅雅静主动借的，只是想帮文道政渡过难关。可是，她的这些钱却是梅校长积攒下来，准备到乡下维修祖屋的，梅雅静借出去了，心中总是牵挂着，也多次跟梅校长解释。

当然，梅校长是知道文道政的实际情况，时间久了，梅校长也就没有那么在意借的钱是早点还是晚点还。

文道政这么想着陈凯出的主意，感到陈凯是动了脑子的，主意也不坏。

借给文道政的钱，让梅雅静时不时记在心中，也成了她不停地想帮助文道政的理由吗？这可能是一个原因。但是，梅雅静第一眼看到文道政从缝着的行李袋里拿出手帕包着的学费时，她和梅校长同时被感动了。经过这三年多的接触，让她更感到，她看中的人不会错，是个顶天立地的男子汉。

四个人并着肩，边走边说。这时，陈凯从后面追上来，大声说：

"等等我呀！"

大家一听，站住脚。

"陈少爷，你吓我们一跳！"曾晓娅转过头说。

黄亚男见了陈凯，没有作声。

梅雅静见黄亚男不作声，也没作声。

"我来看看鸽子！嗨，好乖！"陈凯看了大家一眼，逗着鸽子说。

"我们想去桃子湖！"文道政说，"陈少爷，一起去吧！"

"好啊，让我来提！"陈凯说着，伸手去提鸽子笼。

"你可要提好了！"曾晓娅将笼子递给了陈凯，"别摔了啊。"

"不会，我也是这只鸽子的保护神！"陈凯说着，将笼子提高，看着鸽子吹了一声口哨。

大家一听，笑起来。

"张伟真的为一个女生打架？听说他回老家去了？"梅雅静问陈凯说。

"我没问他。打架是他回家之前的事，听说是刘闯打的架，张伟当时也在现场！"陈凯估摸着说。

"他们在一起，肯定一丘之貉！"黄亚男肯定地说。

"跟刘闯在一起，没有好人！"梅雅静有点生气地说，"上次在师大跳舞，也是他们挑起来的。"

文道政见梅雅静是为张伟打架的事生气，心里也有点不自在。

"是呀，这种人少跟他们在一起，说不定又出什么乱子。"梅雅静这么说。

这时，曾晓娅马上说："张伟是班长，也不可能一天到晚去打架。"

大家一听，都望着曾晓娅，不知道她是帮谁说话。

曾晓娅看着大家望着她，有点不自在起来。

"我看，你们是自寻烦恼。他们打不打架，与我们有什么关系？他们那么大的人了，还要我们关心？"黄亚男这样说。

"说得对，别理他们。"梅雅静说。

"是呀，与我们有什么大的关系？他们总是与我们水电委培班过不去，与文道政过不去，别理他们。"黄亚男接着说。

文道政见黄亚男说到自己，笑笑，说："他们是公费班的学生，高人一等。"

"亚男，张伟最近不是与你走得近吗？"曾晓娅哪壶不开提哪壶。

"别说了，张伟那是'醉翁之意不在酒'，我早就看出来了。"黄亚男说。

"为什么呢？"曾晓娅继续问道。

黄亚男望了一眼梅雅静，没有吭声。

文道政从话里听出了意思，低着头在想，原来，张伟与黄亚男走在一起，他目的却是在梅雅静。通过与黄亚男接近，了解梅雅静，了解文道政，了解文道政和梅雅静的关系……

陈凯虽然提着鸽子笼子走在前面，没有作声，可是，他什么都听见了。对于黄亚男所说的"醉翁之意不在酒"，特别听进去了。

张伟原来约黄亚男看电影，还有更深的意思。是什么意思呢？他回过头，看了一眼梅雅静，算是明白了。

五个人边走边说，不知不觉到了桃子湖。

桃子湖特别美。湖水清澈，垂柳荡漾，空气也十分新鲜。

水电学院的同学们闲时都会找到这里来走走坐坐，三三两两在说笑。

草坪上，一群群同学正围坐着聊天。

陈凯见草坪那边坐了好多人，便在这边草坪上选了一块草皮多的地方，大声说："这里，坐这里吧。"

五个人都走过去，在草地上坐下来。

"太美了，你们看那落日！"陈凯坐下来，斜躺着身子，指着下落的夕阳说。

"是啊，太美了！"曾晓娅说，"你看，鸽子见这么美丽的地方，都扑腾着翅膀想飞呢！"

"我来看看，真的呢，鸽子宝宝，你好可怜，等你的伤好了，我们就放飞你！"梅雅静心疼地说。

"是啊，都四五天了，林医生说要一个星期鸽子的伤口才能愈合，再等两天，就可以放飞了！可爱的鸽子又可以回到天空中飞了！"黄亚男趴在地上，看着鸽子说。

"鸽子属于天空，属于自由，这样关在笼子里时间久了，都不会飞了！"文道政也望着鸽子说，"好了就放飞，让它在天空自由自在地飞吧！"

"放飞？飞了就没有鸽子了！"陈凯大声说，"难道你们舍得吗？"。

"你怎么说话的？陈少爷，鸽子难道永远待在笼子里吗？"黄亚男心疼地说，"再舍不得，也要放飞！"

"哈哈哈，鸽子不是来疗伤的吗？伤好了肯定放飞呀！不然，让它关在笼子里受罪吗？"梅雅静说，"鸽子属于高远的天空。"

"是呀！鸽子的伤赶紧好起来，自由属于你，广阔天空属于你！去寻找你自己的伙伴吧！"黄亚男诗意地说。

"它的伙伴？"曾晓娅插嘴说，"它的伙伴是谁？"

"哈哈哈，它的伙伴当然是鸽子呀，这么幼稚的问题也问。"陈凯笑着说。

"当然知道是鸽子，难道是你？"曾晓娅嘴不饶人地说。

"哈哈哈，你们在争什么呢？鸽子的伙伴有一群。"黄亚男说，"小时候，我家养了鸽子，我知道！"

"是呀是呀，是一群。我祖父养的鸽子有几十只。"梅雅静也说。

"鸽子的爱情只有一个！"曾晓娅说，"听说，鸽子对爱情非常坚贞，要是对方不在这个世界了，那另一只鸽子会孤悲而死！"

"这……"陈凯问道，"鸽子这样忠于爱情吗？"

"当然，鸽子比人忠于爱情！"曾晓娅接着说。

"要是人能像鸽子一样忠诚就好了！"梅雅静说，"那样的话，人世间也不会有那么多的爱情悲剧发生了。"。

"人容易见异思迁！"曾晓娅接着说，"都想得到自己心中的白马王子，得到了也不满足。"

"人向往美好的事物，向往美好的人，物以类聚，人以群分！"黄亚男说，"我喜欢鸽子，对爱情忠贞。"

"是呀，人像鸽子就好了！"曾晓娅说，"可惜，人总是左右摇摆！"

"谁左右摇摆？"陈凯问，"我看，我们对爱情都很忠贞。"

"我怎么知道？！"曾晓娅说，"哈哈哈，我又没有谈恋爱。"

"班长，你知道谁左右摇摆吗？"陈凯问。

文道政听到"左右摇摆"四个字，总感到在说他。因为，刘西凤说出曾经到过她家里，引起梅雅静一阵不舒服，文道政在心里总是感到别人在说他对待感情"左右摇摆"。现在听陈凯这么问他，赶紧说：

"我没有谈恋爱，我咋知道！左右摇摆是什么意思？"

"是呀，左右摇摆是什么意思？"黄亚男问道，"是不是左右都喜欢呀！"

"左右都喜欢？哈哈哈，博爱呀！"陈凯笑着说。

曾晓娅见大家谈得欢，话题一转，说："好久没见刘西凤了……"

"怎么了？"陈凯问道。

"女生们都喜欢我们班长！刘西凤还一个人跑到他家里去。"曾晓娅说这话时，眼睛看了看梅雅静。

果然，梅雅静一听，马上望着文道政，说："文同学……"

"晓娅，你在胡说什么？"黄亚男骂着说。

梅雅静见黄亚男紧张，便说："亚男，你紧张什么？"

"我……我没有呀！晓娅胡说呢！"黄亚男说着，"晓娅，你别又说刘西凤的事了，以后不要胡说八道了。"

曾晓娅见梅雅静吃醋了，才大声说："我开玩笑呢！大家都没有谈恋爱，咋知道什么是'左右摇摆'。"

"今后不准开这样的玩笑！"文道政一听黄亚男为他开脱，赶紧说，"学校抓纪律特别严格，不准谈恋爱！"

"哈哈哈，有人不是说，要在大学里轰轰烈烈谈一场恋爱吗？现在只有最后这个学年了，快抓紧时间谈呀，再不谈，大家马上毕业了，想谈也没得谈了！"陈凯说。

陈凯这么一说，大家有点伤感，都沉默不作声了。

黄亚男一听，心里的反应更大了。

她不是一直在说，要在大学里轰轰烈烈谈一场恋爱吗？现在怎么了，只有最后一个学年，再不谈确实没有时间了。呀，一晃眼，三年过去了，时间都哪去了？进大学这么久了，干了些什么？难道没有自己喜欢的人吗？

她看了一眼文道政，又看了一眼曾晓娅，看了一眼梅雅静，又看了一眼陈凯。

在大学里，自己喜欢的人，别人不一定知道。别人喜欢的人，恰恰自己也喜欢。这个世界，就是这么奇怪。

这时，陈凯坐在黄亚男身边，用手推推她，问她在想什么？

黄亚男一惊，一巴掌打在陈凯身上，大声说："陈少爷，你干什么？"

"哎哟"一声，陈凯倒在草坪上，打了一个滚。

黄亚男还是不放过他，伏地过去，又在陈凯的身上给了一巴掌，她笑着，才解恨。

曾晓娅见黄亚男打陈凯，笑着说："怎么得罪了我们亚男？"

陈凯笑着说："打是亲，骂是爱。"

黄亚男一听，更加不放过陈凯，站起来，追着陈凯打。

文道政和梅雅静看见他们在追打，也笑起来。

追了一阵，他们才走过来，喘着气坐在一起。

这时，有同学向桃子湖掷了一颗石头，湖面泛起了涟漪。

"哎哟，很快就要毕业了，毕业后干什么呢？班长，毕业后你打算干什么？"曾晓娅问道。

文道政见曾晓娅问他，梅雅静坐在身边，便故意没听见，不理她。

可是，曾晓娅比起梅雅静来，论长相论条件，都不在一个层面，文道政喜欢的是梅雅静，只好婉拒曾晓娅。因此，文道政对曾晓娅，总是不冷不热。

见文道政不回答，梅雅静便接过曾晓娅的话，问文道政说："毕业后，你的理想，不是回家乡建一座水电站吗？"

文道政见梅雅静这么说，赶紧说："是呀，是呀，我的理想就是在我家乡建一座水电站，让千家万户都点上电灯！"

"太有理想了！"陈凯说，"班长，你这是为中华之崛起而读书的实际行动呀！向班长学习！"

"陈少爷，你别哗众取宠了，你不是要回水电局上班吗？怎么会向班长学习，去山区搞水电站呢？"黄亚男说。

"是呀，你爸爸是水电局长，你只要回水电局上班就可以了！我们来自农村，回农村山区搞水电站去。班长，我支持你！"曾晓娅夸赞说。

梅雅静见曾晓娅插嘴这么说，心里有些不高兴了，想说的话咽下去了。

"班长，你的理想太伟大了！"黄亚男说，"雅静，你说呢？"

黄亚男这么说，梅雅静还是不作声。

文道政见梅雅静不吭声，他也不吭声，用手扯着地上的野草。

梅雅静早就听文道政谈起自己的理想，毕业后要回山区去搞水电站，梅雅静还鼓励文道政说："加油，我支持你！"

曾晓娅说支持文道政，让梅雅静不想再说出口，同时，心里有点讨厌曾晓娅，也对文道政有点恼。

"梅雅静，你的理想是什么？"陈凯突然这么问。

梅雅静被一问，不知如何回答，望望文道政，望望黄亚男。

"我觉得，梅雅静最适合留在水电学院当老师！品学兼优，爸爸就是大学校长！"陈凯随意说。

"雅静当大学老师太合适了！你们看，她就一个知识分子的样！"黄亚男说着，望了文道政一眼。

文道政听他们这样说，心里一阵紧张，他没作声，望着梅雅静。

梅雅静听黄亚男这么说，她没有反对。

文道政看见梅雅静不作声，心里有点怪怪的。

梅雅静一直支持文道政去山区搞水电站，还说支持他的理想，跟他一起去山区，可是，现在听陈凯和黄亚男说她最适合在大学当老师，她不作声，意思不是很明确吗？

梅雅静为什么不作声了，不作声，就是默认了黄亚男说的话，要留在大学当老师。

"梅雅静怎么会到穷山区搞水电站呢？校长千金留在大学当老师多舒服呀！"见梅雅静不作声，曾晓娅这样说，还望了一眼梅雅静。

"别胡说了！"文道政一听曾晓娅那刺耳的声音，有些不舒服，大声说。

曾晓娅见文道政发脾气，低下头没作声。

大家又沉默了。

"我提着鸟走走！"黄亚男站起来，想打破沉默，说着走开了。

"我也去！"陈凯站起来，抢先提着鸟笼向前走去。

曾晓娅见他们走了，也站起来，走开了。

梅雅静和文道政两个，坐在那里，互相看了一眼，低下了头……

78

又过了两天，梅雅静和黄亚男将鸽子带到了校医务室林医生那里。

林医生见到鸟笼里那只鸽子，心里明白了，笑着说：

"还做了这么好的鸟笼！"

"林医生，都一个多星期了，带鸽子来看看！"梅雅静也笑着说。

"啊，这只鸽子像是长胖了！"林医生仔细一看，说。

"长胖了？"黄亚男焦急地问，"能飞吗？"

"当然能飞！"林医生说，"鸟在空中飞，就像人在地上走！"

"我还以为，长胖了，飞不动了！哈哈哈……"黄亚男说着笑起来。

"我来看看！"林医生打开鸟笼的门，去抓鸽子。可是，鸽子像受了惊吓，乱飞乱撞，梅雅静一看，怕又摔伤了翅膀，赶紧说："别动，别动，让我来。"

"哟，这鸽子认生呀！"林医生伸进的手，缩了回来。

"鸽子宝宝，你别害怕，帮你治伤呢。"梅雅静说着，将手轻轻伸进笼子，鸽子不害怕了。

"这只鸽子，哈哈……果然是来疗伤的。"林医生微笑着说。

"这不，大教室那么多人，偏偏落到梅雅静肩膀上，它这不是选好了人落下的吗？"黄亚男看着梅雅静说，"鸽子通人性！"

"对，这鸽子还真会选人。首先选了我们大学，再选了我们校长的千金，太有眼光了！"林医生笑着从梅雅静手中接过鸽子。

鸽子在林医生手上挣扎着。

"鸽子宝宝，你别动，让林医生看看你的伤！"梅雅静对鸽子说。

鸽子像是能听懂梅雅静的话，马上安静下来。

"怎么样？"黄亚男焦急地问。

林医生认真地将鸽子的羽毛扒开，看看伤口都愈合了，才说："伤口完全好了，可以拆掉夹板了！"

"啊，太好了！鸽子可以飞了吗？"黄亚男问道。

"可以了，只要伤好了，骨头接上了，就可以飞！"林医生说。

"太谢谢林医生了！"梅雅静说。

林医生让梅雅静抓好鸽子，自己将鸽子的翅膀展开，用剪刀慢慢将系在翅膀上的线剪掉。

夹在翅膀上的竹夹子拿掉，像是拿掉了鸽子身上的一座大山，鸽子一下子轻松了，它在梅雅静手上轻轻一动，也感觉特别有力量。

林医生又用棉签泡了碘酒给翅膀擦了擦，说："好了！"

"你看，鸽子多高兴呀！"黄亚男说，"它眼里饱含感激之情！"

"哈哈哈，它要感谢你们俩，救了它，为它疗伤！"林医生看着她们说。

"最要感谢的是林医生！为它治了伤，接好骨！"梅雅静笑着说。

梅雅静将鸽子小心放进鸟笼，关上笼子。

只见鸽子突然扑腾扑腾飞动着翅膀，像是要飞起来。

这一个多星期，鸽子的翅膀被束缚着，它的羽毛被束缚着，它的心也束缚着，现在好了，它卸掉了翅膀上的负担，它疗好了身上的伤，它可以轻装上阵地在天空中飞翔了。

"你们看，它多激动，多快乐！"梅雅静说，"它渴望天空，渴望自由！"

"你们重新给了它天空和自由，"林医生说，"赠人玫瑰，手留余香，给人快乐，自己快乐！"

"它属于天空！天高任鸟飞，海阔凭鱼跃！"黄亚男说。

"我们去放飞吧！让鸽子飞得高，飞得远！"梅雅静高兴地说。

鸽子像是能听懂，在笼子里又扑腾了一下。

"你们去吧！"林医生说，"鸽子等着放飞了!"

梅雅静和黄亚男告别了林医生，走出医务室。

刚走到林荫大道，正好遇见文道政走过来。

"文同学，这么巧呀，走，我们去桃子湖放飞去！"梅雅静望着文道政说。

文道政见梅雅静提着鸽子笼子，一看就知道，鸽子的伤好了，可以还它自由了！

"好呀，我们一起去放飞！"文道政答应说，从梅雅静手上接过鸟笼。

"真是太巧了，你真是鸽子的知心人！"黄亚男说。

"什么鸽子的知心人？这叫心有灵犀一点通！"陈凯插嘴道。

"陈少爷，你从哪里拱出来的？"黄亚男问。

"呵呵，救鸽子，也有我的功劳，是我冒着生命危险，陪我们班长到对面的古墓山上去砍竹子做鸟笼。"陈凯这样说。

"呵，是有你的功劳，走，一起去吧！"梅雅静笑着说。

"鸽子的伤，痊愈了吗？"陈凯从文道政手上接过鸟笼问。

这时，鸽子在鸟笼里又扑腾了一下，像回答陈凯的问题。

"你看，鸽子都等不及了！"黄亚男说。

"赶紧走吧！"文道政说，"你们看，鸽子期待着放飞！"

四个人很快走到了桃子湖。他们选了一个高高的地方，四个人站在那里。微风吹动他们的衣襟，天空一片蔚蓝，有一群白鸽正好从头顶飞过。

　　"赶紧放飞吧！正好来了一群鸽子，它可以随伴而飞！"陈凯焦急地说。

　　"呸，不是一群鸟，飞不到一起！而且我们的鸽子宝宝是一只高贵的信鸽，不是一只菜鸟！"梅雅静责怪地说。

　　"是这样的吗！"陈凯不解地说。

　　"当然呀，不是同类，不会入队。要是飞进去，也会被欺负！"黄亚男也这样说。

　　这时，梅雅静真有点舍不得，她看着鸽子，心里掠过一阵忧伤。鸽子选择了她，落在她的肩膀上，一个多星期的相处，梅雅静为它治伤，给它找食物，带它散步，还时常牵挂着它……这一切，她都是带着情感去做的。现在，这只鸽子的伤好了，要让它离开，放飞，梅雅静怎么舍得呢？

　　"雅静，你别难过，鸽子总要放飞的，不可能永远放在这个鸟笼里！"黄亚男见梅雅静很悲伤，劝她说。

　　"是呀，在鸟笼里永远飞不高！"文道政也说。

　　鸽子在鸟笼里反而不再扑腾翅膀，静静地望着大家。

　　它也一定非常地悲伤，马上分别了，马上只有它一只鸟飞了，飞到哪里去？飞多远？也只有它知道，这一飞，也许永远不会回来了。

　　鸽子看见人们在谈论，眼睛滴溜溜地转动。

　　"放飞吧！"梅雅静说，"我希望这只鸽子飞得高，飞得远，飞到自己的目的地！"

　　"大家许个愿吧！"陈凯说，"让这只鸽子将我们的愿望带去远方！"

　　"是呀！放飞，放飞梦想，让梦想早日实现！"文道政认真地说。

　　"你先许吧！陈少爷！"黄亚男笑着说。

　　陈凯双手合十，眯着眼睛。

见陈凯十分认真，大家也严肃起来。

…………

"陈少爷，你许了什么愿，说给我们听听！"黄亚男说。

"那不行，说了就不灵了！"陈凯摇着手说。

"哈哈哈，说得对，说了不灵了！"梅雅静说。

照陈凯的样子，梅雅静和黄亚男都许了愿。

轮到文道政了，他望着遥远的天空，大声说："我的理想是，毕业后回到家乡南方山区建一座水电站，让千家万户都点上电灯。希望我的理想能实现！"

"说出来不灵了！"陈凯说。

"有理想，大胆说出来，大胆去干！"文道政大声说。

陈凯、梅雅静、黄亚男见文道政这么说，没吭声。

"雅静，你来呀！"黄亚男说，"鸽子等着你放飞！"

"是呀，鸽子选定了你，你得亲自放飞！"文道政说。

"那好！"梅雅静说着，打开鸟笼，然后伸手进去轻轻抓着鸽子，拿出来。

大家见鸽子在梅雅静的手上特别听话，特别乖，特别安静，都过来用手抚摸着它的羽毛，摸它的头，鸽子一动不动，还用小喙在他们手心里啄动。

四个人感到特别兴奋，也特别庄严。

"鸽子宝宝，你飞走吧，飞得高，飞得远，飞到你想去的地方！"梅雅静说着，伸出了右手，松开五个手指，让鸽子自由。

大家认为，鸽子一松手就马上飞走，飞远，可是鸽子在梅雅静的手心里没有飞，它蹲在梅雅静的手心里，伸着头看着周围的一切，然后望着大家。

"鸽子宝宝，你飞呀！"梅雅静望着鸽子说。

鸽子蹲着不动，没有要飞的意思。

梅雅静的手一上一下，形成一个抛物的动作，想让鸽子飞起来，可是，鸽子的翅膀只扑腾一下，然后蹲下来，依然没有飞的意思。

"怎么了？害怕了？"陈凯问道，"在鸟笼里待的时间长了，害怕外面的世界了？"

"呸，绝对不是！一定是鸽子舍不得离开我们！不愿飞走！"文道政说，"鸽子对我们有感情，想多待一会儿。"

"说得对，肯定是舍不得救命恩人！"黄亚男说，"这一个多星期的日日夜夜，我们付出了那么多的汗水和心血。"

"鸽子宝宝，你飞吧！快飞吧！"梅雅静将鸽子放到自己的嘴边对它说，"你别留恋我们，你自由自在去飞吧。"

梅雅静再次伸长手臂，将鸽子伸向空中，让鸽子飞。

这时，一阵微风吹来，吹动着鸽子的羽毛，鸽子的尾巴一翘一翘的。

大家都鼓励说："你飞吧，鸽子！"

鸽子像是听懂了大家的话，突然一亮翅，飞起来了。

"呵，呵……"

大家欢呼着，看见鸽子飞上了天空。

鸽子在天空飞动。鸽子这一个多星期的束缚，一下子放开了。它飞动着翅膀，掀动着周围的空气，有力地飞动着。

眼见鸽子飞远了，飞高了，可是，鸽子在天空中飞了一圈，又向他们飞回来了。鸽子飞过他们头顶，非常低，非常近，感觉它的羽毛触到了每个人的头发。陈凯举起手来，想抓住它。鸽子很机敏，没有被抓住。

这时，鸽子在空中一个完美的旋转，不偏不倚稳稳地落在了梅雅静的肩膀上。

大家看到鸽子重新落了梅雅静肩上，都笑着走近来看。

梅雅静侧过脸看，看着鸽子的爪子紧紧抓住她的衣服，就像在大课堂鸽子第一次飞到她肩上一样。

"这只鸽子真是奇了，又飞回来落到梅雅静肩上！"黄亚男说，"真是不忘救命恩人！"

"难道鸽子找不到家了？"陈凯突然问道。

"胡说，鸽子千里之外都可以找到家！"黄亚男说。

"鸽子是在做最后的告别，它一定带着我们的愿望飞到远方！"文道政说。

梅雅静没作声，她伸过手，又轻轻抓住了鸽子，拿到眼前。

大家都过来看清楚，这只鸽子在空中飞了一圈回来，是怎样的兴奋和自豪。也担心鸽子身上的伤是不是适合远飞。

梅雅静将鸽子翻过身看了看，又伸展开它的翅膀，让大家看清楚。鸽子的伤没有复发，也没有看到新的血迹。

"没有新的伤！怎么了？"黄亚男说。

这时，梅雅静十分动情地说："鸽子宝宝，你怎么又飞回来了？是不是舍不得飞走呀！飞吧，我们会想念你的！"

大家都说："我们会想念你的，快飞吧！"

梅雅静说完，又伸长右手臂，将手全部松开，大声说："飞吧！"

这时，鸽子望了大家一眼，这一眼，像是满含惜别的泪水，像是饱含感恩的心情，又像是永远的告别。它一用力，一展翅，飞起来，飞高、飞远了。

大家挥着手，不停地又欢呼起来。

可是，一会儿鸽子又飞回来了，大家以为鸽子又落回到梅雅静的肩上。这一次，鸽子没有落下，它在大家头顶上飞着，大家抬头望着，眼睛跟随飞翔的鸽子转动。

鸽子在头顶飞了一圈，又飞一圈，又飞了一圈，总共飞了三圈，然后咕咕咕地叫了三声，向远方飞去。

在大家的眼中，鸽子飞高了，飞远了，开始是一条线，然后是一个点，最后飞远了，看不见踪影了。

大家欢呼着，眼里噙满快乐的泪水……

79

放飞的不只是一只鸽子，而是青年学子的梦想。

为水电委培班感到高兴的，还有一个人，他默默地坐在办公室里，一个人偷偷地觉得自己的眼光独到。他就是梅校长。

"静儿，你上次给我看的那本杂志不错，文道政的诗发表在上面，水平也还是可以的。可惜——"梅校长边吃晚饭边跟梅雅静聊天。

"我们校长室缺的就是笔杆子！可惜文道政是自费生，不能包分配啊。"梅校长惋惜地说。

梅雅静问父亲："他是个优秀人才，可以特招吧？"

"特招难度太大了，"梅校长喝了口汤，夹了菜，吃着，又说，"其实文道政当班长挺有水平，这两年多来水电委培班变了个样，但他还是不符合特招的条件啊。"

梅雅静望着父亲，问道："难道不能想些其他办法？这么优秀的人才。"

梅校长摇摇头，说："现在，都在看文凭，不是正规考上大学的学生就不能包分配。看毕业时，有没有机会。"

梅雅静听了，这时想到曾晓娅和刘西凤一再表态，要跟文道政去山区建水电站，心里就不好受，于是不说话了。

"对了，我上周写了一篇论文，昨天才修改好，但没有时间誊抄了，你看帮我誊抄一下？不，你的字太秀气了，你找文道政誊抄吧。"

梅雅静高兴地说："好，这个没问题，我抽空交给他。"

论文不算很长，文道政独自坐在图书馆里用心誊抄。

梅雅静知道文道政的誊抄习惯，也不哼声，默默地到图书馆，坐在离文道政不远的窗边看书，并将一些精彩的内容抄到自己的本子上。

文道政抄得累了，又专心看一阵书，到图书馆要关门，文道政赶紧将论文誊抄完毕，收拾东西站起身来准备离开，这时候文道政才发现空荡荡的图书馆里，还有一个女同学在看书，那人是梅雅静。

文道政走过去停下，从书包里将抄好的稿子拿出来交给梅雅静。

梅雅静拿着稿子翻了翻，说："特别工整！"

文道政赶紧说："谢谢梅校长，将这么重要的事交给我，这么器重我！"

梅雅静一听笑起来，说："谢谢你，多次替我爸抄稿子，小心他依赖你哦。"

文道政并不觉得，只是说："我通过抄论文，也学到了很多知识，同时学会了如何写一篇好的论文。说到底，我还要感谢梅校长的栽培呢。"

梅雅静抿嘴一笑，想起什么似的，赶紧从书包袋里掏出一卷新年历交给文道政，同时还有一张纸："这是我刚写的一首诗，你看看如何？"

见梅雅静又好好同自己探讨诗歌了，文道政非常高兴，马上就答应了下来。

这时图书馆工作人员过来了，催着要熄灯和关门呢，两人也不好再聊下去了，双双走出了图书馆的门……

天气降温了，昨天还出了点阳光，今天下起了小雨。

文道政的换洗衣服始终就是那两件，总是看见他身上是那件黄色的军装，这让"收租婆"上了心，就托出差去上海的亲戚帮忙带了一件衣服回来。上午，等衣服拿到手，收租婆左看右看，觉得真适合文道政，款式也非常新颖，这才让人带信给文道政，来收费室一趟。

从文道政救了"收租婆"，挽救了国家财产，"收租婆"对文道政，对委培班那个态度是逆天的变化，甚至在水电委培班的曾晓娅住院期间还炖了两次汤给送到医院去。

同学们都清楚，"收租婆"的变化都是因为文道政。

文道政现在也不烦"收租婆"了，接到同学传话，文道政从教室里就直奔收费室而来。

文道政只是没料到，"收租婆"会给他买了一件这么好看又合身的衣服，但文道政虽然心里喜欢，却还是坚持不肯收下。

"你看，你不收下，谁也穿不了，白搁着岂不是可惜。我也没别的意思，上次你救我，还挨了刀，我也没感谢你，现在天气冷，给你多一件换洗衣服，就不该跟我讲客气……"

"收租婆"几次三番地劝，各种理由都说了好多，文道政实在也不好说什么了，勉强收下，真诚地向"收租婆"道了谢，这才拿着衣服从收费室出来……

文道政一心一意读书，好几天都没有看到梅雅静了，也没有看到刘西凤，这让文道政心里空空的。

星期天上午，文道政一个人坐在教室做作业。这时，曾晓娅走进了教室。看到文道政一个人在教室，简直有点喜出望外。

文道政见曾晓娅走进教室，心里反而有点不高兴。曾晓娅像一只幽灵一样，总是在文道政的面前出现。

文道政对曾晓娅的表现可以说是很冷漠，因为，曾晓娅同样也是一个自费生，是一个毕业不包分配，自己找工作的女生。而梅雅静和刘西凤却是公费生，是国家全包的学生。与曾晓娅在一起，只有一个共同的命运，那就是毕业后到社会上去寻找工作。而与梅雅静在一起，前途光明。

文道政自己是个自费生，却非常讨厌起自费生，讨厌起自己的身份。

曾晓娅见文道政一个人坐在那里读书，甚至她进教室来也没看到，便有意地干咳了一声，引起他的注意。

文道政心里肯定是明白的，可是，他仍然无动于衷。这让曾晓娅有点恼火。可是，曾晓娅也是个偏性子，并不在乎这些。

昨晚，她一个老乡给她送了两个橘子，黄澄澄的，她舍不得吃，便想着留给文道政尝尝。

曾晓娅从座位上站起来，径直走到文道政的身边，羞涩地将橘子往课桌上一放，说："你尝尝！"

文道政看到橘子，心里一阵高兴。因为，他家门前也有一棵橘子树，每年都要结满一树，这个时候正是吃橘子的时候了。可是，他看到是曾晓娅送他橘子，他的心里就有些不情愿。

文道政望了曾晓娅一眼，说："我不吃，你自己吃吧！"

曾晓娅站在文道政身边，本来想亲切地说上几句话，可听文道政这么一说，想说的话就咽下去了。她就离开文道政的身边，回到自己的座位上，突然趴在课桌小声哭起来。

文道政不明白，就一句话，让曾晓娅那么地伤心和痛苦。

但文道政并不想起身去劝劝。

曾晓娅一会儿擦干泪水，干咳了一声，像是自言自语地说："你不想想，你是一个自费生，梅雅静你够得着吗？她是公费生，是校长的千金，是校花！"

文道政听曾晓娅自言自语，并没有在意。

曾晓娅继续说着："你没听说吗？张伟的爸爸张市长，上个星期来我们大学找到梅校长，要请我们大学教授帮助他们搞防洪大堤设计，在一起吃了饭。"

文道政听着没有吭声，不就是一个合作项目吗，有什么大惊小怪的。文道政想听听，曾晓娅是怎么编故事来打动人的。

曾晓娅也不管文道政是否听进去了，只管说："张伟和梅雅静一起参加了。"

文道政一听，有点心急，想听下文，可是，曾晓娅没有了下文，她不说话了。

文道政想知道后来怎么样了，曾晓娅不说，文道政也不好催着问。

但给文道政的信息，这可不是什么好消息，难怪这几天不见梅雅静，分明是梅雅静有意想躲开自己。

文道政一下子心情不安起来。他将手中的书一扔，站起来。

曾晓娅见文道政坐不住了，心里一阵高兴，叹了一口气说："人家都在双方父亲的面前，牵手了！"

文道政一听，气愤地说："放屁！你不是故意来搞破坏吧？这样，你高兴吗？"

曾晓娅见文道政大发脾气的样子，有点好笑。心想，真是穷人气大。狗咬吕洞宾，不识好人心，明明告诉你了，你还发脾气骂人。

文道政将课桌一关，生着气离开教室。

教室的门被他重重地一关，发出"嘭"的一声响。

文道政小跑步走下楼梯，正好碰上黄亚男。

黄亚男还没搞清楚怎么回事，文道政便问道："张伟的爸爸来学校找梅校长了？"

黄亚男静了静，才理清头绪，说："你是说张伟的爸爸与我们学校搞合作的事？我也是听说的，好像是梅校长陪着吃了一顿饭。"

文道政见黄亚男也知道这件事，心里更有脾气，原来只有他一个人蒙在鼓里不知道呢。

文道政气不在一处出，大声说："你是怎么知道的？怎么不告诉我？"

黄亚男被一问有点受委屈，半晌才说："我是听刘闯说的。大家都知道呀。"

文道政立即问道："那梅雅静呢？她人呢？怎么好多天不见她了！"

文道政这么说完，才知道自己说话有点失态，马上纠正说："我好多天没有看见她了，你见过她吗？"

黄亚男笑笑说："我也没有见到她。怎么了？"

文道政见黄亚男若无其事的样子，心里更急，但不好说出口，问道："刘闯跟你说了什么？"

黄亚男见文道政那么焦急，一定是想知道梅雅静的事，便笑笑说："没说什么。"

文道政有点不相信自己的耳朵，重复着说："没说什么？真的吗？梅雅静和张伟都一起参加了聚会，难道……"

黄亚男像是听出了缘由，若有所思地说："听说了……"

文道政侧耳一听，立即问道："听说了什么？"

黄亚男立即反对说："那不是真的，我相信……"

文道政见黄亚男这么话中有话，问道："什么不是真的？"

黄亚男便将听到的话说出来："刘闯说，张市长和梅校长开玩笑说，梅雅静和他的儿子张伟很般配。梅校长笑笑没作声。"

文道政一听，心里一阵反胃，气愤地说："这不是已经定亲吗？"

文道政生气地跑开了……

文道政跑下教学楼，正好在不远的地方看到梅雅静和张伟走在一起，文道政想张开口大声喊叫，可是，张开的嘴立即闭上了，他的泪水不知不觉地沿着脸庞流下来。

文道政感到，她心爱的梅雅静，那个乐于助人、落落大方、美丽动人、优雅包容的女生，已经离她而去了，再也不会回到他身边来了。

文道政一口气跑到了桃子湖，一个人坐在那块大石头上，任泪水挥洒，悲伤沾满全身。

谁叫自己是自费生呢？谁叫自己不是公费生呢？谁叫自己是山里农村娃？谁叫自己的父亲不是市长？

文道政一连串的问题反问自己。但是，他自己也回答不出来。

考不上大学，不能以一考定终生。

那并不是自己的错，只怪山区学校没有开设英语课，输只输在英语考试上。自己是个农村孩子也不是自己的错，只怪投错了胎。

祖父祖母、父亲母亲对自己多么体贴照顾，难道怪他们？都不能怪。

人一生下来就有不同的境遇，这是谁也无法改变的事实……

文道政向着天空怒吼几声，发泄心中的不快，然后对准一棵大树施展拳脚，一阵猛烈地挥拳踢腿……

文道政不想理会别人，也不指望有别人来理自己。

这些天，他变得有点沉默寡言，不近人情。

这看起来并不太明显的变化，只有曾晓娅和黄亚男看出来了。

曾晓娅看到文道政那副掉了灵魂的样子，心中暗暗高兴。她知道，梅雅静退出来，她才有机会。文道政你也不想想，梅雅静是你能够到的吗？

黄亚男却是在满校园寻找梅雅静，想将这一切告诉她……

下午，文道政从教室出来，一个人刚走到操场边上，就迎面遇到了刘西凤也是一个人，正东张西望。

文道政看到刘西凤，心里总会涌出一股歉意。文道政拖煤球撞伤了她。可是，她不仅不怪罪文道政，反而对文道政有了一种特别的感情。

文道政虽然责怪刘西凤说出她到过自己家里的事，但文道政是个有血有肉的男生，谁对他好，谁对他有感觉，他都知道。

文道政突然觉得，很快毕业了，那些对他善良和友好的女生，都将成为他人生中的过客，想到这里，他的心又增加了沉重。

文道政好几天没有见到刘西凤了，现在看到刘西凤，心情本来应该兴奋，可是，他没法高兴起来。梅雅静离开了他，刘西凤也会远离他。

刘西凤过去只是梅雅静身边的闺蜜，现在她似乎变成了一个独立的女生。她不是时时刻刻都跟着梅雅静的那个女生了，她独立思考，独立行动，她有梦想，有情感，有秘密。

刘西凤的舞，跳得如此美丽。她美丽的身材婀娜多姿，她的衣袖飞舞，如彩蝶翻飞。身姿柔软，如柳枝飘曳……

文道政望着她，跟她挥挥手，算是打了招呼。

刘西凤一见，长头发一甩，乐得一蹦老高，马上笑起来，跑过来围着文道政绕了一圈，看着文道政。

文道政将手举起来，绽开一点笑着问："怎么了？"

刘西凤露出一口雪白的牙齿，美丽的大眼睛一打闪，说："几天不见，看你瘦了没有？"

文道政高兴地问："瘦了吗？"

刘西凤高兴地说："没有，很精神！"

文道政看到刘西凤那优美的身材，白皙的脸蛋透着红晕，心情有点转变，微笑着问道："你不是在找我吧？"

"不找你找谁？"刘西凤神秘地说。

文道政顺便说："好久不见，去哪了？"

这时，刘西凤高兴地将手一扬，说："你看，这是啥？"

"什么呀？这一包大东西是什么？"文道政有点莫名其妙。

"我认真跟你说，你知道我这几天去哪里了吗？"刘西凤神秘地说。

"我不知道。"文道政摇摇头说。

"我回家了一趟。"刘西凤笑着说。

"回家干什么？莫不是你妈妈想你了？"文道政笑着说。

"不是，"刘西凤摇摇头，微笑着说，"一件很重要的事！"

"什么重要的事？"文道政笑着问。

"你看，这个！"刘西凤举着手，摇了摇。

"什么东西？这么一大包？"文道政问道。

"这是钱，给你的钱！"刘西凤大声说。

"给我的钱？"文道政不明白地问道，"为什么给我钱？"

"你先拿去还给梅雅静吧。"刘西凤突然这样说。

文道政还没明白，一提到梅雅静，没作声。

"这么长时间了，欠着别人家的钱，多不好意思，梅校长怎么看呢，对吧？"刘西凤这么说着。

"欠梅雅静的钱？哎，你借给我，我也欠你啊，欠她和欠你都是欠，有什么区别？"文道政傻傻地问。

"你，你是个猪头啊！"刘西凤气得一跺脚，说，"欠我的和欠她的有什么不同，你不知道啊，啊？"

文道政虽然有一点点明白，但还是摇摇头。刘西凤这几天见不到人，原来是她回家去了。她回家里难道就是为了给文道政筹钱吗？

这个刘西凤，老是做出一些别人难以想象的事来。按陈凯说的，要是还清了梅雅静的钱，那梅雅静不就与文道政没有半毛钱关系吗？

文道政想到这里，不愿意去还这个钱。而且，在文道政的心里，刘西凤和梅雅静两个女生，他都不愿意去得罪。可是，现在梅雅静却是见不到面。

文道政也想当面问问梅雅静，刘闯说的是不是真的？

"不明白就算了，反正我不许你欠梅雅静的钱。走，你现在就去还给她。"说完，刘西凤不容分说，拖起文道政就朝图书馆里跑。

自从公费班取消晚自习以后，梅雅静的闲时都在图书馆里待着。

文道政不愿意去见梅雅静，他没有勇气。可是刘西凤拖着他，走出了好几步。文道政感到有几分别扭，便甩开了刘西凤的手。

刘西凤见甩开了手，便推着文道政往图书馆走。

文道政到现在，还感到是在做梦。梅雅静离他而去，文道政感到全心都是伤痛。然而刘西凤却像一只可爱的鸽子，飞到了文道政的身边来。这只鸽子，可不是一只受了伤的鸽子，而是专门为文道政疗伤而来的……

图书馆里，坐满了学生。

文道政和刘西凤伸着头走进去，一看不少同学都在拿眼睛瞅着他和刘西凤，便不敢前去。

刘西凤在后面推着，文道政赶紧掰开刘西凤的手指，说：

"我自己走，你别拽别拽，人家看了会报告'情报处长'的。"

刘西凤这才停下步子，和文道政一起朝图书馆走去。

文道政没想到梅雅静躲在图书馆里，文道政来找时，没看到她。

梅雅静坐在图书馆的角落里翻书，这个座位多数时候都是文道政坐着，因为面对前墙，在角落里，还是比较安静。

梅雅静喜欢靠窗的座位，偶尔梅雅静也会在文道政坐过的座位上看书，虽然她面对着一堵白墙，常会觉得生硬和压抑——除非文道政也在这儿，她才觉得这堵墙特别安稳宁静。

这几天，梅雅静一直在查阅防洪大堤设计的资料，因为梅校长跟她说，与张伟父亲所在的市合作搞防洪大堤的项目，让梅雅静也参与进去，学的水电专业，其中，修建防洪大堤也是专业知识的一部分，要将学到的知识运用到实践中去。

因此，梅雅静在饭桌上接到这个任务，既高兴又难过。高兴的是，她可以将学到的知识用于实践，难过的是，张伟也参与了进去，文道政不好再参与进去了。

今天，梅雅静独自面对这面墙就觉得心神不宁，右眼皮一直在跳，到底是左眼皮跳灾，还是右眼皮跳灾？

梅雅静听过这话，但没留心，此刻想起来，完全找不到确定的答案。

刘西凤将文道政推进图书馆的阅览室，让文道政一个人走过去，自己却站在一排书柜的后面看着，并不露面。

文道政犹豫了好一阵，扭头看看刘西凤，不敢去找梅雅静还钱。

刘西凤见文道政犹豫不定，走过去，对着文道政耳语，说：

"平时看你胆子那么大，在大礼堂，当着那么多的老师和同学，你站起来，脸不改色，心不乱跳，自告奋勇争当班长，今天怎么了？"

文道政听了刘西凤的话，还是不敢向前迈出一步。

"你不去还钱，我就将我们在机械厂医院发生的事，全部告诉梅雅静。"

文道政想起拖煤球撞伤刘西凤时，晚上守候她时，不小心与刘西凤睡到一张床上，并承诺说对刘西凤负责，以后发生什么事，都要听刘西凤的话。

文道政被刘西凤一说，吓出一身汗，望了望刘西凤，壮大了胆量，赶紧走到梅雅静身边站住。

梅雅静扭头看，吓了一跳，大声叫道："文同学！"

这一声叫，阅览室许多同学都看过去。

文道政害羞，赶紧低下头，只觉得脸皮僵硬，他眼睛也不敢看梅雅静，说："你，你……还你钱！"

文道政说完，将一大包东西顺手放在桌上，放在梅雅静的面前。

梅雅静的脑子一直在设计防洪大堤上转，没有明白过来，看着桌面上的纸包，像会烫手似的，并不拿，只管问：

"你……你哪来这多钱？"

"我，我……反正很感谢你，谢谢了。"

文道政一下子脸就红了，他不知道该如何解释，只好掉转头，快步离开阅览室。

刘西凤正等在阅览室门外，见文道政空着手跑出来了，心里特别开心，便心安理得地伴着文道政，一同离开图书馆。

梅雅静连桌上的书本都没收，只拿着那包钱就追了出来，刚跑到阅览室门口，就看见了刘西凤和文道政并着肩，一起往图书馆门外走的身影……

梅雅静没有了心情，收拾好东西，苦闷地离开了图书馆。

梅雅静的眼前，总是刘西凤和文道政的影子，不知不觉，她就走到了女生宿舍楼下，梅雅静想了想，自己喜欢文道政，刘西凤一直是知道的，现在情势发展到这样，真是特别意外。

梅雅静站在那儿，一些同学进出女生宿舍跟梅雅静打招呼，她也没有留意到，于是，女生们叽叽咕咕往宿舍里走，还扭头看梅雅静到底怎么回事。

刘西凤见文道政将钱还给梅雅静，比什么都高兴。

文道政没有欠梅雅静的钱，也没有欠梅雅静任何东西。刘西凤感到，文道政现在就是她一个人的了。梅雅静也不会一天到晚"文同学、文同学"的叫，也不会有事没事来找文道政。文道政也不会有负罪感，不会因为欠着梅雅静的钱而抬不起头来。文道政现在可以堂堂正正地抬起头来读书，抬起头来做人。

刘西凤突然感到，她做了一件伟大的事，她挽回了一个大男生的尊严和人格，同时，也赢得了一个优秀男生的心。

刘西凤过去对梅雅静喜欢文道政这个乡巴佬不理解，可是，慢慢地她发现，文道政虽然是个农村娃，虽然是个自费生，但是，在文道政身上，有许多闪光点是其他男生没有的。

最重要的是，文道政有一个伟大的理想，他来读大学，要回到他的家乡南方山区建一座水电站，让千家万户都点上电灯。

这不正是她刘西凤来水电学院来读大学的初衷和理想吗？这不光是

她的理想，同时也是她父母的理想。她是代父母来读大学，来实现梦想的。

这样一想，她对文道政更加敬佩和认同。然后，她在想，梅雅静是梅校长的千金，她都那么喜欢文道政，文道政肯定不是什么平凡之人。

后来，又听说梅雅静与文道政是远房亲戚，更令刘西凤对文道政有了一千个喜欢的理由。

刘西凤对文道政勇敢还钱的举动，特别称赞，表扬文道政有男子汉气概。

不管文道政与梅雅静是不是远房亲戚，还了钱，便让他们的关系淡化和疏远，从而也减少了他们在一起接触的机会。

总之，在刘西凤看来，文道政还了钱，就是一件快乐的事。最主要的是拿着她刘西凤的钱去还，意义当然不一样。

文道政现在不欠梅雅静的钱，却欠刘西凤的钱。欠着刘西凤的钱，等于欠着刘西凤的一份情。现在，梅雅静要随随便便地使唤文道政肯定没有那么容易了。

如果文道政听话的话，梅雅静还得看刘西凤的眼色，没有刘西凤的同意，文道政不会随便让梅雅静叫来叫去。

文道政对刘西凤让他急急忙忙给梅雅静还钱，有点不理会。文道政欠着梅雅静的钱，那是梅雅静主动借给文道政读书的。

梅雅静是心甘情愿地借给文道政的学费，虽然梅校长也曾经催问过钱的事，但一听说借给了文道政，便再也没有催促还钱的事。

特别是陈凯，为了让文道政与梅雅静有长期的来往，对他出招说，钱要一点点地还，别一次性全部还清，否则，再没有债权债务关系了。梅雅静也不会那么关心文道政了。

…………

文道政见刘西凤那么高兴，心里也跟着高兴。

因为，只有他知道，欠梅雅静的钱迟早是要还的，特别是在这个时候，梅雅静暗暗地与张伟好上了，不再跟文道政有任何关系。

现在刘西凤主动替他还钱，至少，欠梅雅静的钱一次性还清了，不再欠了。欠久了梅雅静的钱，对文道政来说也是一种心理负担。

欠着别人的钱，总会有负罪感。

虽然刘西凤的钱也是要还，但不会像欠梅雅静那么久。

文道政被刘西凤叫过去还钱，说实在的，文道政根本没有这个思想准备，也没有意识到，还清了梅雅静的钱，会出现什么结果。

文道政还钱时，看到梅雅静那表情，由亲切变为木然，好像文道政还清了钱，就要真的与梅雅静一刀两断了，再无往来了。

文道政将钱放在梅雅静的桌上转身就走了，那样子，根本不像文道政的作风。文道政在梅雅静面前从来是那么的小心谨慎，根本不是放下钱就走的性格。

梅雅静不相信，她追过去要看个究竟，结果看到了她不想看到的情景。

刘西凤曾经多次奉劝梅雅静，说文道政是个自费生，就是个山里娃，让她不要与文道政走得太近，小心陷进去。

梅雅静总是笑笑，没有正面回答。

后来，过元旦时，在梅雅静家吃饺子时，为了解除大家对她的怀疑，她故意和黄亚男串通说文道政是她的远房亲戚。

当时刘西凤也在场，听了将信将疑。

第二天上课时，刘西凤小声地问梅雅静："文同学真是你的远房亲戚吗？"

梅雅静半开玩笑半认真地说："你看呢？难道不像？"

刘西凤看梅雅静不像是开玩笑，才相信了。也是从那天起，刘西凤对文道政多了一个心眼……

梅雅静见刘西凤替文道政还了钱，再也没有了心情一个人坐在阅览室读书，她返回去，背上书包，径直跑到女生寝室找刘西凤。

刘西凤没有在寝室，梅雅静只好走到女生宿舍门口等着。

过了一阵，刘西凤高高兴兴地回宿舍来了。

走近宿舍门口一看，梅雅静早已在门口等她，还没等她明白过来，梅雅静径直走到刘西凤面前，将那包还没拆过封口的钱，举到刘西凤眼前，大声问道："这么多钱，哪里来的？"

刘西凤得意地笑了笑："我自己的。"

"你这样有意思吗？"

"怎么没意思？"

"你明明早就知道，你还这样？"

刘西凤不屑地笑了笑："我怎么样了啊？文道政只是你的远房亲戚，又不是你个人的财产。"

"你想公平竞争？你以为是考试吗？你至于要自己替他还钱吗？"梅雅静心都觉得冷了。

刘西凤突然以胜利者的口吻说："我的钱就是他的钱，我当然不会允许他欠你的钱。再说，我们之间的故事，你要弄明白做什么？"

梅雅静呆住了，问道："你们之间的故事？什么故事？"

"嗯，故事！"刘西凤说完这话，转身就回宿舍去了，抛下梅雅静一个人还呆站在冷风里。

梅雅静见刘西凤走进了寝室，本来想去追，可是，寝室的灯突然熄了……

梅雅静见灯熄了，只好回家。

梅雅静没想到，短短的两个星期，会发生这么多的事情。只怪自己早点没有和文道政说明白，害得他产生了误会。

就在早上，黄亚男还告诉她，说起文道政为了找她焦急的心情。可是，梅雅静急于查找资料，没有主动及时去找文道政，告诉他自己在参与一个防洪大堤的项目，帮助查阅有关资料……这情况发生太突然了，她还没有一点思想准备。她必须找文道政好好谈谈。

第二天清晨，405男生寝室，刘贵北的闹钟准时响起。

肖子钢一起床，就抄起了篮球，大声叫："起床起床，都给训球去，快点……"

文道政昨晚睡得并不踏实。

刘西凤替他还了钱，还表扬他有男子汉的气概，可是，他也似乎彻底明白了，刘西凤对文道政还有别一层意思。

作为一个男生，文道政心里突然非常明白刘西凤的用意。

刘西凤怎么突然会对自己那么好呢？如果，文道政接受刘西凤的好，那么，梅雅静怎么办呢？梅雅静真的不打招呼地离他而去了？这让文道政怎么死心呢？他翻来覆去，一个晚上也没睡好。

蒙眬中，刘贵北的闹钟一响，他只好起床穿上运动衣裤，就跟着大家一起去操坪。

操坪上，跑步的队伍已经浩浩荡荡。

文道政正考虑着，跟肖子钢去练篮球还是围着操场跑步呢，就见梅雅静跑了过来，一身红色的教练服，但脸色似乎上了一层霜，给文道政眼里投下了一泓冷色。

"文同学！"梅雅静叫道，语音里有些伤感。

"哎……"文道政看见梅雅静，心里有点不自然。

"晚饭后，去桃子湖，我在那儿等你！不见不散！"梅雅静像是命令似的说。

"噢……"

文道政还来不及说什么，梅雅静就又跑开了……

81

这天，上《水轮发电机原理》专业课。

文道政一天的课都没有心思上，直等着晚餐后去桃子湖。

虽然没搞明白梅雅静是否与张伟有关系，但在文道政的心里，梅雅静的话，甚至比杜老师的话还顶用。也可想而知，梅雅静在他心里的地位。

文道政一直认为对不起刘西凤，可是渐渐地发现，刘西凤却喜欢上了自己。文道政一想到刘西凤喜欢自己，就有点不知所措。

他感到，梅雅静喜欢自己，才让他心情愉悦。

梅雅静约文道政去桃子湖，会说什么呢？她会不会发脾气骂文道政呢？会不会挑明了，说要和文道政一刀两断呢？梅雅静会生气吗？

吃了晚餐，文道政一个人想去桃子湖赴约，他走出校门，突然背后有人叫他。他回头一看，正是刘西凤。

"文同学，你去那里？我跟在你后面好久了。"刘西凤高兴地问。

文道政猛不及防刘西凤问他，支支吾吾地没有回答上来。

刘西凤一看，就笑起来，说：

"文同学，你不是太紧张了吧？"

"我……我，没有，我随便走走。"文道政赶紧说。

"那好，我陪你走走。"刘西凤说着，一只手拢过来，拢住了文道政的胳膊，"我们去桃子湖走走，我好久没去了。"

"这……"文道政一听说要去桃子湖，一时不知如何是好。

"你怎么了，不愿意去吗？"刘西凤笑着说。

"不是，不是！"文道政一急，说话有些结巴了。

"那我们就走吧，我们去练武功的地方看看，那里有我们共同的回忆！"刘西凤说着，两个人向桃子湖方向走去。

曾晓娅一个人，吃了晚饭，正准备去教室，突然看到文道政在前面走着，便尾随着他，想走到僻静的地方，与文道政再说几句心里话。见文道政在校门口碰见了刘西凤，不敢走向前，便跟随他们一起也到了桃子湖。

曾晓娅在桃子湖，跟在文道政与刘西凤不远的地方，一个人漫步着。

梅雅静吃过晚饭，就坐等在桃子湖那块大石头上，那正是文道政教梅雅静和刘西凤练功的地方。

梅雅静也在想着，怎么和文道政谈谈，谈些什么呢。

梅雅静想到，刚开学时见到文道政土里土气略带有几分俊朗，特别是在她父亲梅校长的办公室，她和梅校长看到文道政从缝好的衣服里拿出手帕包好的学费的时候，梅校长感动了，她也一样地感动了。

农村的孩子读大学不容易，而且还是读自费。

梅校长回到家，还几次提到文道政拿钱的情景。说当年他本人考上清华大学，他的妈妈也是这样，将一包学费用针线缝在口袋里，生怕中途丢了。

梅雅静听梅校长说起过几次，也因此对文道政有了特别的好感。

梅雅静从父亲那里借了钱帮文道政交学费，梅校长是知道的。梅校长甚至对梅雅静帮助文道政心里也是接受的、支持的。

因为，文道政没有能力还清学费，梅校长老家的房子改造也因此推迟。

梅雅静见爸爸允许她与文道政交往，胆子也大了许多，偷偷地将梅校长多年没有穿的军大衣送给了文道政，平时还帮文道政学习英语、补课。喜欢和文道政走在一起，一起讨论问题，探讨人生。

特别是文道政见义勇为负了伤，梅雅静是多么地心疼，她甚至多次让梅校长到医院去看望。还有，文道政在水电委培班最危难的时候，站起来自告奋勇当班长，她又是多么激动和支持。

文道政每取得一点进步，梅雅静都非常高兴。

文道政虽然不是她的亲人，也不是她的亲戚，可在她心中，甚至胜过亲人。说白了，她梅雅静对文道政已经有了爱情，现在，刘西凤突然要从她身边将文道政抢走，叫她如何能够接受得了？

刘西凤算个什么人，也敢跟她来争文道政。

刘西凤过去对文道政总是看不起，还劝说梅雅静不要去帮一个土里土气的乡巴佬，帮一个自费生。刘西凤过去是看不起文道政的，现在怎么突然对文道政有了爱心，还帮他偿还欠的学费？

刘西凤过去对梅雅静也是百依百顺，现在，不仅不听话，而且还公开与梅雅静争抢，这让梅雅静很恼火。

对待爱情，再好的朋友，也有争论的时候。

为一个男生，双方发生争吵，值得吗？

梅雅静眼望着落霞，心中涌出一份忧伤。

刘西凤和文道政一路走去，并没有说过多的话。他们两人都有心事。文道政在想，刘西凤跟着自己，一会见了梅雅静怎么办？

他突然想，到了桃子湖，一定要绕道走远，千万不要遇见梅雅静。

这样，就可以避免一些不必要的情况发生。

刘西凤见文道政不吭声，说："喂，你还记得我们在机械厂医院的事吗？"

文道政见刘西凤问他，他点点头说："记得。"

刘西凤马上表现出恐惧的表情，说："那时，我非常害怕，但是，后来……"

文道政见刘西凤话说了一半，不作声了，就问道："怎么了？"

刘西凤见文道政说话了，笑笑说："后来，我不怕了。"

文道政问道："为什么？当时我也很害怕。"

刘西凤说着，回忆起当时的情景：

刘西凤躺在病床上，高高的吊针瓶，一滴滴往下滴着药液。

文道政像个傻子一样，站在旁边看着。

刘西凤一看到文道政，心里有气，说："你去叫护士过来，我有事！"

文道政赶紧跑到走廊上，大声叫唤着："护士，护士，快过来，这里有事。"

一个上了年纪的护士，急急忙忙从诊室里跑出来，问：

"什么事，这么大声地叫。"

文道政赶紧将她引到刘西凤的病床边，说："这位女生有事找你。"

护士走过去，见吊针瓶里的药液还没滴完，用手动了动输液管，然后问："什么事？"

刘西凤动了动身子，小声地说："我要小解！"

护士一听，赶忙说："小解，叫家属，我正忙着给病人打针呢。"

护士说完，一转背离开了。

刘西凤见护士离开了，一万个不高兴。她也望着高高挂着的吊针瓶，和不停滴着的药液，眼泪流了出来。

文道政站在旁边，看到刘西凤哭起来，更加手足无措，他在病房不停地走动着，也不知道怎么办，一会儿又跑到外面去大声叫护士。

还是那个护士从病房伸出头来，问："什么事？"

文道政指着刘西凤的病房，说："她叫你有事……"

护士明白了文道政要表达的意思，大声说："你去帮帮她，我这里很忙。"

文道政摇摇头，走进病房，无奈地望着刘西凤那求助的眼光。

刘西凤是一忍再忍，再也忍不住了，她感到，她的膀胱马上要爆炸了，她突然大哭起来。

文道政小心地走过去，站在她身边。

刘西凤突然大声说："你……快来帮我，快……"

文道政赶紧弯下腰，扶起刘西凤，一只手取下挂在木架上的吊针瓶，一只手扶起刘西凤向病室外走去。

卫生间在走廊的尽头，文道政扶着刘西凤一步一步向前移动着。到了女厕所边，文道政大声喊道："有人吗？有人吗？"

里面没有人，文道政这时候才举着瓶，扶着刘西凤走进去。

文道政将刘西凤扶到厕所边，将药水瓶高高举起。

"你转过脸！"刘西凤严厉地说，然后滑下裤子，小心地蹲下去，淅沥沥的好大一泡尿……

文道政转过脸去，突然感到脸一阵发热，压在心中的羞涩和忧伤一下子全部褪去，心想，现在最主要的是完成这项艰巨任务。

刘西凤站了起来，她一只手提着裤子，不停地向上提拉着，可是，裤子并不听她的使唤，她的手一抬，输液管里回流着红色的血，她一看吓住了，赶紧将右手低下去。

她左手提着裤子，见文道政偏着头像一尊木偶一样耸立在那里，她突然感到心里又有一股无名的火。

她大声说："你，你，你过来，帮帮我！"

文道政一听刘西凤对她说话，头仍不敢抬，偏着头说："怎么了？"

刘西凤大声说："你帮帮我。"

文道政依然是偏着头，说："我怎么帮你？"

刘西凤见文道政还是偏着头，那样子委实有点好笑，就小声说："你偏过头来，看着我。"

文道政偏过头去，望着刘西凤，问："什么事？"

刘西凤失意地笑了一声，说："过来……"

文道政走过去，按照刘西凤说的，将她裤子提上去。走出卫生间，又小心地扶着她，走过长长的走廊，重新让她回到了病床上。

又等到护士来换了药水，文道政这才去食堂打饭。

漫长的夜晚，文道政只有守在刘西凤的病床边。

机械厂医院，到了晚上，极少有人住在医院里。到了深夜，医院里除了两个值班医生外，所有的病床都空空的。

走廊上也是漆黑的，没有路灯。

文道政陪同刘西凤，守在一间病房里。到了晚上十二点，护士将最后一针打完后，转过身离开了。

文道政望着刘西凤，感到内疚和不安，也想到晚上一定要守在刘西凤的身边不能离开。

文道政打来了水，用一条毛巾浸湿拧干，递给刘西凤，让刘西凤擦了下脸，算是洗了，然后等着入睡。

文道政坐在一张木凳子上，看着刘西凤，也没有什么话说。

夜，越来越深，也越来越静了。

一阵风吹过走廊，木门发出"哐"一声响亮的叫声。

坐在病室的文道政和刘西凤，吓了一大跳。

一会儿，几只大老鼠在走廊上来回穿梭，发出吱吱的叫声。

刘西凤一听，吓得发出一声吼叫。

文道政赶紧打开门，向走廊上重重地踏上一大脚，然后大叫两声，吓走老鼠。不等一会儿，老鼠的叫声更大了。

文道政见刘西凤害怕，打开门，学着猫的叫声，凶狠地叫了几声，想赶走老鼠。可是，一切都是白费。

老鼠是无法赶走的，晚上是它们的天下。

刘西凤睁着一双圆溜溜的大眼睛，无法入睡。

文道政为了保卫刘西凤，将凳子移近到刘西凤的病床边。

这时，一只大老鼠，像婴儿的号哭，惊破了整个夜。

刘西凤吓得大叫一声，用被子紧捂着脸。

文道政也被这一叫声，吓了一大跳，更不敢打开门，到走廊上去学猫叫，来吓唬老鼠。他只是，将凳子移到了刘西凤的身边，大声说："你不用害怕，我在这里。"

刘西凤见文道政给她壮胆，她望着文道政，一下子感到无比的亲切和安全。

夜，是漫长的。

一个小时后，下起了小雨。

淅淅沥沥地雨点打落在树叶上，发出滴滴答答的响声。

老鼠的声音没有了。

只有风吹动树叶的声音，走廊上的大门一关一开的声音。

在这深夜，每种声音，都是非常令人害怕的声音。

这些声音都传入了刘西凤和文道政的耳朵，他们提着胆，非常紧张。

这时，突然，仿佛在隔壁的病房里，发出病人的啼哭声，那声音从小到大，非常悲伤难过。

文道政和刘西凤几乎同时听到了这一哭叫声。他们的心一下子感到窒息。

刘西凤一只手无意识地赶紧抓住文道政的手，紧紧地抓住不放。文道政感到，刘西凤的身子在抖动。

哭声越来越大，也越来越悲。像是对人诉说，又像是对人离别。

"有鬼！"刘西凤突然说，身子抖动得更厉害了。

文道政也被这种哭声吓住了，抓住刘西凤的手也抓得更紧了。这时，刘西凤突然哭起来了。

文道政一见，赶紧站起来，弯下腰去，小声劝说："不用怕，我在这里！"

这时，刘西凤突然手一伸，将文道政紧紧地抱着，口里说："我害怕，你抱紧我！"

文道政探下身子，让刘西凤抱着。

刘西凤抱着文道政，感到了温暖和安全，停止了哭。

可是，让她们意想不到的是，那哭声突然来到了他们的门边，仿佛在门口，对着他们哭。这近在咫尺的哭声，让他们毛骨悚然。

刘西凤全身突然发抖，躺着没有了一点温暖。她也跟着哭起来。

文道政虽然害怕，但他是个男生，壮着胆对刘西凤说："你放开，我要去看看，是人是鬼！"

刘西凤死死地抓着不放，小声地说："我怕，你上床来。"

文道政认为刘西凤已经是害怕到了极点，只好蹬掉鞋子，一翻身，上了刘西凤的病床。刘西凤一把将文道政抱得紧紧的，双方只听到对方的心跳。

…………

刘西凤望着文道政，笑着说："你知道，我的第一次拥抱都给了你！"

文道政也仿佛从回忆中回过神来，对身边的刘西凤感到特别的亲切和可爱。他们共同经历过的故事，是其他人都不知道的。那是他们共同的秘密。

走到桃子湖曾经练武术的地方，远远的一个人坐在那边的石头上，文道政一看，是梅雅静。

文道政吓出一身汗来，赶紧对刘西凤说："我们去湖边看看。"

刘西凤没明白怎么回事，说："不是说好了，要去练武术的大石头那边吗？

文道政赶紧说："你看，夕阳西下，多么美丽的晚霞！走，我们去看看湖景！"

刘西凤一看，心里特别高兴，转过身，跟着文道政往湖边走去。

曾晓娅紧跟着文道政和刘西凤，见他们往湖边走，也跟着往湖边走。可是，她眼尖，一下子看到梅雅静坐在那块大石头上，像是等待着什么人的到来。

"难道是等文道政？"曾晓娅想。

可是，她不可能跑过去问梅雅静，也不可能告诉梅雅静，文道政和刘西凤来到了桃子湖。

梅雅静等了好久，不见文道政到来。

天色越来越晚，梅雅静一个人感到有些害怕，便想着要离开。心里在埋怨，文道政为什么说话不算数。

突然，一阵大风吹过来……

文道政见梅雅静坐在那块石头上，赶紧将刘西凤引到湖边。

文道政的心仍在突突跳个不停。他害怕，刘西凤与梅雅静两人见了面，那是怎样的场景。她们会互相对骂？还是共同来骂文道政？

总之，那不可想象的场景，是文道政不愿看到的。

因此，他最大的心愿是，不要让她们见上面，不，准确地说，是三个人不要同时面对面。

文道政和刘西凤在湖边坐了一会儿，天有不测风云。突然刮起了大风，眼见有一场雨要下，他们也想着马上离开桃子湖，回到学校去。

曾晓娅见文道政和刘西凤在湖边，也就站在一个他们看不见的地方，现在一阵大风吹过来，她也想着回学校去。

梅雅静走到学校大门口，突然看到文道政和刘西凤走在前面。心里一阵难过，生气地走向前，大声叫道："文同学！"

文道政一听，知道是梅雅静的声音，赶紧回过头。

刘西凤还没有注意到梅雅静也走到了学校门口，见文道政停下脚步，也跟着停下来。

曾晓娅走在最后面，见他们都停下了脚步，也就站在校门口的一边。

"文同学，你怎么了？"梅雅静说着走了过去。

"我……我……"文道政说话结结巴巴，"我刚回学校。"

刘西凤见文道政看到梅雅静，像老鼠见了猫一样，说话都吞吞吐吐，便大声说："我们刚去了桃子湖，那里的湖景很美丽。"

"去了桃子湖？文同学，你在哪里，我怎么没看见？"梅雅静笑着问。

"跟我在一起呀！哈哈，你也去了桃子湖吗？我们怎么没看见呀？"刘西凤看了一眼文道政说道。

"刘西凤，我没有跟你说话，你闭嘴！"梅雅静突然这么说。

刘西凤一听，感到梅雅静在发脾气，看了一眼文道政，故意说："文同学，你说说，我们是不是也去了桃子湖。"

"你给我闭嘴，文同学，文同学，文同学也是你叫的吗？"梅雅静大声说，"文同学，你太不讲诚信了，答应的事失约！"

文道政一听，支支吾吾地想说什么，但没说出口。

曾晓娅站在一个偏暗的地方，看到他们三人在对话，心里感到一阵高兴。

终于，梅雅静与刘西凤正面交锋了。

这是迟早的事，只是这天正好被她亲眼看到了。

她想站在旁边看个究竟，看得清楚明白。

曾晓娅也感到，自己虽然暗恋文道政，但也有一些暗示，可是，文道政总是回避着，只要梅雅静在场，她曾晓娅就变得暗淡无光。还有刘西凤，她也有权力来喜欢文道政？她不是一直讨厌文道政是个自费生吗？讨厌文道政是个农村娃吗？现在怎么也喜欢文道政了？还大言不惭地在众人面前说，到过文道政的家里，睡了一夜。多么让人讨厌呀！

曾晓娅要等着看一看，这一场战争是如何的激烈和硝烟弥漫。

可是，只短短的几分钟，文道政一个人离开了。梅雅静和刘西凤也离开了，刘西凤跟着梅雅静走到教室去了。

公费班不是不用上晚自习了吗？怎么还要去教室呢？

这时，上晚自习的铃声响了。曾晓娅也没想许多，只好快步向教室走去。

文道政见梅雅静责备他答应的事失约，刘西凤一听，便明白了，对文道政说："原来，你们早已约好的？"

文道政不知道如何回答，看了梅雅静一眼，又看了刘西凤一眼，沉默地低下头。

"刘西凤，我想跟你谈谈！"梅雅静说道。

"好呀，我也正好想跟你说说心里话呢！"刘西凤这么说着，跟着梅雅静去教室。

文道政见她们都不理他了，感到自己站在那里有些多余，就不吭声地离开。

这时，正好响起了上课铃，他便朝教室走去。

文道政心想，梅雅静和刘西凤会谈些什么呢？难道说，是为了他？在文道政看来，她们最好不要伤了和气，不要因为他而发生什么事。

文道政感到自己对不起梅雅静，也对不起刘西凤，自己太不是人了……但一想到梅雅静与张伟好上了，心里马上平静下来。

刘西凤跟在梅雅静身后，突然感到一阵内疚和害怕。

刘西凤平时也经常跟在梅雅静的身后，但是，从来没有像这次这样提心吊胆。她意识到，她这次是将自己放在了梅雅静的对立面，是跟梅雅静在争抢一件宝贵的东西。

小时候，刘西凤也跟伙伴们争抢过喜欢的东西。争不赢，便哭着叫妈妈，叫老师。现在，妈妈和老师都不在身边了，而且，还不能告诉妈妈和老师。

这是一个人的战场，一个人的战争。而她的对手是多么强大，多么有优势。她不禁打了一个寒噤。

梅雅静走在前面。路上遇见同学，叫她，她头也不回。可见，梅雅静有多么生气了。

刘西凤看到梅雅静气成这样，心里有些焦急，有些不安，同时，更多的是高兴。她要想办法，打败对手，争取自己的胜利。

梅雅静走在前面，要是平时，她们应该是平排走着，有说有笑。可是，今天怎么了？她感到，刘西凤真是不可理喻，竟然偷偷地在打她的主意。

明明知道，文道政是她所喜欢的，还要故意来抢来偷，这不是小偷是什么？

梅雅静平时对刘西凤不错。两个人以姐妹相称，经常吃住在一起。有什么悄悄话都在一起说，今天怎么了？难道真的要发生战争了？

走过花园时，刘西凤突然想起，她们躺在梅雅静家里床上谈话的情景。

"雅静，你说说，你为什么那么喜欢这个文同学？"刘西凤问道。

"你说呢？文同学，他与别的男生有许多不一样的地方，人长得俊朗，有责任心，跟他在一起有安全感。总之，我看见他，就有说不出的幸福感！"梅雅静这么说着。

"我看他土里土气，就是个自费生。"刘西凤说，"你怎么就看上他了？"

"哈哈哈，我也是见他人好，才那样帮他。"梅雅静说，其实在梅雅静的心中，挥之不去的是从行李包里掏出学费那个情境，感动梅校长，也感动梅雅静。

"你这样一说，我还真觉得文同学有许多闪光点。"刘西凤笑着说，"雅静，你如果喜欢文同学，你就喜欢他吧，我支持你！"

"哈哈哈……"梅雅静一听刘西凤这么说，笑起来，"我也是感觉，还要用时间来证明。"

"雅静，我要是找到心上人了，我第一个告诉你。而且……"刘西凤说着，"而且，我要是生了小孩，一定让他认你做干妈。"

"真的？太好了！"梅雅静说，"我要是生了小孩，也让他叫你干妈！"

刘西凤一听，笑起来，说："这不合适，哪有这么叫的，你的小孩叫我干妈，我的小孩叫你干妈？应该叫姨妈。"

"哈哈哈，叫姨妈，那我们就是亲姐妹了。"梅雅静说。

"就是亲姐妹呀，你就是我的亲姐姐，"刘西凤嘴甜甜地说，"从今天开始，你就是我的亲姐姐。"

"你说，文同学是个自费生，大学毕业后怎么办呢？"梅雅静突然这么问道。

"文同学不是有个远大的理想吗？他要回到南方山区去建一座水电站。你就一起陪着他去，实现他的梦想。"

"是的，我的梦想，也是到水电资源最丰富的山区去，为水利事业做贡献。"梅雅静这么说。

"我支持你们！我也一起去，我爸爸妈妈让我来读水电学院，就是让我来实现他们的梦想，去山区建一座水电站。"刘西凤这么说。

"好呀，我们一起去！我们是好姐妹！"梅雅静说着，将刘西凤拥抱着。

"我们永远是好姐妹，我祝福你们！"刘西凤说，"文同学，就是我的姐夫！"

梅雅静一听，也高兴地笑起来……

可是，现在，她们正是为了同一个男生而产生了矛盾：文同学！

梅雅静和刘西凤走进教室，打开电灯。

自从公费班的同学没有要求坐在教室上晚自习，就很少有同学坐在教室。平时他们去图书馆，或者在寝室。这晚，正好教室里没有同学。

梅雅静坐到自己的座位上，刘西凤走过去，坐到了梅雅静旁边的座位上。但很快，刘西凤站了起来。她感到，她坐在那不合适。

梅雅静见刘西凤站起来，望着她，说："你还记得吗？"

"记得什么？"刘西凤问道。

"你可能不记得了，我可还记得。"梅雅静强调说。

"你记得什么？"刘西凤说，"你想说什么？"

"哼哼，你还记得在我家里，我们睡在我的床上，我们的谈话吗？"梅雅静终于说话了，"你那时怎么说的呢？"

刘西凤一听，低下头没作声。

"你口口声声说，我们做姐妹，你现在呢？"梅雅静说，"你不是一直说要支持我和文同学吗？现在呢？"

"我……可是，我也没有办法，"刘西凤说，"我的理想也是去山区建一座水电站，文同学家乡的水力资源那么丰富。"

"呵呵呵，文同学家乡的水力资源丰富，难道就是你喜欢他的理由？"梅雅静说，"你是知道的，我跟文同学的事情。"

"你能做到的，我也能做到，甚至比你做得更好。我们有共同的理想，而你呢？你爸爸是大学校长，你可以留在大学教书当教授。"刘西凤说。

"我留在大学教书当教授？哼哼，我可从来没这样想过。"梅雅静说，"我永远支持文同学。"

"哼哼，谁会相信呢？他一个自费生，你一个大学校长的千金。"刘西凤说，"你说，谁会相信？"

"哈哈哈……你不一直劝我说，文同学是个自费生，让我远离他吗？现在怎么说我了？我对他没有歧视。"梅雅静说道，"倒是你，一直说文同学是个自费生，是个乡巴佬！为什么现在对他改变了看法呢？"

梅雅静一说，刘西凤一时不知道怎么回答。

"你要想清楚，你究竟要从文同学那里得到什么？"梅雅静说，"文同学是个自费生，你可能什么也得不到。"

"我什么也不要，只要跟着他我就高兴，就幸福！"刘西凤突然这么说。

"是吗？你想过怎么帮他吗？你有能力帮他吗？"梅雅静说，"你父母会同意你去南方山区吗？"

刘西凤一听，心里有点打折，长叹一口气，没有吭声。

"难道你想过吗？你不也是家里的独生女吗？难道梅校长会允许你跟文同学去南方山区？哈哈哈……你能做到的，我一样能做到。真正的爱情，能战胜一切困难。"刘西凤想了一会儿，说着笑起来。

梅雅静见刘西凤这么说，也笑起来，突然说："你知道，文同学交不起学费，是我帮了他。文同学……"梅雅静还想说什么，可是突然停下来了。

"不就两个钱吗？文同学不是还给你了吗？你还想怎样？"刘西凤说，"你现在不是拿到钱了吗？"

"刘西凤，我最气最恨的，就是你拿着钱来，让文同学还我！"梅雅静说，"你以为，你为文同学还了钱，他就会感谢你？你若这样，我们连姐妹也没得做。"

"哈哈哈，你别吓唬我，我要的是文同学，不是什么姐妹。"刘西凤笑着说，"我和文同学好上了，一样可以叫你姐姐呀！"

"呸，你也配吗？"梅雅静发脾气说，"文同学没有你这样的同学，我也不会有你这样忘恩负义的朋友。"

"哈哈哈……文同学，他喜欢我，他愿意和我在一起。"刘西凤说，"你给文同学那么多好处，他为什么要跟我在一起呢？"

"你白日做梦，文同学会跟你在一起？你不照照镜子？"梅雅静见刘西凤那么说，嘲讽道。

"好吧，我们等着瞧！"刘西凤说着，要离开。

"站住，把你的东西拿走！"梅雅静将文道政拿的那包东西，从课桌里拿出来，大声说，"拿走你的钱。"

刘西凤一看，是自己替文道政偿还梅雅静的钱，不愿意拿回去，一转身从教室后门离开了，这时，正好碰上在外面探听的文道政……

83

文道政在教室，心里有事，坐立不安。

曾晓娅见文道政那样子，心里明白八九分。她故意走到文道政面前，去问作业难题。文道政心不在焉，一见曾晓娅，心里很是反感。

曾晓娅悄声说："你这是有心事。"

文道政没有搭理她，心里想着，梅雅静和刘西凤会不会因为他发生争吵？如果发生什么不愉快的事情，文道政是不能原谅自己的。

曾晓娅见文道政不理她，真有"我本将心向明月，奈何明月照沟渠"的感觉，长长叹了一口气，打开教室的门离开了。

文道政心里有事，害怕梅雅静和刘西凤在教室里会出事，便站起身，走到教室的东头水电一班的教室边，探听下她们在谈些什么。

他站在教室外，听到梅雅静和刘西凤在谈论着自己，谈论着在学校所发生的一切。听到她们为了自己争吵着。

文道政真恨自己，不应该和刘西凤去了桃子湖，更不应该拿着刘西凤的钱去还给梅雅静。

文道政现在见两个女生在教室为了自己而争吵，心里真不是滋味。

刘西凤也真是的，明明知道文道政喜欢的是梅雅静，却偏偏跑到文道政家里去，而且公开显摆。

想到这里，文道政对刘西凤有一点恼恨，但一想到自己曾经撞伤了刘西凤，对不起她，更重要的是，还与刘西凤在医院里有着一段共同的经历，这段经历，是他们共同的秘密。

如果，刘西凤将这段经历告诉梅雅静，那么，梅雅静能原谅文道政吗？这么一个大秘密都告诉梅雅静，让梅雅静怎么想呢？

文道政站在教室门外，想听得更清楚一些，于是走近教室的门边，紧贴着耳朵……

正在这时，刘西凤一转身，从教室里打开门走了出来。

文道政想躲，来不及躲避，一下子被刘西凤撞上。

"谁？"刘西凤吓了一大跳，大声叫道。

"我……我……"文道政也被吓了一大跳，结结巴巴地回答。

"文同学？是你？"刘西凤想不到文道政会在教室门外偷听，小声地说，"你什么时候来的？"

"我刚来，我……"文道政说着，看了一眼在教室里的梅雅静。

"你来得正好。"梅雅静一见文道政，赶紧站起来说。

"对不起，你们接着谈……"文道政一听梅雅静说话，心里更加没底。

刘西凤见梅雅静要文道政留下，赶紧说："我们都说完了，走吧？"

刘西凤也不管文道政愿不愿意，拖着他的手，向外拉，口里说：

"你跟我走，我害怕。"

文道政看了一眼梅雅静，见梅雅静睁大眼睛看着他，并大声说：

"文同学，你站住！"

文道政想停下脚步，可是，刘西凤用力拉着他，不让他停下来。

梅雅静拿着钱追出教室，刘西凤和文道政已经转过身，从楼梯上下去了。

梅雅静感到，没有必要再去追了，转过身气愤地重新回到了教室。

刘西凤拖着文道政，他们来到了操场。

"文同学，你到我们教室门口，是不是怕我被梅雅静打？"刘西凤高兴地说着，"我不会被打的，梅雅静也不会打我。"

文道政听刘西凤这么说，没有回答。

"你知道吗？梅雅静问我为什么喜欢你？"刘西凤说，"我说，我也不知道呀，不知不觉就喜欢上了呀！"

"你……你真的喜欢我？"文道政说，"我是一个自费生，不包分配，自己掏钱读书，没有工作。"

刘西凤一听，笑起来。

是呀，这个世界怎么这样不公平呢？像文道政这么优秀的男生，怎么可能是自费生呢？自己掏钱读书，没有生活费，没有公费生的一切待遇，没有包分配的权利，甚至大学毕业后，连工作也可能找不到。

文道政是水电学院的优秀生，是"三好学生"，是优秀班干部，还是入党积极分子……还是清江市的见义勇为先进个人，这么一个优秀的男生，怎么会落得大学毕业连工作也可能没有？

这个社会真是奇怪，在公费班上，一些人整天不读书、不学习，连考试都挂科，吃吃喝喝睡四年，这样的学生，国家包他一切的学费、生活费，还要包他大学毕业后分配工作。

这究竟是为什么？

刘西凤作为一个正规考上大学的女生，也感到这是一个极不公平的现象。难道一考定终生？只要考上大学了，录取了，一生就一劳永逸了？这个考试制度多么不公平。难道晚春开的花就不是花了？一个人的智慧，有开发得早，有开发得晚。开发得晚的学生，不一定就没有能力和水平。这难道说，城里的孩子一定比农村的孩子聪明？

刘西凤站在文道政的角度一想，感到文道政太不值了，一心一意为实现"四个现代化"而读书，为中华崛起而读书，到头来，可能什么也没有。

想到这些，刘西凤对现行的高考制度有点痛恨。同时，也在想着梅雅静说的话，文道政只不过是个自费生，你能帮他什么？

刘西凤见文道政这么说，大声对文道政说："这世界对你太不公了！你考上了不被录取。现在学习成绩这么好，年年是全校的"三好学生"，可是，大学毕业连工作也不分配。"

文道政见刘西凤为他抱不平，笑笑，说："天将降大任于是人也，必先苦其心志，劳其筋骨……"

刘西凤一听，也笑起来，大加欣赏地说："有革命的乐观主义精神！……文同学，你考虑好了，大学毕业后真的会到南方山区去建水电站？"

"是的，这是我的梦想。你是知道的，我的家乡是个水力资源特别丰富的地方，每天让清水河的水白花花流走，真是个大浪费。"文道政这么说。

"我支持你。我决定了，大学毕业后，跟你一起去你的家乡南方山区，用我们所学的知识，在那里建一座水电站，让千家万户都点上电灯。"刘西凤说着兴奋起来，"这是我爸爸妈妈的梦想，也是我来水电学院读书的初衷。我要跟你去南方山区。"

"你真是一个孝顺的女孩，为你的父母实现梦想。"文道政说，"要是你父母改变主意了呢？"

"改变主意？这我可没想过。"刘西凤说，"你也知道，我特别喜欢跳舞。"

文道政说这话，刘西凤好像从来也没想过。她父母逼着她来上水电学院，不就是为了实现父母没有实现的梦想吗？难道大学毕业后，要去南方山区建水电站了，父母会反对？

"我感到，学了这个水电专业，就是要到山区去为水利事业做贡献。"刘西凤接着说，"不然，我来学习有什么意义？文同学，难道你不让我去你们南方山区？去你的家乡？"

"你们去我的家乡工作，我都欢迎。可是，我感到……对不起你们。"文道政说着停下来。

"可是，可是什么呀？"刘西凤说，"如果我跟梅雅静两人，只有一个人去，那肯定是我去。梅雅静只会留在水电学院当她的大学老师。"

"当大学老师？谁说的？"文道政问道。

"梅校长只有她一个独生女，能舍得她跟着你一个自费生去南方山区吗？"刘西凤说，"我看，没有这个可能。"

文道政一听刘西凤这么说，心里有点发凉。可是，想到梅雅静这一段时间总是躲着他，这样一想，完全可能。

这时，突然一个声音传过来，那正是梅雅静的声音：

"谁说不可能？"

原来，梅雅静早就跟着他们下到操坪，一直听他们的谈话呢。

她想看看，刘西凤和文道政在说些什么？刘西凤发着脾气离开教室，让梅雅静有点难堪。

刘西凤是什么人，梅雅静最清楚。

刘西凤对待情感，从来受制于她的父母，包括她来大学读书。她只是父母心中的孝顺女儿而已，可是，在许多事情上她没有自己的主张。

梅雅静怀疑，刘西凤口头上说要跟着文道政去南方山区工作，实际上，如果她父母不同意那就不可能实现。而梅雅静是一心一意要跟着文道政去山区。

"有什么不可能，我向天发誓，一定跟着文道政去南方山区。"梅雅静这样说，"你能做到吗？"

梅雅静说完走到了文道政的身边。

刘西凤一看梅雅静来到文道政身边，也走过去大声发誓，说："我向天发誓，我一定和文道政去南方山区。"

文道政见两个女生为了他对天发誓，心中突然升起一股自豪和骄傲。

但一瞬间，他马上意识到，这是不是在做一场梦？这两个优秀、年轻、美丽的女生，怎么为一个自费生而发誓许愿？他文道政值得她们这样吗？文道政心中一股自卑袭上心头。他自己埋怨自己，为什么不是一个公费班的学生？为什么是一个不包分配的自费生？

现在，这么优秀的女生在自己的面前发誓，他今后怎么对得起她们。

文道政不敢爱也不敢恨，即使学习成绩再优秀，自卑感让他没有足够勇气将梅雅静拥抱到自己的怀里，并大声说："我爱你！"

他感到，自己只是一个被动的对象，让优秀主动的女生争来争去。

"那好呀，请文同学做主，让时间来做证。"梅雅静说。

这时，刘闯在操场外的林荫大道上，大声朝这边喊叫："刘西凤，刘西凤，你在吗？你有一封加急电报。"

刘西凤一听是叫她，大声地应着，跑了过去："我在这里！"

刘西凤跑开了，只剩下文道政和梅雅静。

"文同学，我不想跟刘西凤玩游戏。"梅雅静说道，"你说说，刘西凤是不是故意捣乱？"

文道政见梅雅静没有责怪他，心里平静下来，马上说："你别跟我说这个，你躲着我，跟张伟在一起，别以为我不知道。"

梅雅静一听，反驳着说："谁说我跟张伟在一起？"

文道政一听，没搞明白，接着问道："梅校长不是跟张伟的父亲在一起吃饭吗？难道你们没去？"

梅雅静笑起来，说："去了呀，那又怎么样？"

文道政便将听刘闯说的话说出来："你们的父亲不是说你们很般配吗？梅校长不是也没反对吗？"

梅雅静一听，大笑起来，说："你个猪头。我和张伟有可能吗？我们不是一条道上的人。"

文道政一听，心里高兴起来，说："你没有跟张伟好？你还喜欢我？那你为什么这么多天总是躲着我？"

梅雅静马上说："我来不及与你解释，你知道吗？我参与了防洪大堤的设计任务，在图书馆的资料室每天都要查阅资料。"

文道政一听，原来是这样，心里一阵轻松，说："那你为什么不叫我一起参加呢？"

梅雅静笑着说："我怕你们会打架！"

文道政不明白，问道："我和谁打架？"

梅雅静噘着嘴说："你说呢？你跟张伟都在我身边，会不会闹矛盾打架呀？"

梅雅静一说，自己先笑起来了，说道："你们的心意，我都明白。"

文道政一听，也笑起来。

梅雅静见文道政只是笑，反而不高兴地说："你，你，你什么心意？你带着刘西凤回南方山区吧"。

梅雅静发着脾气，说完想离开，这时，刘西凤急急忙忙地跑过来，哭着说："我爸爸病了，住院了，我请假马上赶回家。"

梅雅静和文道政一听，赶紧安慰刘西凤，让她不用焦急。

刘西凤一路哭着，梅雅静送她到女生宿舍……

曾晓娅见文道政不理他，走出教室，去了洗手间。

当她从洗手间出来，走到走廊上，向东头的水电一班教室边一看，看到一个人影。那正是文道政在偷听着刘西凤和梅雅静两个女生的谈话。

曾晓娅正想悄悄走过去，正在这时，刘西凤推开了教室的门，走到走廊上来时，正好碰上了文道政。

曾晓娅赶紧侧过身，向回走。但感受到刘西凤拉着文道政往教学楼下面跑。她立即紧跟在他们的背后。

曾晓娅也来到了操坪，亲眼看见了刘西凤和文道政所作所为。但突然，梅雅静也从教室里出来了，而且也是走到了操坪，这让曾晓娅没有了藏身之地。她只好急急忙忙地离开。

曾晓娅一个人正在沉思着文道政和刘西凤、梅雅静三个人之间发生了什么事。走出操坪边，来到绿荫大道时，张伟和几个同学正好从外面看了电影回来，边走边谈着电影里的精彩镜头，突然遇见曾晓娅，就问："喂，曾晓娅，最近几天，文道政干些什么？"

曾晓娅一听张伟问她，心里特别高兴，便将张伟拉到一边，将晚上看到的文道政和刘西凤、梅雅静三个人之间发生的事，小声地告诉了张伟。

张伟一听，心里明白，这几天为了他父亲单位搞防洪大堤的工程项目，他跟梅雅静都参与了，并在一起查阅资料，文道政肯定是没有机会见到梅雅静。他突然哈哈一笑，说："文道政这小子，还挺厉害的，我们水电一班两个最美丽的女生都被他弄得团团转。"

曾晓娅怕张伟会对文道政不利，后悔对张伟说了这些。但曾晓娅为了得到文道政也只有这么铤而走险。曾晓娅对张伟小心地说：

"你们不要伤害文道政！"

张伟一听，明白了曾晓娅的意思，就是说，不要做出伤害文道政的事。张伟也听说了曾晓娅对文道政的痴迷，见曾晓娅好心好意地告诉他这些，肯定不会辜负她，说：

"你放心，我会促成你们！"

曾晓娅一听，立即说："谢谢班长！"

张伟本来心情很高兴，但一想，曾晓娅也喜欢文道政？怎么这么多女生都这么喜欢文道政呢？想到这里气就不打一处来，恨恨地说：

"这些傻女生，怎么没有一个清醒的呢！"

曾晓娅不明白张伟为什么这么说话。

在曾晓娅的心里，文道政永远是她的"白马王子"，是她学习和做人的榜样。曾晓娅来大学读书，第一个看中的人是他，也只有他，没有第二个选择。

在梅雅静和刘西凤的面前，曾晓娅是很自卑的。她出身贫寒，又是一个不起眼的自费生，她没有勇气站出来跟梅雅静和刘西凤一起来争来抢，她只有默默地观察着，默默地关心着文道政，暗恋着文道政。

可以这么说，在水电委培班，她的目光从来没有离开过文道政，她的心中永远是文道政的影子。

她是一个山区来的女生，她知道的只是感恩，只是想委身于自己感恩的、心仪的男生。

张伟说下这句叫人不明不白的话，一甩手走了。曾晓娅还指望着张伟能与她多说几句，终究，曾晓娅知道，张伟是多么想与梅雅静好。曾晓娅告诉他这些，无疑对张伟来说是个重大的利好。

过了一个星期，到最后一节课下课了。同学们如洪水一般从教学楼里涌出。黄亚男、曾晓娅正好走到校园的花园边，梅雅静走过来，大声叫：

"亚男，亚男！"

黄亚男和曾晓娅都停下脚步，等着梅雅静赶上来。

"西凤呢？怎么好久不见她了？"黄亚男问道。

曾晓娅一听，心里也不明白，怎么没有见到刘西凤呢？

"回家了，他爸爸住院了！"梅雅静说，"上个星期，她家里发来加急电报。"

"啊，这么快！"曾晓娅这么信口说道。

"这么快？什么意思？"梅雅静问曾晓娅。

曾晓娅被梅雅静一问，急了，说："不是不是，我是说，上个星期我还见了刘西凤呢？"

"晓娅，你这人，别人的爸爸生病住院了，当然要赶着回家呀！"黄亚男笑着说。

曾晓娅脸红心跳，赶紧压制着自己的慌乱，说："是的，刘西凤是个孝顺的好女儿。"

"你怎么说话的？"黄亚男说，"这种事，谁都会赶紧回家！"

曾晓娅见自己说话，有点乱，还想接着圆场，这时，张伟从背后走过来，问道："谁回家了？"

大家见张伟过来了，都站着没动。

张伟走过来笑着说："刘西凤回家了，是吗？"

"是呀，她爸爸病了，住院了！"曾晓娅这样说。

梅雅静和黄亚男见曾晓娅对张伟有点过于热情，有点不适应。张伟借着与梅雅静在一起搞防洪大堤设计查阅资料，想亲近梅雅静，可是梅雅静没有给她机会。

张伟对搞防洪设计没有了兴趣，心不在焉，有时借故去看电影，也不向梅雅静打招呼……看见曾晓娅和张伟表现出来的亲切，梅雅静和黄亚男她们理都没理张伟，迈着步子向前走。

"喂，怎么了？我没有得罪你们吧？"张伟赶紧走向前。

梅雅静自从与文道政走得近，便与张伟疏远了些。

张伟总以为自己家庭条件好，自己又是班长，因此，总是高姿态高调地说话和办事，有一股公子哥儿的味道。

这次搞防洪大堤设计，梅雅静的不冷不热，让张伟心里十分难过。

黄亚男自从与张伟一起去看了一场电影，便给自己惹了一身的麻烦。又是文道政找谈心批评，又是陈凯暗地里讨好自己。

原本当作一件好玩的事，可是，她也没玩出好的心情。

特别是，黄亚男得知张伟请自己看电影，是故意走近她，并借机想走近梅雅静。因为他知道，梅雅静与黄亚男是从小一起长大的闺蜜，无话不说。张伟想通过黄亚男，将自己喜欢梅雅静的意思彻底表达到位，也想从黄亚男的口中了解，文道政是不是梅雅静的远房亲戚。

"文道政是梅雅静的远房亲戚吗？"张伟这样问黄亚男。

黄亚男知道张伟问这话的意思是什么，便故意说："哈哈，你那天不是听到了吗？梅雅静亲口说的，文道政是梅雅静妈妈家那边的亲戚。"

"妈妈家那边的亲戚？"张伟有点不解，说，"不对呀，梅雅静的妈妈姓周，文道政是姓文呀。"

黄亚男一听，也感到梅雅静说谎的技巧不成熟，还无法自圆其说。但张伟这样问，黄亚男也只好帮着圆场，说：

"远房亲戚，顾名思义，就是很远的亲戚。"

"很远的亲戚是什么意思？"张伟好奇，继续问道。

"很远的亲戚吗？就是梅雅静的妈妈那边亲戚的亲戚，拐弯抹角的亲戚。"黄亚男笑着说。

"呵，亲戚的亲戚，拐弯抹角的亲戚，那就是说这种亲戚无所谓，是吗？"张伟笑着说，"我妈妈嫁给我爸爸，我妈妈对我说，她娘家村里所有的人，都是我们家的亲戚，碰上面都必须叫舅舅，叫姨妈，叫表哥，叫表妹，反正都必须这样叫。不都成了我家的亲戚了吗？"

"是呀，这就是远房的亲戚。也就是娘家的亲戚。"黄亚男一听笑起来。

"啊，这样的呀，我知道了，就是梅雅静妈妈出生地的亲戚。并不是什么很亲的亲戚。"张伟笑着说。

"是呀，如果真是很亲的亲戚，那梅雅静怎么那么喜欢文道政呢？"黄亚男说道，"难道你没看出来，梅雅静自从第一次看到了文道政，就一直在帮他。"

"梅雅静乐于帮人，她帮助文道政也不奇怪。"张伟说，"如果梅雅静单纯地帮文道政，没有其他因素，我认为那很正常。"

"梅雅静从来没有这么用心过，我自幼认识她，我知道，她这是第一次这么用心对待一个男生。"黄亚男说。

"文道政是个什么人？只不过是个自费生，值得梅雅静那么帮他，喜欢他吗？"张伟说道，"梅雅静不知道哪根筋出了问题。"

"哈哈哈，梅雅静就是梅雅静，我太了解她了，她认定的事，很难改变。"黄亚男说，"你也别想从我这里得到什么情报，我帮不了你。"

黄亚男心里明白，张伟除了追梅雅静之外，他妈也给他介绍了同事的女儿，一个在北京外国语学院读大学的女生。这是陈少爷亲口说的。

当黄亚男得知这些情况，她的心一阵紧缩，她感到，张伟这个男生的鬼点子太多，太过于聪明。他即使与梅雅静好上了，最后，吃亏的还是梅雅静。因此，她干脆说：

"梅雅静喜欢文道政，那是她自己的事，我们也没有权力去干涉。"

张伟见黄亚男那样说，没有吭声了。

…………

"听说，今天晚上，又有一部非常精彩的电影，我请客。"

梅雅静和黄亚男没有搭理他，继续向前走。

"好呀，你请客，我们都去。"曾晓娅见大家不作声，说道。

"好呀，我去买票。"张伟说。

"晓娅，你不说话，没人当你是哑巴。"黄亚男说，"我感觉你现在有点讨好张伟，你是不是张伟的走狗呀？"

黄亚男说完，和梅雅静两个笑起来。

曾晓娅被黄亚男一说，有点不好意思，就对张伟说：

"那你们去吧，我不去了。"

曾晓娅说完，识趣地走开了。

梅雅静和黄亚男加快步子往前走，张伟也跟着走。黄亚男见张伟跟在后面，明白张伟的心意，也不好做个电灯泡，只好找个借口，大声说："雅静，你看，我跟你说话，忘记一件大事了。"

"什么大事？"梅雅静问道。

"我将《水轮发电机原理》的书落在教室里了。明天上大课，我得回教室去拿。"黄亚男说着，停下脚步，往回走。

梅雅静见黄亚男往教室走，也想跟着陪她。可是，黄亚男说："我快去快回。"说完，黄亚男跑开了。

梅雅静见黄亚男跑走了，只剩下她和张伟，有点不自在。这时，张伟走近她，对她说："你别这样对我。明天的电影真的很精彩，我们一起去看。"

梅雅静对张伟的邀请，心里有些犹豫。因为，张伟是一班之长，她是班里宣传委员，拒绝了，今后班里工作不好开展。不拒绝，她心中感到对不起文道政，怕文道政怀疑。在她的心中，文道政才是她认定的人。

正在这时，一个身影出现在他们面前，一看，是刘西凤！

"西凤！怎么是你呢？"梅雅静跳起来说，"你爸爸的病好了吗？"

刘西凤看到梅雅静和张伟在一起，马上说："我刚下火车！"

"你爸爸的病好些了吗？"张伟忙问道。

刘西凤见他们都很关心她，听着他们关心的话，她一下子控制不住情绪，哭起来了。

"西凤，你怎么了？你别哭别哭！"梅雅静安慰着说。

"你别急，有什么事，我们帮你！"张伟也这么说。

刘西凤停止了哭，擦干眼泪，说："我爸爸中风了！"

梅雅静和张伟没听说过什么叫中风，也不知道什么是中风，中风究竟有什么危害，但知道中风肯定不是什么好的东西。因此，更加安慰刘西凤，让她不要焦急。

梅雅静和张伟都安慰着，陪着刘西凤走过林荫大道，穿过操坪。

梅雅静陪着刘西凤一起回女生宿舍，张伟只好回男生宿舍去了……

85

回到水电学院，刘西凤像是变了一个人似的。

她突然变得沉默寡言，上课也集中不了精力，有时还迟到。

不久，刘西凤彻底地病了。

对刘西凤的变化，文道政看在眼里，突然感到有莫大的悲伤。

那个爱说爱跳的刘西凤，转眼哪里去了？那个跟在梅雅静身后，总是微笑地跟着叫"文同学"的刘西凤哪里去了？文道政在心里不停地问。

刘西凤回校的第二天，刚下课，文道政走在林荫大道上，看见刘西凤走在同学中，她脸色惨白，没精打采，一头黑发没有经过整理，胡乱地飘在她的头上。

文道政一见到她那个样子，心里特别不好受。刘西凤一直充满着理想，一直要说支持文道政实现他的梦想，跟着文道政去南方山区，用自己学到的知识，要和文道政一起建起一座水电站，让山里的千家万户都用上电。

可是，刘西凤从家里回到学校，并没有第一个来找文道政。也没有高高兴兴地来到文道政的面前，说起她家里的情况。

刘西凤一定是经受了莫大的打击，她还没有恢复元气。文道政一定要找到机会，单独与刘西凤谈谈，鼓励她振作起来。

梅雅静看到自己的同桌刘西凤，一天天地消沉下去，没精打采，突然病了，心里更加不好受。梅雅静将刘西凤接到了她家里，她炖了鸡汤，想让刘西凤多吃点补补身子。

"西凤，你多吃点，补补身体。"梅雅静将一大碗鸡汤，端到刘西凤的跟前。

刘西凤见梅雅静对她那么好，突然感动得流下了眼泪。

"西凤，你爸爸的病会好起来的，你不用太悲伤。"梅雅静安慰说。

梅雅静一说，刘西凤又哭起来，擦着眼泪说：

"医生说，他再也起不来了！"

梅雅静听了，心里特别难过，安慰说："西凤，你要坚强起来。你爸爸不想看到你这个样子。"

刘西凤哭了一会儿，才开始拿起筷子吃东西。

文道政想见刘西凤的心情特别急切，看到刘西凤那个病恹恹的样子，他心疼死了。可是，梅雅静将刘西凤接到她家里去了，他也不好去。

梅雅静和刘西凤在之前，为了讨得文道政的心，俩人有过一些争吵和摩擦，他不愿意因为这件事让她们再起争执。

文道政等在梅雅静的楼下，直到很晚了，刘西凤才从梅雅静家里出来。

文道政见刘西凤一个人走在林荫大道上，才从她的背后走过去，小声地叫道："刘西凤！"

刘西凤听到熟悉的声音，知道是文道政，停下脚步，转过头。

"是我！"文道政走近她，亲切地说。

"文同学！"刘西凤有些悲伤、有些惊喜地叫道。

文道政听到刘西凤叫他的声音，感到刘西凤的声音都变调了。亲人发生的变故，对她是多大的打击呀。刘西凤是家里的独生女，她的责任和义务可想而知。

文道政并不知道怎么来安慰刘西凤，陪着她走到了操坪。

"文同学，你知道吗？我爸爸中风了，他再也站不起来了。"刘西凤说着，就开始哭起来。

文道政一听，感到刘西凤爸爸的病特别严重，便安慰说："你一定要坚强！有什么事，我来帮你！"

刘西凤一听文道政要帮他，心里像有了靠山，心里有了依靠，感到特别亲切。在刘西凤看来，现在多么需要一个男生为她做支撑呀。

刘西凤本来要将自己的梦想告诉她的父母，她要跟着文道政去到南方山区，用自己学过的知识建一座水电站，让千家万户都用上电，来实现自己父母多年的夙愿。

可是，她看到自己的爸爸躺在病床上，连说话都说不清楚了，站也站不起来了，她的心冷了。

在那个时候再谈自己的梦想，再谈跟着文道政去到南方山区去建水电站合适吗？这时，她的愿望是希望她的爸爸尽快好起来，站起来。

刘西凤的妈妈，一夜之间，头发全白了。她对刘西凤说："女儿，你爸爸的病，一时半会也好不了。你要认真读好书，毕业后分配回来照顾他！"

刘西凤见妈妈流着眼泪对她说，她含着泪点点头，表示答应。

刘西凤突然感到，她前面想好的对父母要说的话，一句也都无法说出口，她的美好梦想也没有办法实现了。她喜欢的文同学，也变得不可能了，她……她想到这里，泪水止不住地流下来。

刘西凤大哭起来。

文道政见刘西凤哭起来，也跟着流下了眼泪。

"文同学……"刘西凤突然停下脚步，流着眼泪说，"我不能跟你一起去南方山区了！"

刘西凤说完这句话，突然又大声哭起来，那种悲伤是从心底里发出来的，是一个女生真切的伤和泪。文道政见刘西凤哭得那么伤心，也跟着哭起来。这时，刘西凤突然双手一伸抱住文道政。文道政赶紧拥抱着刘西凤，两人紧紧地拥抱在一起，哭得像泪人一样。

"文同学，去实现你的梦想吧！"刘西凤说，"我为你祝福！"

文道政听着，将刘西凤抱得更紧了。

文道政是个没有前途的自费生，他对刘西凤不能许诺什么，也不能拍着胸脯说自己会帮助刘西凤，更不能说大学毕业后干出什么大事来。对刘西凤，他过去是被动的，现在也主动不起来。

"你不用怕，你有困难，我就是你坚强的后盾！"文道政这样动情地说。

"谢谢你！我会记得！"刘西凤说，"从今天起，请你忘记我们在一起的日子，忘记我们发生的一切，我们分手吧……"刘西凤说完，双手推开文道政，突然哭着跑远了。

文道政拥抱着的刘西凤，从他的身边奋力挣脱跑开了，头也不回地跑远了。文道政没有去追，他没有能力去追，也没有底气去追，更没有追回来的理由……

刘西凤说的话，让文道政失望、悲伤、震惊。文道政站在那里，像是被闷棍击了一棒，头脑发晕……

梅雅静也从家里出来，一直跟在文道政和刘西凤的背后。她是因为刘西凤的情况，将她自己的心情弄得不开心，想一个人在操坪走走。

可是，当她来到操坪时，她看到两个熟悉的身影，那就是刘西凤和文道政。

梅雅静看到了一切，也听到了一切。

刘西凤由于家里出现的意外情况，被击倒了，退出了。

在梅雅静看来，应该高兴才是，可是，梅雅静看到文道政和刘西凤拥抱在一起的时候，她心里涌出一股酸楚。

文道政到底是一个重感情的男生，在今后的感情问题上，会不会走偏？文道政和刘西凤是不是已经完全断开？

梅雅静想到刘西凤让文道政还钱，文道政多么听刘西凤的话，将刘西凤拿来的钱，在刘西凤的催促下，交到梅雅静的面前转身走开，那样子看起来令人绝望。

虽然后来说清了一些情况，但文道政为什么会这样呢？

想到这些，梅雅静心里有点凉，有点气愤。

文道政还站在夜风中，梅雅静本来可以走过去，走到他的身边，安慰他几句。

可是，梅雅静并没有走近他，而是悄悄地离开了。

…………

文道政看到刘西凤哭着跑开，让他清醒许多。

刘西凤本来是支持文道政去山区建水电站的，而且，还一个人大胆地来到文道政的家，这一点让文道政特别感动。

刘西凤是迈出了实际性的一步的，如果不是她父亲生病，刘西凤会真的跟着文道政去到南方山区吗？不管怎样，刘西凤站在文道政这一边想事，那么要死要活地喜欢文道政，让文道政一生也不会忘记。

刘西凤遇到困难，文道政一定不会袖手旁观。

第二天上课时，刘西凤的病情加重，被送进了医院。

梅雅静从医院看望刘西凤回校，将这个消息告诉了文道政。文道政一听，心里特别急，大声说："啊，住院了，怎么这样？"

梅雅静见文道政十分焦急，心里有点不好受。

要是自己生病了，文道政会不会这样焦急？文道政难道还喜欢刘西凤？梅雅静见文道政那么焦急，生气地走了。

吃了晚饭，梅雅静与黄亚男、曾晓娅、肖奕琴几个同学约好了，要一起去看刘西凤。陈凯和刘贵北正好也走过来。

文道政正好和肖子钢从教学楼出来。

他们说，也要一起去看刘西凤。可是，他们并没有同时去。

这时，张伟和水电一班的几个同学刚从医院回来，说刘西凤刚吃了药睡下了，估计要休息一两个小时，医生说，不要打扰病人休息，说完他们回宿舍去了。

"那我们再约时间去。"黄亚男说着，和肖奕琴、曾晓娅去女生宿舍了。陈凯、刘贵北、肖子钢一见女生们走了，他们也走开了。

梅雅静和文道政俩人，像是从另外一个世界来的一样，同学们都离开了，他们两个还站着没动。在这一瞬间，两人恍然大悟，你望望我，我望望你。

"我们去看看刘西凤吧！"文道政说。

梅雅静见文道政对她说话，笑笑说："那我们走吧。"

文道政还是第一次去看刘西凤，而梅雅静已去过两次了。文道政有点不好意思，怕梅雅静引起误会，就说："那我们走吧！"

文道政与梅雅静两人走出学校大门，来到候车站搭4路公共汽车。

文道政总感到，没有最先去看刘西凤，心里特别难过。

可是，刘西凤刚送去医院，今天一天的课，他也不能缺课。

梅雅静上午没有课，她去了。现在，文道政去看刘西凤，刘西凤肯定心里不好受。虽然，刘西凤口里说，忘记了他们俩过去的一切。

文道政知道，记住刘西凤的好，记住刘西凤的恩，才是他做人的起码标准。文道政一定要去看刘西凤，也一定要关心和支持。

"我总感到，没有第一时间去看刘西凤，心里觉得对不起她！"文道政对梅雅静说。

梅雅静一听，心里有点怪怪的。文道政竟然当着她的面说出这样的话，也不怕她有意见。这个文道政，不知道他心里想些什么？

"怎么了？心里不舒服了？"梅雅静说，"有什么对不起的呀？"

文道政听梅雅静这么说，停了一会儿，说："你不认为，刘西凤也是我的好朋友吗？"

"你的好朋友？你心里还想着她吧！"梅雅静说，"我看，不是刘西凤想跟你去南方山区，是你想让她去是不是？"

"天地良心，她去我家，我一点也不知道！她想去我们南方山区，我也是后面才知道的。"文道政说着，很受委屈的样子。

梅雅静一看文道政那个样子，心里很是高兴。在梅雅静的眼里，文道政只是一个纯洁的男生，对谁都好，谁对他好，他就更加对别人好。

刘西凤病了，他急得什么似的，也可以看出，文道政对刘西凤是没有特别关系的。

"看到你那个委屈的样子，我才好笑。"梅雅静说，"刘西凤是我的好友，我知道她的为人。"

文道政一听，才放下心来。

下了公共汽车，他们很快来到了医院，径直走到了刘西凤的病房。

梅雅静走在前面，走到病室边，朝里面一看，看到一个熟悉的身影坐在刘西凤的身边。仔细一看，是刘闯。

刘闯正在给刘西凤削苹果呢。

梅雅静赶紧退回来，将文道政拉到一边，小声地说：

"刘闯在里面。"

文道政一听，还以为是刘闯搞什么鬼，说："让我去揍他！"

梅雅静笑着说："他在削苹果！"

梅雅静拉着文道政走近去看，文道政看到，刘闯果然在为刘西凤削苹果。文道政有点不相信自己的眼睛。

"你不知道吧，刘闯的爸爸和刘西凤爸爸都在一个水电局工作，刘闯的爸爸当水电局长。"梅雅静说道，"他们是水电局一个单位的子弟，考上大学的就他们俩，都说是他们是金童玉女呢。"

文道政一听，感到不可思议，刘西凤和刘闯原来是水电局一个单位的干部子女，原来他们早已认识了。也难怪，他们俩参加学校的五四青年节文艺会演，共同演出京剧《白毛女》选段。

"刘闯平时捣乱，现在看起来也挺会关心人的。"梅雅静说。

文道政心想，刘西凤这个时候是最需要关心的。不仅她本人需要关心，而且，她的爸爸更需要关心。文道政自己没有尽到关心刘西凤的责任，让他脸红和内疚。

文道政看到刘闯侧着脸，坐在刘西凤身边削苹果，突然感到，刘闯真是一个可敬可爱的人。对刘闯过去的调皮捣蛋看法也一笔勾销。文道政要感谢刘闯，有了刘闯，他突然绷紧的心放松了。

"我们走吧！"文道政小声地说。

"怎么？不看了？"梅雅静问道。

"我们下次再来吧！"文道政说着，转过身去。

梅雅静跟着文道政走出了医院，来到4路车停靠站。

梅雅静好奇地问文道政："为什么到了医院，不进去看一看刘西凤？"

"我放心了！"文道政告诉她说。

"你放心了？"梅雅静重复着，说，"你看到刘闯在这里，放心了，是吗？"梅雅静问道。

"是的！"文道政说，"刘西凤，她本应该回到父母身边！"

梅雅静见文道政答非所问，笑起来。

水电一班团支部，在班里为刘西凤发起了捐款活动。

梅雅静首先捐了自己的零花钱。

梅雅静将捐款的事告诉文道政，文道政为之感动，也捐了自己勤工俭学赚的钱。

梅雅静看到文道政也捐了钱，笑着对他说：

"你欠我的钱，只怕要还一辈子！"

文道政听了，哈哈笑起来，说："我……我……欠一辈子，可以吗！"

梅雅静在文道政的肩膀上轻轻地打了一拳，两个人笑着走下教学楼……

86

白驹过隙，转眼间到了大学最后一个学期。

最后一个学期，教学课程在设计上也大不同，除了《电力系统继电保护原理》《水轮发电机原理》两门专业课程需要学习考试外，其余的时间，都安排毕业实习和毕业设计。

水电学院的正规毕业班，都开始上上下下联系毕业分配的事。

经常听到一些单位的人事部门，到水电学院来要人。

水电一班的同学，也开始联系毕业分配的事。水电委培班没有毕业分配一说，因为，这个班是自费班。参加工作来读书的同学，学成归去，带着一张毕业文凭回到原工作岗位。靠自费读书的自费生，毕业后，自己到社会上去求生存，自己凭本事找工作。

文道政见水电一班的同学，每天都在高兴地谈论着毕业分配的事，好像他们是一只只长满了羽毛学会了飞的鸟，要飞到天空一样。

文道政是自费生，没有毕业分配的资格，所以只要听到其他班同学谈毕业分配的事，感到特别刺耳和心烦，也特别不愿意去听。

文道政毕业后去哪？文道政的理想是要回到老家南方山区去，用自己学到的知识建一座水电站，让山区千家万户的百姓用上电灯。可是，有同学说，仅凭他两手空空回家要建一座电站，有点可笑。

建一座小型水电站也需要很大的资金投入，资金怎么来呢？想到这里，文道政的头就大了。但他的想法，一刻也没有停止过。

梦想，有时非常幼稚可笑，也许很难实现，但文道政却是将它说在嘴上了，也一定朝着这个方向前进。不管怎样，文道政的梦想，是不会随便改变的。

星期天，陈凯坐在教室的座位上弹吉他。

歌曲《我的中国心》正在校园流行。他一边弹，一边小声唱着。

文道政走进教室，也跟着哼唱起来。

陈凯像是有什么好消息要告诉文道政，等到文道政一坐下来，赶紧走过去，悄悄地说，他爸爸已帮他从人事局搞到了转干的指标，只要陈凯毕业回到他爸爸的单位市水电局上班，便马上可以转干，成为国家干部。

陈凯在读大学前，是他爸爸让他招了工，他现在是拿了国家工资来读书的正式国有企业职工，也就是说，毕业回单位后，他可以马上从国家职工直接转为国家干部，也像毕业分配的公费大学生一样，成为吃国家粮、拿国家工资的国家干部。

文道政一听，表示祝贺。

"你毕业后也会转干呢？"陈凯望着文道政问道。

"我，我……"文道政结结巴巴，回答不上来。

"回南方山区，建一座水电站，让千家万户点上电灯！"站在一边的曾晓娅嘴快，帮文道政回答说。

"建一座水电站，真像你们所说那么容易吗？"陈凯不以为然地说，"我爸爸是水电局长，常跟我说，有的水电专家搞了一辈子水电，也没有建成一座水电站。"

"只要能建一座水电站，一辈子也成！"文道政听了，突然大声而坚定地说，"这是我的梦想，我要努力去实现！"

"你的梦想？哈哈哈，这是要付出代价的。"陈凯不以为然地说。

"付出什么代价我都愿意。"文道政说。

是啊，梦想有时是可笑的，可能无法实现。但是，没有梦想，人生就没有一个坚定的方向。为梦想而奋斗，心情是舒畅的，道路即使充满泥泞，一样让人充满斗志，气宇轩昂。

"对，我支持你！"曾晓娅说着，望着文道政微笑着，向前走了一步，站到文道政身边。

文道政对曾晓娅说的话，心里一惊。过去，刘西凤也曾经对文道政这样说。可是，文道政并不喜欢曾晓娅帮他回答。好像曾晓娅和文道政商量好似的。

其实，曾晓娅在文道政心中，只是一个普通女同学而已，他根本不想让她来回答这样的问题。

"自费生是没有娘的崽，最大的问题是找工作！"陈凯这样说。

"陈少爷，你就在卖弄什么呢？"刘贵北走过来，说，"你爸爸是水电局局长，能帮自费生找工作吗？"

"帮自费生找工作？"陈凯一听，有点惊讶，说道，"这，我可没问过。现在干什么都要指标。找工作要指标，招工要招工指标，转干要转干指标！"

"搞'四个现代化'，各行各业都大量需要大学生，需要知识分子，我看，自费生有本事，怕什么，只要走向社会，一定会找到工作！"刘贵北鼓励着说。

"别人不要我们，我们自己找活干！"曾晓娅不服气地说，"看看我们老班长张克工，他到了改革开放的前沿，不一样靠本事赚钱生活吗？"

文道政一听曾晓娅那样说，心里比较赞同她的说法。但他口里不说出来。

他不相信，他学到了本领，社会上会不要他。

高等数学题那么难，他都能解答出来，难道社会这本书，他不能读好？

文道政渴望马上走向社会，让他学到的知识得到社会的检验和认可。

"是呀，饿不死人，天无绝人之路！"刘贵北大声说。

"老班长还说，毕业找不到工作，可以去他那个服装厂里上班！他大量需要人。"曾晓娅突然这样说，"听说，他现在去了深圳，到那边看世界、闯世界去了。"

现在，老班长张克工的服装厂厂房经过拆迁重建，人数大大增加，缝纫机也增加到了几十台。

党的改革开放政策好，社会上已冒出了好多个体户，好多万元户。

张克工的工厂扩张是需要人，特别是有知识的人才，但在二十世纪八十年代，大学毕业生，谁会愿意去个体私营企业上班呢？

"个体企业，有啥去头？"陈凯不以为然地说，"还是拿国家工资靠得住！"

陈凯说完，望了一眼大家，走开了。

刘贵北见陈凯走远了，也没有更让人高兴的话，说给文道政听，一转身也走开了。

"陈少爷，陈少爷，等等我！"刘贵北追上去。

只剩下文道政和曾晓娅。

曾晓娅想跟文道政说两句话，可是文道政不愿意听，转身想走，这时，一个声音传过来。

"文同学，文同学！"梅雅静突然站在对面石阶上，大声叫。

文道政转过脸，看见梅雅静站在高高的石阶上，正向他挥手。

"来了，来了！"文道政回答着，微笑地向梅雅静走过去。

曾晓娅见文道政不搭理她，又转向梅雅静走去，生气地一跺脚离开了。

文道政小跑步，兴冲冲地来到梅雅静身边。

"文同学，你跟曾晓娅在谈什么呢？"梅雅静有些生气地说。

"没……没有！"文道政结巴着说。

"我刚看到，你们走在一起！"梅雅静嘴一翘，说。

"不是……刚才陈凯、刘贵北都在，他们刚走开！"文道政回答说。

"啊，我怎么没有看到他们呢？"梅雅静抬头望了望，说。

"我没骗你，他们刚离开！"文道政说，"你叫我有事吗？"

"没事就不能叫你吗？你这人，怎么了？"梅雅静望着文道政说。

"不是……我以为你叫我有什么急事呢！"文道政望了一眼梅雅静，有点心虚地说。

"我找你，还真有事！"梅雅静一下子微笑起来，说。

"啊，什么事？"文道政望着梅雅静，以为梅雅静找他来帮忙呢。

"毕业分配的事！你说，我毕业分配去哪好？"梅雅静高兴地问。

说到毕业分配，文道政心中乏味，也不再吭声。

"你说呀，"梅雅静催促道，"我们班好多同学，已有好的单位接收了！"

"我不知道！你自己做主。"文道政低下头，没有底气地说。

"文同学，你看这样可以吗？"梅雅静高兴地说，"我要求毕业去你们南方山区，就去你的家乡，我们一道建水电站，实现我们的梦想，让千家万户都点上电灯！"

"那是我的梦想！"文道政抬起头，大声说。

"是呀，是你的梦想，可也是我的梦想！是我们共同的梦想，我要和你一起去南方山区！"梅雅静红着脸说。

"真的？太好了！"文道政高兴地说，"我们用所学的水电知识，一定能建一座美丽的水电站，让千家万户都用上电！"

"好啊，文同学，你能告诉我，你家的详细地址吗？"梅雅静说，"我在志愿栏上，要写上你家的地址！"

"那好，我写给你！"文道政很快掏出笔，将地址写给了梅雅静。

梅雅静拿着地址，望着文道政，微笑着。

文道政突然感到，梅雅静让他变得高大和自信起来。大学是个熔炉，让你放弃一些，也让你增加一些，让你全身的零件重新组合，发生改变和飞跃，充满梦想和力量。

文道政对梅雅静这一举动感到特别意外，也特别惊喜。

这时，梅雅静突然生气地骂道："有些同学，口头上说，毕业到山区去支持水利事业，其实狗屁，早早地托关系进城找了好单位！"

"谁呢？是不是你们班班长张伟？"文道政问道。

"还会有谁？不就是他吗？托他父亲的关系，进了省里一家银行！"梅雅静气愤地说。

"怎么进了银行呢？"文道政有些不解，"学的是水电专业，这样，不太浪费了吗？"

"文同学，你可能还不知道，现在银行是金饭碗！有关系才能进呢！"梅雅静解释说。

"张伟这小子，嘴巴上说得动听，毕业后要去支持山区水电事业，其实是说给别人听的！自己是缩头乌龟！"文道政骂着张伟，说。

"是啊，还当一班之长呢，没有一点政治觉悟，只知道往条件好的地方钻，这种人，我看不起！"梅雅静也骂道。

"那刘闯呢？"文道政问道，"他怎么样？找到接收单位了吗？"

"他？哼哼，我们班分配最快的两个学生，一个是张伟，一个是刘闯！"梅雅静说。

"原来他也找到了接收单位，是不是他父亲的水电局？"文道政推猜道。

"那还有错吗？有什么单位敢接收他呢？只有他当局长的父亲接收他了！"梅雅静说道，有点气。

"啊，水电局也是好单位！专业对口。"文道政这样说，望着梅雅静，也想起刘闯坐在刘西凤病床边那情境。

"什么是好单位呀？"只见黄亚男、肖奕琴两个女生走过来。

文道政和梅雅静一见她们，有点羞涩。

"雅静，你是不是分配到了好单位了？"肖奕琴笑着说。

"听说，张伟分配到了省里的一家银行，这家伙脑子进了水，跑到银行干啥，又不是学的银行专业。"黄亚男说。

"银行是堆钱的地方，效益好，福利也好，他当然愿意去呀！"肖奕琴说，"别人想去却去不了。"

"哼哼，没有一点政治觉悟，专往条件好的单位找关系！"梅雅静说，"学了水电专业，就应该去水力资源丰富的山区支持水利事业！"

"哈哈哈，雅静，你愿意到条件艰苦的山区工作吗？"肖奕琴一听，睁着眼睛，望着她说，"水力资源丰富的地方，不是在繁华的城里，都在偏僻的山区"。

"我愿意！"梅雅静望了一眼大家，大声说。

黄亚男一听，望着文道政鼓起掌来。

"雅静，你真的这么想？"黄亚男微笑着说。

"我当然这么想呢！在分配志愿上，我就填上到最艰苦的南方山区去建水电站！"梅雅静说道。

大家一听，都鼓掌起来。

"你就是八十年代最优秀的大学生！"肖奕琴故意望了一眼文道政，大声说。

"向梅雅静学习！"黄亚男突然说。

文道政在一旁，听着三个女生说话，还真有点不好意思。

"我在想，你干脆到文道政家乡去，他家乡是南方有名的山区，水力资源丰富得很，你们去那里建水电站，绝对是最好的地方！"肖奕琴说。

梅雅静见大家都在说她，有点不好意思。

"是呀，我也这么想。雅静你总是'文同学、文同学'地叫文道政，现在你们一起去了南方山区，这样你们可以比翼双飞！可以叫一辈子文同学了！"黄亚男笑着说。

"爱情，就是要到最艰苦的地方去磨炼！"肖奕琴也笑着说，"你们俩，哈哈，就应该走到一起！"

"肖姑妈，你怎么说出这种话来呢？"黄亚男故意说，"爱情只在心里，只在行动，不能说在嘴上。"

大家一听，笑起来。

"没有什么呀，再等三个月，我们都毕业了，都离开学校了，谈恋爱，学校还管得着吗？"肖奕琴大声说。

"肖姑妈，你是班里团支部书记，我是班长，你说话可要注意啊。"文道政插嘴说。

文道政尽管这样说，女生们不搭理，仍在说笑。

"说得对，三个月后，我们毕业了，各自回到工作岗位，见一面都困难了。难怪好多男生女生，胆子大了不少，这些天晚上，我都看见好几对，他们手拉手在桃子湖散步呢！"黄亚男打断着说。

"相爱的人，就应该走到一起，雅静，我说得对吗？"肖奕琴望着梅雅静说，"我们班长文道政，虽然话不多，是个老实厚道干实事的人，他看准的人，也是最优秀的！"

"雅静是我们大学的一朵校花！文道政是班长，长得高大帅气，还会武术，真是郎才女貌！"黄亚男微笑着说。

"肯定是郎才女貌！"肖奕琴进一步说，"他们还是我们水电学院的每年的'三好学生'，学习上的尖子！"

文道政和梅雅静听了微笑着，低着头、红着脸，没说话。

"谁郎才女貌呀？"猛不防后面传来一个声音。

大家回头一看，原来是张伟和刘闯。

"啊，是你们呀！"黄亚男说。

"谁郎才女貌？"张伟笑着望着梅雅静。

梅雅静把头偏开，当作没看见。

"谁郎才女貌与你们也没关系！"黄亚男望了他们一眼，随之说。

"你怎么说话的呢？"刘闯望着黄亚男，有点生气地说，"我们班长，可是未来的银行行长！"

"呸！什么鬼银行行长？拜金主义！"黄亚男不屑一顾地说。

"我不跟你们说！"刘闯见大家不理会，大声说道，"走，我们走！"

张伟和刘闯心想，遇着些什么人呢，这么不友好，不尊重人。

张伟望了一眼大家，什么也没说，和刘闯离开了……

梅雅静毕业志愿要分配到南方山区工作的消息，很快在水电一班传开了。

张伟找到了银行的工作，曾一度让班里同学羡慕不已，大家都挖空心思找关系，想找到一个好的工作单位。

刘西凤自从家里出现变故，最是墙上草，两面倒，一听到张伟和刘闯找到了好的工作单位，厚着脸去求刘闯，求他当水电局长的父亲，将她的档案拿到水电局，分配到她父亲的身边。

刘西凤生病，刘闯照顾她，这在水电一班是大家都知道的事。刘闯见刘西凤求他，拿出一副他父亲当官那威严的官架子，侧眼偷看了一眼刘西凤那脸蛋和身材，心中暗喜。

"刘西凤啊，在大学读四年书，我什么也可能忘记，但我一定会记住你，喜儿！"刘闯突然这样说。

刘西凤一听，脸一下子红了。

"呵，这样的呀，我爸说，接收毕业生的名额很有限，分配指标也很有限！"刘闯故意说。

"你帮帮我呀，现在我们是同学，今后我们是同事！"刘西凤央求着说，也想起自己的父亲还需要她回家照顾。

刘闯想起过去，刘西凤还喜欢过文道政，心里又有一股恨气。

文道政这小子，得意什么？

现在大学的书读完了，马上毕业了，他有本事为刘西凤找份好工作呀，自己马上要回到山区去，连工作也找不着，一个自费生，够他受的。

在大学里，刘西凤经常和梅雅静、黄亚男三个女孩形影不离，还加上让刘闯讨厌的文道政。刘西凤呀刘西凤，怎么不早点提出要自己帮助呢？但现在也不晚。

刘西凤求救的眼神望着刘闯，让刘闯顿生怜悯。

"好吧，我跟我爸说声，让他争取一个分配指标！"刘闯终于这样说。

"谢谢了！杨白劳！"刘西凤突然叫了一声"杨白劳"，害羞地离开了。

刘西凤求助刘闯分配的事，很快传到了梅雅静的耳朵。

梅雅静见到刘西凤，将刘西凤狠狠骂了一通。

"西凤，你是什么样的人？"梅雅静骂着说，"去求刘闯找工作，简直失了人格！"

"雅静，我……"刘西凤欲言又止，低下头。

"西凤，亏我把你当作好朋友，你不配！"梅雅静骂道。

刘西凤突然蹲下来，哭起来了。

"哭什么？我骂得不对吗？"梅雅静还在生气。

刘西凤耷拉着脑袋，哭泣着。

"你不知道，我也有心中的苦！"刘西凤哭着说。

"你有什么苦？不就是找份好工作吗？"梅雅静问道。

"我父亲生病的事，你知道的。我父母希望我分配回家去照顾他们！"刘西凤说，"我们家，就我一个独生女儿！"

刘西凤说着，又哭起来。

"你……你……"梅雅静欲说又止。

"我没有你那么高尚！"刘西凤说，"我必须回到父母身边去照顾他们！"

"我……我们家，不也是我一个女儿吗？"梅雅静说，"我就是要到山区去搞水电站。学了这个专业不用，不是浪费了国家的资源吗？"

刘西凤停止哭泣，站起来，问道：

"你去南方山区工作，梅校长不反对吗？"

梅雅静一听，望着刘西凤，大声说："我才不管呢，我要去南方山区搞水电站。南方山区极缺水电人才！"

刘西凤见梅雅静那样说，小声问道：

"雅静，你，难道是为文同学去的？"

刘西凤这一问，梅雅静心一惊。

是不是为文道政而去的，梅雅静心里当然明白，但是她不会说出口。文道政是她心中的"白马王子"。

如果不是为文道政，梅雅静是不会去偏远的南方山区，也不会信誓旦旦搞水电站，支持山区水利事业。

"我就知道，你是为文同学！"刘西凤说，"不过，文同学什么都好，可惜是一个自费生！"

"自费生怎么了？我就是为文同学而去的！"梅雅静大声说。

"文同学的家乡太美了！"刘西凤说，"你一定喜欢！"

梅雅静一听，心里有些生气。梅雅静喜欢的男生，自己还没去过他家，却让刘西凤先跑到他家。

文道政的家人，特别是文道政懂武术的祖母，将刘西凤看成了孙媳妇，想到这里，梅雅静心里恨恨的。

"你别说了！"梅雅静生气地说，"他家美不美与你没关系！"

刘西凤一听，低下头，再不吭声了。

梅雅静毕业后，要去南方山区工作，要为山区的水利事业做贡献的消息，一下子传遍了全校毕业班，毕业生都为梅雅静感到自豪和骄傲。

87

在文道政对毕业感到迷茫的时候，梅雅静大胆的举动，无疑给了文道政力量。文道政突然感到不再担心害怕，也感到自己高大起来。

吃了晚饭，文道政和刘贵北、陈凯、肖子钢往教室去，正好路上遇见肖奕琴、黄亚男、曾晓娅，于是陈凯提出要去桃子湖走走。

这个提议，得到大家支持。

肖子钢暑假打工时，去了肖奕琴所在单位肖家洞帮助水电安装，回校后整个人都改变了，变成了对肖奕琴言听计从。大家一见他们那样子，明白他们心中一定有"鬼"。

肖奕琴是班里团支部书记，因为对人严格，同学们都叫她"肖姑妈"。

肖奕琴只要发现班里出现状况，一定不顾情面，要告诉杜老师。特别是谈恋爱的同学，非要搞得你在全班做检讨不可。

可是后来，同学们发现，只要肖子钢在场，肖奕琴变得特别温顺。

"好啊，去走走呀！"肖奕琴兴奋地说。

刘贵北跟在背后，便说自己有事要去教室，推辞了。

刘贵北为什么不愿陪大家散步呢？很显然，三男三女，他一个落单。在刘贵北的眼里，肖奕琴和肖子钢那点意思谁都知道，陈凯和黄亚男有可能也悄悄走到一起，而文道政，明白人一眼就看出来了。

"我不去了，你们去吧！"刘贵北停下脚步说。

也不管刘贵北去还是不去，他们结伴往桃子湖走。

刚走到桃子湖进口，肖奕琴借故鞋带松了，她蹲下来系鞋带，肖子钢便站在她身边等。其他同学继续往前走了。同学们走了一阵，回过头看，发现肖奕琴和肖子钢不见了人影，心里自然明白了几分，都装作不知道。

"他们去哪了？"只有文道政这样问道。

"你是狗咬耗子——多管闲事！"曾晓娅这么笑着说。

文道政听曾晓娅这么说，心里多少有些不高兴，但作为同学，马上毕业了，文道政没在意，可是文道政抬头一看，发现陈凯和黄亚男向树林里一闪，也不见了。

"他们？一下子不见踪影了？"文道政又问到。

"哈哈哈，你真是两耳不闻窗外事，一心只读圣贤书！"曾晓娅四周望了望说，"他们的事，我早就知道了！"

"什么事，你早就知道了？"文道政有点摸不着头脑，"难道黄亚男喜欢陈少爷，怎么可能呢？"

"怎么不可能？亏你还当班长，连这种事都不知道。"曾晓娅得意地说，"我们寝室的女生都知道。"

这时，路上只剩下文道政和曾晓娅。文道政突然感到很不自在起来。

"走吧，我们也走走！"曾晓娅拖长声音说。

文道政感到进退两难，只好硬着头，陪曾晓娅往前走。

为了不遇上熟悉的同学，文道政和曾晓娅走到树林茂密的地方。

"马上毕业了，我真舍不得离开学校！"曾晓娅有点伤感地说。

"是呀，时间过得真快，我也恨不得不毕业，继续读下去！"文道政这样伤感地说。

"哈哈哈，"曾晓娅一听，笑起来，"不毕业，就成留学生了！"

"是呀，毕业后很难再来学校了！"文道政感慨地说。

"哎，你学习成绩好，为什么不考研究生呢？"曾晓娅说，"听说，读研究生还可以拿到国家工资呢！"

"是吗？"文道政答道，"我读完初中才认识英语二十六个字母，成绩太差，没有这个奢望！"

"这世界不公平，我们农村孩子，进了初中才开始学英语，考试咋能考赢城里学生，我们的差距只在英语上！"曾晓娅愤愤不平说。

"是呀，到了大学才知道，原来，我们的差距只在英语上。英语成绩不好，失去了许多机会！"文道政也这么说。

"英语成绩不好，考研究生也没有机会了！"曾晓娅很惋惜地说，"不然，你一定能考上！"

"考上了，我家也供不上，家里困难，交不起学费！"文道政感伤地说。

"是呀，我问你，借梅雅静的学费还清了吗？"曾晓娅关心地问。

文道政一听曾晓娅问这个问题，心里有点不高兴。曾晓娅似乎感受到了，赶紧话题一转，说：

"梅雅静真会跟你去山区工作吗？我认为，她不可能去！"

文道政不愿从曾晓娅口里听到有关梅雅静的事，可偏偏，曾晓娅说个不停。

"梅雅静是家里的独生女，梅校长怎么会舍得呢？"曾晓娅继续说，"梅校长一定将她留在身边！"

文道政听曾晓娅这么说，心里有点紧张。

曾晓娅分析是有道理的，可是文道政真不愿那是真的。

在文道政的心中，梅雅静单纯、理性，敢说敢做，一定说得到做得到。

"别说了！"文道政明显生气了，大声说。

文道政一生气，曾晓娅不敢吱声。

文道政和曾晓娅漫无目的地走着，走到丛林之中。这时，他们猛然抬头，在他们眼前的树林里，一个男生正拥抱着一个女生，发疯似的亲吻。

文道政和曾晓娅不约而同地看到那个场面，赶紧闪到树林后面，他们蹲了下来。

文道政突然觉得这两个人太熟悉了，但不敢相信这是真实的。

"刘闯和刘西凤！"曾晓娅小声地在文道政的耳边说。

文道政半蹲着伸出头一看，刘西凤被刘闯紧拥着接吻，心里一股恨气袭来。他紧握拳头，想站起来去制止，曾晓娅赶紧抓住了他的手，并用手去捂他的嘴，他们俩不小心同时倒在草丛里。

"不行！"曾晓娅悄声严厉地说。

虽然文道政对刘闯帮助刘西凤心存感激，可是，当文道政见到刘西凤忘情地与刘闯拥抱、接吻，恨不得冲过去将刘闯打倒在地。

刘西凤是爱文道政的女生，刘西凤天生一副舞者的苗条身材，皮肤那么娇嫩洁白，说话柔美，怎么会被五大三粗的刘闯抢了去呢？简直是一朵鲜花插在牛屎上。

文道政感到从他心尖上割去了一片肉，心痛至极。

文道政将曾晓娅的手拔开，想站起来，曾晓娅却突然全身压在文道政身上，将文道政死死抱住。

文道政见曾晓娅压住他，感到很不舒服，挣扎着，推开曾晓娅坐起来。

曾晓娅见文道政奋力推开她，像失去了尊严，一下子哭泣起来。

文道政见曾晓娅哭泣，不知如何是好，望着那她哭泣的样子可怜，只好蹲下身子，口里说："我不去了！"

曾晓娅像是没听见，仍在哭泣。

在曾晓娅的心中，文道政曾经救过她一条命。

山里人有种说法，曾晓娅这条命就是文道政的了。因此，曾晓娅死心塌地喜欢文道政。后来，她发现刘西凤喜欢文道政，而文道政喜欢的是梅雅静，她心里既高兴又难过。

刘西凤终于退出去了，这在曾晓娅的意料之中。

文道政是个农村来的自费生，梅雅静是高高在上的公费大学生，又是梅校长的千金，两个人的差距那么大，这明显不可能。这让曾晓娅又高兴起来。

那次，梅雅静不小心掉进桃子湖里，文道政冒着生命危险救了梅雅静，曾晓娅认为这是天注定的，这才死心。

可是，水电一班班长张伟的介入，又让她看到了希望……现在，马上快毕业了，心爱的人马上离开，她的心多么难过，她恨不得将文道政紧紧拥抱在自己的怀里，倾诉爱情，可是，她的身体没有挨上去，文道政很讨厌地推开她，坐了起来。

曾晓娅捂着眼睛，没有理由地哭着。

文道政不敢大声说话，只好坐在那儿陪着。

"你怎么了？"文道政小声问。

曾晓娅似乎没听见一样，仍在聚精会神地哭。

这时，突然有人在湖边吹响哨声，大声而严厉地喊道："你们在干什么？"

文道政和曾晓娅一听，马上明白过来，那是学生处肖处长的声音。一瞬间，只看见桃子湖边的树林里，突然跑出许多对男生女生来。他们吓得像鸡仔一样，全身发抖着跑走了……

文道政听到声音，往前抬头一看，发现刘闯和刘西凤两人已拔腿快跑，转眼跑到树丛里，不见踪影了。

曾晓娅蹲在地上哭泣，但一听"情报处长"的声音，吓得不知所措，赶紧用手擦了擦眼泪，望着文道政。

"快跑！"文道政突然像意识到了危险，大声喊道。

文道政一拔腿，像只受惊的野兔赶紧跑开。

曾晓娅也跟着爬起来跑，可是一急，她腿一软，跑不动。

"你们在干什么？不准跑！""情报处长"肖明像个猎人，追着这些小鸡小鸟，大声叫道。

谁也不会听"情报处长"的话，男生女生们都知道，只要被抓住了，别想有好果子吃，都要挨处分。马上毕业了，还要将处分放进档案，不划算。

大家使劲奔跑，转眼都跑进了树林分散了，不见了踪影。

文道政看见陈凯和黄亚男从树丛边跑出来，迅速跑到了树林深处。那是百米冲刺的速度，那喘气的声音传过来，文道政听得清清楚楚。

文道政跑出几步，见曾晓娅才慢吞吞地刚站起来，便大声说："快点，'情报处长'追过来了！"

曾晓娅吓坏了，刚站起来，吓得两腿直打抖擞，又瘫下去了。她挣扎着，好不容易站起来想跑，可是腿不听使唤，又瘫下去了。

"你跑吧，我跑不动！"曾晓娅有气无力地说。

文道政顾不得那么多，赶紧向密林深处跑走。

文道政跑着，猛一回头，发现肖子钢还拉着肖奕琴的手，跑在他前面，还边跑边笑着。

文道政快步追上去，喘着气说："'情报处长'追来了！"

三个人迅速躲过"情报处长"的目光，躲在树林深处。

"情报处长"肖明沿着一路追过来，想查一查哪些学生不听学校三令五申，跑到校外谈恋爱。虽然是快毕业的大学生了，但在"情报处长"的眼里，不准谈恋爱就是不准谈恋爱。他要对学生负责，只要发现，就是要处分，要杀一儆百。

"情报处长"追过去，见一对对男生女生吓得像小鸡一样满山飞，他有一种胜利者的骄傲。他心想，只要抓住一对，就是反面典型，要在全校进行通报。

"情报处长"的眼睛特别尖，很明显，他看到了文道政的背影很快消失在树林。每丛树林跑出的都是一男一女两个学生，只有文道政这边，没见女生的影子，他便像侦察员一样走过去。

曾晓娅双腿发软，瘫坐在地树丛里，她用手捂着眼睛。

肖处长走过去，在隐蔽的树枝绿叶里看见一个女生坐在地上。长头发笼罩着她的脸庞。肖处长走到她身边了，她仍不知道。

"你是谁，站起来！"肖处长大声叫道。

曾晓娅一看"情报处长"来了，吓得直打哆嗦，哭泣着想爬起来跑，可是脚不听使唤，她爬了几步，用手抱着头，哭得更厉害了。

"你是谁，将头发盘起来让我看看！"肖处长严肃地说。

曾晓娅一听，不仅没有将头发盘起来，反而双手紧紧地抱着头。

"为什么哭，是不是有男生欺负你了！"肖处长带着关切问。

曾晓娅为了不让"情报处长"认出她来，不敢吭声。

"你说呀，我给你做主！"肖处长说，"是谁，我开除他！"

曾晓娅听到"开除"两个字，心里更急，更害怕，哭得也更起劲了。

文道政、肖子钢、肖奕琴在树林里躲藏着，屏住呼吸，对"情报处长"的问话，听得一清二楚。

"曾晓娅被抓了，怎么办？"肖奕琴担心地问。

"我跑时，叫她一起跑，她吓坏了，瘫坐在地上起不来了！"文道政解释着说，像是推卸责任。

"真是的，就没干什么，干吗害怕呢？"肖子钢自我安慰说。

"你为什么不拉她一把，让她也跑！"肖奕琴责怪地说。

"不行呀，这样我也会被'情报处长'抓呀！"文道政望着肖奕琴说。

"那现在咋办？'情报处长'决不会放过曾晓娅的！"肖子钢担心地说。

肖子钢这一说，文道政真担心起来。曾晓娅是跟文道政在一起被抓的，曾晓娅万一有什么事，文道政也难逃其责。

这时，"情报处长"那边传来的声音更大了。

"你站起来！"肖处长大声说。

曾晓娅双手抱头，根本不理"情报处长"的话。

"情报处长"认定，这个女生一定是被男生欺负了，必须搞清楚情况，决不放过不负责任的男生。

"情报处长"见曾晓娅不站起来，走近去看，看见曾晓娅衣角干净，没有撕扯的痕迹，认定不是被强奸。"情报处长"也松了一口气。

"情报处长"蹲下身子，悄声劝道："你别害怕，别哭！"

曾晓娅慢慢平静下来。

这时，"情报处长"伸手将曾晓娅的头发拨开，看见曾晓娅一张泪流满面的脸。

"曾晓娅，原来是你！""情报处长"大声说道。

曾晓娅见"情报处长"认出了她，越发哭起来了。

…………

"怎么办？"文道政急得像热锅上的蚂蚁。

"别急！'情报处长'不会怎么样的！"肖子钢安慰说。

"这个'情报处长'，都什么时候了……"文道政责怪地说。

慢慢地，"情报处长"那边的声音小下来。

大家舒了一口气，知道"情报处长"离开了，走远了。

男生女生们一个个从隐蔽的树林里，伸出头来，长叹一口气。

"哎哟，吓死了！"有男生抱怨说。

"还好我们跑得快，否则被抓的就是我们！"一个女生自豪地说。

文道政站出来，长长地吐了一口气，望望四周一个个男女生，像一只只吓坏了的小鸟。

大家相视一笑，像是躲过了一场灾难。

"哎呀，谁被'情报处长'抓住了！"一个男生说，"真倒霉！"

"听声音只是哭，好像是个女生！"一个女生说。

"怎么回事，抓住个女生，那男生呢？一个人跑了？真不是什么好东西，怎么一个人先跑了，丢下女生呢？敢做敢当呀！"一个男生大声说。

文道政听那男生这么说，心里很不是滋味。

"哎，我们走吧，反正我们没被抓！"女生悄声说。

"你们说，会不会被开除呀！"另一个女生说。

"难说，水电委培班原班长张克工谈恋爱，不是被开除了吗？老师天天挂在口上，做反面教材讲！"另一个男生说。

…………

文道政听到他们的对话，心里真后悔，不该听陈凯的话，跑到桃子湖来散步，这下可好，出大事了。

文道政正在出神，肖子钢从背后拍了拍他的肩膀，说："走吧！我们回学校。"

肖奕琴见文道政耷拉着头，鼓励着说："别悲伤，你们的事，我可以作证！"

"你可以做什么证？"肖子钢不解地问。

"我当然可以作证，文道政没有和曾晓娅谈恋爱！"肖奕琴肯定地说。

"哈哈哈，你觉得'情报处长'会相信吗？"肖子钢说，"他根本不会相信你说的话！"

文道政一听，心里更不是滋味，特别是将曾晓娅谈恋爱与他扯到了一起，要是梅雅静知道了，那该怎么解释清楚？

"你不要担心，梅雅静那里，我帮你讲清楚，我们一起出来散步，什么也没干！"肖奕琴这么说。

文道政一听肖奕琴这样说，长长叹了一口气，算是放松一下。

三个人边走边说，想着对策。

"喂，等等我们！"陈凯在后面大声叫道。

三个人回过头，朦胧中，看到陈凯跟黄亚男走在后面。

"你们……哎，曾晓娅呢？"陈凯走近急忙问。

三个人对视着，都不吭声。

"曾晓娅先走了吗？"黄亚男也问。

三个人还是不吭声。

"怎么了？都不吭声？"黄亚男又问道。

这时肖子钢轻声说："被'情报处长'抓走了！"

黄亚男问道："被'情报处长'抓走了？怎么回事呀！"

黄亚男这么一问，文道政不得不说出了事情经过。

黄亚男一听，哈哈大笑起来。

"亚男，你笑什么？"肖奕琴不明白地问。

"我当是什么事，班长，你不用害怕！"黄亚男安慰说。

大家不明白黄亚男为什么笑，都望着她。

黄亚男笑着说："捉贼拿赃，捉奸拿……"

肖子钢马上接上话："捉奸拿双！"

黄亚男说："是呀，单独一个曾晓娅，怎么认定她是谈恋爱呢？她跟谁谈呢？跟空气谈呀！"

"哈哈哈……说得太有道理了！"肖奕琴也顺着说，"她曾晓娅一个人在树林里哭，也可能是摔了跤在哭。"

文道政感到黄亚男和肖奕琴说得太有道理了，心也开朗起来。

作为一班之长，他是绝对不能再出问题的。

前面的班长张克工谈恋爱被开除了，前车之鉴呀！

可是，曾晓娅会说吗？

"情报处长"问曾晓娅，她会怎么回答呢？

88

文道政和大家一起来到教室。

开始上晚自习了，同学们都在看书做作业。

文道政坐下来，抬头向曾晓娅那边望，看见曾晓娅趴在桌子上一动不动，那样子让文道政心里顿生质疑。会不会出事呀？文道政心里害怕起来。

刘贵北见文道政来到教室，悄声说："曾晓娅被'情报处长'叫到学生处，刚回到教室！"

"啊！"文道政紧张地叫了一声。

曾晓娅说了些什么呢？她不会愚蠢地说出文道政的名字吧，应该不会！

文道政拿出作业本放在桌上，准备做作业。

这时，陈凯拿着作业本走过来，大声说："班长，这道题目怎么做？"

陈凯一叫，曾晓娅条件反射地抬起头，望了文道政一眼，又悲伤地趴下了。

黄亚男进教室时，用手推了推同桌曾晓娅，可是，她动了动身子，又趴下了。

曾晓娅是坚决不说出任何同学的名字的，特别是文道政。

她不想因为她，学校处分文道政。文道政是她喜欢的人，四年大学生活，她最喜欢的男生，再有困难也要为他挡住。

曾晓娅一直这么想。

在学生处，"情报处长"开始问曾晓娅时，她就是闭口不言。

再问时，曾晓娅说是自己不小心摔了一跤，摔痛了脚才哭。

肖处长在部队就是干情报处长这活，任何谎言都骗不了他。

"你别说谎了，我看见一个男生跑开了！""情报处长"这样说，用严厉的目光望着曾晓娅，"我看你诚不诚实！"

"没有！就我一个人！"曾晓娅争辩着说。

文道政跑开时，"情报处长"看得真真实实，怎么说没有呢？一听，就知道曾晓娅在说谎。

"你老实说，那男生是谁！""情报处长"掏出烟来，在桌子上捣了下，说，"我看得清清楚楚！"

曾晓娅也不清楚，"情报处长"是否真的看见了文道政，要是真的看见了，那说谎就没有说服力，没有诚信了。曾晓娅一时感到为难了。但转念一想，她确实没有跟文道政在谈恋爱，倒是看见另外一对男女生在接吻。可是接吻的刘闯和刘西凤，偏偏跑得无影无踪了，没有被抓到。

"我真是一个人！没有其他男生！"曾晓娅平静地说。

"情报处长"将烟头一扔，拍着桌子大声说："曾晓娅，你睁着双眼说瞎话，明明有个男生跑开了，你敢欺骗我学生处处长，我开除你！"

曾晓娅一听要开除她，哭起来。

"哭也没用！你快说。""情报处长"连吓带哄地说。

曾晓娅一听，停止哭，心里突然大胆起来，反正没谈恋爱，说了怎么样？难道你真会开除我？

"你们这个水电委培班，自从进学校就没消停过，快毕业了，还给我找麻烦！""情报处长"又点燃一支烟，"我是对你们负责才这么严！"

曾晓娅想，这次是逃不过了。

肖子钢和肖奕琴，陈凯和黄亚男，他们是真的在谈恋爱，都没被抓。

她和文道政，什么也没谈，连手都没牵呢，却被抓到了学生处。

要是文道政和自己真的在谈恋爱，抓了也值，处分了也值。

为什么是自己被抓呢？为什么不是梅雅静被抓呢？对，梅雅静，就是这个千金小姐，大学的校花，夺走了她喜欢的文道政。

你一个城里千金，偏偏要喜欢农村来的自费生，明明走不到一块，硬是要霸着不放，真气人。

为了得到文道政，曾晓娅曾经故意说黄亚男喜欢文道政，让梅雅静吃醋，想气走梅雅静。可是，文道政这个男生不知自己有多贱，硬要攀高枝。

如果"情报处长"硬要曾晓娅说个男生，曾晓娅只能说文道政。

说自己喜欢文道政，这样可以气气梅雅静，让她彻底死心，与文道政分手。曾晓娅想到这里，心情特别自在，真没想到，是天助她也。

"快说吧，我的忍耐是有限度的！"情报处长说。

曾晓娅抬起头望着"情报处长"，轻声说："文道政！"

"文道政？"情报处长有点不相信自己的耳朵，"你说是……水电委培班的班长文道政？"

"对，文道政！"曾晓娅平静而有力地说。

怎么可能呢？原来是文道政？水电委培班班长文道政！"情报处长"想想，在他眼前一闪的，还真像是文道政。

水电委培班原来的班长张克工，就是因为谈恋爱被学校开除了，现在的班长文道政又谈恋爱被抓。

情报处长想到这里，摇摇头。

"你跟文道政什么时候开始的？""情报处长"问。

"我不知道！"曾晓娅有些犹豫地说。

"你不知道？""情报处长"一听，心中冷笑一声。自己谈恋爱竟然说不知道，骗谁呢？不对呀，早有人嘀咕说，梅校长的千金梅雅静喜欢文道政，还替他交学费呢？怎么回事？

"那好吧，你去教室吧，我总会弄清楚！""情报处长"说着，站起来，也准备离开学生处……

文道政观察到曾晓娅那细微的动作，判断曾晓娅一定有什么话要对他说。可是，上晚自习，这么多同学在教室，怎么说呢？

陈凯站在文道政旁边，悄声说："情况不好，曾晓娅去了学生处，不知说了什么！"

文道政小心问："能说什么呢？"

说话刚落音，"情报处长"从后门推开门，站在门边。

同学们都侧过脸看过去，都吓坏了，水电委培班又出什么事了？文道政看见"情报处长"正望着他，严肃地对他招招手。

文道政知道，"情报处长"叫他出去，肯定是为晚上的事。

陈凯一见，知道情况不好，赶紧走开了。

文道政合上作业本，在同学们怀疑的目光中，走出教室。

"情报处长"站在教室的楼梯边，直接问文道政问题。

文道政听"情报处长"要问的情况，没有一点思想准备，立即否认说，他没有去过桃子湖，更没有和曾晓娅谈恋爱。

"情报处长"是来核实情况的，可是一听文道政说没有去过桃子湖，他心里便火冒三丈。男子汉敢作敢当，去了就去了，怎么说没去呢？

"你到底去了没有？""情报处长"严肃地说。

"难道曾晓娅跟你说了什么？"文道政反问。

"你去了没有？""情报处长"继续问。

文道政见情报处长那阵势，估计，曾晓娅已经坦白从宽了情况，再隐瞒也瞒不住了。

曾晓娅这个人，只知道哭，这种事也交代出来。如果曾晓娅撒谎说她与文道政谈恋爱，那真是坏了文道政的名声。

文道政想想都气、都害怕。

"你是一班之长，我给你机会！对你负责！""情报处长"说。

文道政见"情报处长"这么说，赶紧说："我去了桃子湖！"

"情报处长"显然对文道政的回答比较满意，接着又问："你们谈了多久了？"

文道政赶紧说："没有，没有！"

"哈哈哈，没有，人家曾晓娅都说了，承认了！""情报处长"说，"你快说了吧！"

"我真没有！"文道政反驳说，"不信你可以问别人！"

"问别人，问谁呀？"情报处长说。

文道政与"情报处长"的谈话，正好被路过的学生听见了，有个过路的学生大声说："我知道，他们正在谈恋爱！"

文道政听了，哭笑不得。

"那好吧，我调查下！你等着！""情报处长"说完走了。

文道政像只兔子，害怕地推开门低着头，回到教室。

同学们好奇地都回过头来望着他。

文道政心神不安地坐在座位上，望着趴在桌子上的曾晓娅，心里恨恨的。

文道政和曾晓娅谈恋爱被抓的事，在学校很快传开了。

这消息，首先在水电一班成为一个爆炸点。

刘闯得知这个消息后，立即告诉了班长张伟。

张伟一听，心情特别幸灾乐祸，望着从大门口大步走进教室的梅雅静，心想，你梅雅静终于看人看走了眼。

梅雅静没有留意教室里的目光，抬头挺胸走进教室坐下。

同桌刘西凤跟她耳语，告诉她："文道政谈恋爱，被'情报处长'抓了！"

"文同学谈恋爱被抓？"梅雅静被当头打了一棒，随即说，"怎么可能，你听谁说的？"

梅雅静望着刘西凤，又抬头望望四周的同学。

梅雅静发现许多同学都望着她，眼神特别复杂，有同情的、有挖苦的、有幸灾乐祸的。

梅雅静心中一股无名之火冲上来，她一定要找文道政算账！她又故作镇定，低下头，拿出书放在桌上。

"文同学怎么回事呢？跟谁谈恋爱被抓？"梅雅静心里憋着不舒服，转过头悄声问刘西凤，"跟谁谈恋爱？"

刘西凤见梅雅静焦急，生怕告诉她真相，会让她坐不住，望了一眼她没说。

"是谁？告诉我！"梅雅静生气地说。

刘西凤欲说又止。

"快说！"梅雅静急忙说。

想到梅雅静曾经对刘西凤找工作的事呵斥她，刘西凤感到特别不舒服，可是刘西凤有什么招呢？

刘西凤也暗恋着文道政，使尽各种办法想接近文道政。

可是，有梅雅静在，文道政眼里便看不到她刘西凤，文道政就像一只特别的蜜蜂只围着一朵花在转。

有人说，爱一个人，要先了解他。

刘西凤为了文道政曾跑到他家里——那个南方偏远的山区，想在文道政家里与文道政见面，用一个暑假的时间让双方加深印象，产生心灵相通的东西。

可是，刘西凤兴头冲冲地去了那么穷的山区，文道政却被梅雅静一封书信召回了水电学院，参加勤工俭学。

这让她特别扫兴。

刘西凤感到，她父亲突然生病，这是命运的捉弄和安排，让刘西凤彻底放弃了对文道政的追求。

时间转瞬即逝，毕业分配就在眼前，这摆在每个大学生面前的人生选择，也让刘西凤脱离了虚无的情感，更切实际地接受现实。

刘闯是个倒霉蛋，打架斗殴每次都有他。可刘西凤与刘闯接触后，发现他并不是十分坏。他骨子里有柔软诚实那些闪光的东西。

那年五四青年节，班里推荐全校表演节目《白毛女》选段，刘西凤演喜儿，刘闯演杨白劳，排练时，刘西凤每次都嫌刘闯不认真，刘西凤发脾气不愿跟他排练，要另外找人。

刘闯一听，赶紧央求刘西凤别另外找别人，他会非常认真排练。

刘西凤见刘闯打架骂人，十分霸道，但也有害怕的时候，想到这里，她笑了。

刘闯见刘西凤笑了，赶紧小心地望着她，说：

"我一定改，一定改！"

刘西凤笑得更开心了，捂着嘴。

刘闯不明白，可怜兮兮地望着刘西凤，以为他又做错了什么。

"我再来一次，再来一次！"刘闯这样说。

"哈哈哈……"刘西凤又笑起来。

刘闯按照刘西凤的意见，又练习了一遍。

刘西凤说："你……要听话！"

"我听，我听，我听你的话！"刘闯见刘西凤笑得开心，高兴地说。

刘西凤见刘闯像个大小孩一样，笑着说："明天我去借梅雅静的录音机，放伴奏，跟着伴奏唱才有感觉！"

"录音机？我去买一台来！"刘闯自告奋勇说。

刘西凤见刘闯这么说，没吭声。

果然，第二天，刘闯买了一台崭新的录音机来。《白毛女》选段的原版磁带也买来了。他们的排练更自在了。这种好感，慢慢渗入了刘西凤心里。

直到一天，刘闯的姑妈"收租婆"见到刘西凤和刘闯在一起排练，眼中一闪，感到刘西凤一个大美女坏子在水电学院藏着，怎么没看到呢？赶紧撮合刘闯和刘西凤。"收租婆"立即关心侄儿刘闯的人生大事来，这让刘闯的心，如春风吹过，爱情的种子慢慢萌芽。

…………

刘西凤见梅雅静迫不及待想知道是谁，偏过头，耳语着说："曾晓娅！"

"曾晓娅？怎么是她！"梅雅静问道，"什么时候的事？"

"傍晚！"刘西凤悄声说，"刚刚发生！"

梅雅静在家里陪爸妈吃饭，吃完饭看了一会儿电视才到教室。

其实，刘西凤傍晚也十分惊魂。

吃过晚饭，刘闯邀刘西凤去桃子湖，说："有重要事情要告诉你！"

重要事情？什么重要事情？是不是毕业分配的事有了名目呢？难道刘闯这么快跟他父亲说了，答应将她分配到市水电局工作了？那太好了。说句实话，刘西凤已经没有办法和文道政一起去山区搞水电站，她的父亲躺在床上，需要她回到身边去照顾。

刘西凤望了刘闯一眼，见他很认真的样子，不像是开玩笑，便点点头答应了。

这是刘西凤第一次和刘闯约会。

刘西凤吃了晚饭，早早地去了桃子湖。

刘西凤发现，原来，有许多男生女生相继到了桃子湖，他们偷偷地找到一个隐蔽的树林里坐着或站着谈心。刘西凤害怕碰到熟悉的同学，或被熟悉的同学撞见，便一个人悄悄地站在一棵树丛后，眼望着前面路上刘闯的出现。

隐蔽的树丛里，原来有许多对同学，真像是一对对小鸟在树丛里叽叽喳喳。刘西凤不想被打扰，便蹲下身来。

这时，刘西凤看到，一对对男生女生，他们真是特别大胆。他们拥抱着，亲吻着……刘西凤怦然心跳，脸上发烧起来……

刘闯一个人从前面的道路上走来了。

刘西凤一见，心怦怦直跳，她怕惊扰别人，便走出树林，站在那里向刘闯挥手。

刘闯看见刘西凤向他挥手，高兴地走过去。

"我们往那边走！"刘西凤害怕走进树丛，也怕刘闯看到刚才那一幕。

刘闯往那边看了看，见许多同学坐在草坪，便悄悄说："那边人太多！"

刘西凤站在那儿犹豫着，也感到那边人太多，看见她和刘闯两个走在一起不好，望了刘闯一眼，说："我跟你走！"

刘闯见刘西凤这么说，特别高兴，一路走，一路便将刘西凤分配的事告诉她："我爸爸说了，没问题！"

刘西凤听了，高兴地说："真的吗？太好了！"

刘闯见刘西凤那高兴的样子，心里也特别高兴。

分配工作是没有一点问题的，可是要分配到父母身边，又要是好的工作单位，必须找到好关系。刘西凤见刘闯的父亲答应了，特别开心。他们高兴地往树丛走去。

树丛里的男生女生都很警觉，但见到刘闯和刘西凤走进他们的领地并不惊讶。他们害怕是"情报处长"来抓他们，并不害怕同类看见他们。同类来这个树林，都为着同一个目的。

刘闯看见一对对男生女生在树林遮掩的隐蔽处，拥抱、接吻，一下感到了青春的气息和火热，他望了一眼身边的刘西凤，心里像揣着一只兔子。

刘西凤有些紧张，一紧张，她害怕得打了一个趔趄。

刘闯见刘西凤走路险些摔倒，赶紧用手去抓住刘西凤的手。刘西凤想用手挣开，可是，刘闯抓住不放，拉着她往山林里走。

好久，刘西凤的心才平静下来。

刘闯拉着她站在一棵大水杉树下，四周看起来都被水杉的枝丫笼罩着，然后说："还记得我们排练《白毛女》吗？"

"记得！"刘西凤说，"你那时非常听话！"

"是呀，我非常听话！"刘闯笑着说，"我只听你的话！"

刘西凤见刘闯这样说，没吭声。

"在我心中，你是最美的！"刘闯突然激动地说。

刘西凤听刘闯夸她，心中泛起了涟漪。

"你不是挺喜欢梅雅静吗？"刘西凤这样说。

"哈哈，梅雅静是个七仙女，喜欢她的人多呢！你不是不知道，我们班的班长张伟，还有文道政、陈凯，还有很多男生排了一长队，梅雅静这人也怪，偏偏喜欢文道政这个穷小子！"刘闯说。

"是的，文道政有梦想！"刘西凤接过话题说，"跟他在一起，有安全感！"

"呵呵，安全感，难道我没有安全感呀！"刘闯不以为然地说，"你是不是也喜欢文道政那小子？"

刘西凤见刘闯是在责怪她，马上说："怎么可能呢？像你喜欢梅雅静一样，文道政喜欢的是梅雅静！"

"梅雅静会后悔的！"刘闯带着责备口气说，"她连张伟都看不上。张伟现在分配在省银行里，很快会当上银行行长！"

"文道政什么都优秀，可就是一个自费生，毕业找不到工作！"刘西凤惋惜地说。

"文道政是投错了胎，不该出生在一个穷山沟里！"刘闯挖苦着说，"文道政想得到梅雅静，真是癞蛤蟆想吃天鹅肉！"

刘西凤听刘闯这样说文道政，心里有点不高兴，要不是求他帮忙，她会马上离开，但刘闯最后说："我们等着瞧！"

刘西凤心想，男生原来都是排斥男生的，特别在女生面前。

梅雅静喜欢文道政，这是事实，刘西凤也最清楚了。眼下，大学马上毕业，同学马上天各一方，能不能走到一块，听天由命。

"你说，你爸爸真的同意了！"刘西凤悄声又问道。

"是呀，喜儿，没骗你！"刘闯肯定地说。

"哈哈哈，杨白劳，谢谢你！"刘西凤开心地说。

这时，刘闯抓起刘西凤的双手，望着她说，"我让我爸将你分配到最好的科！"

"真的？太好了！"刘西凤想挣开，但刘闯这么说着，她的手却让刘闯握着，没动。

这时，旁边有一对男女生还忘情地接吻呢。

刘闯和刘西凤一偏头都看到了，刘闯心一热，突然拥吻刘西凤了……

当时，文道政正好和曾晓娅在不远处的树丛里，他们看得清清楚楚。

"情报处长"到来时，刘闯和刘西凤像受惊的小鹿子，撒腿赶紧跑开了。

刘西凤惊恐中，回过头，仿佛看见文道政也在快跑……

"是呀，就在傍晚，'情报处长'到桃子湖抓男女学生谈恋爱！"刘西凤悄声说。

"我不相信！"梅雅静说，"文道政不会！"

刘西凤也不相信文道政会跟曾晓娅在一起。

梅雅静志愿分配到南方山区工作，要跟文道政去搞水电站，这在全校都知道。

张伟以为通过他父亲的关系找到银行的工作，会得到梅雅静的好感，没想到，梅雅静更加不理他，这让张伟彻底死了心。

张伟心想，文道政这小子太厉害了，不知给梅雅静灌了什么迷魂汤，让一朵鲜花插在牛屎上。

梅雅静的志愿，让张伟更加痛恨文道政。正在这时，传来"文道政谈恋爱被抓"的消息，这简直是晴天霹雳一声响，让张伟看到了希望。

不管怎样，梅雅静要赶紧找到文道政，问清楚……

89

"文道政谈恋爱被抓！"这消息像长了翅膀，在全校传开了。

可是，这并不是炸弹，在水电委培班却很平淡。

曾晓娅这个女生，谁都认识。她喜欢文道政，谁都知道。文道政是水电委培班的班长，他不喜欢曾晓娅，喜欢的是梅雅静，这谁也都知道。因此，大家首先就不相信曾晓娅是因为和文道政谈恋爱被抓。

还有，肖奕琴和肖子钢、黄亚男和陈凯，他们一起去的桃子湖，文道政为什么被抓？肖奕琴和肖子钢乘机跑到树丛中去了，黄亚男和陈凯乘机也快跑了。留下文道政和曾晓娅两个，站在树丛里什么也没干，反而被抓了。

严格意义上讲，文道政没有被抓，是"情报处长"谈话给"谈"了出来。

曾晓娅借故上卫生间，走出教室，文道政赶紧也走出教室。文道政问曾晓娅在"情报处长"那里说了什么，曾晓娅低着头，支支吾吾不敢说出口。

文道政看到曾晓娅那个样子，"哎"地叹了一口气，真是无奈。

曾晓娅见文道政叹气，反而安慰说："爱咋的咋的！"

"你为什么要说是我呢？"文道政摇摇头，有些无奈地问。

"我没有说出你！"曾晓娅开始这么说，"是'情报处长'逼的！"

"'情报处长'逼的？"文道政不解地问，"为什么？"

"情报处长"昨晚找他谈话，告诉文道政，曾晓娅供出了文道政，问文道政是不是坦白诚实，给文道政一个坦白从宽的机会。文道政以为曾晓娅供了，才承认。

"不是你说出了我？"文道政怀疑地问道，"'情报处长'太狡猾！"

"哈哈哈！"曾晓娅突然笑起来，"那不一样吗？"

"什么不一样？"文道政问。

"反正都被'情报处长'说对了！"曾晓娅说，"还不如承认了！"

"你承认的？"文道政立即问道。

"'情报处长'看到了你！"曾晓娅赶紧说。

"不可能，我跑得快！"文道政想了想说。

"什么不可能？'情报处长'说，看到所有树丛跑出的都有男生和女生，只有我们这边只跑出了男生，所以才走过来！"曾晓娅说。

曾晓娅这么讲，确实是真。曾晓娅当时坐在地下哭，一听"情报处长"来了，吓得动弹不得。这个"情报处长"真料事如神！

"那也没看清是我呀！"文道政仍然这么说。

"是没看清你！"曾晓娅说，"我说，是你！"

文道政一听，心里来火了。

这都证实了，原来，就是曾晓娅自己说出来的。

曾晓娅打的什么鬼主意，怀的什么鬼点子？

"你为什么要说我？"文道政生气地说，"你不是害我吧？"

曾晓娅低着头，没吭声。她心里突然想：爱不爱你，是我的事；爱不爱我，是你的事。不让我说，我偏要说。

文道政非常生气，严肃地说："我不喜欢你，你干吗老缠着我！"

曾晓娅一听，绝望了，她立即捂着脸哭起来。

文道政一看，心里害怕，马上说："对不起……我不该发脾气！"

"你……你让我说谁呢？"曾晓娅委屈地哭着说。

"说谁？你随便说谁都行，就是别说我！"文道政这样说。

文道政说完这话，心里痛快。但一想，让曾晓娅说谁呢？胡乱说出一个男生吗？说出一个社会上的人吗？而且，当时，曾晓娅哭着，说谁都会被怀疑有人欺负了曾晓娅。

在曾晓娅的心里，说谁都不合适，只有说是文道政最好。

一则，本来是文道政在场，为什么要说成别人呢？说了别人，找来核实，不属实，那结果会怎么样呢？不还要继续找到文道政吗？

二则文道政是曾晓娅所喜欢的人，就是挨处分，也让找个自己喜欢的男生一起挨处分，还有另一个重要原因就是让全校同学都知道，特别是梅雅静知道，曾晓娅爱的男生是文道政。

尽管曾晓娅心里明白，她和文道政走到一起很难。

"对不起！我不该说你！"曾晓娅突然生气地哭着说，"我应该说，那人是个流氓，他欺负了我，跑了！"

"你……"文道政一听，气得连话也说不出口。

…………

杜老师走进课堂，见同学低头做作业，故意清清喉咙，引起同学们注意。

杜老师第一件事是将肖奕琴和黄亚男叫出了教室，这让肖子钢和陈凯非常紧张。

见杜老师出去了，陈凯赶紧跑到文道政这里来，悄悄问："什么事？"

文道政摇摇头。

"肯定是……"刘贵北说，"你们谈恋爱的事！"

陈凯一听，赶忙说："谁谈恋爱了？"

刘贵北笑起来，说："你没谈恋爱，紧张什么？"

陈凯用手推推刘贵北，责怪说："是你引起的！"

刘贵北望了望陈凯，又望望文道政，说："哼哼，关我什么事？"

文道政听陈凯一说，觉得有道理，要是刘贵北不是中途说有事回了教室，一起去了桃子湖，就不会发生所谓的被抓一事。

"当然关你的事！"文道政说，"你要是去了，就不会发生这样的事！"

见文道政这样说，刘贵北悄声说："我是给你们机会！"

陈凯见刘贵北还说这种话，赶快用手压在嘴唇上"嘘！"的一声，让刘贵北别往下说。

陈凯回到座位上去，经过时，用手故意推了下肖子钢。

肖子钢装作什么也没发生，却是不理会。

文道政虽然没被杜老师叫出教室，但他知道，杜老师很快就会找上他。

水电委培班的同学，马上毕业了。

在这个最后的关键时期，绝不能再出现张克工谈恋爱被开除的事。

杜老师每天都三令五申：在学校，对学生管理严点，是对学生负责。

作为班长，文道政被抓，确实让水电委培班臭名远扬。

文道政压力大，走路抬不起头。可文道政是问心无愧的。

文道政望了一眼坐在前面的曾晓娅，感到她也有委屈，也有悲伤。怪只怪自己那晚上鬼使神差去了桃子湖，如果不去，什么事也不可能发生。

这时，教室门打开了，肖奕琴和黄亚男同时走进来，她们眼睛都看着文道政，这让全教室的同学都转眼望着文道政。

杜老师叫肖奕琴和黄亚男出教室，就是为文道政被抓的事。

杜老师真是没想到，叫出的两个女生就是同谋，是当事人！她们俩可是心口一致，口吻一致地说："文道政和曾晓娅谈恋爱，绝对不可能！"

"什么绝对不可能？'情报处长'都问明了，他们两个人都承认了！"杜老师十分肯定地说。

她们俩互相对望了一眼，然后都摇摇头。

"什么承认了？绝不可能！"肖奕琴也十分肯定地说，"曾晓娅是一厢情愿！"

"一厢情愿？一个巴掌拍不响！"杜老师望着他们，生气地说，"曾晓娅长得也不差！都是自费生，能配上文道政！"

杜老师这么说着，突然感到说漏了嘴，转过话题说："你们这些人呀，没有一个是省油的灯！走进学校从没让我省心，快毕业了，还闹出这些事来！"

"我可以负责地说，文道政和曾晓娅不可能发生故事！"黄亚男也这样说。

"呵，那你说，文道政跟谁会发生故事？"杜老师突然问黄亚男。

"梅雅静！"肖奕琴和黄亚男同时说，说完，两个人都伸长了舌头。

"梅雅静？梅校长的千金？"杜老师摇摇头，说，"哼，哼！这……"

肖奕琴和黄亚男见杜老师"哼哼"两声，不知这里的含义是什么，两个人低下头。

谁叫她们这么年轻？谁叫时间转瞬马上大学毕业了？大学一毕业会留下什么深刻的回忆呢？记住了同学？老师？知识？

虽然这些是必然会记住的事情，可最美好的记忆应该是初恋，和喜欢的人在一起，初恋的感觉，初恋的美好时光。

学校明文规定不准谈恋爱，暗地里，水电委培班的8个女生，谁没有自己喜欢的男生呢？她们总是找各种借口与喜欢的人在一起，开开心心地玩，开开心心地笑。

…………

散步时，肖奕琴借着系鞋带，和肖子钢两个人溜走了。

肖奕琴是班里团支部书记，是班主任杜老师的得力助手，人称"肖姑妈"，对人特别较真。怎么说呢？班里将她说成是杜老师的"走狗"。

杜老师对肖奕琴特别放心，感到肖奕琴有当年她读大学的做派，所以什么事，只要肖奕琴说的，杜老师都会相信。

肖奕琴眼看班上女生都有自己喜欢的男生，只有她一个，像高山上带刺的花，谁也不敢接近。肖奕琴的自尊心像受到了极大的损害，她也想像其他女生一样，悄悄地找借口去和自己喜欢的男生约会，看电影。

眼见到了最后一个学年，只有四个月时间，一转眼没了，她也想找自己喜欢的男生，体验下人生最美好的感觉。情窦初开之时，谁都不甘寂寞。

肖奕琴干什么事都沉着稳重，可是当时，肖奕琴比谁都沉不住气，借着系鞋带别人没在意，尽快想个主意脱离了团队，和肖子钢溜到树丛中去。

黄亚男怎么能和陈凯走到一起？真叫不是冤家不聚头。陈凯是"三百斤野猪全靠一张嘴"，哪里说话，他都插上嘴说几句。而黄亚男的性格却像个男生，专治陈凯这张嘴。

早些时候，有传言说，黄亚男会和水电一班班长张伟走到一起，而且还一起相约看电影、旷课，为此，文道政还特别找黄亚男谈心批评她。

张伟是个家庭有大背景的男生，他一心想追求的是梅雅静。醉翁之意不在酒，主动接近黄亚男，真正目的还是追求梅雅静。

张伟还有一个秘密，他的母亲给他介绍了一门亲事，女生在北京外国语学院读大学。女生长得不比梅雅静差，条件比梅雅静还好。所以，张伟追求梅雅静，能追到，对文道政是一击；追不到，随时走人。

张伟分配进银行工作，其目的，也是为日后作打算。

听说深圳工资收入高，这是张伟考虑要去的城市。听说，在北京外国语学院读大学的那个女生，在深圳找到了工作。这当然，只有少数人才知道。黄亚男却是从与张伟的谈话中，揣测到了。

张伟在水电学院最大的得意是，他得到了水电学院不少漂亮女生的芳心；最大的遗憾是，追求的校花梅雅静，却没有追到手。

张伟不明白，梅雅静为什么拒绝了他，为什么偏偏喜欢文道政。张伟甚至想亲口问问梅雅静，为什么？究竟为什么？但这次，当得知文道政谈恋爱被抓，张伟死了的心，突然复活了。要是这个时候，能俘虏梅雅静的心，多好啊。

黄亚男和陈凯当时就在文道政附近的水杉林中，他们也看见了刘闯和刘西凤在一起拥抱接吻。"情报处长"来时，他们也看到了许多男女生惊恐地乱跑，看到了文道政奔跑的背影……

杜老师问两个班干部，也问不出什么名堂来，相信"情报处长"的信息有点捕风捉影。

杜老师的直觉，文道政确实与曾晓娅不是恋爱关系。

文道政与梅雅静？杜老师心里突然一闪念头，他们会走到一起吗？他们怎么会呢？梅雅静一个校长的千金，文道政一个穷山沟里的自费生？杜老师在心中冷笑了一声。

可是，自从文道政走进大学，文道政这个名字与梅雅静似乎从未分开过。

传进耳朵里的，总是水电一班的梅雅静喜欢水电委培班的文道政。

这个，连"情报处长"都感到特别吃惊。当然，谁也不敢去找梅雅静的麻烦，有时，"情报处长"看到梅雅静和文道政站在林荫大道的路边聊天，总是绕道而走。

梅校长只有这个独生女，被视为掌上明珠，本来可以高考录得一个更好的大学，可是，梅校长硬让梅雅静第一志愿填了水电学院。

说来，梅雅静还是杜老师看着长大的，从读小学到读中学，一直到读大学，这女孩子不错，人长得漂亮，人品也好，单纯善良。

文道政虽然是个自费生，但是在学校没有一样比公费生差。甚至，水电一班班长张伟，也有许多地方比不过文道政，也无怪乎梅雅静那么喜欢文道政。

这么个好女生，这么个好男生，应该走到一起。

杜丽娟还真希望他们走到一起。

杜老师突然这样想。

怎么了？不正在查谁谈恋爱被抓吗？怎么突然想到将文道政和梅雅静来做对比，心里将他们放到一起去？

杜老师自己也不知道怎么会突然这么想，反正是心里一闪的念头。

杜老师见问不出所以然来，让肖奕琴和黄亚男回教室去。

杜老师从后门，将文道政叫到了教室外面。

在走廊的楼梯口，就在昨夜"情报处长"找他谈话的地方，杜老师找文道政谈话。

"我找你什么事知道吗？"杜老师刚站稳脚跟，就这样问。

"不知道！"文道政回答说。

"呵，你心里很明白！"杜老师说，"昨晚发生的事，'情报处长'都跟我说了，你和曾晓娅在树林里干什么，你怎么回事？曾晓娅怎么哭了？"

"我没有和曾晓娅谈恋爱！"文道政立即反驳说，"真没有！"

"呵，那她怎么哭了呢？你怎么从她身边跑出来？"杜老师问道。

"这……"文道政一时回答不上来了。

"只有你们两个在一起吗？"杜老师问，"还有其他人吗？"

文道政一下子被杜老师问住了。也不知道刚才肖奕琴和黄亚男跟杜老师说了些什么，是不是也承认她们去桃子湖一起散步了？文道政不知如何回答。

"你回答！"杜老师说。

"这个，我……去桃子湖走走，正好碰上曾晓娅，然后……"文道政断断续续这样说着。

"你往下说。"杜老师饶有兴趣地说，"然后呢？……"

"后来，曾晓娅摔了一跤，哭起来！"文道政这么说。

"呵，这么简单？"杜老师说，"你们确定没在一起谈恋爱？那你为什么跑呢？"

"这个，这个……'情报处长'一来，我们都害怕，怕引起误会！"文道政紧张地说。

"这有什么呢？曾晓娅摔伤了腿哭泣，你在帮她，不是很好解释吗？呵，对了，你不是还救过曾晓娅吗？"杜老师说道。

文道政没有回答，低下头。

"你是一班之长，马上快毕业了，我不希望闹出什么幺蛾子来！"杜老师这样说。

文道政见杜老师平静了语气，也不再担心害怕。

"曾晓娅这个女生怎么了？她在'情报处长'那里说，她在跟你谈恋爱！怎么回事？硬是要弄出点事来，才罢休！"杜老师责备说。

"这，这个……也不能怪她！"文道政解释说，"在'情报处长'的高压下，她总是要说出一个男生来，她不说我，说谁呢？"

"是不是曾晓娅也特别喜欢你？"杜老师随意说，"这个年纪的女生，真有点怪怪的！"

文道政见杜老师这么说，没有责怪他的意思，心里明白，她不会再追究他被抓一事了，心里特别高兴。

"梅雅静呢？她去了吗？"杜老师突然说。

文道政不知道杜老师问这个问题是什么意思，也不知该怎么回答，低着头没说话。

"梅雅静这个女生，真是很不错，我看着她长大！"杜老师这样说着，"哎……你回教室吧！"

文道政抬起头，见杜老师让他回教室，赶紧三步并作两步，推门走进教室。

"梅雅静这女生真是很不错！"这句话，是从杜老师嘴里亲口说出来的，让文道政感到特别意外。

这是什么意思呢？难道杜老师知道文道政喜欢梅雅静，知道梅雅静也喜欢文道政？杜老师不是一贯在反对谈恋爱吗？不是正在调查文道政被抓一事吗？为什么这么说？

听那口气，杜老师对情况掌握得很清楚。

杜老师当然很清楚，杜老师是从学生时代走过来的，杜老师当班主任，她当然什么都看在眼里，记在心里！

梅雅静在填报毕业分配表时，高调说自己志愿去南方山区工作，去搞水电站建设，言下之意就是说，她要跟着文道政去他的家乡搞水电站建设。

文道政在班里，不止一次表露理想，要回家乡建一座水电站，让千家万户都点上电灯！

梅雅静没有征得梅校长的同意，自己填报志愿要去南方山区工作，这一举动值得肯定。

大学生就应该去祖国最需要的地方工作，去最艰苦的环境锻炼！

文道政从后门走进教室，杜老师从教室前门也走进教室。

大家以为杜老师会发脾气训人，都抬起头望着杜老师。

杜老师望着大家，见大家好奇地看着她，以为脸上贴了什么纸屑，双手在脸上做了一个洗脸的动作，然后问："是不是脸上有东西？"

大家一见，都笑起来，说："没有！"

"没有，你们都望着我干什么？"杜老师笑着说。

"杜老师，我们等着你骂两句！"陈凯站起来说。

大家一听，又笑起来。

"没事，我骂两句干什么？"杜老师笑着说。

"您不是每次，都要骂我们两句吗？"陈凯笑着说。

"哈哈哈……"杜老师一听笑起来，"现在马上毕业了，同学们都长大了，懂道理了！过去骂你们，是为你们好，对你们负责！"

大家一听，笑着鼓起掌来。

"'高老师'，我们毕业后，会一直想念您！"陈凯又说道，"我们会常来看您！"

杜老师一听，又笑起来，说："是啊，我真心希望，我的学生走向社会都有出息！爱情、事业、家庭都美满！我也想念大家！"

杜老师说这话时，眼里潮湿了。

大家听了，感到毕业离大家越来越近了，分别的时刻也越来越近了……

90

　　果真，毕业真的越来越近了。

　　杜老师微笑地站在讲台上告诉同学们，下星期开始，全班去全省最大的水电站——肖家洞水电站搞毕业实习，时间一个月。水电委培班正好跟水电一班，分在同一地点，在一起搞毕业实习。

　　文道政和全班同学一样，欢呼雀跃。

　　肖奕琴特别高兴，毕业实习在肖家洞水电站，正是她的工作单位，也是她父母工作的地方。她的父亲在水电站当领导。

　　肖奕琴对同学们说：一定要请大家吃肖家洞的鱼，吃肖家洞的特产。

　　同学们一听，特别高兴。

　　当然，最高兴的是肖子钢。

　　肖子钢曾经与刘贵北去过肖家洞水电站帮助搞发电机安装，比较熟悉，再说，最主要的是肖子钢与肖奕琴，现在不是一般的同学关系，同学们都知道。

　　下了晚自习，梅雅静等在教学楼门口，看见文道政，手一摇。

　　文道政会意，等着，一起去操坪走走。

　　梅雅静非常生气，虽然不相信文道政会与曾晓娅谈恋爱，可是，对文道政为什么会单独和曾晓娅在大树丛里，特别感兴趣，一直揪着不放。

　　在操坪，教学楼的灯光、图书馆的灯光、寝室的灯光都能照射过来，操坪很明亮，草坪的草茂盛，早已有同学坐在草坪弹唱，那一首首熟悉的音乐，在空中弥漫。

　　梅雅静长发飘飘，她穿上了裙子、丝袜。

　　她甩了甩长发，严肃地问道："你老实招了吧！为什么会与曾晓娅在一起，而且被抓！"

"呵呵，你会相信吗？"文道政解释说，"那是一场误会！"

"一场误会？难道'情报处长'会冤枉你不成！"梅雅静生气地说，"'情报处长'最严厉！"

"真是个误会！我什么也没干！"文道政激动地说，"我对天发誓！"

"我不用你发誓，如果是误会，你就将误会说出来！"梅雅静不依不饶地说。

"我……是这样的！"文道政正要说，突然一个声音传过来。

"文道政、梅雅静，你们在这里！"肖奕琴和黄亚男走过来，大声叫道。

"是啊，我们走走！"梅雅静掩饰着说。

"这次让我们班长受委屈了！"肖奕琴赶紧说，"其实是个误会，天大的误会！"

"误会？你们也说误会，你们说说怎么是误会。"梅雅静依然生气说。

"事情是这样的……"黄亚男一五一十，将事情来龙去脉说了一遍。

"是这样吗？"梅雅静问文道政说，"你们不是联合起来骗我吧！"

"对天发誓，绝对没骗你！事情就是这样的！"肖奕琴说道，"谁敢骗梅大千金呀！"

"你们真是的，故意将文道政落下，让他难堪，出去散步，怎么不叫上我呢？"梅雅静听了，放下心事，有些责怪地说。

"那刘贵北本来也一起去的，后来他有事没去！"黄亚男解释说。

"雅静，你没去，太对了！"肖奕琴大声说，"不然，要是抓住你，怎么办？"

"抓我？哈哈，我跑得比'情报处长'快！"梅雅静说着，自己笑起来。

"哈哈哈！"大家都笑起来。

四个人沿跑道行走，聊着笑着。

"雅静，你毕业分配，真的要去南方山区搞水电站呀！"肖奕琴问道。

"当然呀，我的理想就是这个呀！"梅雅静坚定地说，"这样，我们学的专业才不浪费呀！"

"班长，梅雅静的理想和你的理想一样，你们是不是商量好了的？"肖奕琴故意这么说。

"我们……是呀，我们的理想是一样的！"文道政高兴地说，"南方山区有丰富的水力资源，太需要水电专业人才去开发利用！"

"班长，你们那儿的山有多高呀，真像同学们所说的，一只母猪走出去后，几个月后带回一只野公猪和一窝小猪崽吗？"黄亚男笑着说。

"哈哈哈……"大家一听，笑起来了。

"这说得一点不错，在山里，这种事时有发生的！因为，因为……"文道政说道，结巴起来。

"因为什么呀，快说！"大家迫不及待想听。

"因为，家猪、野猪都是猪！"文道政笑着说，"没有贵贱之分。"

"哈哈哈！"大家又笑起来。

"班长说得对，人类，自己把自己按等级分离、分开，分为贫富贵贱，这样产生隔阂，许多事也达不成一致意见！"黄亚男认真地说，"人应该向猪学习！"

"哈哈哈……"大家又笑起来。

"实际上，野公猪是为爱情才跟母猪回来！"肖奕琴笑着说，"爱情的力量太伟大了！我们要向猪学习！"

"哈哈哈……"大家笑得特别开心。

"哈哈哈……你们说什么呀，哈哈哈……"梅雅静想说，又笑起来。

"我们山区的猪，都是这样，哈哈哈……"文道政说道，"它们走进山里不管多久，都会回来，给家人意外惊喜！"

"文道政，你还在说什么呀，她们在指桑骂槐，骂我们呢！"梅雅静笑着说。

"骂我们？"文道政没明白过来。

"哈哈哈……"肖奕琴和黄亚男笑着说，"我们可没骂你们！"

"哈哈哈……开玩笑！"梅雅静说道，"文同学家的南方山区，水力资源丰富，值得去开发！"

"雅静，我真的太羡慕你了，说去就去，连志愿表都填好了！"黄亚男笑着说。

"当然啰，人家和文同学早就商量好了！"肖奕琴说。

"班长，你说说，你是怎么让雅静跟你一起去南方山区工作的？"黄亚男对文道政说。

"这个，我们南方山区太美了！"文道政自豪地说，"有首歌，这样唱的！"

"好啊，快唱给我们听听！"肖奕琴迫不及待说。

"这个……"文道政故意拖长语气说，"这个……"

"你唱吧，唱给大家听听！"梅雅静知道，文道政是等她开口。

文道政听梅雅静这样说，清清喉咙，清唱起来：

"杜鹃花似海，野金桂飘香，那个神奇的地方，四季花开，绚丽风光……楠竹摇翠绿，云海住神仙，那个神奇的地方，人间天堂，桃李芬芳……"

"这……听起来，太美了！"黄亚男说道，"太令人神往了！"

"难怪，我们梅大千金的毕业志愿，会填报这个美丽的地方，听听这首歌，我的心，已飞到那神奇的地方！"肖奕琴夸赞着说。

"哈哈哈……肖姑妈，你也一起去呀！我们结伴而行！"梅雅静笑着说道。

"是呀，我美丽的家乡欢迎你们！"文道政说道。

"我去？我就不去打扰了！你们去做一对神仙吧！"肖奕琴笑笑说，"我也没有理由去呀！"

"什么没有理由？叫上肖子钢一起去！"黄亚男马上说，"你们一去，又增加了新的技术力量！"

"亚男，你莫说别人，你也去呀，我们都去文道政家乡，建设美丽的南方山区，一定特别浪漫、特别有趣！"梅雅静立即说。

"我……"黄亚男结巴着，说，"我……"

"去呀，我们一起去，为山区做贡献！"梅雅静大声说，"把我们火热的青春，贡献给南方山区的水利事业！"

"好呀，去，都去！我们都到南方去山区搞水电！"黄亚男被梅雅静说得感动了，"我们去做南方山区那只猪！"

"哈哈哈……"大家大笑起来。

"我要发动下，多一些同学去，那样才开心！"梅雅静说。

"是呀，你们水电一班，都发动发动，大家同去，同去，一同去！"黄亚男接着说。

肖奕琴一听，突然想起一件事来，说："雅静，你最好的同学刘西凤正在谈恋爱，知道吗？"

"啊，跟谁呀？"梅雅静惊讶地问。

"你猜，一定意想不到！"肖奕琴卖关子说。

文道政一听，便知道，他们看到刘西凤和刘闯在一起。

"这……会跟谁呢？她不是找刘闯吗？为毕业分配的事求他帮忙！"梅雅静说道。

"你说对了，还真是刘闯，他们在一起了！"肖奕琴惋惜地说，"刘西凤怎么可能会跟五大三粗的刘闯在一起？真是想不到！"

"西凤真是傻，这么多优秀男生，怎么会选中刘闯呢？"黄亚男说，

"哎，真是太可惜了！"

"这，肯定有其缘由！"文道政说，"刘闯的父亲是水电局长，刘西凤想分到水电局！因为刘西凤的父亲病了，需要照顾！"

"说对了，西凤就是想分配到水电局，她去找刘闯，我还劝过她！"梅雅静解释说。

"以身相许！"黄亚男大声说，"为了毕业分配，找到好的工作！"

"呵呵，杨白劳和喜儿谈恋爱，哈哈哈！"肖奕琴说着，笑起来了。

文道政见谈到刘西凤和刘闯谈恋爱，心情特别不好。也令文道政想起一些事来……

自刘西凤撞伤出院以后，刘西凤对文道政特别好。

"文同学，我爸妈给我寄来了花生，来，给你一些！"刘西凤将一大包花生偷偷塞给了文道政。

文道政望着刘西凤没明白过来。

"文同学，你知道吗？我为什么报考水电学院？"刘西凤问文道政。

文道政望着她，摇摇头。

"我告诉你，我父母也是学水电专业的，他们有一个心愿，要在山区建一座水电站！"刘西凤看了一眼文道政，说，"他们将希望寄托在我身上！"

"好呀！你去完成他们的夙愿！"文道政笑着说。

"文同学，听说你的家乡在山区，水力资源特别丰富，可以建水电站！"刘西凤说着望着文道政。

"是呀，水特别清澈，从山里流出来，特别湍急、特别大！"文道政解释说。

"那太好了！我毕业后，就到你们山区去工作，我们一起搞水电站！"刘西凤骄傲地说。

文道政看见刘西凤对自己好，有好吃的也带给他，文道政心里特别高兴，但想到梅雅静，就有些为难。

"你欢迎我，去你的家乡吗？"刘西凤撒娇地说。

"欢迎欢迎！"文道政迎合说，"我的家乡特别美！"

"那，我暑假到你家里去玩，欢迎吗？"刘西凤望着文道政说。

"欢迎！"文道政随意说。

刘西凤望着文道政，脸红红的，很是羞涩地跑走了。

文道政在与梅雅静、刘西凤之间，文道政的天平是偏向梅雅静的。

刘西凤与梅雅静是好友，但为了爱情，双方也互不相让。如果不是刘西凤的父亲生病，迫使她毕业回到父母身边。那将是怎样的结局呢？

文道政心里难过好一段时间。每次单独遇见刘西凤，都有一种负疚感，总感觉欠刘西凤什么东西，又感觉她的退出是天意。

当亲眼看见刘闯拥抱着刘西凤亲吻，文道政按捺不住，心里在流血，认为他心爱的女生被别人抢走了。可是，一想到刘西凤的家，她的父亲生病，她的心境变化，文道政的心就安静下来。刘西凤被现实击倒了，她的梦想也大打折扣，她是永远也不会回到过去，和心爱的人一起共话前途和理想了……

"杨白劳爱上喜儿！"黄亚男挖苦着说，"没想到，刘闯这只癞蛤蟆，真吃上天鹅肉了！"

大家一听，都苦笑起来。

谈到刘西凤，梅雅静心里也特别难受。

刘西凤曾经像个小跟班，总是跟在梅雅静背后。有一天，刘西凤突然跟梅雅静说："你看，文同学傻里傻气，特别可爱！"

"西凤，你怎么了，文同学哪里傻里傻气了！"梅雅静有些不服地问。

"不是吗？水电委培班班长张克工谈恋爱被开除时，在大礼堂，当着那么多师生的面，他站起来，说自己可以当班长！"刘西凤兴奋地说，"还说，要跟我们班长张伟比一比，看谁学习成绩好，看谁管理班好！"

"结果呢？文同学不是顺利地当上班长了吗？"梅雅静夸耀着说，"他当上班长，也为班里争取了荣誉！"

"可是……"刘西凤欲说又止。

"可是，后来，英语成绩不好！总分比不上张伟！"梅雅静帮刘西凤将话说完。

"是呀，虽然没比上，可是文同学敢于叫板！"刘西凤接着说，"还有，他抓小偷，身上被砍了几刀，仍死死抓住小偷不放，挽回了国家损失！"

"是呀，文同学是有一身正气！"梅雅静高兴地说。

"我特别喜欢文同学，跟他在一起，特别有安全感！"刘西凤突然走漏了嘴，说。

梅雅静睁大眼睛，看了刘西凤一眼，不搭理她，走开了。

刘西凤意识到了这点，马上追上去，说："对不起，我说错了！"

梅雅静感到刘西凤喜欢文道政，心里开始排斥刘西凤。

梅雅静喜欢的东西，不喜欢别人也跟着喜欢，从此，梅雅静对刘西凤开始疏远……

可是不久，刘西凤真的喜欢上了文道政，还拿着自己的钱让文道政给梅雅静还钱，要公平地与梅雅静竞争……

刘西凤的父亲突然生病，大大打击了她的锐气，她的梦想开始动摇，在现实面前，也更认识了自己的不足。

梅雅静清楚地记得，刘西凤回到学校不久，梅雅静请她到家里，炖了好吃的猪脚。

晚上，在梅雅静的家里，刘西凤突然对梅雅静说：

"雅静，我对不起你！"

"怎么了？"梅雅静刚好洗了碗，走到客厅坐下。

"我……"刘西凤欲言又止。

梅雅静给刘西凤削了一个苹果，递给她，说："怎么了，你快说呀！"

刘西凤接过苹果，拿在手上，望梅雅静，突然眼泪流了下来。

"怎么了？你这是……"梅雅静走过去，帮刘西凤擦着眼泪。

"我也是情不自禁，不是有意的。"刘西凤说，"我知道，文同学喜欢的是你……"

"你……"梅雅静听到刘西凤这么说，一时不知道如何回答。

"我真不是故意的！我每天，都听你'文同学、文同学'地叫，每天，都听你说文同学很好，所以……"刘西凤停了停，犹豫地说，"你们俩在一起才是最合适的。"

"你……"梅雅静恳切地说，"我不怪你！"

刘西凤听梅雅静说不怪她，又见梅雅静对她那么好，一激动，站起来，扑到梅雅静的怀里，痛哭起来。

"西凤，你别哭，我不怪你！"梅雅静见刘西凤哭得那么伤心，说着说着，自己也哭起来了。

梅雅静和刘西凤两个抱成一团，哭成一团……

可是，听到刘西凤突然爱上刘闯，梅雅静心里还是像吞进一只蚊子。刘西凤是梅雅静最好的姐妹，也是同班同桌。

在梅雅静心里，刘闯打架斗殴样样都行，就是学习成绩不行，每个学期都挂科，都要补考。而且，刘闯长得五大三粗，模样不惹人喜欢。

"哎，西凤就是这个命！"黄亚男说，"我们用不着为她担心。"

"西凤曾经说，要分配到南方山区搞水电站，还说为她父母实现心愿！"肖奕琴说，"原来是说着玩的！"

文道政听了这话，心里反感，本想为刘西凤反驳几句，但梅雅静在场，他只好闭口不言。

"班长，你看到了吗？刘闯和刘西凤在一起！"肖奕琴问道。

"是呀，我看到了！"文道政说。

"哎，西凤真是的！说来我也对不起她！"梅雅静感叹说。

"你？你怎么对不起她呢？"黄亚男好奇地问道。

"西凤是我的好朋友，她暗暗喜欢文同学，这，我也没办法呀！"梅雅静说，"文同学，你应该有感觉呀！"

"刘西凤喜欢文道政？"肖奕琴大声问道，"这怎么可能呢？"

"我……我不知道！"文道政故意说。

"班长怎么会知道呢？是别人喜欢他，又不是他喜欢别人！"黄亚男岔开话，说。

"是呀，雅静，你别太想多了！我们班长自从走进大学的门，第一个见到的女生是你，四年来，他只认你，他没有其他的想法，你说是吗？"肖奕琴解释说。

"是啊，除了你，其他人，谁喜欢我，我也不会答应！"文道政见肖奕琴和黄亚男帮着他，赶紧这样说。

梅雅静一听，心里云雾飘散，特别高兴。

"下个星期毕业实习，我们两个班正好在一起，肖姑妈，你想办法跟你爸爸说说，让他帮帮忙，将我们大家分配到一个组，这样的话，我们在一起上班，一起下班，一起出去玩！"黄亚男有些认真，又有些随意地说。

"是呀，分到一个组，我们下班后去抓鱼虾，可好玩呢！"文道政赶忙说。

"抓鱼虾？太好玩了，我要去！"梅雅静一听，心里特别向往，大声说。

"好啊，我们分到一个组，一起上班，一起下班，一起玩！"肖奕琴笑着说。

大家并肩走着，谈论着，开心地笑着……

91

杜老师将班干部召集起来开会，部署参加毕业实习有关工作。

因为是两个班去实习，学校特别安排了四个老师跟着实习学生同去，其中，就有坐在委培班大客车的杜老师和桑老师。

昨天晚上，文道政和男生们将实习的行军床，都搬上了一辆大货车。

在搬行军床时，陈凯悄悄地对文道政说："一个月实习，太好了！再不用怕被'情报处长'发现了！"

文道政笑着问："为什么？"

陈凯高兴而小声说："谈恋爱，没人管了！"

文道政也笑起来，说："陈少爷，你……"

陈凯高兴地又小声地问："拉过手吗？拥抱过吗？接过吻吗？"

文道政被这一问，蒙了，摇摇头说："没有！"

陈凯一听，笑起来，说："那叫谈恋爱吗？"

文道政望着陈凯，不知怎么回答。

陈凯告诉文道政说："张克工与叶芳结婚了。叶芳调到深圳工作去了！"

文道政一听，高兴地说："有情人终成眷属！"

陈凯神秘地说："一个月，机不可失呀！"

…………

肖家洞是全省最大的水电站，能同时容得下两个班去实习，也是水电学院的实习基地。可是，肖家洞水电站的招待所太少，接待了其他客人，房间住不下两个班的学生，因此，一个打扫干净的仓库用来作为同学们临时的住处。

两台送实习生的大客车，原则上是按班分乘。

小王司机将大客车停在了学生宿舍门外的林荫道上，司机在车旁指挥，同学们背着背包，从寝室里走出来，将各自的行李包按司机指定的位置塞好。

文道政早已等在了大客车旁，帮助同学们将行李放到车顶上。同学们高兴地上车。等大件行李都安放好了，司机从车屁股的梯子上爬到车顶上去，用雨布将行李盖好，用一条绳子将行李捆扎得严严实实。

桑老师收拾得端庄漂亮。她刚大学毕业分配来当了老师，年龄也跟学生差不多大小，想保持她在学生们面前的老师状态，特地穿得比较正式，但青春气息却是掩不住的。

同学们看着桑老师斜挎着个崭新的军用书包，拎着一个帆布提包正向这边走，文道政一见就赶紧跑过去迎接，将帆布提包接到自己手里，并将提包安放在了车内的行李架上。

等同学们都坐上车了，文道政开始清点人数。

见文道政清点人数，陈凯站起来，大声叫道："没到的同学，请举手！"

这一叫，车厢里就笑开了。

文道政一听，也笑起来，开玩笑说："没到的同学，到陈少爷那里报到。"

陈凯笑着说："没到的同学，留在教室上课！"

大家说笑着。

文道政在笑声中，从车头到车尾清点了两遍，他拿着花名册一个个点名，生怕漏掉了谁。同学们虽然嘻嘻哈哈聊得痛快，但文道政每点一个同学的名字，被点到的同学还是会大声答应着："到！"

文道政最后看了一眼花名册，每个名字后都有一个小勾了，这才向坐在前排的杜老师报告，委培班全班同学到齐了。

杜老师站起身朝后看，大声问："还有谁有什么行李遗漏吗？"

"没有啦！"同学们大声回答。

"我们出发吧！"杜老师看了看腕上的表，冲着驾驶员说。驾驶员师傅坐在驾驶室上，他的头向外伸出去，往后看了看。

水电一班同学坐的大客车，司机还站在外面抽烟，便按响了喇叭催促，看到司机上了车，才发动车子。

这时，小王司机熟练地踩下离合，将操纵杆往档位里一推，松开了踩着刹车的右脚，大客车向前慢慢移动了。同学们感觉到车在动，方才略平息了的情绪又涌了上来，都停止了聊天，随着客车的行驶，将流连的眼神投向了宿舍楼、教学楼，投向了学弟学妹们奔跑打球的操场……

客车驶出校门，杜老师站起身，转过来，她看到有的女同学还在朝校门消失的方向看，眼睛红红的。

杜丽娟知道同学们的心情，那种兴奋和难舍的情绪，于是朝车厢里的同学们大声说："同学们，我们正式出发了，下面我再给大家交代几点要求……"

等杜老师千叮咛万嘱咐刚告一段落，就听到车尾处有男生们发出了欢笑声，杜丽娟将目光投向车后，看到陈凯已经被同学们推着站了起来。

陈凯朝身边的男同学挥手拍打着，边响应同学们的提议，突然大声唱起来："啊，朋友再见，啊，朋友再见，啊，朋友再见吧，再见吧……"

先只是后排的男同学们跟着唱，然后前排的女同学们也都跟上了节拍，整个车里的气氛就越唱越高，从小学、中学学会的歌，到社会上刚流行的歌曲，各种歌儿满车飘，即使是不怎么唱歌的同学，也都听得情绪饱满了起来。

司机小王，他的年纪并不大，听着同学们唱得开心，心情也愉快极了，车开得越发顺手，一加油门，就超过了前面路上的一台台车。

水电一班的车紧跟着，同学们正在车里窃窃私语呢，突然被车窗外的歌声吸引到，都朝车左边瞧过来，却看到了委培班车窗内那些快乐的笑容一闪而过。

肖子钢站起身来，从行李架上取下陈凯的吉他，说："陈凯，你拿吉他给大家伴奏吧。"曾晓娅朝身后喊："陈凯，你弹一支曲子给大家听吧。"

每次文艺活动，陈凯的吉他节目都是委培班的重头戏，即使是寒暑假，陈凯也是将吉他背来背去的，这次实习自然也不例外。

文道政站起身，朝陈凯大声说：

"陈少爷！请你到前面来！"

陈凯一听，站起来，背着吉他，在过道上行走，车子摇晃，他也跟着左右摇摆。走到车前面站稳，背靠着车杆，大声说：

"我弹唱一首大家熟悉的《月亮代表我的心》吧，希望我们旅程顺利，实习愉快！"

陈凯拨动琴弦，随着琴弦的颤音开始流淌，整个车厢内瞬即安静了下来。陈凯自弹自唱，确实是非常好听，但唱了一段，陈凯便让大家一同开唱。

"你问我爱你有多深，……"

杜老师见陈凯唱《月亮代表我的心》，想起来制止，但想到同学们正那么高兴和尽兴，也和同学们一样，随着节拍摇动着身子，大声唱着歌儿。

一曲接一曲，整个车厢热闹极了，欢快极了。

联唱既终，同学们停下来，眼睛看着陈凯，看他接下来准备弹哪支歌。

"我再弹唱一首《在水一方》吧，愿有情的同学们终成眷属！"

陈凯这么一说，同学们便忍不住哄笑起来。

杜老师也笑起来，但她还是从座位深处伸长了手出来挥了挥，大声说：

"同学们，不准谈恋爱呐，不准恋爱！"

同学们一听，笑得更畅快了。

绿草苍苍　白雾茫茫

有位佳人　在水一方

我愿逆流而上　依偎在她身旁

无奈前有险滩　道路又远又长

我愿顺流而下　找寻她的方向

却见依稀仿佛　她在水的中央

绿草萋萋　白雾迷离

有位佳人　靠水而居

我愿逆流而上　与她轻言细语

无奈前有险滩　道路曲折无已

我愿顺流而下　找寻她的踪迹

却见仿佛依稀　她在水中伫立

绿草苍苍　白雾茫茫

有位佳人　在水一方

陈凯同学弹完《在水一方》，又弹了《我的中国心》，然后摆了摆手，说累了，得坐下休息休息。同学们也不好意思让陈凯继续奉献，就起着哄让其他同学表演，文道政站起来，朝女同学们坐的区域问道：

"陈少爷代表男同学上来弹唱了三首歌，下面的节目有请女同学代表上来表演，你们看谁来？"

"黄亚男！""曾晓娅！"……

车厢内有不同的声音，分别叫着不同的名字，文道政清清喉，说：

"那接下来，同学们欢迎黄亚男上来表演节目！"

大家一听黄亚男，都笑着起哄，热烈鼓掌。

就有同学大声说道：

路上捡衬衣，

男生伸手要。

衬衣只一件，

其他哈哈笑！

同学们一听这个典故，都大笑起来。

黄亚男自己也笑个不停，红着脸站起身，要走又不走的样子，曾晓娅忍不住用手推着她快点上去表演。

"就你多事，你怎么不去啊。"黄亚男朝曾晓娅低声嘀咕了一句，这才从座位里走出来，站到前排去，转过身就先给同学们深深一鞠躬，大家觉得黄亚男那样子好笑，又哄笑起来。

刘贵北同学大声说："黄亚男，请问衬衣招领走了吗？"

黄亚男不愿意说，她低着头抿着嘴笑。

黄亚男用手遮住脸，笑个不停。同学们见黄亚男笑，也跟着笑起来。

黄亚男止住笑，她给大家讲了一个笑话：

"从前有三个无赖，翻墙去偷别人家果园里的桃子。第一个翻过墙，一下掉进了主人挖的粪坑，全身沾满了屎。他不作声。第二个人也翻过墙来，也掉进粪坑，沾了全身的屎，他责怪那人不提醒。第一人说：'小声点，别让老三听到。'等第三个人翻过来，也沾了全身的屎，大家都一样，谁也不笑谁了！"

黄亚男讲完，将大家笑得前仰后翻。前面的桑老师，笑得眼泪都出来了。

黄亚男说完，赶紧走下来，生怕同学们仍要她再讲。

文道政又走向前，拿起话筒，大声说："现在，我们欢迎肖奕琴同学上来表演节目！"

肖奕琴正笑得眼泪流了出来，听到点自己的名，她擦着眼角大大方方就走了过去，大声说：

"我也不会唱歌，亚男讲笑话，那我也给大家讲一个笑话。从前有一个财主，养了三个儿子。有一天，三个儿子打赌讲笑话，谁讲出的笑话，不逗人发笑，谁就一个人将三个人要抄的书抄完。大公子讲完笑话后，见老二老三不笑，赶紧补充了一句，谁不笑是我儿子。二公子和三公子为了不做儿子都笑起来。大公子不用抄书了。轮到二公子讲笑话，讲完后也补充了一句，谁不笑是我孙子。大公子和三公子不愿做孙子，都笑起来，二公子不用抄书了。最后轮到三公子讲笑话，三公子讲完后，补充什么呢？三公子想了想，说……"

肖奕琴说着，便停了下来，直接问同学们："三公子说了什么，会让大家都笑起来？"

"谁不笑是狗！"

"谁不笑是猪！"

"谁不笑是龟孙子！"

…………

大家讲了许多，肖奕琴都摇头。大家猜不出来，让肖奕琴快说，肖奕琴大声说："三公子一时性急，说，'谁不笑是我爸爸！'"

"哈哈哈哈……"大家都笑起来。

肖奕琴说完笑话正要回座位，大家却起哄还要求她再讲一个。

肖奕琴摇了摇头，大声说："我才华有限，现在大家请杜老师给讲一个笑话吧，大家欢迎！"

同学们一听，都赶紧鼓掌。

杜老师站起来，冲同学们笑着说：

"我当知青上山下乡时，有一个青年带着女朋友到村里，遇见一个七十岁的老人，男青年介绍他女朋友认识，老人点点头，女朋友出于礼貌叫爷爷好。老人微笑着说，别叫我爷爷，你们两人要是结了婚，我得叫你奶奶！女朋友不解，问怎么回事，男朋友说，我家辈分高，我们儿子一生下来都是这个爷爷的叔叔！"

"哈哈哈……"

杜老师讲完，大家都笑起来，将"我儿子一生下来都是这个爷爷的叔叔！"作为口头禅讲在口上，笑个不停。

杜老师叫文道政。文道政走上去，说："谁再来讲一个笑话？"

这时，有人提议让文道政来讲一个。

文道政便随着这个调子说了一个：

"讲一个思考题笑话，看谁能回答出来。一只小鸡总是问她的妈妈，她的爸爸是谁？小鸡妈妈害羞，不愿意回答，就说等你考试得了第一名我才告诉你。有一天，小鸡考试得了第一名，扑进妈妈怀里，让妈妈告诉他爸爸是谁。小鸡的妈妈就告诉了她。请问小鸡的爸爸是谁呢？大家动脑筋猜猜！"

"公鸡！"

"鸡公！"

…………

"我知道，我想出来了！"陈凯举手大声说。

文道政让陈凯说，陈凯大声说："小鸡的爸爸是只野鸭！"

"哈哈哈……"

正说说笑笑间，两个小时过去了。

大客车开进长满绿树的肖家洞水电站大院，实习目的地到了。

肖家洞水电站内绿树成荫，香樟树伞开绿枝将路都遮盖住了，客车开进时，浓密的树叶儿多情地与客车抚摸，发出沙沙的声音，像是两个朋友在亲切握手问候。

一个年轻人站在进门口不远的樟树下，他向大客车挥手示意车往哪儿停，司机会意，按指定的位置将车停下来，这才打开车门。

年轻人走上车，肖奕琴赶紧站起来给杜丽娟介绍说，他是肖家洞水电站生产技术科肖科长。

杜老师伸出手和肖科长握手。

"欢迎，欢迎！"

"谢谢，给你们添麻烦了！"

肖科长向老师和同学们挥着手，表示打了招呼，然后跟司机说，"往前开，再往右，要开到招待所的前坪去！"

司机挂了档位，大客车往前开去，往右上了一个坡，有一排红砖青瓦房。

肖科长说："到了，到了，停好车！"

司机将车开到坪里，停下来，打开车门。紧接着，后面的大客车和装有行车床的大汽车也开进来。

"呵，到了！"同学们大声叫道。

肖科长第一个跳下车，大声叫服务员将招待所房间的门打开。各位同学都下车来，协助爬到了车顶的司机卸行李包，站在车下的同学们就仰着脖子盯着，寻找着自己的行李包。

肖科长让两个班的女生都住在招待所。文道政见梅雅静也背着包下车来，望着她微笑着。

男生们将行李放在一边，赶紧去大汽车上将自己的行军小床放下来。文道政爬上大汽车，一张张将小行军床往下放，下面的同学都接着，将自己喜欢的床放在一边。

肖科长大声说："四位老师和两个班的女生住在招待所，两个班的男生，分别住在附近的两个仓库！"

同学们一听，都高兴地叫唤着说："走，住仓库，当保管员去。"

文道政和男同学将床搬到附近的一间房屋前，肖科长打开门，里面干干净净，临窗的一边，窗户都打开了，透着风。

文道政站在门边，手一指，说："分成四个组，一、二、三、四，大家将床摆好。"

陈凯和肖子钢最先将床搬进去，选了一个靠窗的位子。

文道政布置完，自己将床安放在刘贵北一边。

刘贵北自己铺好了床，帮着文道政解开行李。

大家都忙乎着。

黄亚男、肖奕琴、曾晓娅及梅雅静、刘西凤，一起跟着肖科长看招待所的房间。招待所自然比男生的仓库好多了，每间房有五张床，床上都铺有垫子，整整齐齐的。

杜老师还有水电一班的跟班老师一起，跟随肖科长朝招待所顶头的房间走去，几位老师就住在第一、二间。

肖奕琴、梅雅静、刘西凤、曾晓娅、黄亚男早已商量好了，五个女生同住一间房。

安顿下来后，到了吃午饭时间。

肖科长将大家带到食堂去就餐。食堂就在招待所的下面，有一个石阶。下了石阶，正对面就是水电站食堂的后门。

女生们走进食堂，有许多职工正好排队吃饭了，他们手上拿着碗筷，拿着餐票，队伍排得整整齐齐。

职工们看见大学生来实习，特别友好地微笑着。

文道政和刘贵北去食堂排在最后，到了打饭时，已经没有菜了。大师傅不好意思，也不好怠慢来实习的大学生，于是要他们等一下，为他们炒了一个辣椒炒肉。

午餐完毕之后的休息时间，文道政、张伟、四位老师与肖科长在一起开了个碰头会，肖科长将实习生的值班安排告知了大家。

肖科长最后说：电气值班，工人师傅三班倒。水工车间，在拦河大坝值班。检修车间，检修电气设备电器检修。只有电气运行车间，二十四小时，每时每刻必须有人值班，这个班可以让同学们对发电站有大概认识，对发电设备可以熟悉。

所以，肖科长将实习学生按车间安排值班，互相对调跟着师傅们熟悉业务。

按三班倒，水电一班的学生也一起排班。

文道政、肖奕琴、张伟、梅雅静在肖科长的帮助下，将所有同学的值班安排好。接下来，第一组的10个同学，下午六点上班，晚上十二点下班。

杜老师见同学们都安排妥当，这才回到房间去。

梅雅静、肖奕琴、刘西凤、曾晓娅、黄亚男五个女生安排在一个组。生活委员黄亚男将一个月的餐票，发给了同学们。

"文同学，忙完了没有？"梅雅静和黄亚男跑到男生住房的仓库边，站在文道政的房间门边问。

文道政刚从招待所回到住处，转过脸，见她们正看着他。

"忙完了！"文道政说，"怎么了？"

"我们想到外面走走！你有时间吗？"梅雅静说，"我们邀请你去当保镖！"

"去哪里？"陈凯也不管女同学说的有没有"们"，只管走过来问。

"后面的大山上！"黄亚男说。

"那好，刚好忙完了，我们陪你们！"文道政强调说。

正好刘西凤和曾晓娅也走过来，六个人走到一起。

走出电站大门，再往前走，右边有一条往后山的路，陈凯在前面开路，他手里捡起一根木棒，拄在手上，一边打前面的草丛，一边向前走着开路。

黄亚男高兴地说："陈少爷，你这是开路先锋！"

陈凯一听笑起来，说："世上本没有路，走的人多了也便成了路！"

梅雅静兴致很高，说："你是开路人！"

曾晓娅一听大笑起来。大家问她为什么笑，她说："我们山区，只有狗是跑在最前面开路的。"

曾晓娅一说，大家都大笑起来。

笑完之后，文道政告诉陈凯说："小心，别划破了手。"

女生们走在中间，边走边笑。

已是夏季，山上到处是结了果的树，叫不出名的野果，野刺木上也缀满一串串青色的果实。

"你们看，好多树上都长满了果实！"梅雅静说。

梅雅静这么一说，大家才认真地注视着野刺木上长出的颗颗果实。

"啊，这棵树，那棵树……到处有！"黄亚男说。

这时，文道政折了一条枝丫，那树枝上长满了籽籽粒粒。

文道政将折枝拿在手上，梅雅静一看，便嚷着说：

"给我，给我！"

梅雅静一叫，刘西凤和曾晓娅便过来抢。

文道政将树枝高高举起，女生们笑着抢着，文道政将树枝递给梅雅静。

梅雅静拿在手上，女生们围过去看个究竟。

"这果实能吃吗？"黄亚男问。

"当然能吃，我小时候上山采野果，拿回家煮着吃！"文道政说，"但也要等到果实成熟才能吃。"

再往里走，看见一片油茶林。油茶树绿叶丛丛，枝叶间也挂有一个个圆圆的果实，有的果实特别多，树枝上长满了。

"这又是什么树？"梅雅静问，"这果实能吃吗？"

"这是油茶树！"文道政说，"这是油茶果，能榨出炒菜用的茶油！"

"茶油？"梅雅静仔细看着，说，"我们做菜用的茶油就是用这种果实榨出来的？"

"是呀！"文道政说，"但是，榨油工序很复杂，你看，要将外面的壳去掉，内里的籽要晒干，然后用火烘热，带了一定温度轧碎，再用榨油机榨出油来。"

"我小时候，经常跟大人去油榨厂榨油，茶油特别香，味道特别好闻！"曾晓娅说，"这是最好的植物油！"

文道政家也分了几亩油茶林，每年都能摘一些油茶果，能榨上百斤茶油。

在搞集体生产时期，每当上山采摘油茶果时，人山人海，场面十分壮观。

特别是生产队边界山林的油茶果，每年采摘时，都发生你摘了我生产队的，我摘了你生产队的现象，总会出现一些小纠纷。因此，生产队长总是很早便去，将边界上的油茶树系上草把，以草把为界，告诫大家不要采摘错了。

家庭联产承包责任制后，每家每户自己采摘自己家的油茶果，妈妈带着一家人上山，带着红薯干粮，要采摘一天才下山来。

采摘的油茶果用箩筐装好，挑回来，倒在晒谷坪里，让太阳晒，等到将油茶果的外皮晒裂后，露出灰黄色的籽来。

有些油茶籽自然脱落，有些要经过人工剥落，将这些油茶籽运到榨油厂，就可以榨油了。

文道政看见油茶果，感到特别亲切。

家里的油茶山今年是否结满了油茶果呢，要是到了秋天，妈妈要忙好一阵子。

文道政看着油茶树出神。

梅雅静见文道政在发呆，走到他身边，大声说："大诗人，你不会是有了灵感，想写一首诗吧！"

文道政一听，呵呵一笑，说："我曾写了一篇油茶树的文章。"

"啊，那我倒想读读。"梅雅静大声说，"文同学写了一篇油茶树的散文，大家要不要看一看呀？"

大家一听，赶紧说："要看！"

文道政笑着，答应回校请大家指导，互相学习。

大家边走边谈论，女生对山上的植物特别感兴趣，问个不停。

黄亚男和刘西凤将路边的野花采下，扎成一顶顶花环，戴在头上，笑着跑着。真是小女生。

循着山路往前走，在山的背阳一面，种植了一棵好大的枇杷树，枇杷树上挂满了果实，青黄色的枇杷已经有大拇指般大小，真是喜人之极。

"你们看，那是什么？"文道政指着枇杷树问道。

大家都朝右前方看。

"枇杷！"曾晓娅大声说。

大家往前走去。

"原来枇杷树长这个样子！"梅雅静这么说，"这，太可爱了！可以摘吗？"

"可以！"突然有个陌生的声音传过来。

大家一看，正是一个上了年纪的农民伯伯。

"可以吗？"黄亚男又问道。

"你们是省城来的大学生吧！"农民伯伯说，"我儿子也在省城读书！"

"你儿子也在省城读书？在什么大学？"文道政问。

"我儿子在交通学院，是我们镇里唯一考上的大学生，毕业出来开汽车！"农民伯伯自豪地说。

"呵，我们是水电学院，不在一所大学，但距离不远！"文道政说，"您的枇杷卖吗？"

"哈哈，当然卖！"农民伯伯说。

"那我们向你购买，多少钱一斤？"陈凯问。

"我不卖给你们！"农民伯伯说。

"为什么不卖我们？"文道政问。

"我送给你们尝尝！"农民伯伯这么说着，让大家走过去，他带大家去一棵早熟的、好吃的枇杷树采摘。

大家一听，高兴极了，一个个跑过去。

农民伯伯将大家带到一棵高大的枇杷树边，这棵树当阳，全天都晒着，枇杷果自然熟得早。

农民伯伯指着那些金黄的枇杷说："这棵果实年年最早熟，还特别甜！"

农民伯伯说着，拣最大的、金黄的那个摘下来，拿在手上，交到梅雅静手上，口里说：

"城里姑娘，你尝尝！"

大家听农民伯伯叫梅雅静为城里姑娘，笑起来。

梅雅静手里拿着那颗又大又黄的枇杷，口里不停说：

"谢谢！谢谢！"

"没关系，你品尝下！"农民伯伯说。

文道政笑了笑，随手从梅雅静手里接过枇杷，轻轻一剥皮，就露出了黄嫩的果肉来。文道政剥去了一半的果皮，这才将枇杷递给梅雅静，让她先尝。

梅雅静略带感激地瞧了文道政一眼，伸手接过枇杷果，伸到鼻子前深吸了一口气，好香。其他几个同学看着梅雅静，只觉得自己的口水已经在往下咽了。

梅雅静小心翼翼地将枇杷拿到嘴边，轻轻一咬，咬下一小块枇杷肉在嘴里，一股甜酸味充满味蕾，她仔细地品了品，脸上的笑意更深了，这才大声冲同学们说：

"好甜！特别好吃！"

大家一听，纷纷接过农民伯伯刚从枝头摘下来的枇杷果，剥了皮就往嘴里塞……

"太好吃了！"陈凯说。

农民伯伯见大家说好吃，便又去树上寻大个头的枇杷摘了不少，给每个同学都发了五六个，口里说：

"你们尽管尝尝，你们就跟我儿子带同学回来了一般，我高兴呢！"

大家说了许多感激的话，这才捧着枇杷顺着山道向山腰走去。

走过山腰，站在高处往下看，一片水稻田已经开始抽穗，好一片迷人的景色。

陈凯突然大声叫道：

"你看，田边有人在干什么？"

大家往田野上看，有一条弯弯曲曲的水渠，水渠边有一些小孩在抓鱼。他们拿着水桶和簸箕来回奔忙。

"这是抓鱼？看上去好好玩啊！"梅雅静大声说。

"我们也要去！"黄亚男欢快地说。

"这个是我的强项，我带你们去抓鱼！"曾晓娅笑着说。

文道政见大家嚷嚷着抓鱼，口里说：

"看你们，一群小孩子样，就是贪玩！"

"咦，没得羞，那你也是小孩子呀！"刘西凤说着，第一个走在前面。

大家小跑着，饶有兴趣去看小朋友抓鱼。

见水渠里有许多鱼在水面上冒头，文道政知道，那是小朋友用茶枯药鱼。

文道政在家里也经常这么做，油茶果榨油，残渣子就是茶枯，那东西砸碎，碾成粉可以放到池塘里药鱼。

水中的鱼吃了茶枯会头晕、缺氧，只有冒出水面来吸收新鲜空气。过去生产队的鱼塘，也是采取这种办法药鱼。

文道政将情况讲明，大家便动手抓鱼。

见水面上冒出一条条巴掌大的鲫鱼、鲤鱼，喜不自禁，梅雅静不停地叫唤：

"这里，这里，好大一条！"

"这里又有一条大鱼！"

开始陈凯抓了几条小鱼，给了抓鱼的小朋友，后来，文道政抓了一条巴掌大的鲤鱼，梅雅静便放在一边，自己守着。

梅雅静和黄亚男也去抓鱼，却只能凭用空手去抓，那些鱼滑溜溜的，只是头晕，但还能游呢，要抓住它们也得有水平。

水渠里面的水很深，渠的尽头处往下就是个大坝。

文道政见一条大鱼在石头边，蹲下去抓，那条鲫鱼钻进石缝里，将尾巴露在外面。文道政左手抠住鱼头，右手握住鱼身抓住一拉，鱼就被捉出来了。文道政把鱼丢在岸边，那鱼在草地上蹦跳不停。

"好大一条鱼！"梅雅静跑过来看文道政捉到的鱼，高兴地大声叫道。

女生们都跑过去看。

文道政从地上捡起鱼，放到一起。

陈凯也在旁边不远，抓到一条大鲤鱼，口里说：

"没有工具，好几条大鱼跑掉了！"

见男生抓鱼，女生们也禁不住，曾晓雅来自农村，对抓鱼这种事司空见惯，她拿着鱼，大声叫道：

"我也抓到一条大鲫鱼！"说着，将鱼拿过来，放在一起。

茶枯本来就是小朋友们下的，现在见许多大哥哥大姐姐来水渠里捉鱼，本有些不高兴，但又见都是些长得好看的大哥哥姐姐，像是城里人，很有文化的样子，小朋友们便觉得心里欢喜起来了，因此对文道政他们的出现并不反对。

不一会儿，同学们一下抓了十多条鱼，估摸着该有三、四斤。

曾晓娅兴致很高，将那条大鲫鱼放下，又走到水渠边去观察。

梅雅静、刘西凤、黄亚男也跟着曾晓娅，看着她抓鱼，也很想自己能抓到鱼。

文道政和陈凯走到前面去抓鱼，每人手里都抓了一条鲫鱼，他们边走，边看。

那些小朋友，每个人都抓了上十斤的鱼，用一个鱼篓装着高高兴兴地在水渠来回走动着。他们拿着一个自制的小渔网，只要看到鱼，用网兜一捞，肯定得手。

文道政见小朋友一个个拿着渔网，也想拿着渔具来抓鱼过过瘾，刚借来渔具拿在手上，见一条大鲢鱼冒出头，他向前一探，捞了起来，鱼在渔具里跳。

小朋友见抓到一条大鲢鱼，便有些心疼，不愿意将这条鱼给文道政。文道政看了看小朋友的表情，便哈哈地笑了，赶紧将那条大鲢鱼给了小朋友。

这时，突然前面女生们大声喊道：

"快来，黄亚男掉进水渠了！"

"快，快来救人！"

文道政和陈凯听到喊声拔腿便跑。

陈凯离得比较近，跑过去将黄亚男从水渠里拽了上来，自己却踩着渠边的软泥哧溜一下滑到了水里。

文道政跑近，只见得黄亚男的衣服裤子都湿了，好在人还没什么事，心里还是吓得咚咚咚地狂跳。

陈凯这会儿也爬上岸，看着自己一身湿了，手足无措，大家一见他俩这样子，便笑起来。

"真像两个落汤鸡了，都没事吧？"文道政问。

"没事没事！"陈凯和黄亚男异口同心说。

"真是精彩表演，英雄救美！"曾晓娅笑着说。

"我也没想到陈凯能跑这么快！"

文道政一说，大家都笑起来。

梅雅静和刘西凤去扶起黄亚男，她们也笑起来。

曾晓娅将在头上的花环拆了，文道政将鱼一条一条串起来，可是几条大鱼串不起来。陈凯将外面的长衬衣和背心脱下，用手将背心拧干水，再穿上，又将脱下的长袖衬衣两个衣袖打了个结，想将鱼一条条放进去……

"你真舍得啊，甭显摆你的少爷做派了。看我的！"文道政说。

说着，文道政就从草地上拔了几根藤蔓，从鱼唇下穿过去，打个草结，这样就能把鱼拎着走了。

几个城里女生见他这样，又是惊奇得不行。

黄亚男长裤全湿了，可她不能学陈凯，好在夏天里裤子也是比较薄的，等走到肖家洞水电站大门外，两人的衣裳裤子都差不多晾干了。

陈凯和黄亚男走在后面，嘀嘀咕咕说着什么。

"今天的事不准告诉老师！"文道政说。

大家听了，心里明白，没有人吭声。

走到招待所，正好肖奕琴、肖子钢几个人，他们在另一处抓了些泥鳅回来，都大声嚷着：

"同学们，晚上加餐！"

文道政和陈凯将鱼放到一个桶子，大大小小有二十多条，起码有八九斤，桶子差不多满了。梅雅静蹲着身子，还在看桶里抓来的那些鱼，感到特别新鲜。

"哪里来的？"杜老师从招待所走出来问道。

"抓的！"同学们大声说。

杜老师一听，笑眯眯的。

"拿到厨房去，晚上吃鱼！"杜老师高兴地说。

文道政和肖子钢一人提着一桶，向厨房走去……

第一个班，谁也不想迟到、早退、缺席。

"真是太遗憾了！"有的同学手上拿着一个手电筒，外加一件单衣要去上班，说，"你们多吃点！"

按要求，值晚班的同学，提前十五分钟接班，只能到车间里吃晚餐。车间里有大师傅送饭下厂。

晚餐全体师生吃鱼。一边吃，师生们也一边在回忆小时候抓鱼的情景，同时，也激发不少同学的兴趣。

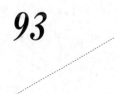

文道政是早上六点接班。

晚上睡得晚，刚好睡得香时，闹钟响了，接着有人小心地敲门，让大家快起来，准备上班。

文道政赶紧坐起来，去打开电灯，一看，才刚过五点，但时间也不早了，要漱口洗脸，上厕所，还要提前去接班。

文道政见第二组的同学们呼呼大睡，赶紧叫醒刘贵北，让大家赶紧起床，说："快，来不及了。"

刘贵北来读大学之前，是单位的职工，看了下手表，赶紧爬起来，便叫醒其他的同学。

"快，快，来不及了！"

文道政提着桶走出仓库，到自来水龙头接水洗漱。

等大家忙完，快五点半了，赶紧往厂房跑。

肖科长正在去厂房的路上，见大家急急忙忙奔跑，让大家停下来。

天已经亮了，晨色依然朦胧。

肖科长见大家站在他面前，对大家说：

"我带大家先熟悉下！"

肖科长指着一排排电气设备，告诉大家：

"这是高压开关站，这几条大的导线是母线，从发电站出来，然后经过变压器将电压升高，再经过高压线输送出去！"

文道政手里拿着一个笔记本，记着"母线""变压器""开关""避雷针""接地""升压"等那些陌生而熟悉的词组。

"这像自来水，先升高，再让他自流。"刘贵北补充说。

"将电压升高，传送几十里，甚至上千里后，再经过变压器将电压变低，变成380伏、220伏给用户。照明只需220伏，机械运行要380伏电压！"肖科长解释说。

肖科长这么一说，同学们一下子明白了许多。

高压开关站那些高高低低的柱子，都是高压开关，虽然导线上看不见电流电压，看不见闪烁的火花，但它有无尽的力量。

越走近开关站，越能清晰地听到嗡嗡的轰鸣声，那是电流的声音。

铁栅栏围着的高压开关站，挂着一块块警示牌，里面像是关着一群饥饿的老虎，闲人千万别靠近。

肖科长不停地做介绍，给同学们很大的感性认识。

往前走，肖科长将同学们带到发电站的前水池。

好大一个河面，流水湍急。河面上浮起泡沫，在水流中打转转。乍一看，给人摄人魂魄的震慑。

梅雅静从后面来的，一看那湍急的水流，情不自禁地抓住文道政的手，惊恐得整个身子都快要依到他身上。文道政站在那里，像一个大男子汉一样，充满着力量，任凭梅雅静从后面靠着他，心里特别甜蜜。

肖科长告诉大家，这湍急的水流经过水轮机，水力推动水轮机旋转，水轮机上装有转盘（转子），发电机上装有定子，其实转子、定子上都是导线，通了电的导线产生磁场，导线再切割磁力线产生电。这就是电生磁、磁生电的原理。水力发电，其实，就是水能转化为电能。

文道政仔细听，对水力发电的原理有了更深的认识，也感叹，早在1831年，法拉第发现了电磁感应，奠定了电力工业的基础，真是最伟大的发明家。

同学们看了周围的情况，心中也对水电站发电、送电有了一个基本的了解，这时肖科长才带大家进厂房。

走进厂房，到处是电气设备。六台发电机组，真像六个碉堡一样伏在地上，发出轰轰的响声。

肖科长一路介绍，每一个设备都说出名字，介绍作用。水轮机、发电机是最主要设备，还有其他辅助设备。

右边的一间大厅，就是电气运行车间。

肖科长推开门，同学们依次走进去。

工人师傅见大学生来实习，都站起来迎接。肖奕琴一见师傅们，微笑着打招呼。师傅们多数是见过肖奕琴的，也就格外亲切些。

肖科长跟大家介绍师傅们。

一块特大的屏幕，由一块块电气柜组成，上面有各种电表。肖科长指着那些电表，讲解着。每一个电气柜上的电表，都微微地动着，表明电压稳定。

文道政边听边记，笔记本记得满满的。

刘贵北是电气班的老工人了，对同学们不知道的知识进行补充。

看完了电气值班室里的各种电表，肖科长带大家到水轮机下面去看。

真像是打仗的防空洞，一层一层往下走，地面是钢板，踩上去发出咚咚响声，空气也特别潮湿，地面上有水汽。轰隆隆的声音传出来。地底下一片灯光。在一个圆柱形的建筑里，开了几个小门，肖科长让大家走到门边看。

一根合抱大的不锈钢柱，在不停地飞速旋转。

"这是水轮机。听，下面是水流的声音，水冲击水轮旋转⋯⋯这个大钢柱，就是水轮机的身子！"肖科长说。

"这是孙悟空的金箍棒！"黄亚男开玩笑说。

大家笑起来。

水流的冲击下大地微微颤动，大家的心震撼着。

水的能量大，电的力量才能大。

那些机器上到处都挂有标着闪电形的危险警示牌，都是带高压电的电器设备，走近要特别注意，它像是磁铁，不小心将人吸进，就危险了。

肖科长每走一步，要大家小心谨慎，注意安全。

走在带电的设备库，真像是走进一个猛兽云集的动物园，总让人提心吊胆。

肖科长笑着说：

"不要过于紧张，只要不伸手碰它，它还是不会伤人的！"

同学们一边笑，一边小心行走。

从水轮机房出来，又回到电气运行车间，这时，厨房大师傅送来早餐，馒头加稀饭。

同学们掏出餐票递给大师傅，然后接过一份早餐开始吃起来。

值班班长姓孙，是个随和的大姐，吃完早点，给大家讲值班的任务、要求，带大家抄各种电表，抄各种数据。

文道政也被选为这个组的值班实习班长，专门负责同学的值班工作。刘贵北有值班经验，自然也当了值班师傅。

在厂房走了一圈，回到电气中控室，分管业务的副站长带着杜老师、马老师、桑老师向厂房走进来，后面跟着同学们。

这是预先安排好的，今天上午，不值班的同学，集体到厂房参观，听老师们讲解，认识电器设备，宣讲安全知识。

文道政见老师和同学们都走进厂房，和值班的同学出来迎接。

肖奕琴开玩笑，大声说：

"欢迎老师和同学们来厂房视察！"

肖奕琴同学一说，大家都热烈鼓掌，气氛一下热闹起来，同学们也说笑起来。

站在一号发电机房，杜老师宣讲了安全知识和纪律，然后，请马竣华老师给大家讲课。

马竣华老师很严肃，讲话时瞪着一双大眼睛，他咬着牙关，大声说：

"安全第一，电器设备坚决不能乱碰！电是看不见摸不着的老虎，会一击致命！"

马竣华老师用血的教训告诉同学们，早几年学生搞实习，有一个大学生，不听老师警告，将安全当儿戏，结果被电击中，头被击穿一个大洞，鲜血直流，瞬间丧命！

马竣华老师这么严肃地一讲，同学们的说笑声立即停下来，个个都害怕触电，心生畏惧。

老师们带着学生从第一层，到最底一层转了一圈，将眼睛能看见的电器设备都说出名字，讲解它的作用。

同学们都在记录，提出一些古怪的问题来问老师。老师们耐着性子做解释，但同学们问得太多，扯得太远了，杜老师说："这些知识等到你们到工作岗位再去探讨，大家加油！"

文道政和值班同学跟着走了一圈，又认识了很多电器，对发电站有了一个初步的了解。

"值班排三个班，并不科学，因为早上六点上下班，天并没有大亮，而中午十二点上下班正好吃午饭了，下午六点下班也是吃晚饭时间！"刘贵北这么说。

"如果改成早上八点上下班可能要好些！"文道政说。

孙大姐见同学们在谈论值班的事，笑着说：

"你们说得对，从十月一号开始，改成八点上下班！"

同学们一听，都说好，可是那时候实习早结束了。

老师们和同学们离开后，刘贵北又给同学们进行了讲解。

黄亚男跟着刘贵北，拿着一个手电筒去抄电表。

曾晓娅见黄亚男跟着去，也要去，梅雅静将文道政拉起来，说一起去。值班的师傅见实习的同学积极性很高，都笑了。

走了一圈回来，大家感到有点累了。

这时，孙大姐和梅雅静悄悄说话，微笑着望着文道政。

文道政走过去问孙大姐："你们在谈论什么？"

孙大姐哈哈哈笑起来，说："我一眼看出来了！"

大家一时不明白，但还是立即跟着笑起来。

"文道政与梅雅静很相配是吗？"刘贵北这么说。

孙大姐神秘地说："郎才女貌，他们很有夫妻相！"

孙大姐这么一说，黄亚男学着说："真的很有夫妻相！"

十二点下班时，张伟带着同学们来接班。看见梅雅静没有分到他一个组，心里很不高兴。又听孙大姐谈论夫妻相，更加不舒服，大声说："迷信！"

孙大姐望着张伟，摇摇头。

刘闯走过来，大声问："谁有夫妻相？"

张伟一听，更加不高兴，说："哪来夫妻相一说，都是胡说八道。"

刘西凤见张伟发脾气，走到刘闯身边去。

张伟自然知道刘闯和刘西凤的秘密，自我解嘲地说："你们相信有夫妻相吗？"

刘闯一时没明白过来，望了一眼刘西凤，说："班长，你怎么了？"

张伟笑笑，说："没什么，我好得很。"

刘闯故意问刘西凤，说："你们下班去干什么？"

刘西凤望了一眼梅雅静，说："我跟着梅雅静去玩。"

梅雅静从桌上拿起笔记本，要离开。

这时，刘闯从桌上拿起值班记录说："谁最后抄电表的，没有签名。"

刘闯一说，大家停下来。刘西凤接过值班记录本一看，大声说："是我！"随即拿起桌上的圆珠笔，签下自己的名。

梅雅静跟着文道政一起走出厂房，张伟心里像是失了魂，他坐在一边的木椅上，拿出自己的《电气技术》书，装模作样地看着，一直等到他们走远。

张伟也彻底地知道，梅雅静与文道政走到了一起，不过，没关系，张伟的感情并不在水电学院……

94

除了值班，许多同学剩余的时间去玩山、玩水。

上山采野果，下水捉鱼虾。

这些天玩野了，大家都挺开心。

桑老师也像个大学生一样，跟着大家上山下河，玩得特别开心，可是有一天，桑老师却开始水土不服，她白嫩的皮肤上长出了一块块红疹子。

桑老师吓坏了，她脸上、颈上、手上，满身都是。

师生们都在寻觅良方医治。

正在为桑老师的皮肤病发愁。一个宿舍的女生一夜之间都染上皮肤病。

桑老师很自责，以为是她将皮肤病传播给大家。

这时候，整个肖家洞水电站上上下下，都知道梅雅静、黄亚男、曾晓娅、刘西凤一夜之间，脸上、颈上、手上都长出了一个个疱，红红点点，还痒！

四个女生怕传染给别人，便关在宿舍里不敢出门，吃饭也得送上门。

杜老师吓坏了，找到水电站杨副站长，让他派人找最好的医生来医治。杨副站长召集站领导商议，可是，一时也找不到好的医治办法。

买来的药膏涂抹了没用，买来的药吃了也没用。

大家急得像热锅上的蚂蚁。

"是在山上撞鬼了！"有女职工说。

"撞鬼了，全身长疮，不治而亡！"职工们议论。

"这种病传染，一传十，十传百，谁染上了，谁遭殃！"

"去找巫婆来送鬼！送走了，马上好了！"

…………

文道政见桑老师和四个女同学染上了皮肤病，心里特别难过，还有自己喜欢的梅雅静。她们躲着不敢见人，茶饭不思，悄悄流泪。

杜老师、马老师不准同学接触，怕全班同学都染上，麻烦更大了。

文道政小时候也患过皮肤病，跟妈妈上山打柴回来，皮肤上经常患有皮疹，全身长满红块，特别痒，越痒越抓，越抓越痒，全身都传遍。

文道政去看桑老师和四个女生，他站在门外敲门。

"谁？"梅雅静问。

"我！"文道政回答说。

"文同学。你有什么事吗？"梅雅静问。

"我想看看你们！"文道政说，"你们还好吗？"

"不行，会传染给你！"桑老师大声说。

"我不怕！"文道政说，"我小时候也患过皮肤病，我不怕！"

"这不一样！"曾晓娅说，"这真会传染！"

"梅雅静，你打开门，伸出头来，让我看看！"文道政说。

"哈哈哈……文道政，你是想梅雅静了，两天不见就想了！"黄亚男说着忍不住笑起来。

文道政只听说桑老师和四个女生在患皮肤病，可他没见过她们皮肤上的疱疹长什么样，所以，很想瞧瞧，也许他能帮忙治好。

小时候上山打柴，农村有个土法子，用韭菜和淘米水煮开，用以洗澡，用水擦洗，特有效。

文道政在大门边站着，等待梅雅静开门。

这时，杜老师走过来，大声叫：

"文道政，桑老师她们好些了吗？"

文道政见杜老师来了，便说：

"杜老师……她们不开门呀！"

杜老师走过来，敲敲门，大声叫道：

"桑老师，好些了吗？"

桑老师和四个女生在屋里笑着，说：

"还没呢？你们别进来，会传染给你们！"

文道政又在叫梅雅静打开门。

"梅雅静，请打开门！"文道政说。

"不行，会传染给你的！"梅雅静说。

"我不怕，你打开门，让我看看！"文道政敲着门说。

杜老师和文道政在门外大声叫喊着。

这时，桑老师觉得远远看一眼也许不会有事，既然文道政说可能有办法，就让梅雅静一个人去开门，说："打开一条门缝，让文道政看看你就好！"

黄亚男在屋里叫道："杜老师，你走远点，梅雅静要开门了！"

杜老师和文道政笑着说："又不是什么红眼病，真会传染那么快吗？"边说边退了几步，朝坪里走去。

"'高老师'走了，快开门吧！"文道政说。

这时，梅雅静将门打开一条缝，伸出半个头来，笑笑。

文道政仔细一看，梅雅静脸上有红块，还有像痱子一样的红点点。

"痒吗？"文道政问。

"痒！"梅雅静说。

杜老师站在坪里面，向梅雅静看，口里说："是皮肤过敏吧！"

"不知道！"梅雅静说，"我们在山上转了转，回来，大家都变成这样了！"

"去了哪？是不是漆树过敏？"杜老师说，"我过去在农村下乡，也碰到这种情况！"

杜老师说着走过来。

梅雅静赶紧将门关了，在屋里大声说：

"文道政，将你的实习笔记拿给我们，我们在屋里闷，想抄笔记！"

"好的，等下拿给你们！"文道政说。

"你们要专心养好病！"杜老师口里自言自语，"我在下乡时，也有过敏，身上起痱子，痒，我用蜂蜜涂在上面好了！"

文道政见杜老师这么说，也说出自己的经历。

"我小时候患疱疹、痱子，身上痒，用韭菜和淘米水煮沸洗澡，或者涂在患处，很快好了！"文道政说。

"那好，你们想办法去买蜂蜜，弄韭菜，正好厨房要做饭了，赶快！"杜老师说。

文道政答应去弄韭菜，因为文道政知道，在后山上的菜地里种有大片大片的韭菜。

蜂蜜也好弄，肖家洞电站内就有人养了几箱蜜蜂。

文道政叫上陈凯，悄悄去山上菜地"偷韭菜"。

文道政拿着一把小刀，拿着一个袋子。

陈凯站岗，文道政很快割了三四把大韭菜，将袋子装满了，这才快步跑回食堂，正赶上厨房大师傅准备做饭。

文道政用一把小铁锤将韭菜锤碎，放进锑锅里，然后用淘米水浸泡着，又借炉灶煮开了。

淘米水是白色的汤，韭菜汁是绿色的，两者一掺和，变成浓浓的绿浆了。用这样的水擦身上的红块，一定有奇效。

文道政从养蜂的职工那儿买了一大瓶蜂蜜，又提着满满一桶韭菜汁来到招待所。

杜老师见这么快就弄好了"奇药"，便远远地站在坪里向屋内的患者解说这两味药方一定会有奇效。

"先用韭菜汁涂擦那些红块，待干了后再涂上蜂蜜！"文道政这么说，"一定有效果！"

"说不准，明早就好了！"文道政笑着说。

黄亚男笑着打开门，将"奇药"拿进去。

"这是灵丹妙药！桑老师你先来！"梅雅静说。

文道政、杜老师见她们在屋内叽叽喳喳，笑着走开了……

陈凯这次实习是带来吉他的，因此他在屋内一弹唱，电站里那几个未婚的女孩就会走近来听，有事没事也会多同陈凯说几句话。黄亚男见了心里自然不高兴，陈凯见黄亚男为这事不高兴，只好将吉他收起来不弹了。

现在眼见黄亚男也患了皮肤过敏，陈凯想到坪里去弹吉他给黄亚男听，又怕招惹上那几个女职工，可是不弹吧，他坐在坪里发呆，黄亚男也不知道他在外面待着。因此，不上班的时候，陈凯反而是慌慌地到处转悠。

肖家洞水电站肖科长，兼任了单位的团委书记，原计划搞一次联欢舞会的，可是桑老师和四个女生患了皮肤病，只好告吹。想来想去，肖科长找到文道政，要在水电站搞一场篮球友谊赛。

自从第一学年大学新生搞了篮球赛，后来就没有再搞篮球比赛了。现在搞篮球赛，桑老师和四个女生不能来观战，同学们更没有兴趣。

杜老师便问文道政："桑老师她们涂了韭菜汁和蜂蜜好些没有？"

文道政不清楚，只好回答说："不知道！"

杜老师对文道政的回答不满意，但她也知道，桑老师和四位女生关在屋子里两天了，也不是一时能治好的。杜老师甚至在想，这些女生皮肤病没好，要不要送她们到县里的大医院去看看，实习还要不要继续。

正在为这件事发愁，突然有一个声音在叫：

"文同学，文同学！"

好熟悉的声音呀，不是梅雅静吗？她怎么出来了呢？

文道政说，"你怎么出来了？好了吗？"

杜老师也睁着眼，望着梅雅静。

"杜老师，马老师，你们好！"梅雅静大声笑着说。

"你们好了吗？"老师们关切地问。

"好了，好多了！"梅雅静说，"你看，我脸上，手上的红块都没有了，身上也不痒了，你们弄的灵丹妙药真是奇方，一洗就好！"

"啊，真有那么奇？"文道政笑起来说。

"是啊，我这不是好了吗？"梅雅静说。

"桑老师她们呢？"杜老师问。

"她们都先去澡堂洗澡去了，我想着还是先来告诉你们一下，让你们放心！"梅雅静说完，手一挥，也急着要去洗澡了。在屋里关了两天，应该从头到脚冲洗一遍。

一时间，桑老师和四个女生的皮肤病好了的消息，快速传开了，同学们得知后，无比高兴。女生们赶紧去见她们。

文道政见梅雅静好了，想悄悄约她去散散步，可是梅雅静说，她要洗衣服。

梅雅静对文道政为她治病去"偷韭菜"，深为感动……

转眼，在肖家洞毕业实习过了一半多的时间。

这些天，文道政和梅雅静笔记本记了满满的一大本。在电气车间、在水工车间、在检修车间三个车间均有值班，特别是在电气车间，他们将水轮机发电的原理弄得一清二楚了，也更增强了文道政回家乡建水电站的信心和决心。

走出厂房，阳光照耀，小鸟啾鸣。

文道政、梅雅静、肖奕琴、黄亚男、肖子钢、陈凯、曾晓娅、刘西凤八位同学，虽然分别在不同的组班，但在同一时间下班。他们从厂房走过高压开关站，那高高的避雷针，那轰轰的变压器电流声，那威严的铁塔……那些曾在课本里的电器图形，现在在自己的眼前，真实地呈现。

"这是什么？"陈凯指着身边的一个电器大声问。

"这是避雷器！"文道政高兴地回答说。

"回答正确！"梅雅静大声地说。

"你知道避雷器与避雷针有什么区别吗？"黄亚男问。

"避雷针高高的，将雷电引过来，让它接入地，这样，雷电就不会击坏电器设备。"陈凯说。

"避雷器呢？"黄亚男接着问。

"避雷器原理一样！也是将雷电波接入地！"陈凯说。

"不对吗？"

"回答对了一半！"黄亚男说，"避雷器能将击在电器上的雷电分流下地，保护电器！"

"回答正确！"肖奕琴说，"你看，这个高压开关站，四周都是避雷针，避雷针其实就是引雷针，将雷电吸引过来，通过高高的避雷针，将雷电引入地，大地是个大电阻，能将一切电能消耗！"

"说得太对了！"梅雅静说，"避雷针就是引雷针，雷电就是正负电荷的接触产生电闪雷鸣，这些正负电荷存在于大自然中，特别在云层中，正负电荷接触发生闪电，云在空中高高地飘，所以，高层建筑被雷击的可能性更大，因此，必须装有避雷针！"

"说得太对了！"刘西凤插嘴说，"这些雷电，专门寻找导体，寻找磁场依托，因此，有电器的地方，有地下铁矿的地方，容易遭雷击，就是这个道理！"

"是呀，我们家乡有一座山，常遭雷击，成片成片的森林总是被雷击，后来，在这座山下，找到了矿！"曾晓娅说。

"以后，看见哪座山被雷击，山下一定有矿，哈哈哈……"陈凯笑着说。

"别光顾着笑，下班了，我们干什么？去哪儿玩？"刘西凤问。

"去哪儿玩？刘西凤，你不是要跟刘闯上街吗？"陈凯说，"上街好玩，还可以买许多好吃的！"

"刘闯不是要上班吗？"曾晓娅说，"刚刚在厂旁见到他，还在检修车间上班呢！"

"去哪里玩？去抓鱼？"陈凯说着，望了大家一眼。

"我才不去！"黄亚男说。

"去哪？文道政，你说！"陈凯望着文道政问。

"我？"文道政望着梅雅静，没有立即回答。

"我要休息！好累！"梅雅静这么说。

"我也要睡觉！"黄亚男说。

"好，我也不去玩了！太累了！"刘西凤这么说。

大家向招待所里走去。

95

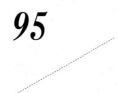

文道政和梅雅静约好，他们俩要单独去山上玩。

下班，文道政洗漱完毕，到食堂去吃饭。

食堂里坐了许多同学，文道政要了两个馒头和一碗稀饭刚坐下，梅雅静和黄亚男几个女生走了过来，看见文道政已在吃饭了，大声说："你这么积极吃饭，准备去哪玩呀？"

"没有呀，我刚来！"文道政说着，望了梅雅静一眼，看见梅雅静脸红红的，像是在问她一样，她赶紧站到打饭的窗口去排队。

文道政看到水电一班班长张伟，也排在队伍里打饭。

正好梅雅静拿着碗打了稀饭走过来，张伟赶忙问："今天去哪里玩？我们几个都上街去，你们去吗？"

"我不去了，有点累！"梅雅静说着，走到一张空桌边站着，向正在打饭的黄亚男和刘西凤挥手。

黄亚男和刘西凤也拿着碗，向梅雅静桌边走。

张伟见梅雅静不上街，对他爱理不理，心里蔫蔫的，正好刘西凤过来，便说："刘西凤，水电一班许多同学上街，你去吗？"

刘西凤见班长问她，知道在梅雅静面前吃了闭门羹，望了望张伟，微笑着。这时刘闯走过来，大声说："我们一起去吧！"

"那好，吃了饭就走！"刘西凤马上说。

张伟的虚荣心得到了满足，微笑地望了大家一眼。

文道政吃了饭，拿起碗筷去洗，顺便看看梅雅静吃完没有。果然，梅雅静也吃完了，站起来从这边走过来。

文道政向仓库的集体宿舍走，心情特别激动。

文道政像个地下工作者，生怕有人跟着，耽误了出发的时间。

文道政穿过食堂，穿过球场，走到了电站外樟树下等着。

这时候，他担心梅雅静会不会及时赶到。黄亚男像个跟班一样，每天都和梅雅静形影不离。要是黄亚男跟在梅雅静屁股后面，那么梅雅静是难以脱身，也就没办法及时赶到。

文道政的担心是多余的，梅雅静换了一件衣裳，很快赶来了。

文道政一看梅雅静像个搞特务工作的特工一样，心里好笑。等到梅雅静走到身边，赶紧说："走吧！"

正在这时，大批同学正在后面热闹着向电站门口走来。

梅雅静和文道政赶紧跑起来，向附近的山林跑去，隐蔽在树林中。

后面同学的声音越来越小，他们跑到森林中才回过头，看见张伟和十多个同学正一起结队去小镇上逛呢。

文道政和梅雅静抑制激动和兴奋，望着对方，微微一笑。

谁也没有问怎么走，也许他们走在一起特别安全，也特别放心。他们站起来，向密林深处走，走到山林里了，才开始讲话。

"这是什么花？"梅雅静看见一朵鲜艳的花，问道。

"这是野玫瑰！我们叫它刺花！你看，一条藤蔓上长满了刺，开满了花！"文道政解释说。

"野玫瑰？"梅雅静望了一眼文道政，又看着那一簇簇开得硕大白嫩的野花，说，"好香呀！"

"这种花，一年要开几番，春夏开了，秋冬还要开！"文道政说。

"啊，多漂亮呀，城里正好缺这种花！"梅雅静用手轻轻摸了下说。

"这种花带刺，满身都长满了刺，而且藤蔓很长，你看，一根藤蔓多长呀！城里没地方种，农村拦篱笆才种！"文道政说，"用来拦牛、拦鸡鸭。"

"哈哈哈，多美的花，没有人欣赏，用来拦牛！"梅雅静笑起来。

正在梅雅静哈哈一笑时，文道政仿佛听到树丛里有人在说话。

文道政用手压着唇，悄声说："有人！"

梅雅静一听，赶紧静下心来，仔细听。

"果真有人！"梅雅静悄声说。

梅雅静望着文道政，想轻手轻脚走过去，可是一脚踩滑了，一头扑进了文道政的怀里。

文道政赶紧双手拥着，口里说："摔倒了吗？"

梅雅静明白过来，双手一推，将文道政推开，口里说："没事！"

梅雅静差点摔倒，胆子似乎也小了许多，每走一步，伸出手，让文道政扶一把。文道政走在前面，赶紧伸出手牵着梅雅静。一走到平地，梅雅静便羞涩地轻轻推开文道政。

这时，他们仿佛听到有人在树丛里聊天。

两人有点好奇，究竟谁在山里聊天？

他们向声音发出的地方走了一阵，便在靠近声音的地方停下来，躲在一棵灌木丛里，用手扒开树叶看看究竟是谁。

这一看，让他们吓了一跳，是黄亚男和陈凯！

"怎么是他们？"梅雅静小声地问。

"是呀，他们不是说太累了，要睡觉吗？"文道政小声说。

"要不要叫他们一起玩？"梅雅静小声地问。

文道政点点头。

梅雅静站起来，正准备大声吼叫，吓他们一跳，可正在这时，陈凯将黄亚男轻轻拥入怀抱，拥抱在一起。梅雅静一看，赶忙蹲下来。

"这……"梅雅静双手捂着眼睛，蹲在那儿不吭声。

"怎么了？"文道政还认为梅雅静负了伤，用手掰开她捂着眼睛的双手，小声问，"怎么了？"

"你自己看！"梅雅静噘着嘴说。

文道政站直腰，用手扒开树叶，正好看见陈凯和黄亚男拥抱热吻着。文道政看得起劲，心也慌了神，激动得心里热热的。

"不准看！"梅雅静将文道政拉下来，小声说。

文道政又蹲下来，盯着梅雅静那张红红的脸庞，一双流光溢彩的眼睛，突然双手一抱，去吻梅雅静。两张嘴刚一碰上，被梅雅静用力推开，口里小声说："不行！"

文道政像是梦中惊醒一样，赶紧松开。

"你，你，你流氓！"梅雅静撒娇着说。

"嘘！小声点！"文道政说着，又扒开树叶，发现黄亚男和陈凯不见了。

"他们走了吗？"梅雅静问。

"他们肯定发现我们说话，然后找更安静的地方去了！"文道政说。

"去哪了呢？"梅雅静问。

"肯定在这个山里！"文道政说，"不会太远！"

"我们去找！"梅雅静说。

"好！"文道政站起来，说，"我们去找找！"

文道政突然大胆地用手拉起梅雅静，牵着向前走。

梅雅静开始不愿意，后来不反对了，任文道政牵着向前走。

走了一阵，他们才停下来，想听听他们在哪。

可是，走了好远，也没听到黄亚男和陈凯的声音，只有风吹树林的声音。

"一定是躲起来了！"梅雅静说，"他们会躲到哪里去呢！"

"前面有条小河，小河边有个石洞，会不会去那里了？"文道政说。

"走，我们去看看！"梅雅静干脆地说。

文道政和梅雅静在密林里行走，文道政走在前面，用手扒开挡在前面的树枝和茅草，一步步向清水河边走去。

远远听见有人在说话，文道政和梅雅静赶紧隐藏起来。

仔细一听，原来是一群放牛娃，他们光着屁股在河里戏水。

"这么凉的天气，他们下河游泳了？"梅雅静问。

"也不算凉啊，这样下河洗澡比在家里洗澡舒坦！"文道政解释说。

梅雅静看见四五个小孩光着屁股，有些羞涩地用手捂着眼睛，说："丢人！"

"农村小孩游泳都这样，也没有什么丢人的！"文道政这样说。

"那我可以看吗？"梅雅静说。

"当然可以！山里的妈妈和姐妹们在一旁洗衣，小孩们在一旁光屁股洗澡！"文道政说。

"哈哈哈，真是这样！"梅雅静说，"你小时候也这样？"

"是呀，谁都这样长大的！"文道政说，"这不算丢人！"

"那我看了！"梅雅静说着，松开了眼睛。

梅雅静看得特别起劲，见小屁孩打水仗，口里说："走，我们也去河边看看！"

文道政是游泳健将，对水特别亲切，高兴地说："走吧！"

"别去那边，往前面走！"梅雅静拉着文道政的手说。

他们又向前走了一段路，下了一个坡，正要到小河边，这时，传来一阵姑娘的嬉笑声。

"谁？"梅雅静警觉起来。

文道政也不知道是谁，他们赶紧躲起来。

"有鬼？"梅雅静这么说，赶紧用手紧紧抓住文道政不放。

文道政见梅雅静特别紧张，自己也紧张起来。

"肯定是鬼！咱们走吧！"梅雅静拉着文道政说。

"那边是石洞，好大一个石洞！"文道政说，"那声音从里面传出来的！"

"走吧！我害怕！"梅雅静害怕地催促道。

文道政和梅雅静站起来正想走，三四个女孩披着长发光着身子从大石块隐蔽处追跑出来，追打着。一下子，他们被震惊了。

"这……"梅雅静惊讶得说不出话来。

文道政看着一下子蒙了，她们都披着长发，一身光洁的胴体，修长的腿，全身都看得清清楚楚……

她们追打嬉笑着，又躲到大石块后面去了。

"多美的画面！"文道政想，一下子振奋起来。

"她们干吗？"梅雅静问。

"洗澡！"文道政说。

"山里女孩这样洗澡吗？"梅雅静问。

"一定是砍柴出汗了，一身黏糊糊的难受，所以才洗澡！"文道政说。

正说着，几个女孩一闪不见了，一会儿，都穿戴了衣服，披头散发走出来，她们手上拿着柴刀，真是一群砍柴的姑娘。

文道政蹲下身子，见梅雅静像一团泥一样，背靠着山坡，脸红彤彤，像是受了极大的刺激一样。

文道政伸过头去，望着她，她也有意识地望着文道政。突然脚一滑，文道政控制不住，身子向前一倾，他赶紧用手支撑着，正好梅雅静在他的双臂之中，他的手撑在山坡上，梅雅静的脸与文道政的脸近在咫尺。

文道政感到梅雅静呼吸的气息，也感到梅雅静惊恐后平静的脸庞。她的眼睛是平静的，呼唤着和期待着。

梅雅静见文道政这样盯着她，她觉得那目光温暖又深陷，她觉得自己该逃开，可是她却没有动，她像是告诉自己一切都是安全的，她不需要推开文道政，不会有任何问题，或者说她又是在等待某种展示——总之，梅雅静迷糊起来，感觉自己像一条在文火上烘焙的酥鱼，正等待着某种结局。除此之外，她什么也看不到想不到了。

文道政动了春心，他怀里的女生温柔如水，眼神迷离，红唇诱惑，文道政情不自禁地想触碰一下那唇，该是柔软温暖的吧。

文道政低下头，轻轻地吻了过去。

梅雅静的唇上有某种酥甜的滋味，文道政触碰了第一下，便觉得再也剥离不开了，他闭着眼睛，再次轻碰了那唇。

梅雅静的眼睛也闭上了，她的心在胸中狂烈地冲击着，似乎只有文道政的拥抱能让心不从胸腔里跳出来，她感觉到文道政的呼吸，和自己的呼吸一起交织。

文道政终于勇敢地亲吻梅雅静了，从温柔到野蛮，从索取再到柔情似水的缠绵，一种酥麻和沉醉的感觉点燃了这对情侣。拥抱，亲吻，一秒钟也不想分开。

偶尔半秒的对视，那也是情深似水的双眸，然后再投入拥抱和亲吻……

文道政和梅雅静走出密林时已经到了午饭时间，上街的同学也陆续回来了，三三两两的正谈论着在小镇上的所见所闻。

文道政和梅雅静悄悄跟在人群的后面，分别"不经意"地融入了某些聊天的组合里，倒也没引起谁的注意。但他们时不时地会寻找对方的身影，如若对视，便微微一笑，如果没对视，便失落地收回目光，继续响应人家说的街上故事。

文道政走在梅雅静身后不远，他觉得自己得到了极大的认可。

梅雅静多次说过想跟着文道政回南方山区一起建水电站，实现梦想。

但是，文道政心里并不踏实，城里的千金真的能下乡去受苦吗，真的能为爱与他相守吗？

现在好了，文道政能从与梅雅静的忘情亲吻里探看到她的灵魂，她的沉醉与痴迷，她的响应与融合。

也许这就叫一吻定情吧，文道政觉得现在他和梅雅静的命运拴在一起了，他们的温度是一样的，血液都是交流的。

文道政真正体会到了爱情和幸福的滋味。

到了水电站大门内，梅雅静装成看宣传栏上的先进人物榜，文道政就走到她身边来了，两人正准备说话，黄亚男和陈凯也进了水电站的大门。

于是打了招呼，又一起聊着天，向招待所走去。

到了宿舍门外时，梅雅静突然说，她要去洗澡，让文道政为她打饭，她洗了澡再吃。

平时，都是黄亚男帮她打饭。梅雅静说这话时，黄亚男正好在场，她有点不相信自己的耳朵，她不明白什么时候风向已经变了，而她还茫然不知。

文道政觉得这是梅雅静交给他的第一个任务，也是认可他的存在与地位，于是觉得异常光荣和自豪，便赶紧答应说："好，好！"

黄亚男见文道政那副受宠若惊的样子，用手捂着嘴差点笑出来。黄亚男也赶紧转变了态度，大声说："陈少爷，你也帮我打饭，我也去洗澡！"

陈凯一听，乐得什么似的，赶紧大声说："好，好！"

黄亚男提着桶和梅雅静去洗澡。

文道政和陈凯拿着碗去食堂打饭。

食堂里，排着好长的队伍。

同学们见他俩手里都拿着两个碗，心里都明白，但都没吭声。

打饭时，肖子钢悄声对文道政说："肖家洞电站要与我们打一场球！"

"什么时候？"文道政问。

"今天下午！"肖子钢说，"只有今天下午，正好倒了班，队员们整齐，都不用上晚班！"

"那好吧，就今天下午！"文道政说。

肖子钢负责对接，负责通知双方队员。

文道政和陈凯两人打了四份饭菜，直接去了女生宿舍，等待两位大小姐洗完澡，才坐一起吃饭。

刘西凤这才从街上回来，跟伙伴们分了手，一回房间就看见这边四人在边吃边聊，于是拈着酸开玩笑说："哟，这儿有两对神仙呐。"

刘西凤没想到，这会四个人没有一个拿言语回怼她的。

"西凤，吃了吗？一起来！"梅雅静说。

"不了，电灯泡可不能做！"刘西凤望了一眼文道政，心里难过地离开了。

"今天，我在小河边看到……"陈凯突然说。

"看到什么了，快说来听听！"文道政问。

陈凯欲说又止，望了一眼黄亚男。

黄亚男脸一阵发红，不吭声。

"说呀，看到什么好看的！"梅雅静大声说。

"也没什么，一群放牛娃光着屁股游泳！"陈凯故意拖长声音说。

"呵，光着屁股？"文道政故意说。

"是呀，光着屁股！"陈凯说，"自由自在，无忧无虑！"

"哈哈哈……"梅雅静说，"赤条条无牵无挂！"

"不奇怪，我们小时候都这样！"文道政说。

"我们还看到了……"陈凯正要说，这时候黄亚男干咳了一声，警示陈凯别乱说。

"没有，没再看到什么！"陈凯立即转了话题，"看见那么清澈透明的河水，真想下河去游泳。"

梅雅静望了一眼黄亚男和陈凯，转眼望着文道政，微笑着脸上泛起红晕。

文道政心想，陈凯和黄亚男也许看见了砍柴姑娘光裸着身子下河游泳的情景，这算得上实习的一道风景，自然的美，才是最美的！

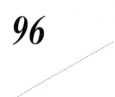

96

"下午又要和肖家洞篮球队打一场比赛？"陈凯问。

"是的，实习快结束了，电站的职工们提议要再来一次纪念赛！"文道政说，"我让肖子钢去联系对接！"

"刚来时的比赛，我们输了一分，这次一定得赢！"陈凯说。

"委培班和水电一班两个球队第一次合作，配合上还要更加默契！"黄亚男说。

"主要是投球不进，靠文道政一个人投远投，其他人得不了分！"梅雅静说，"差一分，还算不错！"

"这次，要好好配合，能赢！"文道政说。

"好好配合？张伟和刘闯你能协调好吗？他们不听你的！"陈凯说。

"怎么不听，要打赢，必须听从统一指挥！"梅雅静说，"各打各的，怎么能打赢，你看对方的4号，投球多厉害，让刘闯去卡住他！"

"对，让刘闯去卡4号！"文道政说，"只要4号少投两个球，我们就赢了！"

"文同学，你要按你的想法去打，不要怕协调不了！如果他们不听，你可以提出批评！"梅雅静大声说。

文道政听了梅雅静的话，感觉到她那么明显地和自己站在一起，一条心想事，于是望了她一眼，幸福地点点头。

吃完饭，文道政和陈凯拿着碗筷洗去了。

正碰上肖子钢在洗碗，肖子钢可是看见他们打了四份饭去女生宿舍，现在又过来洗碗，因此笑着说："这是要争当模范丈夫呀！"

文道政听了，觉得怪怪的，嘴上说："你瞎说什么呀！"但心里却是甜甜的。

"哎。对了，比赛下午四点开始！我们三点半到球场练一会儿球！"肖子钢说。

文道政将肖子钢叫到一边，对他如此这般地说了几句，肖子钢点点头，离开了。

············

下午三点半钟，张伟带着刘闯及水电一班的同学来到球场。

文道政、肖子钢和委培班同学也来到球场。

两个球队的同学站在一起，组成强有力的啦啦队。

肖家洞球队也来到球场，他们在另一个球架下训练。

文道政看见梅雅静站在女生中间，微笑着望着他，他更加有了斗志和干劲。

球赛马上开始。

文道政将队员叫到一起，进行了安排，特别嘱咐刘闯死盯住4号。刘闯一听让他盯4号，心里打退堂鼓，便说他刚下班，还没休息好。

文道政悄悄对他说："让别人盯4号，我不放心呢，只有你刘闯才能卡死他。"

刘闯一听，精神来了，马上高兴地接受了任务。

张伟提出要打后卫，文道政同意。

伴随一声哨响，比赛开始。

球场上大声喊叫！

肖奕琴作为啦啦队，不知站在哪一方。一方是自己的同学，一方是亲密的战友。她只好站在记分牌旁，帮着翻得分。

"两分！"球场上欢呼起来。

…………

"4号，4号！"有人大声喊叫。

4号带球上篮，得了两分！

"加油，水电学院！"有同学大声喊。

刘闯不是对方4号的对手，卡不住他。

刚发球，张伟拿着球运给肖子钢，肖子钢刚接到球，又被对方拦下了。大家看见肖子钢又丢了球，一阵哗然。

很快，4号又投中了两分！

"哎！"水电学院同学发出叹息声。

文道政看了看得分牌，6∶0！想暂停，可是，刘闯已发球，张伟拿到球，这时，球场下有人叫："文道政，文道政！"

文道政做好接球远投的动作，可是球被张伟投了远投。没上篮板，被对方拦截了。对方发起进攻，对方又投进两分！

"8∶0！"

"哎哟，怎么回事，太差了！"有同学抱怨！

文道政要求暂停。一声哨响，比赛暂停。

同学们都拥过来，递水递毛巾。

"怎么回事？不在状态！"文道政大声说，"大家振作起来！"

这时，女生们也一个个走近，鼓励球员们。

梅雅静、黄亚男、刘西凤、曾晓娅都往这边靠。

梅雅静对张伟和刘闯说："不能太急了，要打配合。"

梅雅静递给文道政的毛巾，文道政擦了一把，又上场了，文道政边打边喊话，球很快运到他手上，他一个远投，球进了！

"球进了！"陈凯大声叫喊，一片欢呼。

水电学院啦啦队大声叫着："加油，加油！"

刘闯对4号也盯得紧了，眼看不行，肖子钢和刘闯两人一起上，卡得4号没办法投篮，苦笑着，举着手，全场的啦啦队都笑起来。

肖子钢抢到了球。

文道政接过肖子钢送的球，一个远投，球在空中一条弧线，不偏不倚落入篮中，"两分！"

很快场上比分追为12∶12。

裁判员一声哨响，上半场结束。

大家很快围过来，庆祝胜利一样，七嘴八舌说个不停。

梅雅静挤到前面，将毛巾搭在文道政肩膀上，送给他一杯水，文道政接过来，一口气喝光了。

"这是魔力泉水，喝下去一定信心百倍！"有同学打趣地说。

"这样打，水电学院一定赢！"有男生说。

一声哨响，又打下半场。

文道政的策略发生了一些变化，除了卡死对方4号，还必须打快攻！

分数交替上升，到最后两分钟，比分为20∶20平。

"加油，加油！"

球很快传到文道政手上。

文道政拿着球，不急不忙，想拖延一点时间，然后一投定胜局！

"快投！时间到了！"有同学大声叫。

文道政跳起来，一个远投。刚跳起来，球刚出手，对手两个队员猛冲过来，将文道政猛力一撞，文道政一个趔趄扑在地上，顿时，鲜血从膝盖流出来。

"两分！"球场上一片欢呼！

文道政大叫一声："哎哟！"

一瞬间，很多人围过来，他们扶起文道政。

文道政"哎哟"地叫唤着。

刘西凤第一个冲到文道政面前，焦急大声地问："怎么样，痛吗？"

刘西凤用手去将伤口的泥沙弄掉。

曾晓娅掏出手巾，帮文道政擦伤口，并扎在文道政的膝盖上。

梅雅静放下手中的水杯，扒开人群走进去，见刘西凤和曾晓娅在帮文道政，心里有点不好受，走过去搀扶文道政，口里说："痛吗？"

文道政见梅雅静那紧张的样子，说："不痛！"

"我们赢了！我们赢了！水电学院赢了！"同学们欢呼着，大声喊叫。

"走，去电站医务室看看！"梅雅静说，"能走吗？"

"能走！"文道政挣扎着站起来，对大家微笑着。

刘西凤和曾晓娅见梅雅静搀扶文道政，识趣地离开。

同学们目送着梅雅静搀着文道政向医务室走去。

女医生给文道政处理伤口，拿开捂着伤口的手巾，手巾上沾了好些血污。女医生问："还要吗？"

"不要了！"梅雅静赶紧大声说。

文道政知道那是曾晓娅的手巾，但梅雅静说不要了，文道政也不好拾起来。

"这手巾还是新的哦，洗干净还可以用！"女医生说。

文道政望了梅雅静一眼，梅雅静还是坚持说："不要了！"

女医生见梅雅静说了两次"不要了"，便顺手丢进了垃圾桶里。

女医生用酒精将文道政的伤口进行了处理，说："可以了！"

梅雅静见很快处理完，忙问："不用包扎了吗？"

女医生望了梅雅静一眼，说："不用了，擦破点皮，很快会好！"

文道政高兴地说："谢谢！"

女医生微笑着看了一眼文道政，又转眼看着梅雅静说："你姓梅！"

"是呀！"梅雅静高兴地说："怎么了？"

"你是水电学院梅校长的千金！"女医生说，"我也是猜的！"

"呵！"梅雅静望着文道政微笑着，说，"以后打球小心点！"

"果然长得漂亮，像个仙女！"女医生微笑着说。

梅雅静一听，脸红了。

"个个都在传呢，说梅校长的女儿长得像仙女，这一看果真如此！"女医生说，"小伙子，你可真是运气好，碰上了七仙女！"

文道政一听，赶紧说："谢谢，谢谢！"

梅雅静拉起文道政的手，说："我们走了！"

"你们明天过来，再来涂点消炎药！"女医生说。

"好的！"文道政和梅雅静同时回答。

女医生信口一说，让文道政更加喜欢梅雅静，感到与梅雅静在一起是多么幸福美满的事。心里一高兴，趁着没有人看见，在梅雅静的脸上吻了一口。

梅雅静用手在脸上捂着，望望四周没有人，一巴掌打在文道政身上，说："你坏！"

回集体宿舍时，正好有几个女职工在带小孩聊天，很远听见她们在说："……一朵花……自费生……"

"自费生，是个农村户口哦！"

"你们别小瞧人！"

……………

"别说了，他们来了！……"

话语隐约，但大家谈论的似乎是自己，文道政心里非常不好受。

不知是谁，将文道政的情况说出去了！

文道政现在是个大学生，毕业后不包分配，找不到工作就是个农民，什么国家干部、国家职工，都不是，那梅雅静会跟着一个农民到山区吗？

一个农民凭什么要在山区建一座水电站呢？

听到这些，文道政心一惊。

梅雅静听了，又有什么想法呢？

也许梅雅静爱的是文道政这个人，其他什么也没想。

文道政望了一眼梅雅静，也感到自己与梅雅静的距离太大了。可是，爱情，让人无法理解，若是真爱，可以跨越万水千山。

梅雅静是真的心甘情愿要跟随他文道政啊。

"你真愿意分配到南方山区去建水电站吗？"文道政问。

"我愿意！"梅雅静坚定地说，"山区更需要水电技术人才！"

"山区多苦呀！没有车，没有好吃的，甚至点煤油灯！"文道政说。

"我不怕，"梅雅静说，"我要为山区水利事业做贡献！"

"我是个自费生，毕业后不包分配，找工作要招工、要转干，前途渺茫，我……"文道政这样说。

"别说了，我跟着你！用我的工资吃饭！"梅雅静说。

文道政想到这里，对梅雅静更加敬重和珍惜，下决心一定不让梅雅静吃苦受气。

文道政想这些时，用手紧紧抓住梅雅静的手。

这时，梅雅静突然想起球场上，刘西凤和曾晓娅争先恐后去帮文道政的情景，痛苦地一甩手，大声说：

"你就会拈花惹草，我不理你了！"

梅雅静说完，跑走了。

文道政没明白，从美梦中惊醒，梅雅静跑步进了招待所。

"怎么了？"文道政心里想。

文道政轻轻走过去，门关上了。

"咚咚！"文道政敲门，大声说，"请开门！"

梅雅静不吭声，不开门。

"怎么了，你说！"文道政说。

"谁关心你，你去找谁！"梅雅静发脾气说。

文道政一听，明白过来，说："你别误会！"

"我不管！你别来找我！"梅雅静这么说，"快走吧，一会儿女同学回来了！"

"真是误会！你别生气！"文道政继续说。

…………

"什么误会？伤好了吗？"这时曾晓娅走过来，大声问。

文道政一见曾晓娅，心里更有气，若不是她拿手巾包伤口，也不会闹出这些误会来，没好气地说："滚开！"

"哎，狗咬吕洞宾不识好人心！"曾晓娅说着，打开女生宿舍门。

文道政见自己情绪失控，赶紧走开了。

吃晚饭时间到了，同学们拿起碗去食堂吃饭，刘贵北叫文道政。文道政也不搭理，一个人睡在床上。

文道政现在感到梅雅静要离他而去了，觉得自己连站起身的力气都没有了。自己太没有能力，太没有资格得到梅雅静了。

可是，梅雅静那么可爱的女生，文道政他哪里舍得放弃啊。

文道政觉得一定要向梅雅静解释清楚，哪怕要他写下保证书，他也愿意。

梅雅静在招待所，一个人躺在床上睡大觉。

黄亚男叫她吃饭，不理。认为她病了，用手试探额头，不发烧，叫了两次不起床，黄亚男只好拿起碗筷替她打来饭菜。

梅雅静感到最大的问题并不是她不爱文道政，而是，文道政这小子，仍有一些女生在爱着他、关心他。

球场上那一幕，刘西凤、曾晓娅跑得比谁都快，一下子来到文道政身边，梅雅静后到一步，想到这里，她心里来气。

曾晓娅这个女生，文道政刚才对她做出那种举动，让梅雅静意想不到。也让梅雅静解了心头之气。还有刘西凤，文道政摔了跤，她比什么都心疼，第一个跑过去，她是从骨子里喜欢文道政呢！

哎，谁叫文道政这么优秀呢！爱一个优秀的男生，就是要与身边的女生争斗。

黄亚男打饭回来，催梅雅静起来吃饭，口里说："是不是生文道政气了？"

梅雅静没有搭理，心想，黄亚男真厉害，怎么会知道了？

"你不说我也知道！"黄亚男说，"文道政没来，八成也在生气？"

梅雅静一听文道政也在生气，立即坐起来，望着黄亚男。

"你起来了！快吃饭！"黄亚男说。

"你刚才说什么？"梅雅静问。

"我……没说什么！"黄亚男说。

"你刚才说文道政什么……"梅雅静问。

"呵，我说……文道政肯定也在生气！"黄亚男说。

"呵，他真在生气吗？"梅雅静问道，"你怎么知道？"

黄亚男见梅雅静急成那样，哈哈一笑，说："我知道你们在生气，一看就知道了！"

梅雅静噘着嘴说："你告诉我！"

"告诉你什么？"黄亚男问。

"文道政也在生气？"梅雅静问道，"他没吃饭吗？"

"哈哈哈……我猜的！"黄亚男说，"我看他没来！"

梅雅静一听，半晌才说："他一定生气了，我去看看！"

梅雅静下床来，这时，陈凯在外面敲门："我可以进来吗？"

黄亚男大声说："你去看看文道政！"

陈凯伸进一个头，说："文道政病了，躺在床上！"

"文道政病了？"梅雅静重复着说，"一定是在生我的气！"

"你们俩怎么就生气了呢？刚才不好好的吗？"黄亚男说，"文道政受伤了，你还生他气干吗？"

"我也不知道！"梅雅静说。

"你，又发脾气，又牵挂人！"黄亚男说，"快吃了饭去看看！"

"我不吃！我……"梅雅静说。

"陈少爷，你去看看，说梅雅静不吃饭，病了，让文道政过来看看！"

陈凯站在门边，听黄亚男这么一说，赶忙答应道，"我这就去！"

梅雅静坐在床上，用手拢了拢头发，又恨又笑地，生怕文道政不来看她。

果真，一会儿，陈凯敲了敲门，大声说："文道政不见了！"

"文同学不见了，去哪了？"梅雅静一骨碌下了床，穿上鞋。

"你别急，他不会丢掉！"黄亚男说。

"他去哪了？"梅雅静问。

"这么晚了，他会去哪？一定在厂区走走！"黄亚男说，"陈少爷，你还站着干什么？还不去找！"

陈凯一听，赶紧说："我马上去找！"

黄亚男见梅雅静心急，一边安慰，一边陪她去找。

"他会不会去厂房？"黄亚男说。

"不会！他今晚没有班！"梅雅静说，"我知道了，他一定去了那里！"

"哪里？"黄亚男问道，"我陪你去找！"

在梅雅静的心里，文道政一定去了桂花林。他们俩去过两回，他们在那里谈理想、谈毕业后建水电站的思路，也谈恋爱。

黄亚男紧跟着梅雅静，她们很快来到桂花林。

果然，一个黑影在游荡，仔细一看，正是文道政。

她们看到了文道政。

黄亚男悄声说："你去吧，我先回去了！"

还没等梅雅静答应，黄亚男转身走了。

梅雅静一个人向文道政走过去。

"文同学，是你吗？"梅雅静悄声问。

文道政没有回答，站在那里，等待梅雅静走近。

"我知道是你，知道你一定在这里，知道……"梅雅静说着走近，"我以后再也不发脾气了……"

梅雅静说着，靠近文道政。

文道政听到梅雅静的声音，心情特别激动，刚才还在想，梅雅静可能不理他了，一个深爱的女生离他而去了……

可是，梅雅静自己找过来了，他有些寒冷的心顿时热起来。

他知道，梅雅静是彻底爱上他了。

梅雅静走近文道政，感受到他的气息，嘴里还在重复说："我再也不发脾气了！"

等到梅雅静走近时，文道政突然双腿一跪，跪在梅雅静面前，口里说："梅雅静，我爱你！"

梅雅静被文道政的举动竟吓了一跳，感动了，她赶紧双手去扶文道政，口里说："你，你受伤了，快起来。"

"你答应我！"文道政认真地说。

"你这算求婚吗？"梅雅静突然奇怪地问。

"一颗心，陪你一生。我爱你！"文道政坚定地说，"海枯石烂，永不变心！"

"我答应你！我会真心实意地爱你！陪你度过漫长的人生岁月！"梅雅静坚定地说着，去搀扶文道政。

文道政慢慢站起来，梅雅静心疼地问："疼吗？"

文道政将梅雅静紧紧拥在怀里，忍不住又去吻梅雅静。

梅雅静觉察到了文道政的冲动和欲望，于是仰起了脸，闭上了眼睛，等待着文道政的亲吻……

97

毕业实习结束后，是毕业设计和论文答辩。

水电一班和水电委培班，毕业设计的内容是一样的：设计水电站高压开关站。

指导毕业设计的老师布置这个题目时，特别指出，在山区建水电站，水工部分是基础，电工部分才是关键。水电站高压开关站是建设水电站的关键，毕业设计搞好了，毕业后搞水电站建设，就没有问题了。

文道政听老师这么一说更加认真，对每个参数都仔细核对，对每个专业名字都牢记于心：母线、子线、变压器、避雷针、绝缘子……他认真地设计着，在他的图纸上，一个漂亮实用的高压开关站建成了。

这段时间，杜老师似乎心思没有放在严格管理上，而是放在委培班的学生毕业文凭上。

发不发毕业文凭，发什么样的毕业文凭，在学校形成两派意见。

王副校长极力反对委培班发毕业文凭。

委培班是自费班，委培生是自费生，自费生也是"五大生"之一，是国家教委认可的，但不包分配，可是也不能不发毕业文凭呀，辛辛苦苦读了四年书，连一张毕业文凭都没有，怎么走向社会找到工作呢？

委培班与公费班开一样的课程，同样的老师上课，考一样的考题，怎么不能发一样的文凭呢？

王副校长却认为，委培班不是全国统考来的，不是正规大学生，坚决反对发文凭。

不管发什么文凭，总是要发文凭呀，不发文凭肯定不行！

…………

文道政正在设计室设计高压开关站，正用一把直尺将母线画粗一些。

肖子钢和陈凯跑进来，大声说："你别画了，学校不给我们发文凭！"

文道政抬起头，望着他们，还没弄明白。

"我们没有文凭！白读四年！"陈凯气愤地说。

文道政总算听明白了，站起来将直尺和笔一扔，说：

"走，找梅校长去！"

文道政一说，许多男生女生都扔下手中的笔，跟着文道政下楼去找校长理论。

同学们走出设计室，向三楼校长办公室走，正好碰上王副校长走出教师楼。

"就是王副校长不让发文凭！"同学们指着刚走出门的王副校长说。

文道政一听是王副校长，心里一股气冲上脑门，这个王副校长处处为难委培班，处处与梅校长作对，这个人怎么就这么坏呢。

文道政带着同学们走向前，手一伸，拦住王副校长。

"站住！"文道政大声叫道。

王副校长一听，吓了一大跳，一紧张将近视眼镜都吓掉在地上了。他弯下腰，在地上摸索着找到眼镜戴上。

同学们一见，都笑起来。

王副校长看清是文道政，大声吼道："文道政，你想干什么？"

同学们赶紧止住笑，望着文道政。

"干什么？……你心里清楚！"文道政大声说。

王副校长见文道政杀气腾腾，赶忙说："文道政，你身为班长，你敢打人？"

"哈哈哈……"同学们笑着。

"你故意处处为难委培班，"文道政说，"你说说，为什么？"

同学们也大声询问："为什么？"

"你们这群自费生，要有自知之明！"王副校长说。

"我们读了四年书，成绩合格，为什么不能发文凭！"同学们大声问。

"我不和你们争，我要去市里开会，让开！"王副校长大声吼道。

同学们将王副校长团团围住，不让他离开。

围观的人越来越多，一些人还以为是在打架呢。

"文道政，你给我听着，再不让开，我开除你！"王副校长大声斥责道。

文道政见同学们起哄，用手一挥，想让大家安静下来，可是同学们不听文道政的，吼声越来越大，有人向王副校长掷纸团，打到王副校长头上。

"谁敢打人？"王副校长向掷纸团的人指着，大声说。

可是，王副校长没有制止住，文道政也没有制止住，许多学生向王副校长掷纸团，掷泥巴和小石子。

王副校长的头被打了，流血了。

文道政赶紧跑过去护住王副校长。

文道政的头也被击中了，鲜血流下来……

文道政用手和身体护住王副校长，一只手指着掷石子的同学大声说："你们干什么，不能打人啊，你们别打人！"

"你走开，不关你的事！"

"这个垃圾副校长，你还护着他！"

同学们不听打招呼，照样推推搡搡，吼声越来越大。

文道政和王副校长被掷来的小石子再次击中，文道政全身护住王副校长，不让他受伤。

杜老师和"情报处长"同时赶到，一声响亮的哨声划破凌乱，大家知道是"情报处长"来了，一窝蜂地散开，全部走得无影无踪了。

杜老师和"情报处长"走过去，见王副校长和文道政满脸流着血，王副校长的近视眼镜也打破了，赶紧扶着王副校长问："王校长，你……"

王副校长见情报处长和杜老师赶来了，一把推开文道政，发脾气说："滚开！"

杜老师见文道政用身体护住王副校长，还被王副校长责怪，有点不明白，用手将文道政扒到身边，小声说："王校长，快去医务室看看！"

"情报处长"见王副校长的头上还有血迹，赶紧叫道："快，送医务室！"

文道政的头也流了血，他用手一抹，手上殷红的一片。但见王副校长头上流血，文道政走过去扶他。

王副校长没好气，推开文道政，口里说："滚！"

"情报处长"和杜老师送王副校长去了校医务室，文道政站在那里没动，鲜血沿着他的脸颊流下来，一滴滴往下流。

许多同学围观，有人叫文道政也去医务室看看，文道政木然地站着，突然失声，痛哭起来……

黄亚男自始至终都在其中，杜老师和"情报处长"赶来时，她一撒腿跑了，去找梅雅静。

文道政的泪水和血水流下来，一大片一大片地染红他那件短袖白衬衣。他像个血人一样站在那儿，像是做错了事的孩子，等着大人来惩罚，虽然他也是受害者。

梅雅静和黄亚男跑过来扒开人群，看见文道政独自站在那儿流泪，一个血人一样，衣服都染满了鲜血，梅雅静不顾少女的矜持，走过去，一把将文道政抱住，泪水也流下来。

围观的同学，一阵谈论，吼叫。

"总算看见了，别人说我还不相信，梅雅静是真爱文道政这个自费生！"

"真是郎才女貌！"

"感天动地！"

"梅校长不管教自己的千金，在学校公开谈恋爱！"

………………

文道政双手拥着梅雅静，哭泣声哽咽着。

梅雅静用手拍着文道政的背，半晌才说："走，去医务室看看！"

在梅雅静和黄亚男的陪伴下，文道政走进医务室。

林医生正在为王副校长包扎伤口。

林医生看见文道政在梅雅静和黄亚男陪同下，走进来。

杜老师和"情报处长"看见梅雅静和黄亚男陪着文道政，一下子特别尴尬，故意转过头去和王副校长说话。

王副校长仍没好气地大声说："这个文道政，一定要开除！"

王副校长低着头说话，猛抬头看见梅雅静扶着文道政走进医务室，立即停住话，正眼看了一眼，没作声。

林医生将王副校长弄好，"情报处长"和杜老师陪着王副校长离开了。

林医生这才过来帮文道政处理伤口。

"用剪刀将头发剪掉一些，伤口明显了才好上药。"林医生一边剪发一边说，"王副校长大发脾气，不开除文道政，他辞职不干了！"

大家一听，慌了神。

"怎么会发生这种事呢？"梅雅静自言自语道。

"王副校长被打，这是一件性质恶劣的事！"林医生说。

"人太多，也不知道是谁打的！"黄亚男说，"肯定是我们委培班同学干的！"

"这个事很严重很复杂！"林医生说，"你们早点做准备，别太被动！"

杜老师送走了王副校长折回来，见文道政衣服上满是血污，又是心疼又是责备。看见梅雅静在一旁，堆着笑，说："雅静，你过来了！"

梅雅静也没好气，不明明看见自己早已在此，在王副校长面前一套，现在又一套，口里说："王副校长的命是命，文道政的命就不是命了！"

杜老师一听梅雅静在责怪她，态度马上发生改变，说："雅静，你也知道，王副校长是校领导，得罪不起！"

"王副校长是人，学生也是人！"梅雅静说，"当老师，要公正公平待人！"

杜老师赶忙说："我是很公正的，王副校长要开除文道政，我不正在做工作吗？"

"开除文道政？"黄亚男气愤地问，"凭什么？"

"你们知道，王副校长负了伤，流了血，受了气，他不会罢休！"杜老师说。

"什么不肯罢休？文同学用身体保护他，难道他不知道？文同学受的伤比他更严重！"梅雅静气愤地说。

"哎哟，哎哟！"文道政的伤口疼痛，他叫了两声。

"忍住，一会儿就好！"林医生说，"文道政的伤，的确严重得多！"

杜老师走近一看，心疼地说："文道政，你让我说你什么好！马上毕业了，你还弄出这件大事来！"

"高老师，这件事不全怪文道政！"黄亚男说。

"那怪谁？"杜老师说，"王副校长的气全撒在文道政身上！"

"文同学也是受害者！"梅雅静说，"我要将事情告诉我父亲！"

"这事从委培班发文凭闹起，你跟梅校长好好反映下，读了四年大学，两手空空回家！这是什么事呀！"杜老师生气地说。

"现在委培班最大的情绪就是文凭问题，有同学说，不发文凭，毕业了也不会离校！"黄亚男说。

"我带这个班四年了，对这个班有感情，这些学生认真学习，积极向上，而且讲感情、懂礼貌，今后不比公费班差！"杜老师心疼地说，"我也会到梅校长那儿去反映情况！"

"搞委培自费班是学校确定的，学校应该给学生一个满意的答复！打架不会解决问题！"林医生也这样说。

文道政的头上打了四个"补丁"，那样子像从"火线"下来的。

"我们走吧！"梅雅静说。

这时，医务室突然涌满了学生，一看全是委培班的学生。

学生们见杜老师在，一个个叫了声杜老师，就低着头不吭声。

"尽给我惹乱子！"杜老师大声说，"走吧，回教室去！"

大家走到文道政身边，见文道政头上尽是"补丁"，都笑着说："光荣负伤！"

梅雅静见同学们取笑，也捂着嘴笑出来。

梅雅静一笑，大家都笑起来。

"不准笑！"杜老师大声说，"严肃点，回教室好好检讨！"

文道政坐着没动，本想对梅雅静说句谢谢，但当着老师和同学的面羞于启齿。文道政想等老师和同学们走远了再说，可是杜老师起身走了，同学们不走，一定要和文道政一起走。

杜老师走到前面站住，回过头，大声说："走呀！"

文道政站起来，同学们起哄似的，围着文道政往教室走。

梅雅静也跟着一起离开医务室……

98

学校围绕王副校长被打事件，召开大会展开了激烈的讨论。

梅校长为了听取意见，将学校各处室负责同志都请到了会议室。

以王副校长为首一方，坚决要开除文道政。

以梅校长为首一方，不同意开除文道政。

王副校长用手摸着头，愤怒地说："我来校三十多年了，从未受过这么大的委屈，像地主一样挨斗，像反革命一样挨打，罪魁祸首就是文道政，是他一手组织，一手制造的！不开除他，我辞职不干了，我要到北京上访！"

王副校长一说，激起老师们的公愤。

梅校长坐在那儿没表态，也没吭声。

杜老师清清喉咙，说：

"文道政是水电委培班班长，我了解他，他不可能带头打老师，打校长！"

王副校长见杜老师这么说，非常生气，发脾气说：

"你，你……没有尽到一个班主任的责任，管理不到位，还睁着眼睛说瞎话，不打老师，不打校长，那我是怎么挨打的？我头上打了两个'补丁'，难道是故意的？我的鲜血不会白流！"

杜老师见王副校长这么说，索性将话挑明白，大声说：

"我到现场时，我亲眼看见文道政拼着命用身体保护着王副校长，文道政受的伤比王副校长还严重，这是校医务室林医生诊断的！说文道政打王副校长，我不同意这个说法。开除文道政，我坚决反对！"

王副校长见杜老师用这么强硬的语气说，气得咬牙切齿，将桌子一拍，大声说："你一个班主任老师，不维护校领导，专门为自己学生说话！太不像话了！"

王副校长这一发脾气，又有老师纷纷指责杜老师，说杜老师工作不负责，带出的学生专门打架、打老师。

杜老师见王副校长大发脾气，老师们指责她，用手捂着眼睛哭起来。

"情报处长"本来想说几句，但一见这带着火药味的气氛，赶紧闭嘴不说话了。

会场气氛，一下子凝滞下来。

这时，"收租婆"突然站起来说话，大家都望着她。

"收租婆"已经是财务处副处长了，处长出差，她是来代会的。

"我说一句，文道政这孩子，我太了解了！"收租婆停了停，喝了口水。

大家一听"收租婆"说文道政是个孩子，听得挺新鲜，都睁大眼睛。

"文道政诚实、勇敢、正义，如果说文道政打王副校长我不相信！王副校长被打，为什么被打？我们的学校应该找到根源！文道政曾经为了保护学校公共财产，被小偷捅了七刀，差点牺牲生命，得到了'见义勇为'表彰，这样优秀的学生，怎么说开除就开除？我一万个不答应！"

"收租婆"最后一句"一万个不答应"说出口，会场上笑出声来。

王副校长见"收租婆"这么说，心里又恨又气，拍着桌子大声说：

"你，你，收租婆，谁让你来开会的？通知各处处长来开会，你一个副处长来开什么会？"

王副校长话一落，大家七嘴八舌议论开来，有人说：

"谁来开会，你也管得住？处长出差了！"

"哈哈哈……"

"收租婆"又站起来，大声说：

"还有一个月，他们就毕业了，王副校长，你安的什么心？"

大家一听，又议论开了。

王副校长桌子一拍，站起来大声吼道：

"你……你，收租婆，你给我滚出去！"

大家见王副校长发脾气，都不吭声，眼望着梅校长，希望梅校长说几句。

"收租婆"见王副校长让她滚出去，心里满心是火，大声吼叫：

"你一个副校长，凭什么叫我滚出去？你就是心术不正！你别惹恼我收租婆，哼，你王副校长暗地里向上级告黑状、打小报告，别以为我不知道！"

"收租婆"这么一说，许多老师七嘴八舌起来，都想"收租婆"多讲几句，让大家知道王副校长是怎么打小报告、告黑状的。

这时，梅校长大声说话了：

"不要说其他的，我想听听，文道政要不要开除！"

就在这时，会场上安静的一瞬间，肖奕琴跑来敲门。

"咚咚咚！"

"谁呀？"

"水电委培班团支部书记肖奕琴！"

大家听了，没有人说让她进来，也没有人说不让她进来。

大家都望着梅校长。梅校长听到了声音，大声地说："让她进来！"

"情报处长"一听梅校长发了话，赶紧去打开门，先就小声问："你有什么事吗？"

肖奕琴手里拿着一张纸，纸上签满了姓名，还摁了手印，标题是：

"王副校长是我们打的，不关文道政的事！"

梅校长见"情报处长"拿着那页纸在看，问道："什么东西！"

"情报处长"直接将纸条，呈送给梅校长。

梅校长拿着纸一看，皱着的眉头，展开了，望了一眼大家，说：

"水电委培班全班同学签名，说王校长是他们打的，不关文道政的事。"

梅校长将纸扬起来，让大家看。

杜老师站起来，从梅校长手中接过纸，许多老师围拢来。

"这群学生，哎！"杜老师叹了一口气。

"收租婆"接过纸条看了看，传给其他老师，传来传去，传到了王副校长手中，王副校长见委培班同学都签名摁了手印，证明了文道政是清白的，一生气，将纸条撕得粉碎，掷在地上，口里说：

"妈的！都是些什么学生？！"

大家见王副校长穷凶极恶，出口骂人，疯了一般。

梅校长将手中的茶杯，举起来重重地往桌子上一放，大声说：

"身为校领导，出口骂娘，成何体统！"

梅校长一说话，大家安静下来，王副校长也不嚣张了。

等到大家都安静下来，不作声了，梅校长才说话：

"很明显，文道政没有打王副校长。文道政也是个受害者。他的头被打破了，鲜血染红了一件白衬衣，头上添了四个'补丁'。大家想想，如果是你的孩子，你心疼吗？你会开除他吗？"

会场，比什么都安静。

"王副校长，你不会这么快就忘记了，是谁用身体保护你，是谁自始至终和你站在一起？我告诉你，这个人不是别人，就是文道政！他一点也没有逃避！你去医务室治伤去了，文道政委屈得一个人站在那里放声大哭呢！这么一个好学生，你要残忍地开除他？"

梅校长说这番话时，会场上有老师流泪了。

"收租婆"开始大声哭出声来，那悲痛的声音一下子传染了大家。

王副校长低着头，没有作声。

"还是那句老话，在水电学院要开除学生，没有我的同意，谁也别想！"梅校长斩钉截铁地说。

"收租婆"一听，止住哭，带头鼓起掌来，会场上一下子都鼓起掌来。

王副校长一听，站起来想离开。

"大家不要离开，还要继续开会！"梅校长说，"委培班发不发文凭，我也想听听大家意见！"

有的老师站起来想离开，听梅校长一说，又都坐下来了。

有老师马上说："电大、职大、业大、函大、夜大，都是自费生，这个'五大生'是成人高等教育的重要形式，毕业当然要发文凭！"

"是呀，在大学读了四年书，就应该发文凭！"

…………

杜老师走进委培班时，大家都在议论着文道政受到处分的事。当然，文道政最后也没有受什么处分，只是对委培班的同学给予严肃的批评。

王副校长挨了打，文道政没有受到开除，心中有气，对委培班毕业要发毕业文凭，更是坚决反对。

在王副校长的反对下，毕业文凭的事，一直没松口。

"是谁开始用石子打人？"杜老师站在讲台上斥问。

大家都不吭声。

"打人是解决不了问题的，只会增添更大的矛盾！"杜老师说，"现在毕业，没有文凭！没有这张纸，自费生找不到工作！职工们回单位也无法向领导交代，这怎么办呢？"

同学们都望着杜老师。

"我同情大家，你们是我的学生。可是，大家也想想，我们是自费生，与公费班学生是有区别的……大家还记得吗，刚开学不久，我们班被取消了伙食费，取消了奖学金，取消了……甚至，连学生证都不让发！现在我们提出，想要和公费生一样的毕业文凭，有同学提出一字不差，做得到吗？"

"毕业文凭除了我们学校盖公章，校长要盖章，还要上级主管部门也要盖章，这三个章，缺一个，就是个假文凭。"杜老师解释说，望着大家，

"事情没有那么容易！"

"那怎么办呢？"陈凯站起来问，"没有文凭，我回单位转不了干！"

"是啊，没有文凭，我们回家无法转正！"

"没有文凭，等于白读！"

…………

杜老师见大家你一言我一语，说不停，做了个手势让大家停下来，然后说："这些我都知道，大家动动脑筋，看有没有好的办法解决！"

文凭是个什么东西，其实大家都没有见过。有同学说，就是一张毕业证书，盖了三个大印章的红本本，证明在水电学院读了四年书。

在文道政的脑海里和想象中，初中、高中有毕业证，那只有学校盖的公章，也没有其他章。杜老师说有三个章，这样子没有见过。

"同学们，毕业设计和论文答辩这两项必须重视，一项不及格，无法毕业！"杜老师说着，让大家静下心来搞设计，别分了心。

杜老师说完，离开了教室。

这时，陈凯从课桌里拿出一个毕业留言簿，直接交到了文道政手里，说："水电一班集体买了毕业留言册！"

大家围拢来，翻看着。

肖奕琴说："毕业班自行安排了照毕业照，我们也要照毕业照！"

文道政一听，赶紧说："走，我们去找杜老师！"

这时，黄亚男笑起来，捂着肚子笑不停。

大家问她为什么笑，黄亚男指着文道政的头，说："文道政头上打了四个白色'补丁'，怎么照毕业照？！"

黄亚男这一说，大家都笑起来。

陈凯笑起来说："读了四年大学，一年一个，正好四个'补丁'！"

陈凯一说，大家笑得更加起劲了。男生们笑着笑着，与文道政拥到了一起。

说实话，杜老师没有心思顾及班里照毕业照的事，也没有时间让同学们去买毕业留言簿，她为了委培班的毕业文凭，一心一意去找校领导汇报。

她带的这个班，同学们是多么认真刻苦，师生结下多么深厚的感情，她不能看见自己的学生，两手空空离开学校。

文道政和肖奕琴去找杜老师，杜老师让他们自己办。

下课时，文道政将班干部全部留下来，商量着怎么买毕业留言簿的事。

最后，决定由黄亚男和肖奕琴负责。

毕业照，也由陈凯和肖子钢负责联系摄影师。

毕业，说来就来了。

为了增加友情，水电一班的许多同学毕业留言簿，交到了委培班手中，他们像填写证明一样填写着自己的名字和出生日期，贴上自己照片，然后在毕业留言上写上一段友情的表白。

文道政翻了翻，一股离别的伤愁，涌上心头……

99

文道政走在校园，头上打了四个白色"补丁"，像只白头翁鸟一样。

同学们见到他，都笑。

在林荫大道左侧的石桌石凳边，梅雅静正好站在那儿，微笑地望着文道政走过来。

"文同学！"梅雅静笑着叫了一声。

文道政一看，径直走过去。

"我陪你换药去！"梅雅静说着，走到大道上来。

文道政微笑着说："你等很久了是吗？"

梅雅静笑着，说："我恭候你多时了！"

文道政一听，笑起来，也说："多谢！"

两个人说笑着，走到医务室换药。

换了药。文道政头上的白纱布没有了，伤口上涂了药，林医生还给了文道政一瓶红药水，一包棉签。

出了医务室，两人围着操场走了两圈，梅雅静要文道政去她家吃晚饭，说："家里炖了排骨汤！"

文道政害怕见到梅校长，不肯去。

"我爸妈不在家！"梅雅静悄声说。

文道政一听，有点兴奋地点点头。

其实，梅雅静说她的父亲不在家是实，可是，梅校长并没有回到乡下去。梅校长是去了省水利部门，他去了水利部门的团委。去干什么呢？为了文道政……

"爸爸，文道政是一个多么优秀的大学生。四年来都是全校的'三好学生'、优秀班干部，又是全省见义勇为的先进个人，品学兼优，这样的大学生，不正是你需要培养的吗？不正是实现'四个现代化'所需要的吗？"梅雅静在梅校长面前说，"你帮帮文道政，日后他一定会有出息！"

梅校长一听女儿在他面前夸文道政，心里立即想起文道政来学校找他时，他父母亲将学费用一条手帕包好，再用一条绳子捆起来，再缝进了他的行李中的情境。

一个山区农村小孩，要到省城里读个大学，多么不容易呀。也联想到自己考上清华大学时，自己的父母也是将学费用一条手帕包好，再用一条绳子捆起来，再缝进了他的行李中。梅校长到学校交学费时，也就是这么小心翼翼地拿出来……梅校长决定要帮文道政。

梅校长有学生在省水利部门团委当书记，他认为，文道政是优秀的大学生，又能写一手好字，写一手好文章，在团委最适合他的发展。

梅校长没有告诉梅雅静，一个人去了省水利部门的团委……

梅雅静带着文道政绕了个弯，绕到教工宿舍楼后门，径直上了三楼。

梅雅静掏出钥匙打开门，文道政跟进屋去。

梅雅静将书包丢在沙发上，微笑地望着文道政，然后伸出双手，拥着文道政，口里说："好让我担心！"

文道政见梅雅静拥过来，赶紧拥着梅雅静的腰，两个人拥抱了一会儿，这才开始一起做饭。

排骨汤是早就炖好了的，正文火煲在炉子上呢，一会儿菜炒出来，梅雅静先就给文道政盛了排骨汤，看着文道政喝下，又将几块大排骨夹到文道政碗里，说："多吃点，对恢复身体有好处！"

文道政边吃，边替梅雅静夹菜，两个人吃得可香。

吃完饭，文道政主动洗好碗，洗了手才走过来。

梅雅静笑着说："我们去桃子湖走走吧！"

文道政答应说："好呀，那我们走！"

梅雅静手里拿着一本印度诗人泰戈尔的《新月集》，他们来到了桃子湖，找到他们学武术时的那个大石头，坐下来。

这时候，在桃子湖的学生并不多，留给他们一个安静的空间。

梅雅静让文道政坐下来，说："我背泰戈尔的诗给你听。"说着背起来……

梅雅静背了几首，感觉有点累了，便坐在文道政的身边。

梅雅静睁眼看着文道政，突然说："文同学，你唱首歌给我听！"

文道政站起来，清清喉咙，说："好吧，我唱《莫愁啊莫愁》"

"好！"梅雅静伸出小手鼓起掌来。

"莫愁湖边走，啊，春光满枝头；花儿含羞笑，碧水也温柔；莫愁女前留个影，江山秀美人风流，啊，莫愁啊莫愁，劝君莫忧愁……"

文道政唱了一遍，梅雅静没吭声，听得津津有味，偏着头做出沉思状。

文道政见梅雅静没吭声，正想说话，梅雅静突然说："再唱一遍！"

文道政微笑着，又清清喉咙，开始唱："莫愁湖边走……"

刚好唱完，才停下来。

"再唱一遍！"梅雅静又这样说。

文道政又认真动情地唱了一遍。

文道政刚唱完，梅雅静突然要文道政坐到她的身边来，口里说："唱得太棒了！我真想你永远这样唱下去，我也永远这样听下去。"

文道政得了夸赞，心里特别高兴，说："那我永远这样唱下去。"

这时，梅雅静侧过身，眯着眼睛盯着文道政看，说："你真会永远唱下去吗？"

"你让我唱下去，我就永远唱下去。"文道政这样高兴地说。

梅雅静一听，心里特别开心，她甜蜜蜜地看着文道政。

"别动，让我好好看看你！"梅雅静说。

文道政侧过脸，两个人睁着眼睛看着对方。

"文同学……真像做梦一样，一转眼大学快毕业了！"梅雅静说，"你刚来大学时，那副土里土气的样子一直印在我心里，你说，我怎么会喜欢你呢？"

文道政见梅雅静这样说，真不知怎么回答，笑笑说："当时，你就是我的救星！没有你，我读不了大学！"

"真的吗？没有我，你交不起学费，会回家吗？"梅雅静问道。

"是呀，你像个七仙女一样在我面前出现，我心里祈祷，这一辈子，你别离开我！"文道政壮着胆子说。

"哈哈哈，"梅雅静说，"你当时真是这么想？"

"是呀！"文道政说，"做梦都这样想！"

"哈哈哈，我是七仙女，你是董永！"梅雅静开玩笑说，随之哼着，"树上的鸟儿成双对，绿水青山带笑颜……"

"……你我好比鸳鸯鸟，比翼双飞在人间……"最后一句，他们两人一起唱起来。

唱完，梅雅静含情脉脉地望着文道政说：

"我怎么会喜欢你，你说，这是不是人们所说的缘分？"梅雅静说，"我相信，这个世上是有缘分一说的，这是佛教里的一种说法，是前辈子修来的！"

"但愿真有缘分一说！"文道政说，"我祖母对我说，我这辈子能遇上一个好女孩，娶一个好老婆！"

"你祖母真这么说？"梅雅静用手伸过来，在文道政的鼻梁上刮了下，"小坏蛋！"

对待爱情，文道政没有十分的标准。

家人也没有告诉他，谁可以爱，谁可以不爱。

文道政全凭心的方向，谁对他好，谁对他鼓励和帮助，他的心就靠近谁。

爱情是一种互补，是对优越的向往和需要，同时也是对自我的否定和再生。

文道政做梦一样，梅雅静这么喜欢他、帮他、爱他，让他喜不自禁。

"是的！"文道政高兴地说，"我祖母在我很小的时候，就这样说了！"

"你祖母先知先觉！"梅雅静说，"我们要好好孝敬祖母！"

文道政微笑着，点点头。

"你说，我们毕业后去了南方山区建水电站，第一件事干什么？"梅雅静突然问。

"勘察！看看什么地方可建水电站！"文道政说，"这样才不走弯路！"

"说对了！第一件事我们去清水河边看看，了解整条河的水力资源情况，拦河坝建在什么地方？建拦河坝会不会淹没老百姓的庄稼！"梅雅静说，"然后向县委县政府打报告！"

"我认为，县里一定会批准！"文道政认真地说，"现在大量需要用电。电是工业的血脉，有了电一切好说了！"

"你不是说，让老百姓都点上电灯吗？第一件事，将你们村都接上电，点亮全村！"梅雅静兴奋地说。

"是的。让古老的村庄夜晚亮堂堂！让村里的小孩在电灯下读书！"文道政高兴地说，"村里还可以办加工厂，将农副产品加工运到城里！"

"是呀，太美好了，搞'四个现代化'，需要我们有志向、有作为的青年！我们共同努力！"梅雅静说着，举起右手牢牢抓住文道政的手，说，"我们加油！"

梅雅静说完，挪过身子，在文道政的额头上吻了下。

文道政听梅雅静说完，突然感到爱情和梦想正一步一步向他走来。

"你说，将来我们结了婚，会生个男孩还是女孩！"梅雅静微笑着问文道政。

"你喜欢男孩，我们就生男孩！"文道政说，"喜欢女孩，就生女孩！"

"哈哈哈，要是生个男孩，像你一样勇敢，会武术，考上大学也当班长！"梅雅静向往着说。

"我倒希望生个女孩，像你一样美丽善良，还会读书。"文道政甜蜜地说。

"呵，像我？哈哈哈……"

"文同学，你今后会一直对我好吗？"梅雅静温柔地问。

"我发誓，一辈子对老婆好！"文道政举起手。

"谁是你老婆了！"梅雅静笑着，两个人的心甜甜蜜蜜。

天上的繁星闪耀，微风吹拂。

这时，在天空中、在眼前，突然飞来一串流星，画出一条长长的尾巴。

"流星雨！"文道政大声叫道。

文道政赶紧抓起梅雅静的手，两个人向地上一跪，像当年文道政的祖母看到流星一样，口里说："吉兆，快许愿！"

梅雅静和文道政很虔诚地向着流星双手合十，许多下自己的心愿。

一种熟悉的光

划过眼前，划过天空

一种前世的笑容

架起七彩的虹

流星雨，灿烂的风采

自由的风，满天星星相拥

一种迷人的亮

划过眼前，划过天空

一种纯洁的浪漫

温润岁月的梦

流星雨，生命的辉煌

温暖的爱，我们心心与共

100

星期天上午。

肖奕琴、黄亚男、肖子钢、陈凯四个人去百货商店买回了毕业留言簿，搬到了教室，晚上分发到各个同学手中。

同学们拿到毕业留言簿，开始交换着留言。

文道政和梅雅静约好，要去制图室设计建设小水电站的图纸，为在南方山区建设小水电站做准备。所以，文道政正准备背着书包，拿着制图工具离开。

这时，杜老师走进教室，将文道政、肖奕琴几个班干部叫出了教室。

大家站定，杜老师遗憾地说："毕业文凭的事，没有希望了！"

大家一听，像打了霜的茄子，个个都蔫了。

"怎么办？"文道政第一个反应过来，大声说。

"难道我们两手空空回家？"肖奕琴问道。

"王副校长坚决反对，到省里去告状！"杜老师悄声说，"这也没办法！"

"这种人怎么不调走呢？上次没被打死，真是便宜他了！"肖子钢气愤地说。

"肖子钢，你可不要这么说，王副校长上次挨了打，心里还淤着气呢！我们要做他的工作，争取他的支持！"杜老师劝说道。

"做通他的工作，太阳从西边出了！"肖子钢说，"谁去做？"

"你们去做呀，文道政带头去做呀！"杜老师说，"毕业文凭肯定是弄不到了，最低也要给个结业证！"

"结业证？这东西没用！单位不承认！"肖奕琴说，"培训三天五天，一个星期，都可发结业证！"

"现在唯一的办法，是做通王副校长工作"文道政说，"说什么也没用！"

"那，文道政和肖奕琴去做王副校长的工作，兴许有办法呢。"杜老师说，"听说梅校长也找他谈了！他就是思想疙瘩打不开，文道政去，向王副校长赔礼道歉！"

"那好吧，我去！"文道政只好答应说。

"这是王副校长家的地址！"杜老师手里拿着一张纸，递给文道政……

文道政和肖奕琴提着水果，去王副校长家，敲开门。

王副校长伸出半个头一看是文道政，马上将门关上了。

文道政站在门外，不停地敲门，不停地叫，门一直都没开。

杜老师得知后，非常着急。

毕业设计结束了，成绩也公布下来，在宣传栏里，毕业班的同学都拢在一起查看着，议论着。

梅雅静将好消息告诉文道政，说毕业设计他们两个都是"优"。

…………

毕业论文答辩进行中。

一个毕业生，面对五个老师的提问，做出自己满意的回答。

文道政的论文答辩和梅雅静的答辩有一个共同的题目：毕业的理想是什么？怎么想办法实现自己的理想？

当文道政回答说，毕业后志愿回南方山区建设小水电站，让山区人民早点用上电灯。老师们都饶有兴趣地看着这个年轻学生，恭祝他工作取得成功！听到老师们的夸赞，文道政更加渴望走向社会，像当初渴望走进大学一样。

文道政成了唯一在水电委培班里拿到全"优"的学生。

梅雅静也是水电一班唯一也得了全"优"的学生。

文道政将消息告诉梅雅静。

梅雅静跳起来了，高兴地说：

"我们俩都是全优，我们胜利了！"

两个全优的男生、女生，为自己的梦想走在一起，那简直是双剑合璧。

在教室、在寝室，同学都翻开毕业留言簿写着令人感动的留言……

毕业照也照好了。

每个同学都领到了一张彩色照片，贴在毕业留言簿的第一页。

…………

文道政心里老想着去王副校长家，便想去找肖奕琴商量。

这时，水电一班班长张伟和刘闯拿着自己的毕业留言簿找过来。

文道政赶紧站起来让座。

刘闯微笑着说："张伟明天去深圳上班了！"

文道政一听，伸出手与张伟握手，表示祝贺，同时说："深圳多么令人向往！"

"欢迎来深圳！"张伟握着文道政的手，高兴地说，"我明天乘飞机去深圳，来告个别！"

"提前上班？"文道政赶忙问。

"市银行在深圳有个办事机构，张伟作为优秀生被选中了，所以提前去上班！"刘闯高兴地说。

"我希望，你们都来深圳。"张伟高兴地说，"深圳需要大量人才。"

文道政听了，心里想着也去深圳闯闯，凭自己的本事看能不能找到工作。但一想到要和自己心爱的梅雅静一起去南方山区——到自己的家乡开发水电资源，去建一座水电站，让千家万户都点上电灯，他一下子那么地兴奋。

爱情，让梦想闪光，这才是梦寐以求的梦想。

文道政从课桌里也将自己的毕业留言簿拿出来，让张伟和刘闯签，自己在张伟的留言簿上写上："时间在我们身上留下的故事，光辉灿烂……"

张伟却在文道政的毕业留言簿上写着："事业有成，爱情甜蜜……"

张伟写好，握着文道政的手说："祝爱情事业双丰收！"

张伟说这话时，眼眶湿润。

文道政突然感到，张伟在爱情上是他手下的败将，美丽温柔可爱的梅雅静最后属于了自己。

可看见张伟眼眶潮湿，心里一下子难过起来，文道政凭什么得到水电学院最美的女生？得到大学里最美的校花？一个自费生，凭什么呢？

文道政紧紧拥抱着张伟，也欢迎张伟去南方山区去看看……

陈凯和肖子钢在找文道政，说："毕业班的同学，都领到毕业文凭了。"

黄亚男将刘西凤的红本本文凭，拿到教室让大家看，果然文凭上盖有三个红色的大印章。

大家传阅着，仔细看着，心里焦急了。

水电一班的同学，开始按分配去向，背着行李离开学校……

这时，曾晓娅伏在桌子上哭起来。那悲伤的哭声，一下子笼罩全班。

"找梅校长去！"有同学敲着课桌起哄说。

"走！"同学们响应着。

"我们要毕业文凭！"有同学在黑板上写下七个大字。

文道政一直想着和肖奕琴再去王副校长家里做工作。

肖奕琴刚走进教室，文道政走过去与她说明情况，两人走出去。

杜老师来到教室，见同学们群情激奋，叫大家安静，说学校正在想办法。

文道政和肖奕琴又去找王副校长，敲开了门。

王副校长见到他们，又想关门，被文道政推开了门，走进王副校长家。

王副校长的爱人让文道政和肖奕琴坐，还拿出来水果招待。王副校长不愿意见他们，独自走进了书房。

文道政和肖奕琴对王副校长的爱人讲述委培班的情况，博得她的同情。

王副校长的爱人笑着走进书房，将王副校长拉出来。

"王校长，我们是来道歉的！"文道政站起来，鞠躬说。

"道什么歉？"王副校长问。

"上次，是我不对，害得校长受伤！"文道政低声说。

"不用道歉了，事情都过去了！"王副校长说。

"王校长，我们毕业文凭的事，请您高抬贵手！"肖奕琴说。

"毕业文凭！呵……"王副校长拉长官腔说。

"老王，你看，他们读书不容易。文道政还是自费生，没有毕业文凭，在社会上找不到工作！"王副校长的爱人帮腔说。

"这我知道！可不能乱了规矩呀！"王副校长说。

文道政一听，感到没有希望了，抬起的头低下了。

"文道政，听说你志愿去南方山区搞水电站？"王副校长突然问。

"是呀，我在学校学习水电技术，就是想回到家乡搞水电站，让千家万户都点上电灯！"文道政大声说。

"这很好！有这个理想很好。现在沿海地区搞改革开放，大批毕业生都往那边跑，只要有个大学结业证也可找份高收入的工作，你没想过去沿海？"王副校长问道。

"我也想过，但我的理想是建设好自己的家乡！"文道政说道。

"大学毕业，就是要到艰苦的地方创业，我很欣赏你！"王副校长说。

"那毕业文凭……"肖奕琴见机马上插嘴说。

"这个吗？今晚八点校领导开会研究，时间不早了，我要去开会了！"王副校长说着，站起来下逐客令。

"那，王校长，你一定替我们说句好话！"文道政赶紧说。

走出王副校长家的门，文道政和肖奕琴像是看到了曙光，高兴地跳起来了。

在委培班教室，同学们都坐在教室等待……

老师楼会议室的灯一直亮着，校领导的会一直开到凌晨两点，才结束。

水电委培班教室的灯也一直亮着，同学们一个个都等在教室。

散会了，杜老师高兴地迈着快步，从会场来到教室。

同学们一见杜老师，一拥而上，大声地问："可以发文凭吗？"

杜老师见大家十分焦急，高兴而大声地说："同学们，在校领导的关心下，经过梅校长向上级主管部门的努力，学院同意给委培班发毕业文凭！"

同学们一听，欢呼起来。

"但是，"杜老师将手压压，示意大家别大声喧哗，接着说，"为了区别于公费班的毕业文凭，委培班文凭无新编号。"

"无新编号是啥意思？只要是文凭可以了！"陈凯大声说。

"我们有文凭了！"同学们大声欢呼！

杜老师见大家高兴，自己也高兴，但怕事情有变，立即行动。

杜老师指定文道政、肖子钢、陈凯马上乘车去印刷文凭的印刷厂，连夜赶印毕业文凭。

还没等杜老师说完，几个同学自告奋勇，要求一起去。

文道政带着使命，与同学们连夜乘车去了印刷厂。

印刷厂的厂长看到委培班的同学这么热情和激动，也被感动了，他打算立即开印，天亮时，让大家拿到自己的文凭。

但是，没有文凭样本，印刷厂不开机。

大家这才想起，一时高兴，忘记拿毕业文凭的样本了。

文道政又连夜乘车赶回水电学院，这时，天已经亮了。

刚走到操场，迎面碰上晨起跑步的梅雅静。

"哎，文同学，文凭印好了吗？"梅雅静关心地问。

"你怎么知道我去印文凭？"文道政好奇地问。

"我当然知道！昨夜，我爸爸开会到凌晨两点，就是研究你们毕业文凭的事呢！"梅雅静微笑着说。

"文凭没有样本，印刷厂不给印！"文道政焦急地说，"我正要去找杜老师！"

文道政和梅雅静匆忙说了再见，跑开了。

文道政急急忙忙找到杜老师。

杜老师笑着说："昨晚太高兴了，只记得印毕业文凭，忘记将文凭的编号告诉你们了！"

"那怎么办？"文道政焦急地问。

"我刚才拿到编号了，你看！"杜老师拿出一张盖公章的毕业文凭样本，用手指着说，"在编号前加一个'委'字。"

"加一个'委'字，什么意思？"文道政不明白地问。

"你说呢？"杜老师不好明说，只好反问文道政。

"是委培班？国家教委？"文道政随口推测着说。

杜老师见文道政口里提到国家教委，灵光一闪，大声说："你说得对……所以用了一个'委'字！"

文道政一听，也笑起来。

其实，毕业文凭多一个字，少一个字，谁也不会在意，这个社会需要的是真才实学，没有真才实学，毕业文凭上刻上一朵金子做的花，也没有什么好稀奇。今后，大学生多了，大家都必须自己交学费读大学，自己凭本事找工作，自己在社会上求生存……

文道政怀揣着带有"委"字号的毕业文凭样本，又上路了。那边印刷厂，正在焦急地等待着，委培班的教室里，同学们也在焦急地等待着……

文道政下了车，一口气跑进印刷厂，将样本双手交给厂长。

厂长一看，大声说："开印！"

很快，那散发着油墨香味的毕业文凭，填上同学们的姓名，第一时间发到各位同学的手中。

405教室，同学们拿着红本本的大学文凭，幸福地流下泪水，也各自怀揣梦想，走出校园，走向社会。

在教室哭泣的曾晓娅，手里拿着毕业文凭笑了。她虽然爱哭，但她第一个提出要去开放的沿海城市闯闯，因为老班长张克工从深圳来信，让委培班找不到工作的自费生毕业后去深圳他的公司，那里是一片开发的热土，那里是一片用武的天地……

"我买好了去深圳的火车票，还有谁去？我们一起做个伴！"曾晓娅说这话时，眼睛不停地望着文道政，非常希望文道政给一个回应。

文道政没有搭理她，虽然他有去深圳的念头，但为了心爱的梅雅静，他什么也不顾。他拿着文凭，高兴地小跑着去找梅雅静。

文道政高兴地跑到水电一班教室。

水电一班教室的大门敞开着，教室里除了课桌椅，空无一人。

文道政快速跑下楼，又去找黄亚男，希望黄亚男知道梅雅静的去处，但黄亚男和陈凯拿着毕业文凭，背着行李已经离开水电学院了。

正走过操坪时，文道政看见肖子钢和肖奕琴俩人正背着行李，并肩走出宿舍，远远地向他招手。肖子钢大声叫道："文道政，再见！"

文道政向他们挥挥手，口里想说什么，但没有说出口。

文道政一口气爬上男生宿舍，用钥匙迅速打开405寝室的门。

寝室里一片狼藉，其他同学都卷着行李，离开了。

桌子上醒目地留下一张纸。文道政走过去拿起来一看，纸条上，刘贵北用钢笔大写道："文道政，再见！祝早日实现梦想！"

文道政拿起那张纸，眼泪夺眶而出，一滴滴地落在纸条上。

文道政拿着纸条，走到走廊上，看到每个寝室的大门都是打开的，里面杂物满地，空无一人。

文道政焦急地走过去，在走廊上大声地叫道：

"有人吗？有人吗？"

没有人应答。文道政突然感到，那一刹那，像是过去了很长时间，同学们玩捉迷藏似的全部消失了，他感到孤立无援，一急，眼泪不自觉地又流下来，他哭起来。

文道政带着泪水、喘着粗气跑出男生宿舍，想跑到女生宿舍去找梅雅静。在进女生宿舍大门时，正好遇见曾晓娅，她一个人背着行李走出来。

曾晓娅有些悲伤地望着文道政，静静地望着他，没有吭声。

"梅雅静在吗？"文道政大声问道。

曾晓娅摇摇头，说："寝室里一个人也没有了！"

文道政转过身，发疯似的跑着，一口气到梅雅静家的楼下，大声而悲伤地叫道：

"梅雅静！梅雅静！"

平时只要吹一声口哨，梅雅静会站在阳台上伸出美丽的笑脸，可是，文道政尖着嗓门连叫了几声，也没见梅雅静出来。

…………

文道政的父亲文世远早些日子来信告诉他，南方山区正在筹建一座水电站，文道政所学到的知识正好派上用场！

收信的那一天，文道政与梅雅静高兴地商量着，正好毕业了可以去为筹建做些前期工作，并悄悄约好出发时间，一起乘火车去南方山区文道政的家乡。

多么幸福啊，祖母、父母亲、弟弟、妹妹要是看到文道政带着梅雅静回家，那是多么地欢天喜地呀。文道政的心里满是欢乐。

去南方山区的火车票，是梅雅静和文道政一起偷偷买好的。

可是，现在梅雅静呢，她人呢？她在哪？

文道政小跑着，在校园找遍了每个角落，仍不见梅雅静的踪影。

文道政抬起手，看了看手表，又看着自己手中的火车票，再不走，时间晚了，火车开走了。他转回寝室，挑着行李，焦急地去赶火车。

校园里，偶尔一两个毕业生，背着行李，不舍地离去。

文道政挑着行李，一步三回头，等着梅雅静的最后出现。

…………

在梅校长的三楼校长室，打开的窗户里，梅雅静从楼上望着文道政独自挑着行李走走停停，泪流满面，她的心如刀割一般。

梅校长两夫妇和梅雅静站在一起，看着这一情景，痛苦的泪水盈眶。

梅雅静捂着嘴，哭起来。

梅校长想尽办法来帮文道政，但是，他无法帮到。

所有的用人单位，都对没有分配指标的自费生摇摇头，表示无能为力。

梅校长感到无奈的同时，也呼唤着中国教育体制改革的到来，包吃、包住、包学费、包毕业分配的大学教育体制，一定要打破。

人的出身，只能证明他来到这个世界的时间和地点，不能决定一个人的人生轨迹，更不能决定人一辈子的命运。

光荣属于努力奋斗，荣耀属于为国为民。

有没有本事和能力，也应该由社会来衡量，不是由一次考试来决定，更不是由人为的制度来框死。走出校园，走向社会，一切从零开始，人生的路很漫长……

梅校长年纪大了，身体一天不如一天，他要将独生女梅雅静留在自己的身边，留在水电学院当老师！梅雅静的档案早已被水电学院接收了。

昨晚，梅雅静才知道，她去南方山区的梦想，彻底破灭了。

梅雅静与父母发生争执，要和文道政去南方山区筹建水电站，可是，梅校长受了刺激，突然晕倒了。梅雅静的妈妈扶起梅校长，痛心地说，如果梅雅静执意要去南方山区，那么，永远见不到父亲了。

梅雅静哭了一整夜……

"让我……让我和文同学告个别！"梅雅静痛苦地央求道。

"不行！"梅校长不放心地说，"只有这样，文道政才会彻底死心！"

在梅校长的心中，留住独生女儿梅雅静是他的光荣任务和责任，他一刻也不停地和梅雅静在一起。扣留了她的行李、档案、毕业文凭、火车票……

梅雅静站在三楼梅校长办公室的窗口，用手捂着嘴，眼看着自己喜欢的文同学孤独离去，泪水一滴一滴地落下来……

梅校长一双苍老的眼睛里，盈满了泪花。他擦着泪水，红着眼，长叹一口气，痛苦而惋惜地摇摇头。

文道政挑着行李，一个人孤单地走着，心中似乎也明白了什么，一定是梅雅静有难言的苦处……

文道政的泪水，不停地在眼眶里打转转、流下来。

"文同学！"仿佛一个熟悉的声音传过来。

文道政侧过头，向教师楼敞开的大门看去。四年前，那个收费窗口边，梅雅静微笑着叫道："文同学，这钱借给你……"

文道政站在那儿，内心一热，鼻子一酸，泪水又夺眶而出，流到脸上，滴到地上。文道政任泪水奔流，他吸了吸鼻子，泪水吸进了他的嘴里，他吞下去……

踏进校园，看到你美丽的样子，
你无私的帮助，让我不尽感激。
从那天起，我的眼里都是你的影子，
走在校园，你是我依靠的向心力。

构筑梦想，我们一起向天发誓，
时间在前面，催促我们出发。
我们的爱，你的苦处一定难以启齿，

我满含热泪，一步一步焦急等你。

　　你在哪里，你在哪里？
　　是不是我不能给你需要的甜蜜？
　　你的出现，胜过所有的道理，
　　我们前行，心中的梦想是高高指引的旗帜！

　　文道政下意识地看看手表，时间不允许他继续等下去，再等火车赶不上了。

　　文道政一步三回头地走出水电学院的大门，回头望着那块木制的"水电学院"的校牌，心中突然升腾起一股力量，一股莫名的力量。学到了水电知识，有了过硬的本领还怕什么？我的大学毕业了，这是一个结局，也是一个美好的开端。

　　文道政脑子里突然出现那只放飞的鸽子，它依依不舍地离开，孤独地在天空中翱翔，奋力飞向远方。

　　灿烂的阳光下，文道政仿佛听到了美好的呼唤，他心中装着梦想，迈出坚定的步伐走向远方……